La
TRILOGÍA
LEHMAN

La

TRILOGÍA
LEHMAN

STEFANO MASSINI

Traducción del italiano de José Moreno Torres

HarperCollins *Español*

Los libros de HarperCollins Español pueden ser adquiridos con fines educativos, empresariales o promocionales. Para más información, envíe un correo electrónico a SPsales@harpercollins.com.

Título original: *Qualcosa sui Lehman*

Publicado en italiano por Mondadori en 2016

Copyright de la traducción de HarperCollins Publishers

PRIMERA EDICIÓN DE HARPERCOLLINS ESPAÑOL

Traducción: José Moreno Torres

El traductor quiere expresar su agradecimiento a Nicolás Pastor por su ayuda y colaboración.

Diseño adaptado de la edición en inglés de Terry McGrath

Este libro ha sido debidamente catalogado en la Biblioteca del Congreso de los Estados Unidos.

ISBN 978-0-06-300026-1

22 23 24 25 26   LSC   10 9 8 7 6 5 4 3 2 1

En memoria de Luca Ronconi.

CONTENIDO

Libro tercero: El inmortal

Caminamos por una cresta escarpada
donde la historia deviene leyenda
y la crónica se evapora en el mito.
No buscaremos la verdad de los hechos entre las fábulas
como no la buscamos en los sueños.
Y si cada hombre podrá decir un día
que ha nacido, ha vivido y ha muerto,
no todos podrán decir que se han convertido
*   en metáfora.*
La transformación es todo.

Los personajes

Abraham

Henry — David, Dreidel (Mayer H.)

Emanuel — Philip — Bobbie

Mayer — Sigmund — Harold, Allan

Arthur

Irving — Herbert — Peter

Libro primero
Tres hermanos

1
Luftmensch

Hijo de un tratante de ganado,
judío circunciso
con una sola maleta a sus pies,
firme y quieto
como un palo del telégrafo
en el muelle *number four* del puerto de Nueva York.
Gracias a Dios por haber llegado.
¡Baruj Hashem!
Gracias a Dios por haber partido.
¡Baruj Hashem!
Gracias a Dios por estar ya, aquí, finalmente,
en América.
¡Baruj Hashem!
¡Baruj Hashem!
¡Baruj Hashem!

Niños que gritan,
mozos de cuerda bajo el peso del bagaje,
estrépito de metales y rechinar de poleas.
Allí en medio
él,
quieto de pie
recién desembarcado
estrenando sus mejores zapatos,
los que nunca se ha puesto,
guardados para el momento «en que llegue a América».

Y ahí lo tienes.
El momento «en que llegue a América»
marcado por un formidable reloj de hierro fundido
allí arriba,
sobre la torre del puerto de Nueva York:
las siete y veinticinco de la mañana.

Saca un lápiz del bolsillo
y en el borde de una hojita
apunta el siete y el veinticinco
justo el tiempo para ver

que la mano tiembla;
será la emoción
o quizá el hecho de que
tras mes y medio de travesía
pisar la tierra firme
(«¡eh, no te bambolees!»)
produce un extraño efecto.

Ocho kilos menos
en el mes y medio de viaje.
Una barba espesa,
más que la del rabino,
crecida y nunca afeitada
en cuarenta y cinco días de vaivén
entre litera y cubierta,
entre cubierta y litera.
Abstemio partió de El Havre
a Nueva York llega como bebedor experto
avezado en distinguir al primer sorbo
el brandi del ron,
la ginebra del coñac,
el vino italiano y la cerveza irlandesa.
Partió de El Havre profano en naipes,
diestro llega a Nueva York en apuestas y dados.
Partió tímido, taciturno, ensimismado;
llega seguro de conocer el mundo:
la ironía de los franceses,
la fiesta española,
el orgullo desquiciado de los grumetes italianos.
Partió con América metida en la cabeza,
desembarca ahora con América delante,
pero ya no en el pensamiento, sino en los ojos.
¡Baruj Hashem!

Vista de cerca
esa fría mañana de septiembre,
escrutada firme y quieto
como un palo del telégrafo
en el muelle *number four* del puerto de Nueva York,
América parecía más que nada un carillón:
cuando se abría una ventana,
otra se cerraba;
cuando una carretilla doblaba una esquina,

otra asomaba por la contraria;
cuando un cliente dejaba su mesa,
otro se acomodaba.
«Ni que estuviera orquestado», pensó
y por un instante
(en aquella cabeza que esperaba verla desde hacía meses)
América,
la América verdadera,
le resultó un circo de pulgas, nada menos,
en absoluto imponente,
es más: incluso bufa.
Divertida.

Hasta el momento
en que alguien le jaló un brazo.
Era un oficial del puerto:
uniforme oscuro,
bigote cano, chambergo colosal en la cabeza.
Anotaba en un registro
nombres y números de los desembarcados
haciendo preguntas simples en un inglés básico:
«*Where do you come from?*»
«*Rimpar.*»
«*Rimpar? Where is Rimpar?*»
«*Bayern: Germany.*»
«*And your name?*»
«*Heyum Lehmann.*»
«*I don't understand. Name?*»
«*Heyum...*»
«*What is Heyum?*»
«*My name is... Hey... Henry!*»
«*Henry, ok! And your surname?*»
«*Lehmann...*»
«*Lehman! Henry Lehman!*»
«*Henry Lehman.*»
«*Ok, Henry Lehman:
welcome to America.
And good luck!*»
Y timbró el sello:
11 de septiembre de 1844.
Le dio una palmada en la espalda
y salió al encuentro de otro.

Henry Lehman miró a su alrededor:
el barco del que había bajado
parecía un gigante dormido.
Pero otra nave maniobraba en el puerto
pronta a descargar en el muelle *number four*
a ciento cuarenta y nueve como él:
tal vez judíos,
tal vez alemanes,
tal vez calzados con sus mejores zapatos
y una sola maleta a sus pies,
también ellos sorprendidos de temblar
un poco por la emoción,
un poco por la tierra firme,
un poco porque América
(la América verdadera)
vista de cerca
como un gigantesco carillón
produce un curioso efecto.

Respiró hondo,
agarró la maleta
y con paso resuelto
(pese a no saber aún adónde iba)
se adentró
él también
en el carillón
llamado América.

2
Gefilte fish

El rabino Kassowitz
(eso le habían dicho a Henry)
no era la mejor persona
que uno espera hallar
tras cuarenta y cinco jornadas de travesía
y con los pies recién plantados
en la otra orilla del Atlántico.

En parte porque exhibe una mueca
a todas luces irritante
incrustada en el rostro,
adherida a los labios
como si despreciara con toda el alma
a quien se acercase para hablarle.
Y luego estaban los ojos:
¿cómo no va a angustiar
un viejo carcamal
embutido en su terno oscuro
que sólo parece vivo por esos dos ojos bizcos,
anárquicos, enajenados,
que miran siempre a otro sitio
inopinadamente,
rebotando inopinadamente
como bolas de billar
y pese a no sosegarse
jamás pierden de ti un detalle?

«Prepárate: visitar al rab Kassowitz
es siempre una experiencia.
Lamentarás haber ido,
pero no puedes evitarlo,
así que ármate de valor y llama a esa puerta».
Eso le han contado a Henry Lehman
los amigos judíos alemanes
que llevan una buena temporada en Nueva York,
tan larga ya que conocen las calles
y hablan una lengua pintoresca
donde el yidis se disfraza de inglés:
a las chicas les dicen *frau darling*
y los niños piden *der ice cream*.

Henry Lehman,
hijo de un tratante de ganado,
apenas lleva tres días en América,
pero finge que lo entiende todo
y hasta se esfuerza por decir *yes*
cuando los amigos judíos alemanes
le preguntan riendo si se huele en la ropa
el hedor de Nueva York:
«Recuérdalo, Henry: al principio lo olíamos todos,
pero luego un día dejas de notarlo,

ya no lo percibes,
y eso entonces significa
que de verdad has llegado a América,
que ya estás aquí en serio».
Yes.
Henry asiente.
Yes.
Henry sonríe.
Henry de hecho se huele encima
la repulsiva peste de la ciudad:
una mezcla nauseabunda de pienso, humo y toda clase de mohos
pues la Nueva York tan soñada
resulta aún peor que el establo de su padre
allá en Alemania, en Rimpar, Baviera.
Yes.

Mas en la carta que ha enviado a casa
(la primera desde suelo americano)
sobre el hedor nada ha escrito.
Habla de los amigos judíos alemanes,
eso sí,
y de cómo amablemente
lo han alojado durante varios días
y le han ofrecido una suculenta sopa de albóndigas
hechas con las sobras de la pescadería
ya que también ellos se dedican al comercio,
¡sí señor!,
aunque sea de unos bichos con aletas, espinas y escamas.
«¿Y os ganáis bien la vida?»,
les pregunta Henry sin rodeos,
tal que así, para hacerse una idea,
para empezar a comprender
dado que él ha ido allí por el dinero
y de algún modo tendrá que empezar.
Los amigos judíos alemanes
se desternillan en su cara
porque nadie en Nueva York
(ni siquiera los mendigos)
malvive sin ganar algo:
«La comida siempre da plata
porque la gente, Henry, siempre tendrá hambre».

«¿Y luego, con qué se gana dinero?»,
les pregunta entonces él
entre cajas de bacalao y barriles de arenques,
allí donde la pestilencia de Nueva York
es ya un rival imbatible.
«¡Pero qué preguntas haces!
Ganas dinero con aquello que no puedes no comprar...».

No se chupan el dedo los amigos alemanes:
«Ganas dinero con aquello que no puedes no comprar».
Un buen consejo sin duda
porque es cierto que mueres si no comes.
Mas, francamente, ¿un Lehman
que abandona los muladares de su padre
va a acabar en América
para mercadear también aquí con animales
ya sean peces, pollos, patos o reses?
Un cambio, Henry, un cambio.
Pero elige algo que nunca puedan «no comprar».
Toma nota.

Veamos.
Mientras Henry piensa en qué ha de hacer,
los amigos alemanes le dan un lecho donde dormir
y caldo con albóndigas para cenar,
siempre de pescado,
así el ahorro es extraordinario.

Henry, sin embargo, no quiere abusar de su hospitalidad.
Justo el tiempo para entender.
Justo el tiempo para recobrar la marcha
de sus piernas adormecidas, soñolientas.
¡Menudo letargo!
Porque después de tanto tiempo en el mar
    (cubierta y litera,
    litera y cubierta)
no es asunto fácil
ordenar a los miembros inferiores
(el departamento locomotor)
que vuelvan al trote,
sobre todo si en este carillón llamado América
encuentras diez mil calles,

no como en Rimpar, donde sólo hay esas pocas
y las cuentas con los dedos de una mano.

Exacto. Las piernas.
Pero la cuestión no es sólo ésa.
Ojalá.
Para estar en América, estar como Dios manda,
se necesita algo más.
Debes girar la llave de una cerradura,
debes empujar una puerta.
Y las tres cosas (llave, cerradura y puerta)
no están en Nueva York,
sino dentro de tu cerebro.

Por eso (le han dicho entre bacalaos y arenques)
quien desembarca
tarde o temprano
recurre al rab Kassowitz:
él sí que sabe.
Y no hablamos de Escrituras o profetas,
que tratándose de un rabino sería algo normal:
el rab Kassowitz
tiene fama de ser un oráculo
para quienes hacen el viaje *de allí a aquí*,
para quienes vienen de Europa,
para los judíos transoceánicos,
para los hijos de chalanes.
O sea,
en otras palabras,
para los inmigrantes.
«Mira Henry, quien viene a América
busca algo que ni siquiera conoce.
Todos hemos ido por su casa.
Ese viejo rabino, a pesar de los ojos torcidos,
logra vislumbrar lo que tú no adivinas
y te dice lo que serás en esta nueva vida.
Hazme caso: vete a verlo».

Y, una vez más, Henry dijo «yes».
Se presentó a las ocho de la mañana
apretando con la derecha un soberbio ejemplar pelágico
como obsequio para el viejo,

pero tras una prolongada reflexión
concluyó que aparecer con el pescadote en la mano
no ofrecía de él una imagen propiamente decorosa,
así que deslizó la criatura en un seto
para obscena alegría de los gatos neoyorquinos,
respiró hondo y llamó a la puerta.
Yes.

Era un día de noviembre
tan gélido como allá en Baviera
con vagos indicios de nieve.
Mientras aguardaba se quitó los primeros copos del sombrero.
Llevaba sus mejores zapatos,
los guardados para el momento «en que llegue a América»:
pensó que quizá convenía calzarlos de nuevo
para esa rara visita
que (lo notaba)
le mostraría la auténtica cara de América,
de toda ella, descomunal e ilimitada,
y así podría sostenerla en la palma de la mano.
Sinceramente lo esperaba
porque hasta entonces lo envolvía la niebla.

Tan abstraído estaba en esas cavilaciones
que no oyó el ruido del picaporte
ni reparó en la voz que, como de ultratumba,
le indicaba que la puerta ya estaba abierta.
La espera, por tanto,
se demoró un poco,
lo cual bastó para irritar al vejestorio
apremiándolo a gritar por fin desde dentro
un elocuente «¡aquí me tiene!».

Y Henry entró.

El rab Kassowitz
estaba sentado al fondo de la habitación,
negra figura en negra silla de madera,
el breviario de sus muchas aristas
cual si fuera una suma geográfica de pómulos, rodillas, codos y
    arrugas chamuscadas.

El hijo del tratante de ganado
pidió y no obtuvo
explícito permiso para avanzar.
La respuesta a esa petición
(reverentísima por otra parte)
fue un «¡alto ahí, quiero observarlo!»
seguido por una zarabanda de pupilas.

Henry Lehman, sin embargo, no se inmutó.
Firme y quieto como un palo del telégrafo
se quedó a una distancia de diez pasos
con el sombrero entre las manos
en un silencio eterno
constatando para sí mismo
que en aquel cuarto, todo libros,
parecía concentrado el hedor de Nueva York,
potentísimo,
y por un instante,
inhalando pienso, humo y toda clase de mohos,
pensó que se desmayaría.

Por suerte no hubo ocasión
porque más violento que el tufo,
repentinamente,
fue sentirse víctima
de una risa despiadada que,
dando término al minucioso examen,
sonaba en verdad como un insulto.
E incluso más: como un ultraje.
«¿Le parezco gracioso, rab?».

«Me río porque veo un pececillo».

Henry Lehman no captó a renglón seguido
si aquella frase
era una metáfora rabínica
o si, bien al contrario, el vejestorio
lo estaba de veras desairando
por el perfume de sardinas y sargos que difundía en la atmósfera.
Y sin duda habría optado por la segunda hipótesis
de no ser porque el rabino,
afortunadamente,

coronó aquel preámbulo:
«Me río porque veo un pececillo
que menea la cola fuera del agua:
ha saltado con las aletas
y aspira a degustar el continente».

De modo que,
no sin alivio,
Henry pudo replicar lleno de orgullo:
«Diría que a ese pececillo no le faltan agallas».

«O no le falta necedad».

«¿Debería regresar a casa?».

«Depende del concepto de casa».

«Los peces viven en el mar».

«No. Me exaspera tanta estupidez: podría echarlo de aquí».

«No entiendo».

«Usted no entiende porque razona demasiado
y razonando se extravía.
Usted es un necio porque es agudo
y la agudeza es un maldición.
Es como ése que lleva tres días sin comer,
pero antes de hincar el diente
se pregunta por los platos, las especias, las salsas,
si están bien los manteles, los cubiertos, los vasos...
Resumiendo:
antes de despejar sus dudas
lo hallan tieso en el suelo fulminado por el hambre».

«Ayúdeme».

«Es muy sencillo: los peces viven en el agua,
pero no sólo hay agua en el mar».

«¿O sea?».

«O sea, que fuera del agua mueres
y dentro del agua vives. Punto redondo».

«¿Entonces lo mío no es América?».

«Depende del concepto de América».

«América es tierra firme».

«Eso es un hecho».

«Y yo para usted soy un pez».

«Ése es el segundo hecho».

«Los peces no fueron creados para la tierra, sino para el agua».

«Tercer y último hecho».

«¿Y qué he de hacer?».

«La pregunta es atinada,
tanto que se la ofrezco como regalo:
hágasela a usted mismo».

«Los peces no preguntan, rabino:
los peces sólo saben nadar».

«Por fin empezamos a razonar:
los peces nadan, eso está claro,
no pueden pretender que caminan.
Quizá entonces la necedad de nuestro pez
no consiste en querer degustar el continente,
¡sino en querer hacerlo fuera del agua! ¡Baruj Hashem!
Si el pez (que ha alcanzado Nueva York por el inmenso mar)
enfilara desde ese mar hacia un río
y desde el río hacia un canal
y desde el canal hacia un lago
y desde el lago hacia una laguna,
yo le pregunto:
¿no lograría en verdad ese pez
recorrer América a lo largo y a lo ancho?
No se lo han prohibido: el agua fluye por doquier.

El pez sólo debe recordar que vive sumergido
y que morirá si sale al exterior».

«De acuerdo, rab Kassowitz, ¿pero cuál sería mi agua?».

«¿Acaso no decía usted que los peces no preguntan?
¡Basta ya! Ha agotado la atención concedida,
ahora déjeme en paz:
no me queda mucha vida
y usted ha tomado una porción de balde».

«De hecho, y con todos mis respetos, me gustaría donar
unos cuantos dólares para su templo...».

«Los peces no llevan monederos
porque las monedas los hunden. ¡Lárguese!».

«Un último consejo, rabino, se lo ruego:
América es enorme, ¿adónde cree que debo ir?».

«Adonde pueda nadar».
Y con estas palabras
Henry Lehman
se vio en la calle
aún más confuso y pensativo que antes
con la única certeza de que los rabinos
jamás hablan claro:
seguramente aprenden de esa gran Eminencia suya
que en lugar de explicarse
anda por ahí quemando zarzas y a ver luego quién lo descifra.

Mientras tanto
se había desatado una tormenta de aúpa.
Y, honestamente, ¿un Lehman
que dejaba atrás los abetos de Baviera
había ido a América
para palear nieve también allí?
Un cambio, Henry, un cambio.

De ahí que al menos esto le resultara obvio:
adondequiera que fuese
(y no sabía exactamente adónde)
desde luego gozaría

de mucho calor,
mucha luz
y mucho sol.

Y con esta idea bullendo en su cabeza,
maldiciendo el invierno americano,
se abotonó el gabán hasta el cuello:
el hombre, al fin y al cabo,
necesita cubrirse tanto como comer.
Yes.

3
Chametz

El cuarto es pequeño.
El suelo de madera.
Tablas claveteadas unas junto a otras,
en total sesenta y cuatro (las ha contado)
y crujen al caminar sobre ellas:
se nota que debajo está hueco.

Una sola puerta
de vidrio y madera
con la mezuzá colgada en la jamba
como prescribe el Shemá.
Una sola puerta
que da directamente a la calle,
al relincho de los caballos,
al polvo de las carrozas,
al chirriar de los carros
y al gentío de la ciudad.

La manilla
de latón rojo
gira mal, a veces se atora
y hay que tirar con fuerza hacia arriba:
entonces, bien o mal, se suelta el cierre.

Claraboya en lo alto
tan grande como todo el techo.
Cuando llueve recio,
las gotas baten contra el cristal
y parece que se va a derrumbar sobre tu cabeza,
pero al menos hay luz durante el día,
también en invierno,
y te ahorras la lámpara de aceite,
que no arde por los siglos de los siglos
como la ner tamid de la sinagoga.
Y cuesta lo suyo.

El almacén está detrás del mostrador.
Entre las baldas hay una cortina
y justo ahí, detrás, se halla el almacén,
más chico que el local,
una rebotica
atestada de fardos y cajas,
cajitas,
bobinas,
retales,
hilos y botones rotos:
nada se desecha, nada se arrumba,
todo se vende; tarde o temprano se vende.

La tienda, sí, desde luego, es más bien pequeña.
Y aún parece más chica
dividida como está en dos mitades
por el mostrador de madera
pesadamente macizo
apoyado como un catafalco
o el dukan de la sinagoga,
tendido con toda su magnitud
entre las cuatro paredes
forradas
todas ellas
de estantes
hasta la cúspide.

Un taburete para encaramarse a media pared.
Una escala para subir más arriba (si hace falta),
donde están las gorras
los sombreros,

los guantes,
los corsés,
los mandiles,
los babis
y en la cima las corbatas.
Porque aquí en Alabama nadie
usa corbata.
Los blancos sólo para la Fiesta de la Congregación
y los negros el día de Nochebuena.
Los judíos (que son escasos)
para la cena de Janucá.
Y sanseacabó: las corbatas descansan allí arriba.

A la derecha, debajo del mostrador,
telas enrolladas
telas bastas,
telas embaladas,
telas plegadas,
tejidos,
paños,
parches,
lana,
yute,
cáñamo,
algodón.
Algodón.
Sobre todo algodón
aquí,
en esta soleada calle de Montgomery, Alabama,
donde todo (como es sabido) se yergue
y se asienta
sobre el algodón.
Algodón,
algodón
de cualquier tipo y calidad:
el *seersucker*,
el *chintz*,
la cretona de bandera,
el *beaverteen*,
el *doeskin*, que se parece al ante,
y por fin
el llamado *denim*,
ese fustán robusto,

lona de trabajo
(«¡no se rasga!»)
que llegó a América de Italia
(«¡no se rasga!»),
azul sobre urdimbre blanca,
empleado por los marinos genoveses para empacar las velas,
el llamado azul de Génova,
en francés *bleu de Gênes*,
que el inglés ha deformado a *blue-jeans*:
ver para creer:
no se rasga.
Baruj Hashem por el algodón *blue-jean* de los italianos.

A la izquierda del local
no más telas, sólo prendas
distribuidas sobre las baldas:
chaquetas,
camisas,
faldas,
pantalones,
gabardinas
y un par de abrigos,
aunque aquí en el sur no es como en Baviera
y el frío rara vez enseña la oreja.
Los mismos colores:
gris,
marrón
y blanco
pues aquí, en Montgomery, se despacha a gente pobre:
en cuanto a trajes, sólo uno bueno en el armario
para el oficio dominical.
Los demás días batallan a todo trapo,
cabeza gacha
sin flaquear,
que en Alabama no se trabaja para vivir:
aquí se vive, eso sí, para trabajar.

Y él lo sabe bien
Henry Lehman,
de veintiséis años,
alemán de Rimpar, Baviera,
que a la postre o a fin de cuentas
no es tan distinta de Montgomery:

también aquí hay un río, el *Alabama River*,
y por allí discurre el Meno.
También hay aquí una gran carretera de polvo blanco,
sólo que ésta no conduce a Núremberg o a Múnich,
sino a Mobile o a Tuscaloosa.

Henry Lehman,
hijo de un tratante de ganado,
se gana el pan
escornándose como un mulo
detrás de ese mostrador.
Trabajar, trabajar, trabajar.
Cierra a duras penas por el sabbat,
pero abre, por descontado, las mañanas de domingo,
cuando todos los negros de las plantaciones
van dos horas a la iglesia
y llenan las calles de Montgomery:
ancianos, niños y... mujeres,
mujeres que (de camino a misa) recuerdan
el vestido roto,
el mantel sin remendar,
las orlas o bordados en las cortinas del amo
y como el domingo no es sabbat:
«Sírvanse entrar, señoras, ¡Lehman abre los domingos!».

Lehman.
La tienda es pequeña,
pero al menos es suya.
Pequeña, minúscula, diminuta, pero suya.
En el cristal de la puerta ha escrito H. LEHMAN con grandes letras.
Y algún día habrá un estupendo rótulo sobre la puerta
abarcando toda la fachada:
TELAS Y VESTIDOS H. LEHMAN.
¡Baruj Hashem!

Abierta con hipotecas, avales, letras de cambio
e invirtiendo el poco dinero que tenía:
todo su dinero.
Ni medio centavo le sobra.
Todo.
Y ahora, quién sabe hasta cuándo,
trabajar, trabajar, trabajar:

la gente compra la tela por metros
y cicatea hasta el milímetro.
Para ganar cien dólares necesita tres días
echando las cuentas
que Henry Lehman hace y rehace cada jornada.
Barajando números,
al menos tres años para recuperar el gasto,
saldar las deudas,
dar a quien debe recibir.
Después, una vez pagado el monto,
entonces sí que,
barajando números...
pero Henry Lehman se detiene ahí:
entretanto se trabaja
como dice el Talmud:
se vierte jametz, la levadura.
¿Y luego?
Luego ya se verá.
Se vierte jametz, la levadura.
¿Y luego?
Luego ya se verá.
Se vierte jametz, la levadura.
¿Y luego?
Luego ya se verá.

4
Schmok

Para sujetar las hojas de sus cuentas
cuando en Montgomery sopla el viento,
Henry Lehman,
hijo de un tratante de ganado,
tiene un pisapapeles de hierro y piedra dura
esculpido y pintado
en forma de globo terráqueo.

Reposa en el mostrador
sobre una pila de recibos y albaranes

aunque su cometido,
el auténtico
(y Henry desde luego lo sabe),
no es oponerse al viento:
el globo en miniatura
está allí
para recordarle siempre
que en Alabama es de noche cuando en casa es de día.
En casa, sí,
la genuina.
Si bien es cierto que ya lleva un tiempo en América,
todavía
«no es casa donde estoy yo, es casa donde están ellos».
Globo terrestre en mano.
Contemplarlo.
«Yo aquí». Girar la esfera. «Ellos allí».
«Noche aquí». Girar la esfera. «Día allí».
Alabama, girar la esfera: Baviera.
Montgomery, girar la esfera: Rimpar.
Indescriptiblemente lejos.

Tanto más cuanto que
entre una noche y un día
hay sólo un modo de plática:
escribirse.

Una carta cada tres días:
«Estimadísimo señor padre,
queridos hermanos».
Una carta cada tres días
y sumamos ciento veinte al año.

Indescriptiblemente caro.

Los costos de envío,
no por casualidad,
se incorporan al balance del negocio
(ingresos-salidas),
pero con tal dispendio no se ahorra.
En el dietario,
de hecho,
la partida aparece primero,
encima de todas las demás,

y su nombre nos es CORREO,
sino CASA,
bien distinto del epígrafe VIVIENDA,
que vendría a ser el lugar donde duerme.

Se puede ahorrar con la comida.
Con eso sí,
y Henry sólo come
guisos de frijoles,
pero la correspondencia...
Se puede ahorrar con el atuendo,
con eso ciertamente:
Henry posee en total tres camisas, dos pantalones y un gabán,
pero la correspondencia...
Se puede ahorrar con el barbero, que es un lujo y basta una
        rasuradora.
Y el caballo, ¿no es también un lujo en el fondo?
A pie vas de maravilla.
La correspondencia, sin embargo...
Las cartas son sacrosantas:
«Querida señora madre,
hermana mía dilecta».
Y todo eso...

Cueste lo que cueste.

En un año setecientos dólares.
Una merma apreciable,
pero forzosa.

El problema es que el diálogo
entre Henry y los bávaros,
aparte de caro,
no resulta ya tan sencillo.

Aunque sólo sea porque
el muchacho debe recordar
cada vez
(con cuidado, con sumo cuidado)
que sólo es Henry en Alabama,
que allá es siempre Heyum,
¡y ay de ti si firmas con el nombre erróneo!
No lo entenderían.

Debo firmarme Heyum.
Debo firmarme Heyum.

Y más aún porque
allá en Rimpar reina su padre
y es él,
sólo él,
Abraham Lehmann
(con des enes),
mercader de ganado,
quien tiene venia para recibir
y venia para contestar:
él abre los sobres,
él lee,
él escribe.

Y he aquí el segundo punto:
¿qué escribe?
O más bien: ¿cuánto escribe?

Si Henry manda una larga misiva,
su padre se ciñe a las notas.

Nada extraño:
el viejo Abraham Lehmann
siempre fue un hombre lacónico.
Sentenciaba:
«Si hubiera algo que decir,
los perros y las cabras aprenderían a hablar».
Cultivando la simbiosis
con las bestias que vendía
se abstenía de emitir sonidos
no estrictamente necesarios.
Siempre así.

Y ahora el viejo no hace excepciones.

QUERIDO HIJO,
DONDE HAY DOS JUDÍOS
HAY YA UN TEMPLO.
AFECTUOSAMENTE, TU PADRE.

Éste era el rico contenido
de la última epístola
franqueada en Rimpar
y llegada en sobre cerrado
al domicilio de Herr Heyum Lehmann.
Con dos enes.

Henry no debía sorprenderse.
«Donde hay dos judíos
hay ya un templo»
era una de las máximas favoritas
de su padre,
a menudo con la adición entre dientes
de un *schmok*,
que significa «idiota».

Porque al tratante de ganado
se lo llevaban los demonios,
y mucho,
cuando los judíos del campo
hacían una hora de carreta
para bajar al valle
y sentarse fétidamente
junto a él
«en nuestra sinagoga».
Un asco.
¿Por qué venían esos campesinos?
¿Por qué endiablada razón?
Si hay dos judíos
no hace falta templo.
¡Idiotas!
Que se queden en el campo.
¡Idiotas!
¡Schmoks!

Sucedía que Abraham Lehmann
(con dos enes contumaces)
desde siempre
hablaba mediante sentencias.
«Donde hay dos judíos
hay ya un templo»
era una entre miles.
Las acuñaba por docenas.

Un parto incesante,
pasmoso.
No había frase
en sus labios
que no sonara a veredicto.
Implacable.
Y lo peor
es que Abraham Lehmann,
tratante de ganado,
adoraba locamente sus aforismos,
los consideraba inigualables grageas de sabiduría,
únicos remedios para una creación envilecida,
y, por tanto,
con abnegado espíritu altruista
los dispensaba al mundo
demandando su inmediata gratitud.
Si ésta fallaba,
el *schmok* era ineluctable
mascullado
a mordiscos
con los colmillos,
asestado
con desprecio
como una marca sobre las reses,
como la ele de Lehmann
herrada a fuego en ovejas, vacas y toros:
indeleble y perpetua.
¡Schmok!

Eso.
Lo que distinguía a sus amados hijos
entre la humana fauna de Baviera
era no haber merecido
jamás
un solo *schmok*,
motivo de excelencia absoluta
y de perfectísimo linaje.

Henry no podía ignorarlo.
En vista de lo cual habría debido pensarlo
antes de arriesgarse
(un riesgo superlativo)
a ser tomado por tonto

desde la otra orilla del océano.
En cambio...

En cambio había osado
arrojar la idea por carta
con entusiasmo:
AQUÍ EN ALABAMA,
SEÑOR PADRE,
HAY AL MENOS DIEZ FAMILIAS
QUE CELEBRAN EL PÉSAJ:
APARTE DE MÍ,
SEÑOR PADRE,
ESTÁN LOS SACHS, LOS GOLDMAN Y ALGUNOS OTROS:
ANTES O DESPUÉS
QUIZÁ CONSTRUYAMOS UNA SINAGOGA
Y LO HAREMOS,
SEÑOR PADRE,
EN ESTILO ALEMÁN.

Pues de eso nada.
No.
Ni mucho menos.
Al tratante de ganado
la idea no le gustaba.

Para empezar porque América
no era en su opinión Alabama,
sólo Nueva York era América:
allí debía estar su hijo,
se lo había prometido.
¿Por qué se había instalado en el sur?
Y además ¿qué falta hacía un templo,
aunque fuese de estilo alemán,
en aquel confín del mundo
donde su hijo permanecerá pocos años,
los precisos para hacerse rico
y luego regresar?

Luego regresar.
Ése era el pacto.
Luego regresar.

A América no vas para quedarte,
en América estás con un solo pie,
el otro sigue en casa.
Más aún si prometes ir a Nueva York
y al final terminas en Alabama.

¿Entonces?
Entonces ¿a qué viene esa sinagoga?
¿Qué sentido tiene
construir un templo
para dejárselo a los americanos?

Jadeando,
agobiado por el frenesí de sus propios pensamientos,
Abraham Lehmann
masticó en ese punto
un clarísimo *schmok*.

Por primera vez
en toda su vida
se lo administró a un hijo.

5
Shammásh

Y debe añadirse
que su hijo Heyum
no podía
permanecer demasiado
en Alabama pues tenía
un compromiso pendiente.
¡Y menudo compromiso!

Unos esponsales.

Con Bertha Singer,
moza de pálidos colores.
Y no sólo los colores: también los tonos.
Y no sólo los tonos: también los modos.

Puede afirmarse que Bertha Singer
era la quintaesencia de la lividez femenina.
Y de la delgadez.
Y de la timidez.
Una chiquilla de noventa años,
hija de Mordechai y Mosella Singer,
ambos con una traza más juvenil que la de ella,
dotados de ese mínimo brío
que distingue a un moribundo de un cadáver
y del cual la muchacha estaba
dramáticamente
despojada.

Pese a lo cual
Heyum Lehmann
la había elegido
pidiéndole
cortésmente
que, de ahí en adelante,
lo autorizase a llamarla «Süsser»,
cuyo significado es «dulzura».

Una sagaz decisión teniendo en cuenta
que los Singer eran una familia egregia,
rasgo este último
que complacía sobremanera
al tratante de ganado
(con dos enes),
que bendijo la unión
con una de sus sentencias
más logradas:
«El amor no está a la vista,
pero el olor del dinero
lo olfatea hasta un ciego».

Razón por la cual
Heyum Lehmann,
antes de partir,
pidió la mano de Süsser.
Y la obtuvo.

Se cuenta por cierto
que Süsser amagó un proyecto de sonrisa,

acontecimiento memorable
del que su propia madre dudaba sin rebozo.

Heyum dio pues el paso
antes de convertirse en Henry
y el kidushín
se celebraría a su vuelta,
en pocos años.
Quizá tres,
tal vez cuatro. Cuatro a lo sumo.
El tiempo justo para hacer dinero
en América, justamente.
En Nueva York. Justamente.

Mientras tanto, sin embargo,
durante ese intervalo,
desde Alabama,
desde el otro hemisferio del globo,
ninguna carta jamás
se remitía a la dirección de los Singer:
así como dos novios
no podían estar solos
sin la vigilante mirada de sus progenitores,
así el hijo del chalán,
por respeto,
por decencia,
por pudor,
nunca escribía directamente a la muchacha,
sino que le enviaba los
afectuosísimos saludos
por medio de su padre,
el cual puntualmente procedía.

Pese a ello
es indudable
que con el tiempo
el propio Abraham Lehmann
se percataba de
un cierto declive en aquel noviazgo
cimentado como estaba
sólo y únicamente
en los *afectuosísimos saludos*
depositados a domicilio
por un viejo de escasísimas palabras

a una jovencita
más muerta que viva.

El tiempo, en resumen, transcurría.
Los meses, las estaciones.
¿Y entonces?
Considerando que el regreso era inminente
y con él la jupá,
¿por qué a su hijo Heyum
se le ocurría ahora
construir un templo
allá en Alabama?
¿Por qué no aludía
a su retorno?
¿No le brotaba la idea
de que Bertha Singer,
(su *süsser*)
pudiera apenarse
durante la larga espera
para luego apagarse marchita
más aún de lo que ya,
por tremenda
constitución
eran su pena y su mustio apagamiento?

A esas alturas,
pasando por la calle
frente a la casa de los Singer,
era casi habitual
a todas horas
ver entrar o salir
con su semblante de niño
al médico titular del pueblo,
el doctor Schausser con su pelo crespo,
sacudiendo desolado la cabeza.
Mas, por otra parte,
¿qué cura puede concebirse
para esa esposa
condenada
a una espera
solitaria, constante e indefinida?
«La candela de Berta
es apenas una llamita

y se está consumiendo»,
les dijo Mordechai Singer
a los ancianos del templo.
Y desde entonces
todo Rimpar se pregunta
por qué
Heyum Lehmann,
hijo del tratante de ganado,
no se decide a volver
de una santa vez.

También se lo pregunta
Abraham Lehmann,
que aun siendo parco en palabras
bien sabe cuándo conviene pronunciarse
y debido a ello
ha resuelto enviar
a instancia de sí mismo
la enésima nota
ultramarina
llegada en sobre cerrado
al domicilio de Herr Heyum Lehmann.
Con dos enes.
LA PALABRA DE UN HOMBRE,
QUERIDO HIJO, SE GRABA EN PIEDRA;
LA PALABRA DE UN MAJADERO
SE ESCRIBE EN UN TRAPO.
SIEMPRE A LA ESPERA,
TU REVERENCIADO PADRE.

Y nada
pasó inadvertido
en aquella nota.

Henry captó
cabalmente
el desdén con que estaba escrita la palabra *trapo*
y por un instante,
como un auténtico mercader,
le sobrevino un escalofrío
en defensa de su algodón.
Pero más que nada
le resultó claro

el sentido del muy rotundo A LA ESPERA,
que sonaba como una orden a las reses
para que se recogiesen en el establo
so pena de acabar a zurriagazos.
Sin escapatoria.

Reaccionó por instinto
y fue el primero
en sorprenderse
cuando arrebujó la nota.

Si hubiera estado en Rimpar
aquella noche,
Henry habría sabido
que el viejo Abraham
apenas pegó ojo
por la desazón,
y cuando lo consiguió
soñó con un gran templo
lleno hasta los topes de campesinos hediondos
llegados desde el campo
que, sin embargo, hablaban inglés.
Entre ellos estaba él, su hijo,
como un shamás:
reía sádicamente
mirando allá arriba el matroneo
donde una muchacha sollozaba en un féretro
invocando su nombre: «¡Heyum, Heyum!».
Pero a él, riendo a mandíbula batiente,
se la traía al fresco
y cuando subió a abrir los rollos de la Escritura,
la Torá apareció como una larga lámina
de blanco algodón
donde se leía
un homérico
AUF WIEDERSEHEN.

6
Süsser

Se ha corrido la voz
también más allá del río:
el género de Henry Lehman es *first choice.*
¡Baruj Hashem!

Se lo ha dicho esa mañana
el doctor Everson,
que cura el sarampión a los hijos de los esclavos
y mientras los cura
escucha las habladurías
en las barracas de las plantaciones.

El género de Henry Lehman es *first choice.*
Eso se cuenta por ahí.
¡Baruj Hashem!
El algodón de Henry Lehman es inmejorable.
El mejor del mercado.
Esto se cuenta.
¡Baruj Hashem!,
también en las salas de los patrones:
el doctor Everson ha oído elogios
sobre la tela para visillos,
sobre los manteles,
sobre las sábanas.

Y Henry ha brindado,
solo tras la encimera,
con una botella de licor
adquirida tres años antes,
apenas llegado,
bien guardada
para festejar el éxito
tarde o temprano.
¡Baruj Hashem!

El registro de cuentas,
por otro lado,

es elocuente:
el negocio ha ingresado
casi un cuarto más que el año anterior
y sólo estamos en mayo.
Bajo el letrero donde se lee H. LEHMAN,
la manilla de latón rojo
se atasca
cuando los clientes empujan para entrar,
mas con olfato mercantil
el dueño
no tiene intención de repararla:
traerá buena suerte.
Dejándola intacta
traerá tanta fortuna
como hasta ahora ha traído.
E incluso más.

Por lo cual
no es sorprendente
si también ahora
por enésima vez,
bajo el letrero donde se lee H. LEHMAN,
la manilla vuelva a atorarse
bajo la tímida mano
de una clienta desconocida:
Henry corta tela en el mostrador
y no alza la vista:
«Debe levantarla, señorita,
tire con fuerza hacia arriba
entonces, bien o mal, se abre».

Veamos.
Fue en ese justo momento
cuando, por quién sabe qué misterio del ser femenino,
la tímida mano se volvió iracunda
y se ensañó con la manilla
mostrando un ímpetu insospechado,
tanto y de tal índole
que la puerta no sólo se abrió,
sino que además se destrabó de las bisagras
desplomándose sobre el pavimento
con gran barahúnda de cristales destrozados

que cortaron una mejilla
de la anónima clienta.

¿Y Henry Lehman,
hijo de un tratante de ganado?

Quieto
detrás del mostrador,
contempla la sangre
sin mover un dedo,
ni siquiera cuando ella
le pide por favor un pañuelo
con aire destemplado.

«En aras de la precisión, señorita, qué pañuelos desea comprar?
Los tengo de dos dólares, de dos cincuenta y de cuatro».

«No los quiero comprar,
quiero quitarme la sangre de la cara,
¿no se da cuenta de que me he cortado?».

«¿Se percata usted de que ha roto la puerta de mi tienda?».

«La puerta de su tienda estaba atrancada».

«Bastaba con tirar suavemente hacia arriba:
si me hubiera hecho caso...».

«Escuche, por última vez:
¿sería tan amable de proporcionarme un pañuelo?».

«¿Y usted sería tan amable de pedir disculpas
por el daño que me ha causado?».

«Perdone, ¿qué es más importante, su puerta o mi mejilla?».

«La puerta es mía, la mejilla es suya».

A esta frase
la anónima clienta no respondió:
imposible
hallándose ante una verdadera obra maestra
de insólita

racionalidad.
Lo admiró
y la experiencia de la admiración,
como a veces ocurre,
fue superior a la experiencia del sufrimiento.

«La puerta es mía, la mejilla es suya»
era de hecho un ejemplo asombroso
de la manera como Henry Lehman interpretaba la realidad.
«Eres una cabeza»,
le dijo un día su padre,
el tratante de ganado,
allá en Rimpar, ¡sí señor!, en Baviera.

Henry Lehman: una cabeza.
La pura verdad.
Bien lo dijo el rab Kassowitz aquel día:
«Tras un ayuno, Henry Lehman
se dejaría morir de hambre
antes que comer cualquier cosa al buen tuntún».
Y de esa naturaleza suya,
sobra decirlo,
Henry estaba muy ufano
pues se creía dotado
de una arma mortífera
(la cabeza, sin ir más lejos)
frente a la cual todos se doblegaban.

Hasta aquella mañana.

Porque sucede
que la clienta anónima no era en absoluto dócil.

Que le dijeran
«la puerta es mía, la mejilla es suya»
la congeló momentáneamente.
Pero no estaba vencida.

Veamos.
Por quién sabe qué misterio del ser femenino,
la fiera sangrienta dio unos pasos,
alcanzó el mostrador
y con moción fulminante

atenazó
el corbatín de Henry
y se lo pasó por el rostro
dejándolo hecho unos zorros.
Luego, mirando a míster Cabeza,
aquilató escasas palabras,
pero palabras *first choice*:
«La mejilla es mía, la corbata es suya».
Y sin esperar réplica alguna
se fue de allí
pisoteando los vidrios con sus tacones.

El encuentro entre dos cabezas
tiene consecuencias tremendas.

¿Ella no se había rendido?
Él no podía rendirse:
la siguió afuera para que pagase el daño,
ella se negó,
él la amenazó,
ella lo mandó a tomar viento,
él la agarró,
ella se desprendió
y con estas escaramuzas
en la vía pública
bajo la solana del sur
recorrieron vociferando
(para alborozo de los niños)
el no breve trecho
que desde la tienda Lehman
conducía a la cancela de la casa Wolf,
donde ella le espetó a la cara:
«Yo ya he llegado, si a usted no le importa,
y le doy mil gracias por su grata compañía;
le agradezco su gentileza, su conversación,
sus halagos y sus pañuelos: es usted todo un caballero».

Henry Lehman
no contestó
acto seguido
a esta provocación:
imposible
hallándose ante una verdadera obra maestra

de insólita
racionalidad.
La admiró en cuerpo y alma:
la experiencia de la admiración,
como a menudo sucede,
fue superior a la experiencia del sufrimiento.

Pero todo tiene un límite
porque notaba,
intensísima,
la urgencia de herirla,
y lo hizo sin piedad:
«¿Es usted la criada de los Wolf?».

«Sólo si usted es el dependiente de los Lehman».

«Para su información, yo soy Henry Lehman:
ésa es mi tienda desde hace tres años».

«Para su información, yo soy Rose Wolf
y esta casa me pertenece desde hace tres días.
Por tanto, si lo tiene a bien,
no se enemiste con la clientela».

Frase esta última de incisión segura
endosada por miss Wolf
con esa mueca de sarcasmo
que en un semblante femenino
decapita a las víctimas inocentes.

Por lo demás,
la frase fue pronunciada cuando ya se cerraba la cancela
como un telón
para desencanto de los viandantes intrigados.

El encuentro de dos cabezas
siempre tiene algo divino.

Y económicamente ventajoso.

Porque a partir de entonces,
en efecto,
sin darse cuenta,

Henry Lehman
fue espaciando su correspondencia
y redujo
netamente
el gasto postal.
Pasó de una carta cada tres días
a una carta cada siete
y luego cada diez,
asentándose finalmente en una media de dos al mes.

Y en apenas siete meses
le resultó de pronto claro
que Rose Wolf,
destructora de vidrieras,
podía retenerlo en Alabama
durante algo más de tres años.
Tal vez cinco.
Tal vez diez.
Tal vez para siempre.

Por desdicha, nada es más incómodo
para una cabeza
que el ingrato sino de enamorarse
siendo como es patente
que entre todo aquello que se agita en el mundo
el amor
es el menos cerebral de los lances.

Henry Lehman probó una fórmula propia
que lo condujese al amor, sí,
pero racionalmente.
Por lo tanto:
nada de flores,
nada de sombreritos,
nada de ojos dulces,
nada de galanterías pueriles.
Más bien
sólo
(y exclusivamente)
descuentos en el género expuesto,
lo cual, siendo para míster Lehman
bastante más que simple género,
siendo su razón de ser, su imperio, orgullo y concreta subsistencia,

equivalía a ofrecer
(en su cabeza)
ni más ni menos que la vida misma.

Los recursos financieros
sustraídos
al trasiego postal
fueron reinvertidos
ponderadamente
en una amplia apertura de crédito
y generosas ofertas comerciales...
QUE HE DISCURRIDO SÓLO PARA USTED, SEÑORITA ROSE WOLF,
ASIDUA CLIENTA DE MI ESTABLECIMIENTO.

Para Henry Lehman,
esta nota
podía y debía
ser entendida
como un cortejo explícito.

Mas no lo fue.

Peor aún.

Miss Rose Wolf tuvo la malvada ocurrencia
de ir contando por ahí
(no sólo en Montgomery, sino incluso en Tuscaloosa)
que la tienda Lehman,
como lo oyes,
abarataba los precios,
como lo oyes,
de modo que media Alabama se solivió
por no recibir el mismo trato.

Para apaciguar la ola de protestas
tocó pues colgar en la entrada
un gran cartel:

PRECIOS REBAJADOS A LA CLIENTELA SELECTA

En todos los estados del sur
fue quizá la primera ocasión
en que una tienda ideaba esta argucia.

¿Temía Henry Lehman una debacle?
Lo cierto es que aumentaron las ventas y ganó el doble,
lo cual derivó en lisonjas mentales
y de ahí en adelante
se dijo a sí mismo y contó a los otros
que la operación había sido por supuesto deliberada.

Pero la más relevante
fue que rebajando los precios a gran escala
hubo de ingeniar para miss Wolf
un trato que la distinguiera de la masa,
por lo cual,
cuando no bastaban los descuentos,
debió elevar los alicientes del homenaje
y para la destructora de vidrieras
comenzó la buena vida:
si pedía dos paquetes de cintas,
por arte de magia recibía cuatro;
si pagaba cinco palmos de encaje,
como mínimo obtenía diez,
y si el algodón se tarifaba a tantos centavos el metro,
ella lo pagaba con una sonrisa;
o sea:
miss Wolf comprendió
al final
porque (dicho sea de paso)
las cabezas no sienten el amor,
más bien lo comprenden.

Y ella lo comprendió con agrado.

Por lo cual aceptó
que míster Lehman
la llamara *süsser*
a partir de entonces.

Veamos.
Aquí surgió el escollo
porque desde ese momento
sobre el planeta Tierra
respiraban
en teoría
dos dulzuras

geográficamente dispuestas
una en Alabama
y otra en Baviera
cubriendo el dilatado planisferio.

Nada dijo Henry a la *süsser* americana,
nada dijo a la *süsser* bávara,
y curioso fue
el destino
de los *afectuosísimos saludos*
que desde hacía cuatro años
viajaban
en cada sobre
por el planeta Tierra
en dirección a *fräulein* Bertha Singer:
apelando a su condición de cabeza
y siendo, por tanto, alma de tortuoso carácter,
a Heyum Lehmann (ahora Henry)
le dio sin previo aviso
por escribirle directamente a Bertha,
y cuanto más quería decirle la verdad,
más lo atenazaba el miedo,
así que prodigaba (negro sobre blanco) amorosos besos
y cariñosos abrazos
y delicadísimas caricias
y promesas
y deseos
y cualesquiera ternuras
con tal de no revelarle a Süsser
que (lo sospechaba)
a Rimpar
ya no volvería.
¿Pero cómo decírselo?
Sola y abandonada
en la otra punta del planeta
podía tal vez matarse
si él la repudiaba.

La cadavérica Bertha,
por su parte,
se quedó estupefacta
al verse de pronto anegada
por tamañas pasiones.

Dudó al principio.
Luego,
por quién sabe qué misterio del ser femenino,
remontó inesperadamente el vuelo:
a los arrebatos americanos de su Heyum
replicaban
arrebatos bávaros de Süsser Singer
y sobre las aguas del océano Atlántico
se derramaron quintales y quintales
de almíbar.

Por suerte, Alabama y Alemania
se hallan tan lejos
que cuando aquí es de día allí cae la noche
y si aquí resplandece la luz, descienden allí las tinieblas.
Menos mal.

Porque en este intercambio
de amorosos fervores
Henry ocultaba a su Rose,
pero también Bertha
escondía un secreto:
¿qué culpa tenía, después de todo,
si tras cuatro años de
afectuosísimos saludos
un médico municipal
con cara de niño
la había atrapado en las puertas del Valhalla?
¿Qué culpa tenía
si, en la brega de curarle el cuerpo,
el dulce Schausser de cabellos crespos
le había trastornado el alma?
Estaba enamorada del doctor.
Y era además correspondida
hasta tal punto
que las visitas y consultas
rebasaban
con creces los esmeros
prescritos para la peor tuberculosis.

¿Pero cómo decírselo
a aquel Heyum emigrado a tierras remotas
que ahora le remitía

tantísimo cariño?
Solo y abandonado
en la otra punta del planeta
podía tal vez matarse
si ella lo repudiaba.

De ahí
que las cartas de amor
surcaran el océano
en ambos sentidos
durante más de un año.

Fue el tratante de ganado
quien liquidó las dilaciones
apenas le brotó una duda,
en cuanto percibió que Bertha,
de un tiempo a esta parte,
estaba muchísimo mejor,
notoriamente,
pese a que el doctor Schausser
siguiera meneando la cabeza
y aumentara la frecuencia de las sangrías.

Pensó pues
que esa duda
podía servir de acicate
para que su hijo regresara al establo
de una vez por todas
y escribió la profética nota:
QUE DESPUÉS NO LLORE QUIEN DEJA LA GUARIDA
DEMASIADO TIEMPO... ES BIEN SABIDO: LAS PERRAS TIENEN
    FRÍO.
EN ATENTA ESPERA, TU PADRE.

Nunca fue recibida
con tanta alegría
una misiva paterna:
¡era espléndido,
portentoso,
que una perra tuviese frío!
¡Y que buscara el calor!
¡Allá se las apañara Süsser Bertha con su madriguera!

¿Y Süsser Rose?
¡Tendría su boda americana!

Un sol deslumbrante
iluminaba Montgomery ese día
a mil millas de los hielos bávaros:
el negocio prosperaba a toda vela,
el algodón era *first choice,*
los precios rebajados atraían clientes
y
no lejos de Court Square
se tomaban medidas
para la construcción
de una sinagoga.
Cada cosa a su tiempo.

7
Bulbe

Media mañana de Rosh Hashaná.
El balde de pintura está en la calle
junto a la entrada de la tienda,
junto a esa puerta
cuya manilla aún se atora.
«¡Buenos días, Cocobolo! *God bless you!*».
«*God bless you,* míster Lehman! ¿Qué, pintando el letrero nuevo?».

El balde de pintura reposa en la calle
mientras de una carreta descargan
bobinas de algodón de un metro por cuarenta.
25 bobinas,
7 ovillos y 12 en crudo
como consigna la lista
que Henry Lehman, de pie en la puerta,
tiene entre las manos.
Tacha una tras otra las cantidades y medidas.
«Al almacén, Cocobolo, lleva todo al almacén».

El balde de pintura reposa en la calle
y Henry les ha encargado la tarea:
«Me termináis el rótulo esta tarde».
Seis metros de ancho por uno de alto.
Acabar de pintarlo
mientras Henry recibe el algodón
y controla su calidad;
lo hace él, en persona, mejor que nadie,
la controla subido al carro
antes incluso de la descarga,
sobre todo el algodón crudo
que Henry adquiere directamente
en una plantación:
tiene un acuerdo con Cocobolo Deggoo,
un negro de más de dos metros
así llamado porque, en efecto,
posee un cráneo perfectamente redondo
siempre empotrado en un sombrerucho de paja clara.
Cocobolo Deggoo ejerce de capataz
en la plantación Smith & Gowcer:
los blancos han entendido
que los esclavos trabajan más y mejor
bajo el mando de un negro como ellos,
basta escoger al más avispado,
por lo cual
Cocobolo Deggoo es un semiesclavo, un siervo de confianza
a medio camino entre los blancos y los negros.
Cada domingo, muy puntual,
cantando salmos
y ataviado para la misa (donde toca el órgano),
Cocobolo Deggoo
atraviesa la calle mayor de Montgomery
transportando a la tienda de Henry Lehman
una carretada de crudo, ovillos y bobinas:
«¡Cocobolo, me has traído un algodón fibroso!».
«¡Cocobolo, éste no es el escogido! ¡Ahora mismo te lo llevas!».
«¡Cocobolo, por éste te pago menos!
Métalo dentro, pero os doy un tercio».
«¿Qué porquería es ésta, Cocobolo?
Vale menos que el forraje del caballo».

El balde de pintura reposa en la calle.
Para el nuevo rótulo

han elegido el color amarillo.
Cónclave familiar de la casa Lehman,
todos reunidos en la tienda la tarde anterior.
Sólo faltaba Rose:
«Estás preñada, no puedes venir, quédate en casa».

Ya.
Letras amarillas sobre fondo negro,
será llamativo,
atraerá clientes,
les dijo Henry.

Los dos,
uno tras otro,
mojan los pinceles
y salpicando
prosiguen la tarea:
puntillosos,
diligentes,
sin salirse de los bordes marcados;
Henry los ha trazado a lápiz,
que las letras desvaídas no se leen bien,
ha dicho Henry,
y nos quitarían clientes: tiene razón.
Henry tiene razón.

La ele de Lehman será mayúscula.
De los dos la pinta Emanuel:
Emanuel Lehman.
O así Mendel, que es su nombre verdadero.
Pero aquí en América todo cambia, ya se sabe, incluso el nombre.

Emanuel, sí.
Cinco años más joven que Henry,
con quien saltan chispas,
por tanto pactos bien definidos:
«¡Si vienes a América tienes que obedecerme!».

Acuerdo cerrado.
Emanuel es un chico crecido a toda prisa.
Pelo más negro que la pez,
mostachos de artillero prusiano,

personalidad incendiaria,
individuo que se inflama
e inflamándose le dijo a su padre:
«Yo también me voy a América,
Baviera es un traje muy estrecho».

Y míralo allí, ahora, Emanuel
agachado en el suelo
de rodillas,
armado con un pincel
y un mandil encima para no ensuciarse la ropa
pues entretanto sigue abierta la tienda
y, si viene alguien,
un tendero manchado de pintura es impresentable:
quitaría clientes.
Y tiene razón.

También la be de Brothers será mayúscula,
mayúscula como era la hache de Henry,
que por decisión propia ha sido eliminada, fuera, se acabó:
desde hoy no más Henry Lehman,
sino
LEHMAN BROTHERS.

Sudando,
encorvado y absorto,
con el máximo celo,
pinta la be de Brothers
el tercero y último de los hermanos,
desembarcado como un fardo apenas un mes atrás,
aterrado por el viaje, el océano y las tempestades,
incluso por el viejo rabino a quien se le confió la misión
de llevarlo junto a sus hermanos, allá en Alabama.

Mayer Lehman,
veinte años o algo menos,
vivo retrato de su madre,
con los carrillos siempre rojos
(sin probar el vino)
y una piel lisa
donde aún no despunta la barba,
tan lisa como una papa recién mondada.

Y su hermano Emanuel
no pierde ocasión delante de todos
para llamarlo en hebreo
«Mayer Bulbe»
silbándole como a un perro:
«Patata Mayer».
Bulbe, por otro lado, era el nombre de un perro
allá en Europa,
en su casa, allí en Alemania,
en Rimpar, Baviera,
donde un tratante de ganado
ha perdido para siempre el sueño
y masculla «schmok» de la mañana a la noche.

Tres muchachos, los hermanos Lehman.
Henry.
Emanuel.
Mayer.
De los tres, Henry es la cabeza
(lo dijo su padre allá en Baviera),
Emanuel es el brazo.
¿Y Mayer?
Mayer Bulbe es lo que hace falta entre cabeza y brazo
para que el brazo no machaque la cabeza
y la cabeza no humille el brazo.
También por esto lo han enviado a América:
para mediar en las pugnas si es preciso.
Cabeza, patata y brazo:
los tres estarán en la nueva enseña de madera
grande, hermosa y reluciente
que pronto colgará abarcando toda la fachada:
TELAS Y VESTIDOS LEHMAN BROTHERS
escrito en amarillo sobre fondo negro,
enmarcado,
labrado sobre la madera por Henry y Emanuel,
en especial horario nocturno,
día a día
una vez cerrada la puerta de la tienda,
sin robarle tiempo a la clientela,
que, como dice Henry,
si no, ya lo verás, no regresa
y

«la clientela, recordadlo, es tan sagrada
(¡Baruj Hashem!)
como las reses de nuestro padre».
Henry también tiene
razón en esto.

Cada mañana,
al igual que esta mañana,
los tres hermanos Lehman
se levantan a las cinco;
aún es de noche y se prenden las lámparas
con esperma de ballena.
En la casa de tres cuartos,
allí, en Court Square,
sólo hay un barreño de agua para lavarse.
«Era mejor en Alemania»,
observó Emanuel
en su tercer día americano,
pero tras el guantazo que le dio Henry en toda la cara
no se ha atrevido a repetirlo.
Cada mañana,
al igual que esta mañana,
los tres hermanos Lehman,
mientras la ciudad aún duerme
(y América aún no parece un carillón),
cada mañana
antes de salir,
en torno a la mesa,
rezan juntos
las oraciones
como en Alemania,
como en los tiempos de Rimpar, allá en Baviera.
Luego se ponen el sombrero
y salen
al carillón, que empieza a moverse,
abren la tienda
con la manilla que siempre se atora
porque fue repuesta tal cual
después de que Rose Wolf, señora de Lehman,
derribara la puerta.

Otro día.
Otro día.

Otro día.
Lana,
cáñamo
y
algodón,
algodón,
algodón: el *king cotton*,
que hoy Henry (la cabeza)
ha tenido la idea:
sentado en el alféizar de la ventana abierta
con las piernas encogidas
y un brazo en alto para sostenerse la nuca
ha decidido
que de ahora en adelante
los Lehman venderán
no sólo telas y vestidos, no,
prendas y tejidos ya no bastan:
«También venderemos todo lo necesario para cultivar el *king cotton*».
Emanuel (el brazo) levantó la vista
con mirada torva:
«He venido a América
para ser comerciante,
no agricultor».
«Y eso es de hecho lo que hacemos:
comercio.
Vendemos y venderemos».
«Yo no quiero vender cubos y azadas para los esclavos».
«Tú estás aquí para hacer lo que yo quiero:
yo he fundado este negocio».
«Pero en el letrero se lee Brothers».
«Porque yo lo he dicho y así lo he querido,
pero la tienda sigue siendo mía».
«Yo no me pringo con las plantaciones:
quiero vender tejidos».
«He hecho mis cálculos:
los amos de las plantaciones compran
semillas, aperos, carros».
«Tus cálculos no son los míos:
¡yo quiero seguridad!».
«¡Tú te callas! Yo soy quien...».

Y en este punto interviene Mayer Bulbe,
liso e inodoro como una papa:

«¡Eh, Cocobolo Deggoo!
Si vendiéramos semillas, herramientas y aperos,
¿nos los compraríais?».
«¿Simiente y aperos, míster Lehman?
God bless you! Los compraría enseguida:
el que los vende más cerca está al otro lado del Tennessee».

Emanuel escupe en el suelo,
se agacha y vuelve a pintar el letrero
amarillo y negro que atraerá a los clientes
y en la calle, lo ha dicho Henry, destacará entre todos:
LEHMAN BROTHERS
suena bien,
suena muy bien.
También esto
lo ha dicho Henry.
¡Y Baruj Hashem!
Henry Lehman siempre tiene razón.

8
Janucá

*Baruch atah adonai
eloheinu melech ha'olam
asher kid'shanu b'mitzvotav
v'tzivanu l'hadlik neir
shel Hanukkah.**

Es la noche de Janucá
mientras Henry enciende la séptima vela
en pie detrás de la mesa
con toda la familia,
¡Baruj Hashem!
Es la noche de Janucá

---

* Bendición por el encendido de las velas (fiesta de Janucá): «Bendito seas, ¡oh Señor, nuestro Dios, Rey del universo! Tú que nos has santificado con Tus mandamientos y nos has mandado prender las luces de Janucá».

antes de abrir los regalos
cuando a la puerta de la casa Lehman
llaman con tal vigor
que todo se tambalea.
A Cocobolo Deggoo nunca se lo ha visto tan nervioso
sin el sombrerucho de paja en la cabeza.
Tiembla, llora, grita:
«*God bless you*, míster Lehman: ¡fuego!
¡Hay fuego en las plantaciones!».

Y bajan a la calle
Henry, Emanuel y Mayer
dejando a Rose asomada a la ventana
(«estás de nuevo preñada, no puedes venir»).
Henry, Emanuel y Mayer
bajan a la calle,
a la oscuridad de una noche que no es oscura porque parece día
en el aire, en el viento.
Salen a la calle
Henry, Emanuel y Mayer,
por todas partes humo
que quema los ojos,
carretas que van a lo loco
por las avenidas, a lo loco,
gente con cubos, hombres, muchachos,
humo en el aire,
la nariz, la garganta
(Henry, Emanuel y Mayer).
«¡Todo se incendia, arden los campos!».
Los barracones de los esclavos,
los almacenes, las chozas.
Todo Montgomery en la calle,
todo Montgomery corriendo
(Henry, Emanuel y Mayer).
«¡Arden cuatro o cinco plantaciones! ¡Están en llamas!».
Humo en columnas de cuarenta metros
como los campanarios de allá en Baviera,
humo denso, cargado, compacto
como el de las naves europeas de Baltimore
que aún acudían a los sueños de Mayer Bulbe.
Hasta la noche se ha teñido de rojo
pintada como el letrero,
los muros de las casas, la calle:

reflejos,
centellas,
estallidos atronadores en la lejanía
hacia donde corren quienes ayudan.
Otros huyen
escapando,
niños en brazos
medio desnudos,
mujeres y hombres,
blancos y negros en fuga
tropezando, cayendo,
desvaneciéndose,
no se respira,
humo en la garganta,
los ojos,
la nariz,
«¡Todo arde! ¡Todo! ¡Se ha perdido el algodón!».
Los caballos se encabritan
entre el humo,
carrozas volcadas,
carros que se ladean y derrapan,
ruedas desgajadas.
«¡Id al río, a los canales, al agua!».
El ruido que los rodea
es un estruendo
formidable,
un eco
que retumba
entre paredes
y cristales.
«¡Todo arde! ¡Todo! ¡Se ha perdido el algodón!».
Polvo y ceniza
como lluvia desde las alturas,
gris, rojo, negro, blanco,
llamaradas como cuchillas en el cielo
(Henry, Emanuel y Mayer).
Heridos llevados a hombros,
vendas mojadas,
quemaduras en piernas, brazos, cabezas,
calor en el aire, asfixia.
«¡Se está levantando viento: avivará las llamas!».
«¡Al río, al río! ¡Traed agua!».
Cocobolo Deggoo con su carreta,

la familia a salvo.
«*God bless you!* ¡Auxilio!».
Unos maldicen y blasfeman,
otros rezan,
llega el día en plena noche.
Montgomery despierta,
las plantaciones en llamas.
No quedará nada.
No quedará nada.
No quedará nada.

Baruch atah adonai
eloheinu melech ha'olam
asher kid'shanu b'mitzvotav
v'tzivanu l'hadlik neir
shel Ḥanukkah.

Es la noche de Janucá
mientras Henry enciende la séptima vela
en pie detrás de la mesa
con toda la familia,
¡Baruj Hashem!
Es la noche de Janucá
cuando llega la noticia:
algodón en llamas,
todo perdido.
Pero al mismo tiempo,
¡Baruj Hashem!,
hay que readquirirlo todo:
semillas, aperos, carros;
hay que rehacerlo todo
para recomenzar:
semillas, aperos, carros.
«Adelante señores: nuestra tienda está abierta.
Lehman Brothers tiene todo lo que necesitan».

«Entonces dime, Cocobolo:
¿Qué hace falta en Smith & Gowcer?».
«*God bless you*, míster Lehman:
nos falta de todo, ¡de principio a fin!».
«Y si el incendio os ha arruinado,
¿cómo pagaréis?».

«Los amos se comprometen
con un acuerdo escrito».

Emanuel (el brazo)
alza los ojos y los clava en Henry, maliciosamente.
«He venido a América a hacer dinero,
no a coleccionar papelitos escritos».
«Si no hay dinero, ¿cómo quieres que paguen?».
«Si no hay dinero, no les vendemos nada».
«Tú estás aquí para hacer lo que yo mande».
«En el letrero hemos escrito Brothers».
«¡Baja esa voz y no me pongas las manos encima!».
«Te había dicho que era mejor vender tejidos».
«Nosotros vendemos lo que sea y éstos nos lo compran todo».
«Compran, pero no pagan».
«Tú a callar, soy yo quien...».
En este punto interviene Mayer Bulbe
deslizándose furtivamente,
liso e inodoro como una papa:
«Escucha, Cocobolo:
¿si sembráis ahora, cuánto tarda la cosecha?».
«Una estación, míster Lehman,
pero luego, antes de vender el crudo...».
«Y vosotros nos pagáis con el algodón crudo:
un tercio de la cosecha, fijamos ahora el cupo.
Vosotros nos lo dais y nosotros lo revendemos».
«*God bless you*, míster Lehman!».

Es la noche de Janucá
mientras Henry enciende la séptima vela
en pie detrás de la mesa
con Emanuel y Mayer.
¡Baruj Hashem!
Es la noche de Janucá,
cuando una calamidad altera la vida de todos:
los Lehman
vendían telas y vestidos,
pero de pronto
el fuego ha decidido:
compraventa de algodón crudo.
El oro de Alabama.
Prodigios de una patata.

9
Shpan dem loshek

Pero como no es una transición simple,
conviene actuar con prudencia.

Cuando se reúnen
para decidir algo importante,
los tres hermanos Lehman
no se sientan en torno a una mesa.

Emanuel, de pie, da vueltas por la habitación.

Mayer prefiere su taburete redondo
colocado a medio camino
entre la cabeza y el brazo, equidistante.

Henry, en cambio,
entra cada vez
con paso firme
y va a sentarse
sobre el alféizar de la ventana abierta
con las piernas encogidas
y un brazo en alto para sostenerse la nuca.

O sea:
ésas son siempre sus posiciones.
También hoy mientras valoran
una liquidación (se acabaron los pañuelos, las sábanas y los manteles)
para dedicarse al comercio
(el comercio en serio),
siempre algodón, pero algodón crudo.
Mayer está a favor.
Emanuel vota en contra.
Y como son tres, Henry establece la mayoría.

«Vamos, Henry, ¿qué votas? ¿A favor o en contra?».

Henry se toma su tiempo.
Ésa es una prerrogativa de la cabeza.

Sigue quieto
sobre el alféizar de la ventana abierta
con las piernas encogidas
y un brazo en alto para sostenerse la nuca.
Después no dice nada.
Asiente y basta.
El cambio está hecho.

Cierto: el algodón crudo no es como los billetes.
Desde que Cocobolo Deggoo,
de la plantación Smith & Gowcer,
y como él míster Saltzer, míster Bridges,
míster Halloway, de la hacienda que hay al otro lado del río,
e incluso míster Pellington, de Tennessee;
desde que nadie paga a la Lehman con billetes,
sino con algodón crudo,
el pequeño almacén
(esa rebotica de la tienda)
ya no basta, no, es insuficiente.
Han adquirido uno mayor,
tres cuadras más adelante, tras la capilla baptista
donde Cocobolo Deggoo toca el órgano cada domingo.

Funciona así:
los Lehman dan a las plantaciones semillas, utensilios
y todo lo que necesitan;
las plantaciones dan algodón crudo a los Lehman,
los Lehman llenan el almacén de algodón
y lo revenden a las fábricas
incrementando el precio:
«¡Un poco más!»,
dice Henry;
«¡el doble!»,
exclama Emanuel;
«un tercio, ¡ni lo uno ni lo otro!»,
sugiere Mayer.

Tú me das el algodón, yo lo revendo.
Tú me pagas hoy con algodón,
mañana lo cobraré convertido en billetes.

¿Negocios?
Negocios.

Y poco importa que también otros lo intenten:
los Lehman lo hacen mejor,
mejor que nadie.
Mejor incluso que algunos sujetos,
judíos como ellos,
alemanes como ellos,
llegados a América desde los aledaños de Rimpar;
ellos, sí:
la familia de Marcus Goldman
y también la de Joseph Sachs.
Todos en Alabama.
De modo que un tratante de reses
privado de su sueño
no ha dejado escapar la ocasión del sarcasmo
y ha escrito una notita:
QUERIDOS HIJOS, EN ESE VILLORRIO VUESTRO
PODRÍAIS PONER UNA CARTEL
QUE DIJERA «RIMPAR»
SI NO FUESE PORQUE EN AMÉRICA SON TODOS
    ANALFABETOS.

Da igual: el mercado del algodón
progresa viento en popa
porque el truco (el verdadero)
consiste en vender aquello que el hombre *no puede no comprar.*
Eso les ha dicho Henry Lehman
a quienes le han pedido consejo,
a Marcus Goldman, a Joseph Sachs,
a todos esos judíos alemanes
que desembarcaron con sus mejores zapatos
aturdidos y un poco confusos
como pececillos varados en la orilla
a los que alguien debe reconducir hasta el mar.
«Dicho esto, entendámonos, el comercio es una guerra,
así que cada uno a lo suyo, lo vuestro y lo nuestro,
nada de descuentos porque seáis bávaros».

Sobre el auténtico secreto de los hermanos Lehman
Henry sella los labios.
¿Cómo, por otro lado, podría
explicar una receta que requiere cabeza, brazo y salsa de patata?
Pero está seguro: ahí reside toda la diferencia,

inscrita, asimismo, en una enésima
nota llegada ayer mismo desde lejos:
QUERIDOS HIJOS: HACER DINERO NO ES COMERCIO,
ES UNA CIENCIA. SED ASTUTOS, PERO IGUALMENTE
      PERSPICACES,
VUESTRO DEVOTO PADRE.

Astutos y perspicaces.
Un binomio milagroso. E imprescindible.
Que por suerte aquí no falta
al contar con un tubérculo que hace de divisoria
entre una cabeza perspicaz y un brazo astuto.
Cierto que el equilibrio es frágil
y para no menoscabarlo
Henry Lehman jamás se ausenta de la tienda
por ningún motivo, sea cual sea,
ni siquiera cuando Rose le parió el primer hijo:
no obstante
expidió apresuradamente a Mayer Bulbe, eso sí,
pertrechado con un ramo de camelias
y el encargo de besar por él al hijo y la esposa
comunicándole a ésta en una oreja:
«Tu marido me envía a decirte que está contento,
pero que por desgracia tiene mucha faena.
Felicidades en cualquier caso:
un niñito precioso, ¿lo festejamos? ¡Mazel tov!».

Por otra parte, el trabajo es tanto
que entre los tres no dan abasto.
El pequeño espacio
en la calle mayor de Montgomery
con el gran letrero LEHMAN BROTHERS
se ha convertido en un constante tráfago de variopintos personajes.
Ahora entran los sombreros de paja de las plantaciones,
pero también los puros encendidos de los industriales;
las botas y chambergos de las plantaciones,
pero también las polainas y ternos de lino de los industriales;
negros como Cocobolo Deggoo
y comerciantes blancos del norte
como Teddy Wilkinson,
un tonel encorbatado,
barba rubia, siempre sudoroso,

enseguida rebautizado por Mayer Bulbe
como «Manosfinas»
porque siempre se jacta:
«Ni un callo en las manos, perfectas,
finísimas, jamás he tocado una pala,
sólo cuento dinero».
Lehman vende a unos semillas y utensilios,
a otros les despacha algodón.

Lo compran a peso de oro, el algodón.
Van a Alabama desde más allá del Misisipi,
vienen de las factorías del norte
que adquieren materia prima en el sur
y la transforman, como ellos dicen, en «productos».
Así los llama Teddy Wilkinson, alias Manosfinas: «productos».
«Dadme ocho carretadas de algodón crudo,
os las pago sin regatear a tarifa completa
y ya me las arreglo yo para sacar provecho,
es asunto mío, de mi industria y mis productos.
Si os va bien, firmamos».
Y firmaron. *Yes*.
De una parte Lehman Brothers,
de la otra Manosfinas.
Contrato suscrito.
¡Baruj Hashem!
Desde el sur suministran algodón crudo al norte.

Dado un éxito semejante,
¿puedes interrumpir el trabajo
porque te ha nacido un hijo?
¡Venga ya!
Al fin y al cabo sólo hace falta un poco de sensatez.
Por ejemplo, midiendo los tiempos
de acuerdo con los horarios de la tienda.
Cuando Rose, por ejemplo,
notó las primeras contracciones
de su segundo hijo,
enseguida mandó llamar a Henry,
pero el inventario del almacén
se hallaba en plena ejecución
de modo que se le encomendó la suplencia a Mayer Bulbe
pertrechado con una ramo de camelias,
el cual susurró en una oreja de la esposa:

«Tu marido desea que no padezcas mucho.
Estará ocupado hasta última hora de la tarde
y pregunta si puedes esforzarte por retrasar el parto,
así tal vez logre estar presente».

Mas sólo en el cuarto episodio feliz
logró la señora Lehman
el resultado perfecto
de adaptar los tiempos del alumbramiento
a las superiores demandas de la empresa.

Mientras tanto,
desde que firmaron el primer contrato,
Teddy Wilkinson
aparece por Montgomery cada vez más a menudo:
su carruaje de radios plateados
se detiene frente a la puerta
y Manosfinas se presenta en el umbral
como un tonel encorbatado
solicitando ocho carretadas de algodón crudo.
«Pero si tuvierais más me las quedaría».
Lo dice siempre arrojando sobre el mostrador
sus dos fajos de billetes.
Después se enjuga el sudor y se enciende el puro:
«Uno de vosotros tiene que venir
a conocer mi factoría».

Emanuel Lehman aceptó
por fin la invitación. *Yes.*
Decidió.
Y se fue al norte
para conocer la fábrica
de Teddy Wilkinson, alias Manosfinas,
cuatro días de camino a la ida y tres a la vuelta,
cuando los carros de algodón ya están vacíos
y van más ligeros.
Emanuel fue a ver,
a averiguar en persona
qué sucedía en el norte
con el algodón crudo de las plantaciones.
«Aquí tenemos faena
¿y tú te largas diez días?»,
le dijo Henry con ceñuda acritud

un segundo antes de que Mayer Bulbe amañara un anzuelo:
«Ya lo hemos arreglado:
yo haré su trabajo durante esos diez días».
Y así partió Emanuel
con la excusa de acompañar personalmente
los ocho carros de algodón crudo pagados a tarifa completa.

Es una fábrica inmensa con el letrero
WILKINSON COTTON,
contó a su vuelta.
Está repleta de gente que trabaja para Manosfinas,
gente pagada: asalariados, no esclavos,
él los llama «mi mano de obra».
Un cuartelón de veinte metros de altura
con un tubo gigantesco que sale del techo
siempre humeante,
sin pausa, día y noche,
como el puro de Manosfinas o más aún.
Éste deambula por las instalaciones vestido de blanco
para vigilar
en medio de un ruido infernal
las decenas de telares a vapor
que con unos cepillos mecánicos
(siete metros de largo por cuatro de alto)
cardan y traman el algodón
continuamente
adelante y atrás,
cardan y traman
adelante y atrás,
cardan y traman
adelante y atrás,
cardan y traman,
después lo recogen y empujan por unos larguísimos
canales de hierro
llenos de agua
donde unas mujeres sentadas en fila junto a los bordes deshebran
        madejas
vigiladas de soslayo por Manosfinas
mientras un torno criba
millares de hilos agrupados
en los devanadores
y de ahí a la sala de las trenzadoras

y de ahí a otra sala y a otra más
hasta que emana el tejido.
«¡No se rasga!»,
hecho,
acabado,
«¡no se rasga!»,
nuevo y flamante.
«¡He ahí el producto!»,
le diría Manosfinas
secándose el sudor
porque allí dentro,
entre las bocanadas de vapor,
se suda el doble.
«Y cuanto más algodón crudo encontréis, mejor para mí,
yo os lo compro
todo, todo, todo...».
Todo.
En ese punto Emanuel (o al menos así lo recuerda)
volvió la vista a las máquinas de vapor
que engullían algodón crudo
(esas ocho carretadas traídas desde Alabama a precio de oro)
y lo expelían, carretillas enteras,
tan voraces e insaciables
que Emanuel Lehman, hechizado,
no pudo dejar de pensar
que si hubiese habido otras cien, doscientas o mil
carretillas,
habrían devorado todas ellas
sin tregua ni descanso
para deleite de Manosfinas y su mano de obra,
que es gente pagada; asalariados, no esclavos.
¡Baruj Hashem!

Cuando Emanuel concluye el relato,
Henry finge no entender parapetado tras el mostrador.
Simplemente porque él es la cabeza y su hermano el brazo,
no viceversa,
y ningún brazo inspira ideas en la cabeza.
Mayer Bulbe, en cambio,
(que era y sigue siendo una papa)
puede permitirse sumar uno más uno
con la párvula clarividencia de los vegetales:

«Bien, entendido:
si es como dices, busquemos más algodón».

Ninguno de los otros hermanos Lehman
emite sonido alguno como respuesta.

Sencillamente porque ninguna cabeza y ningún brazo
aceptan consejos de un tubérculo cualquiera.

Mayer Bulbe, sin embargo,
(justo en calidad de hortaliza)
puede permitirse sumar dos más dos:
«Y si no basta el crudo que nos dan,
comprémoslo:
luego se lo revendemos a Manosfinas
y la ganancia está garantizada».
Ninguno de los otros hermanos Lehman
parece haber oído una palabra.
Se observan, eso sí,
uno desde el mostrador
y el otro apoyado en la pared
como una cabeza y un brazo que se estudian mutuamente
con la injerencia de una patata intrusa
para más inri parlante:
«Vamos a ver:
si la plantación de Cocobolo nos vendiese el algodón
a quince dólares la carretada,
a Manosfinas podríamos pedirle veinticinco
y nos quedarían diez de margen,
que multiplicados por cien carros
dan mil dólares.
Más del doble de cuanto hemos ganado hasta ahora.
¿Qué decía nuestro padre?
Espolear el caballo
y espolearlo para que llegue muy lejos,
¡hasta Nueva Orleans!».

Espolear el caballo.
«¡Shpan dem loshek!».
Gracias a esta frase,
una insignificante patata de veintiún años
vence en el empeño de hacerse oír por dos seres humanos.
O mejor dicho,

para ser precisos,
la cabeza replica dentro del más puro estilo cerebral:
«En el rótulo de ahí fuera
no dice
COMPRAVENTA».
Y el brazo dentro del más puro estilo manual:
«Lo escribo mañana.
Si quieres».
El colofón «si quieres» allana
desde luego
el coloquio
entre Henry Lehman y Emanuel Lehman
y a la mañana siguiente
bien temprano
(¡*Shpan dem loshek!*)
un balde de pintura
reaparece en el suelo de la calle
junto al letrero recién desmontado:
COMPRAVENTA DE ALGODÓN LEHMAN BROTHERS
con las iniciales mayúsculas
como han decidido
de común acuerdo
la cabeza y el brazo.

Ahora bien,
pintando las letras
encorvada sobre la tierra
alguien jura no haber visto un brazo,
sino
una patata.

10
Shivá

Aquí el aire es muy seco.

Sentados en sendas banquetas de madera
adosadas a la pared,

los dos hermanos Lehman
esperan,
saludan,
agradecen.

Le puerta se cierra
y luego se reabre: otra persona.

Las barbas largas, ambas,
no se afeitan desde que comenzó el luto.

Desde que
sin anunciarse,
a traición,
la fiebre amarilla
se llevó a uno de ellos
en el curso de tres días.

«Es la enfermedad de las Antillas, si no me equivoco».
Eso dijo el doctor Everson,
que cura el sarampión a los hijos de los esclavos.
Lo dijo anteayer sacudiendo la cabeza
cuando entró en el cuarto
y alzando la lámpara de aceite
le examinó la cara:
ese color
más amarillo que el amarillo en el rótulo de Lehman Brothers.

«Es la enfermedad de las Antillas, si no me equivoco...
Y si, Dios no lo quiera, estoy en lo cierto...».
El doctor Everson no terminó
anteayer la frase.
Se quedó en silencio
como ahora los dos hermanos
sentados en sendas banquetas de madera
adosadas a la pared
mientras la puerta se cierra;
luego se reabre
y entra otra persona.

Cumplen todas las reglas, lo han decidido:
shivá y sheloshim

como hacían allá en Alemania,
todas las reglas como si estuvieran en Rimpar, Baviera.
No salir durante una semana.
No preparar comida: se les pide a los vecinos, se recibe y basta.
Han desgarrado una prenda como está prescrito,
la han despedazado al regresar
del sepelio
en el viejo cementerio
agotados, sedientos, sudorosos
porque aquí el aire es muy seco.

Los dos hermanos Lehman
también han recitado el kadish
todos los días,
mañana y tarde,
desde que comenzó el luto.
Ahora,
con un hilo de voz
y los ojos exhaustos,
sentados en sendas banquetas de madera
adosadas a la pared
esperan,
saludan,
agradecen.

La puerta se cierra
y luego se reabre: otra persona.

Han metido el cuerpo en un féretro de madera oscura,
Cocobolo Deggoo
lo ha claveteado,
quería hacerlo
y ha acudido
con los mejores clavos
y la mejor madera, la mejor de todas, la más cara
adquirida por lo hermanos.

Hoy la tienda está clausurada.
Hoy como ayer y antes de ayer.
Hoy y durante una semana más.
Existe desde hace diez años
y en diez años nunca ha cerrado

durante tanto tiempo,
la tienda Lehman Brothers
en la calle mayor de Montgomery, Alabama.
Cortinas echadas,
puerta cerrada
a doble vuelta de llave.
Ningún cartel, ningún aviso:
todos saben que ha muerto uno de los tres,
uno de los Lehman
así, de repente,
a causa de la fiebre amarilla.
«Enfermedad de la Antillas»,
dijo el doctor Everson.

Ahora,
sentados en sendas banquetas de madera
adosadas a la pared,
los dos hermanos Lehman
esperan,
saludan
agradecen.

La puerta se cierra
y luego se reabre: otra persona.

Es el primer Lehman que muere en América.
Tendrá una lápida de piedra
tallada en inglés, alemán y hebreo.
Costará, ¿pero a quién le importa?
¿Cuatro o cinco carretadas de algodón?
«¡Aunque fuesen cincuenta!»,
dice uno de los dos.
«¡Aunque fuesen cincuenta!»
recalca el otro.
Vestidos de negro.
Sombreros en la cabeza.
«¡Aunque fuesen cincuenta!».
«¡Aunque fuesen cincuenta!».
La puerta se cierra
y luego se reabre: otra persona.
«¡Aunque fuesen cincuenta!».
«¡Aunque fuesen cincuenta!».

11
Kish Kish

Chloe sabe contar hasta cinco.
Hasta cinco, en efecto.
Como ahora se ha agregado la de míster Tennyson,
ya son cinco las plantaciones de Alabama
que venden algodón crudo a los hermanos Lehman.

Hasta cinco sabe contar Chloe,
pero no logra contar todos los años de su edad
porque Chloe tiene catorce
y los dos hermanos Lehman la han comprado por 900 dólares:
su primera esclava.
¡1, 2, 3, 4, 5! ¡Muy bien, Chloe!

Hasta hace poco,
antes de que la fiebre amarilla les arrebatara a uno de ellos,
sólo había cuatro proveedores:
la plantación Smith & Gowcer,
donde trabaja Cocobolo Deggoo,
la pequeña plantación de Oliver Carlington,
que está a las afueras de Montgomery,
la de Bexter & Sally con sus doscientos esclavos caribeños
y por fin la conocida como «de los mexicanos»
porque su dueño es el viejo Reginald Robbinson,
de ochenta y un años,
que jamás se acerca a la plantación
y deja todo a cargo de sus tres fieles mexicanos,
desde escoger esclavos a vender el algodón.

Cinco plantaciones.
Algo menos de cuatrocientas carretadas de algodón crudo
para comprar y vender.
Doscientas se las queda
Teddy Wilkinson, alias Manosfinas,
el resto se lo reparten dos fábricas, una de Atlanta
y la otra de Charleston, en la costa:
desde Nueva York se las ha encontrado
un sobrino del rab Kassowitz.

El beneficio fijo para Lehman Brothers
es de doce dólares por carretada.

Al principio parecía mucho.
En realidad, hechas las cuentas, es poquísimo.

Porque transportar algodón
desde Alabama al norte
cuesta dinero.
Cuestan los caballos, cuestan los carros,
cuestan los arrieros y los descargadores
incluso cuando Cocobolo Deggoo, por convenio,
emplea en ocasiones a los esclavos
de la plantación Smith & Gowcer.
Pero aun con los esclavos,
doce dólares la carretada es una miseria,
una limosna,
y se pierde
demasiado,
no merece la pena,
con doce dólares
no hay beneficios
si echamos números,
con doce dólares
se cierra el negocio y asunto zanjado.

Para sacar partido harían falta al menos veinte dólares la carretada.
Al menos.
Y como mínimo otros cuatrocientos o quinientos carros de algodón
    crudo.
Como mínimo.
Lo cual significa el doble de plantaciones.
El doble.
O sea: si las diez mayores haciendas de Alabama
se aviniesen de cuando en cuando a venderles algodón a los Lehman,
entonces el negocio,
entonces sí,
empezaría
por supuesto
a ser rentable.

De los dos hermanos que quedan,
Emanuel Lehman es el más convencido.

Emanuel quiere jugar fuerte
como cualquier brazo que se precie,
no le sirven las cifras sobre el papel, necesita pasar a la acción.
Pues en el fondo, ¿qué hace falta?
Basta con presentarse a los amos del algodón
y explicarles que la jugada también les conviene
porque apenas recogida la cosecha
no pasa ni un día antes de embolsarse el cobro
si venden todo el crudo a los Lehman,
que de ahí en adelante están allí sólo para ellos
dispuestos a comprar el algodón de inmediato
y lo pagan,
¡sí señor!,
todo
(a un precio razonable),
pero en efectivo.
Todo ahí. ¿Qué más hace falta?
Emanuel quiere jugar fuerte:
de hecho es él quien
(con la barba aún larga por el luto)
llama a la puerta de todos los magnates,
se acomoda en los divanes de sus salones,
cena con ellos en las verandas,
escucha a sus hijas cuando éstas tocan el piano;
él, que detesta la música y los pianos:
«¡Magnífico, señorita!
¡Su hija es un prodigio!
Toque otra vez, por favor».
Pero estas frases,
pronunciadas a regañadientes
con rostro ceniciento
y conteniendo la modorra durante los recitales,
son el máximo de diplomacia que consigue manejar:
Emanuel Lehman no es un conspirador sutil,
no es un político,
no es un dispensador de sonrisas;
siempre se lo decía su padre
allá en Rimpar, en Baviera:
«Tú no eres un kish kish»,
que significa «un besos besos».
Y es cierto.
Sin duda.
Ningún brazo es un kish kish.

Aun menos Emanuel,
que de hecho se irrita y enfurece
con la cara tremendamente
roja
cuando los amos de la casa,
los dueños de las plantaciones,
no comprenden la oferta
y le dicen:
«Lo pensaré...»,
«ya veremos» o,
todavía peor,
«¿por qué debería daros el algodón precisamente a vosotros?».
Y dicho esto llaman a la hija
para que toque el piano.

Las buenas familias americanas del sur
tienen una niña pianista
y a todas ellas las ponen a tocar para sus invitados,
también para quienes van a hablar de algodón.

El ideal imposible,
la utopía
y el espejismo
sería un hombre de negocios profesor de piano.
¡Baruj Hashem!

La posibilidad de intentarlo
con el otro hermano Lehman que ha quedado
ni siquiera se toma en consideración.

En parte porque las patatas no son expertas en diplomacias.
En parte porque Mayer Bulbe tiene la cabeza en otro sito
desde hace algún tiempo,
desde que en la fiesta de Purim,
tras la mesa de los buñuelos y pestiños,
besó en la frente a Barbara Newgass,
conocida como «Babette»,
murmurándole al oído (eso se rumorea)
«Babette, tan bella como la luna...»,
que es un gesta nada común
para una hortaliza en vena poética.

Diecinueve años, Babette.
Un pequeño antojo rosado sobre la mejilla derecha, Babette.
Ojos claros, Babette.
Un prendedor de corcho en la trenza, Babette.
Cabellos más oscuros que la madera del mostrador, Babette:
el mostrador donde Mayer,
desde hace algún tiempo,
se equivoca hasta en las sumas y las restas
(Babette)
u olvida que el almacén está abierto
(Babette)
o
(por despiste, no por otro motivo)
quiebra el ayuno
catando la sopa de Cocobolo Deggoo.
En efecto: Babette, siempre Babette.

Los padres de Babette Newgass saben bien
quiénes son los hermanos Lehman.
También lo saben sus nueve hijos.
También ellos transitan
por la calle mayor de Montgomery
frente al letrero negro y amarillo de LEHMAN BROTHERS.

Y justo desde ese anuncio rompe el fuego
el padre de Babette
sentado en una poltrona,
rodeado por los ocho hijos varones
que cubren en círculo su espalda
(porque Babette es la única hembra: ¡mazel tov!)
como un pelotón de fusilamiento
formado
de cara a Mayer Bulbe
vestido con el elegante traje ya visto en el funeral,
el pelo bien peinado,
un ramillete de flores, sudor frío y,
¡ay!, la barba aún larga del duelo.

Su hermano Emanuel, tres pasos por detrás,
mudo e inmóvil
obligado por las circunstancias:
la representación de la familia.

«Dado que deseas presentarte,
te agradecería que me explicaras,
muchacho,
qué se hace exactamente en esa tienda vuestra».
«Antes vendíamos telas,
míster Newgass,
pero ahora ya no».
Babette y su madre, acompañadas por las criadas de color,
están apostadas en la habitación contigua
con la oreja en la puerta y el ojo en la cerradura.

«Si habéis dejado de vender, ¿para qué sirve esa tienda?».
«Bueno, es que
vender aún vendemos,
míster Newgass».
«¿Entonces qué vendéis?».
«Vendemos algodón,
míster Newgass».
«¿Y el algodón no es un tejido?».
«Cuando nosotros lo vendemos... todavía no lo es,
míster Newgass».
«Y si no es un tejido, ¿quién os lo compra?».
«Quienes lo convierten en tela,
míster Newgass.
Nosotros estamos en medio, o sea,
estamos justo en el centro,
míster Newgass».
«¿Qué clase de oficio es ése
de estar en medio?».
«Un oficio que aún no existe,
míster Newgass:
lo hemos creado nosotros».
«¡Baruj Hashem!
Nadie vive de un oficio inexistente».
«Nosotros sí, los hermanos Lehman.
Nuestro oficio consiste...».
«Adelante, ¿en qué consiste?».
«Se trata de una palabra inventada:
somos... intermediarios, eso somos».
«¿Y por qué habría de entregar a mi hija a un
"intermediario"?».
«¡Porque ganamos dinero,

míster Newgass!
O mejor dicho: lo ganaremos.
Se lo juro: fíese de mí».

Y tras este sensacional
«fíese de mí»,
Mayer Bulbe despliega una sonrisa
tan persuasiva,
tan segura,
tan creíble
que el señor Newgass y sus ocho hijos
se rinden
con armas y bagajes.
Es más:
se fían
y fiándose confían
a una papa
su hija única y única hermana,
que irrumpe jubilosa por la puerta.

Pero el más sorprendido por la victoria
es Emanuel Lehman.

Desde que Henry, la verdad sea dicha,
ya no se sienta
en el alféizar de la ventana abierta
con las piernas encogidas
y un brazo en alto para sostenerse la nuca,
Emanuel siempre ha sentido (hasta ahora)
que se había quedado solo, completamente solo,
y no con un hermano,
aun cuando éste sea una hortaliza.

Por eso hoy
lo mira con asombro,
con auténtica admiración.
Lo ve hacer los cumplidos de rigor a la señora,
lo oye reír y bromear con desenfado
e incluso observa
unos galantísimos besos (kish, kish, kish, kish...)
que para él, como buen brazo, resultan quiméricos:
no sabría darlos.

A la mañana siguiente,
primer día de noviazgo oficial
(faltan 720 para la boda),
Mayer Lehman
(antes apodado «Bulbe», ahora «Kish Kish»)
es formalmente reclutado:
en nombre de Lehman Brothers
le compete a él
apuntalar relaciones y tratos,
ir a todas las plantaciones,
llamar a las puertas de los hacendados
con el elegante traje del funeral,
acomodarse en los divanes de sus salas,
cenar con ellos en las verandas,
escuchar a las niñas que tocan el piano...
y no lo lamenta porque también Babette
(Süsser Babette)
toca el piano
y enseña a tocarlo
como ninguna otra.

En marzo de 1857,
día 94 de noviazgo oficial
(faltan 627 para la boda),
gracias a Mayer Kish Kish,
a Babette y a Chopin,
las plantaciones que venden algodón a los Lehman
pasan de cinco a siete.

En septiembre de 1857,
día 274 de noviazgo oficial
(faltan 447 para la boda),
gracias a Mayer Kish Kish,
a Babette y a Schubert,
las plantaciones que venden algodón a los Lehman
pasan de siete a diez.

En enero de 1858,
día 394 de noviazgo oficial
(faltan 327 para la boda),
gracias a Mayer Kish Kish,
a Babette y a Beethoven,

las plantaciones que venden algodón a los Lehman
pasan de diez a quince.

En junio de 1858,
día 544 de noviazgo oficial
(faltan 177 para la boda),
gracias a Mayer Kish Kish,
a Babette y a Mozart,
las plantaciones que venden algodón a los Lehman
pasan de quince a dieciocho.

En diciembre de 1858,
día 720 de noviazgo oficial
(falta uno para la boda),
gracias a Mayer Kish Kish,
a Babette y a Johann Sebastian Bach,
las plantaciones que venden algodón a los Lehman
pasan de dieciocho a veinticuatro.

¡Mazel tov!
Veinticuatro proveedores de algodón crudo.
Desde Alabama a la linde de Florida.
Desde Alabama a Carolina del Sur.
Desde Alabama a Nueva Orleans.
Plantaciones, plantaciones, plantaciones:
tierras de esclavos que trabajan noche y día
cuyo algodón crudo
lo compra Lehman Brothers tarde o temprano;
2500 carretadas de algodón crudo al año,
50.000 dólares de ganancia
que desfilan por ese pequeño local de Montgomery
con una manilla que se atorará perpetuamente en memoria de Henry.
Comprar y revender.
Comprar y revender.
Comprar y revender.
Comprar y revender.
Entre ambos hechos,
justo en medio
están los hermanos Lehman,
«intermediarios».

HOY CERRADO POR CASAMIENTO,
reza el cartel colgado en la puerta.

Y Emanuel Lehman,
como regalo de boda,
ha hecho traer
de Nueva Orleans
un impresionante
piano de cola.

12
Sugarland

א como en Avraham
ב como en Bein Hametzarim
ג como en Ghever
ד como en Daniyel
ה como en Yeled
ו como en Vehayá
ז como en Zekharya
ח como en Hanukkah
ט como en Tu BiShvat
י como en Isaia
כ como en Kippur
ל como en Lag Ba'omer
מ como en Moshé
נ como en Nisán
ס como en Sukkot
ע como en 'Asará Betevet
פ como en Pésaj
צ como en Tsom Ghedaliá
ק como en Katan
ר como en Rosh ah-Shaná
ש como en Shabbat
ת como en Tishri

Quién sabe lo que habría opinado Henry
si hubiera visto
a esa criatura suya
recitar de memoria el alfabeto
con los nombres de meses, profetas y fiestas judías.

Es una lumbrera,
ese pequeño David.
Quizá incluso demasiado.

No es casual
que el tío Mayer y el tío Emanuel
prefieran llevar a su hermano
de viaje,
también hoy que los esperan en Luisiana.

Quedan tres horas de camino.
Aunque sobre el mapa parecen lugares cercanos,
no es poca cosa
desplazarse
desde Montgomery a Baton Rouge.
Y no olvidemos que los esclavos
recorren a pie
todo el trayecto
como les ha contado
Cocobolo Deggoo,
que en otro tiempo,
antes del algodón,
trabajaba el azúcar justo en Luisiana.

Azúcar.
Pero el de caña, conviene especificarlo,
no ese blanco
de remolacha
que la tía Rosa
(la viuda de Henry, así la llaman ahora)
deposita en pequeños terrones
sobre un plato de cristal
y cuando sus angelitos la sacan de quicio,
      («¡Bertha, Harriett, dejad en paz al gato!»)
para tener un momento de calma,
      («David, ¡para ya de gritar!»)
los desafía con un juego:
«Muy bien, niños: un terrón de azúcar
en cada boca:
os lo ponéis en la lengua
con los labios bien apretados
y gana quien más tarda en disolverlo».

Éste es el único ardid
que le permite obtener un poco de silencio
en la casa de madera
que Henry construyó viga a viga,
él, que en Rimpar, allá en Baviera,
levantó con maderos
un establo entero
para las reses de su padre.

Mas de los cuatro hijos que Henry ha dejado,
hay uno
que jamás saborea
terrones en la lengua
por la sencilla razón
de que sobran las triquiñuelas
para que guarde silencio:
el chiquillo calla
de motu propio,
espontáneamente,
mudísimo
y digno descendiente de su abuelo Abraham;
y eso que le endilgaron
el sobrenombre «Dreidel»
siendo aún un angelito,
a la edad del *da-da-da,*
justo cuando
pasmó a todos
una tarde de fiesta
al agarrar una peonza con sus tiernas manitas
y silabeando sin vacilar
enunció lo siguiente
en un yidis casi perfecto:
«*¡Dem iz a dreidel!*».*
Lo cual suscitó el aplauso entusiasta de sus familiares,
que acogieron con besos y abrazos
el precoz estreno fonético
de aquel orador nato.

Erraban
de medio a medio.

_____
* Literalmente «esto es una peonza».

Porque la oratoria de Dreidel
(que en realidad se llamaba Mayer, como su tío,
para laurear el mérito del único asistente al parto)
se estancó a las primeras de cambio:
aquel fuego pirotécnico
marcó el principio y el fin
de su elocuencia.
De ahí en adelante
y durante varios años,
el niño se ciñó
a una excéntrica contabilidad de los vocablos ajenos.
Oía hablar con mirada penetrante
y de improviso emitía
parrafadas como ésta:
«Tío Emanuel, has usado 27 veces la palabra CABALLO,
42 veces el verbo COMERCIAR,
has dicho 25 veces POR DESGRACIA
has dicho 14 veces CONTRARIO A MIS PRINCIPIOS
y 9 veces has empleado CONSTRUCTIVO.
¿Qué significa exactamente "CONSTRUCTIVO"?».

Ésa era la obsesión del crío.
Incapaz de un discurso propio,
Dreidel medía el habla ajena
con una precisión matemática
y era capaz de decir cuántas veces
en la última semana
su madre había tildado de
«asno», «demonio» o «peste»
a su hermano David.

También esto se disipó poco a poco
y fue cayendo
en un mutismo tan inaudito
que en la casa Lehman
empezó a cundir
la certeza
de que Dreidel, con su silencio,
aborrecía la condición humana.

Una materia nada trivial
en un niño que aún vestía pantalones cortos.

Sea dicho que tampoco
la tía Rosa lo reprendía por ello.
Antes bien,
era tanto el alboroto de los otros tres
que un hijo silencioso
le parecía una bendición divina
y tal vez
(eso pensaba la tía Rosa)
un póstumo regalo de aquel padre
prematuramente fallecido
que, siendo como era una buena cabeza,
creyó oportuno legarle un hijo taciturno
a una belicosa familia
de brazos y patatas
súbitamente
huérfana de cerebro.
Y por ello lo aceptaba
dándole encarecidas gracias a su difunto Henry.

A Emanuel y Mayer,
sin embargo,
de cuando en cuando los asaltaban las dudas.
Sobre el porvenir, más que nada.
Sobre el porvenir de la empresa.

Porque estaba claro
(y el viejo Abraham incluso lo había señalado desde Rimpar)
que algún día la Lehman Brothers, reina del algodón,
resbalaría
naturalmente,
sin percibirlo,
por la ladera de la humana descendencia
y, por tanto,
desde los tres hijos de un tratante de ganado
a los nietos de aquel Lehman con dos enes.
¿A quién entonces?

Emanuel Lehman,
obstinadamente brazo
y como tal más proclive a las vehemencias musculares que a las
    efusiones amorosas
parecía muy lejos

no sólo de convertirse en padre,
sino también de buscar esposa.
Su hermano estaba seguro
de que a la desventurada
le habría triturado costillas, esternón y espina dorsal
con el primer abrazo.

Mayer Bulbe, por el contrario,
ya tenía una mujer embarazada
y, apreciando en esa espera
no el mero nacimiento de un hijo,
sino también un futuro para el negocio de la familia,
repetía sin cesar a su Babette:
«Sé que nada puedes hacer,
pero si algo pudieras
procura que no sea hembra».

Mientras tanto,
y aun confiando
por orden jerárquico
en el Padre Eterno, el azar, los esfuerzos de Babette y la madre
      naturaleza,
los dos hermanos Lehman
vigilaban
con suma atención
a los hijitos varones de la tía Rosa
y, pese a que aún tenían dientes de leche,
para ellos ya estaban a las riendas del poder.

Y eso precisamente
los estremecía.

¿Cómo era posible que una cabeza de tal calibre,
juiciosa hasta la extenuación,
hubiese producido como prole
a dos varoncitos sin perspectiva alguna
del más mínimo *exploit* profesional?

Porque si Dreidel no hablaba,
su hermano David habría merecido
sin duda
el mismo mote,

pero en un sentido rematadamente distinto:
el trompo, en este caso, era él mismo,
incapaz de estar quieto,
frenético, díscolo y bullicioso
hasta el punto de decirle a su madre
«no quiero dormir porque es una pérdida de tiempo»,
mas luego, de hecho, jamás lograba emplear ese tiempo
en una actividad que no fuese acrobática,
dado lo cual,
obviamente,
parecía destinado a algo muy distinto
de un papel en el comercio;
auguraba más bien
—decían sus tíos avizorándolo—
una prometedora carrera, sí,
pero en la plantilla de un circo.

El caso es que
Dreidel & Dreidel,
nietos de un tratante de ganado,
no eran libres para jugar al escondite,
saltar a la comba
o bambolearse en el columpio
sin que el tío Mayer y el tío Emanuel
rondaran zumbando en torno a ellos
como dos moscardones
visiblemente preocupados;
tanto era así
que cuando David le birló su pirulí a una hermanita
Emanuel se dirigió furibundo a la tía Rosa
y le dijo aullando:
«En esta empresa familiar, nadie
ha sustraído jamás los recursos ajenos».
Y Mayer añadió
con hosco semblante
que, tres días antes,
el sobrinito
por él puesto a prueba
había confundido
un cáñamo vulgar con el algodón *first choice*.
Imperdonable.

Desechado pues
el turbulento David,
inexorablemente destinado
a menesteres gimnásticos, militares o ecuestres,
los anhelos de ambos hermanos
sólo podían refugiarse
en el mudísimo vástago
cuya mirada, pese a todo una cuchilla
(a medida que iba creciendo),
alimentaba en todos la conjetura
de que Dreidel era un insondable
e incluso alarmante pozo de sapiencia,
a todas luces un digno heredero de la cabeza paterna,
y que, en ese estado de intachable cerebralidad,
entendía tan bien los engranajes del mundo
que le faltaban palabras para expresar su desprecio.
Callaba, en efecto,
pero voluntariamente.

La estampa no contrariaba
a la tía Rosa,
quien de hecho permitió
que a aquel niño de tres años
se le prendiese en la familia el marbete
(para todos algo inquietante)
de un ser a medio camino
entre filósofo y sacerdote
y en consecuencia
(va de suyo)
se le asignara
un futuro papel en la empresa.

Por ello
se decidió año tras año
que, de vez en cuando,
Dreidel
acompañase
a Mayer y Emanuel
en viajes de negocios
como éste, sin ir más lejos,
que discurre por la ruta de los esclavos
hasta Baton Rouge, Luisiana.

¿También en la casa Lehman ejercía
el azúcar su irresistible embrujo?
Pues sí.

El azúcar.
Quien primero lo mencionó
fue Benjamin Newgass,
uno de los hermanos de Babette que vive en Nueva Orleans,
donde impera la caña de azúcar:
«Vosotros, es cierto, ya tenéis el algodón,
afortunadamente habéis encontrado vuestro ramo,
pero os juro que el azúcar de Luisiana
es una mina, una bicoca.
Si os interesa y queréis comprobarlo, venid a verlo».

A Emanuel desde luego le interesa.
Porque, en resumidas cuentas,
a un brazo le quedan estrechas las mangas de algodón
«y yo no he venido a América
para recluirme en Montgomery como si estuviese allá en Baviera».

A Mayer, en cambio, no.
No está de acuerdo
y se lo ha dicho sin ambages:
«Aquí hay una barbaridad de trabajo, ¿y tú quieres ir a Luisiana?».
Pero como una papa no sabe hablar sin circunloquios
y un brazo lo sigue siendo incluso a los cuarenta años,
tres días después ya estaban en la berlina
acompañados
por la peonza muda
camino de *Sugarland*,
donde centenares de miles de esclavos
agrupados en hileras
siegan, desmenuzan, apilan y guardan
en campos de cultivo que se extienden
hasta donde se pierde la vista.

Tras lo cual,
afablemente recibidos,
brazo, patata y peonza
se sientan a la sombra de una veranda blanca
sorbiendo una limonada fresca
con aquel hombre todo barba

vestido con un traje claro,
tan claro como el color del azúcar,
a quien por aquellos lares reputan de «soberano»:
«¿Querían verme? ¿Qué los ha traído por aquí?
Seré sincero: no entiendo el motivo.
Su fama, señores Lehman, ha llegado hasta Luisiana:
se cuenta que han hecho ustedes milagros
en el mercado del algodón... pero yo no trato en telas».

Del trío
(brazo, patata y peonza)
responde
lamentablemente
Emanuel, una extremidad instintiva
ahora enconada por el cansancio del viaje:
«¿Nos ha tomado por una panda de traperos?».

«Los he tomado por lo que son:
soberbios comerciantes de algodón
y por ello los estimo, pero ése no es mi sector.
¿Les molestaría ahora que mi sobrina tocase un poco el piano?».

Espantado por el imprevisto rebrote
de un cencerreo fantasmal e inmisericorde,
Emanuel Lehman estalla en una especie de bramido:
«¡No he venido a América
para recluirme en un sector!».

«¿Qué insinúa, míster Lehman
que abandona el algodón?
Sólo un loco lo haría en su lugar.
Serenella, interprétanos algo de Chopin».

«Amarre bien a esa niña:
yo no abandono ni el algodón ni nada,
sólo quiero averiguar una cosa: ¿cuánto cuesta su azúcar?».

«Sobre el precio de mi azúcar no hablo
con quien no sabe cómo es».

«Porque usted de negocios no entiende un comino,
sabe menos que este chiquillo nuestro».

En ese punto
interviene el hermano,
liso e inodoro como una papa,
bordándose en la cara una sonrisa modélica,
tomando de la mano a Serenella
y sentándose con ella al piano,
donde ejecutan un maravilloso *allegro* a cuatro manos
sobre el cual es fácil para Mayer entonar su linda perorata:
«Mi hermano, señor, quiere decir
que el mercado del algodón es sumamente duro:
cada dos por tres nos depara amarguras,
de modo que, si viniera al caso,
¿no tendríamos derecho a azucararlo con gusto
aunque sólo fuera para endulzarnos un poco el paladar?
No pierdas el ritmo, Serenella: ¡tienes talento!
Nosotros, señor, contamos con un montón de clientes, gente de
    negocios,
y opino que todos saldríamos muy beneficiados, ustedes y nosotros.
Tengo un presentimiento. Fíese de mí».

El soberano del azúcar,
si bien complacido por el dueto,
observa a Mayer Lehman
con un cierto fastidio,
mas no porque se sienta hostigado:
en realidad se pregunta cómo
esas maneras tan kish kish
casan con los toscos modales del bruto que se sienta a su lado.
Para edulcorar la situación,
se hace traer a la mesa
una ampolla de cristal de Bohemia
llena de azúcar como si ésta fuese oro en polvo:
«Antes de hablar, juzguen mi azúcar,
la mejor de Baton Rouge: un néctar exquisito.
Si así lo deseas, míster Mayer Lehman, podemos platicar».
Y les ofreció tres cucharillas plateadas
para la cata.

Es curioso cómo a veces
los niños
pasan en un solo instante
(sólo uno)

de la infancia a la madurez.
En el caso de Dreidel
(que ya era maduro para todos,
entonces más que nunca,
rayando incluso en la sabiduría de la senectud)
el cambio fue a la inversa
pues en pocos segundos
descendió
desde las altas cumbres del genio taciturno
a la bochornosa sima del mocoso estúpido
en aquella veranda blanca.
Cuando todo el mundo
alababa las excelencias del *king sugar*
optó por
interrumpir sus silencios
con la frase
«me da asco»
reiterada, por cierto, en varias ocasiones
　　(«me da asco»).
E insistía
　　(«me da asco»)
con una voz ya no infantil, sino francamente tenoril
　　(«me da asco»)
que no lograron
mitigar
ni las miradas de la servidumbre
ni las sonrientes excusas del tío Mayer
ni el bufido colérico del barbudo azucarero
ni la histérica llantina de Serenella aún al piano
ni, menos aún,
el bofetón en la cara
que un tío-brazo
no podía dejar de propinarle al muchachito
para enseñarle
cuánto más conviene callar en esta vida
que aventurarse
por los azarosos y devastadores peligros del habla.

Silenciosamente
partieron
de vuelta a casa:
la incursión Lehman

en el país del azúcar
más que amarga
había sido amarguísima
y, ahora que Dreidel
se consagraba al sabotaje,
descendía un nuevo cono de sombra
sobre el futuro
de la marca familiar.

Todo quedaba en las manos
(o, mejor dicho, en el vientre)
de la tierna Babette,
cuyos restantes cuatro meses de embarazo
se vivieron
como un reo
vive la espera
de la absolución
o la pena capital.
El nacimiento de una niña
habría sido una calamidad, una hecatombe,
de modo
que ningún Lehman
rezó tanto
como Mayer y Emanuel
en la congoja
de aquel trance.

Era una tarde lluviosa
cuando Babette,
jugando a las cartas
y durante una mano especialmente afortunada,
clavó de pronto
los ojos en la tía Rosa
como quien va a descartarse de un comodín
y tuvo tiempo para exclamar «¡qué sensación más rara!» antes de
    doblarse por el dolor
y arrojar los naipes sobre la mesa.

Apresuradamente
fue enviado Cocobolo para dar aviso
apresuradamente
a marido y cuñado,

apresuradamente
porque la espera sin duda había concluido
y ya comenzaba el parto.

Algunos cuentan
que apenas entraron
en la casa
los dos agitadísimo hermanos
sus rostros se demudaron
por un presagio tremendo:
las cartas dejadas por Babette
como una señal
sobre la mesa de juego
eran
un *full* de damas.

Fue una larga noche de afanes,
tormentos y sudores.
Babette padecía en el dormitorio,
pero no menos (y tal vez más)
se padeció en la sala.
Emanuel daba vueltas por la habitación,
Mayer aguardaba en su taburete redondo
y en el aire flotaba la vaga impresión
de que había otro individuo
sobre el alféizar de la ventana abierta
con las piernas encogidas
y un brazo en alto para sostenerse la nuca.

Al amanecer,
la tía Rosa apareció en la puerta,
sonrió a Mayer
y se limitó a decir:
«Podéis entrar...».

Pero no terminó la frase
porque ya estaban dentro.

13
Libe in New York

Cuando Mayer se planta allí por primera vez
casi no puede creerlo.
La manilla de la puerta no se atora
y el local es desde luego más grande:
quizá el doble de aquél
que quince años antes abrió Henry Lehman
en Alabama.

Mayer se apea de la calesa
justo en la dirección
adonde su hermano le ha dicho que vaya:
Liberty Street 119,
ya no en Montgomery,
sino en Nueva York,
donde se respira un olor extraño
a pienso, humo y toda clase de mohos.

En ese momento están izando el letrero:
negro y amarillo recién pintado por tres jóvenes
con el balde de pintura aún reposando en la calle.
Mayer Lehman baja de la calesa
y lo conmueve
detenerse
en Liberty Street 119
a contemplar ese rótulo
(LEHMAN BROTHERS COTTON
FROM MONTGOMERY ALABAMA)
que los tres chicos elevan con cuerdas
sobre la cristalera de esa sucursal neoyorquina
porque ya se sabe
que el comercio de algodón crudo,
el *king cotton*,
pasa todo por aquí,
no por el sur.
Ahora en Nueva York,
donde jamás se ha visto un campo de algodón,
LEHMAN BROTHERS COTTON
FROM MONTGOMERY ALABAMA

se transfigura
mágicamente
en billetes de banco.

Allá en Montgomery
ha quedado el cuartito de la calle mayor
con una manilla que ya no se atora
porque Cocobolo Deggoo la ha reparado
y detrás del mostrador
(donde Mayer y Emanuel no tienen ni tiempo
ni ganas de estar)
hay dos contables contratados un mes atrás:
Peter Morrys, con dos dientes de conejo,
e Isaac Kassowitz,
tenedor de libros con sus filacterias
y nieto de cierto rabino
a quien Henry conoció en Nueva York.

Nadie pretende cerrar
el cuartito de Montgomery.
Antes bien,
la sede de Lehman Brothers sigue siendo ésa a todos los efectos:
LEHMAN BROTHERS COTTON
FROM MONTGOMERY ALABAMA
dice el rótulo negro y amarillo
porque es en Alabama
donde están las plantaciones, cierto,
no en Nueva York,
donde jamás se ha visto un campo de algodón.
Pero comparada con Nueva York,
Montgomery
es como la Alemania de Rimpar, allá en Baviera:
está bien para Cocobolo Deggoo,
que toca el órgano los domingos por la mañana,
para el doctor Everson,
que cura el sarampión a los hijos de los esclavos,
o para las familias de los hacendados
con pianos en las verandas.
Pero los negocios,
los acuerdos,
los contratos,
el dinero,

el dinero, sí,
el dinero,
el dinero de verdad,
el dinero,
el dinero se hará aquí:
está seguro Emanuel Lehman,
que una vez más
ha seguido el consejo de Teddy Wilkinson, alias Manosfinas,
y una buena mañana
partió hacia Nueva York
para visitar
la Feria del Algodón,
por donde circulan los auténticos compradores,
los industriales del norte que dicen «producto»
dueños de fábricas llenas de obreros,
gente pagada: asalariados, no esclavos.

«¿La Feria de Nueva York?
¿Qué pinta el algodón en Nueva York?
¡Allí jamás han visto
un campo de algodón!»,
le dijo su hermano Mayer sin ambages.
Pero como una papa no sabe hablar sin circunloquios
y un brazo lo sigue siendo incluso a los cuarenta años,
tres horas después ya estaba en la berlina.

Nunca había ido Emanuel a Nueva York.
«Una colmena», pensó mirando por la ventanilla del coche
mientras enjambres de toda laya
y carretas de caballos o conducidas a mano
pululaban en torno a él.
Nueva York:
vendedores,
baúles y cajas,
niños y viejos.
Nueva York:
judíos ortodoxos y colonias de negros,
curas católicos, marineros, chinos e italianos.
Nueva York:
edificios grises con fachadas de piedra,
estatuas y jardines, fuentes y mercados.
Nueva York:

predicadores, policías
y además animales, perros con correa y perros vagabundos.
Nueva York:
muñequitas aristocráticas con sombrillas abiertas,
pordioseros moribundos,
brujas nigromantes y echadoras de cartas.
Nueva York:
tamborileros,
gentlemen ingleses,
líricos poetas y soldados.
Nueva York:
túnicas y uniformes,
sombreros y sotanas.
Nueva York:
bastones, bayonetas, banderas y estandartes,
todo y lo contrario de todo
simultáneamente
sin el más mínimo decoro: impúdico y, sin embargo,
grande, mayestático, sublime.
Nueva York:
¡Baruj Hashem!

Puede decirse que la Feria del Algodón
ocupaba más o menos un barrio entero.
Vendedores y compradores
se arremolinaban por doquier:
mesas de trato, carteles con tarifas,
bobinas de tela,
algodón crudo, elaborado y elaborable,
pizarras con los precios
apenas escritos y enseguida corregidos,
ceros,
ceros,
ceros,
ceros,
nubes de tiza,
múltiples acentos
de mil procedencias:
chisteras y puros encendidos
de Nueva Orleans, Charleston o Virginia,
llamativos trajes a rayas de los terratenientes
venidos desde el sur con sus rollizas mujeres
y, el contrapunto, los sobrios ternos blancos o grises

de los industriales norteños
que desde Boston, Cleveland o Washington
acuden a regatear,
firmar y pagar:
tintineo de monedas,
fajos de billetes,
cien veces más que los de Teddy Wilkinson, alias Manosfinas;
tintineo de monedas,
fajos de billetes
y, al fondo, tras la cúpula de hierro y vidrio,
las naves del puerto de Manhattan
que desde América transportan algodón
por el ancho mundo.

Emanuel camina entre la multitud
con la barbilla altiva,
arrogante a despecho de no ser nadie
porque sabe
(sabe muy bien)
que detrás de su apellido,
detrás de Lehman Brothers,
allá en Alabama,
ya esperan
alineados en fila
2500 carros anuales de algodón crudo.

«Busco algodón, cierto,
pero la calidad que quiero
sólo viene de Alabama».
Esta frase le llega
a Emanuel Lehman
desde una mesa ubicada a su derecha,
donde una docena de judíos encorbatados negocian
envueltos por el humos de los cigarros.
Alcanza su oído
con claridad cristalina
a pesar de la turba y el ruido ensordecedor.
«Yo, si les interesa, vendo crudo de Alabama».
Un distinguido y altísimo caballero
con el pelo más blanco que la nieve
y barba de rabino lo inspecciona de pies a cabeza:
«¿Usted? ¿Posee usted una plantación? ¿Usted?».

«No tengo ninguna hacienda,
pero vendo el algodón
de veinticuatro plantaciones».
Los otros viejos ríen con ganas.
«Revendo el algodón de veinticuatro plantaciones:
ellos me lo venden y yo se lo revendo a ustedes».
«¿Y qué clase de oficio es ése?».
«Lehman Brothers, intermediarios».
Los otros viejos ríen con más ganas.
«¿A qué precio?».
«A un precio favorable para todos, ustedes y nosotros».
Ya nadie ríe.
«Muy bien, muchacho, veámonos.
Supongo que contarán con una oficina en Nueva York».
«Aún no, señor,
pero tendremos una la semana próxima».
«Diríjase entonces a Louis Sondheim, en Manhattan».

Dicho esto
y agarrando su bastón con puño de oro
el altísimo señor hace una seña
a alguien que está entre el gentío: es tarde, quiere irse.
Entre la gente aflora
vestida de blanco y con sombrero de paja
una joven tan grácil como las ramas de ciertos árboles
recién plantados en Alemania, allá en Rimpar, Baviera.
La chica mira a Emanuel
durante una fracción de segundo
crispada,
divertida,
molesta
e intrigada
por aquel tipo que la contempla.
«Ésta es mi hija Pauline»,
comunica el níveo rabino
antes de tomar a la hija por el brazo
y desaparecer entre la muchedumbre.

Tres días después,
a su hermano Mayer
sólo le dijo que en Liberty Street 119
había un local vacío

listo para convertirse en oficina.
«Porque es en Nueva York, Mayer,
sólo en Nueva York,
donde el algodón
se vuelve dinero líquido».

Nada le dijo,
obviamente
no podía,
nada le dijo
sobre Pauline Sondheim,
sobre el sombrero de paja
y el vestido blanco.
Nada le dijo
salvo que debía regresar a Nueva York
enseguida,
inmediatamente,
con la máxima premura,
sin pérdida de tiempo,
preparar ya las maletas
o no
o sí
o mejor mañana a primera hora.

El otro Lehman
no entendió una palabra.
O más bien
entendió cabalmente
que también un brazo
puede perder la cabeza
de vez en cuando.

14
Kiddushin

Mayer vive en Montgomery.
Emanuel en Nueva York.

Dos son los hermanos Lehman
a millas y millas de distancia,
pero se trata de un solo ente
unido como un todo por el algodón.

Un matrimonio comercial
entre Montgomery y Nueva York.

Mayer vive en Montgomery,
el hogar del algodón.
Emanuel está en Nueva York,
donde el algodón se transforma en billetes.
Mayer vive en Montgomery
entre las plantaciones del sur.
Cuando va en su calesa por la calle mayor
los negros se quitan el sombrero por respeto.
Emanuel vive en Nueva York
y cuando va en su calesa por Manhattan
nadie se quita el sombrero
porque en Nueva York hay centenares como él.
Eso no impide que Emanuel se sienta único,
el más grande,
y nada hay más peligroso que un brazo
cuando se siente grande
porque una cabeza *piensa a lo grande* en el peor de los casos,
pero un brazo, ¡ay!, actúa.

Quedó bien demostrado
el día en que Emanuel Lehman se presentó
oficialmente
en Manhattan
con un ramillete de flores
allí, en la mansión de Louis Sondheim,
buscando no al padre,
sino a su hija Pauline:
«Buenos días, señorita.
Usted no me conoce:
me llamo Emanuel Lehman,
llegaré a ser alguien
y le pido que se case conmigo».
La muchacha,
ahora vestida de azul

y sin sombrero de paja,
lo observó durante mucho más que un instante
crispada,
divertida,
molesta
e intrigada
antes de reírse en su cara:
«Ya estoy prometida».
«Tal vez, ¡pero no con Emanuel Lehman!
Sea quien sea no le conviene,
no tanto como yo».
«¿Y eso quién lo dice?».
«Yo mismo.
No podría contraer mejor matrimonio
ni hacer un negocio más ventajoso:
vendemos el algodón de veinticuatro plantaciones».
«Lo felicito por ello, ¿pero qué me importa a mí eso?».
«Le importa mucho
dado que usted y yo
nos casaremos».
«¿Usted y yo?».
«Dejo a su padre la decisión
sobre la fecha y la ketubá».
«¿Y a mí qué me deja?».
«¿Por qué? ¿Desea usted algo?».

Cuando la puerta de la casa Sondheim
se cerró
violentamente
en su hocico,
Emanuel Lehman
no perdió el ánimo:
se citó a sí mismo
allí delante
en no más de una semana
y puso el ramillete de flores dentro de una vasija
para no tener que comprar otro.

Durante los seis días que siguieron
se reunió con compradores y vendedores de algodón
de todo Nueva York;
firmó contratos con negociantes de Wilmington,

Nashville y Memphis;
colocó cien toneladas de algodón en el oeste,
adonde ahora llegaba el nuevo ferrocarril
ahorrando así
cuantiosas sumas
en arrieros y carretas.
A la oficina de Liberty Street 119,
bajo el letrero negro y amarillo de
LEHMAN BROTHERS COTTON
FROM MONTGOMERY ALABAMA,
acudieron los Rothschild y los Sachs,
los Singer y los Blumenthal,
y también
cierta tarde,
por expresa invitación,
un altísimo caballero más blanco que la nieve, con barba de rabino
y bastón de puño dorado:
Louis Sondheim,
que quería algodón, pero sólo de Alabama,
y que lo halló a espuertas
en Lehman Brothers,
por supuesto,
y encima
(no es tema baladí)
a un precio más que ajustado en su caso,
ajustadísimo de hecho
porque un brazo,
si es un buen brazo,
sabe actuar
pragmáticamente,
¡por descontado!

«Buenos días, señorita.
Vine hace siete días:
me llamo Emanuel Lehman,
soy el principal proveedor de su padre
y le pido que se case conmigo».

Pauline Sondheim,
ahora vestida de violeta,
lo observó durante mucho más que un instante
crispada,

divertida,
molesta
e intrigada
antes de reírse nuevamente en su cara:
«¿No le había dado ya una respuesta?».
«Sí, pero insatisfactoria».
«¿Entonces?».
«Entonces dejo a su padre la decisión
sobre la fecha y la ketubá».

Cuando, por segunda vez,
la puerta de la casa Sondheim
se cerró
violentamente
en su hocico,
Emanuel Lehman no perdió el ánimo:
se citó a sí mismo
allí delante,
con severa puntualidad,
en no más de una semana
y puso el ramillete de flores dentro de una vasija
para no tener que comprar otro.

Durante los seis días que siguieron
estrechó las manos de unos cien industriales
americanos y europeos,
de Liverpool,
de Marsella,
de Róterdam,
encendió puros, sirvió whisky,
recaudó mazos de billetes
y por primera vez
vio en persona
vagones de mercancías con la palabra *ALGODÓN*.
Firmó contratos con negociantes de Norfolk,
Richmond
o Portland,
y escuchó las disertaciones de algunos pesimistas
sobre Abraham Lincoln, que amenazaba guerra.
A la oficina de Liberty Street 119,
bajo el letrero negro y amarillo de
LEHMAN BROTHERS COTTON

FROM MONTGOMERY ALABAMA,
acudieron todos los mayores
y todos los mejores:
el palacio del *king cotton*,
la corte de Nueva York,
sobre todo judía,
y además
(no es tema baladí)
todos los parientes
y amigos
de Louis Sondheim
porque un brazo,
si es un buen brazo,
sabe actuar
pragmáticamente,
¡por descontado!

«Buenos días, señorita.
Vine hace siete días
y siete días antes:
me llamo Emanuel Lehman,
soy uno de los judíos más ricos de Nueva York
y le pido que se case conmigo».

Pauline Sondheim,
ahora vestida de turquesa,
lo observó durante mucho más que un instante
crispada,
divertida,
molesta
e intrigada,
y estaba a punto de reírse nuevamente en su cara
cuando él
anticipó
la reacción
y le dijo
como buen brazo
pragmático:
«Lo he comprendido, señorita:
nos vemos en siete días».

Regresó siete días después
y después de otros siete.

Después de otros siete
y después de siete más.

Al tercer mes,
duodécimo regreso,
Pauline Sondheim,
ahora vestida de verano,
permitió que hallara la puerta abierta
y a una criada
aguardando en el umbral.

«¿La señorita Pauline Sondheim no está hoy en casa?».
«Lo espera en el salón con su padre,
míster Lehman.
¿Me da su sombrero, por favor?».
Y en apenas dos horas
lo decidieron todo:
la fecha del casamiento,
el documento de la ketubá,
el palio de la jupá
e incluso los manteles de la recepción.

Para el día de la boda
su hermano Mayer
fue a Nueva York
con Babette Newgass
y Sigmund, el pequeño primogénito
que en su cándida ignorancia,
sólo por haber nacido,
ya había salvado el porvenir de la familia.

Compareció la tía Rosa
con sus cuatro hijos
incluidos los dos trompos,
uno de ellos en ascético silencio.

Cocobolo Deggoo mandó un pavo desde Alabama:
el animal fue obsequiado a la servidumbre,
que no lo tocó
porque venía del sur
y vete a saber si lo han envenenado.

También se invitó
(y acudió gustoso)

a un orondo señor barbudo
que en Luisiana era soberano del azúcar:
¿cómo podía faltar, después de todo,
si un kish kish
volvió a visitarlo sin séquito de peonzas
para convencerlo
con infinita paciencia
de que debían endulzar un poco el algodón
en beneficio recíproco?

Fueron, en fin,
industriales de todo el norte
y los dueños de veinticuatro plantaciones sureñas,
pero fue preciso separarlos en medio del banquete
porque unos y otros la emprendieron a insultos
y platazos en las caras
cuando Oliver Carlington,
prendiendo un puro,
osó decir que el mismísimo George Washington
(sí, justo él, ¿qué pasa?)
tenía algún que otro esclavo.

Esa noche,
tendido en la cama
y mirando el techo,
Emanuel Lehman pensó
que ahora, en efecto, la vida
le iba realmente bien.
Tenía una esposa,
una sede en Montgomery
y una filial en Nueva York.
Fajos de billetes en la caja fuerte,
veinticuatro proveedores de algodón en el sur,
cincuenta y un compradores en el norte
y un glaseado de azúcar como remate.
Estaba a punto de dormirse
serenamente
acunado por estos pensamientos
cuando una gélida brisa
le acarició la oreja
por una fracción de segundo:
sólo una cosa en el mundo
podía tal vez destruirlo todo;
o sea, una guerra

entre el norte y el sur.
Pero era sólo un aciago pensamiento
de ésos que te acarician la oreja antes de dormir.
Lo metió en un cajón
y
concilió el sueño
tranquilamente.

15
Schmaltz

Mayer vive en Montgomery.
Emanuel en Nueva York.
Dos son los hermanos Lehman
a millas y millas de distancia,
pero se trata de un solo ente
unido como un todo por el algodón.

Cierto es, sin embargo,
que de un tiempo atrás
Mayer Lehman
ya no es el mismo:
le cuesta reconocerse hasta
en ese retrato
que cuelga sobre la chimenea.

Mayer ha engordado, sí,
ha engordado
sobremanera,
¿y qué es esto sino una consecuencia de los negocios?
Porque aquí en el sur
los negocios
sólo se hacen
en la mesa,
durante comilonas que duran seis horas
entre los aromas de la carne asada
y ríos de licor.

Dar con un buen cocinero es
por tanto
decisivo.
Deviene un asunto financiero.
El cocinero de una empresa
ya es más valioso que un contable.
Mayer Lehman
lo declaró
públicamente
(no sin quejas):
«¿Un buen cocinero?
Incluso estaría dispuesto a pagarlo».

Mas por suerte
no fue necesario.

En busca de un talento culinario,
Babette y la tía Rosa
examinaron con lupa
a todos sus esclavos,
dieciocho en total,
hombres y mujeres
sin distinción
alguna por edad,
sin distinciones.
«Mostradnos lo que valéis».
«Hay que rellenar una codorniz».
«Aderezar un caldo».
«Confitar un postre».
Loretta, Tea, Reddy y Jamal
por poco
incendiaron la cocina: rechazados.
El tarugo de Robbie
confundía el azúcar con la sal: rechazado.
El imbécil de Nanou
no diferenciaba las alas de los muslos: rechazado.
Más valía que Cocobolo Deggoo se ocupase del algodón.
Mama Clara y sus seis hijas
se atrevieron a preguntar
por qué en la casa Lehman
estaba vedado el jarrete de cerdo: rechazadas.

Y cuando los escasísimos supervivientes
se enfrentaron al capón en salmuera,
fue el viejo Holmer quien se llevó la palma.

La cocina de la casa Lehman
es desde aquel día
una máquina de guerra.
Holmer la gobierna como si fuese un cuartel.
Tide, su mujer, se hace cargo de la despensa.
Ellis, Dora, Sissi y Brigitta,
elegidas entre las más pulcras y primorosas,
limpias y bien peinadas
con la cofia en la cabeza
servirán la mesa
y, dado que la vajilla es de primera,
quiera el Cielo
que estén a la altura.

Manteles flamantes
y jarras
y garrafas
y bandejas con cisne:
la inversión
en el comedor
se financiaba
con fondos de la empresa
porque,
no por casualidad,
Lehman Brothers
duplicó sus ganancias
desde que el nuevo cocinero
(a sugerencia de una patata)
ideó
en riguroso régimen kósher
el timbal de pavo a la granada
          («¿quieren probarlo?»)
y luego la salsa de tomates verdes
          («¿otra porción, míster Tennyson?»)
y el fricasé de pollo
          («a mi mujer la vuelve loca»)
y la crema de remolacha
          («¿le apetece un poco, míster Robbinson?»)

y el ragú de pato
        («póngame otro plato, está delicioso»)
y la sopa de faisán
        («¡inolvidable!»),
mas sobre todo,
en primer lugar,
como timbre de gloria,
el *dessert*
azucaradísimo:
«¿Les gusta? ¡Es azúcar Lehman de Luisiana!».
O sea:
la tarta de anís especiado
que la tía Rosa lleva a la mesa
personalmente
con sus manos
llegado el momento de las firmas,
cuando se requiere el toque magistral.
Y funciona.
Aún más si la tarta está bañada
con un vaso de ese raro licor
bien guardado
para los eventos singulares.
«¡Un sabor extraordinario!».
«¿Dios mío, qué fragancia!».
«¡Ustedes quieren enviciarnos!».
«¿Un trocito más?».
«¡Y qué bien combina con el vino!».
«¿Todavía queda un poco?».
«¿Dónde hay que firmar?».

Mayer Lehman
tuvo que encargar
a la sastrería
un nuevo vestuario:
los pantalones le quedaban estrechos,
a los chalecos se les saltaban los botones
y los corbatines le apretaban el pescuezo,
pero ése es el precio de los negocios
y su oficina
está ahora
en el comedor
cuya mesa preside

con la servilleta al cuello
y el tenedor en la mano:
«¿Dónde hay que firmar?».

Por otro lado,
es mucho lo que está en juego,
muchísimo:
no hay margen para el error.

Porque su hermano Emanuel,
allá en Nueva York
(donde el algodón se convierte en billetes),
será muy hábil estrechando manos de industriales,
pero es aquí,
aquí en Montgomery,
en el profundo sur maldito y espléndido,
donde la tierra cuarteada por el sol
vomita
toneladas y toneladas y toneladas
de magnífico algodón
y ahora
el objetivo de Mayer Lehman
ya no es,
o no es sólo,
obtenerlo al mejor precio
de las veinticuatro plantaciones,
sino
(intuición de tubérculo)
garantizar el suministro
(ambición de tubérculo)
de bastante más que una sola cosecha
(codicia de tubérculo),
lo cual supone
un compromiso
escrito
a partir de hoy
para surtir en exclusiva a Lehman Brothers.
¿Durante cuánto tiempo?
¿Cinco años?
(«¿Podría contar con su grata presencia en ese almuerzo?»).
¿Diez años?
      («Veámoslo luego con los postres»).

¿Y si fueran quince años renovables por otros tantos?
    («La tarta de anís está en la mesa»).
O veinte años y no se hable más.
    («¿Un aguardiente para digerir la comida?»).

Megalomanías de un tubérculo:
eliminar a la competencia.

Sí, porque ésa es la clave:
la competencia.
Mayer Lehman
dijo «¡no más
noches insomnes!»:
perdió la paz
aquella tarde funesta
en que Oliver Carlington,
el de la pequeña plantación a las afueras de la ciudad,
fue a decirle:
«No se lo tome como una ofensa,
yo aprecio de veras su amistad, míster Lehman,
pero este año...
me han hecho otra oferta.
Le deseo lo mejor y presente mis respetos a su señora esposa».

¿Respetos a su esposa?
¿Otra oferta?
¿Le deseo lo mejor?

¿Qué endemoniado mejor era posible
para él, para Emanuel Lehman,
si cualquier pelagatos
salido de la nada
tenía la desfachatez
(¡el cinismo!)
de robarle la clientela?
Su mente de papa
nunca,
jamás,
ni por asomo,
había considerado la noción
de que las veinticuatro plantaciones,
en vez de ampliarse a veinticinco, veintisiete o treinta,

pudieran disminuir
como ahora
a veintitrés... y quizá a veintidós o incluso a menos de veinte.
En definitiva,
¿era pues concebible
para Lehman Brothers
la posibilidad
concreta
de dar pasos atrás?

Brusca crisis de identidad
en un tubérculo:
la nueva perspectiva
era inadmisible.

Nada le escribió a su hermano Emanuel,
continuó radiante con Babette
y nada le comentó a la tía Rosa.
Mas como suele ocurrirle
a quien enrosca un embrollo en su concha,
Mayer Lehman
perdió el sueño.
Apenas cerraba los ojos
soñaba
a renglón seguido
(quién sabe por qué)
con el establo de su padre
allá en Rimpar, en Alemania:
portentoso cobertizo de madera
(Henry lo levantó viga a viga)
atestado
de chivos y toros
sobre los cuales,
extrañamente,
no aparecía marcado el hierro de la familia,
sino
(delirio de las pesadillas)
la inscripción *first choice*.
Y como si ello no bastara,
en los pesebres
las reses no hallaban
ni heno ni avena ni alfalfa

porque su forraje
eran blancas madejas de algodón.
Por establos tan anómalos
camina Mayer
paso a paso
hasta que oye
claramente
el llanto de su padre.
Corre hasta él
y se arrodilla para consolarlo,
pero el anciano Abraham Lehmann
(también en sueños con dos enes)
lo agarra por un brazo
y lo aparta a empellones
gritando:
«Mira lo que has hecho, Bulbe:
has dejado abierta las puertas de mi establo.
Mira, monstruo maligno: ¡me saquean el ganado!».
Y en efecto,
todos los animales,
chivos y toros,
huyen de allí, escapan
con grandísimo estruendo
en un santiamén.
Y el establo más que vacío: desierto.

Los pavores nocturnos de un tubérculo.

Por eso Mayer decidió pasar a la acción
con la mira puesta en suprimir
el más mínimo riesgo
de dejar abiertas las puertas del establo.

Se hacía perentorio
blindar la clientela:
veinticuatro eran las plantaciones y veinticuatro seguirían siendo
incluida la de Oliver Carlington,
que (estaba seguro) volvería al redil con la cabeza gacha.

Si su hermano Henry
colgó tiempo atrás
el cartel PRECIOS REBAJADOS A LA CLIENTELA SELECTA

en la entrada de la tienda,
Mayer Lehman
no colgó ningún cartel,
pero hizo algo más y mejor:
revisó la tabla de tarifas
introduciendo términos sin precedentes,
insoslayables, compulsivos,
y
a fin de no perder el sueño por entero
planeó
invitaciones a cenas
para cada uno
de sus clientes.
Uno a uno
les explicaría
que la oferta
(única e insoslayable)
sólo era válida
a condición de que
suscribieran
un compromiso
vinculante a largo plazo
que los ligaba a Lehman Brothers
excluyendo a la competencia.

Y así arrancó la danza:
el timbal de pavo a la granada
    («¿quieren probarlo?»)
y luego la salsa de tomates verdes
    («¿otra porción, míster Tennyson?»)
y el fricasé de pollo
    («a mi mujer la vuelve loca»)
y la crema de remolacha
    («¿le apetece un poco, míster Robbinson?»)
y el ragú de pato
    («póngame otro plato, está delicioso»)
y la sopa de faisán
    («¡inolvidable!»)
y después, naturalmente,
la tarta de anís especiado
con una chispa de ese licor tan raro.

La gastronómica liturgia
contractual
multiplicada por los veinticuatro viejos proveedores,
cada uno de los cuales
precisaba como media
unos tres festines
para comprender algo
y al menos dos posteriores
para capitular,
implicó que,
en su conjunto,
el complejo artificio mercantil
cuyo objeto era no perder el sueño por entero
equivaliese
a unos ciento veinte ágapes;
en otras palabras:
tres quintales de pavo a la granada
    («¿quieren probarlo?»),
dos barriles de salsa de tomates verdes
    («¿otra porción, míster Tennyson?»),
un gallinero completo en fricasé
    («a mi mujer la vuelve loca»),
tres cubas de crema de remolacha
    («¿le apetece un poco, míster Robbinson?»),
una escabechina de patos lacustres
    («póngame otro plato, está delicioso»),
y la extinción del faisán en Alabama
    («¡inolvidable!»).
Mas sobre todo
y en primer lugar
el timbre de gloria:
cantidades industriales
de tarta de anís especiado
empapada con ese rarísimo licor,
tan raro
que fluye a raudales como las aguas del Misisipi.

Obesidades de un tubérculo.

Y visto que
la tenacidad siempre es recompensada,
Mayer Lehman

se sale con la suya:
Oliver Carlington
vuelve al redil
y veinticuatro proveedores de algodón
devienen
veinticuatro contratos en exclusiva
de variable duración
tendente a los veinte años,
lo cual significa
literalmente
la garantía
de que pase lo que pase,
ocurra lo que ocurra,
Lehman Brothers
se mantendrá
como dueña del mercado,
potentísima emperadora del algodón,
incuestionable
sin disputa,
y si algún porfiado quiere discutir seriamente
basta con invitarlo a comer
porque en ese terreno
Lehman arrasa:
no hay competencia.

Las puertas del establo
están ahora
cerradas a cal y canto.

Se enmarcan
los veinticuatro contratos
y se cuelgan
en la pared del comedor
sobre la chimenea,
en torno a ese retrato
de un Mayer mucho más flaco.

Aquella noche,
tras enganchar en lo alto
el último marco
con el vigesimocuarto contrato,
Mayer Lehman,

tendido en la cama
y mirando el techo,
pensó
que ahora, en efecto, la vida
le iba realmente bien.
Tenía una familia,
una sede en Montgomery
y una filial en Nueva York.
Fajos de billetes en la caja fuerte,
veinticuatro proveedores de algodón en el sur
más cincuenta y un compradores en el norte
y todo edulcorado con el azúcar.
Estaba a punto de dormirse
serenamente
acunado por estos pensamientos
cuando una gélida brisa
le acarició la oreja
por una fracción de segundo:
sólo una cosa en el mundo podía tal vez destruirlo todo;
o sea, una guerra
entre el norte y el sur.
Pero era sólo un aciago pensamiento
de ésos que te acarician la oreja antes de dormir.
Lo metió en un cajón
y
por fin
concilió el sueño
tranquilamente.

16
A glaz biker

El primer cañonazo de la Guerra de Secesión
despierta a Mayer Lehman
antes del alba
tres días después de que Montgomery fuese proclamada
capital de los estados sureños.

Incluso un hombre tan apacible
como el doctor Everson,
que hasta hace un año, en Nueva Orleans,
curaba el sarampión a los hijos de los esclavos,
gritaba ayer por las calles
«¡el algodón saluda a Norteamérica!»
enarbolando la nueva bandera.

Los reclutas del ejército
parten al frente:
sólo se exime
a quienes pueden pagar 300 dólares,
los hermanos Lehman entre ellos.

El primer cañonazo de la Guerra de Secesión
despierta a Mayer Lehman en Montgomery:
cavila sobre los almacenes de algodón.
Abre las ventanas de par en par:
la ciudad ha enloquecido,
estandartes y banderas,
la gente festeja la guerra por la calle,
pancartas con Jefferson Davis por doquier:
la rebelión ha estallado,
los estados del algodón abandonan la Unión,
los estados de las plantaciones,
los esclavos,
los siervos,
los amos y los latifundios,
los estados del sur,
de Lehman Brothers,
se van, adiós, huyen de América.
¡Independencia!
«¡El algodón saluda a Norteamérica!».

El primer cañonazo de la Guerra de Secesión
despierta a Emanuel Lehman en Nueva York:
cavila sobre los compradores de la empresa:
si el norte y el sur se separan,
si cortan por lo sano,
¿qué harán los Lehman para seguir en el centro?
Si se yergue un muro
como caído del cielo

entre Cocobolo Deggoo
y Manosfinas,
¿de qué modo se convertirá el algodón en billetes?
Abre las ventanas de par en par:
la ciudad ha enloquecido,
un carillón desafinado,
estandartes y banderas,
la gente festeja la guerra por la calle,
pancartas con Abraham Lincoln por doquier:
se avecina la rendición de cuentas,
los estados de la industria claman justicia,
¡basta de esclavos, basta de privilegios,
todos iguales: Constitución y derechos!
Y quien no quiera permanecer
lo pagará con sangre,
¡porque América es una
y tiene un solo presidente!

Corriendo al ejército
tanto en Montgomery como en Nueva York:
se alistan oficiales con uniformes cosidos por sastres
y gente común con los uniformes que facilita el regimiento.
Gorras, bayonetas, fusiles,
cañones, artillería, mosquetes,
norte contra sur,
sur contra norte,
prietas las filas,
marchemos unidos.
Abraham Lincoln por la Unión,
Jefferson Davis por la Confederación
y en medio,
entre ambas,
comprimida
y encastrada
como un vaso de vidrio,
una descomunal
montaña
de algodón.

El altísimo Louis Sondheim,
suegro de Emanuel Lehman
en Nueva York,

níveo pelo y barba de rabino,
se adhiere con entusiasmo
a Abraham Lincoln:
«Si gana el sur
quebrarán las fábricas y entonces,
querido Emanuel,
ya no venderéis ni una libra de algodón».

Isaac Newgass,
suegro de Mayer Lehman
en Montgomery,
hundido en su sillón
y rodeado por ocho hijos:
«Si gana el norte
cerrarán las plantaciones y entonces,
querido Mayer,
ya no tendréis ni una libra de algodón».

En medio,
comprimidos
y encastrados
como vasos de vidrio,
los hermanos Lehman.

En Liberty Street,
los hijos pequeñines de un brazo neoyorquino
aprenden de memoria
el himno nordista
y saben recitarlo
con la mano en el corazón.

En la calle mayor de Montgomery,
la tía Rosa asiste al desfile
con la mano en el corazón.
Hay también dos trompos
de diez años o algo menos:
uno canta el himno enardecido,
el otro lo susurra con los labios
y poco importa que, en semejantes circunstancias,
Dreidel, apodado el Taciturno,
infringiera su ley del silencio
cuando era más inoportuno hacerlo

y, encaramado al palco de la plaza,
pregonase a voz en grito que la bandera lo asqueaba
suscitando así el estupor general.

En Nueva York,
dentro de su calesa,
antes de una cena benéfica
para financiar el ejército unionista,
Pauline Sondheim,
señora de Lehman,
no quiere ni oír hablar de cierta escoria:
«Estás avisado Emanuel: te prohíbo taxativamente
contarle a nadie,
ni siquiera por error o descuido,
que aún tenemos una sede abierta
en ese país infame
donde encadenan a los negros
y donde tu cuñada tal vez los azota».

En Montgomery,
dentro de su calesa,
antes de un concierto de piano
para equipar con botas al ejército sudista,
Babette Newgass,
señora de Lehman,
deja claro a qué bando pertenecen:
«Quiero, Mayer, que pongas un pendón
en la tienda, otro en la fachada de casa
y, si es posible, banderas por todas partes
para escupir a la cara de ese Abraham Lincoln».

En medio,
entre hijos y esposas,
comprimidos
y encastrados
como vasos de vidrio,
están los hermanos Lehman.

Al tercer mes de guerra,
Teddy Wilkinson, alias Manosfinas,
cierra su fábrica:
la mano de obra

(gente pagada: asalariados, no esclavos)
se ha enrolado
(leva forzosa)
porque no tiene
300 dólares por barba para pagar la exención.
¡Todos a la guerra en defensa del norte!
Vías férreas reventadas, estaciones en llamas,
contratos anulados:
¡en tiempo de guerra el algodón es superfluo!
Cocobolo Deggoo
y todos los esclavos de Smith & Gowcer
se ven obligados a rellenar cartuchos:
munición, mechas y pólvora;
plantación cerrada, tierra quemada,
campo de batalla:
los soldados duermen
donde antes crecía el algodón.
¡Todos a la guerra en defensa del sur!
Contratos anulados:
¡en tiempo de guerra el algodón es superfluo!
En medio,
entre ambas facciones,
comprimidos
y encastrados
como vasos de vidrio,
los hermanos Lehman.

De las veinticuatro haciendas que les venden algodón,
ocho han ardido,
nueve han quebrado
y siete resisten con uñas, dientes y fusiles.

De las cincuenta y una industrias compradoras,
treinta han cerrado,
diez participan en la guerra
y once resisten con uñas, dientes y fusiles.

El sur ya no vende algodón al norte.
El norte ya no compra algodón al sur.
La sede de Lehman en Montgomery
echa las cortinas
y cierra los batientes a doble vuelta de llave.

La oficina de Lehman en Liberty Street 119
con los cristales rotos
y el letrero quemado
tras la revuelta de Nueva York:
barricadas
contra la guerra,
contra la crisis,
contra el norte y contra el sur,
contra unionistas y confederados,
contra quienes no pagan,
contra quienes no venden.
En medio,
entre todos,
comprimidos
y encastrados
como vasos de vidrio,
los hermanos Lehman.

Emanuel Lehman
en Nueva York,
brazo empedernido,
no se resigna: quiere actuar.
Le importa el dinero,
le importan los negocios,
sólo el algodón,
el algodón sólo,
salvar lo salvable:
entre los disparos
(mientras 120.000 mueren en Chattanooga),
un Lehman
desesperado
(mientras 70.00 mueren en Atlanta)
embarca
(mientras 40.000 mueren en Savannah)
700 toneladas de algodón
en un mercante con rumbo a Europa,
donde no hay guerra,
donde no hay ni Unión ni Confederación
ni nordistas ni sudistas,
donde, sobre todo,
¡aún

se vende
algodón!

En Montgomery
al mismo tiempo,
Mayer Lehman,
kish kish y bulbe empedernido,
patata sentimental,
apoya
con toda el alma
la Alabama donde vive
y entre los disparos
(mientras 50.000 mueren en Georgia),
un Lehman
heroico
(mientras 70.000 mueren en Nueva Orleans)
se declara solemnemente
(mientras 20.000 mueren en Virginia)
«defensor del sur»
y con el dinero de la Lehman
rescata prisioneros,
con el dinero de la Lehman
sufraga armamentos,
con el dinero de la Lehman
ayuda a viudas, huérfanos y heridos,
pero ante todo
preserva con ahínco
lo que resta del algodón.

Y he aquí cómo
sin saberlo,
entre cañonazos,
Lehman Brothers
consiguió
milagrosamente
seguir en pie
porque,
mientras media América saltaba por los aires
en ésta o aquella dirección
    —Norte
    —Sur
    —Unión

—Confederación
—Abraham Lincoln
—Jefferson Davis
los dos hermanos,
Emanuel y Mayer,
mantuvieron la bandera enarbolada
y al final del cataclismo
sólo
un
vaso de vidrio
permanecía en pie.

17
Yom Kippur

Todo se ha detenido.
Nada se mueve.
¿Es el fin del mundo?

El péndulo
oscila con su tictac
reflejando
un halo de luz amarilla
sobre el papel pintado de la pared.

El silencio es sobrecogedor.
Ni siquiera los pájaros
tienen ya voz ahí fuera,
la han perdido
a fuerza de ver
fuego y llamas
por todas partes
hasta los confines del horizonte.

Las cortinas
de fino algodón
que bordó la tía Rosa

están descorridas
pero quietas
tras las ventanas abiertas:
no sopla ni un hálito de viento.

Todo se ha detenido en Montgomery.
Nada se mueve.
¿Es el fin del mundo?
Esa paz aberrante
se pega como la cola
a los adornos,
a las alfombras
y a las molduras de estuco
en la gran casa de la calle mayor
antes sitiada
por los soldados
y ahora por el silencio.

Todo calla
esta tarde
del día de Yom Kipur,
cuando se confiesan las culpas
y en el templo suena el shofar.
Hoy no.
Hoy no sonará.
El silencio ha tomado el poder
y no permite que lo empañen.

Emanuel Lehman
está de pie
junto al piano.
Traje oscuro.
Desde que estalló la guerra
no se lo ha visto
por Alabama.
Llena su pipa de tabaco.
Lo aprieta con un dedo.
Lo prende.
Chupa. Inhala.
Por la nariz despide
volutas de humo

que serpentean
hacia la araña del techo.

Mayer Lehman,
sentado en el sofá
a varios metros de distancia,
cuenta los tablones del suelo
bajo las sillas,
bajo la mesa,
a lo largo de los zócalos
atentamente
concentrado,
sin distraerse,
con los cinco sentidos.

Antes o después
uno de los dos
deberá comenzar
en esa tarde
del día de Yom Kipur,
cuando confiesas las culpas
y, si el Eterno lo quiere,
puedes obtener el perdón.
Pero entre un brazo y una patata
no es fácil decidir quién abre brecha,
sobre todo si el brazo tiene algo de artritis
y el huerto de la papa ha sido bombardeado.

No obstante...
No obstante había una vez
en Rimpar, allá en Baviera,
un tratante de ganado
que con poquísimas palabras
solía decir:
«Si el cielo quiere llover
da igual qué nube
descarga primero».

En la casa Lehman
empezó pues
el aguacero de Yom Kipur

de manera casi fortuita
cuando el brazo
advirtió sobre el piano
una partitura con el nombre MISS EVELINE DURR
y esto,
aparte de evocarle el insufrible cencerreo de las niñas,
bastó
para que ese brazo recobrara el pulso:
«¿Aún andas en tratos
con ese granuja de John Durr?».

«Me parece que estábamos de acuerdo:
tú mandas en Nueva York y yo en Alabama».

«Te pregunto si estás conchabado
con John Durr, un tipo que me revuelve las tripas».

«John Durr está en el sector del algodón».

«John Durr está en el sector de sus propios intereses».

«Es un hombre de negocios como nosotros».

«John Durr no es ni remotamente como nosotros:
no basta con hacer negocios para ser como los Lehman».

«¿Y según tú cómo son los Lehman?».

«Los Lehman no son mercaderes, son comerciantes».

«John Durr comercia con algodón».

«John Durr no comercia, John Durr mercadea y especula».

«Odias a John Durr porque no es judío».

«En efecto, justo, tienes razón: no es judío».

«Y tus industriales del norte, digo yo,
¿no son todos protestantes?».

«Pero ellos compran, nos dan su dinero:

nosotros no les pagamos a ellos.
Tú, en cambio, usas el dinero de la Lehman para hacer fortuna con un
gentil».

«Judío o gentil, ¿qué más da?».

«Es algo esencial. ¿O acaso olvidas quiénes somos?».

«Si quieres hacer negocios sólo con judíos,
yo me retiro. El dinero es otra historia,
no se fija en quién está circuncidado y quién no.
John Durr mueve capitales
y Lehman los necesita: ¡viva John Durr!».

«Entonces quitemos el apellido de la familia».

«¿Por qué quieres quitarlo?»

«El nombre de nuestro padre no puede estar en el sitio que tú
concibes».

«Perdona, ¿no has usado nuestro dinero
para financiar el ejército del norte?».

«¿Y tú no lo has usado para el ejército confederado?».

«Yo costeaba los uniformes, tú las armas: es distinto.
Los soldados del sur tenían bayonetas,
los del norte, ametralladoras:
el dinero para adquirirlas salía de Nueva York
y por tanto de nosotros, también de ti».

«No había alternativa.
En cualquier caso sé de cierto que proporcionabas explosivos a los
sudistas».

«O sea, que al final financiábamos a tirios y troyanos
simultáneamente, ¿verdad?».

«Nuestro padre vendía ganado:
¿alguna vez lo oíste preguntarle a un cliente
en qué bando estaba?».

«Ahora te contradices.
Muy bien, precisamente, nuestro padre
habría hecho negocios con John Durr».

Y aquí,
como era lógico,
palideció Emanuel
viéndose acorralado
por una patata emprendedora
con notables
aptitudes dialécticas
cuyo orgullo
lo inducía incluso al escarnio:
«Por lo menos con John Durr vendo algodón.
¿Tú a qué tráficos vas a prestarte?».

La naturaleza de un brazo,
sin embargo,
es irreprimible
aunque haya sido puesta en entredicho.
Y si bien durante Yom Kipur
se prevén el arrepentimiento y la expiación,
Emanuel Lehman
no contuvo
su insurgencia:
«¡Diantres, Mayer! ¿Qué clase de patata eres?
Ha habido una guerra, entérate,
el mundo ha cambiado:
se acabó el mugriento algodón,
¡se acabó el cuento! ¡Cruz y raya!
¡Ahora todo es distinto!».

«¿Ah, sí? ¿Cuál es la diferencia?».

«No lo sé, pero sea cual sea
merece la pena ir a buscarla».

Y se felicitó satisfecho.
Porque, a veces ocurre,
un brazo
puede perder
por un rato

la mezquindad articulada que le es propia
intuyendo
prodigiosamente
que sus músculos
no están sólo hechos para pesos y fatigas,
sino que también logran volteretas y contorsiones
como las que practican
(salvo prueba contraria)
los artísticos brazos
de acróbatas y bailarines.

Esto le sucedió
inesperadamente
en aquella sala el día de Yom Kipur
a un brazo neoyorquino
capaz de sorprenderse a sí mismo
con una ligerísima
pirueta
digna de una cabeza
como la de su hermano Henry.

Era de lamentar, sin embargo,
que su contrincante
fuese un tubérculo
curtido además por una guerra
que había agostado la tierra en torno a él:
«A ver si lo entiendo:
¿debería renunciar a los negocios con John Durr
para salir en busca de algo que desconoces?».

«Dime Mayer, ¿quién inventó el algodón?».

«¡Qué preguntas me haces! El algodón siempre ha estado ahí».

«No, en serio. Alguien,
a saber cuándo,
se levantó una mañana y pensó
en usar esa planta, ¡justo esa!,
para hacerse un vestidito. ¿Lo comprendes?».

«¿Comprendo qué?».

«Yo quiero descubrir otro algodón,
antes que nadie, antes que los demás.
Así se hace dinero, Mayer,
no con el algodón de John Durr,
que ya está al alcance de todos.
¡Yo quiero ir más allá!».

«¿Adónde?».

«No tengo ni idea».

«Exactamente».

Y aquí resultó claro para ambos
que la salida no era fácil
por el simple hecho de que eran dos
y con dos votos
no existe mayoría posible
si hay discrepancias.
Las miradas, por instinto,
se dirigieron al alféizar de la ventana abierta
donde nadie
se sentaba con las piernas encogidas
y un brazo en alto para sostenerse la nuca.

Emanuel sintió palpablemente que la rencilla no se resolvería.
Mayer, sin expresarlo,
tuvo la misma impresión.
Por primera vez se hallaban
en las orillas opuestas del mismo río.

Y para que nadie sospechara que no las había probado todas,
Emanuel decidió jugar esta carta:
«El dinero está en los billeteros de la gente, Mayer:
si quieres que nos lo den
debemos estar preparados,
preparados para dar algo a cambio...».

«¿Dar qué?».

«Pues no lo sé.
Algo útil, algo que deseen poseer,

Mayer, cualquier cosa».

«Eso es justamente lo que me disgusta».

«No entiendes nada: eres un lastre».

«Y tú eres una amenaza».

Éstas fueron
las últimas palabras
pronunciadas antes
de un prolongadísimo silencio.

Si en vez de reñir en aquella sala
hubieran estado
al final de la avenida
en la fastuosa sinagoga
ahora renegrida por el humo de la guerra,
ya habría sonado el shofar.
Las culpas de cada uno
se habrían purgado
y otro Yom Kipur pasaría de largo
con sus veinticinco horas de penitencia.

Si vivieran
en tiempos normales,
habría concluido el ayuno
con una comida ritual y dichosa.

Pero el cocinero había muerto en la guerra
y los criados ya no eran esclavos.

Así que brazo y papa rehuyeron la cena
y meditaron
cada uno por su lado
sobre la primera crisis verdadera
en la historia de Lehman Brothers.

18
Hasele

Emanuel y Mayer evitan
hablarse desde hace varios años.

Emanuel en Nueva York,
Mayer en Alabama.
De modo que nada ha cambiado
aunque todo haya cambiado.
De cabo a rabo.

Entretanto, desde que el norte ganó la guerra,
Montgomery
ya no es la misma.
La sede de Lehman Brothers con el letrero negro y amarillo
continúa allí,
cierto,
con la manilla que de improviso volvió a atorarse.
Eso no se ha alterado.
Tampoco ha cambiada la veranda de Mayer Lehman
en la gran casa de la calle mayor
donde Babette, su esposa,
enseña piano a los niños:
Sigmund, Hattie, Settie, Benjamin...
«Sois los hijos de míster Lehman Cotton»,
les decía en otro tiempo Cocobolo Deggoo
cuando aún andaba por ahí
con el sombrerucho de paja calado en la cabeza,
en otro tiempo,
pocos años atrás y pese a ello miles de años,
cuando aún florecían las plantaciones de Alabama
y aún había esclavos.

Desde que el norte ganó la guerra,
desde que Abraham Lincoln,
poniendo su firma sobre un papel.
en un segundo
liberó,
en apenas un segundo,

a todos los esclavos,
Montgomery ya no es la misma.
El doctor Everson,
que en Nueva Orleans curaba el sarampión a los hijos de los esclavos,
sacude la cabeza
como otrora hacía por la fiebre amarilla:
«La libertad sofoca
cuando la engulles de golpe,
míster Lehman:
se atraganta como un bocado de pavo demasiado gordo.
Y si, Dios no lo quiera, estoy en lo cierto...».

Cocobolo Deggoo
ya no es un esclavo:
gracias al norte, a la guerra y a Abraham Lincoln
ahora es un hombre libre.
Se acabó la obligación de dormir en los barracones.
No más bodrios de cantina,
no más cadenas para los levantiscos,
no más trabajo de sol a sol
o escarmientos en la espalda por palabras insolentes.
Sin embargo.
Cocobolo, sin embargo, ya no anda por ahí.
Ha desaparecido, Cocobolo se ha evaporado.
En la capilla de los baptistas
los domingos por la mañana
ya nadie lo ve tocando el órgano
con aquellos dedazos
que pulsaban dos teclas en vez de una.

En la gran veranda de Mayer Lehman
donde Babette, su esposa,
enseña piano a los niños,
los dos más chicos
le tiraron una tarde de la manga
para preguntarle
si por un casual
había muerto
Cocobolo.
Babette no dejó de tocar.
Les sonrió,
los sentó a junto a ella

y mientras sonaba el piano
(quién sabe por qué)
les contó esta historia:
«Hubo una vez un rabino
que se sabía de memoria todos los preceptos de la Torá,
los conocía de pe a pa,
hasta los más aburridos o tremendos.
Pero este rabino tenía una lengua tan veloz
que se comía las palabras y era chistosísimo,
todos los buscaban para estar con él,
lo llamaban Reb Lashon, el Rabino Lengua,
y se partían de la risa cuando empezaba a hablar.
Cada tarde, en el templo, el rabino le rogaba al Señor:
"Riboyne shel oylem,
ayúdame tú, haz que mi lengua no vaya tan rápido".
Y un día, pasados muchos años, la súplica fue atendida.
Desde entonces el rabino habló de forma normal
y se entendieron tan bien esos preceptos
aburridos y tremendos
que de ahí a poco,
uno tras otro,
todos los fieles lo dejaron solo.
Y por la tarde, en el templo, alzaba los ojos y decía:
"Riboyne shel oylem,
fuiste muy artero al volver normal mi lengua
porque cuando hablaba mal hablaba con todos
y en cambio ahora...
¡no tengo ni un perro
para platicar!"».

Pero los niños
no entendieron una palabra
y se miraron
con ojos más bien desconcertados.

Esto no habría supuesto un gran problema
de no ser porque entre ellos
el más perplejo
parecía el dulce Sigmund,
hijo primogénito y predilecto,
realmente incapaz de entender
si Cocobolo había muerto realmente
o se había convertido en una especie de rabino.

Ahora, esa tierna incertidumbre en su mirada
(¡justo en la suya!)
no podía dejar indiferentes a los padres,
conscientes de que aquel niño no era como los otros
en el bien estudiado guión para los puestos de mando.

Se le habían perdonado con cautela
la inocencia de los primeros años
y el amor infantil por los juegos,
pero esta concesión fue otorgada
sólo en la impaciente espera de un avance
lo más raudo posible
hasta el cinismo adulto, y en particular el de un adulto comerciante.
Por otro lado, no puede haber sólo brillo
en los ojos de quien se dedica a los negocios:
siempre hace falta esa región de sombra
que garantiza inmunidad frente a engañosos sortilegios.
Sea como fuere, esa sombra tardaba más de la cuenta en comparecer
sobre la muy tierna mirada
de Sigmund Lehman, tesoro de Alabama:
su rostro irradiaba
una luz nítida y chispeante
sin el más mínimo atisbo de maldad
y era la suya una cordialidad tan diáfana
que despertaba inquietas ansiedades en los adultos de la familia.
Ansiedades manifiestas.
Resumiendo: a Sigmund, día tras día,
se le reclamaba una cierta distinción,
un instinto destacable,
alguna forma de excelencia (fuera cual fuese),
por no decir un pellizco de genio comercial.
Él crecía, sí, como un campeón,
pero del altruismo.
Un filántropo incorregible,
un modelo de abnegación
que se habría puesto de buen grado como ejemplo
a no ser porque su futuro no residía en asilos u hospitales,
sino en el sanguinario palenque del comercio.
Mas, bien al contrario,
hasta en los juegos más inocuos
se mostraba inerme hasta los límites de lo conmovedor,
siempre puro con su sonrisa de lactante
y, por desgracia,

se dejaba embaucar ingenuamente en cualquier forma de trueque.
Llegó a ceder diez marionetas a cambio de dos rosquillas
y, lo que es peor, alardeó públicamente de ello,
comportamiento que su padre castigó confinándolo
en el minúsculo trastero que había bajo la escalinata.
Fue una sanción cruel,
pero Mayer no se arrepintió ni un instante,
en parte por el daño infligido a la imagen de la empresa
y en parte porque esperaba con toda su alma
que la injusticia padecida malease un poco a aquel vástago.

De nada sirvió.
Desde el oscuro chiscón donde estaba encarcelado,
Sigmund cantó
sin descanso,
plácidamente,
y allí le dio por inventar tonadas de conejillos.
Cuando bajó
para liberar al prisionero,
la tía Rosa oyó esta súplica hecha con las manos juntas:
«Por favor, ¿puedo seguir castigado?».

Y entonces fue obvio para todos
que aquel conejito
representaba un grave problema.

19
Shvarts zup

Desde que el norte ganó la guerra
el mercado del azúcar agoniza.
Se acabaron los esclavos,
se acabó el trabajo,
se acabó el género,
se acabaron las ganancias,
se acabó la dulzura
y llegó el acíbar.

De hecho ya no se vende azúcar,
pero se invierte en café.
Resulta más rentable.

La pega es que el azúcar lo veías, como el algodón.
El café no. Se cultiva en México o en Nicaragua,
por no hablar de más abajo, en Brasil.
Será que en esos lugares aún hay gente
con espaldas para deslomar
mientras que entre nosotros (liberados los esclavos)
todos pretenden cobrar un sueldo.

El café, pues, conviene.
Algunos lo compran, lo cargan en naves
y lo envían a cualquier paraje
maravillosamente listo para dejarse vender
por quienes sepan elevar su precio,
ahorrar en el transporte
y atar corto a los proveedores.
En suma: por aquéllos cuyo oficio
consiste en sacar provecho.

«Lehman Brothers es el rey del algodón
y ha llegado muy lejos con el azúcar.
¿Qué les impide probar con el café?».
Éstas son las palabras
que emplea Miguel Muñoz,
un oso mexicano con más oro encima que una Virgen en procesión,
para persuadir a un brazo neoyorquino
vertiendo frente a él un saco entero
de fragantes granos oscuros:
«Mi café es *first choice*,
si no se fían vengan a verlo».

Y Emanuel Lehman
fue a verlo:
viajó hasta México
porque «yo no he venido a América
para terminar en una jaula».

Bajo una lluvia torrencial
y junto a un oso cubierto de oro,
Emanuel Lehman atraviesa el cafetal

entre árboles altísimos colmados de motas rojizas:
cientos y cientos de mujeres y niños
vigilados por guardas con perros
llenan las carretas del comercio
sacudiendo troncos y ramas,
arreando a los caballos,
fustigando a los burros
y si estalla una pelea
suenan tiros de escopeta.
Miguel Muñoz, envuelto por destellos cegadores,
pasa revista a sus tropas
como un general
y sólo se queja del barro
cuando le salpica el terno blanco:
«Le gusta el panorama, míster Lehman?
Piense en la hermosura del cafeto:
sólo crece en torno al Ecuador...
De ahí que todo el mundo, si quiere una taza,
deba comprarlo en África o por estas latitudes...
Se cuenta que los gastos son ridículos en Etiopía,
que los nativos de allí escupen sangre
por un cuenco de sopa y una choza.
Aquí estamos algo peor,
pero como la distancia es más corta y el flete más barato,
no hay etíope que compita conmigo,
al menos en el bazar americano:
yo les vendo los sacos al precio que fijo,
tras lo cual, si así lo desean, el mercado es todo suyo:
sabe Dios cuánto café se consume desde Florida a Canadá
y Lehman Brothers puede nadar en ese océano».

Quién sabe si Miguel Muñoz
también ha vendido el café
que Mayer Lehman
bebe ahora en Alabama,
en ese preciso momento,
sin sospechar
ni en sueños
que su hermano Emanuel
está haciendo negocios
bajo un diluvio mexicano.

Será tal vez que Mayer Lehman,
mientras tanto,
de la mañana a la noche
recorre Montgomery
a lo largo y a lo ancho,
pero no sólo: toda Alabama
hasta el Misisipi y más allá, hasta Baton Rouge,
intentando convencerse
de que la guerra no se ha perdido
y de que el sur
(con el bendito algodón)
en el fondo de los fondos
sigue aún de pie
y todavía no ha muerto.

«¿Cuánto algodón me dará con la próxima cosecha,
míster Tennyson?
Firmemos el acuerdo como antes, como en los buenos tiempos».
«¿Pero de qué me habla, míster Lehman?
¿De qué algodón, de qué cosecha?».
«Se lo compro todo
al precio habitual».
«¿Acaso no se ha percatado
de que mientras tanto ha habido una guerra?».
«Sí, pero ya terminó, eso es historia
y ahí sigue su plantación,
le compro...».
«Abra los ojos, Lehman,
¡mire a su alrededor!
¡Lo que no se ha destruido
está igualmente arrasado!
Hemos de comenzar desde el principio:
¡rehacerlo desde abajo, reconstruirlo todo!».

Esa tarde,
de regreso a Montgomery
en su calesa
con el caballo agotado,
Mayer Lehman
contempla el paisaje:
plantaciones cerradas
con el cartel de SE VENDE,

almacenes quemados,
vacíos los barracones donde antes se alojaban los esclavos,
vallas rotas,
tierras abandonadas,
esqueletos de carros,
y sobre todo
silencio
por doquier
como en un inmenso cementerio
que se extiende por toda Alabama
(quizá por todo el sur)
en ruinas,
perdido,
moribundo.
De regreso a Montgomery
en su calesa
con el caballo agotado,
Mayer Lehman
piensa esa tarde
que quizá
sea como aquella vez
quince años atrás
(aún vivía Henry),
cuando se propagó el incendio
y fueron ellos,
los hermanos Lehman,
quienes lograron que Montgomery renaciera.

Al día siguiente,
con traje oscuro
bajo dos banderas,
Mayer Lehman
está de pie
y sonríe
(él, Kish Kish, sabe hacerlo)
frente al escritorio del gobernador,
quien, gafas sobre la nariz al modo francés,
lo mira estupefacto
como se mira a un loco:
«Reformule su propuesta,
míster Lehman:
me temo que no lo he entendido bien».

«Por supuesto, excelencia.
Nosotros vamos a reconstruir.
Desde el principio,
desde cero,
para dejarlo
todo
como...».
«Perdone, ¡un poco de calma!
¿Piensan reconstruir el estado con el dinero del estado?».
«¡Sí señor!: ustedes nos dan el capital
y Lehman Brothers levantará de nuevo Alabama, más aún...».
«Calma, deténgase,
por lo que yo sé,
Lehman Brothers
vende algodón».
«Somos los primeros en el comercio de algodón crudo,
excelencia,
de modo que nos corresponde...».
«No corra tanto, se lo ruego,
si habla tan rápido no lo sigo.
¿Yo, gobernador de Alabama,
debería darle los fondos para la reconstrucción...
a una empresa de tejidos?».
«No somos sastres, excelencia,
somos hombres de negocios».
«Pero expertos en algodón».
«En efecto, señor, de acuerdo:
nacimos con el algodón.
Como usted, por otra parte:
¿no es cierto que antes tenía una plantación?
Si del algodón ha salido un gobernador,
¿no podemos fundar un banco a partir del algodón?
Fíese de mí».

Y tras este sensacional
«fíese de mí»,
Mayer Lehman despliega una sonrisa
tan persuasiva,
tan segura,
tan creíble
que el gobernador de Alabama
se rinde

con armas y bagajes.
Es más: *se fía*
y fiándose confía
a una expatata
un capital de millones.

Sólo un requisito:
sobre aquella puerta
cuya manilla aún se atora
deben cambiar
nuevamente
el rótulo:
LEHMAN BROTHERS
y
al lado
BANK FOR ALABAMA.

Un letrero de color marrón.
Como el café que viene de México.

20
Der boykhreder

A como en Atlanta
B como en Boston
C como en Chicago
D como en Detroit
E como en El Paso
F como en Fort Worth
G como en Greensboro
H como en Halifax
I como en Indianápolis
J como en Jacksonville
K como en Kansas City
L como en Los Ángeles
M como en Memphis
N como en Nueva Orleans

O como en Oakland
P como en Pittsburgh
Q como en Quincy, Illinois
R como en Raleigh
S como en San Luis
T como en Toronto
U como en Uniontown
V como en Virginia B.
W como en Washington
X como en Xenia, Ohio
Y como en Youngstown
Z como en Zenith, West Virginia

Philip
ha aprendido el alfabeto
usando los nombres de las ciudades con las que comercia su padre.

En la lista,
que recita de memoria
sin el más mínimo titubeo,
falta obviamente Nueva York
por el simple motivo
de que Nueva York es su hogar,
no un centro de negocios.

Y a decir verdad,
en el abecedario de Philip
tampoco figura Montgomery
porque su madre
no juzga necesario
publicar a los cuatro vientos
que de ahí venimos.

Y menos ahora,
con el aire eufórico que se respira:
desde que el norte ganó la guerra
Nueva York
parece aún más bella.
En Liberty Street 119
con su flamante
rótulo negro y amarillo
nunca se ha visto entrar a tanta gente

de todo tipo y condición,
desde que
Emanuel Lehman,
hijo de un tratante de ganado,
se convirtió en uno de los fundadores
de la Lonja del Algodón neoyorquina.
A Nueva York,
donde jamás se ha visto un campo de algodón,
llega todo el algodón de América,
todo el algodón del mercado,
todo el algodón que puede comprarse:
desde que la guerra aniquiló
de un plumazo
la arrogancia del sur
y el oprobio de los esclavos:
basta, se acabó,
todos libres, todos iguales,
ha vencido Abraham Lincoln,
ha vencido Washington,
pero especialmente,
singularmente, Nueva York,
donde todo,
todo,
no sólo el algodón,
se transforma en billetes hasta tal grado
que ahora el *king cotton*
(el oro del sur)
según Emanuel
«da beneficios, cierto,
pero no te hace rico».

Desde que el norte ganó la guerra
Nueva York
ya no es la misma:
un espectáculo tras otro,
una sorpresa tras otra,
siempre más,
siempre mejor
y lo nota,
lo percibe
Emanuel Lehman
mientras con su esposa Pauline
lleva en la berlina

a la escuela hebraica
a Milton, Philip, Harriett y Eveline.
Impecablemente vestidos
y peinados,
formales,
corteses y obsequiosos,
asistirán a clase con los hijos de los Sachs,
de los Singer,
de los Goldman,
de los Blumenthal:
como ellos celebrarán en el templo el Bar Mitzvá,
como ellos aprenderán equitación,
y probarán ese nuevo deporte
conocido como tenis
e importado a Nueva York por miss Mary Outerbridge.
Como ellos tocarán, sin duda, el violín
porque cada familia neoyorquina
tiene un hijo que toca el violín:
el violín es muy refinado:
«resalta la *silhouette*»,
se toca de pie
frente a todos
y es un instrumento moderno,
del mañana, esbelto y manejable,
no un armatoste engorroso
como el piano de las verandas sureñas.

Philip Lehman
no tiene aún seis años
y ya lo toca a la perfección.
Es el mejor alumno,
el mejor en la escuela hebraica,
el mejor en los ensayos de coro;
ya sabe leer y escribir
en hebreo, alemán e inglés;
sabe contar hasta cien
en hebreo, alemán e inglés;
en las fiestas, para asombrar a todos,
su madre le pide que indique en un atlas
dónde está ese puntito de Baviera
llamado Rimpar.
Philip también sabría indicar
dónde está Montgomery, Alabama,

pero eso (le ha dicho su madre)
interesa menos a los invitados.
«Mejor, Philip,
muestra a todos
lo bien que se te da la economía:
¿cuáles son los dos tesoros de la familia?».
«¡El algodón!».
«¿El algodón?
¿De qué hablas, Philip?
¡No desvaríes!
¿Qué dice siempre tu padre?
Lehman Brothers se asienta
sobre dos pilares
y éstos son...».
«El café y la industria».
«¡Así me gusta, Philip!
Ya puedes ir a jugar».

El café y la industria.
Desde que el norte ganó la guerra
Nueva York tiene el seso
literalmente
sorbido
por un líquido negro llamado café
y por un recinto negro llamado fábrica.

Junto a la Lonja del Algodón
se ha abierto la Lonja del Café.
Emanuel Lehman pertenece a ella
como los Goldman,
los Blumenthal,
los Sachs
y los Singer:
¡baruj Hashem por el *king coffee*!
El prodigioso relevo del algodón:
el café sale de Nueva York
contratado,
firmado,
pagado,
y embarcado
para hacerse a la mar camino de medio mundo.
Lo piden en Europa,
en Canadá, en todo el planeta.

Lehman Brothers contaba con veinticuatro plantaciones de algodón,
ahora tiene veintisiete proveedores de café.
Mas el café
según Emanuel Lehman
«da beneficios, cierto,
pero no te hace rico».

Lo que enriquece
de verdad,
Emanuel lo sabe
y su suegro lo confirma,
es la gran carrera de la industria,
que debe ser financiada:
América entera se llenará
toda ella
con naves y factorías
textiles,
mecánicas,
químicas
o farmacéuticas,
de norte a sur,
de este a oeste;
destilerías, fundiciones y altos hornos
de Washington a Los Ángeles y Sacramento,
desde el Atlántico hasta el lejano Pacífico.
También Teddy Wilkinson, alias Manosfinas,
ha innovado su negocio:
¡al diablo el algodón!,
ahora fabrica tornillos y tuercas
y recauda el doble que antes.

«Un momento, míster Lehman,
por lo que yo sé,
Lehman Brothers vende algodón»,
le dijo el inspector jefe de la Unión Industrial
cuando Emanuel Lehman
le propuso actuar como agente intermediario:
yo les suministro la materia prima y ustedes la elaboran
y si lo desean también puedo construirles las fábricas.
«Sí, ¿pero a santo de qué, discúlpeme,
deberíamos dar el capital para construir fábricas
a una empresa de tejidos?».

«¡Eso es una injuria que no le permito!»,
Emanuel
le aulló en la cara
rojo de furia morada.
Sigue siendo un brazo con casi cincuenta años.
«No sé, Lehman:
me lo pensaré».
«Por supuesto, señor:
regreso en una semana».

Y Emanuel
reapareció con la misma oferta
a los seis días exactos:
«No sé, Lehman:
tengo que estudiarlo mejor».

Y así continuó
cada seis días
impertérrito
con la típica estrategia
de brazo incansable,
mas pese a ello,
en este caso,
desesperadamente
baldía
hasta que
una noche,
tumbado en la cama
antes de dormir,
notó una brisa
que le acariciaba la oreja
anunciándole la mejor de las soluciones;
esa brisa
soplaba desde Montgomery
con un vago aroma a patata kish kish,
una sensación tan fuerte y clara
que partió
al amanecer
de la mañana siguiente
hacia ese pequeño rincón del sur
donde la manilla vuelve a atorarse.

«Escúchame bien, Mayer,
no he venido a saludarte.
He tomado una decisión
que te concierne:
ya no puedes seguir aquí,
te necesito en Nueva York».

«¿Yo en Nueva York?
Acordamos que permanecería aquí:
yo en Montgomery
y tú allí arriba
en Liberty Street».

«¡Diantres, Mayer! ¿Qué clase de patata eres?
Ha habido una guerra, entérate,
el mundo ha cambiado:
se acabó el mugriento algodón,
¡se acabó el cuento! ¡Cruz y raya!
¡Ahora todo es distinto!
¡América se va a industrializar!
Y además lo he decidido: te necesito, vienes y basta».

«Estoy reconstruyendo Alabama
con dinero del estado».

«Tarea que puedes hacer igual desde Nueva York.
Es más: la harás mejor.
Ahora todo pasa por allí.
No en vano soy tu hermano mayor
y sé lo que te conviene».

En ese justo momento
asomó por el rectángulo de la puerta
el morro siempre mudo de Dreidel,
algo más de quince años
y las piernas más escuálidas que dos ramas secas.

Curioso que a veces
las palabras
se derriten como la nieve
con un solitario rayo de sol:

algo así
ocurrió en aquella habitación.

Y no porque Dreidel
hiciese a saber qué
de buenas a primeras.
Nunca abdicó de su rígido silencio.

El jovenzuelo de la puerta
simplemente
se limitó a clavar la vista en su tío Emanuel
de un modo ciertamente inusual
y otro tanto hizo durante largo rato con su tío Mayer
antes de entrar con paso firme
y sentarse no en la mesa
ni en el diván
ni en ninguno de los sillones,
sino
en el alféizar de la ventana abierta
con las piernas encogidas
y un brazo en alto para sostenerse la nuca.

Mayer miró a su hermano
justo el tiempo preciso para leer en aquellos ojos
su propio e idéntico pensamiento:
la certeza
matemática y absurda
de que aquel muchachito era un títere
movido quién sabe cómo
por una víctima de la fiebre amarilla.

Equidistante entre una cabeza y un brazo,
en un silencio viscoso,
Mayer Bulbe consigue articular un discurso
forzando la obediencia maxilar de sus mandíbulas:
«Hablamos de mudarnos a Nueva York
e ir allí no como una sociedad mercantil,
sino como un banco.
Emanuel quiere hacerlo, yo estoy menos seguro.
Pero somos tres, Henry, tú inclinas la balanza.
¿Cuál es tu voto? ¿A favor o en contra?».

Henry se toma su tiempo.
Ésa es una prerrogativa de la cabeza.

Sigue quieto
sobre el alféizar de la ventana abierta
con las piernas encogidas
y un brazo en alto para sostenerse la nuca.

Después no dice nada.

Asiente y basta.

El cambio está hecho.

Libro segundo
Padres e hijos

1
The black hole

Yehudá ben Temá
escribe
en el *Tratado de los padres*:
«Contarás con cincuenta años para alcanzar la sensatez
y con sesenta para llegar a la sabiduría».

Emanuel Lehman,
que entre los cincuenta y los sesenta está a medio camino,
se considera
indiscutiblemente
tan sensato como sabio.
Y no alberga ninguna duda
porque para él lo sensato es actuar
y la sabiduría también es actuar.
Razón por la cual,
si éstos son los ingredientes,
actuando
los tiene bien metidos en un puño.
No hay más que decir.

Además, ¿cómo puedes no actuar
si vives en el corazón de Nueva York?
Todo aquí es movimiento,
todo aquí es nervio,
todo aquí es garra
y por tanto un brazo
siempre está a sus anchas.

Más aún si ahora
la consigna es una
y sólo una: combustible.

Asombro de la modernidad:
¿cómo hemos malgastado tantos años sin pensarlo?
Sólo una cosa distingue al hombre de los dioses:
que el hombre debe partirse el pecho.
Los dioses no doblan el espinazo,
los dioses no se quedan sin aliento

y ello sucede porque en las esferas superiores
hay sin vuelta de hoja
alguna forma constante de energía.
Perfecto.
Busquemos inspiración en las alturas.
Copiemos ese modelo.
O sea: ¡démonos también, demos a la humanidad
un combustible divino!
El hombre ya no tendrá límites
si surtimos de energía los motores.

«Tal vez, ¿por qué no?,
esto podría ser una buena inversión...»,
pensó Emanuel Lehman
cuando míster Wilcock, señor del carbón,
lo invitó a las minas del norte
sólo para echar un vistazo.

«Debo analizarlo»,
se dijo Emanuel
descubriendo que un brazo
entre los cincuenta y los sesenta
puede concederse tiempo para pensar.

Lástima que ese tiempo
no durase mucho.

Justo el tiempo de observar
cómo hasta David, el hijo trastornado de la tía Rosa,
que anda por los veinte años,
agota al final sus recursos
y es incluso capaz de aletargarse
absteniéndose de sus alborotos
durante unas cuantas horas.

Es increíble, cuesta explicarlo:
David es un caballo desbocado
que galopa por Nueva York
de Manhattan a los suburbios
y de los suburbios a Queens,
David es un torbellino crónico
y en él arde un fuego tal

que lo dota de una jerigonza peculiar:
«¡Ea, tío! ¿Qué tal?
¡Ea! ¿Qué dices, lloverá?
¿Te vas? ¿No, eh?
¿Te quedas? ¿Sí? ¿Yo? ¡Bah!
¿La cena? ¿Mi madre? ¡Hala!
¿El caballo? ¿Dónde está?
¡Yo me largo! Hasta luego.
¡Hala! ¡Que os vaya bien! ¡Chao, chao!».

Tras lo cual, si está sentado
mueve las piernas sin parar,
se levanta
y se deja caer,
se levanta
y se deja caer
tensando los músculos del cuello
con una especie de convulsión intermitente;
mira hacia arriba,
mira hacia abajo,
mita hacia arriba,
mira hacia abajo;
sin embargo, pese a todo,
debido a alguna ley de la naturaleza
también David Lehman,
ese conglomerado mecánico en forma de sobrino
portento de la industria finisecular,
se remansa
a intervalos regulares
constreñido por una incontenible necesidad de recarga.
¡Y eso lo frena! ¡Lo deja inactivo!
En otras palabras, lo daña, lo perjudica,
como el propio David le dijo una tarde fatídica:
«¡Señor tío! ¡Ea! ¿Puedo?
¿Cansado? ¿Molesto? ¿No?
¡He echado cuentas! ¿Interesan? ¡Quizá sí!
¡Bien! ¿Cuántos años tengo? ¡24!
¿Y cuánto duermo? ¡6 horas! ¡Diarias!
¿Entonces? ¿Me sigue? ¡Cada cuatro días pierdo uno entero! ¿No?
        ¡Es así!
¡Cada 4 días! ¡Uno entero lo derrocho en zzzzzzzzzzzzzzzzzz!
¿Y en un año? ¡Agárrese fuerte! ¡91! ¡Días! ¿Eh?

¿Me explico? ¡De sueño! ¡91 días zzzzzzzzzzzzzzzzzz!
¿Y en 24 años? ¡Un desastre! ¡2190 horas! ¿O sea? ¡6 años! ¡Íntegros!
¿Y usted? ¡Más del doble! ¿Tío? ¿Me sigue? ¡15 años! ¡O casi!
¿Eh? ¡De locos! ¡Ahí es nada! ¡Durante 15 años usted
    zzzzzzzzzzzzzzzzzz!
¡Ya está: quería decírselo! ¡Que le vaya bien!
¡Nos vemos! ¡Chao, chao!».

A veces estrangularías incluso a una persona querida.

Hay ocasiones en la vida
en que adviertes que a partir de ahí
habrá un antes y un después:
Emanuel Lehman percibió al instante
en la boca del estómago
que ése era el momento.

Ni siquiera la muerte de su padre
allá en Rimpar, Alemania,
le causó un impacto tan brusco,
y no porque la noticia llegara escrita en una nota breve y escueta.
Escuchar al sobrino durante los cincuenta y siete segundos
de aquel parloteo tan insólitamente largo
marcó un hito indeleble
en su recorrido existencial.

Todo era cierto.
Dramáticamente.

O mejor dicho: era incluso peor
dado que el inclemente cálculo del muchacho
se basaba en un sueño de seis horas.
¿Cómo atreverse a admitir que él dormía ocho?

Ya solo en su despacho,
durante un crucial tú a tú con su miseria,
Emanuel constató,
en efecto,
que sólo desde su desembarco en América,
en efecto,
había dedicado casi diez años a zzzzzzzzzzzzzzzzzz.
Y por delante de él desfilaron

las mil cosas que, en lugar de zzzzzzzzzzzzzzzzzzz,
podría haber hecho
para sí mismo,
para Lehman Brothers,
para la familia,
para la patria,
para la historia y la gloria,
por lo cual
consintió la descabellada sensación
de que se había desvalijado a sí mismo.
¿Y al final por qué?
¿Por una dependencia (abyecta y congénita)
del lentísimo mecanismo que regula el reposo?

Después del abismó columbró la luz.

Se alzó pues de su poltrona
con el verdadero ímpetu
de una misión verdadera:
si reconfigurar al hombre no estaba a su alcance,
Lehman Brothers sí podía (y debía) tonificarlo
con un sistema productivo incesante
de ciclo continuo
alimentado por combustibles divinos
sin más pausas,
sin más demoras,
sin más zzzzzzzzzzzzzzzzzzz.
¿Y quién bajo el cielo podía hacerlo si no un brazo
acuciado por el sobrino en una batalla contra el sueño?

Ahí estaban finalmente los cimientos
para salvar a la humanidad entera
diciendo adiós al benemérito *king cotton,*
más aún cuando en aquel instante
la llamada mental le permitió verificar
que todo era tela en los dormitorios:
de tela las sábanas,
de tela las almohadas, las fundas y las colchas;
se sintió pues al menos responsable
de haber revestido millones de camas (incluida la suya)
y
quizá fue ésa la primera vez

en que uno de los hermanos Lehman
no ahuyentó un cierto malestar
sabiéndose
comerciante de algodón.

¡Basta!
Fin del sopor y la narcolepsia.
Se acabaron las nanas.
El único bálsamo que Emanuel pudo aplicarse
fue constatar que al menos
una parte del negocio para Lehman
radicaba en el café,
enemigo declarado de los durmientes.
Y por ello se dio las gracias.

Pero ahora, ¿qué hacer?

Una semana más tarde,
fiel a su trayectoria ejecutiva,
un brazo neoyorquino dejaba la ciudad
para un urgente viaje comercial
del que su hermano Mayer prefirió desertar
rubricando así que una papa del sur
no se cura trasplantada al norte
y antes que el hacer
prefiere el cálido abrazo del dormir.

Daba igual. ¡Adelante!
Emanuel partió
acompañado esta vez
(pues siempre merece honores la intuición)
por un veinteañero adrenalínico
nieto de un tratante de ganado
y quizá infravalorado en el porvenir de la empresa.
Pero había tiempo para remediarlo.

Fueron dos jornadas de camino
durante las cuales David Lehman
burló la tortura del ocio
desmontando y volviendo a montar
cuatro veces
las cubiertas de los asientos,
todo ello acompañado

por un flujo imparable
de *eas, halas, ehs, bahs*
y otras estridencias más o menos sincopadas
de su muy exquisita creación.

El último *hala* se produjo justo antes de apearse
junto a un barranco todo fango y roca
frente a una montaña destripada
como un cuerpo rajado y taladrado
sobre la mesa del cirujano:
«¡Hala, tío! ¿Lo ha visto? ¡Puf!».
Raíles acoplados al trajín de los montacargas,
estrépito infernal, hedor nauseabundo,
pero la que más impresionaba
era la caterva de gente
venida desde todas las esquinas del planeta:
africanos, chinos, pieles rojas, hispanos
y hasta numerosos blancos («¡toma ya!»)
cuya tez resultaba
en cualquier caso
cuando menos irrelevante
por cuanto todos ellos («¡hala»!)
sin distinción alguna («¡hala»)
estaban cubiertos por una capa de hollín
más negra que el azabache
y más espesa que un guante:
sólo los blancos ojos emergían de aquellos fondos tenebrosos («¡epa!»).

«En las plantaciones de algodón todos eran negros...
en las minas de carbón no se discrimina»,
pensó Emanuel.
Y podría haber surgido
una meditada doctrina sobre las razas
de no ser porque el propósito de la misión
no era la filantropía,
sino el próvido *business* del carbón.

Y ahí estaba el propietario, míster Wilcock,
rapidísimo a pesar de las muletas
en que se apoyaba desde hacía diez años
cuando un barreno le voló una pierna:
el precio de la modernidad
o tal vez una ofrenda a la montaña.

Ni siquiera los inválidos paraban el carro
en la gran vorágine finisecular.

Míster Wilcock hablaba exclusivamente de carbón.
Bastaba mencionarlo
para que se le iluminase
aquel afilado rostro triangular
con sus dos blancos mostachos caídos
sobre una piel levemente ahumada:
«Bienvenidos a Black Hole, la mina de antracita
más grande de Norteamérica.
Si quieren bajar a explorarla
deben ponerse un casco como todos los mineros».
Y les abrió paso
saltando ágilmente sobre las rocas
a despecho de su cojera.

La experiencia en la mina fue memorable.

Mas no porque a dos ricos judíos blancos
se les oscureciera la piel durante una hora
y sintiesen aflorar la añoranza nunca menguada
por Cocobolo Deggoo,
recuerdo de Alabama.

No era sólo esto.
Lo cierto es que a ojos de Emanuel Lehman
no dejaba de ser apasionante
que para llevar el pan al gran festín de la industria
toda aquella gente
venida de mil sitios
rascara el intestino de la Tierra
y le robase nada menos que energía.
Pura energía.

Aferrado con su sobrino
al borde herrumbroso
de una vagoneta trepidante
que descendía en picado,
Emanuel Lehman no experimentó el más mínimo pavor:
más intensa era la sensación (¡fabulosa!)
de que en las hondas simas de la Tierra
los mineros no extraían carbón,

sino avalanchas de billetes y lingotes
a los cuales hincarían el diente (¡y cómo!) los hermanos Lehman.
Fantasear con esos caudales
fue para míster Brazo
una especie de panacea
que resarció,
aunque fuese en parte,
su profundo sueño de quince años.

El sobrino David, por su lado,
no paró un momento de reír y brincar:
estaba en su salsa
entre aquellas cuadrillas trepadoras.
Envidiaba los golpes de pico
y ese reptar por el suelo
y ese internarse en los túneles y ese salir atropellado;
envidiaba aquel vocerío que en el interior de la montaña
desencadenaba un eco monumental.
Habría querido imitarlos
y no lo hizo para no menoscabar el prestigio de la familia,
pero llegada la hora de partir
no pudo resistirse al capricho
y míster Wilcock le otorgó
la máxima apoteosis:
escoltado por tres chinos en el fondo de una zanja
detonó dos cargas de dinamita.
El placer que obtuvo
fue sencillamente indescriptible:
pura energía.

Aquella noche no concilió el sueño.

Tampoco durmió su tío en la habitación vecina.
Bien al contrario.
Despierto con los ojos como platos
para recuperar el demasiado tiempo perdido,
leyó y releyó
hasta cinco veces
su primer contrato carbonero.

2
Der bankir bruder

Yehudá ben Temá
escribe
en el *Tratado de los padres*:
«Contarás con cincuenta años para alcanzar la sensatez
y con sesenta para alcanzar la sabiduría».

Mayer Lehman
tiene ya cincuenta años
y no sabe qué es la sensatez,
mas en el caso de que significara «párate y observa»,
no es imposible que él sea sensato.

Su padre,
tratante de ganado
mil años atrás
(allá en Alemania, en Rimpar, Baviera),
decía que el hombre sensato es como esas ramas
que desafían al viento
y se niegan a doblarse.
«Si es así —piensa Mayer—
yo estoy en regla».

En efecto.
Porque mientras todos
enloquecen
en estos tiempos
con el hacer, hacer, hacer;
construir, construir, construir;
inventar, inventar e inventar,
Mayer Lehman
permanece quieto.

Ahora por ejemplo:
sobre la entrada de la sede en Nueva York
acaban de instalar el letrero
que anuncia el
LEHMAN BROTHERS BANK.

Ha sido rápido.
Meteórico.

Porque el viejo rótulo sólo era
en el fondo un rectángulo largo y estrecho
(tan largo como toda la fachada)
formado por tres piezas ensambladas:
LEHMAN la primera,
BROTHERS la segunda
y COTTON la tercera.

He aquí
la solución neoyorquina:
bastaba con quitar sin mucho drama
la última placa de la derecha.
Justo la última pieza: COTTON.
Yace tirada en el suelo,
ya obsoleta
sobre la acera.
En su lugar han izado otra placa
con cuatro letras: BANK.
¡Mira que es bonita!
La han elevado con sogas
y la han alineado al milímetro
(precisión impecable)
junto a LEHMAN BROTHERS.
Ahora los carpinteros unen las piezas,
las ponen bien juntas,
las juntan con clavos
y todo es uno:
LEHMAN BROTHERS BANK.

Mayer está allí, los contempla sentado en una silla.

¿Qué significa ser un banco?
¿Qué cambia en realidad para nosotros?

Una patata suele razonar con calma:
el largo periodo pasado bajo tierra
restringe
notablemente
los tumbos y volatines en la superficie.

Y de hecho
también en este caso
Mayer Bulbe
consigue aislar dos conceptos simples.

El primero: cuando nos dedicábamos al comercio
la gente nos daba dinero
y nosotros le dábamos algo a cambio.
Ahora que somos un banco
la gente sigue dándonos dinero,
pero nosotros no le damos nada a cambio.
Al menos por el momento. Ya veremos después.

Segundo punto: cuando nos dedicábamos al comercio
si tú hijo te preguntaba qué haces
le mostrabas un rollo de tela,
un carro de algodón
o un barril de café
y normalmente el chico comprendía.
Ahora que somos un banco
por mucho que rebusques las palabras
tu hijo no entiende, se rinde y vuelve a jugar.
Jugar, exacto.

«En el fondo de los fondos
—piensa Mayer Lehman—
debe de haber un buen motivo
si los niños juegan a fingir
que son maestros, médicos o pintores,
pero a ninguno
jamás
se le ocurre la idea de "jugar a la banca"
por la sencilla razón
de que quien ha de hacer el papel de banquero
se llevará el dinero de sus amigos
y los dejará sin merienda: ¡menudo pasatiempo!
¿Qué manera de jugar es ésa?».
Anda y vete a explicarles
que los dineros del banco sirven para la industria.
Vete a explicarles
que el sistema necesita cajas de ahorros.
Mayer Lehman

ha llegado a la conclusión
de que llegará a estimar enormemente
esta nueva faceta del oficio
cuando vea con sus propios ojos
cómo un banquero
explica a los chiquillos
el juego de la banca.
Y logra que lo aprecien.

Mayer Bulbe
reflexiona un buen rato sobre ello
mientras mira en el letrero
su apellido
colocado junto a la palabra *banco*.

Su hijo Arthur,
dos años,
se sienta en sus rodillas:
tiene medio siglo menos que él
y le tira de la barba dale que dale con la mano.
Mayer no reacciona:
se deja provocar.
Tal vez sea porque Arthur ha nacido en Nueva York:
su sangre no contiene
ni una gota
de Alemania
o de Alabama.
Arthur es nuevo.
Arthur es novísimo.
Arthur es hijo de Nueva York.

De ahí que
al verlos juntos
(padre y retoño)
parezcan un poco como ese viejo rótulo,
LEHMAN BROTHERS,
con el complemento de la palabra BANK.
¿Por eso ríe la gente al pasar?
Ríe, sí.
¿O será porque Mayer viste de forma extraña,
como un ricachón del sur
con esas polainas a rayas
que aquí en Nueva York

nadie,
nunca,
ninguno,
se pondría ni por error.

No, lo que salta a la vista no es el atavío,
sino que Mayer esté allí sentado,
inmóvil, sonriente,
allí
¿haciendo qué?
Nada.
Consentir que le tiren de la barba.
Hecho curioso,
extraño y divertido que allí, en pleno distrito de los negocios,
Liberty Street 119,
donde cada minuto es un dólar fulgurante,
Liberty Street 119,
donde todo se mide en cifras,
Liberty Street 119,
donde hasta las moscas tienen precio,
allí
en Liberty Street 119
haya un cincuentón judío y millonario
que no hace absolutamente nada:
sentado así,
así en la calle
con un hijo sobre las rodillas
observa cómo pisotean un antiguo letrero
donde se lee COTTON.
«¿Qué hacemos con este trozo, míster Lehman?
¿Botamos el viejo rótulo?».
Mayer no contesta.
«Podríamos astillarlo
para que arda en la estufa.
La madera es vieja, pero no está podrida».
Mayer no contesta,
sonríe sin decir lo que piensa:
seguramente no lo entenderían.
«De acuerdo, entonces le preguntaremos a su hermano».

Mayer sonríe, asiente.
Mejor así.
Emanuel es un brazo, no se complica la vida

y no es que desoiga ciertos pensamientos:
simplemente no los concibe.
De hecho, lo primero que el brazo
decidió esta mañana
fue mandar a comprar
cuatro baldes de pintura
porque cuando el letrero esté listo
quiere que le den
enseguida
(sin pérdida de tiempo),
enseguida,
una buena mano de color
enseguida,
inmediatamente,
pues de lo contrario el nuevo BANK
destacaría demasiado junto al viejo LEHMAN BROTHERS
y
«pareceríamos una abuela
con toca de jovencita».
Palabra de Emanuel Lehman,
que no tiene ninguna intención
de figurar como un viejo grotesco:
«Si se pasa página, querido Mayer, se pasa en serio y ya está».
Perfecto.

¿Entonces?
Entonces pintura fresca y nuevos colores,
¡fuera ese amarillo apagado de las mercerías!:
«Ahora quiero letras grandes
sobre fondo negro
barnizadas como el oro.
¿Y sabes por qué, Mayer?
Hay una razón, desde luego.
Yo nada dejo a merced de los hados:
el oro brota del negro,
que es el negro del café,
el negro del carbón
y luego... ¡el del humo que exhalan las locomotoras!».

Las locomotoras.
Cada vez que Emanuel las menciona
(y lo hace a menudo),
una extraña mueca le deforma los labios

como si un asomo de sonrisa
se plegase en un pliegue de turbación.
Quizá Mayer lo advierte
porque su hermano puntualiza a gritos:
«¡El ferrocarril, Mayer! El ferrocarril, por supuesto.
El tren no es una suma de decimales:
¡el tren nos dará una fortuna!».

Mayer mira a su hermano.
Emanuel
está obsesionado
desde hace
algún tiempo
con esa manía de los decimales.

Y lo reitera
a modo de estribillo
    —los cero-coma
    —los cero-coma
    —los cero-coma
hasta el infinito
como antaño
allá en Alemania, en Rimpar, Baviera,
hace mil años,
cuando de niños
oían una tonadilla hebrea
canturreada por el tío Itzaekel
y durante meses
no se la quitaban de la boca.

Pero ahora
aquí
en Nueva York,
Liberty Street 119,
la pregunta es
de qué estrambótico tío Itzaekel
ha aprendido Emanuel
la salmodia del cero-coma
y sobre todo
la cantinela del ferrocarril
creador de fortunas
considerando que lleva años hablando del tema
y no ha puesto ni un centavo.

El ferrocarril...
Emanuel incluso ha hecho colgar
(en la entrada de Liberty Street)
un cartel de la Northern Railway
con una locomotora resoplante.
¿Pero luego?
Luego Lehman Brothers se yergue
sobre el mercado del carbón,
el café,
o las maderas
sin contar con los restos del algodón.

O sea: de todo
excepto los trenes.

Misterio.

Mientras tanto pasan los días
y la única presencia ferroviaria
que se observa en Liberty Street
es un tren de juguete
color amarillo canario
que el tío Emanuel les regaló a los sobrinitos,
a los más chicos,
Arthur, Herbert e Irving:
«Un día, lo juro, os daré uno de verdad».

Jugar con trenes siempre es entretenido.

3
Henry's boys

Henry Lehman era demasiado inteligente
para no dejar a la empresa
un heredero digno de su nombre.
¿Cómo podían pensar
(Emanuel y la papa de su hermano Mayer)

que aquella cabeza tan bien amueblada
no les prestaría alguna ayuda
aunque fuese fraccionada en los cráneos de dos hijos?

Resumiendo: el turbulento David
y su mudísimo hermano Dreidel
se repartían
(en proporciones distintas por biológico desequilibrio)
el gran patrimonio cerebral
de un padre fundador,
de un pionero,
de un precursor.

Era ésta la premisa
que se debía encarar.

Henry Lehman era un faro, un visionario.
En sus tiempos todo lo resolvía.
Cualquier idea que viniese de su caletre
demostraba tener sentido práctico,
salvo por
aquella maldita ocasión
en que claudicó frente a la fiebre amarilla
y el mercado del algodón
perdió a un fuera de serie.
Y, por otra parte,
siempre fue suyo
el nombre que ostentaba aquel letrero
mientras Emanuel y Mayer
correteaban por los prados
de un sitio legendario llamado Rimpar.

Eso no podían enterrarlo en el olvido.

Aún menos ahora,
aún menos durante aquella fase,
cuando
los hijos de la tía Rosa
eran ya muchachos, ya no unos niños:
llevaban pantalones largos
y una barba prometedora
se insinuaba en sus mejillas.

Tarde o temprano
iban a implicarse.

Justo: tarde o temprano.

Porque la idea de ceder el mando
con alguien acechando al costado
no era plato de gusto
ni para el brazo ni para la papa.

Así que se tomaban su tiempo.
Y con más razón si (no lo olvidemos)
la familia de la tía Rosa
nunca había dejado de recibir su parte:
un tercio de los ingresos, puntualmente.
En ese aspecto no podían quejarse,
de modo que no había mucha prisa.

O al menos eso parecía.
Porque gradualmente,
día tras día,
algo estaba cambiando
en la casa Lehman Brothers.

¿Se trataba quizá de los aires neoyorquinos
o era el hecho más banal
de que Mayer y su hermano estaban envejeciendo?

En suma: alguna pregunta
sobre el futuro
surgía de cuando en cuando.
Y los hijos de Henry
estaban dentro con todas las de la ley.

David, ya que hemos de comenzar.

Agitado
por sus perennes arrebatos,
incapaz
de estar sentado a una mesa,
acometido
desde los tobillos a las mandíbulas,

desde los pulgares de los pies a las puntas de las orejas
por una formidable tensión eléctrica,
David Lehman
acababa de meterse en el bolsillo
un heroico ascenso
a ojos de su tío:
a él se debía la jugada del carbón
y aún más
pues también se le debía el máximo reconocimiento
por haber puesto un despertador
en el letargo de la familia.
¿Acaso no era eso puro genio?
¿Acaso no era eso comercio en estado puro?
¿Acaso no era una señal
de aquel Henry Lehman
tan acerbamente llorado?

De modo que,
si bien Mayer aún vacilaba,
Emanuel,
instigado
por una gratitud nunca del todo expresada,
se preguntaba si convenía involucrarlo,
desde luego,
en la dirección del banco. «¡Hala!».

Y cuanto más lo pensaba
menos sombras veía
si por otra parte se valoraba
que en aquel desenfreno explosivo
David
mostraba dotes nada desdeñables
no tanto de ingenio
como de resistencia física al esfuerzo,
virtud nada secundaria
en el gran rodeo del coso neoyorquino.
En más de una ocasión
durante *parties* y cenas
(donde era un producto muy demandado)
su inquebrantable buen humor
        («¡Venga! ¿Un chiste! ¿Os lo cuento? ¿Os apetece?»)
unido a su germánica tolerancia al alcohol
        («¡Un poco más! ¡Copas llenas! ¡Al coleto! ¿Otra ronda?»)

había conferido a Lehman Brothers
un sello de consistente fiabilidad empresarial,
tanto era sí que aquel joven,
comparado con unos tíos que casi le triplicaban la edad,
rebasaba ampliamente el crítico umbral
de las cuatro horas ininterrumpidas de relaciones públicas.
Si Mayer
en un campo de batalla bien distinto
se había merecido el estatus de kish kish,
su sobrino David
lo aventajaba sin paliativos
como les ocurre a las nuevas maquinarias
frente a los engranajes de un siglo antes.
Porque su gama de prestaciones era mucho más amplia.
Mayer disponía, en efecto,
de una linda sonrisa encantadora y un oído musical,
pero David
añadía a ese repertorio
números acrobáticos,
toques de ilusionista,
escenitas de vodevil yidis,
canciones alemanas
y un perfecto dominio de la lengua inglesa,
todo ello unido a una cara dura imponente y soez
que superaba con creces los límites de la buena educación
cuyos excesos
le eran perdonados
sistemáticamente
por todos
en gracia a su arraigado temple americano,
un Buffalo Bill
en clave judía y metropolitana
con algún chispazo interior de la soleada Alabama.
Aparte de eso
el joven Lehman
era un artículo muy cotizado
por la clientela del bello sexo,
tanto madres como hijas:
las primeras apreciaban el vigor de los veinte años
y las segundas (en masa)
la salvaje fogosidad de su baile,
que con ocasión de un Rosh Hashaná
saludó las luces del alba. Y habría vuelto a empezar.

En los círculos industriales
se preguntaban
con sumo interés
si David era un dispositivo
alimentado con carbón, nafta o queroseno.

Emanuel Lehman
creía pues poseer
como un as en la manga
a su propio Aquiles
y en su fuero interno
ya lo había incorporado
a las huestes de los atridas.

Quedaba, sin embargo, un problema.

Y era la contrariedad de que, entre David y Dreidel,
el puesto en el banco
no estaba en realidad adjudicado al corsario de la polca
ya que pertenecía por derecho al príncipe silente.

Debe decirse
que ni Mayer ni Emanuel,
embargados por una especie de sacro respeto,
nunca habían hablado
con ningún miembro de la familia,
ni siquiera con la tía Rosa,
de aquel episodio tan raro
en que Dreidel
se convirtió
a todos los efectos
en el hermano imprescindible para desempatar una votación:
de hecho a él se debía
que ahora la Lehman Brothers
de Nueva York
hubiese zarpado como banco.

Y para no abrumar en exceso al muchacho,
los dos tíos,
de mutuo y tácito acuerdo,
habían enclaustrado aquel recuerdo dentro de ellos

comprometiéndose
a asignarle una participación societaria
no bien alcanzase la mayoría de edad
porque en el fondo
y aunque jamás despegaba los labios
lo ocurrido en el alféizar era más que suficiente
para acallar cualquier pregunta.

Se preparaba pues el momento
en que, a todos los efectos,
la voz de Henry
resonaría de nuevo
entre las paredes de Lehman Brothers...
admitiendo, claro está, la improbable cábala
de que esa voz fuese oída
dado que Dreidel
a duras penas emitía el más tenue indicio de sonido
y las pocas veces en que lo intentaba
no podían describirse como éxitos.

Tampoco sirvió de nada
la máquina de escribir
que le regaló su tío Mayer
augurando que al menos
lograría expresar por escrito
aquello que por vía oral le velaba al mundo.
Vana presunción: las hojas permanecieron en blanco.

Igualmente infructuoso
fue apelar
al orgullo del muchacho
dándole a entender
con elocuentes perífrasis
que «en un futuro no muy lejano»
tal vez le tocaría
desempeñar la función de su padre
en el corazón mismo del banco.
Nada. El silencio perduraba.

Cualquier esperanza quedaba pues acotada
en el lapso de tiempo
aparentemente largo

intercalado entre el heredero de Henry
y el umbral técnico de los veintiún años.

El tiempo, sin embargo, es un factor notoriamente extraño.
El hombre se hace la quimérica ilusión de dominarlo,
pero el mecanismo a menudo va a la inversa
y aquello que parece remoto
se vuelve cercanísimo de golpe.

Más o menos sucedió esto
en la casa Lehman
y, aunque postergado como un término del mañana,
el infausto cumpleaños de aquella peonza
empezó a ser inminente
de improviso.
Y decisivo.

¿Por qué, ¡ay!,
el paso del tiempo
cada dos por tres
nos pilla indefensos?

Entre todos
ya se abría camino
la clara sensación
de que el mutismo del joven
se dilataba con el tiempo
hacia una vitola de rencor,
como un rechazo de la humanidad en el sentido más amplio.
Y por otro lado era indudable
que los esporádicos paréntesis verbales
a los que ya estaban habituados
consistían infaliblemente
en sutiles variaciones sobre el tema del asco,
una insistencia que no presagiaba mejoras.

Pero había algo más.

Observando su proceder
se imponía la nítida impresión
de que Dreidel estaba convirtiéndose
en uno de esos insectos
que, cuando atacados, ceden al instinto primario de reaccionar

con todas sus fuerzas
y en esa reacción están incluso dispuestos a morir.

En resumen: una avispa
disfrazada de trompo
cuyo aguijón
estaba programado para clavarse una vez en la vida
agresivamente
y luego punto final.

Pero si era éste el sentir general,
¿por qué nunca lo mencionaban?

Sin embargo era innegable:
año tras año
todos ellos,
empezando por la tía Rosa,
iban viendo cómo crecían
primero la duda y luego la evidencia
de que Dreidel criaba dentro de sí
la soberbia de poseer un arma letal
cuya metralla tarde o temprano
descargaría
súbitamente
sobre quién sabe quién y a saber por qué
del mismo e idéntico modo
como denigró al rey del azúcar
en una veranda de Luisiana
o la bandera sudista
desde aquel palco de Alabama.
Si en el primer caso
lo salvó
el cupo de extravagancia
que se les concede a los niños,
el segundo incidente
fue mucho más grave
y sólo la memoria colectiva de un padre insigne
amortiguó el alarido
de quienes le deseaban
la peste, el cólera y calvarios aún peores.

Sea como fuere,
en ambas ocasiones

(eso ya resultaba claro)
Dreidel había ofrecido
apenas
una pequeña muestra
(un anticipo, para entendernos)
de todo el veneno que almacena un abejorro.

Que lo infravalorasen.
Que lo menospreciasen.
Él mientras tanto afilaba su aguijón.
Ya verían.

¡El azúcar!
¿De verdad pensaban
que Dreidel Lehman se limitaría a tan poco?

¡La bandera!
¿Alguien en la familia
lo tenía en tan baja estima
como para creer que un auténtico abejorro
se conformaría con jugarse un linchamiento
escupiendo sobre la enseña nacional al principio de una guerra?

De eso nada.
Era capaz de mucho más.

Y si aquéllos habían sido
irrisorios fastidios de insecto,
nada eran comparados
con el verdadero picotazo
que en el momento oportuno
sería, ése sí, definitivamente mortal.
Y memorable.
Ésa era pues la perspectiva.
No muy halagüeña por cierto.

Aquel muchacho se disponía
a expulsar toda su rabia
como un volcán
y le daba igual
que obrando así
fuese apartado

no sólo del banco,
sino también de cualquier ámbito humano.

Acabaría sucediendo.

Por ahora, sin embargo, reinaba la calma chicha.

Silencioso.
Agrio.
Sin prisa y con paciencia,
Dreidel Lehman
aguardaba su oportunidad.

4
Oklahoma

1 como yo: un pequeño Arthur Lehman
2 como papa Mayer y mamele Babette
3 como yo con papa y mamele
4 como yo con mis tres hermanos: Sigmund, Herbert e Irving
5 como los cuatro hermanos con la tía Rosa
6 como los cuatro hermanos con el tío Emanuel y la tía Pauline
7 como los cuatro hermanos con nuestras hermanitas
8 como los cuatro hermanos con los primos de Alabama
9 como los siete hermanos y hermanas con papa y mame
10 como los siete hermanos y hermanas con los primos Philip,
   Dreidel y David
11 no lo sé porque once personas no caben en un marco

Arthur Lehman
ha encontrado un método muy suyo
para aprender a contar hasta diez:
usa las fotografías de la familia
enmarcadas en el salón.

Valiosísimas
porque muy pocos las tienen.

Y aún más valiosas
porque parecen hechas adrede
para estudiar aritmética.

Arthur,
sentado en el suelo
con su cuaderno,
alza la vista,
mira a los parientes de color sepia
y retoma la escritura de su lista:
1, 2, 3, 4...

Para rebasar el diez
haría falta una foto con todos ellos.
Antes sí la teníamos,
pero luego el tío Emanuel decidió mandarla
a un sitio que está al otro lado del mar,
lejísimos,
tanto que para llegar hasta allí
tardará muchos más días
que para ir a Oklahoma,
y eso que Oklahoma no está cerca.

Ya.
Oklahoma.
Porque mientras Arthur Lehman
hace sus ejercicios vespertinos de aritmética,
sucede
que un brazo y una patata
a millas y millas de distancia
contemplan las llamas
que se elevan hasta el alto cielo
agradeciendo a Hashem su infinita misericordia:
aparte de otras mercedes
había dispuesto
que aquel espectáculo tan inquietante
se produjera a mil millas de Nueva York
en un páramo inhóspito de tierra seca
a apenas media hora
de la frontera con Arkansas.

Por qué los Lehman estaban allí
se explica pronto

y tiene algo que ver
con esa minúscula
e imperceptible
partícula de carbono
que distingue el acero del hierro colado
y que modifica su resistencia
en un porcentaje superior al 26%.

Lo cual no obsta
para que en aquella gira
no hubiese el más mínimo incentivo
concreto
vinculado con el hierro.

La cuestión es, sin embargo,
que a Emanuel Lehman,
en su febril pasión por la industria,
le había dado desde tiempo atrás
por expresarse
deliberada y minuciosamente
con intrépidas metáforas siderúrgicas
fruto de sus cotidianos estudios
sobre maquinarias, utillajes, procedimientos
y, en general, sobre los aspectos más desatendidos
de la evolución técnica
cuya jerga (al menos eso pensaba)
debía ser la lengua de un banco moderno.

De ahí que,
adoctrinado por el nuevo idioma,
Emanuel gozara
notando cómo se deslizaban por sus labios
las oxidaciones, el *carbon-coke* o las temperaturas de fusión,
vocabulario metalúrgico
que empleaba con palpable orgullo
para glosar una sopa demasiado caliente
o los tintes del papel pintado
cuando no incluso
un corte de pelo en la barbería.

Su hermano Mayer lo escuchaba alarmado
pues temía grandemente
qué podría sucederle a un brazo de carne y hueso

si se reinventaba
como brazo mecánico articulado con chatarra.

Por eso no hizo comentarios
cuando Emanuel,
arrobado consigo mismo,
le expuso esa filosofía particular
que anunciaba efectos catastróficos:
«Mira, querido Mayer, el hierro en sí mismo es un elemento estúpido,
parece fuerte, pero basta un poco de oxígeno y se va al garete, créeme.
Si por el contrario le agregamos carbono,
el metal obtenido se vuelve maleable y perfecto.
Ahora bien, el porcentaje de carbono nunca debe superar el 2%
al aplicar este procedimiento
pues sólo en esa diminuta proporción
reside, Mayer, el misterio siderúrgico
que separa un hierro vulgar de esa aleación llamada acero:
ambos materiales son hierros, ¡pero vaya diferencia!
Debe por tanto prestarse la máxima atención
porque basta un error de medio gramo en la dosis de carbono
para que incluso la resistencia del metal altere su naturaleza.
Sé que has captado el nudo crucial
de mi razonamiento,
de manera que mañana a primera hora
partimos para una entrevista».

Mayer, por supuesto, no comprendió nada
excepto que su hermano
corría el peligro real
de identificarse totalmente con el hierro
hasta el punto de vivir su envejecimiento
como un proceso de oxidación
y ver el banco como una herrería.

Se estremeció
y mal de su grado
se aprestó a seguirlo
preguntándose
con quién diablos en el mundo
se había citado
aquel viejo loco enmohecido.

La clave del discurso, sin embargo,
no estribaba tanto en el hierro
como en el carbono que generaba la diferencia:
Emanuel entendía que había conducido el poder del banco
(sólido y fuerte como puro hierro)
hacia el ramo del carbón
(del cual el carbono le parecía la metáfora redonda)
para hacer dinero en el mercado industrial.
¿Pero en qué medida podían excederse con el carbón?
¿No se arriesgaban a una calamitosa fragilidad
exponiéndose demasiado a un colapso del sector?
De ahí su idea: no sobrepasar un cierto techo
apostando por el carbón, sí,
pero con mesura y prudencia.
Así que,
para variar las inversiones,
Emanuel
se había citado con el señor Spencer
en Oklahoma,
donde un oro negro brota de pozos taladrados
como el chorro de los surtidores
y ese oro se vende en barriles
cien veces mejor
que el carbón de Jeremy Wilcock.

Si la visita a Black Hole
sirvió
como prueba de fuego
para el turbulento David,
la tarea del día siguiente
(una expedición indagatoria por las rutas del petróleo)
podía y debía ser
la situación más idónea
para retomar la plática
con Dreidel cara de momia
pasados tantos años
desde su ignominioso sabotaje del azúcar.

El largo viaje hacia el sur
se utilizó como prólogo.
Interrogado por sus tíos sobre la eventualidad
de que, ya con veinte años, renunciara

a ese estrafalario mote de peonza,
la reacción de Dreidel fue espeluznante:
bufó al unísono por la nariz y la boca
con la piel de pronto amoratada
e hinchando las venas del cuello.
No pronunció palabra alguna
y como un sapo
después de haberse inflado
se desinfló dentro de aquel traje oscurísimo
que a su edad más se avenía con el atuendo de un camarero
que con la traza de un banquero en ciernes.
También esto le fue señalado.
Su reacción
no difirió mucho de la precedente:
que lo dejaran parecer un camarero.
Y ya está.

Llegaron a su destino
a la caída de la tarde.

La avenida
que llevaba a la gran villa rosa
de míster Calvin Spencer
estaba flanqueada
por altísimos armazones de hierro y madera
sobre los cuales
saltaban hacia el firmamento
fenomenales penachos de sangre negra
celebrando
la futura omnipotencia del petróleo.
Un sinfín de barriles en hileras
separaba la calzada
de las áreas de trabajo
donde atrafagadas cuadrillas de operarios
danzaban
girando palancas y grifos
en una red de tuberías.
Los pistones de las bombas
a pleno rendimiento
marcaban el tiempo
arriba y abajo,
sin descanso,

arriba y abajo
como péndulos de reloj
y era a todas luces patente
que ese tiempo se pagaba a peso de oro,
mucho más que en una mina de carbón.

Los presagios, en resumen, eran inmejorables
y florecientes las perspectivas de ganancia.
El cielo era azul y cálido el crepúsculo del sur:
frente a Lehman Brothers se abría
una vasta y alentadora llanura
en El Dorado del petróleo.

Se acomodaron al aire libre
en torno a una fuente de mármol blanco
donde en lugar de agua
borboteaba el líquido negro
en un círculo continuo
que manaba por la boca de un delfín.
Impresionante.
Tanto al menos como el candelabro de oro
en forma de ese
(al igual que el emblema de la SPENCER OIL
estampado por doquier).

Menos grato, ciertamente,
fue el primer encuentro con su anfitrión:
el rey del petróleo
se reveló desde el primer impacto
como un tipo exasperante,
grasiento, engominado y untuoso
de una edad indefinida entre los catorce y los ochenta
embutido en un terno amarillo de carísima hechura
a juego con el intachable rubio postizo de aquel pelo
tallado con escuadra para enmarcarle la jeta.
Durante toda la charla,
el azul irritante de sus ojos
no perdió ni un minuto de vista,
lánguidamente,
a un caniche blanco
obviamente bobo
que le gruñía a Dreidel Lehman

sin mostrar, como los tíos,
ningún aprecio
por las galas de falso mayordomo.

Mayer tembló.
Y no por su sobrino.

Sólo una cosa en el mundo
repugnaba más a su hermano
que las niñas devotas de Chopin
y eran los perritos caprichosos
en especial si dotados de un intolerable
ladrido chillón
aún peor que la orquesta mecánica de los taladros.

La voz del señor Spencer,
por lo demás bajísima,
alcanzaba a los Lehman
sobre aquel fondo de histeria canina.

Adivinaron (más que nada por el conducto labial)
que el petróleo era *first choice*
y que, debido a ello,
su majestad el *oil king*
era reacio a buscar contratos,
tanto más cuanto que (según tenía entendido)
ellos ya estaban en el ramo del carbón.

Mayer Bulbe
le respondió
con exquisita educación
que Lehman Brothers era ahora un banco.
Y suspiró por que no le preguntara
qué significaba aquello exactamente.

No hubo tal pregunta.
O al menos eso pareció:
tuvieron más bien la impresión
de que, tras el guau-guau de la criaturita,
el rubio replicó: «¡Un banco, cierto!
Pero un banco que... así y todo está en el sector del carbón».
Mayer Bulbe,

por simple instinto,
descubrió entre sus labios
un teorema interesante
(que a él mismo dejó pasmado):
«Un banco no está en ningún sector, míster Spencer:
si acaso son esos sectores los que están en un banco».

Era un concepto límpido y puro,
y oírlo reconfortó a Emanuel Lehman
pues confirmaba el acierto
de quitarle a su hermano los grilletes del algodón
para trasladarlo al banco neoyorquino.

Su anfitrión, sin embargo,
no reaccionó con tanta beatitud.
Los magnates del petróleo eran una raza extraña
cuyos peculiares criterios de excelencia
no les permitían aceptar graciosamente
lecciones financieras
y menos aún de una patata:
«Miren a su alrededor, ¿saben dónde se hallan?
    (¡guau-guau-guau-guau!)
Esto es la tarjeta de visita del porvenir
    (¡guau-guau-guau-guau!)
porque todo aquello que vendrá mañana
    (¡guau-guau-guau-guau!)
tendrá sed no de agua, sino de petróleo,
    (¡guau-guau-guau-guau!)
motivo por el cual no soy yo quien los necesita a ustedes,
    (¡guau-guau-guau-guau!)
¡sino ustedes quienes me necesitan a mí!
    (¡guau-guau-guau-guau!)
Ésta es la diferencia que distingue el petróleo
    (¡guau-guau-guau-guau!)
de cualquier otro negocio sobre la faz de la Tierra.
    (¡guau-guau-guau-guau!)
Si ello los complace, bien,
    (¡guau-guau-guau-guau!)
de lo contrario habrán hecho un largo viaje inútilmente».

Y he aquí
cómo,

prosiguiendo la crónica,
por parte del perrito
tuvo lugar el primer intento
de hincar los colmillos en el zapato oscuro
del joven Dreidel Lehman.

Él se echó atrás amagando una patada
que afortunadamente no alcanzó su destino,
pero fue aun así percibida por el monarca:
«Señores Lehman, ¿podrían decirle a su criado
que no vuelva a tener el atrevimiento de golpear a mis animales?».

Ante lo cual los tíos
contuvieron el aliento
temiendo (y al mismo tiempo esperando)
una andanada verbal
que no sobrevino en este caso:
la peonza farfulló algo entre dientes
y el perro le ladró con más furor que antes.

Mayer Bulbe,
siempre un kish kish contumaz,
tentó la suerte sin arredrarse:
«Su finca es espléndida, míster Spencer,
tanto al menos como ese adorable perrito.
Y regresando al petróleo: es un mercado
que nos interesa explorar».

«¡Lógico que les interese!
    (¡guau-guau-guau-guau!)
Tratan de arrimar el ascua a su sardina,
    (¡guau-guau-guau-guau!)
pero yo los dejo con Wilcock encantado
    (¡guau-guau-guau-guau!)
y con su cara tiznada de carbón».

Frente a esta aseveración,
aunque proferida con una augusta sonrisa,
Emanuel no podía quedar impasible:
se sublevó el metal que en él se fundía
y exhumando (quién sabe dónde) carbono superior al 2%
elaboró una amalgama de hierro y acero:
«Perdone, amigo mío, ¿nos ha tomado por dos mineros?».

«Yo, míster Lehman, los he tomado por lo que son:
    (¡guau-guau-guau-guau!)
competencia que vende carbón,
    (¡guau-guau-guau-guau!)
pero querría echarle el guante al petróleo».

Y he aquí cómo,
prosiguiendo la crónica,
se produjo la segunda embestida del can
en dirección al Lehman mudo,
que saltó sobre sus pies,
agarró el candelabro y lo blandió
contra aquella fiera
como un domador frente a los jaguares.
«Señores Lehman, ¿podrían decirle a su criado
que no manche mis ornamentos?
Es más, que encienda las velas, se está haciendo de noche».

Ante lo cual
los tíos
de nuevo temieron (y esperaron)
una andanada verbal
que tampoco sobrevino en este caso:
Mayer obedeció mascullando a saber qué
y prendió las velas una tras otra.

Lo cierto es
que a la vista del fuego
el perro se calmó durante un rato
de celestial silencio
sólo roto a lo lejos por la armónica cadencia del bombeo,
oasis
que Emanuel Lehman
aprovechó inmediatamente:
«Vamos al grano, míster Spencer: ¡cifras, beneficios y resultados!
¿Y si nuestro banco les financiara
tanto la maquinaria como las perforaciones y el transporte de los
    barriles?».

Era una propuesta desmedida
que el rey del petróleo
(convencido de hallarse frente a dos principiantes)

decidió sondear con una sonrisa:
«Y por cuánto tiempo?».

«Un periodo renovable de tres años»,
gritó el brazo con acalorada exaltación.

«¿Eso harían?».

«Un banco hace eso».
A Emanuel le gustó oír la frase en su boca.
A Mayer, por su parte, le pareció muy arriesgada,
pero no tuvo tiempo para frenar al hermano
en la pendiente de su entusiasmo
porque el rey del petróleo
no dejó escapar la oferta:
«Y por qué me lo dicen ahora?
Si no tienen inconveniente, podemos tratarlo después de la cena...».

Pero no hubo tal cena.

Porque entonces se fraguó la tempestad:
el perro,
habiendo recobrado fuerzas
durante el excepcional interludio de silencio,
volvió a la carga,
pero esta vez contra otra pantorrilla:
se lanzó sobre Emanuel,
que atacado por sorpresa
no calibró su respuesta,
agarró al enemigo por el gaznate
y lo arrojó al regazo de su monarca,
quien, ni corto ni perezoso,
salió
en defensa del principito:
«¡Puerco judío! ¡Pedazo de sabandija!
¡Sólo quería enseñarte sus cabriolas!».

«¿Ah, sí? ¡No he hecho tanto camino
para ver a un bicho con las patas al aire!».

«Sus cabriolas son las mejores de Oklahoma.
No es casual que lo llamemos Trompo».

Ni un segundo se pudo contar
entre el último fonema de la última palabra
y el resplandor que cegó la villa:
Dreidel Lehman,
agotadas sus reservas de paciencia,
apenas oyó su nombre otorgado al perro
cogió el candelabro encendido
y lo lanzó a la fuente de oro negro.

Al instante
se elevaron llamas de siete metros
tan espectaculares que en un primer momento
Emanuel se estremeció con un escalofrío de placer
imaginando el hierro que se derretía en un alto horno.

Pero sólo fue un recreo efímero
porque no tan ameno resultó constatar
que Lehman Brothers,
banco neonato,
atizaba el fuego en las villas petroleras.

Se armó un pandemonio
de soberanos, pajes, vasallos y chambelanes:
toda la corte del petróleo
acudió con cubos a apagar el incendio
mientras las bombas no se daban tregua
porque el petróleo aflora noche y día,
no reposa,
jamás detiene su chorro.

¡Ah, la zarza ardiente!
¡Ah, ner tamid que nunca se extingue!

Domaron
por fin la llamas
y cuando fueron domadas
ningún Lehman
seguía por aquellos contornos.

En religioso silencio
iban camino adelante.
Mudos los tíos.
Mudísima la peonza.

Un velo de dicha, sin embargo,
se adivinaba en la cara del muchacho
como en la de un púgil que acaba de exhibir su valía.

Nadie supo nada
aparte de ellos mismos.

Quizá porque en pocos meses
Dreidel cumpliría veintiún años.

O sea:
el abejorro esperaba su hora
en todos los frentes.

5
Familie-Lehmann

Los niños, admitámoslo,
desde allí no ven gran cosa.
Deben asomar la cabeza
o ponerse de puntillas.
La visión es nula en la fila veintiuno.
Se trata, no obstante, de puestos asignados
y al menos pueden presumir de tenerlos.

Sí.
La familia Lehman posee sus propios asientos
en el gran templo de Nueva York:
están marcados
sobre el banco veintiuno.

Cierto: no es el primero,
pero tampoco somos los Lewisohn
y hasta anteayer
la mitad de nosotros
aún residía en Alabama.
Conformarse, pues. Hay que conformarse.
Vigesimoprimer banco.

Nada que objetar.
Vigesimoprimer banco.

La inscripción dice
F A M I L I E — L E H M A N N
con dos enes
y el dulce Sigmund se avergüenza del error:
mira a sus hermanos
como un conejillo
que se topa con la madriguera obstruida:
«Ya podían poner más cuidado
y además, ¿por qué justo con nosotros?
Lewisohn no lo han escrito con tres enes».

Ya. Los Lewishon.
Se sientan en la primera fila
desde que controlan
el mercado del oro,
nada menos.
Absurda la pretensión de igualarlos.
Nadie compite
con quien mide sus bienes en quilates.

Por otra parte ya se sabe
que el oro instaura la diferencia.
Y no es fortuito que las tres primeras filas
rivalicen desde siempre en esplendores:
los Lewishon ocupan la primera plaza,
los Goldman en el segundo banco
y los Hirschbaum firmes en el tercero.
Helos ahí,
alineados, los guardianes del oro.

En cuanto a los Lehman,
nadie falta a la ceremonia de hoy.

Mayer de pie y Emanuel a su flanco.

Mayer con los ojos cerrados: una papa mística.

Emanuel abstraído,
concentradísimo,

porque un brazo es un brazo
también en su versión ascética.

Pegados a sus pantalones
están los chicos menores de diez años:
bostezan aburridos
como antaño sus padres
en la sinagoga de Rimpar.

Junto a Mayer está Sigmund,
mejillas aún son rosadas,
bachiller metido en carnes a base de embucharse rosquillas,
un conejito a pesar de los años
con los bolsillos llenos de caramelos
(no se los come: los regala).
Sigmund: siempre alerta para retocarse la raya del pelo,
rigurosamente a la derecha, bien trazada: como ahora está en boga.
Y a fin de no averiarla
nunca se pone sombrero.

Lo opuesto junto a Sigmund: el desgarbado, greñudo
y turbulento David
con esos rizos agrestes
como si una carga de dinamita
le estallase cada mañana sobre la cabeza
incluidos los días en que hay ceremonia en el templo:
«¡Hala! ¿Pero es hoy? ¿En serio? ¡Pues vaya!».

Y por fin Dreidel, taciturno y ensimismado,
que se ha dejado crecer una espesa barba
hasta la linde de los ojos
casi trabada con el anexo de sus pestañas oscuras.
Parece un judío ortodoxo
si no sospechamos que en el fondo lo es
a juzgar cuando menos
por esa comisura derecha de la boca
donde masculla gruñidos de desprecio
contra cualquiera que yerre un acento durante la lectura.
¿Pero
qué pinta
un judío ortodoxo
en esa sinagoga reformada de América

donde no hay matroneo
y se habla inglés si viene al caso?

De ese vigesimoprimer banco
que tiene inscrito el apellido de la familia
sólo se ausenta Philip, el primogénito de Emanuel:
adolescente ideal con chaqueta cruzada gris,
se sienta delante, no está con los otros:
va a la primera fila
porque es el asistente ungido por el rabino Strauss
y éste lo quiere cerca
para contar con el apoyo de su brazo.

Entre los primitos más chicos,
Herbert
ha dicho sin medias tintas
que no está *en absoluto de acuerdo*
con eso de que Philip, sólo él,
se siente veinte filas por delante.
Para Herbert, en suma,
el problema es de fondo
y a la postre un asunto político:
¿por qué narices las virtudes de una persona
deben traducirse
en un derecho negado a los otros?
Mientras Herbert
teoriza sobre la equidad social
chupándose un dedo,
su hermano Arthur
con un oso de peluche en la mano
se considera autorizado
para correr hasta la primera fila
y sentarse allí,
pero no sólo él:
a su vera también sienta al osito
porque el templo es de todos y ¡ay de ti si te metes con nosotros!

Philip prueba la táctica
de echarlo con la mirada.
Vanamente
porque a pesar de sus seis años
Arthur es un hueso duro de roer.

De hecho, cuando el rabino Strauss le dice
«este banco no es para ti, tesoro,
es de los señores Lewisohn, ¿no ves ahí su nombre?»,
Arthur
agarra su osito
y con él
se arrellana en el suelo
porque mientras no se demuestre lo contrario,
señor rabino,
no hay nombres escritos sobre el pavimento.

En resumen:
para disuadirlo
(y con métodos propios de la fuerza pública)
debe acudir su madre Pauline
desde el banco vigesimoprimero:
elegantísima
con su nube de pieles
y envuelta
en un perfume de verbena
que se esparce por toda la sinagoga,
fuera de la cual la tía Babette,
bajo el pórtico,
persigue a sus niñas
acicaladas con lazos y cintas.

Por suerte está Harriett,
que entre todas las chicas
es la que más tiene de su padre Emanuel
y no escatima las bofetadas a sus hermanas.
Sigmund adora ese modo de zurrarlas,
lo halla realmente divertido:
«Si un día nos casamos, Harriett,
¿también la emprenderás a tortas conmigo?».
Pero ni a tiros se casaría Harriett con su primo:
«Para ya de comer rosquillas, Sigmund,
o no te echarás novia
aunque la compres pagando tu peso en oro».

Harriett posee un don natural
para el exabrupto lapidario.
En ese terreno ha reemplazado a la tía Rosa,
que también era un portento calentando orejas de chiquillos.

Pero a la tía Rosa no se la ve en la gran sinagoga:
las modas de Nueva York
no cuadraban
con su pelo cano
y al final regresó a Alabama,
donde muchos años atrás destrozó una cristalera
y pisoteó los vidrios rotos con sus tacones.

Cierto que intentó adaptarse a Nueva York,
el esfuerzo (puede decirse) lo ha hecho.
¿Pero qué culpa tiene
si no ha prendido la llama del amor?
Se retiró al sur y allí quiere seguir.

Después de todo, los tiempos han cambiado
y «ya verás, tía Rosa, cómo dentro de poco
habrá en las casas un aparato
con el cual (tú allí, nosotros aquí)
seremos capaces de oírnos».

La tía Rosa rio con ganas.
Y es normal, ¿quién lo creería?

El punto es que en Nueva York
ninguna ley prohíbe lo imposible.

La tía Rosa, por ejemplo, no se habrá enterado
de que el otro día,
en la Exposición Universal,
frente a una muchedumbre neoyorquina,
un tal Bell de origen escocés
mostró
con ostensible orgullo
una caja de hierro y madera
unida a un hilo y una trompetilla
y cuando preguntó si se presentaban voluntarios
el dulce Sigmund Lehman
dio un paso al frente sonriendo
como un conejillo:
«¿Le sirvo yo, señor inventor?
No me ofendería si prefiere a otro».
Frase esta última que no se comprendió bien
debido a la patada en el trasero

con la que su primo David
lo precipitó en brazos del escocés.
Tras lo cual,
entre el delirio colectivo,
Sigmund,
más rojo que un tomate
y sudando la gota gorda por la emoción,
certificó
que por aquel auricular había oído alta y clara,
sin la más mínima interferencia,
la voz del señor alcalde venida desde el piso superior.
¡Muy bien, Sigmund! Hasta se le impuso una medalla
como primer usuario de la era telefónica.
Con ella prendida en el pecho
lo fotografió el *New York Times*,
diario al que declaró: «¡Ha sido una experiencia inolvidable!
Creo que el señor Bell lo ha hecho de maravilla
y juro que oía al alcalde en mi oreja
como si estuviera sentado junto a mí».

¡Ay esa inefable ternura de los lebroncillos!
¡Muy bien, Sigmund!

A Dios gracias nadie lo vio
cuando terminado el acto,
con una sonrisa solidaria
y una pizca de remordimiento,
se acercó al inventor
para decirle sigilosamente:
«Señor mío, si me permite un consejo,
revise ese aparato
porque, siendo sincero,
la voz del alcalde no se ha oído:
sólo había un pitido continuo y monótono,
no lo he confesado porque me parecía feo hacerlo.
De todas formas, enhorabuena:
ese pitido
era el mejor pitido
que jamás ha llegado a mi cerebro».

Y como testimonio de su estima
le ofreció un caramelo.

Pero esto es sólo una minucia,
un incidente personal, intransferible y circunscrito
a un conejo y un inventor de Edimburgo.

A los inversores,
en cambio,
a banqueros como los Lehman
les interesa y mucho que la tía Rosa
pueda hablar con sus hijos desde Alabama
y tal vez un día
preguntarles a viva voz
si en Nueva York está nevando.
Eso nos interesa.
Sin contar con el hecho
de que llevar el teléfono de Maine a Texas
conllevaría millones de postes de madera
y una alucinante malla de cables. Para perder el juicio:
un gran negocio y un buen montón de dinero.
Lehman Brothers ya ha firmado.

«Es una pena que los inventores sean tan lentos
—pensó enseguida Emanuel—.
Si en vez de dormir ocho horas al día
se hubieran volcado en un chirimbolo como éste,
quizá hubiese oído la voz de mi padre
hablando directamente desde su establo».

Y fue éste un motivo más
para apostar
(como dicen en Nueva York)
por la locomotora del progreso.

Justo. La locomotora.

¿Cómo es posible que seamos los únicos
en no sacar tajada de los trenes?
¿Cómo es posible que ese ferrocarril
sea una especie de enigma para los Lehman?
«Hemos de hallar la fórmula, Mayer:
ingéniatelas, rómpete los cascos:
el mercado de peso va sobre raíles,
no quiero quedarme en los cero-coma».

¿Otra vez los dichosos decimales?

Era evidente: su hermano Emanuel
tenía un asesor
oculto en las tinieblas.
De él sólo se conocía
por ahora
el remoquete que le daban:
Cero-Coma. Ahí es nada.

6
Der terbyalant David

Lehman Brothers ha invertido en petróleo.
Pozos y perforadoras en Tennessee, en Ontario, en California.
En todas partes excepto Oklahoma
y es un misterio que en Nueva York no haya respuesta.

Entre el carbón y el petróleo,
metidos hasta las cejas
en el sagrado templo de los combustibles,
los hermanos Lehman tiene energía de sobra que vender:
calderas a toda marcha en las salas de máquinas
y es tanto el empuje de nuestros carburantes
que incluso podemos
consentirnos el lujo de dormir.

Quien pese a ello no duerme,
literalmente,
es David Lehman.
Sobre todo desde que
en el plano profesional
se ha inclinado por el sector erótico-afectivo
o, mejor dicho, por el disfrute
a gran escala
de ese combustible asombroso
que atrae a un inversor varón
hacia una hembra que suministra su fuerza de trabajo.

En otros términos:
la ley cardinal de la industria
con arreglo a la cual la oferta se adecua a la demanda
y el consumidor
selecciona en el libre mercado
con quién establece una relación comercial.
Ni más ni menos.

El hijo de Henry
es muy cuidadoso
a este respecto:
antes de proceder a una compra,
la calidad del género
debe ser como mínimo acreditada
y sometida
a la única y fehaciente prueba empírica
que le garantiza al comprador la exclusión
de partidas adulteradas,
deficientes u obsoletas.
En tal caso
(ya se sabe)
es siempre lícito devolver la mercancía
sin compensación alguna para la contraparte:
se intercambian saludos cordiales,
el convenio se anula y santas pascuas.

Milagros del comercio.

¿Qué hacían,
por otra parte,
los tíos Mayer y Emanuel
cuando lidiaban con el algodón
allá en Alabama?
¿Si el crudo era fibroso
o las madejas una basura
acaso no creían justificado
rescindir el contrato
sin que nadie se ofendiese?
¿Y el carbón? ¿Y el café?
¿Y el petróleo en definitiva?
«Sólo invertimos cuando la inversión es rentable».
Santas palabras.

Y la renta, como es notorio,
se mide con parámetros objetivos.

En efecto.
«¡Viva la claridad! —piensa David—.
En la compraventa es fundamental».
Podría haberlo dicho su padre.

Hasta su abuelo Abraham
(que en Baviera vendía vacas y pollos)
llegó a escribir una nota
que David ha enmarcado:
EL VERDADERO NEGOCIO, HIJOS MÍOS,
NO SE HACE CON DISQUISICIONES,
SINO CON LOS OJOS, LAS MANOS Y LA NARIZ.

¡Cuánta sabiduría la de los ancianos!

David Lehman comparte ese dictamen:
olvidemos las corazonadas,
el único verbo es VERIFICAR.

Y la implicación personal
es el rasgo que distingue
a un auténtico Lehman
de un mercachifle cualquiera.

Cierto: es un sacrificio.
Pero tanto mejor si cuesta sudores
porque sólo el esfuerzo
garantiza buenas adquisiciones.

Dicho esto,
el muchacho es infatigable
a rajatabla:
un trabajador perseverante,
un inspector férreo
que antes de dar su beneplácito
se empecina en obtener la prueba
y jamás cede si no está seguro.

Hasta aquí todo bien.

El problema es que esa prueba
para David Lehman
es indudablemente
la cópula entre los cuerpos
de la parte vendedora y el adquiriente de sus servicios.

A ese magisterio copulativo
el joven ha llegado
de forma, digamos, natural
puliendo sobre el terreno una experiencia
que en pocos años
ha hecho de él una autoridad
sin apenas competencia en la materia.

Una fuerza de la naturaleza.

Que podría aprovecharse si se quiere.

Su tío Emanuel
ha desempeñado un papel decisivo en todo esto.

Porque ocurre que,
tras los óptimos resultados
conseguidos en torno al *business* del carbón,
se fue convenciendo
de que podría explotar
el talento innato del sobrino
para conducir a Lehman Brothers
hasta el reino del transporte.

No sólo ferrocarriles.
También barcos
y la marina mercante.
O (¿por qué no?) las carreteras y puentes
que América tanto necesita
visto que la industria se levanta
sobre infraestructuras
y conexiones.

Esto sí que supondría traspasar
finalmente

la barrera asfixiante
de los decimales.

Y si por el momento
el ferrocarril
era aún para Lehman Brothers
un hueso demasiado duro,
«arranquemos al menos
con los puertos, los buques
y la red viaria;
pero hagámoslo ya,
sin miedos ni somnolencias,
que en todos estos años
hemos dormido más de la cuenta».

Perfecto.
Será el golpe de timón.

De acuerdo con la meticulosa indagación de Emanuel,
el *business* del transporte
seguía concentrado en pocas manos:
doce financieros en total
de las grandes familias neoyorquinas
equitativamente distribuidas
entre judíos y protestantes:
la flor y nata de la burguesía,
altísimo nivel
y quizá más que altísimo: excelso.

Como buen brazo que era,
Emanuel Lehman
se dedicó con la máxima diligencia
al estudio de los doce individuos
y a la recopilación de cualquier dato provechoso
(hasta los más fútiles)
sobre sus costumbres, gustos,
modos de vida y preferencias.

Al final
nada ignoraba
acerca de ellos,
sin pasar por alto los lugares de veraneo,

los apetitos alimentarios
e incluso el censo e historial de sus respectivos perros.
El mosaico era soberbio.

Emanuel los catalogó bajo sus nombres.
O no exactamente: eran tan poderosos
que no se atrevió a escribirlos,
sino que
optó por un código
donde cada financiero
fue rebautizado
tomando por apellido
la ciudad o territorio donde construía
y por nombre de pila
justamente el de su perro
(para conmemorar lo ocurrido en Oklahoma).

Así pues,
el gotha del transporte americano
quedó en este orden registrado:

1. Mr. Buddy Massachusetts
2. Mr. Milky Chicago
3. Mr. Foxy Philadelphia
4. Mr. Jump-Jump Washington
5. Mr. Banana Colorado
6. Mr. Princess Cincinnati
7. Mr. Speedy Pennsylvania
8. Mr. Honey New Orleans
9. Mr. Lemonsoda San Francisco
10. Mr. Paperina California
11. Mr. Cherry Missouri
12. Mr. Warrior Sacramento

Entre estos doce
se repartían el gran pastel
y para tomar un bocado
(no digamos ya un buen trozo)
la única alternativa
era una invitación a su mesa.
¿Pero cómo conseguirla?

La ayuda vino de Brooklyn.

Porque
un día de marzo,
mientras contemplaba
las obras del puente
sentado a la orilla del agua,
notó de pronto que una brisa
le acariciaba la oreja
con la mejor de las soluciones:
¿cómo no lo había pensado antes?
Hacía falta un puente
sobre doce ríos
entre Lehman Brothers
y la ribera opuesta.
Y él contaba con un ingeniero
presto a construir esos puentes
igualitos que el de Brooklyn.

De hecho
se daba el caso
que (aparte de perro) cada uno de los doce poseía
una hija en edad, digamos, sensible
al tórrido pedigrí de su sobrino,
quien fue por tanto convocado
a un lugar discreto
lejos de las miradas ajenas
y en particular la de su tío Mayer
dado que las hortalizas son, como es notorio, asexuadas:
ni lo habría comprendido
ni era fácil explicarlo.

Tras una larga y visceral introducción
      sobre las ventajas de tener un tío brazo,
         sobre los méritos presentes y futuros del carbón,
         sobre el espíritu de familia para los negocios
         y sobre los enormes sacrificios realizados por su padre,
David Lehman
fue informado
de la inmensa tarea que se le encomendaba
pues debía abrir una brecha
(nada menos)

en las murallas enemigas
(nada menos)
con el desnudo ariete
de su seducción masculina.

Todo ello,
naturalmente,
le fue elucidado
con una lenguaje técnico-industrial
citando
las múltiples propiedades del hierro, el níquel, el cobre
y otros muchos materiales diversos.

Se trataba
empero
de usar la máxima cautela
y, operando siempre al amparo de las sombras,
entrar en melosa intimidad
con las princesas del opulento reino
para que cada una
(creyéndose la única)
dispensara al nuevo pretendiente
la garantía
(taxativa y cierta)
de que un Lehman se iba a sentar
a la mesa de sus progenitores.

Instruidos por las hijas,
los padres
transigirían
sin oponer resistencia.

Esto al menos
es lo que Emanuel
estaba seguro de haberle indicado a su sicario.

David Lehman,
sin embargo,
interpretó el encargo
con matices ligeramente distintos
y se consideró
AUTORIZADO

por vía reglamentaria
a emplear cualquier medio, instrumento
o expediente necesario
para alcanzar la meta fijada.

Se estrecharon las manos.
Con la suya
y mil recomendaciones
el tío le pasó al sobrino
la fatídica lista
de los doce espadones.

Aun pudiendo escoger el punto de partida,
el turbulento David
dio un prometedor ejemplo de rigor
y en drástico orden alfabético
acabó asestando la bayoneta
contra la celebérrima Sissy, alias «Pecas»,
adorada hija primogénita
de míster Paperina California.

Y enseguida le sonrió la fortuna.

Porque sucede que la chiquilla
debía su celebridad
no tanto a las motitas que le cubrían por entero el rostro
como a una anécdota
que había marcado
tristemente su infancia:
un niño irlandés que se le había declarado con ardor
y, a los seis años, pretendía casarse con ella
se rompió el cuello resbalando en la escalera de entrada
un instante después de que Sissy
(consultada su muñeca)
le pidiera tiempo para pensárselo.
Tras este inopinado percance,
miss California
adquirió una especie de pánico al rechazo y,
a fin de no ver las agonías de nuevos pretendientes,
se entregaba
sin demasiados remilgos
al abrazo de quienes la cortejaban.

Así pues
David Lehman
perpetró su debut del mejor modo posible:
le bastó una primera ojeada más o menos elocuente
para encontrarse a la buena moza
ya aferrada a su cuello
y dispuesta a concederle algo más
que el desembarco de los Lehman
en el edén del transporte.
¡Toma ya! ¡Menuda chica!
Ni siquiera un arrumaco
y ya podía llamarla *süsser*.

Más arduo
fue conquistar la fortaleza
de una airosa gafotas caballuna
hija de míster Milky Chicago:
David Lehman
afrontaba en este caso
el nada desdeñable obstáculo
de un noviazgo formal vigente,
así que optó por urdir un asedio
oblicuo y menos descarado
confiando en la terapia
siempre eficaz
de las notas anónimas
y los anónimos homenajes florales
hasta que la potranca
anónimamente inflamada
dejó entreabierta
la puerta del establo.

Fue un triunfo decisivo.

Porque injertó en David
ese valor añadido
que en cualquier profesión
nace al palpar directamente
la propia maestría:
el muchacho se congratuló por ello
y en esos parabienes
halló un impulso ulterior.

Gracias al cual
la hija de míster Cincinnati
y Banana Colorado
sucumbió en el curso de seis días
mientras míster Buddy Massachusetts
se preguntaba por qué demonios
su hija Polly,
alérgica al polen de todos los árboles imaginables,
se había aficionado tan repentinamente
a dar largos paseos por el parque.
Lo comentó con míster Missouri,
quien a su vez le preguntó su parecer
sobre el curioso hecho de que su hija Christie
fuera (así de golpe) una perita en carbón...
«¿Carbón?».
«Carbón».

Inescrutables misterios
del alma femenina.

¿Cómo explicarse unos cambios
que rayaban en la conversión?

La tierna Minnie,
que enseñaba en una escuela protestante
y siempre había sido inflexible
con «los judíos asesinos de Cristo»,
fue vista caminando por los alrededores de la sinagoga
y se la oyó preguntar a un cochero si por casualidad
andaba por allí su amado Isaac
(David tenía mucho arte en la elección de seudónimos).

Y si hubo quien dejó de dormir
    («¿sabe usted, señor padre,
    cuántos años desperdiciamos con el sueño?»),
se cuenta que Yvette,
hija de Lemonsoda San Francisco
(dueño de una gran flota naval)
recibió alabanzas de su padre
cuando empezó a cocinarle
una fantástica receta
de tarta anisada
que, por lo visto, es típica de Alabama.

Era un hecho irrebatible:
entre las chicas de buena familia
se incubaba una extraña calentura.

Hasta los canes mudaron
de temperamento
si es cierto que Foxy
(el perro salchicha del zar del correo)
comenzó a extraviarse yendo a casa
obligando
a su amita
a ir en su busca tardes enteras
para luego encontrarlo
cada noche
en la perrera.

¿Y el lebrel de míster Pennsylvania?
Su vigor era un portento,
pero se derrengó de buenas a primeras
y, con la lengua fuera, tardaba
unas tres horas más de lo normal
en dar la vuelta a la manzana.
Pobre Speedy, ¡estaba tan cansado!

Emanuel Lehman,
mientras tanto,
ya se preparaba para convertirse
en el decimotercer magnate del transporte.

En resumen,
todo hubiese funcionado
divinamente
de no ser porque
el sobrino
había cometido algunos excesos:
ya conseguida la promesa de intercesión,
persistía en el empeño sin soltar a sus presas
jurándoles a todas ellas,
una tras otra,
que las llevaría al altar
e incluso que las haría madres
de tres, cuatro o diez hijitos. No cejaba.

La furia física
de la cual se sentía provisto
atenuaba además tan ímprobo esfuerzo
e incluso lo encandilaba
en los momentos menos lúcidos
con la entelequia
de poder aguantar mecha
en las doce camas paralelas
de aquellas doce ocas.

O tal vez once
porque la duodécima
lo condenaba
(al menos hasta entonces)
a una relación sin duda fogosa, pero sólo epistolar.

Se trataba,
en efecto,
de una rubita mofletuda
y piadosísima
cuyas salidas públicas
se limitaban
estrictamente
a los oficios religiosos.

Por si fuera poco, su padre,
míster Jump-Jump Washington,
era el patriarca de una rígida familia
de judíos ortodoxos
cuyos ritos no se celebraban
en el templo reformado del clan Lehman,
sino en una sinagoga
con su preceptivo matroneo.

David Lehman
encaraba un molesto escollo:
cualquier contacto con la muchacha
era de todo punto imposible
sin el concurso de las primas.

Y la temeridad fue su perdición.

Escribió una carta ardorosa
que confió a las manos de una niña mercenaria
generosamente remunerada con peines, aros y cintas de colores.
Después aguardó la respuesta.
Su llegada
fue el inicio de un largo intercambio
restringido a la tinta,
mas no por ello menos apasionado.

Pero el espionaje del balcón femenino
interceptó lamentablemente aquel carteo.
O quizá la niña cambió de bando
por un escrúpulo de conciencia
o por una paga más jugosa y menos abusiva.

Lo cierto es
que las amorosas misivas de David
se hicieron públicas
y no transcurrieron ni tres días
para que en todos los salones neoyorquinos
anduvieran de boca en boca
como escabrosos folletines.

¡Ah, Sodoma y Gomorra!
¡Ah, las plagas de Egipto!
¡Ah, el templo en ruinas!

Porque las doce muchachitas,
entre gritos y lágrimas,
reconocieron
inmediatamente
el estilo, las metáforas,
el léxico, los modismos
y, sobre todo,
ese inconfundible florilegio
de anises especiados, minas de carbón,
padres muertos en Alabama,
años enteros en brazos de Morfeo
más el broche final
(pero no accesorio)
de esas demandas para abogar en la familia
por el acceso de Lehman Brothers
a la sala de mandos.

«¡Papá, es él, es mi Isaac!».
«¡Pero si éste es Mordechai!».
«¡Por favor, decidme que no es Ezekiel!».
«¿Cómo te has atrevido, Solomon?».
«¡Ay, mi Jacob, señor de los *halas*!».
«¡Me llamaba su *süsser*!».

También en la historia de los bancos
hay catástrofes sonadas.

Aquélla era equiparable al crac de un año anterior
cuando Jay Gould reventó
el mercado del oro
y Nueva York contuvo el aliento.
Es más, si se compara,
para los Lehman
resultó una pamema.

Todos
procuraron
tomar distancias:
«¿David? Para mí ha sido siempre un majadero».
«Cuando era niño siempre decíamos que acabaría en un circo».
«Ninguno de nosotros ha creído jamás que fuera un coloso».

En vano.
El estropicio estaba hecho
y la reputación perdida.

Pero después de cualquier caída
uno se ve en la misma disyuntiva:
o te tiras de los pelos
o te paras a reflexionar
sobre la causa del desplome,
y así
también esa vez
hubo en Lehman Brothers
una persona que enhebró los hechos
y de esos hechos infirió una pregunta
y de esa pregunta una noción constructiva:
las finanzas se nutren de dinero
y el dinero (como sabemos) tiende a ser materia sucia,

pero
lo primero que le pides a un banco
es que alguien con las uñas limpias
guarde y vigile tus caudales.
Eso pensó el tío Mayer.

Por lo que atañe a David,
el réprobo fue castigado de forma ejemplar.

Ni siquiera su madre lo defendió.
Es más, la tía Rosa le espetó a la cara
que su padre Henry
jamás de los jamases
habría llamado *süsser* a dos chicas
simultáneamente.
Vergüenza debía darle.
Vergüenza abominable.

El santo tribunal de la familia
reunido en sesión plenaria
lo juzgó
por unanimidad
(según parece, sólo Emanuel se abstuvo)
CULPABLE
de todos los delitos imputados
y lo sentenció
sin apelación posible
a un exilio de por vida
contando desde mañana mismo
en la penitenciaría del algodón:
que volviese desterrado a Alabama
y dejase el futuro del banco
a cargo de su hermano.

David Lehman
fue así la primera víctima
inmolada en el altar
de la nueva moral bancaria.

Y aun cuando los Lehman
no eran ni puritanos
ni baptistas ni mormones ni cuáqueros,

para todos resultó claro
que de ahora en adelante
la vida sexual en el banco
sería
aproximadamente
casta y recatada.

7
Studebaker

Tras el bochornoso escándalo
antes referido,
la familia Lehman
fue degradada:
de la fila veintiuno
pasó a la veinticinco.

«¿Tan atrás nos mandan?»,
pregunta Irving agarrando la mano de su mamá.

Sí: tan atrás.

Philip Lehman,
sentado junto al rabino en la primera fila,
casi se ruboriza
cuando atisba allí al fondo
los cabellos blancos y cenicientos de su padre y su tío.

Su primo Arthur,
    que ha aprendido solo a contar
    y nadie se explica cómo lo ha logrado,
no se resigna a la idea
de estar tan cerca de la salida.

Su hermano Herbert
le dice a todo el mundo
que no está de acuerdo.

Para Herbert el problema es de principios
y a la postre un asunto político:
¿por qué narices el error de uno solo
debe traducirse en un escarmiento colectivo?
También esta vez
la diferencia entre los dos hermanos
estriba en que Herbert se limita a refunfuñar
mientras Arthur, como siempre,
deriva la disputa
hacia los alardes hostiles,
las maniobras guerrilleras
y los sabotajes concretos.

Cuando apenas tenían dos años,
si la sopa no era de su agrado
Herbert torcía el morro
y protestaba gimoteando
(porque también ahí el problema era de fondo
y a la postre un asunto político)
mientras que Arthur
en más de una ocasión
estrelló el plato
contra el armario del comedor.

Se daba pues entre los dos hermanos
esa distancia sideral
que separa al revolucionario de salón
del luchador militante.

Hoy, por ejemplo,
Arthur se ha sentado
sobre un murete
en el exterior de la sinagoga
y no le da la gana volver adentro:
«Vosotros podéis ir a la fila veinticinco,
yo me quedo en la cuarenta y ocho:
me siento en la calle para estar lo más lejos posible
y asegurarme así de que no hay forma humana
de sentarme más atrás».
Intentaban que entrara en razón
reunidos allí fuera
cuando de pronto reinó el silencio

y, como salidos de una revista ilustrada,
vieron llegar a los Lewisohn,
pero ya no en su habitual carroza,
sino en un artilugio prodigioso
todo faroles y bocinas,
un carruaje mecánico
que sin duda ha de tener caballos ocultos
(¿cómo podría no tenerlos?),
pero engarzados entre los herrajes, ¡pobres animales!,
recluidos en una caja
para que no se distraigan
y no los moje la lluvia.

«¡Un Studebaker! ¡Existe de verdad!»,
silabeó Sigmund
con la efusiva sonrisa de un conejito
antes de tributarle un aplauso al vehículo
y ofrecerle al chófer un caramelo.

«Normal que se sienten en la primera fila, mira,
con lo que cuesta el Studebaker
podrían comprar toda la sinagoga»,
dijo Harriett, que tiene un talento natural
para los golpes de efecto.
Y Herbert:
«El problema es de fondo:
los Lewisohn conducen un autocarro,
se sientan en la primera fila
y, para colmo, tienen el nombre bien escrito,
no como nosotros, que nos han puesto dos enes
como si tener una más fuese un lujo.
¡A ver quién me explica por qué
yo debo ir a pie
y sentarme casi en el vestíbulo!».

Afortunadamente,
antes de que Herbert Lehman
(desde el candor de sus pocos años)
pergeñara una teoría no distante del marxismo,
su hermano Arthur
intervino para salvarlo
desviando la atención hacia sí mismo

con uno de sus característicos gestos clamorosos:
corrió hasta el automóvil de los Lewisohn
y en cuanto una niña
bajó del vehículo
se abalanzó materialmente sobre ella
aullando como un poseso:
«En mi casa cuentan
que todo lo que tocáis
se convierte en oro:
quiero ver si también me transformas a mí».

La pequeña
(que respondía al nombre de Adele)
obviamente no había sido adiestrada
ni para eludir a los gamberros
ni para gestionar la disidencia pública.
Todo su interés
parecía de hecho centrarse
en el irreversible deterioro
de un enorme
lazo azul
(absolutamente desmesurado)
que le adornaba la cabeza con consecuencias
(si hemos de ser sinceros) más bien deplorables.
Lloró pues a moco tendido
mientras Babette Lehman
intentaba vanamente
calmar el berrinche de su hijo,
que se encarnizaba con el ya citado lazo
pateándolo en el lodo.

¡Qué curioso es
el mecanismo de la memoria humana!

Porque de aquel lance
quedaron en la familia
dos recuerdos bien distintos.

Para unos fue
el día en que un Lehman
holló el patrimonio de los Lewisohn,
y poco importa que el daño ascendiera a seis dólares de lazo.

Para otros,
por el contrario,
fue simplemente
el día en que envidiamos
su Studebaker.

Ya.
Porque fue un mal trago para los adultos.

Los Lewisohn autotransportados.

Míralos.
¡Quién podía imaginarlo!

Nada más verlos, Emanuel
sintió un instintivo desprecio
y sólo después notó el mazazo del futuro que te pasa por delante:
los automóviles ya están en la calle
¿y nosotros, en lugar de invertir dinero,
nos vamos a la cama como si nada sucediera?

Mayer, por su parte, estaba horrorizado:
si aquellos engendros invadían Nueva York,
su hermano volvería a la carga
con el lema de los cero-coma.
Y ocurrió a toque de campana.

Dreidel
fue el único
que no hizo comentario alguno
sobre la irrupción del Studebaker.
Pero eso no cuenta.

Dos horas después,
apenas concluida la ceremonia religiosa,
Emanuel Lehman
agarró a su hermano por los hombros
y lo llevó aparte
con la cara teñida de un rojo febril:
«Hay quienes van en autocarro.
Hay quienes viajan en tren.
¿Y qué hace Lehman Brothers, maldita sea?
Vamos a pie o como mucho a caballo.

Nos adelantan, Mayer: estamos detrás».

«En la fila veinticinco».

«Mucho peor: en la ochenta, en la noventa.
Escucha: ¿oyes cómo ruge ese motor?».

«Honestamente, Emanuel: ¿tú te fías de esos cacharros?
¿Llevarías a tu familia en ellos?».

«¡Por supuesto que sí! ¿A qué vienen esas tonterías?
Yo ya vivo en el siglo xx;
tú, en cambio, estás chapado a la antigua, ¡a la antiquísima!
La verdad es que aún tienes el algodón metido en la mollera».

«¡Te recuerdo que
si somos la Lehman Brothers
es gracias al algodón!».

«¡Por Dios santo, Mayer! ¡Lee los periódicos!
En Egipto van a excavar un canal. ¿No te has enterado?».

«Lo que hagan los egipcios no le concierne a Lehman Brothers».

«Pues te equivocas de medio a medio, querido hermano:
quieren construir ese canal, lo excavarán y saldrá por Suez».

«No te sigo».

«El océano Índico dispondrá de un boquete, una trampilla, ¿me
      explico?
Una puerta de servicio abierta al Mediterráneo:
entonces el algodón indio, querido Mayer,
tardará dos patadas en inundar Europa.
¿Y sabes qué pasa? ¡El algodón indio es más barato!
Razón por la cual yo ya estoy en otros sitios».

«¿Dónde estás?».

«¡En los motores y los trenes, en todo lo que se mueve!».

El envejecimiento de un brazo
es un auténtico enigma científico:

en vez de quedarse quieto,
pierde el oremus y se mueve como un lunático.
Emanuel tiene la fijación del movimiento.

Otro enigma
para Pauline
es por qué Emanuel
    (ya que el algodón es agua pasada
    desde que los egipcios van a hacer no sé qué)
viajó a Alabama
con su hermano
diciendo que tienen pendiente un cargamento de paños.

Muy pocos se tragaron la excusa.

Lo cierto es que no tenían elección.

Era menester tan largo viaje
para hablar personalmente
con la tía Rosa
sobre la cuota de Henry
en la junta directiva del banco.

Le contaron que lo habían pensado con detenimiento
y habían concluido que al menos por ahora
convenía no proceder
a una nueva incorporación:
ella y sus hijos
conservarían desde luego su rodaja
(un tercio de las ganancias, como siempre),
pero en cuanto a la entrada de Dreidel
en el cuarto designado para la *dirección*...
En fin, no nos precipitemos:
por debajo de los treinta años
    («lo comprenderás, Rosa»)
un muchacho no está preparado,
por debajo de treinta
    («lo comprenderás, Rosa»)
sólo piensas en las chicas
y además un banco
    («lo comprenderás, Rosa»)
no es una empresa idónea para veinteañeros.

La tía Rosa no puso pegas.
Los escuchó sin pronunciar palabra
mientras servía en tres porciones y platitos
una tarta de anís especiado.

Al final, sin embargo,
antes de que sus cuñados
se llevaran la cuchara a los labios para el primer mordisco,
Rose Wolfe (la destructora de vidrieras)
dio un puñetazo en la mesa
como si estuviera en una taberna del Bronx:
«Aclaremos esto de una vez y cara a cara,
mirándonos a los ojos.
Venís ahora, en el último momento,
cuando podríamos haber hablado antes:
vamos a suponer que es una casualidad
porque pensar mal es algo muy feo.
Dicho esto, lo repito: dejémonos de historias.
Mi marido fundó Lehman Brothers
con veintiséis años, eso no admite discusión.
Emanuel, te he visto llegar a Alabama
siendo aún un chiquillo que jalaba las colas de los gatos
y tu hermano me decía.
"O lo educo como un padre o éste acaba hecho un golfo".
Y tú, Mayer, me venías llorando porque
echabas de menos a mamaíta, ¿te acuerdas?
Yo sí, lo recuerdo bien, demasiado bien.
Así que, por favor,
¡basta ya de sandeces! ¡Estoy harta!
¿Venís a decirme que con menos de treinta
no estás capacitado para llevar una empresa?
De acuerdo, así sea: no nos haremos la guerra,
pero la paz (si la deseáis, queridísimos cuñados)
se ajustará a normas bien definidas:
mis hijos tienen derecho a meter baza,
no sólo a recibir el dinero que ganáis para ellos.
Debéis, por tanto, aceptar a uno de los míos.
Vosotros no habéis fundado este chiringuito:
por encima está la cabeza de mi Henry
y luego llegasteis siguiendo su estela.
O sea: pactos claros y no habrá borrascas:
por ahora queda todo como siempre,

pero en cuanto vuestros primogénitos
sean mayores de edad...
entonces, al día siguiente (vais a empeñar vuestra palabra),
les entregáis las riendas del carro.
Eráis tres hermanos:
ellos serán tres primos.
Eráis iguales: un tercio por barba,
pues con ellos lo mismo, sin diferencias.
Por ti, Emanuel, estará Philip, que es el mayor.
En tu caso, si no me equivoco, le toca a Sigmund
y por mí le daréis un puesto a Dreidel:
le corresponde y no quiero oír objeciones.
No hay otra salida, éste es el camino.
Y ojo, no lo digo por mí, lo digo porque es justo.
¿Me explico? Y ya se me acaba el fuelle.
Vosotros acabaos la tarta, que está buenísima.
Después cogéis el portante
y os volvéis a casa: misión cumplida,
saludos a las consortes, besos a los sobrinitos
y en cuanto a vosotros
mucho cuidado
porque Henry lo ve todo:
una vez al mes
se me aparece en sueños».

No dijo más
porque no había nada más que decir.

En lo tocante a los dos hermanos,
ambos se comieron la tarta.
¿Qué podían hacer? Era una grosería dejarla.

Es más: la terminaron
para sellar la coalición.
No quedaron ni las migas.

Y les resultó indigesta.

8
Tsu fil rash

Mayer Lehman querría invertir en gas.
Le gusta porque es etéreo,
no hace ruido, es invisible,
no ensucia las manos, no abulta ni estorba.
El carbón y el petróleo
que tanto ama su hermano
le dan grima
porque el negro es un color virulento.
Nada que ver con el gas, ausente y presente al mismo tiempo.

Emanuel lo aprueba casi de forma automática:
el rótulo dice LEHMAN BROTHERS
y hasta la invasión de los primos
mandan ellos dos
sin intromisiones.

Pero seamos sinceros,
¿para un auténtico brazo
puede resultar atractivo poner dinero
en el gas, que ni pesa ni se toca ni se estruja?
Nada que ver con el hierro.

Nueva York es por suerte
la capital del comercio.
Mayer Bulbe refrendó
con su firma un contrato gaseoso
justo la misma tarde
en que Emanuel compraba más hierro.

Hierro y gas: dos pasos adelante.
Y de hecho (¡fíjate!)
el banco de la familia
avanzó dos hileras en la sinagoga.
Fila vigesimotercera:
los niños ya ven algo mejor.
Y encima hay más luz:
estamos bajo la ventana.

Tal vez por ese motivo,
Mayer Lehman, después del gas,
probaría encantado con el vidrio.
Transparente como el gas.
No mancha las manos.
Está y no está al mismo tiempo.

«¿El vidrio? ¿Pero de qué demonios me hablas?
¡Con el vidrio se consiguen los cero-coma, no las grandes fortunas!
¿Quieres convertirte en un banquero de decimales?»,
le preguntó su hermano a bocajarro y sin contemplaciones.

Mayer no contestó.
A menudo no contesta: prefiere sonreír.

Como ahora: asiente y sonríe
preguntándose una vez más
qué demente
le ha metido a su hermano en la cabeza
esa cantinela de los cero-coma.

Entretanto asiente y sonríe.
Sobre los pies las antedichas polainas a rayas
que aquí nadie
(ni siquiera su hermano)
llevaría jamás.
También ayer en el templo,
cuando subió al estrado para leer las Escrituras,
todos lo miraron
riendo.
Una patata con polainas.
Lo nunca visto en Nueva York.
«¿Por qué todos te miran los zapatos?»,
le preguntó su hijo Irving
con un aplomo mayúsculo
(es un niño imperturbable)
después de que lo hallasen, a Dios gracias,
sentado en un peldaño del templo
(Irving se pierde constantemente
y no porque quiera huir,
sino por la muy trivial razón
de que todo el mundo se olvida de él).

«¿Por qué te miran los zapatos?»,
le preguntó precisamente a su padre,
feliz de no haberlo perdido.

Mayer lo miró,
le sonrió,
pero no contestó.

Podría haberle dicho que también cuando él llegó de Alemania
(Rimpar, Baviera)
la gente le miraba los zapatos,
por tanto,
si te miran los zapatos
eso denota que vienes de lejos,
pero de muy, muy, muy lejos.
Podría habérselo dicho,
más no lo hizo.

Por otro lado,
hace ya algún tiempo
que Mayer habla menos.
Él, que en su día
se ganó
el título (¡vaya título!) de kish kish,
ahora se muerde la lengua,
no descose los labios.
Sonríe. Está conforme.

Se ha rendido.
Y esa derrota no es reciente.

Es curioso cómo, al llegar cierta etapa de la vida,
sin darte cuenta
acuden a ti
ideas, frases y maneras
propias de tu viejo padre:
casi han pasado diez años
desde que llegó a Alabama
la última nota
dirigida, como siempre, a entrambos HIJOS QUERIDOS
y firmada VUESTRO PADRE.
Parecía, sin embargo, que a la hora de la muerte
aquel Lehmann con dos enes

hubiese emigrado un poco a tierras americanas
poniendo mucho de sí
en el cuerpo de sus hijos.

Mayer Lehman, por ejemplo,
razona a menudo con sentencias.
Evita los discursos, prefiere los aforismos.
¿Será tal vez el cansancio de la vida?
¿O quizá que con tanto ahorro
se ha recortado también los recursos
en la voluntad de hablar?

Mayer lo piensa a cada rato
y concluye que no por casualidad
todo comenzó años atrás
en Alabama, en su Montgomery,
cuando de la noche a la mañana,
incluso allí,
se declaró una «epidemia de incontinencia verbal»:
el plan
(¡su plan!)
de reconstruir el sur tras la guerra
devino
un alud de palabras,
vendavales, huracanes de soflamas
y se construían proyectos
en lugar de muros o empalizadas.
Papeles,
opúsculos,
folletos,
programas de trabajo
descritos con todo detalle,
promesas a diez, veinte, treinta, cuarenta años vista.
«¿Cómo voy a firmar
si dentro de cuarenta años estaré muerto?».
«A estas alturas, míster Lehman,
cualquier buena inversión es a largo plazo».
«Ya, ¿pero cómo voy a firmar
si jamás veré lo que he pagado?».
«Con todos los respetos, míster Lehman,
eso es irrelevante para los fines del negocio».
«No lo es para mis fines».

«A ustedes como banco, míster Lehman,
se les pide un compromiso: su palabra».
«¿Qué palabra puedo darles si
de aquí a cuarenta años el banco podría quebrar?».
«También eso es irrelevante para los fines del negocio».
«¿Entonces qué es lo relevante?».
«Que ustedes pronuncien una palabra».
«¿Qué palabra?».
«La palabra *sí*».

Palabras, en efecto.

El guirigay
empeoró
luego
cuando Babette y él
aterrizaron en Nueva York,
donde todos platican y nunca hay silencio.
Incluso en el templo
durante el culto
se oye un bisbiseo permanente,
no hay alivio, palabras por doquier
colgadas de los muros, en los carteles: palabras
por la calle, en los bares: palabras
sobre los mostradores del comercio: palabras,
una pesadilla de sonidos,
preguntas-respuestas,
respuestas-preguntas,
preguntas-respuestas,
respuestas-preguntas,
palabras y más palabras,
palabras, palabras,
palabras y más palabras,
un océano de sermones
más grande que el mar visto desde Brooklyn,
tanto que aquí —piensa Mayer— la gente está ebria
de palabras
y en Nueva York,
no cabe duda,
también de noche
hablan todos
durante el sueño.

Y para colmo:
más vale no pensar
en lo que harán con el teléfono.

9
Stock exchange

El equilibrista
es apenas un muchacho.
Se llama Solomon Paprinski
y su hermano es el shamás de la sinagoga.
Solomon
se detiene
frente al gran edificio
y escoge dos farolas
separadas por cincuenta metros.
Muy bien: esas dos,
justo a un paso
de la puerta principal.
Solomon abre una maleta,
saca su cable de acero
y lo tiende
derecho,
muy tenso,
trepando
por las dos farolas.
La calle está lista
y el cable tendido.
¿Qué falta?
Coraje.
Solomon Paprinski se lo procura:
echa mano a una botella
y bebe un buen trago de coñac;
luego
sube,
se coloca en su sitio
y Solomon Paprinski
empieza a caminar.
Perfecto.

Aéreo.
Livianísimo.
Solomon Paprinski
no da un paso en falso:
es el mejor funámbulo
que Nueva York conoce.
Y lo ha decidido:
desde hoy
irá allí
todos los días,
mañana y tarde,
a hacer su ejercicio.
Cable tenso,
bien derecho entre las farolas,
allí,
a un paso del novísimo atrio.

Porque
en esta ciudad
condenada a hablar
han inaugurado
un edificio
colosal:
está en Wall Street
y lo llaman
STOCK EXCHANGE.

Los cual significa literalmente
que allí se intercambian bienes materiales.

¡Pero allí dentro no hay
bienes materiales!
A lo más están sus nombres
escritos por todas partes
como si en la puerta de una tienda
se anunciara la COMPRAVENTA DE PAN,
pero dentro no hubiese pan
o la COMPRAVENTA DE FRUTA
y dentro ni el corazón de una pera.

Lo que cuenta,
ya se sabe,
es el valor, no la cosa.

«Idea genial», pensó Emanuel.
«Idea neoyorquina», pensó Mayer.

El punto es que, en vez de contratar
el hierro en la Bolsa del Hierro,
la tela en la Bolsa de la Tela,
el carbón en la Bolsa del Carbón
o el petróleo en la Bolsa del Petróleo,
han creado una bolsa única,
inmensa,
grandísima,
neoyorquina,
una sinagoga con techos más altos que los de una sinagoga
donde por centenares, multitudes, ejércitos,
de la mañana a la noche
sin pausa,
hablan,
dicen,
tratan,
gritan;
de la mañana a la noche
sin pausa
hablan,
dicen,
tratan,
gritan;
de la mañana a la noche
sin pausa
porque lo inconcebible
(al menos en opinión de Mayer)
es que allí dentro, en Wall Street,
no hay hierro,
no hay tejidos,
no hay petróleo,
no hay carbón
y aun así
está todo eso
entre montañas
o torrentes
de palabras:
bocas abiertas
que soplan y resoplan aire
y hablan
y dicen

y tratan
y gritan
sin pausa
mientras
fuera,
frente a ese templo de la palabra,
Solomon Paprinski
todos los días
a partir de hoy
hace su ejercicio
bien erguido sobre el cable.

Quién sabe si el aire
exhalado por tantas bocas
acabará formando un ciclón
que lo estampe
contra el suelo.

Es el único pensamiento
que Mayer Bulbe
logra articular
mientras camina
con las polainas a rayas
por la acera de Wall Street
hacia el portalón.
La puerta de entrada.

Pero no,
no es cierto:
éste no es su único pensamiento.

El otro
es que a su sobrino Philip
sin duda le gustará
Wall Street,
¡y cómo!
A él sí.

Mayer tiene razón
porque Philip
(hijo de Emanuel
nacido en Nueva York:
en su sangre
ni una sola gota

de Alemania o Alabama)
es una máquina parlante.
Irrefrenable y pasmosa.
Philip es otro misterio a ojos de su tío.
Lo engendró un brazo,
pero no mueve un dedo
y su labia es una hazaña épica.
Philip gobierna las palabras:
con veinte años
esgrime argumentos como nadie,
desgrana preguntas y se da las respuestas a sí mismo:
«Distinguido rabino Strauss,
si no es indiscreción querría consultar con usted un tema bastante
    vidrioso.
Nuestra familia, como sabe, es dueña de un banco.
Ello, ilustre rabino, nos hace, digamos, un poco especiales
(y admito que el término *especial* posee todo un abanico de
    connotaciones,
matices sobre los cuales ni debo ni deseo fatigarlo o importunarlo).
Sin embargo, no podemos obviar que entre todos estos factores de
    excelencia
queda el hecho incontrovertible, ilustre rabino, de que una familia
    como la mía
cuenta con una facilidad para la inversión monetaria
de la que muy pocos pueden jactarse
y empleo este verbo porque sé que no debo incurrir
en el más mínimo desliz no ya de ostentación, rabino Strauss,
sino tampoco de esa vanidad que generalmente se les perdona
a las familias pudientes gracias a adquisiciones, herencias u otros
    medios.
Ahora bien, ilustre rabino, nuestra pujanza bancaria (si es lícito así
    llamarla)
entraña una indudable y responsable preeminencia
aunque sólo sea en el interior de una pequeña comunidad:
nosotros, ilustre rabino Strauss, sufragamos la escuela hebraica
y también subvenimos al asilo y al hospicio sin que,
por otro lado, este sostén sea nunca objeto de contrataciones o
    contrapartidas.
Hasta aquí muy bien.
He tenido un intercambio de opiniones con mi parentela
y, por ende, vengo a solicitarle un veredicto:
¿no juzga usted, en su inconmensurable sabiduría, poco razonable
alimentar la vaga sensación de que quienes aportan su dinero

a obras de beneficencia hayan de avergonzarse por ello
en vez de proclamar, rabino Strauss, la nobleza de su proceder?
¿Qué le diría usted, honestamente, a quien se escondiera (casi con
    horror)
pudiendo invitar sin disimulo al sostenimiento del templo?
¿Consideraría edificante la conducta de quien
eludiese las miradas como insinuando así que la limosna es una
    fechoría?
Advierto que asiente y eso me llena de satisfacción.
Coincido plenamente con usted, rabino Strauss,
en cuanto al hecho de que donar dinero al templo
debe ser un orgullo, no un estigma deshonroso,
y lo pienso (como usted) hasta tal punto y extremo, rabino Strauss,
que ya seguro de su benévola avenencia
le pediré al shamás que nos desplace a los Lehman
desde la fila veintitrés a la quince como mínimo.
Dicho esto, con su permiso y teniendo otros asuntos que atender,
le presento mis respetos, ilustre rabino, y me despido.
Adiós».

Ahí está.
Será que juega al tenis
(desde su más tierna infancia)
y en el tenis la pelotita siempre debe estar en juego,
no puede salir de la cancha:
siempre arriba, Philip,
siempre en lo alto, Philip,
siempre en el aire, Philip,
es un maestro, un virtuoso de las alturas;
juega al tenis con las oraciones
y las palabras
sin que jamás caiga la pelota.
Así que habla de economía, Philip,
habla de política, Philip,
habla de finanzas, Philip,
y de judaísmo
y de cultura
y de música
y de moda
y de caballos
y de pintores
y de comida
y de paisajes

y de chicas
y de valores
y de amistades
y sobre todo de Nueva York:
allí ha nacido:
«No hay mejor ciudad en el mundo,
estimadísimo tío: Nueva York
ofrece a mis ojos la crema de América y el eco de Europa;
ignoro qué piensa usted,
pero si me interpelase a ese respecto
le diría que Nueva York se alza en el planeta Tierra
como el Olimpo en la Grecia antigua:
un lugar divino y al mismo tiempo humano, estimadísimo tío,
o, si prefiere que hablemos en la órbita del judaísmo,
le diré que es como una ner tamid
que arde sin el santo óleo:
creación humana y asimismo milagro;
dado lo cual a quienes no aman esta ciudad sólo se les podría señalar
que eso equivale a negar la luz del sol, estimadísimo tío;
y si usted se cuenta entre ellos le imploro que se abstenga de
        comunicármelo:
perdería buena parte del crédito que merece y la admiración que le
        profeso;
dado lo cual
aun con la curiosidad de averiguarlo
prefiero en el fondo no saberlo
y le ahorro el apuro de aclarármelo.
Dicho esto,
con su permiso
y teniendo otros asuntos que atender,
le presento mis respetos,
estimadísimo tío,
y me despido».

Anonadante.

Philip es nuevo.
Philip es novísimo.
Philip es hijo de Nueva York.
Sí,
no cabe duda alguna:
le gustará Wall Street.

10
Shavuot

Es notable cómo el ser humano
porfía de tal modo en sus anhelos
que produce efectos
de los cuales después se arrepiente.

Emanuel Lehman,
que partió a librar una guerra contra el sueño,
ahora daría sabe Dios qué por una noche en paz.

Y no porque trabaje en exceso.

El problema es que durante la noche se sueña
y Emanuel Lehman siempre sueña la misma historia.

Comienza como un juego.
Hay un establo con reses
porque desde luego estamos en Alemania,
en Rimpar, Baviera.

Dentro del establo
hay dos niños, Mayer y él.
Se entretienen con su juego favorito:
el montamonedas.
Sencillísimo.
Primero se deja una moneda en el suelo
y luego se pone otra encima,
luego otra (le toca a Emanuel),
luego otra (le toca a Mayer),
luego otra (le toca a Emanuel),
luego otra (le toca a Mayer),
luego otra (le toca a Emanuel),
luego otra (le toca a Mayer),
luego otra (le toca a Emanuel),
luego otra (le toca a Mayer),
y la columna de monedas
en equilibrio
crece
y crece

y crece
y crece
y crece
y crece.
La columna es muy alta en el sueño, altísima,
tanto
que Emanuel empieza a trepar,
quiere escalarla,
se encarama:
sube
sube
sube
más arriba.
Emanuel continúa:
sube
sube
sube
más arriba.
Emanuel
continúa
hasta que
allá en la cumbre
el cielo se abre
de repente,
se desgarra
al igual que en Shavuot
y con gran estruendo,
con un traqueteo
horrísono,
irrumpe
silbando
como loca
una locomotora
que se dirige a galope tendido
contra Emanuel
(«¡el tren!»),
contra Emanuel
(«¡el tren!»),
contra Emanuel
(«¡el tren!»),
contra Emanuel
(«¡el tren!»).

Desde que su esposa Pauline
yace bajo una losa de mármol
ya no hay nadie
que le coja la mano
cuando Emanuel cae,
cuando se precipita
desde lo alto
de la columna
arrollado,
hecho añicos
por el maldito tren.

El sueño regresa cada noche.

Y Emanuel lo aguarda,
pero en el sillón:
duerme allí, sentado,
porque si se tumba en la cama
lo ahoga
el humo de las vías.

Pero esto es un secreto.

Porque desde que su esposa Pauline
yace bajo una losa de mármol
ya no hay nadie en el mundo
que tenga noticia
de ese tren puntualísimo:
horario nocturno.

Es comprensible:
¿cómo podría un brazo
andar contando por Wall Street
que posee un banco,
pero no invierte en ferrocarriles
porque un tren lo aterra
cada noche?

Emanuel no puede contarlo.

No puede decir
que tiene miedo

(pues sí)
por primera vez en su vida.

Y está en un buen aprieto.

Porque del ferrocarril
hablan todos en Nueva York
y especialmente
en Wall Street.
Allí dentro,
detrás de ese portón oscuro
donde todas las mañanas
Solomon Paprinski
tensa el cable,
se pimpla un sorbo de coñac
y exhibe sus funambulismos.

Las frases que van de boca en boca
son un tormento:
«Seguro que ya han entrado en el mercado ferroviario,
¿verdad, míster Lehman?
¿En qué compañía han invertido exactamente,
la Pacific Railway,
la Chicago United
o la Trans-Atlantic?
Nosotros hemos apostado por la North Western,
pero también puedo recomendarle la Middle-Southern».

En el aire de Wall Street
tiene que haber
una fuerza inusitada
que incluso a los peces
les da ganas de hablar.
Hablar de ferrocarriles.

De otro modo no se explica.

Porque hasta
Irving,
el hijo menor de su hermano Mayer,
muestra ya una gran cultura ferroviaria:
cuando lo hallaron,
a Dios gracias,

sentado en un peldaño de la estación de Nueva York
le dijo impávido:
«Tío Emanuel, he visto pasar
dos trenes de mercancías y tres de pasajeros.
Y la locomotora de madera que me regalaste
(vale que es un juguete),
¿no habría forma de que echara humo?».

El único consuelo
(la escapatoria)
para Emanuel
está en la edad.

Porque Emanuel ya ha entendido
(se ha visto forzado a entenderlo)
que cuando un brazo
envejece
sigue siendo un brazo,
pero el codo somete a la muñeca
y la mano
(el agente que actúa)
se aleja cada vez más...
Por ello
es posible
(ciertamente)
que un brazo anciano
no persiga la acción propia,
sino la ajena.

Óptimo.
Ya no batalla,
pero espolea a los demás.
Ese afán maníaco que a lo largo de su vida
lo urgía a mover, hacer y probar
ahora puede ser «moveos, haced y probad».

Le basta con que el banco
no se quede quieto, eso es.
No quiere que se pierda ni una sola ocasión
ahora que la industria ha acelerado el paso
y las fábricas surgen por centenares,
como setas en todas partes
(hacer, hacer, hacer;

construir, construir, construir;
inventar, inventar, inventar)
aunque la moda neoyorquina del parloteo
se haya infiltrado tanto y de tal modo
que incluso los obreros
echan su cuarto a espadas
y organizan unos tinglados a los que llaman sindicatos.

Da igual.
Con sindicatos o sin ellos,
Emanuel no quiere perderse nada
ahora que Wall Street ha abierto a una cuadra
y todos los mercados pasan por allí.
Se encrespa con los nervios a flor de piel,
está en vilo.
¿Más que antes?
Más que antes.
Le parece que de pronto
el mundo se achica hasta el tamaño
de un botón
y que Nueva York es el ojal:
bastará un mínimo ademán, un quiebro diminuto,
y tendremos el mundo en la palma de la mano.
O sea: hacer.
O sea: estar.
Atreverse.
Atreverse.
Atreverse.
Pero como un codo es menos ágil que una muñeca,
Emanuel no conduce el carro en persona:
da las instrucciones al nuevo cochero
que por él las ejecuta:
«Tal como me ha ordenado, dilectísimo padre,
he introducido a Lehman Brothers en la médula misma
del comercio carbonero;
se colige pues que desde hoy y durante el plazo de un año
dominaremos el flujo de réditos en todo el mercado del combustible
calculado según las tarifas de Wall Street.
Debo pese a ello informarle, dilectísimo padre,
que he llevado a buen puerto dicha gestión sólo y exclusivamente
porque usted así me lo ha indicado estando como estoy del todo seguro
(y no soy, por otra parte, el único)
de que nuestras inversiones en el reducido monopolio del carbón

carecen totalmente de sentido
siendo como es su ineluctable destino al cabo de pocos años,
    dilectísimo padre,
verse superado por la prevalencia del *business* ferroviario,
cuyas bondades podría reseñarle
siempre que quiera
evaluar realmente
los capitales».

«¿Por qué andas tú también con esta chaladura de los trenes, Philip?
Ya poseemos grandes capitales, hijo mío:
Controlamos todo el hierro, el carbón y el café de Nueva York».

«Podría describirlos
(si se me permite un tropo de mi invención)
como el mercado de los cero-coma
más cero-coma más cero-coma».

«Que al final, sin embargo, nos da millones».

«Tras acumular treinta páginas de sumas».

«Si tuvieses mi experiencia, Philip...».

«No tengo el pelo cano, dilectísimo padre,
pero justo porque es moreno le diré
que en orden a sacar provecho de la vida que me espera
desearía hacerlo con una ristra de números delante de las comas, no
    detrás.
Si lo conviniera conmigo, enseguida sustituiríamos ese ruinoso
    mejunje del café
por el ferrocarril.
Si en cambio prefiere contar granos y no millones,
le ahorro el apuro de admitirlo.
Dicho esto, con su permiso y teniendo otros asuntos que atender,
le presento mis respetos,
dilectísimo padre,
y me despido».

¿Y si el joven cochero de los cero-coma
desafiara
él mismo
a la locomotora de Shavuot?

Los decimales de Philip
se están convirtiendo en una obsesión.
¿Y si le prestara oídos?
Quizá Emanuel
podría volver a dormir tranquilo...
Si el joven cochero
se encaramase
como un funámbulo
a la columna de monedas
hasta allí arriba,
donde los trenes van a toda pastilla,
tal vez entonces
podría no despertarse
en un mar de sudores
como si fuese un panadero.

Quizá
si apostásemos por Philip...

Al fin y al cabo es hijo de un brazo.

Parece una mano con el don de la palabra.

Y además
posee esos decimales
de astucia neoyorquina
a ratos incluso feroz.
Por no decir sádica.

Definitivamente:
tal vez Philip sea el último as en la manga.

11
Bar Mitzvá

Yehudá ben Temá
escribe
en el *Tratado de los padres*:

«Cinco años es la edad apropiada para iniciarse en las Escrituras
y diez para estudiar la Mishná;
a los trece empezarás a respetar los mitzvots
y a los quince habrás de estudiar la Guemará».

Pues bien,
ahora que el siglo se acerca a su término,
la familia Lehman de Nueva York
ofrece un bonito muestrario
de edades surtidas.
Porque hijos no faltan:
once en total,
cuatro de Emanuel,
siete de Mayer
y en cuanto a las edades
hay para todos los gustos.

Ninguno de ellos se pone ya
de puntillas cuando van a la sinagoga,
en parte porque al crecer te elevas
y en parte porque el asiento de la familia
ha avanzado hasta la décima fila.

Ahora los Lehman
se adentran en el templo
recorriendo todo el pasillo lateral
sin concederles ni una mirada piadosa
a los ceñudos Kowalski,
unos rusos que se sientan al fondo,
en la fila veintiuno.
«Skazhi mne, papa: kto eti ran'she?»
«Oni yavlyayutsya znamenityy Lehman».*

A Herbert Lehman,
sin embargo,
eso de estar delante
no le parece muy justo.
Y lo cuestiona.

Ahora tiene once años
y va a la escuela hebraica.

---

* En ruso. «Dime, papá: ¿quiénes son ésos de delante?». «Son los famosos Lehman».

Pronto
(como sus hermanos)
tendrá que narrar en los exámenes
la subida al trono del rey David,
cómo fue aquello de los macabeos,
la vida de José con puntos y comas,
Esaú y su plato de lentejas,
Jonás en el vientre de la ballena
y también la muerte de Abel a manos de Caín.

Este último episodio
le resulta
especialmente
sugestivo
desde que su hermano Arthur
(siempre un pájaro de cuenta, pero con los años se puede empeorar)
ha adquirido la fea costumbre de pedirle su dinero
(«¡Es sólo un préstamo, Herby!»)
desplumándolo de la paguita semanal,
y eso que Arthur es cinco años mayor.
¡Caramba! ¿No debería ser al revés?
En el orden natural de las cosas
deberían ser los hijos menores
quienes accediesen
a formas preferentes de crédito bancario
ofrecidas con intereses reducidos
en nombre del vínculo familiar.

No.
Aquí no.
Aquí se pide en la dirección contraria.
Arthur Lehman saquea a Herbert
y le importa un rábano si el otro disiente:
«Arthur, me debes una burrada de dinero.
¿Podría saber cuándo me lo devolverás?».

«¡Debería darte vergüenza, Herby! ¿Es que no tienes entrañas?».

«Lo que tengo es derecho a la devolución de mi dinero».

«No, ¡y mucho cuidado con vulnerar la Constitución!».

«¿A qué viene ahora la Constitución?».

«¡Valiente pendejo! La Constitución americana dice que todo el
    mundo
(yo incluido)
tiene derecho a la felicidad.
Como yo soy feliz con tu dinero,
cuando lo reclamas me siento muy infeliz
e incluso podría denunciarte. ¡Que te vaya bien, Herbert!».

Desde el candor de sus años,
Herbert Lehman
ni siquiera consiguió decir «estoy en desacuerdo»:
se quedó con un palmo de narices
y sólo en los días sucesivos olió a chamusquina
barruntando que le daban gato por liebre.
Así que
decidió no tirar la toalla
y se prometió poner remedio a la tropelía.

Primero
aprendió de memoria
toda la Carta Magna.
¡Y qué útil le sería en la vida!

Después,
respaldado y legitimado
por sus derechos constitucionales,
acudió a los adultos de la familia,
no tanto como autoridades morales
cuanto como expertos en operaciones financieras:
«Señor padre, si un deudor no me restituye lo adeudado,
¿qué puedo hacer para recuperar ese capital?».

Mayer lo mira fijamente.

La infección bancaria
contagia también a los niños.

Pero viendo que el chico no ceja,
su padre le dibuja un amplio escenario
de incrementos sobre la cantidad inicial,
sanciones y recargos aplicados gradualmente.

Herbert no está de acuerdo:
¿debería exigir un dinero extra
aparte
del que Arthur se obstina en no pagarle?
El problema es de principios:
¿se le aumenta la deuda a quien tiene una deuda?

Por suerte está el tío Emanuel, mucho más expeditivo,
que le sugiere
la incautación de bienes
(previo apercibimiento conminatorio).

Así pues Herbert,
tras el enésimo ultimátum,
pasó a confiscar propiedades
allanando en horario nocturno
el dormitorio de su hermano.
Requisó lo siguiente:
—2 pelotas de cuero
—3 mapas
—1 globo aerostático de tela
—7 libros ilustrados
—1 armónica
—2 plumillas con su tintero
—3 camisas color canela
—1 sombrero de paja perteneciente a un tal Cocobolo

Ahora que a Arthur
sólo le quedaba la cama,
Herbert volvió a su tío en busca de consejo:
«¿También puedo coger eso?».

Por desdicha,
sin embargo,
parece que también los desalmados financieros
deben tener un poco de corazón
y ni siquiera el banco más poderoso
puede convertir a un hermano en vagabundo.

Pero Herbert no transigía
y jugó al menos la carta de la intimidación:
se coló durante la noche en el cuarto de su hermano
y con teatral aspaviento

le arrancó la manta de golpe
anunciando con un megáfono:
«Estás en un tris de quedarte sin cama:
¡págame, Arthur,
si quieres dormir tranquilo!».
Y se habría ido en dos zancadas
sin esperar reacciones
de no ser porque su hermano
(ofuscado por el brusco despertar)
le saltó al cuello
y omitiendo todos los denuestos que se le pueden escupir a un usurero
optó en cambio
por un formidable axioma matemático:
«La probabilidad de que yo te permita cogerla
es directamente proporcional a la de que cobres.
Y ahora lárgate o vuelve con un mandamiento judicial».

En resumen:
Herbert no para de calentarse los sesos.
Ahora se sienta al fondo de la clase
siempre tan distraído
que incluso olvida ponerse en pie
cuando el rabino Strauss
(con más dientes en la boca que pelos en la cabeza)
se persona en el aula
para su interrogatorio mensual:
«Hoy querría meditar
aquí con ustedes
sobre el significado de la palabra *castigo*.
El castigo es un resarcimiento, una reparación.
Nunca es injusto.
El castigo reequilibra el mundo.
Si tú, con tu conducta, quitas algo,
el flagelo de Hashem ajusta las cuentas.
He ahí por qué Hashem castigó a los egipcios
que esclavizaban al pueblo elegido.
Ahora los iré llamando
y enumerarán en perfecto orden
todas las plagas de Egipto.
Empecemos por usted, señor Rothschild».

«Hashem transformó en sangre las aguas del Nilo, rab Strauss».

«Bien, Rothschild. La segunda plaga, Wolf».

«Hashem provocó una invasión de ranas en Egipto, rab Strauss».

«Bien, Wolf. Las plagas tercera y cuarta, Libermann».

«Hashem mandó las pulgas, rab Strauss, y después los tábanos».

«La quinta plaga es suya, señor Strauss».

«Hashem exterminó el ganado de Egipto».

«Así fue, Strauss. Y ahora su hermano me dirá la sexta».

«Úlceras en hombres y animales, rab Strauss».

«Muy bien los dos. ¿La séptima señor Altschul?».

«Una tormenta de granizo».

«Cayó muchísimo, Altschul. ¿La octava, Borowitz?».

«Una plaga de langostas».

«Langostas, en efecto. ¿La penúltima, Cohen?».

«Descendieron las tinieblas, rabino».

«La última plaga es para usted, Herbert Lehman».

«Hashem masacró a los niños de Egipto».

«Se equivoca, Lehman:
Hashem no hizo eso ni por mientes».

«Pero yo no estoy de acuerdo».

«Como siempre: usted quiere interpretar en lugar de aprender.
Dice la Sagrada Escritura:
"A medianoche el Señor hirió de muerte
a todos los primogénitos en la tierra de Egipto".
¡Y decir *primogénitos* no es decir *niños*, Lehman!».

«Pero yo censuro la decisión de Hashem, rabino».

«¡Lehman!».

«Vamos, que no estoy de acuerdo con ninguna de las plagas».

«¡Lo que me faltaba por oír!».

«En realidad discrepo totalmente
de la postura adoptada por Hashem.
El problema es de fondo
y se convierte en una cuestión política.
¿Por qué exterminó al pueblo egipcio
que no tenía ninguna culpa?».

«¡Esto es intolerable!».

«Según mi opinión, Hashem
(en vez de perder el tiempo con plagas)
debió cargarse directamente al faraón
y así los israelitas se habrían liberado y...».

«Hashem no toma consejo de Herbert Lehman».

«Pero Herbert Lehman pertenece al pueblo elegido».

«Usted a callar, muchachito. ¡Inmediatamente!».

«Me pondré una mordaza si así lo quiere, rabino, pero conste en acta
que no estoy de acuerdo».

Aunque sólo tiene once años,
son pocas las ocasiones
en que Herbert Lehman
está «de acuerdo».

No está de acuerdo
con que en Janucá
sólo el cabeza de familia pueda prender las velas.
No está de acuerdo
con que sólo se coman buñuelos y pestiños
el día de Purim.
No está de acuerdo

(en absoluto)
con todas esas ramas desgajadas
de los durazneros en flor
para decorar las fiestas de Tu Bishvat.
Y sobre todo
desaprueba
que sus hermanos varones
celebren el Bar Mitzvá
con los crismas y demás
mientras que las hermanas (ellas no)
deben contentarse
con el Bat Mitzvá
sin subir al estrado,
sin comentar la Torá
y encima respondiendo a esas preguntitas sobre la casa.

Han intentado explicarle
que es una tradición
y que las tradiciones, querido Herbert,
no se desechan
como ropa vieja
y una mujer judía no es como un hombre
aunque
la moda neoyorquina del parloteo
se haya infiltrado tanto y de tal modo
que incluso las mujeres
echan su cuarto a espadas
y arman un gran jaleo
con ese quilombo de las *suffragettes*.
¿Ahora también queremos cambiar los ritos?
Herbert menea la cabeza:
no está de acuerdo
en que un hermano valga más
que una hermana.

La familia no es precisamente chica:
de hermanos y hermanas
hay un buen lote.

Su hermano Irving,
sin ir más lejos,
tiene trece años,
trece y un día.

Es una vida que echan en saco roto
porque tiene el sensacional poder
de pasar inadvertido.
Hoy no, sin embargo.
Hoy será el centro de atención
porque el Bar Mitzvá
ha llegado para él.

Todos en el templo.
Presente la familia,
presentes hermanos y hermanas, todo el mundo,
tanto los nacidos en Alabama
como los hijos de Nueva York.
Un día importante.
Irving alcanza la madurez:
desde hoy Irving es adulto
y responde de sus actos en persona
frente a la Halajá.

Por primera vez
leerá desde el estrado
un pasaje de la Torá
y glosará las Escrituras
con los otros.

Eso es, justamente:
glosará.

Éste es el punto delicado.
Porque Irving tiene la desventura
de que también otro individuo
hoy
(el mismo día)
celebra su Bar Mitzvá.
Y el interfecto
es nada menos
que un mozalbete todo bucles
heredero de míster Goldman.

Los Goldman viven a lo grande, derrochan boato
y presumen de ello.
Manejan dinero
(como los Lehman),

firman contratos
(como los Lehman)
y estrechan relaciones
(como los Lehman).
Gemelos e idénticos.
O sea:
nada
hacen los Lehman
que luego no lleve también
la etiqueta
de Goldman Sachs.
Incluso los orígenes parecen calcados:
ambas son
familias teutonas
y ambas
tienen la casa de vacaciones
en Elberon:
son vecinos
por ironías de la vida.

La única diferencia
(reflejemos la verdad)
reside en que los Goldman
operan con ese precioso metal
llamado oro
y se jactan hasta tal punto
que lo ostentan incluso en el apellido.
Por eso, sólo por eso,
han conquistado la segunda fila
en la sinagoga.

Hay un odio antiguo
entre los Lehman y los Goldman.

Ese antagonismo rabioso
que a menudo enfrenta
a familias similares.

Lehman Brothers y Goldman Sachs
están en las orillas opuestas de un río:
por medio fluye el agua,
un agua dorada.
Pescan

en la misma corriente
y se observan, se acechan
ojo avizor
prestos a saltar
nosotros por aquí,
vosotros por allá
(que el río es el mismo
y no hay otros peces)
allí, en Wall Street,
que ahora tiene incluso su propio diario,
el *Wall Street Journal,*
voceado en las aceras por los chiquillos
mientras cada mañana
Solomon Paprinski
se atiza un trago de coñac
¡y arriba!
Camina sobre el cable
sin caer jamás.

Míralos hoy congregados.

Los dos linajes
en el templo
por el Bar Mitzvá de los treceañeros.
Ambos elegantísimos.
Ambos inmaculados.
Somos los Lehman.
Somos los Goldman.
Nosotros a la derecha.
Vosotros a la izquierda.
Somos los Lehman.
Somos los Goldman.
Nosotros con los nuestros.
Vosotros con los vuestros.
Somos los Lehman.
Somos los Goldman.

Sonrisas entre las damas.
Apretones de manos entre los caballeros.

Pero la verdadera contienda
se riñe entre las dos madres
desde lados contrarios del templo

mientras les ciñen las corbatas a los muchachos:
«Ve, niño mío, te toca subir al estrado. Eres un Goldman: hazlo por tu
    padre».

«Ve, niño mío, te toca subir al estrado. Eres un Lehman: hazlo por tu
    padre».

«Debes leer perfectamente, hijo mío:
sin errores».

«¿No irás a dejarnos mal delante de ésos, verdad Irving?».

«Llevas un gran nombre, hijo mío, recuérdalo».

«Y no olvides nunca que esos Goldman
llegaron a América después de nosotros».

«Ten siempre presente que por las venas de esos Lehman
corre sangre del sur: no son como nosotros».

«Si ese niñato te dice algo, tú ponte firme y dale duro».

«Si ese ricitos te saca los dientes, tú a lo tuyo».

«Escucha bien: si te dice que ellos fijan el precio del carbón, tú te ríes
    en su cara».

«Antes de ir: si te dice que venden café,
encógete de hombros y responde: farfolla, papel mojado».

«Pero sobre todo, hijito, quiero una promesa:
júrame
que por nada del mundo
le contarás la historia del tabaco».

Sí,
el tabaco.
Es la última genialidad parida por los hermanos Lehman
quizá porque los impresionó extraordinariamente
ver ante sus ojos
esos campos interminables
de espaldas curvadas para el trabajo
tan semejantes a aquellas plantaciones de Alabama.

La nostalgia del pasado a veces cautiva
los brazos más refractarios a las lágrimas.

Pero no sólo eso.
Hay algo más.

El tabaco se cosecha,
el tabaco se elabora,
el tabaco se enrolla
o se pica
o se guarda en cajas.
El tabaco es fatiga y esfuerzo.

Y trabajar con la cabeza gacha
es algo que los dos
Lehman llevan en la sangre:
sin pausa,
sin tregua,
sin descanso.

Quizá incluso demasiado.
Porque tanta brega
a Philip Lehman
no le hace mucha gracia:
«Dilectísimo padre,
no hay motivo para que se agote de ese modo:
dejemos las faenas penosas a los empleados
y siéntese un poco más arriba:
recuerde que es un fundador
y que su tarea consiste en coordinar,
mover las piezas del tablero».

Tal vez tenga razón.
Y Emanuel en efecto coordina:
desplaza personas como si fueran peones
y apenas sale de su despacho,
delega en otros,
vigila la empresa,
que navega a velas desplegadas
si, con respecto al día anterior,
no hay día que no tenga el signo +
allí,
en esos dietarios

donde Mayer
ya nada registra,
mas no porque sus ojos flaqueen,
sino porque era imposible hacerlo solo
y ahora se anotan los números
en una oficina
con seis personas
a quienes Lehman Brothers paga
diez horas diarias
para hacer sólo eso:
«Estimadísimo tío,
no hay motivo para que usted desempeñe
funciones de subalterno:
dejemos la contabilidad a los empleados.
Siéntese un poco más arriba:
recuerde que es un fundador
y que su tarea consiste en firmar».

Tal vez tenga razón.
Y Mayer en efecto firma
cada día
con su hermano,
al caer la tarde,
los balances con el signo +.
Signo +: firman Mayer/Emanuel Lehman.
Signo +: firman Mayer/Emanuel Lehman.
Signo +: firman Mayer/Emanuel Lehman.
Durante años.
Siempre el signo +
porque América
es un caballo que galopa como un relámpago
en el hipódromo de Nueva York
y Lehman Brothers
es el jinete.
Signo +: firman Mayer/Emanuel Lehman.
Signo +: firman Mayer/Emanuel Lehman.
Signo +: firman Mayer/Emanuel Lehman.

«Estimadísimo tío,
dilectísimo padre,
no hay motivos para que ustedes ejerzan de supervisores:
dejemos la firma de balances a los directivos.

Siéntense un poco más arriba:
recuerden que son los fundadores
y que su tarea consiste en elegir
en qué y en quién se invierte.
No solos, naturalmente.

Ya: no solos.

12
United Railways

Lástima que Mayer Lehman
cuanto más envejece
más recuerda que es una hortaliza.

Plantada en la tierra,
crecida entre glebas con el agua y el sol.
Y por esta causa
pone
especial empeño
en el tabaco.
Sólo en eso.
Con el tiempo lo ha embelesado.
El tabaco marrón oscuro:
como la tierra donde nace la patata.
Y luego el tabaco se pesa, se mete en sacos:
como aquel algodón de antaño
que ahora incluso han quitado de los letreros.
El tabaco es materia tangible
y las cifras que produce no son humo
que cuajará como algo sólido dentro de cuarenta años.
Mayer anota sus cifras en los registros,
diminutas, minuciosas,
tan chicas
que se ha dejado la vista en los garabatos
y lleva dos lentes enganchadas sobre la nariz.
Una papa con gafas.

«Te has desgraciado los ojos,
hermano mío,
por culpa de ese asqueroso tabaco».

«¿Y qué relación tiene el tabaco con la vista?».

«Cero-coma más cero-coma más cero-coma».

«¿De qué me hablas?».

«Las cantidades son pequeñas, Mayer,
y siempre están detrás de la coma.
¿Prefieres contar cigarros y no millones?
Yo no me resigno a sumar decimales: quiero fortunas».

«Ya tenemos una fortuna, Emanuel:
controlamos los mercados del hierro,
el carbón, el café, el petróleo, el tabaco...».

«Cero-coma más cero-coma más cero-coma».

«Que nos da millones».

«Tras acumular treinta páginas de sumas, ¡vaya!, y con dos ojos
    menos».

«Cada uno sufre los gajes de su oficio».

«¿Pero qué argumento es ése, Mayer?».

«El argumento de un Lehman:
nuestro padre padeció la dolencia del ganado,
Henry pilló la fiebre amarilla de las plantaciones
y yo puedo perder la vista con el tabaco».

«Escúchame bien, Mayer:
tengo el cabello blanco
y si he de echar por la borda mi último jirón de vida
quiero que sea con una ristra de números delante de las comas, no
    detrás.
Y por esta razón invertiremos en los ferrocarriles».

«Arthur se chupaba el dedo cuando me lo dijiste por primera vez
y ahora va a la escuela».

«El ferrocarril es la salvación».

«El ferrocarril es cháchara».

«No he fundado un banco
para los cero-coma».

«Y yo no he fundado un banco
para la cháchara».

Emanuel lo comprendió a bote pronto
en ese preciso instante.
Por vez primera captó el sentido
sea de sus pesadillas nocturnas,
sea de la frase dicha por su hermano:
«El ferrocarril es cháchara».

Todo se aclaró
como si una ráfaga de luz penetrase en el cuarto:
a ambos los amilanaba el ferrocarril
porque en realidad nunca lo habían visto.
Era una ficción, no un hecho.

¡Qué gran diferencia
si hubieran experimentado
el rapto electrizante de contemplar
con sus propios ojos un ferrocarril en construcción!

¡Para erradicar las pesadillas
tenían que ver rieles tendidos,
estaciones construidas,
tornillos enroscados,
tuercas apretadas,
pernos remachados
y oír después la fractura del carbón,
el fragor de las sierras que cortan
cientos, miles, millones
de maderos para escalonarlos
como traviesas bajo las vías!

Mayer era por dentro un hombre del sur,
su cabeza seguía anclada en Alabama.
Treinta años antes
no viajó al norte
para conocer la fábrica de Teddy Wilkinson,
donde ya bufaban las máquinas de vapor.
Justo: ¡el vapor!
¡Prodigio de las industrias y ahora de los trenes!
¿Cómo podía Mayer creer en el ferrocarril
si Emanuel no se lo había mostrado
en construcción,
maravilloso, sorprendente,
pero sobre todo *mecánico*,
real, realísimo,
concreto, concretísimo:
un mundo de hierro y acero,
fuego, bronce,
centellas, tornos y fresas?

Decidió.
Debía actuar.
Debía iluminar la mente vegetal de su hermano
igual que la visita a Teddy Wilkinson
iluminó la suya treinta años antes.

Difundió el rumor.
Y fue como prender una mecha
porque en Nueva York las palabras vuelan:
se supo por todos los rincones que los dos hermanos Lehman
(dueños del Lehman Brothers Bank)
estaban finalmente
interesados
en el negocio ferroviario:
querían tocar de cerca
el ferrocarril en ciernes,
tocar de cerca
el futuro en marcha;
no se fiaban:
los Lehman querían verlo con sus propios ojos.

Se concertó una reunión
para fines de noviembre.
Ferrocarril de Baltimore.

En construcción.
¿El entusiasmo de Emanuel?
Incontenible.
Durante todo el trayecto
no paró
ni un segundo
de exaltar
aquello que los aguardaba: obreros trabajando a destajo,
cien veces más que en las plantaciones,
mil veces más,
hasta donde se pierde la vista
porque América es gigantesca
y de punta a punta
la cubren raíles y estaciones:
«Un designio titánico, Mayer,
como el de los faraones egipcios,
que sin duda perduran en la historia;
¡no como ese maldito tabaco
que te sube a las narices y luego se esfuma!
¡No como ese maldito café
que produce tu amigo mexicano!».

Aquí Mayer se vio obligado a puntualizar
que el viejo Miguel Muñoz
no era en realidad amigo suyo:
aparte de que jamás lo había visto,
fue Emanuel quien viajó a México
apenas terminada la guerra
para así plantarle a él en los morros
una vía de escape que los alejara del algodón.

Emanuel lo refutó: no era cierto,
no señor,
fue Mayer quien se emperraba
más de diez años atrás
en comprar el café de los mexicanos
y sumar decimales a mansalva.

Mayer se indignó: ¡ya basta!
Era inaceptable
que su hermano se atribuyese todos los méritos
e invariablemente
descargara las culpas sobre él.

Emanuel gritó: «¡Escúchame, Mayer!
Lehman Brothers es una esponja,
debe absorber todos los negocios que hierven a su alrededor.
¡No podemos mirarlos embobados!
¡Tenemos que absorber!».

Y, como nunca antes había hecho,
Emanuel se sacó de la manga
muchas otras metáforas
más o menos logradas;
porque un brazo es un brazo
y no se para en barras
ni cuando actúa
ni cuando incita a la acción.

En este caso dibujó un formidable retrato
de la industria ferroviaria americana:
trabajadores dando el callo, materias primas,
sangrías de hierro fundido
y luego el chirriar del acero
y luego el ruido infernal
y luego
y luego
y luego...

Mas cuando luego llegaron
los asombró
el silencio.

Sepulcral.

Los esperaban tres o cuatro figurines.
De la United Railways.
¿Elegantes? Más que eso.
Excelsos.
Flamantes trajes de sastrería
y sonrisas inmensas.

Uno de ellos dio un paso al frente.
Más que una persona
parecía un hombre
pegado a una sonrisa:
«Soy Archibald Davidson, para servirles».

Alargó el brazo
mostrando solemnemente
el espectáculo.

Mayer entornó los ojos.
Pensó que los números del café
(esa retaguardia de las comas)
le habían en verdad estropeado la vista
porque el espectáculo del ferrocarril en ciernes
le pareció,
¿cómo expresarlo
cabalmente?,
el vacío, un erial.

Nada había.

Nada construido.

Nada en construcción.

Nada por construir.

Nada.

Una ausencia plenaria.

Un valle.
Un río.
Arbustos.
Moscas.

«La vía férrea irá por allí en medio,
su trazado aparece aquí negro sobre blanco.
En esta hoja pueden ver
el plano».

«Y las obras cuándo empiezan?».

«Cuando ustedes nos den los fondos».

«¿Así, sobre el papel?».

«Así, sobre el papel, míster Lehman».

«¿Y cuándo estará acabado el ferrocarril?».

«En los plazos previstos por el acuerdo.
Aunque a efectos del negocio eso es para ustedes irrelevante».

«¿Diez años?».

«Tal vez veinte, treinta o cuarenta, es irrelevante».

«¿Entonces qué es lo relevante?».

«Que ustedes pronuncien la palabra *sí*».

Esa monumental sonrisa
llamada Archibald Davidson
añadió muchos pormenores
y desplegó al menos seis o siete hojas
tan grandes como sábanas
donde la vía férrea estaba perfectamente trazada.
Negro sobre blanco.

Los Lehman asintieron. Naturalmente.

Mientras asentían,
Mayer pensó que la tinta
tenía el color oscuro del café
y discurría sobre aquellas hojas con tal profusión
que, ya puestos,
quizá
fuera bastante lógico
aparcar los trenes
y pasarse al mercado de la tinta.

Emanuel Lehman,
en cambio,
mudo, inmóvil, sin palabras,
no quitaba ojo
(con sorpresa abismal)
del aliño indumentario
que lucían aquellos tipos de la United Railways:
eran trajes *first choice*
de tela refinada,
valiosísima:

un magnífico
algodón,
un algodón
carísimo.
Y mientras en una parte de él
cosquilleaba la tentación de la añoranza
se dejó oír a su espalda
una voz
fuerte,
clara,
como la de los cocheros
cuando llaman a un caballo:

«Distinguido míster Archibald Davidson,
esos papeles llenos de dibujos fascinarían a un niño,
pero no hemos venido de Nueva York
para ver dibujos y darles la enhorabuena:
los chiquillos de la escuela hebraica tienen un gran talento con los
        pasteles
y aunque pintan casas y puentes, nadie los financia como
        constructores.
Mi padre Emanuel y mi tío Mayer, ilustre míster Davidson,
esperan de ustedes algo bien distinto: cifras, números, sustancia.
¿Qué cantidad necesitan de nuestro banco?
¿Qué intereses están dispuestos a pagar?
¿Cuál sería el plazo para el reembolso del capital?
Tiene delante a los hermanos Lehman, por si no lo ha advertido:
mi padre Emanuel y mi tío Mayer (hablo en su nombre)
aceptarían invertir en ferrocarriles
única y exclusivamente
si el rédito para el banco alcanza los siete ceros.
Millones, caballero, supongo que me explico bien.
Si ésa es también la unidad de medida para ustedes,
el ferrocarril podrá llevar el nombre de los Lehman
y les diremos "¡constrúyanlo!".
Si por el contrario prefieren los dibujos,
les ahorramos el apuro de confesarlo; dicho lo cual, con su permiso
y teniendo otras inversiones que atender,
le presentamos nuestro respetos,
distinguido míster Davidson,
y adiós, muy buenas».

«Un momento, por favor. ¿Usted es...?».

«Philip Lehman».

«Señor Lehman, nos habla de financiar los ferrocarriles:
¿eso implica acciones o bonos emitidos por ustedes para reunir el
    capital?».

«Ilustre míster Davidson, ¿acaso nos confunde con una casa textil?
O aún peor, ¿con mayoristas de café? ¿Qué creen tener frente a
    ustedes?
¿Mercaderes de carbón o la camarilla del gas?
Mi padre Emanuel y mi tío Mayer, aquí presentes,
conciben,
en efecto,
bonos que nosotros colectaremos:
quien los suscriba nos dará un dinero
que le reportará dividendos a un bajo interés.
Mientras tanto
ustedes contarán con un capital que nos devengará notables intereses.
En esa diferencia está el beneficio.
Para nosotros, cierto,
pero también para ustedes».

«United Railways propone una retribución de cinco millones».

«Distinguido señor, ni mi padre ni mi tío, aquí presentes,
han venido para soportar un escarnio tan vejatorio.
Ya noto en sus ojos una huella de hastío. Por si no lo ha advertido,
en nuestro nombre figura el término BANCO, no INSTITUCIÓN
    BENÉFICA.
Y, como ya le he indicado, los bancos razonan con siete ceros,
lo cual se traduce en un margen de diez millones: el doble».

«Sólo estoy autorizado a ofrecer siete».

«Mi padre Emanuel y mi tío Mayer no bajarán a nueve».

«United Railways no puede pasar de ocho».

«Distinguido señor, permítame evitar el sórdido juego del regateo.
Estoy completamente seguro de que usted será el primero
en no envilecerse hasta ese extremo.
Lehman Brothers tiene a gala una historia gloriosa:
no deseamos presentarnos ante ustedes

como si estuviéramos en una frutería.
El único punto de acuerdo es diez millones sin un centavo menos.
Dicho lo cual,
en el caso de que United Railways considere esa cifra disparatada,
lo exonero por dignidad de comunicárnoslo
porque ni mi padre Emanuel ni mi tío Mayer, aquí presentes,
están dispuestos a ser humillados como si vendieran algodón.
De modo que si acepta los diez millones,
cerremos el acuerdo dándonos la mano,
pero si no los acepta,
démonos la mano en señal de eterna despedida».

Eso es.

Se estrecharon las manos.

Sin que, a decir verdad,
ni Mayer ni Emanuel
comprendieran exactamente
si era un apretón de concordia o un apretón de adiós.
Daba igual: se estrecharon las manos.
Durante largo rato.
Aunque no entendieran por qué se las estrechaban.

Pese a ello, que Philip sonriese
los reconfortó sobremanera
dándoles la certeza
de que había ocurrido algo importante
y eso esbozó sobre los rostros de todos
la sonrisa satisfecha
de las ocasiones históricas.

Desde aquella noche,
Emanuel Lehman
ya no durmió en el sillón,
sino acostado en su cama.
No temía a ningún tren
porque su cochero
se había convertido
insospechadamente
en jefe de estación.

Y algo más.
Lehman Brothers

se veía como un convoy
remolcado por una potente locomotora
y no había
a esas alturas
ninguna ruta
vedada para el banco.

En orden temporal,
el primer tren
partió de la décima fila en el templo
y los condujo a la quinta posición.
Emanuel y Mayer se asomaron por las ventanillas
festejando el éxito como dos niños
y fue tal el jolgorio
que nadie tuvo el coraje de recordárselo:
Philip Lehman sería mayor de edad al día siguiente
y el pacto con la tía Rosa entraba de lleno en vigor.

O sea:
a la locomotora denominada LEHMAN BROTHERS
estaban subiendo
tres nuevos ferroviarios.

El primero era un trompo insonoro.

El segundo parecía un conejito.

El tercero era Philip Lehman. Punto y aparte.

13
Wall Street

Dígase lo que se quiera,
pero nadie puede afirmar que un trío de primos
entre los veinte y los treinta
esté plenamente facultado
para regir una empresa.

Éste poco más o menos
es el tenor de los pensamientos
con que un brazo y una patata
se despiertan cada mañana.

Hemos encarrilado
el banco de la familia
sano y salvo
a través de una guerra
y desde Alabama hasta la Gran Manzana:
¿por qué vamos a echarnos
ahora atrás?
¿Para que la tía Rosa tenga la última palabra?

Las altas finanzas
no son bagatelas
para principiantes.

Prueba de ello
fue aquel día
en que un conejito más rojo que un tomate
y sudando la gota gorda por la emoción
hizo
su primera entrada
en la bolsa de Wall Street,
donde los financieros
(incluso los más ponderados y serenos)
tragan quina
y se lanzan cuchillos a la yugular.

A las diez de la mañana,
bajo el cable
sobre el que Solomon Paprinski
camina en equilibrio,
se vio comparecer
a un cuarteto formado
por Emanuel Lehman
con su hijo Philip
y Mayer Lehman
con su hijo Sigmund.

Los tres primeros vestidos de negro,
el cuarto con un traje claro

y sin sombrero
para no descomponer la raya del pelo
que se peina constantemente.

Los tres primeros con miradas adustas
(casi preceptivas en Wall Street),
el cuarto con la típica expresión
(entre risueña y ansiosa)
de un niño
cuando se estrena en la escuela.

Los tres primeros en actitud combativa,
el cuarto siempre abierto a las sonrisas
que reparte como caramelos
sin hacer distinciones
entre enemigos, aliados e incluso traidores.

Los tres primeros con los labios sellados,
el cuarto con azúcar en el mentón,
residuo matutino
tras la primera tanda de rosquillas.

Los tres primeros sabedores de dónde están.
El cuarto en la higuera, tan desubicado
como un minino
que va al encuentro de una jauría.

Durante el trayecto,
sin embargo,
Sigmund fue aleccionado
con pelos y señales
sobre la conducta pertinente
en quienes franquean ese umbral.

Como dice su tío Emanuel,
la bolsa de valores es una consulta médica
donde cada día
se hace un escrupuloso examen
de toda la banca
y las empresas cotizadas
    («ya lo veo, señor tío: lo he comprendido»).
Pero si un doctor
te ausculta el tórax

para determinar
tu estado de salud,
en Wall Street
no se inquiere por el bienestar de nadie,
sino
por el grado de confianza
que cada uno acredita en el mercado.
«Querido Sigmund, en los negocios
decir "confianza"
equivale a decir "fuerza"
porque
nadie con dos dedos de frente
deposita su dinero
en un cajón
que tiene la cerradura rota.
La mecánica es igual,
no hay diferencia alguna:
el sistema financiero
decide según las circunstancias
en que cajón
estarán más seguros sus capitales
y para hacerlo
revisa las cerraduras,
la resistencia de la madera,
la forma de las llaves
y sobre todo
va preguntando
sin clemencia
cuál ha sido la reputación del cofre
a lo largo del tiempo».

«Ya lo veo, señor tío: lo he comprendido.
Está clarísimo y se lo agradezco».

«Insisto, Sigmund:
la confianza es fuerza,
de ahí que se defienda con uñas y dientes».

«Con uñas y dientes, señor tío: no cabe duda».

Ya. Con uñas y dientes.
Éste es el motivo,
agregó Mayer,

por el que Wall Street
parece una lonja de pescado:
cada uno vocea las ventajas de su tenderete,
cada uno se desgañita para vender sus atunes,
cada uno alaba sus boquerones,
cada uno desprecia los besugos ajenos
y basta una caja de sargos
ofrecida a mitad de precio
para cambiar sin saber cómo,
inexplicablemente,
la suerte comercial
del arenque o la lubina.

«Tengo en la cabeza el cuadro perfecto, señor padre:
ya estoy preparado para cumplir con mi deber».

«Tu deber es esquivar las cuchilladas
—concluyó su primo Philip
poco antes de doblar la esquina—.
Recapitulemos:
sólo existe una receta
para sobrevivir en Wall Street
y es no morder el polvo,
donde por lo cual se entiende
que no debe haber ni un solo instante
en que el bolsista suelte la presa:
quien se detiene está perdido,
quien se toma un respiro está muerto,
quien se relaja será pisoteado,
quien se para a pensar lo lamentará amargamente,
así que desnuda la espada y ánimo, querido Sigmund:
el banquero es un gladiador
y ésta es su arena.
No dudo de que estarás a la altura.
Si así no fuera rememora esto siempre:
más vale la risa histérica
que el llanto desconsolado
y el locuaz bate al balbuciente.
En líneas generales,
exagerando rara vez te equivocas.
Si algo se tuerce,
jamás digas que eres un Lehman.
Si en cambio

todo va bien,
pregónalo a los cuatro vientos.
Si te sale el tiro por la culata,
conviene
que tengas un nombre falso en la recámara
prevenido para el caso,
te aconsejaría Libermann o Kaufmann,
da lo mismo uno que otro
porque ambos son enemigos, tú eliges.
¡Ah, otra cosa! Si te llegara a acometer la angustia,
evita a toda costa la humillación:
no busques ayuda porque no la encontrarás,
obra pues de forma cautelar
y enciérrate en un retrete
(con llave a ser posible).
No hay más, querido primo, eso es todo:
no me busques si necesitas algo.
Wall Street te aguarda,
disfrútalo».

A Sigmund Lehman
se le encogió el estómago
apenas puso un pie
en el templo de Wall Street.

Desde la indecible altura
de los ventanales
una luz imprevista,
blanca como la leche,
descendía sobre las cosas
y todo lo alumbraba.
Frente a ella,
ni la voluntad más firme
habría impedido
que a cada instante
te abofetearan
las facciones
de aquellos rostros tan iguales y tan diversos
multiplicados hasta el infinito,
tanto como los dividendos, los valores y los precios
que anotaban
en sus cuadernos.

Nunca jamás
habría creído Sigmund
que sobre la faz de la Tierra
hubiese un lugar
donde la aritmética
se encarnaba en una religión
cuya liturgia,
cantada a grito limpio,
era un rosario de letanías numéricas.

La primera conversación que oyó
(entre dos energúmenos barbudos)
fue como sigue:
«Hola, Charles».
«Buenos días, Golfaden».
«¿Aplicas el 12 con 70?».
«El 14 con 10».
«¿Neto?».
«Y el 3 y medio a cuenta de gastos».
«¿11 con 10 multiplicado por cuánto?».
«Por 91, 94 como máximo».
«Has hecho un incremento del 2%».
«Tras una rebaja del 4».
«Pero yo te aplico el 12,45».
«Si hay beneficios».
«Contigo no se puede hablar».
«Pues entonces hasta la vista».

Absorto en este ábaco,
Sigmund ya se había aislado:
los otros Lehman andaban dispersos entre el gentío
y los números brincaban por doquier:
el hierro se vendía a 13,
el carbón a 5 con 30,
el petróleo bajó a 24 con 6
    al menos hasta que el esqueleto
    de un cuarentón resucitado se levantó
    como un resorte de su poltrona chillando «¡al alza, al alza!»
    y la cifra enchufada a OIL sobre un tablón
    pasó de 24,6 a 24,62.
El café se había estancado en 2 con 12,
el gas remontó el vuelo hasta un 11 con 70,

el sector ferroviario fluctuaba en torno a 3 puntos
y por lo que respecta al tabaco, estaba en fase *down*.

En aquella tolvanera de cifras,
up y *down*
parecían
las únicas palabras autorizadas,
como si todo lo divino y lo humano
sólo pudiera
subir o bajar,
subir o bajar,
subir o bajar.
Up, up, up!
Down, down, down!
Up, up, up!
Down, down, down!

Sigmund Lehman
no pudo evitar preguntarse
si él mismo
    como individuo,
    como organismo biológico,
    como criatura sentiente
estaba en fase UP o en fase DOWN
e irremediablemente se decantó
por la segunda opción.

Porque es fama que el ser humano
(género al que pertenecen ciertos conejos)
se tiende a veces trampas a sí mismo
como esos pintores
que debiendo pintar un retrato
se dejan subyugar
por un mechón de pelo,
por una nariz aguileña
o por la curva de una barbilla
y
se concentran hasta tal extremo
en ese detalle
que persiguiéndolo se extravían
y ya nada más existe para ellos.
Algo así le sucedió a Sigmund Lehman,

que a los diez minutos
empezó a verse cercado
por mandíbulas y dientes, sólo eso:
bocas desatadas
con la aviesa intención de triturarlo
como si fuera un conejillo
caído por error
en el estanque de los caimanes.
Y para colmo a la hora del almuerzo.

Desagradable.
Porque
si al describir Wall Street
todos le hablaban de fieras,
Sigmund,
por decirlo de algún modo,
no había captado bien el sentido
imaginando
no la jungla,
sino un jardín zoológico
donde hay fieras ciertamente,
pero a buen recaudo en jaulas.

Éstas, sin embargo, campaban a sus anchas.

Y él estaba en medio.

Sus neuronas se rascaron
y saltó una chispa:
echó a correr.
Los números se le adherían como pegamento:
de la espalda se quitó un 13,8
mientras dos pares de 99s le chapaban las rodillas;
el brazo derecho era víctima de los múltiplos de 7
y los dedos de un 11.111;
iba a arrancarse los 8s de los ojos
cuando ya su pecho
fermentaba por dentro
y bajo su camisa
notó el estallido de un
48.795.672,452
dado lo cual

imploró un armisticio a las tropas de Pitágoras
y jadeante,
rojo como un tomate y sudando la gota gorda por el pánico,
buscó refugio tras un ánfora llena de flores,
unas esplendorosas, otras marchitas
o, mejor dicho,
unas *up* y otras *down*.

El Cielo bendice a sus hijos de cuando en cuando.
O al menos eso parece.

Porque ocurrió que justo allí delante
se detuvo
su primo Philip
con un fulano todo ojos
financiero de Nuevo México:
Philip le pidió lumbre para su cigarro
haciendo una seña con dos dedos
y el solícito personaje lo atendió complacido.
Entonces se inició un coloquio.

Sigmund se acurrucó en su escondrijo
haciéndose uno con el ánfora de alabastro:
su traje blanco ayudaba a mimetizarlo.
E invisible alargó el oído.

Philip era un auténtico maestro.
Ensartó uno tras otro
los motivos por los que Lehman Brothers ocupaba la cima:
hegemonía en la industria,
éxito en el comercio,
red de alianzas,
aluvión de contratos
y así con los trenes, el petróleo o el carbón
suscitando un manifiesto interés en su interlocutor;
y cuando a modo de confidencia se le preguntó
si por un casual sabía algo
sobre las andanzas de un tal David, ese zascandil
que se había ennoviado
con doce de una tacada,
Philip ni se inmutó:
«Claro que sí. Una atrocidad, una infamia:

hay canallas detestables en las altas finanzas.
Ahora se lo cuento con pelos y señales...».

Y para gran estupor de Sigmund
pasó a narrarle
la odisea amorosa
de un tal David Libermann
«o quizá no: era hijo de los Kaufmann,
pero en fin, viene a ser lo mismo».

El relato de su primo,
espiado entre pétalos y cálices,
fue una verdadera lección
para Sigmund Lehman.
Y esto lo reanimó.
Es más:
se sintió de repente preparado
y puso el signo *up* en su propio motor interno.

Arreglada la corbata,
bien peinada la raya del pelo
y alisadas laboriosamente las arrugas de sus mangas,
abandonó el quiosco de florista
adoptando un cierto aplomo financiero.

El Cielo bendice a sus hijos de cuando en cuando.
O al menos eso parece.

Divisó en una esquina
a un anciano muy bien trajeado
con una chistera de palmo y medio.
Podía ser de Míchigan
o tal vez de Nueva Jersey.
Daba igual,
fuera cual fuese su origen
decidió que allí mismo retomaría la buena senda.
Se aproximó.

Con la seña de los dos dedos
le pidió lumbre para un cigarro
y el viejo accedió de buen grado
alargándole el fósforo encendido.

Lástima que Sigmund no fumase
y no hubiera ni rastro de puros en sus bolsillos.

Mas fue sólo un aprieto pasajero:
con un portentoso brinco desde el *down* al *up*,
el conejillo reaccionó brillantemente
simulando que se había despistado
y con un tono muy verosímil
se maldijo
por haber dejado la cigarrera
en la mesa de las negociaciones.
El anciano asintió:
sin duda era un experto
en las bromas que gasta la memoria,
por lo cual rieron jovialmente
y se abrieron las puertas del paraíso.

Sigmund jugó todas sus cartas.
Como un muchachote emprendedor
comenzó a enumerar las pompas del banco:
hegemonía en la industria,
éxito en el comercio,
red de alianzas,
aluvión de contratos
y así con los trenes, el petróleo o el carbón
en un *crescendo* entusiasta
de tal calibre
que se aglomeró una pequeña multitud
atraída por el insólito espectáculo
de un conejo
que promocionaba sus zanahorias.

En cuanto al anciano,
éste lo miraba sin decir palabra
embrujado por tamaña exuberancia.

Viendo la expectación que lo rodeaba,
el joven Lehman
echó más lubricante en los cilindros:
rojo como un tomate y sudando la gota gorda por la emoción
ni siquiera advirtió cómo vociferaba
para exaltarle al viejo

(en un tono ligeramente hiperbólico)
«el marchamo de un coloso financiero
que quedará inscrito en los anales de los siglos por venir:
algún día, insigne colega, la divisa de Lehman Brothers
acabará figurando en la bandera americana
pues no habrá ciudadano en el mundo
que deje piedra sin remover, insigne colega,
con tal de guardar medio dólar
en nuestras cámaras acorazadas,
más seguras que el propio Capitolio.
Pero ahora cuénteme, insigne colega,
¿cuál es el sector financiero donde usted opera?
Y si hablásemos de cifras,
¿en cuánto calcularíamos la inversión?».

Y mientras paladeaba la respuesta
suponiendo que aquel abuelo
era el patrón de la Studebaker
o el magnate de la Vehicle Company,
una mano tajante
lo agarró por la chaqueta
para apartarlo de la triunfal batalla.

Eran Philip y Emanuel:
«¿Se puede saber qué mosca te ha picado?».

«Iba a ultimar una alianza financiera.
¿A qué viene esta interrupción?».

Mas la pregunta no fue contestada:
en lugar de elogiarlo,
tío y primo
corrieron echando leches hacia al salida
entre los flancos de una turbamulta
que se tronchaba de risa.

A Mayer, su padre,
le tocó la ingrata misión de darle la noticia:
«Ése era el ujier, Sigmund.
Y por si fuera poco, además es sordo».

14
Der kartyozhnik

Yehudá ben Temá
escribe
en el *Tratado de los padres*:
«A los dieciocho años pensarás en casarte,
los veinte son para avivar el paso,
los treinta para fortalecerse
y los cuarenta para ser más astuto».

Philip Lehman
ha rellenado todas las casillas,
ni una queda hueca.
Porque Philip Lehman
no permite que nada se le vaya de las manos.
Desde los dieciséis años
tiene una agenda
siempre abierta sobre el escritorio
donde consigna en letras de molde
todos sus problemas
y donde día tras día
debe escribir en letras de molde
también las soluciones.

LA SOLUCIÓN ESTÁ LISTA, SÓLO HAY QUE HALLARLA
es el enunciado
que Philip Lehman ha escrito
con letras de molde
en la primera página
de cada agenda.
Se le ocurrió ponerlo
aquel día en Liberty Street,
cuando apareció
por la esquina de la calle
un enano con chistera
y vestido de amarillo
que sobre una caja de fruta
hacía el truco de los tres naipes.
Philip se quedó allí durante horas,
quieto,

observando inmóvil
al trilero:
casi nadie ganaba la apuesta,
la carta vencedora permanecía oculta.
Y sin embargo allí estaba:
entre las tres
seguía
tapada,
pero allí estaba.
Al alcance de la mano.
Sencillísimo.
Basta con voltear la carta justa.
Sencillísimo.
¿Qué hace falta?
Para voltear la carta justa
basta con no distraerse.
Philip perseveró aquel día:
soldó la mirada a los veloces dedos del enano,
fijó sus ojos sobre aquellas manos
    («¡no te distraigas, Philip!»)
implacablemente
    («¡no te distraigas, Philip!»),
sobre los naipes
    («¡no te distraigas, Philip!»),
escudriñó los movimientos
    («¡no te distraigas, Philip!»).
«¡Ésta es la carta vencedora!»

Y cantó victoria.

No fue la suerte, lo sabía.
Fue la técnica.

Philip no intentaba ganar:
había *decidido* ganar.

Desde entonces,
desde aquella fecha,
Philip Lehman no se distrae.
Persevera, es implacable,
no admite excepciones:
sabe que la carta vencedora no se le escapará
si está al acecho.

Escudriñar los movimientos,
observar los dedos del enano,
vigilar la trayectoria de los naipes,
tener el control,
tener el control,
control,
control,
control
como jugando al tenis
se logra que la pelotita
esté siempre entre las líneas de la pista,
contenida,
recuadrada,
controlada.

Philip, en efecto, tiene todo el control.
¡Y tanto que lo tiene!
Es infalible.
Porque su existencia
nunca se escribe en cursiva:
siempre con letra de imprenta.

A los veinte años
(que para Yehudá ben Temá es la edad de la prisa),
el vertiginoso Philip corrió
(¡y tanto que lo hizo!)
como una exhalación
detrás de los trenes futuros.
En su agenda escribió
con letras de molde
FERROCARRIL = CAPITALES, CAPITALES = LEHMAN
y
(sin perder de vista los dedos del enano)
entre todas las vías férreas financiables
seleccionó aquéllas que van de este a oeste,
no las que van de norte a sur,
porque
(sin perder de vista los dedos del enano)
Philip Lehman comprendió
que la nueva frontera era el eje este/oeste.
¿Para qué sirve ya el sur?
El sur es un recuerdo, nada más.
Y si encima hay miles de chiflados

que ahora emigran al oeste
en busca de oro, miel sobre hojuelas:
nada mejor que darles un tren.
Una inferencia bien hilada.
Soluciones al alcance de la mano.
«¡Ésta es la carta vencedora!».

Y de nuevo cantó victoria.

¿La suerte?
No,
la técnica.

A los treinta años
(que para Yehudá ben Temá es la edad de la fuerza),
Philip Lehman se fortaleció
(¡y cómo lo hizo!)
gracias a los pozos petrolíferos de tierras lejanas.
En su agenda escribió
con letras de molde
INDUSTRIA = ENERGÍA, ENERGÍA = PETRÓLEO
y entre todos los yacimientos financiables
no seleccionó los tomados por todos al asalto,
que muy pronto se agotarían:
él
(sin perder de vista los dedos del enano)
sondeó nuevas bolsas en Alaska o Canadá,
entre los hielos:
porque
(sin perder de vista los dedos del enano)
Philip Lehman comprendió
que conviene llegar primero
adonde nadie ha ido
y plantar allí la bandera.
Una inferencia bien hilada.
Soluciones al alcance de la mano.
«¡Ésta es la carta vencedora!».

Y de nuevo cantó victoria.

¿La suerte?
No,
la técnica.

Después,
a los cuarenta años
(que para Yehudá ben Temá es la edad de la astucia),
Philip Lehman se hizo más ladino
y escribió
en su agenda
con letras de molde
(ésta es su obra maestra)
SIGLO XX = NEUROSIS, NEUROSIS = FRUICIÓN INMODERADA
y entre todas las adicciones financiables
no seleccionó aquélla que estaba más en boga;
a saber: el alcohol
de los destiladores
(todos judíos),
demasiado simple.
Philip
(sin perder de vista los dedos del enano)
puso el ojo en la National Cigarettes,
sin duda una apuesta sagaz
porque los cigarrillos son pequeños, son para todos,
serán como el pan nuestro de cada día
y si quieres llenar las alforjas
debes ir a las cosas más simples
antes de que se vuelvan simples.
«¡Ésta es la carta vencedora!».

Y de nuevo cantó victoria.

«No es la suerte, tesoro:
es sólo técnica, ¿sabes?
Sólo técnica».

Eso le dice Philip
a su mujer
después de cada nueva incursión.

Llevan largo tiempo casados.
Porque recién cumplidos los dieciocho,
a la mañana siguiente del cumpleaños,
Philip Lehman
escribió en su agenda:

RESOLVER PROBLEMA MATRIMONIO
↓
ELEGIR UNA ~~BUENA~~ ESPOSA <u>ADECUADA</u>

Tras concienzuda reflexión,
Philip Lehman
(sin perder de vista los dedos del enano)
concluyó que los requisitos esenciales eran éstos:
ser una chica afable y dócil,
no ser propensa al gasto,
preferir el té al café,
no ser sufragista,
apreciar el arte,
pertenecer a una familia de igual categoría,
etcétera, etcétera.
Una lista razonada
con unos cuarenta artículos
(entre lo espiritual y lo doméstico)
escritos en letras de molde
y puntuados del 1 al 5
para un total hipotético de 200 puntos
definible como la
ESPOSA PERFECTA.

Control.
Control.
Control.

Mas no satisfecho con lo anterior,
Philip Lehman planeó
una prolija y esmerada táctica
para investigar
un florilegio de doce candidatas
por él mismo elegidas espigando los nombres
en el elenco de los benefactores que sostenían el templo.

El número doce
no era accidental
pues Philip convino consigo mismo
que dedicaría un mes
al cuidadoso estudio de cada una:
al cabo de los doce meses
que integran un año

(y sin perder de vista los dedos del enano)
podría considerar resuelto
el tema MATRIMONIO
y pasar
por tanto
a otros asuntos
con mejor rendimiento.

Arrancó así
un año matrimonial
cuyos pormenores
fueron escrupulosamente
anotados
en la agenda
con letras de imprenta
(y según un esquema fijo):

MES: SHEVAT
CANDIDATA: ADELE BLUMENTHAL
PORTE: DESALIÑADO
ESPÍRITU: TEDIOSO
CULTURA: ACADÉMICA
SÍNTESIS: VIEJA PREMATURA
PUNTUACIÓN: 60 SOBRE 200.

MES: ADAR
CANDIDATA: REBECCA GINZBERG
PORTE: BATALLADOR
ESPÍRITU: CORROSIVO
CULTURA: SARDÓNICA
SÍNTESIS: GRAN PEREZA
PUNTUACIÓN: 101 SOBRE 200.

MES: NISÁN
CANDIDATA: ADA LUTMAN-DISRAELI
PORTE: AUSTERO
ESPÍRITU: CEÑUDO
CULTURA: MÁXIMA
SÍNTESIS: UN RABINO
PUNTUACIÓN: 120 SOBRE 200.

MES: IYAR
CANDIDATA: SARAH NACHMAN

PORTE: INFANTIL
ESPÍRITU: PRIMAVERAL
CULTURA: PRECARIA
SÍNTESIS: INMADURA
PUNTUACIÓN: 50 SOBRE 200.

MES: SIVÁN
CANDIDATA: PAULETTE WEISZMANN
PORTE: SOMBRÍO Y MALICIOSO
ESPÍRITU: ERRÁTICO
CULTURA: INSONDABLE
SÍNTESIS: UN RIESGO
PUNTUACIÓN: 30 SOBRE 200.

MES: TAMUZ
CANDIDATA: ELGA ROSENBERG
PORTE: APARATOSO
ESPÍRITU: ENVARADO
CULTURA: BÁSICA
SÍNTESIS: MUÑECA DE PORCELANA
PUNTUACIÓN: 71 SOBRE 200.

MES: AV
CANDIDATA: DEBORA SINGER
PORTE: GAFOTAS
ESPÍRITU: INTELECTUAL
CULTURA: SUPERIOR
SÍNTESIS: UNA PEDANTE
PUNTUACIÓN: 132 SOBRE 200.

MES: ELUL
CANDIDATA: CARRIE LAUER
PORTE: CIRCUNSPECTO
ESPÍRITU: TIBIO
CULTURA: MEDIA
SÍNTESIS: HOGAREÑA (BUENA SOPA)
PUNTUACIÓN: 160 SOBRE 200.

MES: TISHRÉI
CANDIDATA: LEA HELLER HERZL
PORTE: COCHAMBROSO
ESPÍRITU: MELANCÓLICO
CULTURA: AL FONDO

SÍNTESIS: LÁGRIMA FÁCIL
PUNTUACIÓN: 70 SOBRE 200.

MES: JESHVÁN
CANDIDATA: MIRA HOLBERG
PORTE: LÁNGUIDO
ESPÍRITU: AFECTUOSO
CULTURA: MODESTA
SÍNTESIS: MUCHO MELINDRE
PUNTUACIÓN: 140 SOBRE 200.

MES: KISLEV
CANDIDATA: LAURA ROTH
PORTE: VISTOSO
ESPÍRITU: FESTIVO
CULTURA: POR AQUÍ Y POR ALLÁ
SÍNTESIS: RÍE DEMASIADO
PUNTUACIÓN: 130 SOBRE 200.

MES: TEVET
CANDIDATA: TESSA GUTZBERG
PORTE: FEMENINO
ESPÍRITU: PLÁCIDO
CULTURA: MÁS QUE ELEVADA
SÍNTESIS: PERFECTA
NOTA: NO PUEDE TENER HIJOS
PUNTUACIÓN: SUPERFLUA

ÉPILOGO: 160 SOBRE 200
↓
CARRIE LAUER
↓
PEDIR CITA MAÑANA CON
MÍSTER BERNARD LAUER

«Distinguido míster Lauer,
gracias, en primer lugar, por recibirme.
Imagino que ya conoce la razón de esta visita
por cuanto Carrie,
una muchacha adorable,
es la única de sus hijas todavía soltera.
Podría usted argüir que aún somos jóvenes,
pero le diré que si debo unirme en matrimonio para el resto de mi vida

quiero hacerlo con una ristra de años
por delante,
no por detrás.
También podría usted argüir que no ha habido oportunidad
para que nazca el verdadero cariño entre nosotros,
en cuyo caso pondré como ejemplo el motor de explosión
porque sucede que yo
(justo yo)
persuadí
tiempo atrás
a mi padre y a mi tío
para que invirtieran en el mercado automovilístico
sin saber que se estaba patentando
un nuevo motor de combustión interna
que a todas luces nos procuraría réditos apreciables;
de ello se colige,
distinguido míster Lauer,
que no siempre la causa precede al efecto
y por ello también que el amor puede florecer tras las nupcias
sin que ese sentimiento anteceda al enlace matrimonial.
Si su opinión concuerda con la mía podemos
pasar a ocuparnos de una boda decente.
Si en cambio prefiere aguardar a no sé qué,
le ahorro el apuro de anunciármelo.
Dicho esto,
con su permiso
y teniendo otros asuntos que atender,
le presento mis respetos,
distinguido míster Lauer,
y me despido».

La boda
se celebró
(tras los reglamentarios esponsales)
en el plazo y del modo
establecidos con letras de molde
sobre la agenda de Philip Lehman.
Todo lo consignó,
nada dejó al albur de la improvisación,
desde el color de la jupá
a la vajilla para el convite
sin excluir los nombres de los camareros.

Carrie Lauer,
por su parte,
demostró ser desde el primer día
la esposa idónea:
madre idónea,
ama de casa idónea,
nuera idónea
e idónea benefactriz.
Ni más
ni menos.

Y Philip Lehman
reconoció
por enésima vez
que había volteado
la carta justa.

«No es la suerte, tesoro:
es sólo técnica, ¿sabes?
Sólo control».

15
Der stille Pakt

Sigmund Lehman
entra exultante cada mañana
en el edificio blanco y negro
donde Lehman Brothers empuña el cetro de América.

Cada mañana
saluda cordialmente a los empleados en sus ventanillas,
da tres dólares de propina al limpiabotas
y,
tras subir por la escalera a su despacho,
entrega su abrigo
a miss Vivian Blumenthal,
que ejerce de secretaria.

Entre los cometidos
de miss Blumenthal
se incluye
que nunca falte una taza de café
esperando sobre el escritorio del jefe:
no siempre lo recuerda
y Sigmund le hace una seña sonriendo.

También Dreidel Lehman
entra cada mañana
a la sede de Liberty Street 119,
pero guarda silencio.
Se sienta en su despacho
tras un escritorio de caoba maciza
y enciende el primer puro de la jornada.

Antes del anochecer
se habrá fumado cuatro.

El primero cubre la franja matutina
dedicada a la revisión de cuentas.
El segundo
coincide con el almuerzo,
que se consagra a los asuntos exteriores:
Dreidel asiste con un candado en la boca,
pero sin perder ripio
y envuelto en la neblina de su humo.
El tercero se disfruta por la tarde
y el joven lo saborea despacio
mientras lee la prensa
marcando con un lápiz rojo
posibles horizontes de expansión.
El cuarto cigarro, por fin,
se lo fuma en soledad,
cuando ya ha salido el último empleado,
y a menudo sosteniendo entre las manos
un pisapapeles
en forma de globo terráqueo
que su padre Henry usaba
medio siglo antes
para que no se volaran las cuentas del algodón.

Ahora que sus tíos Mayer y Emanuel
han confiado las riendas del banco a hijos y sobrino,
Dreidel Lehman es el socio más viejo.
Y decirlo tiene guasa
pues no hay canas que adornen su pelo.
También resulta algo cómico
que lo llamen
presidente
durante esas largas reuniones
en que los tres primos
se sientan
codo a codo
en la cabecera de la mesa,
aunque al final sólo Philip toma la palabra
frente a los consejeros.
Sigmund no habla porque más vale que calle.
Dreidel no habla porque no quiere o no puede.

Pese a todo se rumorea
en los círculos más informados
que el taciturno hijo de Henry
deja oír su voz, y mucho,
pero emplea una lengua afónica
que suple las emisiones labiales
y haciendo así
economiza aliento.
Una nueva forma de ahorro.

Se debe a Dreidel,
por poner un ejemplo,
que Lehman Brothers
haya invertido en la
venta por catálogo.

Una idea en el más puro estilo Dreidel.
Porque si entrando
en unos grandes almacenes
debes pronunciar al menos
cinco o seis palabras,
        la primera de las cuales será un HOLA,
        la última un ADIÓS
        y entre medias algo como NECESITO ESTO,

no se requiere en cambio
la más mínima actividad oral
para hojear el catálogo de Sears
y pedir por correo
las cazuelas de la página 78:
un comercio sordo
concebido para ermitaños
y resueltamente auspiciado
por la peonza muda,
que presentó ante los primos
un legajo de tres dedos
con recortes de prensa:
la voz de América
(ya que por fortuna ella sí habla)
reclama finalmente la instauración
del *shopping* a gran escala
y en gran medida simplificado,
tal vez teniendo en cuenta
que hay miles de familias
desperdigadas por ranchos y cabañas
en montes y desiertos remotos
a cientos de millas
de la primera tienda clásica.
¿Queremos que no compren jamás?
¿Queremos marginarlos
en la gran trapisonda del comercio?
Además,
ahora que las fábricas dan a todos
un puesto de trabajo
y los obreros gastan sus nutridos estipendios,
¿hay algo más práctico
que comprar todo lo habido y por haber
hojeando un catálogo postal?

¡Bravo, Dreidel!
Lehman Brothers
invertirá su plata
en un ejército, pero no de soldados,
sino de carteros
y almacenistas.

Eso de la venta a distancia
no desagrada a los viejos Lehman.

Y no sólo porque
los ha trasladado
desde la quinta a la cuarta fila del templo,
la más golosa atalaya
sobre los gendarmes del oro:
en la tercera los Hirschbaum, gordos como lingotes,
justo delante los Goldman, que tintinean como monedas,
y por fin los Lewisohn, relumbrando en la vanguardia.

Ninguna de estas tres familias
comprará sus cazuelas
en los catálogos postales.
La duda ofende.

Pero Mayer sí,
se empeñará en hacerlo
porque eso al menos
es de verdad un STOCK EXCHANGE:
allí sí hay compraventa
e invertir en ese sector
es un placer para la vista.

No como esas *obligaciones*
que extasiaban a Philip:
temerarios papelillos
repletos de números,
hojitas que los chupatintas de la Lehman
sueltan a granel
para
financiar los trenes del mañana,
los edificios del mañana,
las industrias del mañana
y así un porrón de cosas,
siempre
todas
del mañana,
del mañana,
del mañana
como rezan los anuncios
que Philip ha hecho imprimir
y pegar sobre los muros
de Nueva York o donde sea:
de toda América si hace falta.

¿Obligaciones?
Inventos modernos.

El dinero, cierto, llega al banco.
Philip sostiene que en tromba y a puñados,
más que con los tres viejos COs:
COtton-COffe-COke,
que ya son chismes prehistóricos.

Mayer sonríe. Asiente.
Emanuel hace igual.

Pero en realidad
ninguno de los dos
sabe exactamente
qué diablos se cuece
dentro de aquel cuarto
que en otro tiempo era de Mayer.
Ahora esa puerta luce la placa PHILIP LEHMAN
mientras que los viejos tienen
dos escritorios en el mismo despacho
un piso más arriba.

Sólo un hecho
les quedó claro a ambos
cuando a las oficinas de Liberty Street 119
acudió
Charles Dow,
el joven periodista
que incluso le ha dado
un diario a Wall Street.

Charles Dow
fue allí
para entrevistar
a los dos presidentes eméritos.
Philip se sentó
al fondo de la sala
y escuchó la plática con impasible cara de póker.
Cuando la pregunta fue
«si el banco fuera una tahona,
¿cuál sería la harina?»,
Emanuel dijo

«¡los trenes!»
y Mayer
«¡el tabaco!».
Emanuel añadió
«¡el carbón!»
y Mayer apostilló
«al principio el algodón».

Entonces
Philip
alzó una voz entrometida
para glosar las Escrituras
como el jovencito que en su Bar Mitzvá.
es acogido por los mayores del templo:
«Distinguido señor Dow,
la harina por la que inquiere
no es
ni el comercio
ni el café
ni el carbón
ni el hierro de los raíles:
ni mi padre ni mi tío, aquí presentes,
tendrán empacho alguno en decirle que somos negociantes
de dinero.
Mire usted, la gente común
sólo usa el dinero para comprar objetos,
pero quienes (como nosotros) poseen un banco
lo usan
para comprar dinero,
para vender dinero,
para prestar dinero,
para cambiar dinero
y, créame,
nosotros
con todo eso
amasamos nuestro pan».

Mayer sonrió.
Emanuel hizo lo mismo.

Como dos panaderos
que se han perdido
camino del horno.

Envuelto en la niebla del cigarro posmeridiano,
Dreidel Lehman asistió a la escena,
pero su semblante
nada traslucía:
que su primo hablase por él,
le cedía gustoso la palabra.

Por otro lado,
la concesión de créditos es un terreno
donde Lehman Brothers corta el bacalao:
Philip se ocupa
personalmente
poniendo su firma
y avalando las garantías.

La fórmula es sencilla:
el banco que tiene un deudor
vende ese préstamo a otro,
que lo compra a un precio más bajo.
«En otras palabras
—le explica Philip a su padre—,
si tú me debes diez dólares
y yo temo que no me los devolverás
puedo transferirle el paquete a un tercero,
que obviamente me pagará ocho dólares, no diez:
para mí es una buena jugada porque al menos obtengo ocho de diez,
para él es un doble negocio
porque si bien es cierto que ha gastado ocho de golpe,
cuando tú le pagues le darás diez
y por tanto ganará dos sin hacer nada.
Multiplique esto por cien deudores, señor padre:
el banco se embolsa doscientos dólares.
Podríamos incluso aventurar
que el sistema financiero
juega la baza de que la gente no amortice sus deudas:
el préstamo que va como una seda es sin duda un buen filón,
pero la deuda transferida a un tercero
es un bocado exquisito.
¿Le gusta mi invento?».

¡Qué enrevesado
se ha vuelto
lo de hornear el pan!
Mayer sólo piensa esto.

Emanuel concuerda en el pasmo,
pero agregando un toque
de orgullo paterno
porque al fin y al cabo Philip es su hijo.

Lo que Philip
de hecho
omitió
es que la idea no era realmente suya.
Es más: la copió sin miramientos.
Y no de un economista ignoto,
sino de un primo más joven,
el pendenciero Arthur,
que con veinte años cumplidos
aún sigue debiéndole un pastón
a su hermano Herbert.
Arthur se plantó un día en el banco
y tras pedir audiencia
le propuso a Philip lo siguiente:
«Paga tú a mi hermano
y luego descuentas el dinero de mi salario
cuando yo venga a trabajar en este chiringuito».

Philip quiso echarlo con cajas destempladas
por al menos tres motivos:
el primero porque no se tima a los hermanos,
el segundo porque un primo no asume riesgos innecesarios
y el tercero porque un banco no es ningún chiringuito.

Pero con Arthur Lehman
no se polemiza fácilmente:
«Me das pena, Philip, eres un avaro infecto.
Y por si fuera poco, déjame que te lo diga:
de negocios no entiendes un pimiento.
El banco sale ganando, ¡mierda!, ¿no te das cuenta?».

«Cálmate, Arthur».

«Nadie me ordena que me calme,
menos aún un primo fatuo y engreído».

«Seamos razonables, Arthur».

«¿Me lo dices a mí? ¿Soy yo quien debe razonar? ¿Yo?
¿Teniendo un hermano que desde hace quince años
amenaza con requisarme la cama?».

«Baja la voz, Arthur».

«Ni lo sueñes: ¡grito lo que me da la gana!».

«¡No en mi banco!».

«Que, te recuerdo, también lleva mi apellido».

«Cierto. Habla con tu hermano Sigmund».

«Imposible: le debo más que a nadie
y a ése ya lo engatuso cebándolo a base de rosquillas.
¡Mierda, Philip! Te estoy dando una oportunidad única.
Con tal de cobrar,
Herbert aceptaría incluso un cuarto menos
y yo te pagaría el 100%.
Pero me temo que gasto saliva: estás en la inopia, ni te enteras.
La próxima vez voy a Merrill Lynch,
que será la competencia,
¡pero ellos sí que entienden de negocios!».

Mira por dónde, resulta que van a ser útiles los primos.
Y no sólo: esa fibra, la vehemencia social de los veinteañeros.

Philip Lehman
captó de pronto la idea a través de aquella rendija:
se alzó de su sillón,
cerró bien la puerta y,
aparte de aceptar la propuesta,
acordó con Arthur
una bonita suma compensatoria
por adquirir
(sin cláusulas, reservas o restricciones)
la clarividente paternidad
de la *deuda transferida*
o como se quiera llamarla.

Lo pusieron por escrito.
Firmaron el pacto.

Y Philip Lehman
se convenció incluso a sí mismo
de que había ideado un mecanismo portentoso.

Arthur, por su parte,
sacó un triple beneficio.
No sólo se sacudió el yugo de su hermano.
No sólo se aseguró la propiedad del catre.
Por encima de todo,
gracias a Philip
intuyó en un instante fugaz
que tenía sus propias e intransferibles aptitudes
para el álgebra financiera:
de pronto se extendieron ante él
infinitas praderas de puras ecuaciones
ya listas para el combate.

La vida de los hombres reserva
de vez en cuando estas súbitas epifanías.
Para Arthur lo fue.

Por lo que atañe
A Dreidel Lehman,
éste se limita a la presencia silente:
si su primo sobresale en la cesión de créditos,
él es insuperable cediendo todo lo demás
sin excluir en ello la mitad de su lecho.

Porque Dreidel
ha incluso logrado
(para gran sorpresa de todos)
contraer matrimonio
con una tal Helda Fisher,
señorita de óptima familia
conocida en Elberon,
a orillas del Atlántico,
adonde las diez primeras filas de la sinagoga
peregrinan cada verano en vacaciones.

Se cuentan muchas leyendas
(todas ellas gratuitas)
sobre cómo pudo haber
un mínimo cortejo.

¿Sólo con miradas?
¿Tal vez por correspondencia?
¿Mediante celestinos?
¿Fue quizá el magnetismo de los cuerpos
o un tenue efluvio de vapores?

El tío Mayer
forjó una versión por otros compartida
recurriendo a la metáfora del gas
(con el que también comerciaba Lehman Brothers):
ni se ve ni se oye
y fíjate cómo se inflama.
¿Por qué entonces su sobrino
(aun cuando fuese un gas más bien frío)
no podía arder de amores?
Sí, claro que podía.

Desde luego.
Dreidel como el helio.
Dreidel como el metano.
Sugestivo.

Pero la más estupefaciente
entre todas las extrañezas
era cómo podía casarse un abejorro
impregnado de veneno
y siempre dispuesto a clavar su aguijón.

Aunque todos lo pensaban,
nadie expresó ese pensamiento.
Era una pregunta para la tía Rosa
si no hubiera sido demasiado tarde.

Así que ¡mazel tov!
¡Felicidades de todo corazón!
Al menos porque esta vez
no habría ni gemidos ni reclamaciones
como ocurrió con David.

Por otro lado (todo sea dicho),
Helda es una chica beatífica.
Desde niña padece
atroces migrañas

y por ello siempre
se aleja del ruido:
al menos en este aspecto
Dreidel es sin duda
la mejor opción.
Súmese a ello
que *süsser* Helda,
siempre de punta en blanco con sus encajes,
es un compendio de modestias y castidades:
por todo se maravilla
boquiabierta
y dice de continuo
«no hay palabras...».

Y si no las hay,
¿para qué buscarlas?
Su marido se abstiene de parlamentos
y así el círculo
se cierra
con una perfecta armonía
en esa guerra jurada contra el vano charloteo.

Dreidel y Helda.
Quién sabe si se llaman por los nombres
o con sobrios gestos previamente convenidos:
los más chismosos
aseveran
que reina en su vivienda
un clima de sanatorio,
como de albergue para místicos rabinos.

Incluso en el kidushín,
mientras toda la familia
aguzaba las orejas
desde la cuarta fila
para percibir la voz del muchacho,
parece que él
no contestó «sí»
a la fatídica pregunta nupcial
pues se limitó
a asentir con la barbilla.
El oficiante
(que según cuentan había hecho una apuesta)

tomó la ofensiva echando toda la carne en el asador:
«Hable más alto, míster Lehman: no lo hemos entendido».

Pero Helda intervino:
«Yo sí lo he entendido y diría que es suficiente».

Dado lo cual
tocó bendecirlos:
podían ir en paz
y que empezase la fiesta.

¿Pero qué fiesta?
Un brindis a palo seco, sólo eso.

Un beso en la frente.
Un saludo a los allegados.

Helda con encajes y puntillas,
Dreidel con su puro en la boca,
placa fotográfica
como recuerdo del evento.

Y después
adiós, muy buenas:
a la novia le duele la cabeza.

¡Mazel tov!
Parabienes e hijos varones.

16
Eine schule für Sigmund

Vale que el turbulento David
nos avergonzó
con aquel quilombo
de las doce sábanas en comandita.

¿Pero entre eso y casarse con una prima
no podría haber
un punto a medio camino?

Sigmund Lehman
asombró a todos
empezando por su padre.

Un día presentó
su cara mofletuda
llevando a Harriett, la hija de Emanuel,
cogida de la mano.
Miraron a sus respectivos progenitores
y con voces algo vacilantes
anunciaron casi a coro:
«Con sus permisos, señores padres,
querríamos unirnos en matrimonio».

Ella añadió:
«Dice que si me caso con él renunciará a las rosquillas
y deduzco por ello que está perdidamente enamorado».

Tras la agudeza de Harriett
(cuyo tinte irónico no era ciertamente secundario)
nadie arqueó una ceja o despegó los labios;
sólo Sigmund amagó una carcajada
que sofocó en pañales
porque tal vez no venía al caso.

«Hija mía... antes te liabas
a guantazos con tus primos
¿y ahora la lías tomando a uno de ellos por marido?».

«Señor padre, los bofetones son chucherías para niños,
con los adultos se usan los puños
y no hay boxeador más aguerrido que una santa esposa».
La ingeniosa Harriett
tenía un talento natural para los golpes de efecto:
con ese gracejo sería humorista
si hubiese nacido en Inglaterra.

Lo cierto es que había comprado un cónyuge
por un plato de rosquillas.

En cuanto a él...
¿Qué vas a decirle?
¿Que tendrá una progenie
semimuscular y semivegetal?
¿Que en el mundo exterior
prolifera una variada fauna en edad de merecer
y que es absurdo no echar siquiera un vistazo para curiosear?
Casarse con una prima
es sin duda
el nivel más bajo
al que puede llegarse
en términos no sólo de abulia e indolencia,
sino también
de banalidad sentimental.

Da igual.
Que se casen si tanto lo desean.
Doña Harriett Lehman, señora de Lehman.
Ningún sobresalto, ni siquiera un cambio de apellido.
Idénticos familiares
para la mujer y el esposo:
ahorraremos (y eso ganamos)
con los invitados a la boda.

Adelante, pues.

Ahora bien.
Pasada la luna de miel
convendrá esclarecer un par de malentendidos.

Ha llegado la hora
de ponerle a Sigmund
los puntos sobre las íes.

Que tome asiento
y preste mucha atención
sin interrumpir las admoniciones.

Por otro lado,
seamos honestos
de una buena vez:
no, no basta con
pasear el apellido Lehman.

Sería demasiado fácil.
La dirección de un banco
no es una responsabilidad cualquiera
y por mucho que te haya engendrado una papa
nunca debes olvidar
que se trata de una papa germánica
dotada con esa saludable dosis de entereza
que es rasgo inconfundible
de las hortalizas prusianas.
Si es menester
borremos la palabra *bulbe*
y a partir de ahora
llamémoslo «Kartoffel».

Y luego, por favor, un poco de dignidad:
en los más elevado vértices
de nuestro banco
no puedes aparecer
con los bolsillos llenos de caramelos
y aún menos
puedes tratar con las altas finanzas americanas
mostrando de la mañana a la noche
esa sonrisa de gnomo labrador
grabada en pleno rostro,
esos mofletes de cebón sonrosado
y esa panza fondona que rebosa de los pantalones.
Está en juego la honra de todos.
Por los cual en este espinoso tema
(guste o no guste)
es ineludible una reflexión.

Un sínodo eclesiástico,
por otra parte,
no sólo se convoca
para excomulgar al villano
que se cubre de cieno atentando contra la moral:
David Lehman
fue proscrito
para salvaguardar la pulcritud del apellido,
pero,
con toda franqueza,
no es que el dulce Sigmund
nos deje mejor parados.

Así que no se hable más:
el chico debe cambiar.

Dicho y hecho.

Para educarlo
del modo más expeditivo
y contundente
se le encomendó la docencia
a su primo Philip:
que él hallara el modo
de cortarle al conejo
esas orejas tan monas y blanditas
metiéndole la cornamenta
de un alce en la cabeza,
los colmillos de un dogo en la boca
y el asta de un rinoceronte por el hocico.

Estupendo.
Sobre la manera de proceder
Philip no abrigaba ni dudas ni reparos:
su primo requería
un curso acelerado
(con estrictos métodos alemanes)
que le inculcara una saludable dosis
de violencia, saña y cinismo:
en otras palabras,
un curso que por tanto
hiciese de él un auténtico tiburón financiero.
¡Sí señor!

Definidos los elementos clave
de esa formación intensiva,
Philip buscó el auxilio
de la única autoridad docente
habilitada para ocupar una cátedra
en la Universidad de la Presunción:
Arthur Lehman,
hermano del estudiante
y diez años menor que él,
pero maestro de la cara dura
doctorado *summa cum laude*.

La familia aprobó el nombramiento.

Así que
Philip y Arthur,
investidos de un cargo
estelar
por la asamblea de parientes,
se tomaron la peliaguda misión
con el rigor que requería.
Debatieron durante horas
y finalmente
crearon para su pupilo
un programa didáctico
de éxito garantizado:
en cuatro meses
(120 días para ser más precisos)
Sigmund Lehman
se habría transmutado
en un modelo
de indecencia bancaria.

Primer paso:
revolución estética.

Abolidos esos ternos claros de excursión campestre:
se renovaba el guardarropa
con trajes grises y oscuros
al más acrisolado estilo de la bolsa neoyorquina.
Fuera también esa raya en el pelo:
se adoptaba un nuevo corte menos pueril
con patillas prominentes
y, a ser posible,
bigote de aire marcial.
Después, con la ayuda de Harriett,
se impuso una drástica reducción de la circunferencia
para desinflar por completo la memoria
de aquel alegre conejillo esférico
henchido de azúcar y rosquillas.
Las finanzas son rectilíneas.
Las finanzas son frugales.
Las finanzas son enjutas.
Sigmund debía pues
adelgazar

hacia el diminutivo Sigmy
podándose al menos
dos tallas.

Hasta aquí la imagen.

Pero ya se sabe:
aunque tiene su importancia,
el aspecto exterior no es lo decisivo.

De hecho,
la terapia de Philip y Arthur
también incidía
a lo bestia
en la psique del conejo
mediante un tratamiento
fronterizo con el lavado de cerebro:
«Escucha bien, Sigmund:
en un colegio se estudia
y el estudio es sacrificio:
a partir de ahora
y a lo largo de 120 días,
cada mañana
y cada noche
te mirarás a los ojos
frente al espejo
para recitar
como si fuese un juramento
(de memoria y en alta voz)
una lista de 120 puntos
que nosotros, tus profesores,
consideramos esenciales
y propedéuticos
para tu definitiva mutación».

«Vamos a ver, Arthur, no sé si lo he comprendido:
¿cada día tengo que decir una regla distinta?».

«Debes repetir todas ellas, las 120,
durante 120 mañanas y 120 noches.
Philip y yo nos turnaremos
como centinelas
detrás de la puerta:

tu voz
habrá de oírse
alta y clara».

«No estoy seguro...».

«Se acabaron las zarandajas, no perdamos más tiempo:
aquí está el reglamento que vas a recitar».

Y he aquí cómo esa misma fecha, 11 de febrero,
recibió solemnemente
en sobre cerrado
con el logo del banco
un catecismo
de cuatro hojas
mecanografiadas con la máquina
que Dreidel Lehman nunca había usado.

LAS 120 REGLAS DEL ESPEJO

1. El mundo, Sigmund, no es un bosque encantado.

2. ¡Se prohíbe la confianza, Sigmund!

3. El exceso de generosidad, Sigmund, se paga amargamente.

4. Sigmund, más vale herir que padecer.

5. ¡Sólo los imbéciles sonríen siempre, Sigmund!

6. ¡El hombre temido, Sigmund, jamás será vencido!

7. Tu debilidad, Sigmund, es la fuerza de los demás.

8. Quien agarra obtiene, Sigmund.

9. Quien aguarda pierde, Sigmund.

10. Aquello que aplaces, Sigmund, no lo harás nunca.

11. La mejor defensa es un buen ataque, Sigmund.

12. Al enemigo ni agua, Sigmund: no le ahorres lo que él no te
ahorraría.

13. ¡Sólo triunfa quien llega primero, Sigmund!

14. ¡Conformarse es humillarse, Sigmund!

15. La modestia, Sigmund, causa estragos.

16. Más vale mentir que defraudar, Sigmund.

17. Primero calcula, Sigmund: Después será tarde.

18. ¿El entusiasmo, Sigmund? Disimula argucias y engañifas.

19. Si renuncias una vez, Sigmund, renunciarás siempre.

20. ¡No hay paz en la guerra, Sigmund!

21. Si no te encumbras tú mismo, Sigmund, los otros te bajarán del pedestal.

22. La fragilidad, Sigmund, se paga a peso de oro.

23. Arrepentirse es encallar, Sigmund, a nada conduce.

24. Lo que no premia daña, Sigmund.

25. Exagera lo propio, Sigmund, y subestima lo ajeno.

26. Nada hay, Sigmund, que no tenga un coste.

27. Los aliados, Sigmund, son siempre provisionales.

28. Más vale exigir que pedir, Sigmund.

29. Los sentimientos, Sigmund, son extrabancarios.

30. El género humano, Sigmund, no es un buen género.

31. ¡Sigmund! ¡Llama siempre a las cosas por su nombre!

32. Quien se engaña, Sigmund, pagará un alto precio.

33. Si caes, levántate enseguida, Sigmund.

34. Más vale gritar que sufrir, Sigmund.

35. El único error, Sigmund, es admitir un error.

36. Sigmund... Sólo un cretino espera regalos.

37. El amor produce más víctimas que el odio, Sigmund.

38. Más vale esperar lo peor porque a menudo ocurre, Sigmund.

39. Sigmund: ¡Nadie te ayuda sin motivo!

40. Más vale un verdadero enemigo que un presunto amigo, Sigmund.

41. El dinero no tiene corazón, Sigmund.

42. Los hechos son reales, Sigmund, las ideas son ficticias.

43. Quien mengua un palmo se hunde cien, Sigmund.

44. ¡SIGMUND! ¡ES MEJOR MENTIR QUE CONFESAR!

45. ¡EL ORGULLO GUARDA LAS ESPALDAS, SIGMUND!

46. SI TE APLASTAN, SIGMUND, MINIMIZA LA DERROTA.

47. ¡JAMÁS, SIGMUND, RECONOCERÁS UN DEFECTO O UNA CARENCIA!

48. ¡CUIDADO, SIGMUND! QUIEN TE DA LA MANO ESCONDE UN CUCHILLO.

49. LA FACTURA SIEMPRE LLEGA, SIGMUND, Y HAY QUE PAGARLA.

50. SIGMUND: TODAS LAS MONEDAS TIENEN DOS CARAS.

51. NUNCA DIGAS NUNCA, SIGMUND: SÓLO EXISTE EL ANTES O EL DESPUÉS.

52. NO LOS BUSQUES, SIGMUND, MEJOR QUE TE BUSQUEN A TI.

53. ELIGE SIEMPRE TU LUGAR, SIGMUND.

54. EL HONOR, SIGMUND, ES PROPIEDAD PRIVADA.

55. ¡NUNCA DES UN PASO ATRÁS, SIGMUND!

56. CADA UNO TIENE SU PUNTO DÉBIL, SIGMUND: PARTE DE AHÍ.

57. NO HAY SEGUNDA VUELTA: LO QUE DAS NO RETORNA, SIGMUND.

58. MANTÉN SIEMPRE LA DISTANCIA JUSTA, SIGMUND.

59. SIGMUND: RECUERDA SIEMPRE QUIÉN ERES Y OLVIDA LO QUE NO ERES.

60. QUIEN SIEMBRA AFECTOS COSECHA CHANTAJES, SIGMUND.

61. EL MIEDO, SIGMUND, ES UNA PÉRDIDA DE TIEMPO.

62. EL MIEDO, SIGMUND, ES PÓLVORA GASTADA, UN DESPERDICIO.

63. EL MIEDO, SIGMUND, SÓLO CAUSA VÍCTIMAS.

64. EL MIEDO, SIGMUND, ES UN FIN EN SÍ MISMO.

65. EL MIEDO, SIGMUND, ES UN CALLEJÓN SIN SALIDA, UNA RUINA.

66. NO ESPERES NADA A CAMBIO, SIGMUND.

67. ¡LA AUTOCRÍTICA ES AUTODESTRUCCIÓN, SIGMUND!

68. SIGMUND: LAS PALABRAS SON AIRE Y SE LAS LLEVA EL VIENTO.

69. SIGMUND: QUIEN OBSERVA EL SENDERO NO RESBALA.

70. QUIEN PIENSA EN LOS DEMÁS CAVA SU PROPIA TUMBA, SIGMUND.

71. LA ÚNICA ARMA, SIGMUND, ES LA VOLUNTAD.

72. ¡SIGMUND! ¿ACASO VAS A ALIARTE CON TUS ENEMIGOS?

73. SIGMUND: MÁS VALE MORIR DE CANSANCIO QUE MORIRSE DE ASCO.

74. ¿LA HONESTIDAD, SIGMUND? UN CONCEPTO ABSTRACTO.

75. SÓLO HAY EXPLOTADORES Y EXPLOTADOS, SIGMUND: ESCOGE.

76. QUIEN LLEVA CORAZA, SIGMUND, SALVA EL PELLEJO.

77. ¡SIGMUND! SI OBSEQUIAS O AGASAJAS TE VENDRÁN CON PRETENSIONES.

78. LA DIGNIDAD, SIGMUND, SE PIERDE EN UN INSTANTE.

79. ¡QUIEN SE COARTA SE AMPUTA, SIGMUND!

80. SIGMUND: TOMA SIEMPRE LO QUE TE CORRESPONDE.

81. SÉ DURO, SIGMUND: QUE NO SE TE VAYA LA FUERZA POR LA BOCA.

82. LA ASTUCIA ES MÁS ÚTIL QUE LA BONDAD, SIGMUND.

83. QUIEN NO TE APRECIA NO ES DIGNO DE TI, SIGMUND.

84. CUANTO MÁS INFLUYAS, SIGMUND, MÁS INTENTARÁN COMPRARTE.

85. TODOS ESTAMOS EN VENTA, SIGMUND: AL MENOS VÉNDETE CARO.

86. ¡SIGMUND! SER ENVIDIADO ES UN MÉRITO.

87. ¡SIGMUND! SER ODIADO ES UNA BUENA SEÑAL.

88. QUIEN HOY TE ADULA, SIGMUND, MAÑANA SE BURLARÁ DE TI.

89. PARA CUALQUIER ENTRADA HAY UNA SALIDA, SIGMUND, Y VICEVERSA.

90. LA BUENA SUERTE, SIGMUND, SE PUEDE PROVOCAR.

91. LA MALA SUERTE, SIGMUND, SE PUEDE AHUYENTAR.

92. ¡SIGMUND! LOS DEMÁS VEN DE TI AQUELLO QUE LES ENSEÑAS.

93. ARRASTRARSE ES MIL VECES MEJOR QUE DETENERSE, SIGMUND.

94. EN LA HISTORIA, SIGMUND, NO HAY HUECO PARA LOS ESTÁTICOS.

95. ¿EL PASADO, SIGMUND? PASADO ESTÁ.

96. SIEMPRE HAS DE SABER ADÓNDE QUIERES IR, SIGMUND.

97. LAS MUCHAS PREGUNTAS SÓLO HACEN RUIDO, SIGMUND.

98. ¡SIGMUND! ÉCHALE CORAJE: ESO ES TODO.

99. SIGMUND: LOS MANSOS Y PUSILÁNIMES SE EMPAREJAN CON LOS NECIOS.

100. Sólo si merece la pena, Sigmund, sólo si merece la pena...

101. La miseria ajena no te concierne, Sigmund.

102. Se decide, Sigmund, no se deviene por arte de magia.

103. Sólo hay una voz, Sigmund: el resto es eco.

104. Sigmund: Más vale la osadía que el lamento.

105. ¿Gruñir, Sigmund? de nada sirve si no muerdes.

106. Sigmund: Mide tu propio valor a intervalos regulares.

107. La única seguridad, Sigmund, es infundir terror.

108. Que tus monstruos no te escandalicen, Sigmund: úsalos.

109. El hombre es una alimaña como cualquier otra, Sigmund. Gracias a dios.

110. Nadie puede reprocharte nada, Sigmund.

111. El mal será deplorable, Sigmund, pero también es lucrativo.

112. Calumniar es estúpido, Sigmund, sembrar la duda es inteligente.

113. Sigmund: Sé prudente y duda de todos.

114. Quien habla bajo bien podría callarse, Sigmund.

115. Si confías, Sigmund, estás perdido.

116. Todo hijo de vecino se salva primero a sí mismo, Sigmund.

117. ¡Sigmund! Si ayudas a alguien anúncialo a bombo y platillo.

118. El remordimiento es un lastre, Sigmund.

119. Ligeros de carga navegan mejor los buques, Sigmund.

120. Sigmund Lehman se escribe con mayúsculas.

Concluida
la jornada ciento veinte
a mediados de junio
no había un solo ojo lehmaniano
que no clavara el ojo
en el lebroncillo de la familia:
¿había funcionado

aquella cura
brutal?

Sigmund entró en la oficina.
Mostacho negro, seguramente teñido.
Cabello ondulado, gris en las sienes.
Traje oscuro y sombrero londinense.
Al menos demediado el enojoso perímetro de las posaderas.

No saludó a los empleados en las ventanillas.
No le dio propina al limpiabotas.
Le disparó un vistazo pavoroso
a miss Blumenthal
porque el café no humeaba en su escritorio.

Hecho esto
tomó asiento
en su asiento habitual.

17
Looking for Eva

Hundido en la nieve hasta las rodillas
con un par de botas medio deshechas,
el viejo Jeff,
    combado como un gancho,
    enfermo de artritis
    y además tuerto,
emite una especie de gemido
con cada golpe de pala:
«¡Aiiuuugaaaj!».

Una profunda queja animal
salida de cavidades inauditas
porque no sólo lo aflige el dolor:
el hielo le congela los sonidos en la boca
aun antes de echarlos fuera

y todo lo que nace es un *¡aiiuuugaaaj!*.
Desgarrador.

¿Mas de qué sirve?
Es inútil mortificarse:
ha nevado toda la noche
y es tarea de Jeff
despejar la entrada de la escuela.
Le costará al menos dos horas
suponiendo que aguanten sus pulmones.
Así que respira hondo
y vuelve a la faena.
«¡Aiiuuugaaaj!»
«¡Aiiuuugaaaj!»

Entre un *¡aiiuuugaaaj!* y otro
ni siquiera ha advertido
que en la otra acera de la avenida
hay un chico de pie:
lleva una hora
apreciando aquel esfuerzo sobrehumano.

Contempla la escena inmóvil,
pero suscribe moralmente
cada *¡aiiuuugaaaj!*
haciéndolo suyo de algún modo
e incluso prestaría ayuda
si no fuese porque en la órbita manual
es un lego todavía no adiestrado.

Se limita pues
a un apoyo inmaterial.
Distante.

Las manos en los bolsillos del abrigo.
La bufanda en torno al cuello.
Una mirada conmovida
donde brillan la lucidez y la compasión
porque los agobios del anciano paleador
revelan a sus ojos un problema de principios
y a la postre una cuestión política:
«¿Qué estoy presenciando?

¿Qué es en el fondo este hombre
sino un monumento a la injusticia social?».

«¡Aiiuuugaaaj!».

«¿Por qué los menesterosos, los desvalidos,
aquéllos que quizá más protección necesitan,
acaban siempre doblando el espinazo
para retirar la nieve pala en mano?
Este señor representa un paradigma».

«¡Aiiuuugaaaj!».

«Los ricos pueden curarse, disponen
de medicinas, buenos doctores
y una chimenea que los calienta.
¿Quién, sin embargo, se ve expuesto
al más alto riesgo de enfermedad?
No los ricachones podridos de dinero: ese pobre abuelito».

«¡Aiiuuugaaaj!».

«Esta noche a más tardar morirá de pulmonía
porque en su casa tiene los cristales rotos
y la sociedad, pese a ello, lo hunde en la nieve.
El bienestar origina desigualdades:
este viejo cree estar paleando nieve
cuando en realidad palea nuestras asimetrías».

«¡Aiiuuugaaaj!».

«Es así. Indudablemente es así».

Herbert asiente.
Se saca del bolsillo una libreta.
Anota lo observado
bajo el título *Derechos invernales de los trabajadores*.

Después,
aún consternado,
enfila el camino que da acceso
al Williams College de Massachusetts.

La razón por la cual
este veinteañero neoyorquino
alarma tanto a sus profesores
no es el apellido que carga.
Al contrario: Herbert nunca lo usaría
para amedrentar a la gente.
Si acaso lo ocultaría.

La verdad es que el muchacho se las trae.
No destaca en los estudios, no se quema las cejas.
Se aplica lo imprescindible para ir tirando,
pero darle las notas que merece
no es en absoluto aconsejable
si se tiene la mínima prudencia:
quien lo hace
se ve quieras que no contra las cuerdas
en un atolladero
de oraciones eternas
donde todo *es un problema fundamental,*
a la postre un asunto político,
y el aula universitaria
se convierte de pronto en un parlamento.

«Si tomo la palabra en esta aula, señor Maxwell,
no es para defender mis intereses específicos,
sino por un principio general.
No me extenderé sobre el hecho
de que me haya dado una "C":
en el fondo lo acepto, si bien con algunas reservas.
Lo que hallo de todo punto discutible
(por no decir ignominioso para esta institución)
es el procedimiento mediante el cual se nos califica:
¿por qué en una clase de treinta estudiantes
el profesor está constreñido por ley
a asignar
diez notas en la franja de lo pésimo o lo mediocre,
otras diez en la franja intermedia (aprobado por los pelos),
cinco en la franja de lo discreto,
tres notables
y sólo dos sobresalientes?
La propia base del sistema es una aberración,
¡y ello sin contar con el mensaje que trasluce!
¿Debo temer que resuene en esta aula

la idea de igualdad social?
Disculpe, pero no he terminado:
en un *college* realmente igualitario
los enseñantes no pueden estar sujetos a imposiciones.
¿O vamos a creer sinceramente
que de treinta ciudadanos americanos
un tercio está incapacitado para los estudios?
Aún no he concluido, disculpe:
¿No opina usted que esa norma grotesca
a la cual voluntariamente se somete
es como mínimo antidemocrática?
Su corolario implícito,
por otra parte,
es que sólo un quinceavo de los alumnos
puede aspirar a las calificaciones más altas,
¿y qué es esto sino
una violación flagrante del principio
según el cual todos los ciudadanos
tienen derecho
(digo «derecho», profesor Maxwell)
a ser tratados con equidad y justicia?
Disculpe, pero aún no he concluido:
supongamos por un momento
que a causa de un error
los treinta mejores estudiantes de esta escuela
coincidiesen en la misma clase,
¿no sería demencial que usted castigara a veinte
infamándolos con notas de burro?
Aún no he concluido, disculpe:
y si en cambio al entero
alumnado le diese
por armar una juerga
pirómana y se organizase una quema de libros,
¿en nombre de qué narices
estaríamos pese a todo obligados
a canonizar a dos de ellos
con los laureles del Estado?
Si en cambio...».

«Ya basta, Lehman, ¡ten piedad!
Me has convencido, hablaré con el Consejo
y con el rector Rutheford.

Cambiaremos el criterio si así lo deseas.
¿Puedo ahora impartir mi asignatura?».

«Sólo una última acotación:
usted me dado una "C"
en el ejercicio escrito cuyo tema era
EL LEGADO DEL PRESIDENTE THOMAS JEFFERSON.
Si ahora sostiene que mi argumento lo ha convencido
(y considerando que he hablado de derechos),
¿no le parece que la realidad objetiva impugna esa nota?
Pienso que se ha atestiguado de manera fehaciente
cómo mi persona encarna a todos los efectos
el legado a la posteridad del presidente Jefferson.
Si en cambio...».

«De acuerdo Lehman, ¡has vencido!
¿Es suficiente con la calificación más alta?».

«Diría que es lo justo,
mas no sólo para mí: para todos».

Ya está.
Lo que hace inconfundible al legatario
de Thomas Jefferson es su manifiesta ineptitud
a la hora de concebir algo para sí mismo:
todo lo proyecta inmediatamente
a la escala social
reflejando así unos valores más bien exóticos.

Una complicación seria.

Algunos afirman
que es la secuela natural
de una infancia atormentada por las preguntas
y que habiendo jugado con fuego
cuando intentó confiscar la cama de su hermano,
justo por eso,
Herbert Lehman se adhirió
a un radical credo filantrópico.

Es una conjetura.

Los cierto es
que esa magnanimidad suya
enreda bastante
cualquier diálogo con el muchacho
incluso sobre las cosas más nimias:
¿cómo le pides un vaso de agua
a quien concibe ese vaso
como un símbolo
del abastecimiento hídrico en Occidente?
¿Cómo puedes quejarte de la lluvia
si a renglón seguido te mencionan a los sintecho?
¿Cómo puedes reírte de una chiquillada
frente a un tipo obsesionado
con la mortalidad infantil?
Y, sobre todo,
¿cómo es posible
que la sangre de la banca
(aun filtrada por una hortaliza)
circule por las venas
de un individuo que critica
los inicuos modelos financieros?

Herbert Lehman
ha llegado
a definir la bolsa de Wall Street
como un *nido de víboras*.
Y había testigos presenciales.

Resumiendo:
dado que no parece propender
a una carrera bancaria,
sólo cabe esperar
que las sendas de la vida
lo lleven bien lejos
de Liberty Street 119.
Es éste el pensamiento compartido
por toda la familia
incluidos su padre Mayer
y su hermano Sigmund,
que interrogado al respecto
contestó con la número 70
de sus 120 reglas.

Sólo Philip parecía
extrañamente tranquilo.

Y no porque lo animara
alguna clase de apego o predilección.

El punto es que nuestro querido Philip
cree firmemente
en los lazos de familia
sin excluir aquéllos que nos ligan
a la parentela *adquirida* por vía conyugal.
Hay además algo significativo:
¿que entre todos los verbos posibles
usemos
para estos vínculos
justo el verbo *adquirir*
acaso no indica mucho
sobre el jugo comercial
que el matrimonio conlleva?

Exacto.
Digamos que en lo relativo al cálculo coste-beneficio
aplicado al casamiento de su primo Herbert
Philip Lehman
se sentía extremadamente
satisfecho por el saldo de la adquisición
y eso le bastaba para simpatizar
con su muy democrático primo.

Cómo, por otro lado, se llegó a esa boda
es una pintoresca historia
de la que nadie
(ni siquiera Philip Lehman)
sería nunca informado.

Sucede, en efecto,
que la unión de las casas Lehman y Altschul
desveló a las primeras de cambio
un serio problema de fondo
y en última instancia un asunto político.

Pero seamos breves:
he aquí los hechos que todos ignoran.

Apenas licenciado,
Herbert se adentró
sin darse cuenta
en la más avanzada y escabrosa de las estepas políticas;
a saber:
esa defensa exasperada de los derechos civiles
que empuja a un ser humano
a salir de su corral
invadiendo la intimidad ajena
para que triunfe el ideal de la justicia.

Pues bien,
como suele ocurrir
en los ambientes juveniles,
Herbert Lehman se vio
casi por casualidad
interceptando gracias a unos amigos
el derrotero vital
de una cierta hija de los Altschul
llamada Eva
cuyo bíblico nombre
no le resultó a Herby incongruente con su belleza.
Es más: le venía como anillo al dedo.

Arrogándose pues
con vehemencia
los atributos y atribuciones
de un nuevo Adán,
penetró en el Paraíso Terrenal
dando por seguras e inminentes
amenas algaradas entre manzanos pecaminosos.

Pero no fue así
porque el Edén
ya había sido profanado.

La serpiente en cuestión
(pues de Satanás hablamos)
fue identificada de inmediato:
era, como estaba previsto,
uno de los consabidos reptiles que emponzoñan la bolsa.
Para ser precisos se trataba
nada menos

que del primogénito de los Morgenthau,
familia conspicua,
pitones reales
y adversarios directos de Lehman Brothers.

Fue un duro golpe para Adán:
un temblor rabioso
le estremeció el pecho
con sólo vislumbrar la estampa
de aquella sublime beldad
destinada a complacer la lujuria de una cobra financiera.
Y ello sin parar mientes
en que Eva había sido plasmada por Hashem
para hacerle compañía, como narra el Génesis,
no para cohabitar con la culebra,
cuyo papel se circunscribía
al de mera y perniciosa consejera.

Hasta aquí nada reseñable
siendo éste a fin de cuentas el eterno guión
de los humanos celos.

El problema fue que Herbert no mordió el freno.

Que Eva Altschul
(tan singularmente hermosa)
fuese hurtada a la admiración colectiva
para convertirse en propiedad privada
le pareció enseguida
un desafuero y un atentado contra el equilibrio social.
Agréguese luego que Morgenthau era una fuerza hercúlea
enriqueciendo el concepto de desigualdad
con el de abuso arbitrario.
Y del desafuero a la tiranía
sólo hay un breve trecho:
aquel noviazgo
era un ultraje al pueblo americano
frente al cual
debían alzarse barricadas (las suyas, se abstuvo de añadir).

Después,
y dado que toda leyenda
tiene sus contradicciones,

Herbert pasó por alto un pequeño detalle:
aquella párvula víctima del Mal
no era precisamente una virgen tímida y medrosa,
sino una heredera de la fortuna amasada por los Altschul,
pilares de la economía estadounidense
conocidos en el mundillo como «los mastines»,
sobrenombre que certificaba una fama no muy ejemplar.

En otros términos:
estaba a punto de entablarse una querella sentimental
entre los Lehman, los Altschul y los Morgenthau;
es decir, entre tres colosos de las finanzas neoyorquinas
que tenían más motivos para aliarse
que para librar una guerra a palo limpio.

Pero eso es la política:
un conflicto ineludible.

Y Herbert, aun sin tener plena conciencia,
sin duda ya lo sospechaba. En el fondo.

No se acobardó.
Para combatir la escandalosa injusticia
Herbert se aprestó lanza en ristre
a la primera gran batalla política
de su venturosa carrera.
Theodore Roosevelt era a su lado un diletante.
Abraham Lincoln un aprendiz.
George Washington habría pedido lecciones particulares.

Primero
emprendió contra los Morgenthau
una brutal campaña anticapitalista
ejecutada naturalmente bajo cuerda
y con el apellido Lehman tan bien oculto
que a lo largo
de los decenios sucesivos
la mitología socialista
celebró la memoria de aquel héroe anónimo
sin saber que era un vástago privilegiado de las finanzas.

Mientras tanto,
como sucede en todas las guerras,

desencadenó un atroz tam-tam subterráneo
para instigar la revuelta
del pueblo oprimido por el sátrapa;
en este caso, y puesto que Eva
era a su parecer
una víctima más del despotismo
(ni se le pasaba por la cabeza que la chica estuviera feliz),
se dedicó a martillearla
diariamente
con emboscadas,
cartas ardorosas,
homenajes florales
y cuantos expedientes políticos pudieran servir
para despertar en ella
el espíritu de la rebelión.

A ese fin resultaron impagables los buenos oficios
de Edith, hermana menor de la secuestrada,
muchacha bondadosísima
más semejante a un perrito faldero
que a un mastín Altschul
quizá por haber vivido tantos años
como una eterna dama de compañía
eclipsada por la gran diva bíblica.

La propaganda democrática
halló en Edith Altschul
a una portavoz inesperada:
la chica se entregó con devoción a la causa,
impelida por un brioso fervor político,
y se consagró con energía denodada
a la muy noble meta moral de reventarle
el matrimonio a la hermana en nombre
de una cruzada contra las finanzas (y por ende contra su padre).
Encomiable labor la de Edith:
entre el partido y la familia
elegía al primero.
¿Acaso las mujeres
no habían conquistado el derecho al voto?
Era muy comprensible que la política la entusiasmara:
siempre ocurre con las nuevas experiencias.

Y como en la política americana
es rara la renuncia a los objetivos,
el contubernio entre Herbert y su lugarteniente
logró,
no sin dificultades,
dar los primeros frutos.

Sucedió una desangelada tarde de verano.

Habían transcurrido incontables meses
de campaña electoral
y por fin se esperaba
el fallo de las urnas.

A la enésima propuesta
de un fugaz encuentro en vivo
(hasta entonces metódicamente denegada),
Eva Altschul contestó por fin abriendo un portillo:
le concedería audiencia
sólo para clavarle la vista y decirle a la cara,
sin pelos en la lengua,
en qué triste papeleta la estaba poniendo.

Obviamente era un subterfugio, una treta.
Edith coincidió en ese dictamen:
el análisis de los sobreentendidos
es el primer talento de un buen secretario.

Se fijó la hora: las siete en punto.
Se fijó el escenario: el florido jardín de los Altschul,
como si el Edén readmitiera a sus hijos
bajo la atenta mirada de Hashem
y con la serpiente en cuarentena.

Edith abrió la cancela
justo cuando daban las siete
y condujo a Adán por entre las camelias
con reiteradas invitaciones a la prudencia:
«Ven, Eva te espera».

Y en efecto allí estaba Eva:
se le apareció en el verde de los juncos
y como era previsible

su semblante ya no era enemigo,
lo cual auguraba un triunfo electoral.
En aquel jardín reinaba el silencio,
pero a Herbert le pareció oír
como un orfeón
el jubiloso clamor del pueblo.

No obstante.

¡Ah, curiosa ciencia la política!
En piruetas insospechadas
compite de verdad con el circo.

¿Quién iba a decir
que aquella tarde, entre las flores,
Adán Lehman,
hallándose frente a su Eva,
vería de pronto encarnada
a esa plutocracia de las altas finanzas
contra la cual guerreaba desde hacía meses?
Frente a él la América de los bancos:
tan espléndida en apariencia,
tan perfecta, tan joven, tan fascinante,
tan presta a cambiar de bando,
tan voluble y venal,
tan vendible al mejor postor...
Y mientras se preguntaba
por vez primera
cuál podía ser su propio concepto de belleza
le resultó claro
que la pregunta ya contenía una respuesta.

¿Valía la pena luchar por Eva?
¿Merecía su lealtad
quien se había rendido a un Morgenthau?

Y como el cuerpo electoral
sale en ocasiones maltrecho,
Herbert Lehman
fue más allá:
lo abandonó a su suerte
aun cuando no era un cuerpo de chichinabo.

Había en todo caso que reforzar el partido
estrechando filas
en espera de futuras batallas.

Y fue así como Adán
no salió con Eva del Paraíso Terrenal,
sino con Edith del brazo.

Y aunque en clave escrupulosamente democrática
(con el debido respeto a los derechos individuales),
trascendió la noticia
de que los mastines Altschul se apareaban con los Lehman.

También eso es la política.

18
Tsvantsinger

Yehudá ben Temá
escribe
en el *Tratado de los padres*:
«A los setenta años harás recuento
y a los ochenta gozarás del paisaje».

Mayer Lehman y su hermano
ya van por los setenta,
pero ese inventario
aún no lo han hecho.

Será que todo lo habían previsto
salvo encontrarse
con el pelo blanco
manoseando unas hojitas
rebosantes de números y cálculos.

Así funciona el negocio,
digamos que ahora lo han entendido:

la Lehman escoge una inversión,
pero en vez de poner el dinero al contado
hace que lo adelanten otros
en forma de préstamos:
me alquilas tu lana
y yo te la devolveré
«en un tiempo x y con intereses».
Mientras tanto, sin embargo,
yo empleo ese dinero:
doy a crédito
y gano con los intereses.
Crédito a los industriales,
crédito a los constructores,
crédito a quien produzca algo,
a quien antes o después
nos traiga
capitales.

Un lindo juego ciertamente,
pero esta nueva economía es muy alambicada,
sutilísima
(tal vez demasiado)
para dos hermanos
nacidos allá en Alemania,
en Rimpar, Baviera,
donde el ganado es oro
y se reza para que no mueran las vacas.
Pero sobre todo
(y parece increíble)
el auténtico problema
para Emanuel y Mayer
reside en que
una cosa es beber un vaso de agua
y otra bien distinta beberse el mar.
Y ese mar es el dinero.
Las ganancias, sí, los réditos.

Porque,
la verdad sea dicha,
Lehman Brothers es una impresionante
máquina de ganar, se pone las botas.
Entra el dinero,

entra a raudales,
quizá en exceso.
¿Y si terminásemos anegados?

Ni Emanuel ni Mayer
olvidan
aquella moneda de veinte
que hace mil años,
allá en Alemania,
en Rimpar, Baviera,
decoraba la pared
como un cuadrito
enmarcado:
el primer tsvantsinger
obtenido por Lehman padre
con sus reses.
Y junto a ese cuadrito
había otro con el centésimo tsvantsinger
y otro con el milésimo
y luego...
luego basta
«que mil monedas de veinte
son un dineral, hijos míos,
y ojalá algún día, ¡Baruj Hashem!,
también vosotros podáis reunirlas».

Aunque lo callan,
ni Emanuel ni Mayer
logran evitar el pensamiento
de que en la Lehman Brothers
entran 10.000 tsvantsingers
cada día
y que haría falta
una infinidad
de cuadritos;
que, poniéndolas todas en fila,
con esas monedas
se construiría un puente
desde Nueva York
hasta Baviera.

Ríos de dinero.
Y más aún.

Parece una vorágine
donde los millones
irrumpen por las puertas
y se derraman por las ventanas.
Ni Mayer ni Emanuel
comprenden ya nada:
¿de dónde
exactamente
sacamos esos caudales?

Con Philip es inútil hablar:
el banco es según él
un apeadero
donde sólo te detienes brevemente
para partir, nunca para quedarte:
«Estimadísimo tío, dilectísimo padre,
¿acaso no ocurre lo mismo con nuestros capitales?
No debemos retenerlos,
sino invertirlos:
el dinero entra en el banco
y ha de salir
apenas entrado».

El sobrino taciturno, por su parte,
se limita a observar.
Sería ocioso pedirle una aclaración,
tiempo perdido;
eso equivaldría
a buscar una respuesta
en las volutas de su cigarro habano.

¿Y si probásemos con Sigmund?

Emanuel y Mayer
se sentaron frente a su escritorio
y preguntaron justo después de advertir
que había 120 reglas enmarcadas
entre dos candeleros
sobre la caja fuerte:
«Sigmund, querríamos entender mejor
la situación de nuestra empresa.
¿No opinas que estamos demasiado expuestos?
Hemos invertido

en todo tipo de mercados,
a duras penas
recordamos los nombres.
Si pudieras dilucidarnos
qué es el banco en la etapa actual...
O sea: ¿qué somos nosotros?».

Sigmund los dejó hablar
sin levantar la vista de las cuentas
porque el tiempo es oro
y no se puede malgastar.
Sólo ahora los escruta
quitándose las gafas
durante un larguísimo rato, una eternidad,
mientras se frota la piel de las manos.
«Intentaré explicarme: el mundo no es un bosque encantado
y las palabras se las lleva el viento.
¿Quieren entenderlo mejor?
Las muchas preguntas sólo hacen ruido.
¿Me preguntan qué somos?
¡Los sentimientos son extrabancarios!
Si no es molestia,
me gustaría pedirles una cosa.
Tal vez resulte duro,
pero quien siembra afectos cosecha chantajes.
Tengo pues algo que decirles.
Mis primos piensan lo mismo,
aunque ninguno de los dos,
por razones distintas,
vierten ese pensamiento en términos más claros.
Unos pánfilos: los mansos se emparejan con los necios.
Lo acepto: hablaré yo por el bien común.
Además, el mal será deplorable, pero también es lucrativo.
Excelente: en estos despachos, en estas salas,
por si no lo han captado,
estamos trabajando
porque sólo triunfa quien llega primero.
Esto se nos exige: producir.
Eso debemos hacer
porque quien aguarda pierde
y nunca harás aquello que aplaces.
Concluyendo:
en vez de preguntarme qué demonios es un banco

consulten con la almohada y denle unas cuantas vueltas
a la idea de la vejez.
Siempre llamo a las cosas por su nombre.
Y ahora, con su permiso, tengo una reunión».

Es bien sabido
que, cuando quieren,
los conejos
descuartizan a sus presas
con más saña que los chacales.

Descartada pues la sorpresa
con sus ominosas inferencias,
dos pensamientos
tenazmente constructivos
recorrieron los cerebros
de los dos viejos banqueros.

El primero fue
que la Academia del Cinismo
abierta para Sigmund por edicto familiar
había doctorado
a una joya del sector.

El segundo
que míster *Bad Rabbit*
seguramente
había puesto el dedo en la llaga:
no debían acudir al banco buscando asesores,
sino a sus propias almas
o, en su defecto
y como mucho,
a una autoridad espiritual
formalmente acreditada.

Así pues
la hallaron
en el rabino Strauss,
que, teniendo ya más dientes en la boca que pelos en la cabeza,
parecía conocer a fondo
la noción de senectud.
«Estimados Emanuel y Mayer,
para responder me gustaría reflexionar con vosotros

sobre el sentido de la palabra *edad*.
¿Qué es la edad sino un paraje de la vida
idéntico al espacio físico,
un territorio donde habitamos?
Las edades son urbes, pueblos, aldeas
o, si preferís, naciones
por los que debe transitar
cada uno de nosotros.
Y como cualesquiera lugares del mundo
tienen sus climas, sus lenguas
y sus paisajes.
Asimismo ocurre con la vejez:
eres forastero en una tierra extraña
donde ya no rigen
las leyes
de los países anteriores.
Y cuando vives en un país nuevo
debes aprender el nuevo idioma
para llamar sol al sol,
y luna a la luna:
sólo entonces descubres
que el sol es sol en toda la Tierra,
también en la tierra del exilio,
y que sólo cambia
la manera de designarlo.
En otras palabras:
con la edad, como con los países,
todo es inhóspito mientras eres extranjero
y todo resulta hospitalario
cuando finalmente
te conviertes en ciudadano».

Así será,
¿pero que significaba eso?

Emanuel y Mayer
bajaron volando
de las nubes
cuando propusieron al banco
un acuerdo con el constructor Elijah Baumann.

Los dos hermanos Lehman se citaron con él
porque la inversión era

«a nuestro parecer»
interesante y ventajosa.

Mayer lo pensó durante largo tiempo.
También Emanuel evaluó la idea.

Igual pensamiento, la misma intuición:
la industria americana está creciendo,
ergo se multiplican las fábricas,
ergo se multiplican los obreros,
ergo se multiplican los inmigrantes,
ergo... ¿dónde van a alojarse?
Hay que duplicar el número de viviendas,
construir a más no poder,
levantar barriadas enteras.
Inversión segura: ladrillo, cemento.
Rendimiento fijo: beneficios a corto plazo.
Un razonamiento tan cristalino
que podía ser obra de Philip.
Invertir en casas para los trabajadores.
Magistral.
Apostar por Elijah Baumann, constructor inmobiliario.
«No sé qué opinaréis: a nosotros
nos parece que la perspectiva es buena, ¿verdad, Mayer?».

«Absolutamente, Emanuel.
Y además es un caballero muy atento».

Ya.

Cuando Emanuel y Mayer
acabaron de hablar,
los tres primos reaccionaron
con un silencio interminable.

Dreidel tose:
el tercer puro
no perdona.

Silencio.

Sigmund se quita las gafas,
limpia las lentes

y se pone las gafas de nuevo.

Silencio.

Philip preside la mesa:
es casi una sombra negra
contra la luz que inunda por detrás
aquella sala toda vidrios y espejos
en el segundo piso de Liberty Street.

Silencio.

Dreidel se riza la barba.

Silencio.

Sigmund llena su vaso.

Silencio.

Philip sonríe.

Silencio.

Dreidel cruza las piernas.

Silencio.

Sigmund se ajusta el nudo de la corbata.

Silencio.

Philip dobla un papelito.

Silencio.

Dreidel se estira el cuello de la camisa.

Silencio.

Sigmund se suena la nariz.

Silencio.

Philip se pone en pie:
«Dilectísimo padre, queridísimo tío,
sentimos el máximo aprecio
por esta iniciativa
y en nombre de todos quiero expresar
nuestro sincero agradecimiento por tan valiosa contribución.
¿Estoy en lo cierto, Sigmund?».

Sigmund carraspea, se aclara la voz
y contempla la araña del techo:
«Sólo en parte, Philip,
porque, mira, sucede
que el mundo no es un bosque encantado
y los sentimientos son extrabancarios.
Si hay una salida para cualquier entrada,
te recuerdo que primero se calcula.
Quien observa el sendero no resbala
y la factura siempre llega.
Así que llamemos a las cosas por su nombre:
quien se engaña paga un alto precio.
Bien. ¿Construir viviendas? ¡Por favor!
¿Vamos a aliarnos con nuestros enemigos?
¿Vamos a dar un paso atrás?
Quien mengua un palmo se hunde cien.
¿Casas para los obreros?
¿Dónde está el rédito? Lo que no premia daña.
Ello sin considerar
que involucrarnos en el sector inmobiliario
sería una novedad total y estrambótica,
algo imprevisto,
incoherente,
erróneo,
devastador,
nocivo y además
superado por los hechos:
antes de invertir en casuchas para los hispanos
¿nos preguntaremos hacia dónde se dirige este país?
¡Osadía, osadía! Más vale la osadía que el lamento.
Quien se conforma se humilla, tenedlo por seguro,
y quien se coarta se amputa,
de modo que lo siento: ¡mi respuesta es «jamás»!
¡Hay que echarle coraje, compañeros!
El pasado, pasado está.

Quizá hayamos dado los ferrocarriles a América,
pero eso ya no basta:
después de unir las dos costas de Estados Unidos,
¿por qué no lanzarnos a unir los continentes?
¡El orgullo guarda las espaldas!
¡La ambición es una virtud!
El proyecto, en resumen, es éste:
organizaremos un consorcio financiero
(pongamos que veinte, treinta o cincuenta bancos)
y le pediremos al Estado de Panamá
que nos arriende durante un siglo
una faja de cincuenta millas
entre el Pacífico y el Caribe.
Allí cortaremos América por la mitad,
de lado a lado,
de océano a océano;
abriremos un canal que ahora no existe
y todo el comercio del mundo
tendrá que escoger entre pagarnos el pasaje
o navegar semanas y semanas
para doblar el Cabo de Hornos.
¿Me equivoco?
Es el gran negocio del mañana.
¡La voluntad es la única arma!
¿Os oponéis? ¿Por miedo? ¡Ay!
El miedo es una pérdida de tiempo.
El miedo es pólvora gastada,
sí, el miedo es un fin en sí mismo.
El miedo, compañeros, es un callejón sin salida.
He concluido. Bueno, no:
somos Lehman Brothers
y nuestra firma se escribe con mayúsculas».

Tras lo cual Sigmund se marcha
rojísimo de ira
y el portazo casi derriba la puerta.

Silencio.

Dreidel suelta una bocanada de humo.

Silencio.

Philip se acaricia la nariz
con las yemas de todos sus dedos:
«Dilectísimo padre, queridísimo tío:
en cualquier caso, si lo estiman oportuno,
pueden decirle al señor Baumann
que nos presente una instancia por escrito:
la estudiaremos
con la atención que merece».

Emanuel asiente.
Mayer también.

Pero desde aquel día
ya no se volvió a ver
a los dos viejos
por aquella sala
toda vidrios y espejos
en el segundo piso de Liberty Street.

19
Olympic Games

Todo empezó
el día crucial
en que Philip Lehman
escribió esto en su agenda
con letras de molde:
DEDICARSE AL TEMPLO.

No era, sin embargo, el inicio
de un peregrinaje místico.

Tampoco aludía a la bolsa de Wall Street, ese templo
al que ya se dedicaba incluso en exceso,
donde pasaba más tiempo
que en su propia oficina.

Bajo el epígrafe
DEDICARSE AL TEMPLO
asomaba además
un paréntesis
de muy críptico significado:
(MAXIE LONG HA GANADO LA CARRERA).

¿Qué misterioso enlace
podía conectar la sinagoga
con el atleta más popular de Estados Unidos
en la agenda de un banquero?

¿Acaso Philip Lehman
(benefactor ya veterano de la escuela hebraica)
planeaba un golpe de efecto
llevando hasta las aulas
de los niños
al héroe del nuevo récord?

No,
nada de eso.

La frase
DEDICARSE AL TEMPLO
revelaba más bien
la imperiosa necesidad
de resolver viejos pleitos
largo tiempo diferidos
que ya eran para Philip
una afrenta
y un estigma de infamia.

A la vez se trataba
de una hábil estratagema comercial
puesto que un banco
(en la óptica de Philip)
no tenía otro objetivo
que la simple victoria. Ni más ni menos.
Y la alcanzaría
sin perder de vista los dedos del enano.
Como tres y dos son cinco.

La boyante Lehman Brothers, por otro lado,
iba a esas alturas
sobre ruedas:
las arcas estaban repletas,
las inversiones eran suculentas y variadas,
de modo que
nada les faltaba
en todos los aspectos
para sentirse plenamente satisfechos.
¿Cuál era pues el contratiempo?
¿Qué martirizaba a Philip
privándolo de la paz
y ofuscándole la mente?
¿Qué zozobra encrespaba sus noches?
Y sobre todo:
¿qué esporádica carcoma
aparecida casi fortuitamente
empezó a roerle la cabeza
hasta convertirse en una obsesión
por no decir en una tortura?

Como a menudo sucede,
todo se le aclaró
gracias a un sueño profético.

La Olimpiada de París
acababa de inaugurarse.
Philip Lehman se hallaba
en un estadio onírico
presenciando la final
de los 400 metros lisos
desde el borde de la pista.
Maxie Long calentaba motores
extrañamente vestido
no con las prendas del equipo americano,
sino
con un overol amarillo
donde descollaba
un gigantesco
emblema de Lehman Brothers.
El árbitro
(vivo retrato del rabino Strauss)
tocó una campana

y los corredores salieron
disparados como cohetes.
El estadio se puso en pie:
la gente aclamaba a su héroe
con aullidos atronadores
y repetía
«¡Maxie Lehman Long, Maxie Lehman Long!».
Un huracán humano
que empujaba al gran campeón,
que lo impelía a correr aún más rápido
como si cabalgara a lomos de un Studebaker.
Corría,
corría
y corría
dejando atrás a sus adversarios:
«¡Maxie Lehman Long, Maxie Lehman Long!».
Corría,
corría
y corría
llevando a Lehman Brothers
milagrosamente
hacia la meta:
«¡Maxie Lehman Long, Maxie Lehman Long!».
Fue entonces,
en el momento
menos pensado,
cuando Maxie perdió el equilibrio
trompicando con sus propios pasos
y cayó de bruces sobre la pista.
Sus rivales saltaban por encima o lo pisaban.
«¡Ohhhhh, nooooo!»,
fue el alarido de todo el estadio
y no sólo: de París entero.
Viendo a su paladín por los suelos,
Philip Lehman
(y eso que estaba soñando)
sintió que le ardía el pecho como
si cuatro antorchas olímpicas le hubieran prendido fuego:
se precipitó a la palestra,
agarró por los brazos a Maxie Long,
se lo echó a la espalda
y empezó a correr como un endemoniado,
frenéticamente,

furiosamente,
frenéticamente,
adelantando a uno tras otro,
frenéticamente,
furiosamente;
y cuando rebasó al último
frenéticamente,
a punto de reventar,
Philip Lehman
con Maxie Long a cuestas
¡cruzó en triunfo
la línea de meta!
¡Victoria, victoria, victoria!
Allí gritaba todo el mundo
si exceptuamos al primo Dreidel,
que se limitaba a menear la cabeza.
El estadio se volvió loco:
¡Maxie Lehman Long, Maxie Lehman Long!»,
resonaba el canto unánime
y Philip,
con el eco de ese coro,
arrastró al campeón
hacia el podio.
Pero una mano atajó su avance:
el árbitro
(vivo retrato del rabino Strauss)
lo abrazó efusivamente:
«Congratulaciones por la hazaña, míster Lehman:
una carrera muy emocionante, espectacular.
Y ahora, si no le importa,
debo galardonar a los tres primeros clasificados».

«¿Cómo es eso? ¡Hemos conseguido el oro!».

«De ningún modo. O mejor dicho: ustedes han ganado la carrera,
pero el oro no les corresponde,
tampoco la plata, ni siquiera el bronce:
no hay medalla
para quien no llega al podio.
Con su permiso...».

¿Eh? ¿Cómo? ¿El podio?
¿Qué era aquel fraude innoble y ruin?

¿Quién osaba robarle la victoria?
¡Maxie Long había ganado la carrera!
¡Maxie Long había ganado la carrera!
¡Maxie Long...

Philip Lehman
abrió entonces los ojos.

Aun sin entrar en averiguaciones o pormenores,
sabía a ciencia cierta
que la medalla de oro
era para los Lewisohn,
la de plata para los Goldman
y la de bronce para los Hirschbaum.

Es decir:
aunque los Lehman
ganaran en lo sucesivo
todas las carreras,
permanecerían anclados en el cuarto puesto
porque
en la cuarta fila del templo
se sentaban.

Así pues
en la agenda
se manifestó con urgencia
una nueva prioridad:
DEDICARSE AL TEMPLO
(MAXIE LONG HA GANADO LA CARRERA).
Y desde entonces
nada fue más importante para Philip
que salvar la distancia
(pequeña, cierto, pero significativa)
interpuesta entre el cuarto banco
y el emplazamiento de Isaiah Lewisohn.

Cada maniobra
fue planeada con perspicacia,
cautela y esmero:
nada quedaría al azar
si Philip Lehman estaba al timón

en la cabina de mando
y más
ahora,
cuando el banco de la familia
le declaraba la guerra
al inalcanzable terceto del oro.

Para abrir brecha
había que descabalgar
a Elijah Hirschbaum
de la tercera posición.

Era éste un hombre de edad provecta,
padre venerado por un ejército de hijas
(sólo hembras en su prole)
serviciales y devotísimas
con frecuencia apiñadas a los flancos del patriarca
por lo que en sociedad
eran conocidas como
las Hirschbaum de la Cruz Roja.

Bien.
Ocurría justamente
que el reverendo Elijah
se había valido
de sus valquirias
para tejer una red familiar
eficacísima
que controlaba la extracción de oro
en toda Norteamérica:
cada una de las siete niñas
fue dada en matrimonio
al propietario de un banco
prestando especial atención
a aquellas regiones
donde el oro era rey.
Celebradas las nupcias,
el nuevo yerno
procedía a afiliar su banco
a la corporación neoyorquina del anciano suegro
y
así,

de California al Klondike.
de Nevada a Colorado,
de Alaska a los Black Hills,
puede afirmarse que los Hirschbaum
regulaban el flujo de todas las transacciones
abriendo y cerrando
los codiciados grifos del oro
a su libérrimo antojo.

De todo ello
estaba Philip Lehman
muy al tanto pese a que
la notoria austeridad de la casa Hirschbaum
apenas dejaba traslucir
los sacrosantos negocios del banco.

Philip, empero, ató cabos
conectando los nuevos domicilios de las hijas
con las crónicas bancarias
que publicaba el *Wall Street Journal*:
nada más declararse
la enésima crisis financiera
en los estados del sur, Philip
aprovechó la oportunidad para pescar a río revuelto
y con rigurosas letras de molde
registró en su agenda
el siguiente silogismo:

1. HIRSCHBAUM TIENE UNA HIJA EN TEXAS.
2. CADA HIJA ESTÁ CASADA CON UN BANQUERO.
3. EL BANCO DE CADA YERNO ESTÁ ASOCIADO A LA CASA
    CENTRAL.
4. LUEGO HIRSHBAUM POSEE UNA FILIAL EN TEXAS.
5. ÓPTIMO: LA TERCERA FILA ES NUESTRA.

El radiante tono del punto 5
se debía
en efecto
a la noticia bomba de aquella mañana:
el gobernador de Texas,
acometido por un súbito furor anticapitalista,
tiró por la calle de en medio sin que le temblara el pulso
y puso literalmente fuera de la ley

a todos los banqueros del estado
durante un periodo de al menos diez años.
Delitos: estafa y cohecho.

En menos de 24 horas
recibió el rabino Strauss
una nota sin firma:
¿era admisible que la tercera fila de la sinagoga
viese congregado
como en el banquillo de los tribunales
A UN ATAJO DE FACINEROSOS
SANCIONADOS POR DECRETO LEGAL
(Y NO DE UN VILLORRIO CUALQUIERA,
SINO DE UN ESTADO HECHO Y DERECHO?).
SE ADJUNTA RECORTE DE PRENSA.
ATENTAMENTE,
UN FIEL Y DEVOTO SERVIDOR.

No cabe duda:
el panorama que se disfrutaba desde la tercera fila
era mucho mejor, una maravilla.
«¡Incomparable, Philip!», exclamó su mujer
antes de preguntarle si sabía por qué
las Hirschbaum de la Cruz Roja
habían retrocedido en masa
como si fueran unas apestadas.
«Sinceramente lo desconozco, Carrie.
Ni siquiera logro verlas.
¿Dónde las han metido?».

«Me parece que por allí... más allá de la décima».

«¿Tan lejos? ¡En los confines de Texas!».

Podría haber añadido algo
sobre el hecho de que los Lehman
merecían aquella promoción,
pero no lo hizo.

En parte porque su esposa
notó en ese preciso instante
la primera de las ciento y pico contracciones

que, seis horas después,
le darían un hijo varón.

Pero además de este suceso
ocurría sobre todo
que sus pensamientos
franqueaban ya la segunda fila
dirigidos como balas
hacia los solios pontificios
de la familia Lewisohn.

Que por medio estuvieran
nada menos que los Goldman
no suponía
para Philip Lehman
un obstáculo digno de mención.

Al contrario.
El plan ya estaba perfilado.
Redondo y sencillísimo.
De ahí que
una sonrisa de complacencia
le aflorase en los labios
cada vez que lo rumiaba:
los Goldman le servirían
como un peldaño
para suplantar a los Lewisohn.
En otras palabras:
iba a utilizarlos.
Y utilizándolos los desbancaría.

Porque
en el fondo
(se preguntaba Philip)
¿hay acaso mejor táctica
para derrotar a un enemigo
que aliarse con otro
y,
machacado el primero,
deshacerse del segundo
como de un hierro roñoso?

Sólo faltaba una buena ocasión
para suspender la larga contienda
y suscribir con Henry Goldman
un nuevo pacto de lealtad,
apoyo mutuo
y hermandad castrense:
la alianza con un enemigo
era requisito indispensable
para no tener enemigos,
sólo adversarios.
Sojuzgados.

Dicho y hecho.
La madre naturaleza sirvió esa oportunidad
en bandeja
y con asombrosa prontitud.
He aquí cómo.

Es un jueves por la tarde.
El aire anuncia neviscas.
En la penumbra del templo,
Philip Lehman
avanza
despacio
apretando un fardo blanco contra el pecho
de su traje oscuro.

Como prescribe la ley,
ocho días
después del nacimiento
se circuncida
a Robert Lehman, más conocido como Bobbie.
En sus venas
ni una lejana huella
de Alemania,
Alabama
o ese vejo Nueva York de antaño,
cuando su abuelo Emanuel
abrió aquel primer local en Liberty Street.

Philip se detiene,
alza el fardo
y comienza la ceremonia:

su hijo tendrá
desde hoy un nombre
y pasado el Berit Milá
vivirá al amparo de los patriarcas.

Todo va como una seda
hasta que emerge
otra figura
con negro atavío
también provista
de un fardo
que recorre el pasillo
y se estaciona
junto a míster Lehman.

La campanada
sacude a los presentes:
nadie lo había previsto.

Sólo el dueño de cierta agenda
ya estaba
sobre aviso:
PROMOGÉNITOS EL MISMO DÍA.
CIRCUNCISIONES EL MISMO DÍA.

Ayer el Bar Mitzvá de los muchachos.
Hoy el Berit Milá de los neonatos.

Increíble golpe de suerte:
encarando la silla de Elías
(que el profeta guíe a ambos niños),
cada uno con su fardo,
los dos cabezas de familia
Philip Lehman
y Henry Goldman
están
allí juntos,
alineados,
erguidos.
altaneros
sin mirarse nunca.

Los fardos berrean.
Las esposas (en la tercera y segunda filas)
tampoco se miran.

Nadie imagina
que algo tremendo
y a la vez histórico
va a suceder
hoy en la sinagoga.

Por supuesto:
romper el hielo es muy arduo,
pero Philip hace de tripas corazón
pensando que es un paso necesario:
«Hola, Goldman».

Los nuevos reclutas chillan al unísono.

«Hola, Lehman».
«Mi más sincera enhorabuena, Goldman».
«Lo mismo digo, Lehman».

Lágrimas de alarma empapan los fardos.

«Extraña coincidencia, querido Goldman».
«Muy extraña, desde luego».
«¿Incómoda?».
«En cierto modo».
«Pero ineludible, querido Goldman».
«Me temo que sí, querido Lehman».

Agudísimos vagidos de los herederos a los tronos.

«Por otro lado, Henry, la naturaleza no obedece órdenes.
Si no es atrevimiento, ¿puedo tutearte, Henry?».
«A la naturaleza le importan un bledo los bancos, Philip.
Al menos en ella nadie manda».
«Tampoco en los preceptos».
«¡Ah, no! En los preceptos tampoco».

Llorera a moco tendido en la sección perinatal.

«Así que no es cierto eso que se cuenta, Henry».

«¿Qué se cuenta, Philip?».

«Que los Goldman lo podéis todo con el oro:
algo escapa a vuestra férula».

«Si es por eso, tampoco vosotros lo podéis todo».

«¿Entonces lo admites? ¿Admites que no eres omnipotente?».

«Solo si tú también lo admites».

«Admitamos que yo lo admita».

«En ese caso ambos lo admitimos».

«¿Qué admitimos ambos?».

«Que ni tú ni yo somos todopoderosos».

«Verde y con asas. Ni tú ni yo podemos llegar a todas partes».

Vivas protestas sonoras de la nueva generación.

«Por separado no podemos, Henry,
pero si alguna vez aunáramos nuestras voluntades...
En ese caso, quizá...».

«¿Alguna vez, Philip?».

«Alguna vez, Henry».

«¿De qué hablas?».

«De Wall Street».

«¿Mercado accionario?».

«Mercado accionario».

«¿Bonos, cotizaciones?».

«Bonos, cotizaciones».

«¿Emisión de títulos?».

«Emisión de títulos».

«¿Lehman Brothers y Goldman Sachs?»

«Cooperación estratégica, Henry:
pactemos una *partnership*, una *joint venture*.
Nuestras fuerzas sumadas no tendrían competidores».

Insurrección anticapitalista de la descendencia.

«Tengo que pensarlo, Philip.
¿Me das un poco de tiempo?».

«El tiempo de la ceremonia».

«¿Y si no me basta?».

«En tal caso buscaré otra alianza.
Ya me han hecho una oferta, Henry».

«¿Y quién sería?».

«Los Lewisohn».

«Júrame que eso es cierto».
«Si tú me juras que aceptas la propuesta».
«¿Juramos los dos?».
«¿A quién ponemos por testigo?».
«A estos hijos nuestros».

Tumulto coral desde ambos frentes.

«¡Baruj Hashem, Philip!».
«¡Baruj Hashem, Henry!».

Cuentan las crónicas
que se estrecharon las manos
mientras de un extremo a otro
todos
los observaban
sin comprender
por qué el lobo lamía al oso
y viceversa.

Lehman Brothers.
Goldman Sachs.
Unidos para la victoria.

Alguien le puso el cascabel al gato
y se aventuró a preguntar
cómo lograrían
sentarse todos juntos
en la segunda fila...

Herbert Lehman y su esposa Edith
se amotinaron en el acto:
¿acaso la democracia no es un condominio?

Bastó la cándida pregunta
para provocar unas cuantas risitas
que enseguida
se volvieron contagiosas.
Aunque Sigmund sacudía la cabeza
poniéndose en guardia
contra cualquier arranque de súbito cariño,
las damas confraternizaron,
los ancianos compartieron cautelosas bebidas,

los chicos inquirieron por los nombres de las chicas
y Arthur Lehman regocijó a los niños
contándoles la anécdota de aquel hermano
que intentó requisarle la cama.

En resumen:
fuera lo que fuese,
aquello parecía una fiesta.

Si bien es cierto
que los dos fardos
continuaron sollozando a lágrima viva
vigilados sin pestañear
(y desde la debida distancia)
por Dreidel Lehman
envuelto en el humo de su cuarto habano.
Agazapado en un rincón
(tan mudo como la muda Helda),
no se distrajo ni un segundo:
su atentísima mirada tomaba notas.

Pero también esto
se preveía
en la agenda de Philip.

Como todo lo que vino después, dicho sea de paso.

20
Golden Philip

Nueva York ya se detiene
cuando llega el sabbat.
Tiendas cerradas,
oficinas vacías.
En Wall Street se interrumpe el trasiego
cada viernes por la tarde,
y es normal que así sea

porque el sábado
no habrá nadie. Un desierto.

Tampoco Solomon Paprinski.
el funámbulo
de Wall Street,
da señales de vida.
No se presenta
como cada mañana
a tender su cable
entre dos farolas
ni bebe
su trago de coñac
allí,
a un paso del portón oscuro.

Nueva York se detiene
cuando llega el sabbat.

Hasta Monk Eastman, según cuentan,
suspende las balaceras
de sus secuaces.

Desde que los barcos
descargan
diariamente
a centenares de emigrantes
en los muelles americanos,
un neoyorquino
de cada cuatro
lleva apellido judío.
Y sobre un muro de Brooklyn
campea desde hace meses
esta pintada:
Jew York

Será que los judíos de ahora
no son como los de antes.
En absoluto.
Iguales que nosotros, pero distintos,
Carrie Lehman tiene el prurito de subrayarlo,
es un tema fijo,

el asunto predilecto
esas animadas tardes
en la gran casa de la Calle 54,
donde
alterna
con la esposa
de Henry Goldman.
Ya es un rito,
talmente como el de los maridos
Lehman y Goldman,
que todos los días
almuerzan
en el restaurante Delmonico's.
Las mujeres no.
Nada de almuerzos.
Sólo té para ellas.

«Me dicen que las carnicerías kósher
tienen colas de veinte metros.
¿Un poco más de té, señora Goldman?
Philip lo ha traído de Inglaterra».
«Habiendo tantos judíos, ahora resultará
que con tal de vender nos darán carne rancia».
«Mis criadas ya les han dicho a los carniceros
que les pagaremos más y que se dejen de historias.
¿Unas gotitas de leche en el té?».
«Un terrón de azúcar, gracias.
No se fíe del servicio, señora Lehman.
Nuestra cocinera nos sisaba en las compras.
He esperado a que Henry volviera de Panamá
para hacer que la despidieran».
«Nuestra cocinera lleva aquí seis años,
no me inquieta».
«¿A mí me lo va a contar? Más llevaba ésa.
¡Cómo nos ha tratado la malnacida!
Y me horripila tener que emplear a una de color».
«¡Eso ni en broma! La servidumbre que anda por aquí no puede ser
     negra».
«He pasado la voz en la sinagoga, pero no me hago ilusiones».
«Ya, es que los judíos de los últimos diez años
son todos rusos o de por allí.
Ni se entiende lo que dicen.
Y encima son unos pobres astrosos, ¡van con harapos!

He visto a algunos sin abrigo bajo la nieve.
¿Otra tacita, querida?».
«Gustosamente, querida.
Mi esposo opina que deberían prohibir la entrada de más».
«Philip piensa lo mismo.
Que luego no se quejen sin un judío de cada tres es un criminal».
«Confieso que tengo miedo
cuando leo las noticias del *Times*,
sobre todo si mi marido está en Canadá».
«También Philip se ausenta cada vez más de Nueva York,
pero las bandas de judíos no suben a esta zona,
se lían a tiros en los barrios bajos.
¿Un pastelito?».
«Delicioso, como siempre».
«Es usted muy amable».
«Mañana, sin embargo, vendrá usted a mi casa».
«Lo siento, querida, imposible:
mañana le damos su primer caballo
a nuestro hijo Robert».

Caballos.
Bobbie Lehman
aún no sabe hablar,
pero ya tiene casi una docena.

Chusco destino
el de los caballos:
antes los usábamos para tirar de los carruajes
y ahora que los autos llenan las calles
se los regalamos a los niños.

Quizá algún día
vayamos todos en dirigibles
y los coches serán juguetes para bebés.

Los Lehman, mientras tanto,
poseen tres automóviles.
Uno lo usa Philip: es de color azul oscuro
con revestimientos cromados.
El chófer se llama Gerard
y es de origen francés,
un gran muchacho.
Resulta bastante vistoso

que un blanco
te transporte por Wall Street
ahora que en Nueva York
parece que todos los negros
han nacido al volante
y con la librea ya puesta.
Los rubios cabellos de Gerard
son sin duda un toque de buen gusto.

El segundo vehículo
es un último modelo
de Studebaker:
Sigmund va en él a todas partes
(para ganarle tiempo al tiempo)
desde que Harriett lo espera en casa con dos hijos.
Su conductor es Turi, un italiano
con engañosa tez oscura
que tiene el feo vicio de hablar por los codos
aunque Sigmund rara vez le contesta.
En ocasiones incluso
corre el visillo que separa
la cabina de su habitáculo
para insinuar que es hora de cerrar el pico
¿o prefieres jugarte el empleo?
No sería el primero.
No.
Porque trabajar para Sigmund Lehman
es un patético viacrucis.
En los últimos años ha plantado en la calle
a al menos tres chóferes
por no mencionar el servicio doméstico
o incluso a miss Blumenthal,
que hubo de ceder su puesto
primero a miss McNamara,
luego a Sally Winford
y finalmente a Loretta Thompson,
que nunca deja de tentarse la ropa.
Anda con cien ojos. Por si acaso.

Vale que el mundo
no es un bosque encantado
(y que los sentimientos son extrabancarios),
pero tal vez Sigmund esté

yendo demasiado lejos:
teme no haber asimilado
su Talmud como es debido
y se ha impuesto la gimnasia
de aplicar cada día
una de las 120 reglas especulares.
Así, piensa,
la teoría se traducirá espontáneamente
en una conducta práctica
y se disipará para los restos
cualquier recuerdo
del antiguo conejillo retozón.

Y si el piadoso ortodoxo
ha de acatar
los 613 mitzvots
para ser un buen judío,
bien podrá él
atenerse a un solo mitzvot diario
para ser un financiero a prueba de bombas.

Quienes lo rodean
han empezado por tanto
a padecer en sus propias carnes
los frutos de una calistenia feroz
marcada por el cinismo más siniestro,
la negación de cualquier gesto desinteresado
y, rizando el rizo, una constante
exaltación de sí mismo.

Por otro lado,
viéndose cada vez más capaz
de llevar a la práctica
los mandatos del espejo,
ha enraizado en Sigmund
la nefasta idea
de haber sido siempre
el supremo arquetipo
de la avaricia más desaprensiva
y por ello objeto de un odio colectivo.

Así pues, Sigmund
no se fía de nadie:

barrunta deslealtades y chivatazos,
husmea traiciones en el aire,
le basta una palabra improcedente o a contrapelo,
una tenue mirada no humildemente sumisa,
para denunciar enseguida el complot
«porque yo tengo una dignidad
y se equivoca de medio a medio quien pretenda avasallarme:
me llamo Sigmund Lehman
con todas las mayúsculas».

Menos mal que
Harriett, su mujer,
lleva en sus venas la sangre de la familia
con iniciales no menos mayúsculas.
De no ser así, ya le habría enseñado la puerta
acusada de conspirar contra él
para despojarlo de su patrimonio.

Mas la naturaleza
esencial de un hombre
(bien que forzada a cambiar)
nunca se extingue del todo
y Sigmund Lehman,
cada vez más a menudo,
alterna sus truculentas arrogancias diurnas
con inopinadas crisis de llanto nocturno
donde una suave pelambre de conejo
parece aún entreverse
bajo el glacial pijama del banquero.

Harriett Lehman
reconoce a su viejo marido
en estas situaciones,
un hombre tierno anegado en lágrimas
que abraza la almohada
como un niño a su madre
y le suplica
con voz lastimera:
«Dime que todavía me quieres».
En ese *todavía* subyace
la conciencia de su reciente periplo.

Suele bastar un *sí*
farfullado por Harriett entre bostezos
para que Sigmund
recupere el sueño
hasta el despertar de la mañana
con unos ojos de nuevo vidriosos
en ese mundo sin encanto o encantamiento.

Mas cuando
(como a veces sucede)
la medicina no basta para aplacar la fiebre,
Harriett se ve obligada
a novelar la fábula
de que en pocos años
ella y él
dejarán el foso de los leones
cogidos de la mano
para romper amarras con todos y con todo.
«¿Adónde iremos, Harriett?».
«Lejos, Sigmund».
«¿Lejos dónde, Harriett?».
«Iremos a alta mar, Sigmund».
«¿Donde sólo hay peces, Harriett?».
«Peces y gaviotas, Sigmund».
«Prométemelo, Harriett».
«Te lo prometo, Sigmund».

«¿Qué pasa, mamá? ¿Papá está llorando?»,
preguntaron
Harold y Allan
rascándose los ojos
asomados como dos duendes
al dormitorio de sus padres.

«Sí, claro, papá llora de alegría
por los éxitos del banco.
Ahora volved a la cama, que mañana hay clase».

Justo: la escuela.
Al día siguiente
ambos chiquillos
hallaron el modo
de escribir en una redacción

que los banqueros son unos cachos de pan:
vierten lágrimas de felicidad
cuando el banco hace dinero
y como el banco va viento en popa
afortunadamente lloran
todas las noches.

Conmovida por tamaños sentimientos,
la señorita Ehrman les puso la nota más alta
y consideró apropiado
que la familia leyera
aquellos gozosos frescos de la dicha bancaria.

«¿Pero os habéis vuelto locos?
—les espetó Sigmund a quemarropa
tras convocar de urgencia a los conejillos—.
Los sentimientos son extrabancarios, ¿me explico?
Aquí no hay sitio para bobadas sensibleras.
Habéis confundido con el llanto
la enfermedad que me inflama los ojos.
Mañana mismo le diréis a la señorita Ehrman
que lo habéis inventado todo de arriba abajo,
le pediréis que os permita rectificar
y cambiaréis la versión de los hechos».

La era de la comunicación
estaba en sus albores:
«Y a partir de ahora os prohíbo
hablar de finanzas en los ejercicios escolares».

Es dura la vida del banquero.

Y aún más dura, sostiene Harriett,
la de su adlátere
en la sagrada unión conyugal.

Por suerte,
la jornada laboral es más bien larga
en Liberty Street 119
y su marido desaparece con las primeras luces
en el Studebaker conducido por el buen Turi.

A propósito.

El tercer y último automóvil de la casa Lehman
pertenece a Dreidel
(si ha de constar la verdad),
pero ni él ni Helda lo usan de buena gana:
demasiado ruido, demasiada bulla.
Sobre todo si no llueve
dejan que Sammy, el chófer
(un enanito de color con bigote blanco),
pasee por Nueva York
a míster Mayer y míster Emanuel:
una papa y un brazo motorizados
desde que las piernas
les juegan malas pasadas
y más vale no arriesgarse.

Rara vez se dejan caer
los dos ancianos
por la sede del banco en Liberty Street.
Cuando Sammy gira en la siguiente manzana
por error o despiste,
uno de ellos interviene
enseguida desde atrás:
«¡Maldita sea, Sammy! ¿No ves que se ha hecho tarde?
¿Adónde nos llevas? ¡Media vuelta!».

Pues media vuelta.
A Sammy ni le va ni le viene.
Con tal que le paguen...

Su trayecto preferido,
en cualquier caso,
es siempre el que conduce
a la sinagoga:
durante los oficios
puede pasar una hora entera
riendo y bromeando
en la avenida
con al menos cincuenta colegas.
Esos judíos ya están automovilizados
y los coches más lujosos
se exponen
fuera del templo

impolutos y relucientes
como en un escaparate.

Pero el conductor debe ser precavido
y saber latín: hay ciertas reglas
que no pueden ignorarse.

El otro día, por poner un caso,
convencieron a Gerard
de que en media hora como mucho
empezaba la ventisca.

El año anterior nevó sin parar
durante cinco días
y cuando Nueva York decide blanquearse
las calles son un infierno
para los automóviles.

Gerard no aguardó un segundo:
aunque la función estaba en marcha,
abrió la puerta,
inspeccionó por encima el interior
y ni corto ni perezoso
salió a la caza rastreando
la entera congregación
hasta que
finalmente dio con sus Lehman
en la primera fila,
delante de la tribuna:
«Perdone señora Lehman, mire:
creo que deberíamos irnos.
Va a caer una nevada, ¡deje ya de rezar!».

Así está el servicio hoy en día:
te abochorna si no lo metes en vereda.
Y tampoco Gerard es una excepción
aunque su pasta no resulta de las peores.
En consecuencia (para que comprendiera su impertinencia)
se le bajó el sueldo.
Notablemente.

Por otro lado,
no hay lenguaje más claro:

el dinero es el único dispositivo
que gobierna nuestras relaciones.

Philip Lehman está
segurísimo de ello,
sobre todo
desde que ganó
la guerra
por el dominio del templo.

¿Los Lewisohn?
Podían quedarse las llaves del cofre
si dentro sólo había oro:
el metal amarillo tendrá su valor,
pero es una reliquia del pasado
y cada día brilla menos.

El oro de hoy,
escribió Philip en su agenda,
es ese inabarcable río de dinero
que a todas horas
se desliza como una anguila
desde los bolsillos de quienes compran
a las arcas de quienes venden.

¿Las minas? ¿Los lingotes?
Apreciables, desde luego,
¿pero cómo los vas a comparar
con el frufrú de los billetes,
casi inaudible,
casi imperceptible,
y sin embargo una estruendosa barahúnda
cuando lo imaginas a escala mundial?

Eso es: el mundo.
Pensar a escala nacional
carece en el fondo de sentido:
el comercio no tiene fronteras
y sin límites
quiere controlarlo
Lehman Brothers.
Con números.
Con firmas.

Con títulos de deuda.
Con créditos.
Con letras de cambio.

¿Quién ha ganado,
por tanto,
la posesión de la primera fila?

¿Los Lewisohn,
abrumados por toneladas de oro,
o los ligerísimos Lehman
siempre libres de peso?
Nuestro poder es pura aritmética,
nos erguimos sobre cálculos
matemáticos y celestiales.

Ésta es la clave:
si no se apresuran a abandonarlo,
el famoso banco de los Lewisohn
acabará hundido
bajo una tara de poleas, grúas y carretillas
a su vez destrozadas
por la carga de oro
mientras nosotros
brincamos livianos
sin ningún sobresalto
con más caudales en la cabeza
que en la cartera.

Dicho esto,
vayamos a los hechos.

¿Cuánto ingresa Lewisohn al año?
¿Seis millones de dólares?
¿Quizá incluso siete?
¡Enhorabuena, Lewisohn!
El día de la alianza
con el enemigo sempiterno,
Lehman Brothers no pasaba de cuatro.

Muy bien. De ahí partimos.

Aglutinando fuerzas
con el capital Goldman
el cerebro de la casa Lehman
cuenta con poder lanzar
el ataque decisivo
al corazón del sistema:
seremos el banco de la industria,
seremos el banco del transporte,
seremos el banco del comercio
y las cadenas de tiendas,
entre ellas Woolworth,
que nos lo debe todo.

Un banco moderno
para la América de nuestro tiempo

hizo inscribir
Philip Lehman
con letras superlativas
en la inmensa y blanca pared
de un nuevo rascacielos.

¿Cuánto ingresa Lewisohn al año?
¿Seis millones de dólares?
¿Quizá incluso siete?
¡Enhorabuena, Lewisohn!
Adquirido el control de Woolworth,
Lehman Brothers ya roza los cinco.
No basta: ¡avante toda!
¡Más, más,
sin recular nunca!

Un banco de todos
para el bienestar común

hizo escribir
Philip Lehman
con caracteres aún mayores
sobre una pancarta de veinte metros
colgada en el Puente de Brooklyn.

¿Cuánto ingresa Lewisohn al año?
¿Seis millones de dólares?
¿Quizá incluso siete?
¡Enhorabuena, Lewisohn!
Ahora que cotiza en bolsa,
Lehman Brothers
se tasa a 6 con 40.
No basta: ¡avante toda!
¡Más, más,
sin retroceder ni un paso!

Un banco de hoy
para financiar tu mañana

hizo inscribir
Philip Lehman
con letras aún mayores
sobre trenes, naves y barcazas.

¿Cuánto ingresa Lewisohn al año?
¿Seis millones de dólares?
¿Quizá incluso siete?
¡Pobre Lewisohn!
Ahora que es la joya de Wall Street,
Lehman Brothers
ha roto la barrera de 7 con 80.
No basta: ¡avante toda!
¡Más, más, más, más,
sin miedo a la pelea!

Un banco indomable
que afronta todos los retos

hizo inscribir
Philip Lehman
con caracteres aún mayores
sobre trenes, naves y barcazas.

¿Cuánto ingresa Lewisohn al año?
¿Seis millones de dólares?

¿Quizá incluso siete?
¡Te compadezco, Lewisohn!
Ahora que está en boca de todos,
Lehman Brothers
ha alcanzado 8 con 60.
No basta: ¡avante toda!
¡Más, más, más, más, más, más!

Lehman Brothers está en la primera fila

con sumo placer
habría escrito Philip Lehman
en la fachada del templo
cuando los Lewisohn fueron destronados.

Las altas finanzas
son a veces irónicas:
un individuo ha batido a los gigantes del oro
y ahora en Wall Street
lo llaman *golden Philip*.

«¿No lo pasa mal esa gente sentada tan atrás?»,
le preguntó su hijo
viendo dónde se acomodaban los húngaros.

«El último caballo en salir remonta a veces
la carrera, Bobbie, ¿no lo sabes?
También les sucede a los atletas:
Maxie Long era un maestro de la remontada
y aún mantiene su récord: está en la cima».
Pero al pronunciar esta palabra
nuestro *golden Philip* se mordió los labios.

¿No se dice que en la cumbre
sólo hay sitio para uno?
También en la primera fila. Es lo mismo.

En Wall Street se rumorea que Lehman
ha sacado más provecho de la unión con Goldman.
Estupendo.

Y la primera fila le corresponde sin duda a Philip.
También estupendo.
Todo estupendo.

Pero tener compañía ahí arriba
es algo que Philip no acepta.

Tendrá que buscar un camino.
Tendrá que voltear la carta justa.

Calma mientras tanto.

El hombre de oro
escribió
en su agenda
esa misma tarde:
COMO SI GOLDMAN NO EXISTIERA.

21
Shivá

Sentado en una silla de terciopelo azul
adosada a la pared,
el anciano superviviente de los tres hermanos Lehman
espera,
saluda,
agradece.
Le puerta se cierra
y luego se reabre: otra persona.

Cuando el pequeño Robert
quiere saber
el porqué de esa barba tan larga
contesta
que así se hacía antaño
en un lugar llamado Rimpar
y así hicieron también por el tío Henry en Alabama.
Robert

dibuja entonces
en un papel
a mucha gente con barbas hasta los pies
(también las mujeres,
incluso el perro)
y dice mostrando el dibujo:
«Esto es Rimpar, en Alabama».

A Robert le gusta dibujar.
Si le preguntan
qué será de mayor,
responde
«¡pintor!»,
afirmación que su madre
enmienda
puntualmente
con una sonrisa
sabiendo bien
que en la agenda del marido
no se prevé exactamente eso:
«Bobbie, quieres decir banquero pintor».

Por el momento,
sin embargo,
a Bobbie Lehman no le preocupa
su futuro profesional:
mira a su alrededor,
ve cómo su padre y todos los demás
practican extraños ritos
desde hace tres días.

Porque los Lehman
cumplen todas las normas, lo han decidido:
shivá y sheloshim
como hacían allá en Europa,
todas las normas como si fuéramos judíos de Baviera.
No salir durante una semana.
No preparar comida:
se les pide a los vecinos, se recibe y basta.
Han desgarrado una prenda como está prescrito,
la han despedazado nada más regresar
del sepelio
en el viejo cementerio.

También han recitado el kadish
cada día,
mañana y tarde,
todos los miembros de la familia
(los niños en primera fila)
desde que comenzó el duelo.

Ahora,
con un hilo de voz
y los ojos exhaustos,
sentado en una silla de terciopelo azul
adosada a la pared,
el último de los tres hermanos Lehman
espera,
saluda,
agradece.
La puerta se cierra
y luego se reabre: otra persona.

Han metido el cuerpo en un féretro oscuro
sin asas,
sin adornos,
sin nada
como era el de Henry
medio siglo atrás.

La sede de Liberty Street 119
con esos ventanales que llegan hasta el techo
permanece hoy cerrada.
Hoy como ayer y anteayer.

La sede de Lehman Brothers
en Liberty Street 119
lleva ahí casi cincuenta años
y nunca ha cerrado tanto tiempo.
En la bolsa de Wall Street
las banderas están arriadas,
a media asta.
«Tiene chiste», piensa el viejo Lehman,
habida cuenta de que
ni él ni su hermano
pisaban aquel edificio desde hacía una eternidad;

y es que ahora sólo se habla
de acciones, títulos y bonos.

Sentado en una silla de terciopelo azul
adosada a la pared,
el anciano superviviente de los tres hermanos Lehman
ahora
espera,
saluda,
agradece.
Le puerta se cierra
y luego se reabre: otra persona.

La muchedumbre
(todos los judíos de Manhattan)
lleva horas haciendo cola
frente a la puerta de la casa:
conocen la noticia por el *New York Times*,
que le ha dedicado la primera plana.
«Tiene chiste», piensa el viejo Lehman,
habida cuenta de que
ni él ni su hermano
leían ya una sola página del periódico;
y es que ahora sólo se escribe
sobre acciones, títulos y bonos.

Muchedumbre silenciosa.
Entran de dos en dos
en la gran casa de la Calle 54
donde hoy las persianas están bajadas:
no dejan que relumbren
sobre la calle
las luces de las enormes lámparas
que
(vanagloria de Carrie Lehman)
no van con gas, sino con corriente eléctrica.

Muchedumbre silenciosa.
Entran de dos en dos.
También está Solomon Paprinski,
el equilibrista de Wall Street
que en veinte años

nunca se ha caído
de su cable.

Todo como prescribe la Ley,
todo como en Rimpar, entre aquellas gentes de Baviera,
aunque ahora
sólo uno
recuerda de verdad cómo era aquello.

22
Horses

A como en Antares
B como en Brandon
C como en Calypso
D como en Dakota
E como en Eagle
F como en Felix
G como en Gypsy
H como en Hister
I como en Isidoro
J como en Junior
K como en King
L como en Lucky
M como en Melody
N como en Nigel
O como en Olympus
P como en Pepper
Q como en Quebec
R como en Rubir
S como en Silver
T como en Tango
U como en Ulyxes
V como en Velvet
W como en White
X como en Xoros
Y como en York
Z como en Zagor

Bobbie
ha aprendido el alfabeto
con los caballos de la cuadra Lehman.

Apenas tiene
siete años
y ya está chiflado por la hípica.

Desde aquella primera vez
en que Philip y Carrie
lo llevaron con ellos
al hipódromo:
Bobbie, hipnotizado,
no quitaba los ojos
de las carreras,
ni siquiera los cerraba
cuando los caballos
a galope
levantaban nubes de polvo
frente a las butacas de la *upper class*.
A partir de entonces
no hubo en la escuela
un solo dibujo
donde no figurase un caballo.

El chiquillo conoce las razas,
distingue a un berberisco de un escocés,
a un árabe de un purasangre,
sabe cuánto vale uno
y cuánto vale otro.
Porque ahora
en Nueva York,
desde la llegada del nuevo siglo,
la contraseña es *valor*.
Todo tiene un precio,
todo se cotiza.
Todo en Nueva York
lleva su marbete
como los zapatos en las vitrinas
o la fruta en los puestos del mercado,
pero lo excitante,
lo que de verdad electriza,
es que

ese precio
puede
y debe
alterarse
siempre:
cambiar,
cambiar,
cambiar.

Ahí está:
si Bobbie adora los caballos que galopan,
su padre, Philip, adora los precios que cambian.

Cierto:
es fácil sentarse en la grada
y seguir una carrera de caballos
con los prismáticos: sólo tienes que mirar.
Menos simple es seguir la carrera de los precios,
pero Philip Lehman no se achanta
y emprende muy animoso
la educación económica
de su heredero:
«¿Me prestas un poco de atención, Robert?
Si atiendes y paras de dibujar,
tengo aquí algo mucho más divertido.
El juego de hoy se llama bolsa de valores.
¿Cómo funciona? No tiene ningún misterio.
Había una vez un paraguas
que costaba tres dólares.
Pero supongamos, Bobbie, que el *New York Times*
anuncia de pronto
una borrasca de dos meses.
¿Qué ocurriría entonces?
Nos quitaríamos los paraguas de las manos
y su precio se dispararía
porque la gente no desea mojarse
y para no mojarse está dispuesta a gastar.
¿Te gusta nuestro juego? Bien.
Ahora imagina
que empieza a correr la voz
de que los paraguas atraen los rayos...
¿Quién querría entonces un paraguas?
Mil veces mejor un impermeable...

Y mira tú por dónde el precio de los paraguas se desplomaría.
Perfecto, querido Bobbie: ése es el quid de la cuestión.
El banco que lleva tu apellido
es idéntico a ese paraguas, ¿sabes?
En la bolsa nos evalúan constantemente:
quien cree en nosotros adquiere un cachito de tu apellido
que luego puede vender o conservar
(ese cachito se llama acción, Bobbie, no lo olvides).
Si la empresa es sana y fuerte,
sus acciones serán muy preciadas
y nadie querrá desprenderse de ellas,
pero si el banco tropieza
(¡porque corre la voz de que atrae rayos y centellas!)
los dueños de las acciones venderán éstas
para recuperar su dinero.
Este percance (muy feo, por cierto) se llama crac.
Es como un caballo,
que pierde valor si no gana,
pero vale una fortuna si triunfa.
¿Lo ves claro? Fíjate, Robert:
yo quiero que Lehman Brothers
sea una gran cuadra
de caballos
que sólo saben vencer».

Bobbie escuchó todo
poniendo los cinco sentidos
y pensó que lo había entendido.

Después,
ya solo,
probó a dibujar la bolsa de valores,
pero la hoja se quedó en blanco.
Luego lo intentó con el banco.
También en vano.

Así que dibujó un caballo
con un paraguas encima
y se preguntó
si aquello
era en serio un banco.

Buena pregunta, Bobbie.
No eres el único que se la hace
dentro de la casa.

Será que los abuelos se asemejan a los niños,
pero también el más anciano de los Lehman
se pregunta continuamente
de dónde le sale
a su familia
esa gran pasión por los caballos
dado que allá en Rimpar, Baviera,
con todas aquellas reses,
nadie los criaba.
Luego el viejo se detiene:
es ésta una típica cavilación de las suyas (de buen brazo)
porque ya debería saber
que 1 + 1 nunca suman 2 en Nueva York,
y que las certezas de la vida
aquí se las lleva el viento.

Más aún:
Emanuel a veces piensa
que si hoy el banco
tuviese que buscar un distintivo,
seguramente
elegiría el caballo.

Por ello
no le sorprendió
que su nieto Bobbie
respondiera
«yóquey»
a la pregunta
«¿qué serás de mayor?»,
afirmación que su madre
enmendó
puntualmente
con una sonrisa
sabiendo bien
que en la agenda del marido
no se prevé exactamente eso:
«¡Yóquey banquero, Bobbie!».

Y si Philip no hubiera estado en la bolsa,
se habría oído una corrección
en letras de imprenta:
«YÓQUEY FINANCIERO».

Justo.
Porque desde hace ya
algunos años
(más o menos desde
que los dejó el tío Mayer)
ese gran rótulo con la palabra BANK
le viene a Philip tan estrecho
como un corbatín que aprieta el cuello.
Y nada cambia
que el letrero ya no sea de madera,
sino de hierro y cristal,
ni que lo haya diseñado un célebre arquitecto
en estilo *liberty*:
para esa Lehman Brothers cotizada en bolsa
que emite títulos y distribuye acciones,
que asesora
y manipula los mercados,
las cuatro letras de B-A-N-K
son casi un agravio.
Philip querría modificar el nombre:
sueña con los ojos abiertos
en la CORPORACIÓN LEHMAN BROTHERS
y
cuando llega a la puerta
de Liberty Street 119
le parece ver el nuevo rótulo ya instalado.

¿Pero luego?

Luego se enfrasca en otra cosa:
su jornada no está menos repleta que su agenda
y a menudo cree tener una pátina divina
(como Moisés, como Abraham)
que lo escuda una y otra vez contra el cansancio.

Por ahí van
sus pensamientos
cuando contempla las láminas negras y grises

(nada tranquilizadoras, por cierto)
que decoran las paredes en el cuarto de Bobbie.

Una semana antes,
el Consejo de Ancianos
reunido en la sinagoga
decidió
recompensar a los benefactores
con una muestra de afectuosa gratitud
y obsequiaron a los Lehman
una preciosa colección de estampas,
todas enmarcadas,
donde aparecían representados
los mayores profetas,
David con Goliat,
Noé y el arca,
la Torre de Babel,
el becerro de oro
e incluso Ezequiel en el valle de los huesos secos.
O sea:
una impresionante galería bíblica
con el correspondiente versículo
debajo de cada imagen.

El problema era que esas estampas
estaban hechas con una tinta tan oscura
y unos trazos tan lóbregos
que más parecían
suplicios
para ovejas descarriadas.

Pese a lo cual
hay en ellas algo poderoso:
Philip las encuentra instructivas
porque ve en la historia de Israel
una epopeya de familia
donde él se siente
patriarca incontestable.

Ha dado pues la orden
de que la entera colección,
tan tétrica,
tan perturbadora,

se cuelgue sobre el lecho de Bobbie:
serán así las últimas escenas que vea
cada noche
antes de dormir.

En una pared de su despacho,
por contra,
cuelga un retrato de Maxie Long,
el gran atleta olímpico de años pasados,
con la mirada inerte.

Y Philip cree adivinar
de dónde procede ese velo melancólico:
cuando has batido todos los récords,
¿a qué medalla puedes aspirar?
Llega un momento
en que el más diestro escalador
constata que está en la cumbre
de la montaña más alta del mundo.
¿Y entonces?
¿A qué pico puedes apuntar?

En resumen: Philip Lehman
es consciente de todo esto.

Y además lo ha escrito
en su agenda:
NO ERRAR NUNCA: ¡MENUDA LATA!

Es ya una obsesión para él.
Se pone a prueba de continuo.

Abre las páginas del New York Times,
escoge al albur un artículo cualquiera,
luego encaja las piezas,
alinea los elementos
y anota su pronóstico:
jamás se equivoca.
¿El futuro de un político?
Philip examina los hechos y acierta.
¿La suerte de un industrial?
Philip examina los hechos y acierta.

¿El éxito de una patente?
Philip examina los hechos y acierta.

Su hijo Bobbie
ni siquiera imagina
que sólo esto le interesa de los caballos:
apostar por la victoria de uno
y verificar después que su instinto
siempre da en el clavo.

Incluso
lo han visto en Long Island
merodeando por el gimnasio
de los boxeadores.
Y no porque le guste el ring (lo detesta),
sino porque debe probarse.
Se sienta en una esquina apartada.
Observa los entrenamientos.
Escucha lo que se dice.
Después se saca la agenda
del abrigo y anota:
MAÑANA VENCE GRIFFITH.

De la mañana a la noche
entra gente en su despacho
para sugerirle
las inversiones más variopintas:
dirigibles, planeadores,
automóviles, transportes urbanos.

Demanda cada vez
todos los datos precisos,
se recluye hasta la madrugada en el salón de su casa
y antes de cerrar los ojos ya sabe qué debe hacer.

«Un banco de fuste como el suyo,
míster Lehman,
está obligado a sondear los réditos
de siete ceros que brinda el sector náutico:
ofrecemos a clientes de toda condición social
un acomodo (obviamente diferenciado)
donde nada se deja al azar o se improvisa:
desde los pomos de las puertas

hasta la librea del último camarero;
servimos fuentes de langostas
generosamente inundadas de caviar y vino francés.
El mundo actual está en rápida expansión
y ustedes, míster Lehman, son el motor:
ahora que han hincado su bandera
en los más recónditos parajes de Estados Unidos,
¿renunciarán (le pregunto) a domeñar los océanos?
El nombre de un gran banco no es tinta
y también puede escribirse sobre el agua.
¿Acaso me equivoco? No se arrepentirán
si financian mi Jerusalén flotante».

Y aun siendo a todas luces
indudable que el nombre de un banco
podía grabarse con siete cifras
sobre las olas,
Philip Lehman
consideró que verlo rotulado
sobre el casco de un buque
no era seguramente
su máxima ambición.
Que otros se lo guisaran.

Y no financió el Titanic.

23
Pineapple juice

Bobbie brilla con luz propia
en el *college*:
le ponen muy buenas notas
(sobre todo en Historia del Arte)
y se ha apuntado al equipo de polo.

Philip y Carrie
asistieron a un partido
en el que Bobbie marcó diez goles.

Pero sólo Carrie disfrutó de verdad.
Su marido no.
De un tiempo a esta parte anda como ausente.

Curiosa, e veces, la cabeza de los hombres:
los cofres de la familia están colmados,
las cuadras rebosan de caballos,
se sientan en la primera fila del templo
y sin embargo,
desde hace meses,
el fantasma de la inquietud
ronda las estancias
de Liberty Street 119
viciando el humor
y la agenda del hombre dorado.

Entremos en materia: Dreidel.

Para Philip era imposible
no percibir
un cierto cambio
en los largos silencios de su primo:
llegado al umbral de los cincuenta años
envuelto en el humo de sus cigarros,
ahora se había pertrechado
con unas gruesas gafas oscuras
cuyo efecto
en el rostro
era silenciar también los labios de sus ojos
(la única forma de lenguaje aún vigente en él).
Si hasta entonces Philip y Sigmund
fantaseaban un ilusorio intercambio comunicativo
atribuyendo cierto valor léxico
a cejas fruncidas, párpados entornados, tics nerviosos, guiños y
    rubores,
ese diccionario se volvió de pronto inútil:
la contribución del primo
se limitaba
cada vez más
a oficiar de testigo,
papel que ejercía con hierática presencia
salvo por las ocasiones cruciales

en que su voto
(favorable o contrario, pero nunca razonado)
se expresaba mediante mínimos asensos o disensos del mentón.

Y por si esto fuera poco,
el sillón donde Dreidel se sentaba
durante las reuniones
se iba convirtiendo en un potro de tortura:
había adquirido la costumbre
de arañar
rabiosamente
el cuero de los reposabrazos
como una fiera enjaulada
mientras con los tacones
de los zapatos
raspaba sin descanso
una pata de la mesa.
Incapaz de estar quieto,
se agitaba de forma convulsiva
contra el respaldo
con súbitos arranques,
tan imprevistos
que más de una vez se quemó la mano
con la punta incandescente de su puro.

Dreidel
parecía incubar
más que nunca
una especie de afanosa congoja
cuya eclosión
(estaban seguros)
sería un aguijonazo letal con el veneno
que el abejorro almacenaba desde hacía años.

A Philip le preocupaba esto.
De manera angustiosa.

Tanto más cuanto que la mujer de Dreidel
    (invitada para festejar
    con un jugo de piña
    la reciente compra del potro Hidalgo)
no abrigaba ningún recelo o temor

al inminente estallido del esposo:
escuchó, sí, las aprensiones de Philip,
comprendió sus inquietudes,
pero se quedó más bien perpleja
cuando se le describieron
con pelos y señales
los espasmos bancarios de su cónyuge.
«No tengo palabras» fue su muy conciso comentario.
Y sólo añadió una sonrisa cuando se le pidió una pequeña
expansión verbal: «Discutidlo vosotros, a mí no me ha dicho nada...».

Mientras contemplaba las proezas del novísimo Hidalgo,
Philip meditó durante horas
sobre esa actitud casi ofensiva:
¿Dreidel y ella estaban conchabados
para hacer mofa del negocio familiar?
¿O tal vez esa frase sibilina e insidiosa («a mí no me ha dicho nada»)
aludía al hecho de que algo sí le había dicho?
¿Hablaba entonces
con ella y reservaba
todo el mutismo para sus primos?

No supo discernir
cuál era
la hipótesis preferible.

La primera lo aterraba
por el ultraje a los lazos de sangre.

La segunda lo azoraba de igual modo
(y quizá incluso más)
porque se trataba de un caso opuesto al suyo.
¿Cuántas veces se había quejado
su Carrie de convivir
con un marido taciturno
que casi nunca descosía los labios
cuando al mismo tiempo le llegaban noticias
de sus alardes como orador?
¿Cuántas veces volvía Philip a casa
con la sensación de que le faltaba el aliento
(y algo más: las ganas mismas)
para decir siquiera «buenas noches»?

En cierta ocasión, por ejemplo,
después de que Bobbie recibiera
el fajín de capitán en el equipo de polo
(y el título de *silver falcon*),
Philip escuchó abstraído a su hijo,
que le contaba los porqués y los cómos de aquel ascenso.
Sólo al término del larguísimo relato,
finalmente,
le dio una palmada en la espalda:
«¡Sensacional, Bobbie! ¡El béisbol es un deporte maravilloso!».

Si entre el padre/esposo y el financiero/negociante
hubiese debido seleccionar
al Philip que merecía una medalla,
sin duda
habría escogido al *golden man* de Wall Street,
no a aquel ser a medio gas y media jornada
en que se convertía al abrir la puerta de casa.
Eso era un hecho patente.

O sea:
la posibilidad de que su primo
privase a Liberty Street
de todas sus facultades dialécticas
y las reservara en exclusiva para el tálamo nupcial
era a sus ojos inconcebible.
¿Cómo podía llegar a ese extremo?
¿Anteponer el matrimonio al banco?
¿A quién se le ocurría remar contra la flota de la familia
en nombre de algo tan angosto
como el perímetro de su morada?
Eso habría bastado (a su entender)
para que Dreidel fuera punible con una inmediata
destitución y el posterior destierro.

Estas meditaciones se produjeron
durante los vigorosos corcovos de Hidalgo,
domado por el jinete
con magistral soltura.

Philip,
tal vez por ello,
sólo anotó esto

en su agenda:
SUJETARLE LAS BRIDAS AL CABALLO.

Sigmund, por su parte,
pasaba del asunto:
tras la muerte de su padre
se recortó
un segmento propio en el banco
y actuaba,
por así decirlo,
con casi total independencia
evitando el contacto con los otros
y embozándose
bajo una máscara helada,
rencorosa y hostil
cuyo precio
medía Harriett
en galones de lágrimas nocturnas.

De día, por el contrario,
la cura litúrgica de los 120 mitzvots
lo transformaba en un ente más aséptico
que las planchas de metal.

Y fue
con toque metálico
como aquella mañana
(era el mes de noviembre)
Sigmund llamó a la puerta
del despacho que regentaba su primo.

Adviértase:
Dreidel,
no Philip.

La frase misma «¿puedo formularte una pregunta?»
a duras penas murmurada desde el umbral
ya sonó bastante anómala
un poco porque
nadie
en Liberty Street
esperaba consejos

de aquella esfinge con gafas negras
y también porque esa petición
¿de quién venía? ¿De él?
¿De aquel Sigmund
que en cuatro meses
frente al espejo
(mañana y noche)
se convenció
de que debía y podía despreciar al mundo?

Dreidel, en cualquier caso,
no dio muestras de discordia.
Escrutó desde su trinchera
la mirada del primo
a la caza de un sentido
que no halló.
Tampoco, por mucho que las buscara,
encontró huellas de lebratos.

Sigmund se aseguró de que el corredor estaba desierto
y cerró la puerta.
Luego se acercó al escritorio
penetrando en la capa de humo.
Tomo asiento.
Arrimó la silla.
Entre todos los exordios posibles
eligió el más insospechado:
«¿Te gusta la fruta?».

Y no contento con ello, lo repitió:
«¿Te gusta la fruta?».

Dos. Tres veces.
Sólo al cuarto ensayo
obtuvo una brizna de asentimiento.

Durante el largo silencio que siguió,
Dreidel
no despegó la vista de su primo.

¿Estaba loco?

¿O ese repentino denuedo hortofrutícola
se debía
a una inocultable añoranza de su padre?

Desde luego había otra conjetura,
mas por el momento
decidió no examinarla.

Sobre todo porque
Sigmund se anticipó:
«Entonces somos dos, Dreidel:
a mí me gusta mucho la fruta.
Vengo a platicar contigo
porque el mundo no es un bosque encantado
y en la guerra, querido Dreidel, no hay paz.
A Philip no, ¿sabes? Sospecho que a él no le gusta la fruta.
Es más, doy por seguro que aquí estamos solos, tú y yo.
Sí: a Philip le gusta la aritmética,
le encantan los trucos de magia
con las acciones mercantiles. *Up! Down! Up! Down!*
Pues bien, prefiero no llamar a su puerta: jamás lo entendería.
O quizá sí, pero a su manera, que me disgusta.
Él razona en términos de dinero, yo de poder e influencia.
No me interesa que me saluden en Wall Street,
yo quiero someter a quienes se sientan en el Congreso.
Nuestros padres nos han dejado un barquito de pesca,
yo quiero convertirlo en un ballenero,
quiero una nave que no se asuste
frente a los monstruos de mar abierto.
Y como el orgullo guarda las espaldas,
vengo a proponerte un acuerdo.
Un acuerdo (resulta raro, ¿eh?) en nombre de la fruta.
Mejor dicho: en nombre de la United Fruit Company.
¿Sabes de qué hablo, verdad?».

Dreidel exhaló enormes bocanadas de humo esperando
que aquellas emisiones de chimenea le permitieran
velarse lo más posible entre la bruma.
Mientras tanto
ordenó a sus músculos faciales
que no expresaran la más mínima anuencia:
sabía perfectamente de qué se hablaba,

pero prefería oír la explicación
aunque sólo fuera
para conocer las metáforas.

«La United Fruit comercia con bananas, cocos,
aguacates, mangos y muchas otras maravillas
que aquí no pueden cultivarse...
Es en el fondo una empresa muy meritoria,
incluso me atrevería a decir que benéfica, Dreidel:
compramos toneladas de fruta
a los desdichados países de Centroamérica
y les pagamos lo justo, lo razonable,
no a precios de mercado, cierto,
pero nuestras migas son para ellos hogazas.
Dicho esto,
ya se sabe: todo tiene su contrapartida
y sólo los cretinos hacen regalos...
¿Estamos? Voy al meollo, amigo».

Dreidel arrojó otra bocanada brumosa
absteniéndose de comentar
consigo mismo
el fulgurante modo
como lo habían rebajado
desde el rango de consanguíneo
al más prosaico y mundano de amigo común.
Sin duda también más funcional en aquel clima.

«Descaro. Fuera escrúpulos:
el remordimiento es un lastre,
así que al pan, pan, y al vino, vino:
La United Fruit es una magnífica inversión,
y no es que tenga debilidad por las piñas
(de Puerto Rico o de donde sea).
Se trata sólo en apariencia
de subvencionar a los agricultores:
mediante el control del mercado
los manejamos políticamente.
Nos adueñaremos de Guatemala, Honduras,
Cuba, Nicaragua... ¿Me explico?
Propiedad privada: esos países serán nuestros
y como más vale esperar lo peor,

si en el futuro hace falta, ya estaremos allí
listos para todo».

Tras ese *todo* aderezado
con un amplio abanico de subtextos,
Dreidel
expelió una altísima humarada
similar al jeringazo de un cachalote:
servía también para enviar el mensaje
de que Moby Dick aún coleaba y el ballenero
podía fallar el golpe e irse a pique.

«Hay que echarle coraje, querido amigo, y yo lo poseo.
Bien. Lehman Brothers no puede rajarse:
sólo hay explotadores y explotados
y no debemos estar entre los segundos
aunque seamos los amos de la bolsa. Es más...
¿Sabes qué ocurre? Tal vez la vaca de Wall Street
esté repleta de leche,
¿pero quieres que te ordeñen toda la santa vida?
América nos está usando,
yo valoro mi dignidad
y quiero llevar la batuta.
Ahora la política nos pide que la socorramos...
Si lo hacemos,
no sólo ordeñaremos la vaca:
también seremos los mandamases del establo.
Nuestro nombre será siempre Lehman Brothers
y nunca se escribirá con minúsculas».

Aun sintiéndose halagado por su inclusión
en el círculo de las mayúsculas,
Dreidel
no abrió la boca:
seguía a la expectativa, impávido.

Y deseó que la callada
valiera como respuesta
para sustraerse a la fatiga muscular
de mover el mentón.

Transcurrida una hora
en la más mirífica de las calmas chichas,

Sigmund
intuyó la escasa predisposición vegetal de su pariente:
respiró hondo
aquel aire preñado de tabaco,
se levantó de la silla
y ya fuera del cuarto
recorrió todo el pasillo
hasta el despacho de Philip.

Que dejase abierta la puerta de Dreidel
no fue
en absoluto casual:
las cartas ya estaban boca arriba.

Llamó a la puerta,
esperó un rato
y luego entró.
Dreidel sólo lo oyó
preguntar «¿Te gusta la fruta, Philip?».
Tras lo cual
desapareció del mapa.

Se dice que los caballos
presienten
la inminencia del peligro.

Nadie sabrá jamás si es cierto.

Sea como fuere,
pocos días después,
el benjamín y novicio de la cuadra Lehman
se encabritó de repente
coceando como un poseso:
rompió las correas,
derribó al jinete,
salto la valla
y corrió a más no poder hacia el bosque,
despavorido,
con pánico en los ojos,
sin motivo alguno.

Tuvieron que matarlo
por las lesiones que sufrió en la huida.

«El miedo —comentó Sigmund—
es una pérdida de tiempo y energía».

«También de dinero —agregó Philip—.
Hidalgo me ha costado 400.000 dólares».

Tirados por la ventana.

24
Babes in Toyland

Yehudá ben Temá
escribe
en el *Tratado de los padres*:
«Dispondrás de cuarenta años para ser astuto
y de cincuenta para volverte sensato».

Sigmund Lehman
no sabría decir si ya ha consumido
la etapa de la astucia
ni si realmente ha entrado
en el periodo de la sensatez:
los cierto es
que si pudiese conversar con Yehudá ben Temá
le preguntaría
en cuál fase de la vida
es presumible un mínimo de claridad.
Porque eso es lo que le falta, francamente.

A menudo se sienta junto al gran ventanal
de un restaurante
y pasa toda la comida escudriñando
a las personas que andan por la calle.
No le interesa su atuendo,
no le importa que vayan solas o acompañadas:
si las observa (una a una)
es sólo para dar con otro Sigmund Lehman,
otro espécimen como él.

Verlo caminar,
oírlo cuando habla,
ver cada gesto.

Y tal vez, a lo mejor, entender por fin
quién es el ser que habita dentro de ti.

Por otro lado,
hace ya tiempo
que Sigmund perdió el norte.

Nació conejito
y se convirtió en cobra
gracias a los mitzvots de una Torá bancaria.
Oscilaba
desde años atrás
entre las caras opuestas
de un doble rostro:
glacial en la fase diurna,
abatido al caer la noche.

Al principio
se había augurado
que sería una molestia transitoria,
quizá el óbolo que debía pagar por la rapidez
con que viajó
sin escalas intermedias
del temer al ser temido,
del temblor propio al temblar ajeno
y sobre todo
del hazmerreír al zaherir.
No había sido una fácil travesía
y ahora pagaba el precio.
Esperando que pronto acabara el trance.

Grave error.
El fenómeno se acentuaba con el tiempo.

También porque
Sigmund,
entretanto,
se había convencido
de que sus vaivenes anímicos eran inevitables

y como tales debía aceptarlos con resignación
situándolos entre los gajes inherentes a cualquier oficio:
la angustia que lo acosaba
era pues tan característica en el banquero
como los callos en los dedos del mecanógrafo
o las quemaduras en la piel del fogonero.

Las crisis de llanto
eran incontenibles
noche tras noche.
Sólo las mitigaba
el idilio matrimonial:
forzada al insomnio por solidaridad doméstica,
Harriett
repetía para un solo espectador (que no pagaba)
su salmodia sobre la fuga a alta mar.
«Te lo prometo, Sigmy: no nos encontrarán jamás».
«¿Cuándo zarparemos?».
«Más pronto que tarde».

Aplazando la evasión
a ese *pronto* tan borroso
Harriett empezaba a preguntarse
si la meta de su marido
no sería crearse con lágrimas
un océano privado
y navegable en propiedad exclusiva.

Mas como a veces ocurre,
un chispazo de amor propio
salvó a Sigmund en vísperas del naufragio:
si no podía liquidar
al conejo que llevaba dentro,
juzgó que
al menos
se haría un favor
aislando esas ocasiones esporádicas
en que el llanto de medianoche
podía tener un desahogo diurno.

No resultó nada fácil.
En parte porque los sentimientos son extrabancarios
y en parte porque construir su perversa reputación

le había costado tanto
que ahora no podía echarla por la borda
con una jeremiada en horas de oficina.

Tuvo pues
que indagar
seriamente
cuáles coyunturas sociales
facilitaban
y a ser posible enaltecían
el dislate inconcebible
de un banquero conmovido.

Por suerte
determinó unas cuantas
de incalculable provecho.
Y para él vitales.

Primero las pompas fúnebres.
Porque en el fondo,
¿que se le pedía a Lehman Brothers
si no era conducirse como un banco amigo,
cercano y misericordioso en los tragos más amargos
no sólo de la nación,
sino también de cada ahorrador particular?

Las exequias más interesantes
desde el punto de vista promocional
incumbían a tres tipos de difunto:
 1. soldado americano,
 2. millonario sin herederos y
 3. artista famoso o personaje eminente.

En tan selectas circunstancias,
hasta los banqueros más despiadados
conseguían derramar una lágrima
mientras soltaban su puñado de tierra sobre el ataúd
y, habiéndose lucido,
el elogio de los presentes era unánime:
«¿Lo has visto? Es un erizo, pero por nosotros llora».

Los dos socios de Sigmund
eran en este campo

unos ineptos monumentales.
Procuraban aparentar
un mínimo de dramatismo funerario, sí,
pero nunca obtenían el éxito deseado.
Dreidel se enclaustraba en un silencio
especialmente sonoro a la hora las condolencias,
cuando,
pese a lo luctuoso del momento,
ni siquiera lograba extraerse
las sílabas del *sentido pésame*
aunque fueran susurradas al oído.
Y eso no estaba en general bien visto.

Aún peor se manejaba Philip,
literalmente incapaz
de transferir a sus facciones
el más exiguo destello de emoción:
aquel rictus apático (entre la sonrisa y la mueca)
era irremediable
y hacía que su asistencia a los funerales
fuera incluso contraproducente.

No así con Sigmund,
que se reveló como un excelente plañidero.
Sobre todo cuando América
empezó a ajustarles las cuentas a los gánsteres
y las calles se empedraron de cadáveres:
Lehman Brothers intervino en el asunto.
«¿Has visto? Es un tiburón, pero mira cómo sufre».
Su llantina era en efecto copiosa,
gratificante para los deudos
y liberadora para el sujeto.

A las defunciones añadió después las plateas.
Sigmund
nunca había sido
un gran aficionado a la música
y jamás habría creído
que iba a hallar en los teatros
un fructífero interés bancario.

Mas como algunas esposas
ejercen a menudo

la asesoría mercantil,
fue justo su Harriett
quien los arrastró a Broadway
por vez primera.
El propósito era más recreativo que económico,
pero daba igual:
mientras presenciaban
(sentados en el Majestic)
el clímax de *Babes in Toyland*,
Sigmund
percibió en torno a él
una extraña sinfonía de pañuelos.
Era el lance en que el explotador avariento
intenta raptar a la pequeña Bo-Peep
arrancándosela al hijo del flautista:
talmente como si en el escenario estuviera él, Sigmund,
con sus habituales prendas de carroña especulativa.
Y lo que es más:
¿parecía o no aquel viejo Barnaby
el vivo retrato de medio Wall Street?

Y aun así el milagro.

Sigmund miró a su alrededor:
lo más granado de la burguesía financiera
neoyorquina
no sólo no se irritaba,
sino que se deshacía en lágrimas.

Fue como recibir un obsequio inesperado:
él también abrió los grifos
y se unió
a la aflicción general por la suerte de Bo-Peep,
víctima expiatoria sacrificada en el altar del capitalismo.

«¿Has visto? Es una hiena, pero mira cómo llora por Bo-Peep»,
oyó decir dos filas por detrás.
Y se sintió inmensamente feliz.

Bien pensado,
los teatros de Wall Street
no eran
en absoluto

una mala inversión:
registraban llenos a diario
y la maquinaria del espectáculo
no conocía reposo.
Además, ahora que América
se embriagaba con el trabajo,
¿no convenía
pensar también en el ocio y el tiempo libre?
El entretenimiento
era un *business*
que podía dar dinero a patadas.

Sigmund se metió en faena
y lo hizo con sumo esmero:
cinco noches a la semana estaba en el teatro
con los ojos chorreantes
y los pañuelos empapados.
Aunque al principio sólo asistía a melodramas,
se animó a catar el sabor de la comedia
cuando oyó decir por la calle:
«Anoche me reí hasta las lágrimas».

Lloraba con las óperas en el Metropolitan.
Lloraba con los musicales en el Princess.
Lloraba con las comedias de Florenz Ziegfeld.

También lloró
(esta vez de gozo)
cuando un teatro usó
por vez primera la corriente eléctrica
para iluminar con sesenta y cuatro bombillas
su gran panel de la calle.

Por un instante llegó a imaginar
el rótulo de LEHMAN BROTHERS
chispeando con luces de colores
como si el banco fuera una revista de variedades.
Y la estampa le resultó conmovedora.

En definitiva:
imbuido de un gran espíritu profesional,
el gélido Sigmund Lehman
(célebre en Wall Street como terror de secretarias y chóferes)

vertía lágrimas a peso de oro
dividiendo sus quehaceres
entre ceremonias fúnebres,
estrenos teatrales
y obras de caridad.

Estas últimas
fueron tal vez su jugada maestra.

El caso es
que una pintoresca moda
se había abierto camino
en los negociados de la bolsa:
las entidades financieras
(que exploraban todas las recetas
para adelgazar los salarios americanos)
eran acometidas por un cargo de conciencia,
una especie de culpa social,
y rivalizaban desde tiempo atrás
para ver quién hacía los donativos más voluminosos
a viudas, pordioseros e inválidos.

Lo beneficios en el saldo de la rectitud y la pureza moral
eran rutilantes.

Por otro lado,
Sigmund Lehman
vislumbró tras este fenómeno
un irrepetible auge del sollozo:
si otros bancos podían despertar reparos
en cuanto a la benevolencia de su altruismo,
jamás nadie osó alimentar la duda
viendo tan afectado,
tan enternecido,
al más sanguinario de los primos Lehman.
Adelante pues
con los hospitales
con los huerfanitos
y con los sordomudos;
adelante con los besos a las ancianas
y los diplomas a los analfabetos.
Todo ello regado como Dios manda,

¡faltaría más!,
y no sólo con champán.

En semejante carnaval de ocasiones lacrimosas,
Sigmund creyó
que había cuadrado el círculo.

Y como compensación
a las efusiones emotivas
se afanó por endurecer la máscara cruenta
autorizando cada día a su cinismo
teatrales mandobles de cimitarra
seguro
de que esas fogaradas
se apagarían luego
bajo los diluvios de llanto.

Pero no bastó.

Porque un factor imprevisto
vino a trastocar la parábola
adoptando los inofensivos rasgos
de sus hijos
Harold y Allan.

Dos criaturas muy peculiares.
Destinadas al nuevo siglo, pensó Harriett,
cuando empezó a notar en ellos
los primeros calambres de una electricidad insólita.

Ya en su más tierna infancia
los distinguía (respecto a todos los niños del mundo)
una inteligencia agudísima, fuera de lo común.
Excesiva sin duda.
Y agobiante.

Su perspicacia era furiosa:
nada se les podía ocultar
e incluso en la época de los juguetes y las travesuras
te invadía la sensación de no tener delante a dos nenes,
sino a dos figuras del panteón moderno
ya candidatas al Nobel.

Si jugaban con trenecitos,
el suyo era un sistema de ingeniería ferroviaria.
Si coloreaban con ceras,
su modelo eran los manieristas del siglo XVII.
Estudiaban los misterios del mundo
(intrigantes para la mayoría de los críos)
con el desencanto de un filósofo escéptico
e incluso en el hablar
adoptaron desde muy chicos
la severa grandilocuencia de un conferenciante.
La propiedad idiomática resultaba abrumadora.
La pertinencia semántica, infalible.

Eso.
En la delicada situación
de Sigmund
no era precisamente una ayuda.

Los ojos de aquellos niños lo perforaban
sin darle cuartel. No había escapatoria
y él,
cuando volvía a casa,
hubiera querido un poco de inocencia infantil
si durante el resto del día
el mundo no era un bosque encantado.
Pero bien al contrario: ni exenciones ni rebajas.

Aún no tenían diez años
cuando lo atacaron
a traición
saliendo ya
por la puerta de la sala:
«¿Quieres que seamos como tú
o mejor nos inspiramos en algún otro?».

Y fue sólo el primer disparo
en una larga serie
prorrogada a lo largo de los años
(sin malicia, por cierto):
simplemente
evaluaban los hechos
con la implacable
objetividad

del siglo xx
como si la era de los sueños
se hubiese extinguido con los dinosaurios
y su centuria se llamara realidad.
Sigmund no podía
eludir el eventual pensamiento
de que entre él y sus hijos
se daba la misma diferencia
que entre el dibujo y la fotografía.

«¿Elegiste tú trabajar en el banco
o el banco te eligió a ti?»,
le pregunto Harold con doce años
mientras comían un pollo
que a Sigmund se le atragantó.
Y ni siquiera hizo falta contestar
porque Allan se ocupó de ello:
«Yo no he escogido llamarme Allan,
no he escogido nacer,
no he escogido ser varón,
no he escogido ser judío,
no he escogido vivir en América:
las cosas más importantes no se escogen, Harold,
te caen encima y no hay más que hablar».

«¿Y entonces dónde está todo eso de la libertad?», replicó Harold.

«Puedes elegir entre pollo frito y pollo asado»,
dijo Allan poniéndose de beber (todavía agua).

Con el tiempo,
las comidas familiares
se convirtieron para Sigmund en una forma de martirio.

A los quince años,
mientras jugaban a botar cantos en el lago del parque,
Allan volvió a embestir sin compasión:
«¿No has pensado que si diriges un banco
se debe sólo al apellido que llevas?».
La automática reacción de Sigmund
fue lanzar su guijarro
contra el cráneo de un pato,
pero los graznidos y aleteos subsiguientes

no impidieron que oyera la coletilla de Harold:
«A lo mejor prefiere no cargar ni con el banco ni con el apellido».
¿Tendría razón el jovencito?

Los llantos en la alcoba
se hicieron por tanto
cotidianos
(y no los de la prole: a esas horas ni chistaba).

Después, con la adolescencia
(y como era previsible),
no se atenuó el hostigamiento.
Si acaso adquirió
matices ulteriores
de efectos calamitosos.
Los dos rotaban
en una extenuante
carrera de relevos
pasándose el testigo
de la definitiva anulación paterna.

Harold meditando sobre la infancia:
«Cuando éramos pequeños
siempre nos decías que Lehman Brothers
favorece a todos los ciudadanos de América.
A los niños se les cuentan grandes milongas,
así que no voy a reprocharte ésa.
Pero hoy, sinceramente, ¿lo crees de verdad?».

Allan en vena rabínica:
«Si el Eterno tuviese diez dólares,
¿debería, según tú, depositarlos en Lehman Brothers?».

Harold con infinito tacto:
«¡Quién sabe si el abuelo Mayer os aplaudiría!».

Allan con falsa dulzura:
«Nadie podrá afirmar que no lo has intentado».

De nuevo Harold con una estocada a la yugular:
«¿Pero el tío Philip de verdad te aprecia?».

Y luego el remate (como en todas las guerras):
una ofensiva final,
recia y drástica
desatada por ambos ejércitos
con fuego incendiario y graneado:
«Anoche te oímos llorar.
¿Cuánto piensas resistir?
Quizá deberías preguntártelo,
y no sólo por ti: por el bien de todos.
Mira que el banco seguirá en pie
aunque tú te retires».

El afecto de los hijos
sostiene a los padres
y los conforta en el largo camino.

Por ello,
después de tanto esperar,
el conejo
salió tímidamente
de su madriguera.

Se enjugó las lágrimas.
Olisqueó el aire.

Se puso un salvavidas
y nadó llevando a Harriett de la mano.

25
Model T

Yehudá ben Temá
escribe
en el *Tratado de los padres*:
«Contarás con cincuenta años para alcanzar la sensatez
y con sesenta para llegar a la sabiduría».

Philip Lehman ignora
si la sapiencia guarda alguna relación con los sueños,
pero se ve a la legua
que por las noches sueña.
Y siempre sueña lo mismo.

Empieza como un juego.
En el jardín de una vieja casa
están Philip y su padre Emanuel.
El sol ofusca.
Es la fiesta de Sukot:
para la noche debe estar preparada
una cabaña
con el techo lleno de frondas,
hojas de sauce y festones.
Así hacían antes cada año,
en otro tiempo,
como era costumbre allá en Alemania,
en Rimpar, Baviera.
El sol ofusca.
Emanuel ya ha construido
la choza:
ahora hay que adornar el techo.
«Te toca a ti, hijo mío:
haz que esta suká
sea tan bella como puedas,
yo te observo».
Philip avanza.
El sol ofusca.
Se sube a una escalera:
pone tallos de hiedra
en la cubierta
(«¡muy bien, Philip!»)
y hojas de palma
(«¡muy bien, Philip!»)
y ramas
(«¡muy bien, Philip!»)
y fruta
(«¡muy bien, Philip!»)
y guirnaldas
(«¡muy bien, Philip!»).
Pero luego llegan al jardín

todos sus hermanos y hermanas
(«¡hagamos un techo aún más bonito, Philip!»)
llevándole
otros tallos
(«¡aún más, Philip!»),
otras hojas
(«¡aún más, Philip!»),
otras ramas
(«¡aún más, Philip!»),
otras guirnaldas
(«¡aún más, Philip!»).
Pero luego llegan al jardín
todos los judíos del barrio, una manada,
y también ellos llevan hojas,
ramas,
árboles enteros,
y el techo de la suká se agiganta,
ya es descomunal
(«¡esto se derrumba, Philip!»).
Pero toda América llega
luego al jardín (blancos, negros, italianos)
llevando piedras, varas, troncos...
«¡Esto se derrumba, Philip!
¡Esto se derrumba, Philip!
¡Esto se derrumba, Philip!
¡Esto se derrumba, Philip!».

Desde que Carrie
duerme en otro cuarto para descansar tranquila
ya no hay nadie
que le coja la mano
cuando cae.
Ahora Philip
se precipita
bajo la suká
arrollado,
hecho trizas,
por el espantoso hundimiento.

Un secreto.
No se le cuenta a nadie.
Tampoco se consigna en la agenda
porque las letras de molde

no funcionan con los sueños
y las manos del enano tienen treinta dedos.

¿Y además cómo se haría?
¿Cómo vas diciendo por ahí
que el astro de Lehman Brothers
se despierta aterrorizado,
que no duerme como un bendito,
ahora que todos
los americanos,
todos sin excepción,
se dejan seducir
por la magia bursátil?

Wall Street
es una verbena
siempre al alza.
Siempre el signo +
delante de ese índice
creado por
Charles Dow y míster Jones
promediando
las andaduras
de las treinta empresas
más poderosas de Estados Unidos.
Siempre el signo +
en el índice Dow Jones.

¿Y cómo podría ser de otro modo?
Todos los americanos,
todos ellos,
invierten
en títulos y acciones.
«¡Compro 200 acciones de International Steam!».
«¡Quiero 300 de General Electric!».
«¡400 de Gimbel Brothers!».
Porque
¿quién no quiere forrarse
comprando títulos
de industrias con el viento en popa
que en dos o tres años
triplican sus ganancias?
En conclusión:

«¡Comprad hoy, americanos,
y mañana tendréis un capital!».
Tanto es así
que incluso el shamás de la sinagoga,
el viejito que prende y apaga las velas
hermano del funámbulo,
se plantó cierta mañana
frente a una ventanilla:
«Tengo un montón de dinero y querría invertirlo.
Avisen, por favor, a uno de sus jefes».

Exacto.
Detengámonos en esta frase
y en ese anciano de cabello grasiento
que pide ver a *uno de los jefes*.

Como la senda de la vida
está salpicada de bifurcaciones
(y la vida de un banco no es distinta),
ese decrépito shamás
ávido de compra
se halla sin saberlo
ante tres contingencias espinosas.

La primera es enfrentarse a una cortina de humo.

La segunda, menos crispante, es darse de bruces con Philip Lehman.
El diálogo, en tal caso, podría ir como sigue:

«¡Baruj Hashem, míster Lehman!
Guardo 10.000 dólares en mi viejo bolso,
pero me gustaría convertirlos en 20.000 al menos
y me han dicho que ustedes multiplican el dinero.
¿Dónde debo invertir?».

«Estimado míster Paprinski:
hay cientos de acciones
cuyo valor se duplicará en pocos años,
pero no se pregunte
qué compañías financian su dinero
porque esa pregunta carece de sentido.
¡Ni siquiera nosotros estaríamos en condiciones de aclarárselo!
Supongamos que posee un terreno

y habla con un honrado labrador
para que él lo cultive y a usted le dé una renta, ¿me sigue?
¿Cómo procede entonces el campesino?
Pues se arma de azada, pala, rastrillo...
y siembra un poco de todo:
frutales, hortalizas, verduras...
Tras lo cual (pasado un año)
acude a usted y le entrega un estupendo mazo de billetes.
¿Acaso le concierne que ese dinero
venga de las manzanas, los tomates o las zanahorias?
A usted le basta con exclamar «¡mi campo ha rendido frutos!».
Pues el mismo cuento para esos ahorrillos:
confíe sus fondos a Lehman Brothers
que nosotros los invertiremos
en todo lo que sea rentable y provechoso».

Esto le habría dicho Philip.

Y es muy probable que,
tras esta alegoría agrobancaria,
el buen shamás
hubiera vaciado su bolso para invertir
los 10.000 dólares en acciones.

Pero ahora
volvamos atrás
e imaginemos que el shamás
no se topa con nuestro *golden Philip*,
sino con el tercer jefe del banco,
reciente sucesor
de un conejillo huido a alta mar.

«¡Baruj Hashem, míster Lehman!
Guardo 10.000 dólares en mi viejo bolso,
pero me gustaría convertirlos en 20.000 al menos
y me han dicho que ustedes multiplican el dinero.
¿Dónde debo invertir?»

«Pregunta compleja la suya, míster Paprinski,
porque el problema es de fondo
y a la postre un asunto político:
en efecto, podría sugerirle que nos dé su dinero
para que nosotros lo invirtamos en la bolsa...

Pero a veces ocurre que Wall Street
forja raros espejismos. Peligrosos.
Hace bastantes años, yo era un niño,
mi madre, Babette (un ángel de mujer),
decidió trasladar un mueble
desde su dormitorio hasta el piso de abajo.
Como era muy pesado
contrataron a un par de costaleros,
dos hermanos de anchos hombros,
se llamaban Kildare, los recuerdo bien,
Toby y Johnny Kildare.
Bueno: se cargaron el mueble a la espalda
y descendieron por la escalera paso a paso,
sin titubear, ¿me explico? Un portento.
Fueron tan eficientes
que mi madre les encargó bajar también
una péndola de dos metros
y luego una mesa y luego un diván
y luego la estatua de Juno
y luego la de Mercurio:
los hermanos Kildare habrían trasegado el mundo.
Nunca pusieron reparos:
sabían que sus espaldas eran fuertes.
Quizá les sobraba confianza
y el exceso condujo al desastre:
cuando mi madre les mostró
un piano de cola
venido, fíjese, de Alabama,
los Kildare no se achicaron,
pero llegados a media escalera...
¿Ha visto volar un piano?
Es una experiencia
que no se olvida fácilmente, míster Paprinski.
También las espaldas de Wall Street
pueden parecer pétreas,
pero ni son de mármol ni son eternas...
Le aconsejo cautela con sus dólares,
póngalos a cubierto en una cuenta de ahorros
y dispondrá de ellos cuando los necesite,
indemnes y enteritos
sin correr el menor riesgo».

«¡Pero así no doblo la suma!».

«Ciertamente. ¿Sabe cuál es la cuestión?
Si no hubiese querido moverlo,
mi madre habría tocado el piano hasta los setenta años».

He aquí por qué,
en vez de echar las campanas al vuelo,
Philip Lehman,
mortificado por las pesadillas,
duerme ahora
en una poltrona
con una oprimente sensación
de soledad:
el verdadero problema de fondo
es que Herbert rema a la contra
y a la postre el asunto...

¡Dios santo, la política!

La devoción de Herbert por los más altos ideales
ha alcanzado tal extremo
que él y Edith han adoptado a un niño.
Se llama Peter
y seguramente es hijo del pueblo humilde.

Philip detesta la política
con toda su alma.
La masa de gente que decide con su voto
le parece chusma, un pelotón de mangantes.
Que al menos paguen
un dólar por papeleta,
aunque fuese un centavo,
pero la gratuidad total...
Es disparatado.

Pensamientos como éstos embargan
las largas noches insomnes
de Philip Lehman,
aún más angustiosas
desde que el techo de la suká
está en su pesadilla
colmado
no ya de ramas y frondas,
sino de lienzos, pinturas, acuarelas y retratos:

los descargan de un barco,
cada obra bajo el brazo de un jinete,
y él, su hijo Bobbie,
dirige las operaciones,
montado en su caballo.

Desde que se graduó en Yale
con notas sobresalientes,
el muchacho rueda por el mundo
consagrado a la manía del coleccionismo.

Con cadencia mensual
aparece
sobre el escritorio de Philip
una carta desde Europa
donde el joven lo informa:
«Quiero comprar un Rubens:
¡es una alhaja, papá!
Con tu buen gusto por el arte
no lo dejarías escapar.
¿Me lo quedo? ¡Manda dinero, papá!».
Y así con Monet:
    «¡Manda dinero, papá!».
Y así con Goya:
    «¡Manda dinero, papá!».
Y así con Velázquez:
    «¡Manda dinero, papá!».
Y así con Bramante:
    «¡Manda dinero, papá!».
Y así con Canaletto:
    «¡Manda dinero, papá!».

No debe pues sorprender
si ahora en el sueño
Bobbie grita a sus jinetes
«¡chicos, todos los cuadros arriba!»
y parece no oír la agónica voz de su padre,
que le chilla:
«¡Para ya, Bobbie! ¿Pero qué haces?
¿No ves que esto se viene abajo?».

«He adquirido un Rubens:
¡mira qué preciosidad, papá!

¡Chicos, izadlo al techo!».
«¡Para ya, Bobbie!».
«Esto es un Rembrandt,
se lo he comprado a un marchante:
¡venga, vamos, arriba al techo!».
«¡Para ya, Bobbie!».
«¡Va un Monet! ¡Aúpa al techo!».
«¡Para ya, Bobbie!».
«¡Va un Velázquez! ¡Aúpa al techo!».
«¡Para ya, Bobbie!».
«¡Va un Cézanne! ¡Aúpa al techo!».
«¡Para ya, Bobbie!».
«¡Va un Degas! ¡Aúpa al techo!».
«¡Bobbie!».
«¡Bramante!».
«¡Bobbie!».
«¡Perugino!».
«¡Bobbie!».
«¡Canaletto!».
«¡Bobbie!».
«¡Renoir!».
«¡Bobbie!».
«¡Pontormo!».

Y acabados los pintores
comienza la escultura
en toda su plenitud.

¿Cómo logra conciliar el sueño
un pobre diablo
si lo acorrala
un hijo sádico
que confunde con el Louvre
el techo de una cabaña?

Este Sukot nocturno
entre la equitación y el coleccionismo
se ha vuelto más productivo
que una cadena de montaje.

Pues sí.
Porque entre otras cosas
ocurre

que un buen día
Philip Lehman
sintió la necesidad de hacer
lo mismo que su padre antaño:
tocar de cerca,
ver y percibir,
averiguar
(él mismo, en persona)
cómo son
esas fábricas prodigiosas,
deslumbrantes,
que todo el mundo
le envidia a América.

Factoría de Highland Park.
Míster Philip Lehman
tiene cita a las diez de la mañana
con míster Henry Ford.
¡Y a quién le importa
si es un antisemita redomado!
Somos banqueros, no rabinos.

El nuevo Ford Modelo T
será ensamblado
delante de sus ojos
en noventa y tres minutos
exactamente.
Henry Ford, reloj en mano,
va a dar el pistoletazo de salida.
Cinta transportadora.
Obreros a la espera.
Cada uno en su puesto.
Cada uno provisto de sus herramientas.
¿Preparados?
¿Listos?
¡Ya!
Motor de cuatro cilindros
(93-92-91-90),
tracción posterior
(89-88-87-86-85),
cigüeñal con cojinetes
(84-83-82-81-80),

válvulas laterales
(79-78-77-76-75),
caja de cambios para dos velocidades
(74-73-72-71-70),
marcha atrás
(69-68-67-66-65),
sistema de enfriamiento
(64-63-62-61-60),
radiador por termosifón
(59-58-57-56-55),
chasis de acero
(54-53-52-51-50),
ballesta transversal
(49-48-47-46-45),
amperímetro
(44-43-42-41-40),
manivela de arranque
(39-38-37-36-35),
freno de tambor
(34-33-32-31-30),
pedal de mando en embrague
(29-28-27-26-25),
volante magnético para ignición
(24-23-22-21-20),
carburador
(19-18-17),
tanque de combustible bajo asiento delantero
(16-15),
asientos tapizados
(14-13),
guarniciones de terciopelo
(12-11),
carrocería negra mate igual para todos
(10-9),
dinamo simple para los faroles
(8-7),
ruedas de acero templado
(6-5),
radios de madera como en los carruajes
(4),
tapacubos de latón
(3),

insignias de Ford delante y detrás
(2),
bocina
(1);
terminado,
vendible:
cubrirá cincuenta millas
con un galón de gasolina.

Philip Lehman
está boquiabierto.

Observa a Henry Ford,
que sonríe con su reloj.
Luego observa los rostros
de los trabajadores:
cada uno en su puesto
listo para despachar
otro Modelo T
en noventa y tres minutos.

Hecho acreditado:
desde el día
en que visitó a Henry Ford,
una enorme
y eficacísima
cadena de montaje
entra a saco
en el sueño de Philip Lehman:
las obras de arte filiales
ya no llegan con los jinetes
porque discurren sobre una cinta mecánica
clasificadas por obreros de la Ford.
Hasta el culo del mundo.

Y la choza de Sukot
tomada al asalto
se derrumba
cada noche
en noventa y tres segundos.

26
Battlefield

Desde muchos años atrás
hay siempre fruta fresca en la casa Lehman.
También en las habitaciones del banco:
bandejas atestadas de plátanos y piñas
engalanan las mesas de cristal.

Sólo en el despacho de Dreidel
no hay rastro de vegetales:
los estropea la atmósfera saturada de humo.

Siempre que cruza esa puerta
Philip
se pregunta
si el efecto en sus pulmones
será muy distinto
del padecido por los soldados
allá en Europa
cuando los alemanes utilizan iperita contra ellos.
La llaman gas mostaza.

«Un deplorable uso de la química
aplicada al arte de la guerra»,
señala Philip Lehman
mientras un novísimo gramófono
difunde música de cámara por los pasillos.
Ese gorjeo
ambiental
acompaña a los empleados
de la mañana a la tarde
como si quisiera poner sordina
al distante retumbar
de los cañones
en la otra orilla del océano.

En el Viejo Continente
se matan a lo bestia:
los Habsburgo contra los franceses,
los otomanos contra los ingleses

y Prusia totalmente segura de su triunfo.
Con su pan se lo coman.

«Por ahora no nos importa
demasiado —comenta Philip—.
No tenemos grandes intereses en Europa».

Quien, sin embargo, no coincide
con este análisis del conflicto
es su primo Herbert,
cada día más mordaz,
cáustico hasta los límites de lo denigrante:
«En tu estulticia bancaria, querido primo,
¿de verdad piensas que una guerra en Europa
no nos atañe?
¿Sólo porque entre ellos y nosotros hay un océano?
El planeta Tierra ha cambiado, ya no estamos en el siglo XIX...
El problema es de fondo a estas alturas:
estamos integrados en un único sistema.
El asunto es político, Philip:
nada hay que no afecte al mundo entero».

«¿Por qué entonces no lees la prensa china, Herbert?
¿Por qué no aprendes la lengua de los hindúes o los maoríes?».

«¿Me tomas el pelo?».

«Al contrario, te invito al realismo.
Los banqueros, hazme caso, somos seres pragmáticos».

«El pragmatismo consiste en mirar las cosas a la cara:
en Europa estalla una guerra sin precedentes
¿y tú la consideras una gresca entre barrios?».

«A diferencia de ti,
tengo pelo cano en las sienes:
creo saber lo que digo».

«El problema es de fondo:
vosotros los banqueros siempre creéis saber lo que decís».

«¿Puedo comunicarte que tú también eres un banquero?
Te sientas con Dreidel y conmigo en el vértice de Lehman Brothers».

«Sólo pretendía indicar que no soy un banquero como tú».

«Advierto un leve retintín de desprecio».

«Te equivocas: ni es un retintín ni es leve».

«Recuerda que tengo una edad».

«Recuerda que soy un licenciado universitario».

Este es el cariz de los diarios altercados
entre Philip y Herbert.

Al fin y al cabo,
¿cómo iba a ser de otra manera
si apenas hay algo que los una?

O mejor dicho: algo sí tienen en común.
No por azar lo usan cada día
como pacificador *in extremis*
cuando la riña se encona hasta los gritos.
«Eres un explotador de las masas, Philip».
«Tú, Herbert, eres un ideólogo rompepelotas y un mequetrefe».
«Deberías presidir un matadero, no un banco».
«Si te disgustan mis métodos, vota en contra».
«Eso hago, y lo seguiré haciendo mientras me quede voz».
«Y mientras me quede voz diré que no das pie con bola».
«Maravillosa perspectiva».
«Nos llevarás a la ruina».
«Ya veremos, pero no hay prisa: ¿tomamos un whisky?».
«El whisky no se rehúsa jamás».

El whisky es un néctar de dioses:
las altas finanzas lo beben a mares
y una cristalera repleta de licores
nunca falta en un despacho de banquero.

Esto ocurre
(diríase que a diario)
entre Philip Lehman, hijo de Emanuel,
y Herbert Lehman, hijo de Mayer:
refriega sin par
entre un Lehman con letras de molde

y un Lehman que cocea como un mulo,
duelo a espadazos
entre el heredero de un brazo
y el de una hortaliza:
irreconciliables,
mas
puntualmente
reconciliados
gracias a un whisky puro de malta.

Los tres socios Lehman
(con el vaso de rigor)
comentan hoy
el discurso
del presidente Wilson:
«Esta guerra no nos incumbe.
No estamos hambrientos de supremacía,
los Estados Unidos desean la paz,
no estamos tan locos
como el pueblo alemán».

Todo el mundo analiza esas palabras.

Seguramente también los Goldman
a dos cuadras de distancia.

Para Philip son una fijación:
«Me han dicho que Henry Goldman adorna
su auto con una gran ge de oro macizo.
¿Tú sabes algo, Herbert?».

«Los banqueros como tú y como Goldman
tendrán que gastar de algún modo su dinero.
Yo lo dedicaría a levantar fábricas más decentes
mientras otros se agencian baratijas de oro.
No me extrañaría que mandaras fundir una ele.
O mejor: quizá todo el nombre PHILIP».

«Aprecio tu humor, Herbert.
Remitiré esa censura a los señores Goldman y Sachs».

«Cuando regresen».

«¿Por qué? ¿Se han ido?».

«Pues sí: a Alemania. ¿No lo sabías?».

«Ahora me entero...
Los Goldman hacen negocios con los alemanes...».

«¿Lo ves? El problema es de fondo:
Vosotros los banqueros sólo reparáis
en el aspecto venal de las conductas:
a lo mejor es un viaje de placer».

«Tal vez sí o tal vez no.
Genio y figura los Goldman: *guten Deutschland...*».

Justamente: los Goldman.

Hay guerras que se libran con fusiles
y guerras que transcurren en silencio.
La que Lehman sostiene contra Goldman pertenece al segundo tipo:
aliados en apariencia,
pero enemigos en lo sustancial.

Es curioso cómo a veces
basta una espoleta
de cuatro palabras
para detonar el explosivo de una bomba.
La frase del presidente Wilson
sobre el delirio germánico
produjo un efecto análogo
en la dorada cabeza de Philip Lehman,
que casi sin darse cuenta
emprendió una actividad vertiginosa:
de la guerra declarada en Europa
(aunque fuese tan lejana)
podía quizá sacar tajada.

Digamos que un cañón
rumboso y desmadrado
dispararía de improviso
apuntando hacia el oeste
y con el auxilio de un buen viento
(atravesado el Atlántico)

el certero proyectil
impactaría de lleno
contra la sede de Goldman Sachs.

No le interesaba reducirlos a escombros:
le bastaba con dejarlos fuera de combate
para que se lamiesen las heridas
durante un año o dos.
Un trienio como máximo.

Sí.
Contundencia:
la diabólica guerra alemana
podía resultarle muy útil
si la aprovechaba sagazmente,
si divulgaba un buen rumor
ahora que darle a la lengua
es el principal instrumento en el gobierno de las finanzas.

O mejor dicho: soltar las lenguas.
Que no es lo mismo: otros serán los deslenguados.

Para llevar a la práctica aquel tapujo
su hijo Bobbie
le fue de gran ayuda.

Hay algo casi épico
cuando llega el momento irrepetible
en que por vez primera un hijo
contribuye
a las intrigas de su padre.

Si encima el destino del hijo es convertirse en *the king of Wall Street,*
esa inflexión es aún más crucial. Miel sobre hojuelas.

En una carta desde París
Bobbie le anunciaba
que le había echado el ojo a una Virgen del siglo XVII,
aunque en esta ocasión
no hacía falta un envío de dinero:
«Necesito más tiempo para maniobrar».

Sólo seis meses después
descubrió Philip la razón de esa demora:

el otro postor en la subasta era un ricacho portugués
y Bobbie pensaba
que no lograría cobrar la pieza.
Realizó pese a ello diligentes pesquisas
e infirió por lo indagado que se trataba
más de un mercenario que de un coleccionista.
Así las cosas (y convencida la galería
de que pospusiera la venta),
se abocó
a frecuentar
salones y cenas
con el específico objetivo
de arruinar para el mercado la reputación del rival.
Obtenida su cabeza por lo que a crédito se refiere,
rebañó todo el botín
en el campo de batalla:
«La Dolorosa está en el saco, papá:
ya puedes mandar la lana».

¡Cuánto se llega a aprender de los hijos!

Philip urdió la misma trama,
sólo que a una escala
mucho mayor:
¡tiempos aquéllos
en que su tío Mayer imperaba sobre el algodón
esgrimiendo una tarta como arma!
En el Nueva York de las altas finanzas
todo giraba alrededor de un megáfono
llamado «prensa».

Quien empuñara el timón de esa nave
podía esperar el triunfo en cualquier guerra.

Philip hilvanó en la agenda
los términos de su argumento:
1. PREMISA: LOS PERIÓDICOS SON EMPRESAS, NADA MÁS.
2. PREGUNTA: ¿DE QUÉ SE NUTRE UNA EMPRESA SI NO DE
   DINERO?
3. INCISO: EL OFICIO DE LEHMAN BROTHERS ES INVERTIR
   DINERO EN EMPRESAS.
4. CONSECUENCIA: CONTACTAR MAÑANA CON LOS DUEÑOS.

Los tres amos de la prensa
eran tipos cordialísimos:
sus modales no diferían
de aquéllos que gastaban los mercaderes del petróleo.
Cambiaba el producto,
pero el objetivo era inmutable.

Philip fue categórico:
Lehman adivinaba un gran margen de beneficios
en la circulación masiva de los periódicos.
¿Qué eran al fin y a al cabo el NEW YORK TIMES,
el WASHINGTON POST
y el WALL STREET JOURNAL
sino medios de lucro?
Además,
con el empuje de un banco como Lehman,
¿cuánto podían prosperar?
«Sueño con un mañana donde todos vayan
(incluso en China, incluso en Australia)
con un diario bajo el brazo por la calle.
Si esto sucede, ustedes serán muy felices
y yo, como banco, no lo seré menos».

¿Acaso no había una ganancia mutua en ese proyecto?

Los amos de la prensa se miraron:
ahora resultaba evidente por qué aquel individuo
tenía un nombre medible en quilates.
Y concluyeron que sí: podían firmar.

Pero Philip Lehman
llevó el agua a su auténtico molino
cuando ya se levantaban
para marcharse:
«¿Y qué piensan, estimados señores, de la guerra en Europa?».

«Lo que todo el mundo, míster Lehman:
nos asusta la locura de Alemania».

«No, caballeros, de verdad que no: discrepo de ustedes.
Prusia no cuenta con recursos para batirse en una guerra muy larga.
Los ejércitos necesitan bancos detrás, es bien sabido».

«En eso lleva usted razón.
¿Conoce las finanzas alemanas?».

«Ya no tenemos ningún vínculo con Baviera,
pero sé que los Goldman... bueno, ellos sí.
Justo ayer regresaron de allí: se lo preguntaré
y luego les cuento».

La simiente suele requerir
un cierto tiempo
para germinar bajo la tierra.

Ese lapso fue en este caso cortísimo:
el NEW YORK TIMES,
el WASHINGTON POST
y el WALL STREET JOURNAL
tardaron no más de cinco días hábiles
para vocear una duda a pleno pulmón:
¿Alguien empleaba dinero americano
para financiar los cañones alemanes?
Y ante todo, ¿con que bando estaba Goldman Sachs?
¿A qué se debían esos viajes
«demasiado frecuentes» a tierras prusianas?

El mismo Philip
se quedó pasmado
con el éxito de su globo sonda:
al poco tiempo
no hubo en Wall Street
casi nadie que,
tropezando con un Goldman,
no volviera la cabeza.
¿No era eso la victoria?
¿No era eso la justicia?

El saldo
habría sido óptimo
si la Gran Guerra sólo hubiera aportado
esa cuota
al banco de la familia.

Mas no fue así
y las bélicas andanzas evolucionaron de otro modo.

Una tarde medianamente lluviosa,
no mucho después,
Philip Lehman,
Herbert Lehman
y un ente ahumado
se sentaron cara a cara
en torno a una mesa de Liberty Street.

Philip terminó su largo discurso
haciendo saber
que tras la última palabra había un punto redondo
y que eso era todo: se acababa la historia.

Entonces relajó la espalda
y aguardó el voto de sus primos
a la propuesta.

Esta vez, sin embargo, no cabía duda:
la cuestión era en verdad política...

«¿Qué van a hacer los otros bancos?», preguntó Herbert.

«Kuhn Loeb, J. P. Morgan y los Rockefeller ya tienen un pie en el
    estribo
y han tomado contacto con Inglaterra»,
fue la respuesta
mientras la densa humareda de Dreidel
emulaba las nieblas londinenses.

«En lo que a mí respecta, se trata de un asunto muy problemático
y el problema es de principios:
me pregunto si un banco puede, debe (y desea)
financiar a un ejército en guerra».

«Retirarse es de cobardes, Herbert».

«¡Yo hablo en términos morales!
¡Tú sólo calculas costos y beneficios!».

«Siempre hablas como un alma bella
y ése es el origen de tus constantes errores.
Yo, por el contrario, me atengo a los hechos. Sólo a los hechos».

«Ilumíname desde las fácticas cumbres de tu sabiduría».

«De acuerdo: los alemanes amenazan con apoyar a México contra
    nosotros:
los financiarán para que recuperen Texas.
Bien: esto es un hecho, no una idea abstracta. Un hecho fehaciente.
Y te señalo que Lehman tiene petróleo y ferrocarriles en Texas.
Segundo hecho: sus submarinos nos ponen cada día en el punto de
    mira,
ya han hundido el Lusitania.
Tampoco esto, Herbert, es una abstracción:
¿quieres que te dé el número exacto de muertos?
Tercer hecho: si lo dejamos todo como está,
saldremos igualmente malparados.
Si vencen, los alemanes dictarán sus leyes a medio mundo,
pero el poder será de los rusos si gana la Entente.
Ahora bien: si intervenimos en la guerra, mandaremos nosotros.
Hechos, Herbert, nada más que hechos».

«Tú das por descontado que ganaremos la guerra
y eso lo describiría como un espejismo, no como un hecho».

«Vuelves a errar: los Estados Unidos
tienen ahora un millón de soldados,
pero gracias a la masiva intervención bancaria
habrá dos millones más en un solo año
y con tres millones la guerra está ganada.
Es un dato fantástico, querido Herbert».

«Extraordinario, magnífico.
Oírte hablar es un raro privilegio, Philip:
estamos al borde del precipicio.
Eres capaz de financiar una guerra
sin la más mínima vacilación.
¡Y hablamos de una guerra mundial!».

«En resumen: ¿te opones?».

«El rompecabezas es complejísimo, laberíntico,
haría falta un mes para desentrañarlo».

«Pues yo te concedo unos cuantos minutos:
el presidente Wilson pide nuestro respaldo

y no podemos decirle
que Lehman Brothers tarda en decidirse
más que el Capitolio».

«Sólo necesito examinar los hechos,
necesito valorarlos y reflexionar,
necesito interpretar a mi manera
aquello que se nos reclama teniendo en cuenta
que somos miembros de la humanidad entera».

«Eres un banquero, Herbert, no un rabino».

«Y tú eres un belicista».

«Grave error: el militarismo es una lacra prusiana, no mía.
¿Quieres que los alemanes dominen el mundo?».

«En absoluto».

«Entonces hay que combatirlos
y no con palabras, sino con granadas».

«¿Y con nuestros soldados?».

«Con la economía americana, Herbert,
de la cual forma parte Lehman Brothers, y a mucha honra».

«Pretendo no reducir el asunto a un "sí" o un "no":
hay mil problemas de fondo y de principios
que tú, Philip, te obstinas en negar.
Si el Estado recurre a la banca para financiar el ejército,
¿qué puede pedir ésta a cambio? ¿Leyes? ¿Normas?
¿Entiendes que se crea un terrible precedente?».

«Eso es hojarasca, simple palabrería».

«Sin agregar que el capital de los ahorros
se ha invertido hasta ahora para construir
y así lo emplearemos para matar:
¿no opinas que, al menos en teoría,
deberíamos preguntar a nuestros clientes
si consienten este uso de su dinero?».

«Te sugiero que no te extravíes en disquisiciones.
Las palabras son una pérdida de tiempo, Herby,
como el whisky diluido con agua.
Así que menos monsergas y más sustancia».

Si hubiera llegado a tiempo,
Herbert habría contestado
sirviéndose ya un whisky puro de malta.

«¿Puedo tomar la palabra?»,
silabeó Dreidel
aplastando su cigarro en un cenicero.

Se puso de pie.

Extrajo un cuaderno de la chaqueta.

Se aclaró la voz.

Y esto fue lo que dijo.

27
A lot of words

Empecemos por algún punto.

En Alabama, cuando nací
(ha pasado bastante más de medio siglo),
había un negro que siempre andaba con el sombrero calado,
lo llamábamos Cocobolo.
Con sus dos jamelgos
carreteaba algodón de un lado a otro.

Una mañana (yo no tenía ni cinco años)
me subió a la carreta
y fuimos juntos a su plantación.

Se había corrido la voz de que yo era un hacha con los números:
a la edad de cuatro años ya contaba tan bien
que hasta a mi madre le quitaba el hipo.

Así que, antes de ponernos en marcha,
Cocobolo me apuntó con un dedo sonriendo:
«Ya que ha aprendido a contar, señorito,
me dirá con cuántos carros, cuántos caballos,
cuántos perros y cuántos niños
nos cruzamos de aquí a Sweet Hill».

Hoy sé que bromeaba,
¿pero un niño?
Un niño no distingue las bromas de las cosas serias.
Por lo cual
acepté el desafío.
Me encantaba contar, era un prodigio.
Y así, mientras Cocobolo llevaba las riendas,
me puse a escrutar el camino:
1, 2, 3, 4 carros;
20, 30, 40 caballos;
8, 9, 10 perros;
50, 55, 60 niños...

Es obvio que aquel día Cocobolo
había ideado para mí
una especie de tortura
porque durante todo el trayecto
no paró ni un segundo
de cantar el mismo salmo.

Saqué fuerzas de flaqueza
y logré resistir aquel suplicio:
él cantaba y yo contaba.

Apenas detuvo su carreta en el patio de Sweet Hill,
fui yo quien lo señaló con el dedo:
«Lo he contado todo. ¡Sé las cantidades exactas!».

Al principio le sentó bastante mal: no se lo figuraba,
pero rompió el silencio y me dijo:
«Espero que no esté mintiendo, señorito,

porque en mi religión (y creo que también en la suya)
faltar a la verdad es un pecado muy grave...».

«¡Juro que es cierto!», exclamé.
«Han sido 43 carros,
90 caballos,
21 perros
y 78 niños,
79 con ése que nos saluda desde el pozo».

Cocobolo sonrió
y sin prever las consecuencias
me encasquetó una de esas enseñanzas
que descienden hasta la boca
del estómago y aún más abajo,
hasta donde va a parar todo aquello
que no logras o no sabes digerir:
«Señorito, ¿cómo voy a saber si me ha mentido?
Porque quien conduce el carro, fíjese, no cuenta los carros de otros,
quien arrea al caballo no cuenta los caballos que pasan,
y quien procura esquivar a niños o perros
no puede dedicarse a contarlos. Ni modo.
Además lo ha oído: yo cantaba un salmo
y sólo quien calla puede aplicarse a los números.
¿Comprende lo que le digo, señorito?».

Lo comprendía, desde luego.
¡Y de qué manera!
Tal vez incluso demasiado.

Tanto que aquella tarde
los carros ascendían a 116,
los caballos a 320,
los perros a 98
y los niños a 204,
todo ello sin tener en cuenta
a 17 mujeres preñadas,
11 soldados,
7 mendigos,
un par de barberos
y así sucesivamente
con inflexible precisión.
Severísima.

444 • STEFANO MASSINI

La humanidad entera
ya se dividía en dos grupos:
quienes conducen cantando
y quienes (mudos, taciturnos)
cuentan carros, caballos o lo que venga.
Yo pertenecía al segundo plantel.

De repente,
en suma,
estos ojos vieron claro
mi papel de contador universal:
iba a observar el curso del mundo
llevando la auditoría
sin distraerme jamás,
sin perder nunca el hilo.

Poco o nada me importó
si con el transcurrir de los años
no hallaba a otros inspectores adscritos al mismo servicio:
todos subían a los carros para conducirlos,
nadie cedía las bridas,
nadie excepto yo.

Y por si fuera poco,
las perturbaciones exteriores
(como Cocobolo con su salmo)
eran devastadoras.

Pero ése fue un motivo más
para no desistir.
Que hablaran a discreción,
que hablaran todos
mientras yo contaba:
1, 2, 3, 4...
170, 1300, 4000...

Me había tocado un ábaco
en lugar del abecedario,
pero no lo lamentaba.

Ya son más de sesenta años
contando sin pausa.

Ha habido momentos de crisis, cierto:
quien nace con el don del cómputo
se topa en ocasiones
con su gran enemigo, el más temido:
la fulminante sensación
de ser minúsculo
ante la magnitud del material contable.
Y no es fácil arrostrarlo,
llega a ser pavoroso.

Me ocurrió una vez
frente a un tarro de vidrio
lleno de azúcar:
imposible contar los granos.

También sucedió
al principio de la Guerra Civil:
la plaza estaba de bote en bote, más que nunca,
cabezas, manos, sombreros, banderas...
Perdí la cuenta.

Y cuando la pierdes
no es sencillo retomarla.

Hasta los veinte años contaba
tanto las palabras ajenas como las cosas reales,
pero prefería las segundas:
atravesaba una etapa de la vida
en la cual aquello que desfila frente a tus ojos
parece prioritario
con relación a los pensamientos.
Mas ya se sabe: las personas cambian.
Descubrimos que por dentro somos peores que por fuera
y ahí comienza el baile:
ya eres un hombre maduro.

Sueles tardar un poco
en percatarte.

El giro fue para mí dramático:
acompañaba a vuestros padres
durante un viaje de negocios a Oklahoma.
También allí fui sometido a una dura prueba:

el titánico esfuerzo de contar los taladros
separándolos de los pozos petrolíferos
y éstos a su vez de las tuberías
fue saboteado
por las dentelladas de un chucho
que no cejaba
en su provocador empeño.
Pero esto no me descolocó:
no era un diletante.

El factor decisivo fue más sutil.

Cuando oí que aquel bicho respondía a mi nombre,
el cielo se desgarró en mil jirones:
¿denominaban con sonidos idénticos
a un campeón de la suma
y a una bestia incapaz de contar?
En ese mismo instante articulé un programa:
«Póngase un poco de orden
en el caos de las palabras.
Hágase un poco de luz
en las tinieblas del habla».

Y para sellar mi nueva misión
hice la luz textualmente inflamando
el negro petróleo oleoso.
Se aulló la alarma de incendio
y desde luego lo era:
luminoso, esclarecedor.

Fue para mí un paso fundamental.

Aquella noche dejé de contar las cosas
y empecé a contar las palabras:
todo se aloja en ellas.

Cocobolo estaba muy atinado: quien sujeta las bridas
sólo para mientes en la conducción del carro.
Ahora también sé que quien habla
se limita a hablar.

Anoto mis cifras en estas libretas:
tengo una infinidad

y allí estáis todos.
Sin excepciones.

Os he oído hablar
ininterrumpidamente
durante años y años.
He transcrito los números.
No las impresiones: los números.
¿Qué has dicho hace un rato, Philip? Los hechos.
También las palabras son hechos.
Y están más hechas que los hechos mismos.
Y un hecho es que vosotros las usáis.
Y es otro hecho que producen efectos.
Nada de whisky diluido con agua.

Os pregunto: ¿qué ha resonado
como un eco en estas oficinas
durante los últimos treinta años?
¿Qué lengua habéis hablado?

El primer año que pasé aquí
había tres palabras en las bocas de todos:
dijisteis BENEFICIOS 21.546 veces,
oí RÉDITO 19.765 veces
y el verbo COBRAR 17.983 veces.

Ninguna de estas palabras
ha seguido en lo alto de mi lista
durante los últimos años.
INTERÉS ha conquistado la hegemonía con 25.744 ocasiones
seguida de ACTIVO con 23.320.
Esto no son monsergas,
esto es sustancia, querido primo.
Porque los BENEFICIOS, los RÉDITOS y los COBROS
son dineros que entran: los ves con tus propios ojos.
El tío Mayer y el tío Emanuel
firmaban cada tarde los recibos de esos COBROS
(a propósito, Philip: ya nunca dices GANANCIA, sólo UTILIDAD).
Y el INTERÉS, en cambio, ¿dónde está? ¿Cómo se mira?
Continuamente dices TIENE UN INTERÉS...
y cuando lo haces implicas que el banco no está excluido:
quieres asegurarte de que nuestro nombre queda involucrado
en cualquier (subrayo: cualquier) negocio.

Si un día te contaran que el cólera
activa un enigmático mecanismo comercial,
querrías enfermar de cólera
para poder decir TENGO UN INTERÉS Y ESTOY INVOLUCRADO.

En lo que a mí se refiere
preferiría no contraer el cólera.

Pero aún hay más.
Sólo en este último año
has usado el verbo IMPONER 3654 veces,
mientras que ante usabas OBTENER, ALCANZAR o CONSEGUIR.
Has dicho EXPANSIÓN 2978 veces
y PUGNA en 2120 ocasiones.
He advertido que donde antes decías LA COMPETENCIA
ahora dices EL ENEMIGO,
que donde decías INSTRUMENTOS ahora dices ARMAS.
Sospecho que ya llevas
algún tiempo en estado de guerra
aunque sólo ahora nos pides permiso para declararla.
¿Estamos hablando de hechos reales
o sigues pensando que son whisky aguado?

Lo anterior, obviamente,
se refiere a las palabras que os he oído usar,
no a las que utilizaréis a partir de mañana.

Porque, queridísimos primos,
tras una vida consagrada a la más fervorosa de las escuchas,
me parece justo preguntar algo.
Sólo una cosa, en realidad,
pero se trata de la pregunta más importante
que un ser humano
puede formularse a sí mismo:
¿qué palabras querríais pronunciar?

Si éste fuese el cuaderno de mañana (o el de aquí a diez años),
¿qué palabras no querríais haber dicho?

La boca ejecuta, la boca no es autónoma.
Los labios trabajan a jornal.
Cada uno pronuncia los sonidos que elige.

Decidid pues
lo que vais a decir.
Y lo que no diréis...

Qué verbos vais a omitir,
qué términos serán defenestrados.

Este banco
que lleva nuestro nombre
puede decidir cuál será su propia lengua.

Eso es todo.
No tengo nada más que añadir.

*

Tras los cual
se quedó en silencio.

Era noche cerrada.

Dreidel abrió la puerta
y desapareció por el largo corredor desierto.

Desde aquel día,
nadie volvió a verlo
en Lehman Brothers.

Libro tercero
El inmortal

1
Czar Lehman

Quizá estén destruyendo Rimpar
con nuestro dinero.

Herbert Lehman no puede dejar de pensarlo
ahora que los papeles
traen noticias a diario
de la contienda en Europa.
«¿Lo has leído, Philip?».

«Lo he leído, Herbert».

«¿Y no te preocupa?».

«Si algo ha de preocuparme,
permíteme que sea la revolución en Rusia.
Eso del pueblo tomando el poder no es un espectáculo que me
        entusiasme».

«¡Arrasamos Europa! ¡A sangre y fuego!
Será además la primera vez que una guerra
se libra antes con los bancos que con las tropas.
¿No comprendes que así fijamos un precedente?».

«Te corrijo, Herbert:
las guerras siempre se han hecho con dinero
por la muy trivial razón de que las armas no crecen en los árboles».

«¿Me estás diciendo entonces que a la banca le conviene una guerra?».

«La guerra es como la fiebre, querido primo:
fastidia un poco, pero purga el cuerpo.
Y cuando la temperatura se normaliza
estás mil veces mejor que antes».

«No sé cómo puedes llegar a concebir barbaridades semejantes».

«Yo observo la cruda realidad, tú la interpretas.
Ésa es la diferencia entre los negocios y la política».

«¿Me estás llamando iluso?».

«No, te estoy ofreciendo un vaso de whisky».

Desde que Philip y Herbert
dirigen el banco a dúo,
el alcohol ha adquirido una función primordial:
representa la única concordia posible
entre las finanzas y los ideales.

Cada noche, mientras tanto,
Herbert sueña que una flota de aviones ominosos
(todos con la insignia de Lehman Brothers)
sobrevuelan el banco
ruidosísimos
y de repente
bombardean Nueva York
lanzando obuses de oro macizo.

Cuando Herbert despierta gritando «¡al búnker, al búnker!»,
su hijo Peter lo mira como si estuviese chiflado:
«No tenemos ningún búnker en casa, papá,
ni siquiera hay sótano».

Philip, por su parte,
sueña que una horda de cosacos
ataviados a la bolchevique
y con altísimos gorros de piel
asedian Liberty Street
gritando «¡muerte al zar!».
Philip recela que él mismo podría ser Nicolás II.
El zar, por otro lado,
poseía una pingüe fortuna
de 900 millones de dólares,
parte de ella invertida en Lehman Brothers.

Pero lo más incomprensible para Philip
es un pequeño detalle de su sueño:
¿por qué un halcón de plata
vuela en picado desde el cielo
y lo agarra
por los hombros con sus zarpas
para ponerlo a salvo?

Dicen que en Europa hay un sujeto
(judío, como nosotros)
que se empecina en interpretar los sueños.
Parece que de noche todo adquiere un significado,
incluso lo escribió en un libro.

Philip Lehman leyó ese volumen
con muchísima atención,
pero no entendió ni jota.

O maticemos: el doctor Freud no escribe mal,
pero Philip esperaba contar con una especie
de diccionario o vademécum que le enseñara
a echarles el lazo a sus sueños (tal como eran)
para transferirlos hacendosamente
a la agenda
en letras de molde.
Pero no:
niebla impenetrable.

El halcón de plata sigue sin rostro.

No deja de ser curioso
cómo el ser humano
advierte a veces
de improviso
que ha infravalorado cierto pormenor
dándolo por supuesto
en tal medida
que ni siquiera se pregunta
si convendría verificar su realidad.

Esto le sucedió a Philip Lehman
cuando Bobbie regresó finalmente
a tierras americanas
después de que al obcecado muchacho (ardores juveniles)
se le metiera entre ceja y ceja alistarse en el ejército
a fin de «preservar el arte europeo».

Así, al pie de la letra.
No para defender nuestros intereses:
a fin de *preservar el arte europeo*.

Durante los años anteriores a la guerra,
por otro lado,
Philip nunca había impuesto su autoridad
para que Bobbie abandonara sus aficiones.
Es más: la idea de legarle un día el banco
a un dandi
amigo del arte y los caballos
le parecía un golpe maestro,
aparte de una floritura cultural y deportiva
en el insípido mundo de las finanzas.

¿Había ido demasiado lejos?

Bobbie, a decir verdad,
jamás hablaba de temas bancarios.

Se graduó en Yale, efectivamente,
pero nunca transparentaba
pensamiento alguno en materia económica.
Incluso cuando la plática
derivaba casualmente
hacia sus estudios superiores,
la ocasión le resultaba una excusa perfecta
para mencionar sus éxitos
con el equipo universitario de polo,
del que había sido capitán.

Sí, de esto conversaba muy a gusto.
También sobre arte
y carreras ecuestres.
Quizá también sobre pasajes bíblicos,
dado que durante años y años
había crecido acompañado por aquel
tremebundo rosario de estampas
colgadas punitivamente
en las paredes de su dormitorio.
¿Cómo extrañarse
entonces si las figuras
        de aquellos profetas barbiluengos,
        aquellas zarzas en llamas,
        aquellos mares abiertos en canal,
        aquellos ogros abatidos a hondazo limpio
(últimas imágenes previas al sueño

en forzosa contemplación nocturna)
se le habían tallado sobre el cerebro
hasta tal punto
que incluso tenía la impresión
de que él mismo pertenecía a ese mundo?
Así que,
no rara vez,
soñaba
por las noches
que debía construir un arca
o matar a Goliat
cuando no era engullido por la ballena de Jonás...

La infancia te marca, es bien sabido.

Pues bien: liándose la manta a la cabeza
descendió a los infiernos de la guerra
(descenso que fue aceptado como un capricho juvenil),
pero tal vez Bobbie
no se daba cuenta
de que ponía a su padre contra las cuerdas:
un caballo destinado a la victoria en los hipódromos de medio mundo
no puede acabar en las ciénagas de Argonne
esquivando granadas y metralla.
¿Y si hubiera muerto?

Pues nada...
Las modas no perdonan y los jóvenes suelen rendirse a ellas.
¿Quería hacer de soldadito? Adelante.
¿Quién no ha tenido antojos o extravagancias pueriles?

Y por suerte volvió sin un rasguño.

Ocurría, sin embargo, que la guerra (la más genuina)
aún no había estallado.

Tras una larga cena familiar
en que, inquirida su opinión sobre la bolsa,
Bobbie puso por las nubes
una colección de cuadros expresionistas
expuesta en la planta baja de Wall Street,
Philip Lehman
se planteó finalmente la pregunta

de si su hijo,
aparte de ganar guerras mundiales,
estaba preparado para ganar las escaramuzas bancarias.

A la postre, se dijo,
había invertido mucho en él
(como padre, cierto,
pero también como banquero)
y ninguna inversión
se hace por amor al arte.

A la mañana siguiente,
por tanto,
en uno de esos días que nunca
quedarán relegados al olvido,
el padre se decidió a convocarlo
con serena formalidad.
Y no en el salón de casa,
sino en el despacho de la oficina.

«Queridísimo hijo,
entre todos los prefacios posibles a este discurso
te diré que he escogido un tropo
relacionado con una de tus pasiones: el polo.
Cambiáis de cabalgadura en cada ronda del partido.
Es la regla más importante, si no me equivoco,
y hace de éste un deporte muy exclusivo
porque cada jugador debe tener cinco o seis caballos.
Muy bien. Prosigamos.
Lehman Brothers,
sociedad que tu abuelo dejó en mis manos,
no es muy diferente del polo:
también requiere más de un caballo
listo para entrar en la cancha.
Por ello,
queridísimo hijo,
juzgo ya pertinente
tu próximo ingreso
en el corazón del banco».

«¿En el banco, papá?
Sinceramente: no sé si estoy interesado».

Philip Lehman
tuvo la palpable sensación
de que no había entendido bien
y con extrema cortesía,
sin el más mínimo atisbo de ansiedad,
reformuló la propuesta.

«Dilecto hijo, queridísimo Bobbie,
empuñé el timón de este banco
cuando aún se regía por las sumas de decimales:
he erigido un edificio monumental
y algo más:
he configurado un modelo.
Somos la savia que da vida al árbol,
el sistema colapsaría de golpe
si nos detuviéramos un solo instante.
Quien lleva el apellido Lehman
está pues llamado a altas empresas
y como un jinete, Bobbie,
salta siempre a la arena».

Philip sonrió.
Había elegido la metáfora hípica
para halagar a su hijo,
que de hecho se mostró conmovido:
«Lo que has dicho es muy hermoso».

«Lo sé. Tú, Bobbie, estás predestinado:
tu lugar se halla aquí, a mi lado,
y el día de mañana te sentarás detrás de este escritorio».

«Te lo agradezco, papá, desde los más profundo de mi alma,
pero, como te decía, no estoy interesado».

Philip Lehman
tuvo la nítida sensación
de que no había entendido bien.
Respiró hondo
y volvió a la carga.

«Dilecto hijo, queridísimo Bobbie,
eres un chico inteligente.

Dime con toda honestidad:
¿crees que a Noé le pidieron su opinión
cuando tuvo que construir el arca?
¿Y a Elías o Jonás o Jeremías?
¿Piensas que alguna vez les preguntaron
si les apetecía ser profetas?
¿Y el rey David? Lo mandaron a luchar contra Goliat
si tener en cuenta sus preferencias...».

Esta vez se había inclinado
por las metáforas bíblicas
para azuzar el orgullo filial ante el patriarca,
pero el tiro le salió por la culata.

«Pero si no me equivoco, papá, todo eso fue obra de Hashem...».

Philip se impuso la calma
y probó ahora con un tropo muy afín al muchacho:
«Si estuvieras en el pellejo de Giotto, Botticelli o Guercino,
¿crees de verdad que tendrías la opción de pintar o de no hacerlo?».

«Justo, papá, ésa es la cuestión:
pienso que me falta talento para los negocios».

Tocó pues recurrir
a los tópicos de la jerarquía militar (también cara a su hijo):
«¡Yo te ordeno que lleves a cabo una misión
y la obediencia es un deber de quien se enrola!».

Ésta fue la inocente respuesta:
«Nunca me he enrolado en el banco, papá».

Llegados a ese atasco,
Philip
ignoró el calambre que sentía en el estómago
y se avino a hallar un punto de encuentro
con el arma de la mansedumbre paternal:
«¡Basta ya, Bobbie! ¡Tú serás banquero!
Está decidido: yo lo quiero y yo lo mando».

«No es que no lo desee: es que no puedo
y si no puedo tampoco debo.
Así que buscaos a otro».

Nada menos.
El contragolpe
pilló a Philip desprevenido,
tanto que por primera vez
(no aquella mañana, en toda su vida)
se quedó sin respuesta.

Un hueco ciertamente inoportuno
porque el hijo siguió hablando.

«Entre todas las personas que conozco en el mundo, papá,
me considero la menos indicada para asumir esa responsabilidad».

Durante la historia entre un padre y un hijo
se dan situaciones
en que el sendero se bifurca:
a la izquierda el triunfo, a la derecha una condena a muerte
y las más de las veces
no sabes si realmente puedes elegir.

Philip Lehman,
sin embargo,
vio la disyuntiva como algo ya escrito.

Se detuvo en aquel bivio,
contempló los dos caminos,
oteó los dos horizontes.

E hizo su elección
sin vacilaciones.

2
The Arthur method

La perfección geométrica
de la escenografía
es un elemento capital
en el kidushín de hoy.

La sinagoga se ha dividido
en dos secciones
semicirculares
que el pasillo separa exactamente por el centro
como el diámetro de una circunferencia.
Ambos sectores
están simétricamente fraccionados
en 60 asientos para adultos y 22 para menores.
A las señoras se les ha sugerido que no lleven
sombreros muy aparatosos para evitar así
la dispersión o la sobrecarga de los volúmenes.
Esto por lo que atañe a la concurrencia.
La ceremonia misma se celebrará
sobre una recta horizontal
externa a los semicírculos
y perpendicular al diámetro del templo.

Cuando entre la novia
con su velo de seda,
quién sabe si en un rincón
de su memoria
se conservará aún el recuerdo
de aquella lejana ocasión
en que un pequeño Lehman
pateó contra el lodo su lazo preferido
mientras le soltaba una abigarrada miscelánea de improperios.

La anécdota no es ni mucho menos secundaria
dado que aquel chiquillo
será dentro de muy poco su marido
cerrando así con una elipse
varios ciclos espacio-temporales.
Y también económicos.

Éstos últimos
en especial
(básicos para Philip,
pero gratos para la entera familia)
saltan conspicuamente a la vista
dado que a la unión conyugal
llegan nada menos
que un Lehman y una Lewisohn.
Se trata a todos los efectos

de un consorcio entre campeones olímpicos,
un pacto entre los reyes de Wall Street y los señores del oro,
un enlace entre las primerísimas filas del templo
y (¿por qué no decirlo?)
una bofetada moral a los Goldman,
quienes, por cierto, no han hecho acto de presencia.

Lehman-Lewisohn.
Dos eles que se vuelven tres con la adición de *líderes*.
Arthur y Adele.
Dos aes que ya son tres con la adición de *aritmética*.

Porque el cálculo
ha desempeñado un papel esencial
en la construcción misma
de este matrimonio.

¿Y cómo iba a ser de otro modo
cuando
ya nada
en la vida de Arthur Lehman
está exento de implicaciones matemáticas?

Célebre desde niño
por una índole más bien polémica,
Arthur
se iría distinguiendo
por una sucesión de obras maestras
en el arte de la picardía.
De modales tirando a abruptos
(siempre justificados por él mismo)
con el paso del tiempo
se doctoró en bajezas
gracias a maniobras cuando menos míticas.
—Saqueaba los bolsillos de sus hermanos y conseguía
que el banco los reembolsara.
—Convencía a las hermanitas de que le hipotecaran los juguetes.
—Horrorizaba a Sigmund cifrando con bastante precisión
los quintales de rosquillas ingeridos por éste en un año.
—Llegó incluso a estipular una tarifa horaria por empujar
hasta el parque la silla de ruedas del tío Emanuel.

Y si cada una de estas hazañas
fue en principio atribuida
a una pericia natural para la cara dura
(y a ese retrogusto ácido
que caracteriza a las papas bávaras),
con la primera juventud
el muchacho empezó a observarse desde fuera
soslayando
los prematuros juicios de la parentela:
él no era como su primo David.

Y cuanto más pensaba en ello,
más le parecía que sus mañas y triquiñuelas
celaban algo distinto
a un simple diploma en astucia:
en ellas olisqueaba
un vago aroma científico,
así que
erraban de medio a medio
quienes pretendían confinar su indudable talento
en esa reserva india donde a menudo terminan
los excéntricos de las familias.
Que se rieran de sus desvaríos:
dentro de pocos años
los pagarían a tanto el kilo
con tal de recuperarlos.

Arthur, en resumen,
decidió por sí mismo
(como suele ocurrirles
a quienes de verdad valen algo).

No sabía exactamente de qué valor se trataba,
pero aceptó el desafío de ese *algo*.

Mientras tanto
(a la espera de que el gas pasara al estado sólido),
puso el apellido entre paréntesis
y dio cita a sus familiares
para un día indefinido
(aún lejano, pero sin duda inexorable):
ya lo buscarían en el apogeo de su gloria.

Bien.
En las familias,
es sabido,
se prevé (por fuero ancestral) una moratoria
otorgada
en nombre de la piedad o la compasión
a quienes parecen acometidos por ambiciones patológicas.
Agotado el plazo,
se les exige que transijan con apetitos más ordinarios.
Este lapso
(fijado por costumbre en un par de años)
es vivido con dosis alternas
de alacridad y repulsa, un vaivén
que desmoralizaría al propio Carlomagno.

La cuarentena, no obstante,
concluyó mucho antes
en el caso de Arthur
(pude decirse que enseguida);
tan pronto como el muchacho
determinó un punto de arranque:
el arquitrabe de todo su edificio
descansaba sobre una sola palabra
o, mejor dicho, sobre un puñado de números.

Pues sucedió que,
en el nudo decisivo de su peripecia juvenil,
Arthur
encontró sobre un cuaderno
los signos del 1 al 10 torpemente trazados siendo niño
y sintió entonces el impacto
de las infinitas combinaciones
que en teoría podían crearse
con aquellos simples garabatos de tinta negra:
las matemáticas gobernaban el universo
y nada se le escaparía
si lograba domesticarlas.

Éste fue el postulado.

Luminoso ejemplo de cómo a veces
basta con una revelación instantánea

para darles sentido
a millones de instantes posteriores.

Tiende a ser una experiencia lírica,
pero Arthur la despojó de poesía
para declinarla con una desinencia más prosaica:
«Venceré y lo haré usando los números».

Bajo la forma de proyecto existencial
se consumó pues
en Arthur Lehman
esa coyunda entre la ciencia y el poder
a menudo tan nefasta
que a los pitágoras
les demandamos ser Pitágoras
sin la guarnición del apellido Bonaparte.

Por fortuna
no quiso el cielo
que en este caso hubiese
complicaciones militares,
sólo financieras (ya puestos en lo peor):
siendo esas esferas aún distintas (aunque no por mucho tiempo),
la entera humanidad salió ilesa y aliviada.

Para Arthur fue un paso emocionante:
con la palanca de aquellas diez cifras
levantaría no sólo su futuro,
sino también el del banco familiar
porque era a todas luces obvio
que el concepto de ganancia
se reduce en el fondo
a un arcano algebraico.

Así pues,
durante los años que siguieron
se dedicó en cuerpo y alma
a las incontables acrobacias de los números:
estudiaba con un ahínco casi demoledor,
a menudo día y noche
hasta quemarse las cejas.
Devoraba ecuaciones, logaritmos y número primos.
Se convirtió en un maestro del teorema:
ningún problema

lo cohibía o intimidaba.
Y no sólo hablamos de aritmética.

Ése, precisamente,
fue el elemento crucial.

La ciencia del cálculo
hizo en él como esos ríos
que causan notables estragos
cuando desbordan sus cauces.

Si su hermano Herbert
recurría a la política
hasta para escoger la sopa,
enseguida no hubo
un solo aspecto
del humano existir que Arthur
no desmantelara en clave matemática:
todo el ancho mundo
(y de manera enfermizamente progresiva)
se le presentaba como un caos
sólo formalizable con la razón numérica,
tan necesaria para sostener el equilibrio del universo
como la educación para redimir a los salvajes.

Cuando lo invitaban a un restaurante,
Arthur era incapaz de responder a preguntas tan simples
como «¿te ha gustado la cena?»
si no empleaba
la fórmula específica de esa circunstancia:
asignado el valor X_C a la calidad conjunta de la experiencia,
éste se obtenía mediante la suma
de M (materias primas e ingredientes) y S (cortesía del servicio),
cantidad a la que se restaba
el factor H (su humor esa noche),
todo ello naturalmente partido por P + P + P (el precio de los tres
    platos).
La respuesta exacta se hallaba
por tanto en un cociente:

$$X_C = \frac{(M + S) - H}{P + P + P}$$

La chifladura fue a más.

Prosélito
de una religión económica universal,
cualquier hecho lo concebía o explicaba
en el marco de un análisis costo-beneficio
donde todo (incluso el aire)
no era otra cosa que una partida
en el libro mayor de la suprema contabilidad.
Por esa vía aventuró
una personalísima síntesis epistemológica:
si asumimos como axioma que el planeta Tierra
es un conjunto de recursos
(y por tanto un patrimonio P),
cada ser humano, aunque sólo sea
por respirar, caminar o nutrirse
$(P^R + P^C + P^N)$,
consume una parte del capital común
haciéndolo suyo (P^I)
y sustrayéndoselo a los demás.
Al mismo tiempo, sin embargo, ese individuo
restituye a sus congéneres un bien social (B)
mediante el trabajo (T), el voto (V) o la procreación (Cr).
De ahí que,
dando a cada epígrafe un parámetro del 1 al 100,
sería posible cuantificar la incógnita X^{fs} entendida
como «función socioeconómica del individuo» (ni más ni menos):

$$B = T + V + Cr$$

$$P_I = P_R + P_C + P_N$$

$$X_{fs} = (T + V + Cr) - (P_R + P_C + P_N)$$

Fue justo durante esa etapa
rayana en la psicosis
cuando Arthur Lehman (AL_1) re-conoció a Adele Lewisohn (AL_2)
y halló a una persona radicalmente distinta de aquélla que él
asociaba a otro tiempo $[AL_2 (t = ahora) \neq AL_2 (t = entonces)]$.

Tras superar el pavoroso trauma del lazo (T^L),
la señorita
había evolucionado en dirección
a un algoritmo femenino

de no desdeñable atractivo [(AL$_2$ (t = ahora) = f AL$_2$ (t = entonces)]
cuyo encanto, pese a ello, aún no ejercía en él
la más mínima función cautivadora [f AL$_2$ (t = entonces) $\notin$ AL$_1$].

Lo que impresionó a Arthur
fue que la chica era bailarina.

Y no porque le gustase la danza (fj).

Lo cierto es que un día (D),
durante un encuentro fortuito en el parque (D^P),
ella lo vio como enajenado, fuera de sí,
mas ni por asomo
pudo imaginar que Arthur
estaba calculando la incidencia de las aves (X^A)
en el balance económico de los espacios verdes (EV).
Pensó más bien en una dolencia nerviosa
y no descartó las secuelas de la viruela.
Tanto se le encogió el corazón
recordando al Arthur niño
que tomó la iniciativa
invitándolo a una sesión vespertina de *ballet* (S^B)
en un famoso teatro neoyorquino (T).

Sentado en la platea (P)
frente a la enésima bifurcación de la vida,
AL$_1$ presenció cómo sobre un escenario
cristalizaba
inesperadamente
su idea del orden matemático:
los seres humanos caminan,
pero ninguno cuenta sus pasos
o las fases en el despliegue de un gesto.
La danza, por el contrario, lo exigía
para crear armonías perfectas...
Estaba clarísimo: los movimientos
groseros o desmañados eran al *rond de jambe*
lo que el comercio primitivo a las finanzas
y
¡la economía era el baile de los pueblos!
A Arthur le correspondía
ser el coreógrafo.

¿Y quién podría
compartir con él
el tormentoso peregrinaje
a la tierra del caos
si no AL$_2$, sacerdotisa del rito?
De ella
(adorable en el *allongé* y el *port de bras*)
amó intensamente cada rasgo:
admiraba aquel lenguaje estricto,
aquella voluntad de domar hasta el meñique
aceptando las reglas y rigores
de un sistema numérico superior
donde no queda espacio para el acaso.

Lástima que de ese sistema (×)
no sólo se excluyera el azar (A);
los sentimientos (SS), vehículos de desorden,
tampoco eran contemplados:

$$(A + SS) \notin \times$$

Es más: suponían incluso una amenaza.

AL$_1$ lo comprobó de pésima manera:
decidido a quemar las naves
declarándose en el acto
y convocando una boda lo antes posible,
la tierra se abrió bajo sus pies
apenas se halló a solas
frente a la muchacha:
cada intento de cortejo se le moría en la garganta
y abismado en sus pupilas
era literalmente incapaz
de articular sonidos cabales
salvo los del desastroso comentario
«ahora que la observo...
no tiene usted los ojos simétricos».

Va de suyo
que semejante piropo
fuese acogido por AL$_2$ con una reacción simétrica:
el portero del teatro recibió órdenes tajantes
para que aquel troglodita

jamás entrara en la sala
por ninguna razón del mundo.

AL_1 encajó el trompazo:
¿tantos años sumergido en los números
lo habían pues anestesiado
hasta anular en él
cualquier destello de brío?

Así y todo se dijo
que algo no cuadraba en la cuenta:
si el objetivo técnico del amor humano era constituir una familia (F),
¿por qué
entre las convenciones sociales
aún constaban el cortejo y el noviazgo,
esos inmundos despilfarros de tiempo (T^{tort})?

No era él quien se extraviaba:
la humanidad entera había perdido la brújula.
Que nadie se quejara después
si la vida
pasaba en un soplo:
había que exprimirla como cualquier otro recurso.

Luego discernió en este campo
una falta particular del sexo femenino, demasiado atento
a los trámites (antieconómicos) de la liturgia amorosa
y cerró los ojos para soñar un mundo futuro
donde Alfa (sin andarse por las ramas)
le preguntaba a Beta «yo sí quiero, ¿tú qué?»
y en caso de respuesta positiva
se procedía inmediatamente al binomio procreativo.

Aunque bailase de maravilla
(y la danza era para AL_1 pura ingeniería),
AL_2 no abundaba en la misma opinión:
cuando él se descolgaba por la calle del teatro
(más tieso que un espantapájaros
y echando espumajos por la boca),
ella optaba por pasar de largo.

Para hurtarse a esos encuentros
renegó incluso del *ballet*

y cultivó con igual éxito
su vieja pasión por el arpa clásica (AC).

Este viraje, en realidad,
no surtió ningún efecto
porque sobre la pizarra de AL_1
ya se demostraba en términos algebraicos
la equivalencia entre danza (fj) y música (M)
y, por tanto, el paralelismo con las finanzas:
si la danza armonizaba los movimientos,
la partitura hacía lo propio con el ruido
y la banca con la desenfrenada orgía del trueque:
una orquesta sinfónica
no le resultaba tan distinta
al *board* de Lehman Brothers.

Acudió pues a perseguirla
incluso fuera de Tin Pan Alley,
donde ella grababa tres días a la semana ($3d \times RCA = AL_2$)
y donde tres veces a la semana
quedaba el teorema inconcluso:
«¿Hay algo, *madame*, que yo pueda hacer por usted?».

«¡Cómpreme Tin Pan Alley
y póngale encima un lazo!
¡Ay, perdón! Lo olvidaba:
usted prefiere pisotear los lazos».

«¿No se le ocurre algo un poco más barato?
El ahorro es una virtud...».

«Sea entonces virtuoso: ahórrese su dinero
y ahórreme el fastidio».

Estas colisiones
tenían lugar
cada tres días
en la arbolada avenida de Tin Pan Alley,
que la dulce arpista recorría a pie
sin jamás detenerse ni un segundo
mientras AL_1,
para economizar energía,
le hablaba desde su automóvil

con la ventanilla bajada
y a paso de tortuga.

La única excepción fue aquella tarde
en que se apeó
del Ford T y se plantó
frente a ella
obstruyéndole el acceso a los camerinos.
Habiéndose plegado (de muy mala gana)
a la necesidad de un cierto romanticismo (R),
su introito resultó de lo más prometedor:
«¿Puedo leerle uno de mis poemas?».
Obtenido el plácet casi inmediato (P)
(mal no le venía un poco de aliento),
se entregó a la lectura de un soneto (S) con el mismo ímpetu emotivo
con que se lee un horario de trenes (HT).
Mas pasando esto por alto,
otra cosa le valió la irrevocable calabaza:
«Usted no ha escrito esa poesía:
es de Emily Dickinson».

«Perdóneme, señorita: ¿qué diablos está diciendo?
Si yo le hubiese regalado flores,
¿las habría rechazado porque no eran de mi jardín?
Las hubiera cogido, por supuesto, aunque fuesen compradas.
Y si le ofreciese un anillo (es sólo una hipótesis),
¿me lo devolvería con la excusa de que yo no lo he hecho
y lo he adquirido en una joyería?
Pues bien: le he comprado ese poema a un librero.
Puede adquirirse porque es un artículo comercial
y con la adquisición se transfiere a terceros
exactamente igual
que las flores o el anillo.
¿De qué hablamos entonces? Tengo derecho al uso.
La señora Dickinson, una profesional del sector poético,
puso su producto en el mercado
y yo ahora lo empleo porque así me place.
Y mucho cuidado: los versos no son gratuitos,
me han costado 3 dólares con 25 centavos,
que se suman al costo de mi tiempo,
restado (para estar aquí) de una actividad más rentable.
Dicho esto: creo en usted como forma de inversión
siempre que no nos extralimitemos, ¿me explico?».

«¿Y en caso contrario?».

«Tranquila, doña Pirueta: no le pediré un reembolso».
Con esta última frase creyó
haber parido el cénit de la lírica
eclipsando a la mismísima Dickinson.

Pero había un dato incuestionable:
la noción masculina de poesía (P♂)
no concordaba con la femenina (P♀)
y la primera
podía incluso
limitar con el subconjunto del vilipendio (V).
Sea como fuere, desde aquel día
AL$_1$ consideró
que la poesía en general (P)
era un producto de rendimiento no seguro.
Y como consumidor se sintió defraudado.

¿Dónde se reveló eficaz
el método de Arthur?

En la persistencia: nunca claudicó.
Y no porque la artista apreciase su tenacidad.
Lo que salvó al científico
fue aquel descabellado acto de fe
en la omnipotencia de las matemáticas:
transformar en fórmula lógica
al enemigo más acérrimo de la lógica misma.

Se armó pues de valor, echó el resto
y en una hojita
puso negro sobre blanco
el hecho incuestionable de que el erotismo (E)
sólo dependía de dos factores:
el instinto (INS) y la megalomanía (MEG):

$$E = f (INS, MEG)$$

Y si era imposible influir en el primero,
con el segundo, tan común dentro de las altas finanzas,
bien podía jugarse.

Ponderó cuidadosamente efectos y contraefectos,
estudió la conjetura, valoró las fórmulas.

Al final tomó una decisión.
Se presentó ante su primo Philip
y le propuso una inversión a veinte años
con enormes márgenes de beneficio:
el futuro de América residía en la música,
estaba más que convencido.

«¿Qué mosca te ha picado, Arthur?
¿Ahora quieres que pongamos dinero
en orquestinas y bandas de pueblo?».

«De eso nada, Philip, o no sólo eso.
Pienso en mucho más que Broadway.
Tengo en mente aventuras colosales:
pura megalomanía».

«Tú dirás».

«Me han hablado de un tal Edison
y también de un tal Tesla, dos inventores.
Andan a la greña por una patente.
Imagina que en casa (en cada casa) hay un aparato:
lo enciendes y puedes oír la música
que al mismo tiempo se escucha en Minnesota.
Este milagro se llama radio, Philip.
Toca un arpista en Nueva York y lo oyen millones.
La radio te abre las puertas de los salones y las cocinas.
Tú decides qué historias quieres llevar
incluso a las alcobas, a las buhardillas,
a los retretes y cuartos de baño.
Puebla el mundo una miríada de gente
que sólo quiere prender el artilugio y escuchar».

«¿No estás exagerando un poco?».

«Desde luego (y afortunadamente).
Una buena inversión, Philip,
depende siempre de dos factores:
el instinto y la megalomanía».

Y sólo entonces
percibió
que una inversión es también
una erótica prueba de amor,
de modo que sacó la hojita con la fórmula
y se la mostró a su primo;

$$E = f (INS, MEG)$$

«¿Y esa "E" qué representa?», preguntó Philip.

«¿En serio me lo preguntas? "Economía" (o "empresa" si prefieres),
 ¿qué si no?».

3
NO

El capítulo que estaba a punto de iniciarse
NO era de los más simples.

Un auténtico martirio (NO designable de otro modo)
iba a abatirse
desde Alaska a Nuevo México.

Se había ganado la guerra librada en Europa,
pero NO eran alemanas las bombas
que iban a castigarlos.
Catastróficamente.

¿NO había sido la aviación americana
lo más novedoso de la Gran Guerra?
Bien.
Torpedos y misiles
atestados de NOES
iban a ser descargados
desde los cielos de América
por un cazabombardero
tripulado NO por un oficial de las fuerzas aéreas,
sino por un senador de tez cetrina

con un mostacho NO ordinario
llamado Andrew Volstead.

NO es que los Lehman fueran grandes bebedores:
en Liberty Street
(dejando aparte el whisky pacificador
de Philip y Herbert)
NO corrían ríos de licores,
mas, pese a ello, la Ley Volstead
NO podía pasar desapercibida en aquella casa.

Y NO porque los destiladores americanos
fuesen mayoritariamente judíos:
NO era ésta la cuestión.

Era más bien que la tromba de NOES
los azotó de pronto como un huracán
y NO hubo nadie que NO se empapara.

Consignados por escrito
gracias al cristianísimo Volstead,
los NOES eran ahora ley federal del Estado.

Irrumpieron por doquier
bien mayúsculos
para que nadie alegara NO verlos:
NO los evitabas en los salones,
NO te zafabas en las cocinas,
NO los conjurabas en los dormitorios
y NO eran excepción las oficinas bancarias.

Como un tambor en el cerebro,
el redoble de NOES resultó tremendo:
alto era el riesgo de jaqueca
cuando NO directamente de locura.

El banco Lehman NO fue distinto
y se llenó de negaciones hasta el techo.

Y encima la atmósfera NO era allí apacible.
Desde que se esfumó la peonza,
NO eran tres, sino dos,
quienes regían la sociedad:
Philip y su primo Herbert,

hasta entonces NO ligados por otro pacto
que el ahora vedado del whisky.

A falta de líquido conciliador,
la convivencia se volvió sobria, pero NO tranquila.
O mejor dicho: NO quedaban trazas de paz
y el rótulo de LEHMAN BROTHERS,
ese ditirambo a la fraternidad,
bien podía convertirse en LEHMAN NO BROTHERS
a juzgar por los gritos que alcanzaban la calle.

¿NO era en el fondo risible?
Si NO pasaba un día
sin que el bigotudo piloto NO presumiera
de esos mil NOES con que América
ya NO iba a descarriarse,
el banco Lehman Brothers
corría ahora
el riesgo de descarrilar con todos sus vagones.

Desde que las gargantas estaban secas,
la lucha entre los primos NO conocía tregua.

NO faltaban ocasiones para tirar a degüello
y aunque ya NO fluía ni una gota de alcohol,
los NOES emborrachaban cada discurso:
«¿NO crees, Philip, que tal vez NO sea muy sensato
convertir el banco NO en una entidad de ahorro,
sino en una tabla de cifras abstractas
sin pies ni cabeza en este mundo?
¡Lehman NO puede convertirse en una sucursal de Wall Street!».

«NO estoy de acuerdo, querido Herbert.
NO te agrada la bolsa y eso NO es nuevo.
¿Pero acaso NO es tu NO un prejuicio?
NO lo eludamos: ¿qué es el mundo si NO es mercado?
Los seres humanos NO pueden vivir sin dinero.
¿NO se alimentan con dinero? ¿NO se visten, NO se desplazan?
NO me digas que NO lo has pensado:
NO hay una sola dimensión o territorio donde NO reine la
    compraventa.
Así que NO te entiendo: ¿qué te disgusta?
Wall Street NO es sino el templo de los negocios

y NO hay lugar en el mundo donde NO se hagan trueques,
incluso entre los pueblos NO civilizados.
¿NO va uno y da seis dátiles a cambio de una piña?
Y si esos dátiles NO están maduros,
¿eso NO cambia la naturaleza del trato?
Aunque NO te guste, querido primo,
los intercambios son ubicuos, NO sólo los hallarás en la bolsa.
Wall Street NO es tan diferente de una sinagoga:
Hashem NO está refugiado sólo allí dentro
y si destruyes el templo, a Él en el fondo NO le importa».

«NO finjas que NO lo entiendes porque NO me trago esa píldora.
Yo NO admito que al banco NO esté con la gente,
NO quiero encerrarme tras el portón de la bolsa
¡y NO me interesan los círculos financieros!
Por lo demás, Philip, NO olvidemos
que NO era ésa la idea de nuestros padres:
y NO me parece que éste sea un detalle menor».

«Tú y yo NO nos entendemos, ¡ya NO sé cómo explicártelo!».

Y diciendo esto se le fue la mano
(más que nada por instinto) en busca de una botella
que NO encontró.
Debido a lo cual, ¡ay!, retomó su perorata.

«NO aceptas la realidad de que el presente NO es el pasado.
Nuestros progenitores NO hablaban de acciones, NO lo niego,
pero simplemente porque NO existían.
NO por otra razón, Herbert, NO por otro motivo.
NO tengo ninguna duda de que nuestros viejos,
NO siendo ni cándidos ni mentecatos,
hoy NO habrían titubeado antes de invertir en la bolsa:
acciones NO es sino otra palabra para significar "dinero",
sólo que ya NO es la lengua del ayer.
¿Están o NO nuestras calles repletas de coches?
¿Quieres que NO se vendan automóviles
para NO quitarles el sueldo a los viejos cocheros?
Así NO se afronta el siglo xx, Herbert,
y NO debería venirte yo con estas arengas
visto que ya NO tengo el pelo negro.
Lo cierto es que tú NO crees
en la función de un banco, NO te mientas».

«NO me hagas decir aquello que NO pienso.
NO es respetuoso y, desde luego, NO es correcto».

Y gritando el último vocablo, con un ademán
automático le pidió licor a una secretaria
que NO movió ni un dedo.
Debido a lo cual, ¡ay!, retomó su perorata.

«Te obstinas en NO entender la clave del asunto:
NO se trata de simples palabras.
NO estás usando tu cartera personal: aprovechas
un dinero que NO es tuyo, que es de la gente».

«NO "de la gente". Llámalos clientes».

«Ahorradores si NO te importa».

«NO sé adónde quieres llegar».

«NO muy lejos».

«NO puedo desperdiciar mi tiempo».

«NO temas: seré breve».

«Y espero que NO confundas la velocidad con el tocino».

«NO lo ocultemos: nos dan su dinero
porque dejarlo en casa NO es seguro
y nosotros, de hecho, ¿NO lo guardamos en una caja fuerte?
¿Acaso NO es todo esto una gran comedia?
¿Acaso NO estás jugando al póker
esos capitales que ellos NO quieren arriesgar?».

«Jamás me he sentado frente a un tapete verde».

«¿NO es lo mismo apostar en acciones?
¿Qué hacéis si NO en la timba de Wall Street?
Vale, NO tienes los naipes en la mano,
sólo títulos, acciones, pagarés, bonos y NO sé que más».

Y tras esta última diatriba alargó un
brazo a la vitrina para agarrar dos vasos

que NO se llenarían. Debido a lo cual
retomó la perorata, ¡ay!, con más vehemencia si cabe.

«Eres un tahúr, Philip: ¿NO se incrementan los valores, NO bajan?
¿NO gano si suben? ¿Cuánto pierdo si se desmoronan?
¿Y luego aseveras que NO creo en las finanzas?
NO tengo nada que objetar si el banco concede un préstamo.
NO me opongo a los créditos, a los anticipos;
NO impugno tampoco las inversiones siempre y cuando
demuestres que NO hay agio o usura».

«¡Yo NO quiero andar contando los cero-coma!».

«¡Y yo NO quiero timar a la gente!».

«NO sabes de qué hablas, Herbie.
Me daría la risa si NO fuese un hecho grave.
Simulas NO advertir que cualquier individuo
cuando nos trae su dinero (NO sólo a nosotros, a cualquier banco)
aspira a verlo aumentar de volumen:
NO le interesa ponerlo a buen recaudo, créeme.
Nadie se conforma, NO sería humano,
y en la ventanilla preguntan "¿NO podría enriquecerme?".
Se te llena la boca con la gente, pero NO la conoces:
NO hay un imán más poderoso que la ganancia».

«Justo: yo NO caigo tan bajo».

«Y yo NO te lo pido,
pero sigues siendo un banquero, NO un profeta».

Herbert NO replicó a esta última frase
y Philip, por su parte, NO le reclamó que lo hiciera.

Cada uno se retiró a su despacho
NO sin antes maldecir
a quien prohibió el whisky,
dado lo cual se contentaron con el gesto
de atizarse un vaso entero
procurando NO pensar que estaba lleno de leche.

Herbert NO se dio paz
desde aquel día.

NO es raro, por otro lado,
que, en nuestro afán por NO verlo,
lo negado nos aparezca de improviso
con tal claridad que NO es posible ignorarlo.

NO muy distinto fue su caso:
por mucho que le costara admitirlo,
su primo en el fondo
NO desvariaba.
¿Que él NO estaba en el lugar apropiado?
¿Cómo NO percibir que el problema era de principios
y que NO había salida alguna
si NO era dedicarse abiertamente a la política?

Esta vez NO escurrió el bulto
y se formuló la fatídica pregunta que nunca se había hecho:
«¿Por qué estoy aquí y NO en otro sitio?».

Precisemos que ese «otro sitio» NO era
un lugar indefinido de la Tierra,
sino el palacio mismo del poder.

Eso. Precisamente.
En su imperfecto pellejo de banquero,
Herbert NO reprimió las preguntas.
¿Por qué NO era alcalde?
¿Por qué NO presentaba su candidatura al Congreso?
¿Por qué NO exhibía en su puerta la placa de gobernador?

El hombre, cierto, NO es un engranaje simple
y cuando va a fijarse una meta
NO logra NO complicarse la ruta.

Herbert se dijo que ya era demasiado tarde
(NO la más infrecuente de las coartadas).
Luego añadió que NO se le habían presentado ocasiones
(viejo estribillo que NO absuelve a nadie).
Al final perfiló la excusa de que NO flaquearía si pudiese:
a menudo la forma más cobarde de admitir que NO lo haces.

Mas NO es tan fácil rechazar aquello que de verdad deseas
y Herbert, NO por accidente, empezó a soñar

cada noche
con el hemiciclo del Congreso
donde, sin embargo, NO se sentaban diputados,
sino banqueros (él mismo NO excluido).
Y cuando éstos comenzaban a sacar de sus bolsos
fajos y más fajos de billetes,
la gran sala de caudales NO tardaba en colmarse
a riesgo de asfixia para los presentes.
Por eso NO hay noche en que Herbert NO despierte gritando:
«¡A la azotea, a la azotea, a la azotea!».

Su hijo Peter lo mira como a un demente:
«No hay forma de subir a la azotea, papá.
Estamos en la planta baja y no tenemos desván».

NO es sencillo explicarle a un niño
que las casas de los sueños NO son arquitectónicas.
Sobre todo si NO estás muy sereno.

El destino, en cualquier caso, NO le fue adverso.

Porque un apellido como Lehman
NO desentonaba en la política
y de ello se dio cuenta la política.

Herbert, por su parte,
se guardó un tiempo el secreto,
sólo a Edith NO se lo ocultó.
En ella encontró NO a una simple aliada: halló un estímulo.
Había que combatir tal babilonia de negaciones
que personas como Herbert eran NO sólo necesarias, sino también
    vitales.

A su primo Philip, NO obstante,
NO se decidía a hablarle:
temía (NO sin razón) hacerle así un gran favor,
casi como si hubiera podido espiar
aquella agenda en letras de molde
donde tiempo atrás quedó escrito:
HERBERT ES UN BUEN RECURSO.
Aunque recientemente se agregó debajo:
PERO FUERA DE AQUÍ.

Dicho esto,
hay vocaciones que NO pueden aplazarse.

De modo que, NO mucho después,
Herbert llamó a la puerta de su primo.
«¿NO molesto, verdad?», preguntó educadamente
y, obtenida una emisión sonora NO afirmativa,
tomó asiento NO muy lejos
de la cristalera que antes albergaba los licores
(el pobre chico NO se resignaba).

Philip ya sospechaba
lo que estaba al caer y NO cabía en sí de gozo.
¿Acaso los otros bancos neoyorquinos NO tenían un solo presidente?

Pero fingió que NO esperaba nada
y tarareando una canción
NO levantó la vista del *Wall Street Journal*.

Herbert rompió el hielo
sin metáforas o circunloquios:
«NO te escondo, Philip, que el partido me ha hecho una propuesta
y me pregunto si NO debería aceptarla».

Philip NO se alteró lo más mínimo
y dijo (sólo para NO sumirse en el mutismo):
«Es tu elección, queridísimo Herbie, yo NO me inmiscuyo».

Ese *queridísimo* NO convenció a Herbert:
que su primo NO pusiera pegas
NO lo tranquilizaba mucho
y por eso NO se conformó con un simple beneplácito:
«¿NO te parece que el banco nos necesita a todos?».

Philip NO era un aficionado.
Habría podido NO responder con una sonrisa
o simular que NO entendía,
pero escogió una maniobra NO intrascendente:
«NO soy tan irresponsable para privar a América de tus valiosos
    servicios
sólo porque NO quiero que el banco los pierda».

NO estaba mal: un argumento patriótico.

Que a Herbert NO le disgustó:
«¿Así que NO debo sentirme culpable?».

Aquí se le calentó a Philip la boca y,
viendo cerca la victoria, NO supo morderse los labios:
«Nada hay más importante, Herbie,
que NO sustraerse a la gran llamada».
Y amagó una sonrisa que NO logró confeccionar plenamente.

Herbert percibió NO sin fastidio
que su primo NO reclamaba otra cosa
que una corona ciñéndole la cabeza,
y NO de rey, sino de emperador.

Y para NO darle el gustazo fue y añadió:
«Como comprenderás, NO querría separarme del todo:
NO olvido que, al fin y al cabo, es el banco de la familia».

Philip no movió un párpado.
Y sólo para desmentir su fama de hombre gélido
profirió algo NO lejano a un gruñido.
NO era conformidad o asentimiento.
Era NO disconformidad o NO disentimiento.

Mas NO pasó un instante
sin que surgiese la incertidumbre:
¿NO podía parecer que intentaba retenerlo?
Para NO generar equívocos hizo una aclaración:
«Por mi parte NO pienso tenerte a oscuras:
aunque NO estés, actuaré como si estuvieras».

Herbert NO abrigó entonces duda alguna:
se arriesgaba a dejarle NO sólo las riendas del carro,
sino también las llaves del establo, que ya NO veía.
Mas por fortuna NO era precisamente un imbécil.
Decidió pues que NO hablara su cabeza
y se expresó con el estómago, por NO decir con el hígado.
NO sin sorpresa se escuchó mientras decía:
«La familia de mi padre NO puede quedarse en cueros...
Menos mal que NO soy hijo único...».

Philip NO esperaba ese mazazo.

El nombre de Arthur NO estaba registrado en su agenda.

Y NO contuvo una mueca de desacuerdo.

Se consoló pensando que un Lehman en el Congreso
NO era ninguna fruslería
y que Arthur era apenas un muchacho.
De ahí infirió que el relevo era aceptable
y NO reprimió su entusiasmo:
«¿Lo festejamos?».

«NO sé qué vamos a festejar».

«Tu nueva carrera. NO me cabe duda de que será sensacional».
Y (NO teniendo whisky)
brindaron con limonada.

4
One William Street

El funámbulo
Solomon Paprinski
tendió su cable
esa mañana
de farola a farola,
derecho,
muy tenso.
Después, cuando ya empezaba a caminar
allí encaramado,
casi pierde el equilibrio:
trastabilló un poco
quieto en el aire,
pero luego se rehízo.

Su hijo Mordechai,
un chico de ojos verdes
y futuro equilibrista,
siempre está allí observando al padre

debajo del cable.
Esa mañana,
cuando Solomon estuvo en un tris de caer,
su hijo dio unos pasos
haciendo ademán de salvarlo,
pero Solomon lo fulminó
desde arriba con la mirada:
un funámbulo
que no ha caído en treinta años
no necesita,
no señor,
ni muchachos socorristas
ni sorbos de coñac.

Y menos mal
porque cada botellita
cuesta un riñón:
el contrabando de bebidas alcohólicas
(lo dice el *Wall Street Journal*)
está fragmentando el hampa.
El pastel es muy goloso:
se lo disputan
las bandas italianas
(diestras con el cuchillo,
artistas de la amenaza, formidables
en la corrupción de policías);
las bandas de irlandeses
(peritos en explosivos,
virtuosos de la fuga,
maestros burlando aduanas);
y sobre todo
las bandas de judíos
(siempre mancomunados,
dueños de las destilerías, habilísimos
para infiltrarse de matute).

América es ya
un incendio.
Grandes almacenes
saltan por los aires;
el fuego devora los de Sears, Roebuck & Company,
los de Woolworth,
todos financiados por la Lehman.

América es ya
un campo de batalla
despedazado
a lo largo y a lo ancho
por las sirenas de los bomberos
y los esqueletos de vehículos en llamas.
Automóviles precisamente.
Quién sabe lo que habría pensado
el abuelo Emanuel
si, en vez de irse
a las alturas
con sus hermanos,
hubiese visto los Estados Unidos
recién cubiertos de raíles
y ya locos
no por los trenes,
sino por esos trastos motorizados
que antes sólo poseían los más ricos
y ahora se le venden a cualquiera,
incluso a los panaderos.

Calles y carreteras atestadas
de cacharros
todo humo y estropicio
con faros como ojos
y hasta los topes de gasolina:
por eso el petróleo está por las nubes.

Siempre lo piensa Philip
cuando lee y relee
la oferta pública de adquisición
sobre la Studebaker
que Lehman Brothers
ha lanzado en la bolsa:
acciones de amplio espectro
para todos los bolsillos,
    del barbero al financiero,
    del millonario al *schnorrer*:
¡COMPREN TÍTULOS A BUEN PRECIO
y también
ustedes serán
en su pequeño ámbito
dueños de una empresa automovilística!

La meta está cerca, a tiro de piedra:
en no más de diez años
llenar
las calles americanas
con el humo de los mofles
y el giro de los delcos.
¡Avante toda!
Que a nadie
se le niega un vehículo
y hay un *business* pendiente:
conducir,
manejar,
conducir,
apretar entre las manos el volante
de estos coches espléndidos,
todo hierro,
bien lubricados
y borrachos de gasolina.

A ellos se les permite la ebriedad, por supuesto.
Nadie incauta los depósitos, ¡hurra!
Aunque también es cierto
que nadie en las fiestas
brinda con carburantes.

Arthur Lehman
llega cada mañana
conduciendo su propio auto:
entra a gran velocidad (V)
en el uno de William Street (UWS),
dirección de la nueva sede.

A todo gas por las calles de Nueva York,
Arthur piensa sin remedio (no puede evitarlo)
que cada ser humano (H) visto al pasar
(en un tranvía o sentado en un parque)
no es sino un deudor de Lehman Brothers (LB).

Se trata de una obsesión, desde luego,
pero de una obsesión gratificante.

Si sumamos las inversiones industriales
a lo invertido en patentes

más los créditos bancarios
y las actividades benéficas,
Arthur Lehman puede aseverar
que (dividido el total
en partes alícuotas)
cada americano debe a su banco
la cantidad de 7 dólares y 21 centavos.

Parece increíble,
pero en la calle Arthur no ve transeúntes,
sino cifras ambulantes prorrateadas.

Los 7 dólares con 21 centavos se multiplican por doquier:
llenan los teatros, los restaurantes,
se hacinan en barcos y trenes.
Los 7,21 también acuden a los lugares de culto
y rezan a un Dios (J) que en términos morales
es equiparable
a Lehman Brothers
(o sólo está un grado por encima):
Él es el creador de los 7,21, pero nosotros los financiamos.
Él ideó el género humano, cierto,
mas si no fuera por el banco,
¿quién les daría una pizca de sentido existencial a los 7,21?

Arthur se sienta
como socio junto a Philip
investido
de una altísima misión antropológica:
los 7,21
le suplican con la mirada
que no los abandone.

Lehman es en el fondo una divinidad magnánima:
los 7,21 querían prendas y les dimos el algodón,
querían beber y les dimos el café.
Cuando necesitaron viajar les concedimos los trenes
y cuando exclamaron «¡más rápido» produjimos para ellos los
      automóviles.

Bobbie, por cierto,
también contará con un vehículo
en su próximo cumpleaños:
se lo regalará él, su padre,

porque un futuro prócer de Wall Street
no puede desplazarse a pie.

Esta medida forma parte de un paquete
decidido por Philip con plena autonomía
en las áreas más privadas de su agenda:
EL BANCO QUIERE A BOBBIE.

Resultaba del todo irrelevante
que la querencia fuese o no recíproca.

Ahora bien: es sabido que entre un padre y un hijo
se crean a veces
extraños sobreentendidos
basados en lo nunca dicho.

Desde que Philip examinó
sin embozos o evasivas
la voluntad profesional de su hijo,
ninguna palabra
emergió entre ellos
sobre ese tema:
todo parecía perfectamente claro
sin necesidad de nuevas explicaciones.

De modo
que una dicha abstracta descendió sobre ambos Lehman.

Philip
estaba convencido
de que, tras la inicial resistencia de aquella jornada,
su hijo capitularía de forma espontánea.
Y sobre esta convicción se sostenía su sonrisa:
la simple idea de que sangre de su sangre
renunciara a dirigir el banco
le resultaba hasta tal punto inconcebible
que poco a poco la había archivado como un capricho de veinteañero
destinado a reabsorberse
(más por ley natural que por devoción filial)
en el más prosaico historial del Bobbie adulto.

O sea: Philip, como buen banquero,
había decidido invertir en la posteridad

inhibiéndose de los riesgos presentes:
Bobbie, a sus ojos,
se había convertido
en el imperfecto preestreno de un futuro hijo perfecto
en nombre del cual excusaba
cualquier contratiempo o defecto transitorio.
Se trataba, en el fondo,
de una lenta aproximación estratégica
que debía alentarse
con la certeza de la victoria final.

Bobbie, por su parte,
ignoraba estas lucubraciones.

Y no porque soñara
en quién sabe qué vida de holganza.
Haragán no era, bien al contrario:
estaba realmente seguro de que su padre
lo había nombrado representante de la familia.

La diferencia era sustancial:
verificada su inadecuación o incompetencia
para lucir un sombrero bancario,
Bobbie se consideraba el candidato más obvio
para un quehacer guerrero, sí, pero en los lujosos salones.

¿Quién mejor que él
para difundir la nueva imagen
de un banco sensible al arte,
generoso en la beneficencia y diplomático
en el juego de las zalemas y genuflexiones?

«Después de todo —pensaba Bobbie—,
para todo lo demás ya está Arthur».
No es de extrañar que sonriera complacido
cada vez que su padre
ensalzaba públicamente las ecuaciones del primo.

La nueva sede de William Street
sería pues
(en un porvenir aún remoto) la corte
para una nueva configuración del régimen familiar y bancario:
Arthur sentado como un monarca en su trono
y Bobbie justo debajo

feliz y contento de ser el gran chambelán
o incluso el maestro de ceremonias.

¿Será cierto que quien calla otorga?
No sólo Bobbie creía firmemente
que ésta (y sólo ésta)
era la perspectiva de su padre:
por ciertas actitudes de su primo (B),
tampoco Arthur
tenía ninguna duda
de que estaba destinado a empuñar el cetro (C).

Y así, con estas certidumbres mutuas,
reinaba la paz:
sonreía Philip,
sonreía Bobbie
y Arthur sonreía.

Que Dios bendiga la posguerra.

La cual, ya se sabe,
es a menudo el prólogo de una nueva contienda.

Mejor dicho: lo es sin remedio.
Sólo cambia la forma de contemplarla.

5
Roaring Twenties

«¡Ah, cierto! Luego está Irving».

Esta frase
iba marcando el paso del tiempo
en la casa Lehman
desde hacía treinta años.

Digamos que a Irving
lo recordabas

una vez
cada lustro (más o menos).

Tras lo cual
regresaba la niebla
y aquel vástago de patata
se desvanecía por completo
no sólo de las conversaciones,
sino también de la memoria reciente.
Lo absorbía,
por así decirlo,
una capa de silencio
como le sucedía a la doble vocal de su nombre propio,
anonadada por aquel brutal asedio de consonantes.

Una ley casi matemática
dicta, por otro lado,
que en una familia numerosa
haya alguien que pasa (desapercibido) a un segundo plano.
Suele ser el carácter más apacible
o el que da menos quebraderos de cabeza.
Para premiarlo se lo ignora.

Es una forma ancestral de equidad
frente a la cual no valen recursos de amparo,
sólo resignadas conformidades.

En el caso de Irving, la verdad,
el talante no ayudaba.

Desde muy chico,
por así decirlo, aspiraba
naturalmente a la penumbra.
Y no porque fuera tenebroso:
la suya era más bien una radiante bonanza,
sosegada, sin oleajes o marejadas,
sin disonancias ni en lo grave ni en lo agudo,
y en esa calma chicha tampoco se notaba
la más mínima huella de apatía.
Irving era la quintaesencia de la moderación
y observándolo podían apreciarse en él
las hechuras (por lo demás indefinibles) de una «humanidad media»
a años luz tanto de la mediocridad como del compromiso.

Simplemente estaba en medio, equidistante,
y allí se encontraba comodísimo (dicho sea de paso).

Bien.
A este tipo de sujetos se les debe
reconocer un gran mérito pues les permiten
delimitar claramente el término *normalidad*
a quienes viven en torno a ellos.
Se trata de una loable contribución social,
valiosa sobre todo en presencia de menores.

Gracias a Irving,
por ejemplo,
se pudo proceder de oficio
para clasificar como taras, defectos o chaladuras
ciertas conductas de sus hermanos,
desmanes siempre tildados
con el estigma de «Irving no lo haría».

Teniendo apenas cuatro o cinco años
fue pues elegido como un precoz arquetipo vital
cuyo ejemplo cotidiano
se volvía
ineluctablemente
pedagógico.
Podía incluso concebirse
que Babette no lo gestó en su vientre
porque era el hijo de un laboratorio técnico
provisto con la más avanzada ingeniería progenitora
para crear una máquina automáticamente educativa.
Un niño-gólem, en resumidas cuentas.
Extravagancias de la judería neoyorquina.

Sea como fuere,
en el pequeño Irving nació enseguida
un dorado ensañamiento:
frente a sus hermanos Arthur y Herbert,
cualquier cosa que hiciese
era tendencialmente la «vía justa»,
entendiendo por *justicia*
no el respeto a un determinado orden moral,
sino el empleo de cualquier freno posible e imaginable
contra los ímpetus destructivos de la infancia.

En efecto.
Irving no gritaba.
Irving no corría.
Irving no sudaba.
Irving no saltaba.
Irving no peleaba.
En términos generales, Irving nunca se rebelaba:
siempre acataba
con sumisa compostura
los límites impuestos a la convivencia humana.
Esto lo convertía en un niño civilizado o,
si se quiere, en un cincuentón con juguetes.

Ya se sabe, sin embargo,
que la humana sociedad es inmisericorde.

No sólo porque la vara de medir con que se juzga
despierta el odio de quienes son juzgados.
Suele haber algo más.
Y lo hubo en este caso.

Como a menudo les ocurre a las grandes autoridades morales,
el pequeño Irving acabó transmutado
en un concepto dejando atrás su mera condición humana.
Aquella coherencia era de tal calibre
que en la familia se acuñó la *irvinguitud*,
una magna cualidad
que gradualmente
sustituyó al jovencito
con consecuencias tan fatales como reglamentarias.

Porque una elevadísima categoría moral
se aloja en las mentes e instruye los corazones,
pero está radicalmente despojada de necesidades materiales:
la irvinguitud no pasaba hambre,
no sentía ni frío ni calor
ni de ella se esperaban deseos tan superficiales
como un pirulí, un gorrito o una pelota.
Todo ello sin contar con que
los entes están hechos de aire
y, como tales,
no son visibles ni con los mejores anteojos.

Irving tuvo que pagar el precio de lo inmaterial
y probó en su propia carne la dureza de ser etéreo.

«¡Ah, cierto! Luego está Irving», decían papá, mamá y los tíos
para después advertir
que Irving ya no estaba,
que lo habían olvidado a saber dónde.
¿En un jardín?
¿En la sinagoga?
¿En la estación?
Una vez incluso en un zoo:
por fortuna apareció
tres horas después de la pérdida
platicando con un par de macacos
(tranquilísimo y sin protesta alguna).

Cuando fue creciendo,
esta rectísima línea no conoció desviaciones.
Es más:
la pureza de su norma y su normalidad
devino poco a poco una elección consciente
y se tradujo en orgullo.

Irving no cometía excesos y de ello alardeaba.
Su eje (incluso durante los hormigueos de la adolescencia)
era rigurosamente horizontal
y a prueba de nivel:
tanto en las conversaciones como en la vestimenta,
tanto en las posiciones políticas como en los actos triviales
se adhería íntegramente
al perfil más ordinario del burgués americano.
¡Y con cuánta beatitud!
Incluso en las comidas cultivaba
gustos lastimosamente previsibles
siempre a tono con las masas.

Un corazón generoso palpitaba en él al unísono
con la inmensa mayoría del pueblo americano,
algo sin duda sorprendente
si tenemos en cuenta
que no hacía el menor esfuerzo por adaptarse:
le salía de forma natural.

Para sus allegados
habría sido magnífico
oírlo decir
algo tan pasmoso como
«mi fruta predilecta sólo crece en Japón»,
pero la espera de aquel asombro era siempre en vano
porque él puntualmente
celebraba
las delicadas excelencias de las manzanas amarillas.

¡Qué se le va a hacer!
Cada cual es como nace.

Y no es que aquello fuese una gran tribulación.
En el fondo tenía incluso sus ventajas.

Así, para empezar,
su primo Philip
usaba a Irving como termómetro comercial
con relativa frecuencia.
¿En qué dirección se movía la clase media?
¿Prefería el transporte por carretera o bien el ferroviario?
Entre el gas y la corriente eléctrica, ¿por qué se inclinaba el
    consumidor?
Las opiniones del jovencito
(cíclicamente sometido a oportunas sesiones inquisitivas)
funcionaban como las de un oráculo.

Tanto más cuanto que era
a todos los efectos
el único de los primos
completamente alejado de un banco
cuyos tráfagos y tráficos no lo influían en absoluto.

Sí: Irving había optado por un oficio distinto.

Sólo parcialmente
había pesado en su elección
un elemento de comprensible revancha
considerando las muchas ocasiones
en que su extensa y variopinta parentela
lo había olvidado en los sitios más inverosímiles.
¿Iba ahora a entrar en el *board* de la familia

tras una infancia errante y peregrina?
(Vivencia que, por otro lado, había alimentado en él
una forma bastante peculiar de autarquía).

Muy otros eran sus planes.

Acostumbrado desde chico
a que lo señalaran como un prodigioso baricentro,
finalmente se convenció de serlo
y, ni corto ni perezoso, acabó
viendo el signo de una misión en aquel obsequio de la naturaleza:
usaría su innata equidistancia
para escapar de sí mismo
y penetrar en las almas ajenas
estudiando motivos, culpas e intenciones.
Dado lo cual (y estando el psicoanálisis aún en mantillas)
recaló en la jurisprudencia.

Si el doctor Freud se hubiese roto los cascos un poco antes,
sin duda habría hallado en Irving
a un dignísimo heredero
porque la ecuanimidad del magistrado Lehman
fue apreciada por tirios y troyanos
desde las primeras sentencias:
un nuevo Salomón deambulaba por los tribunales neoyorquinos.

Eso, naturalmente,
no impidió
que Philip Lehman siguiera empleándolo como cobaya:
cuanto más se adentraba Irving
en las humanas circunstancias del laberinto penal,
mayor y más interesante
era su conocimiento del ser humano
al margen de las implicaciones jurídicas.
A Philip sólo le preocupaba la vertiente comercial.

Irving, por su parte, no rehuía aquellas inquisiciones
sin sospechar nunca que la amenidad
de ciertas charlas era puro mercadeo.
«Querido Philip, ¿has leído algo sobre ese genio de Chicago?»,
preguntó un día frente a la chimenea.

«¿De quién hablas exactamente, Irving? No caigo».
El primo Philip aguzó los oídos simulando una relativa indiferencia.

«Hay un tipo impresionante del que todo el mundo habla:
viste a las ratas con faldas y luego las pone a cantar.
Es maravilloso, Sissi y yo lo adoramos».
Y a la mañana siguiente
se contactó con el señor Walt Disney
para gran alegría de Sissi Strauss.

Sissi era la esposa de Irving
desde unos cuantos años atrás.
Una unión normalísima la suya.
Normalísimo amor,
normalísimo idilio conyugal.

Quizá porque sobre la faz de la Tierra
no respiraba una criatura más parecida a Irving: si él era
un defensor a ultranza de las «estupendas manzanas amarillas»,
la originalidad de ella alcanzaba sus máximas cotas
cuando apelaba a la calidad de las verdes.

Y sin embargo
¡cuánta ternura en la perfecta pareja americana!

Todo se desarrolló
desde el principio
con una rectitud apabullante.

Así el estallido del ardor.
Él la entrevió en la sinagoga,
se acercó a ella al término de la haftará
y le preguntó si por casualidad era hija de Nathan Strauss.
Ella contestó que sí.
Él añadió «bien».
Ella dijo «ya».
Él repitió «bien».
Ella dijo «hasta pronto».

Ésta fue la génesis de aquella relación.

En cualquier caso
no había transcurrido ni un mes

cuando (siempre en el templo)
Irving le dirigió la más imprevisible declaración de amor:
«Hoy, señorita Sissi, es usted la mujer más bella de la sinagoga».

Dejando aparte el hecho
de que aquel día sólo había ancianas en el templo,
la muchacha apreció tanto el cumplido
que respondió en justa consonancia:
«También usted, señor Lehman».

Establecida aquella mutua primacía estética
sólo faltaba un proyecto común
que llegaría puntualísimo
a principios del mes siguiente.
«Señorita Sissi, querría ofrecerle algo de beber en un lugar tranquilo».
«Acepto encantada, señor Lehman».

¡Mazel tov! Propicia fue en efecto la naranjada
como muestra de que la prohibición
no había marchitado América del todo.

Perfecto.
¿Qué quedaba pendiente?
No mucho en el fondo.
Noviazgo, esponsales, anillos y besitos: todo despachado como
    corresponde.
Se fijó la boda para poco tiempo después
y se celebró ésta entre la dicha colectiva
en el más dichoso de los templos
y con las sonrisas más dichosas.

La consiguiente vida doméstica
fue un triunfo de la dicha (¡mira por dónde!).
Barbacoas en el jardín.
Un perro de color blanco.
Una doncella llamada Trudy.
Tapicerías floreadas.
Jarrón con flores sobre el piano.
Felpudo en la veranda para limpiarse los zapatos.
Cortinas bordadas en la ventana del salón.
Y en la puerta el rótulo Sissy & Irvy.
Pero, sobre todo,

un oído siempre atento
a los atributos *de una casa moderna*.

Algo, por cierto,
que resultó sumamente útil
para la política expansiva de Lehman Brothers.
«Nuestra auténtica tarea
—reflexionaba Philip escudriñando a Sissi e Irving—
consiste solamente en atender un deseo
antes incluso de que surja la demanda:
satisfacemos los sueños de América
un segundo antes de que ésta reabra los ojos».
Y era cierto.

Siendo Sissy & Irvy pioneros contumaces,
averiguar cuáles eran sus adquisiciones
equivalía a leer el libro del mañana.
«Sissi y yo vamos a hacernos con una tostadora de pan».
«¿Quiere ver nuestro frigorífico, Philip?».
«Le he regalado a Sissi una plancha eléctrica».

Philip le cogió tanto gusto a ese ejercicio
que dejó volar la imaginación:
¿y si aplicáramos el modelo de Sissy & Irvy
más allá de nuestras fronteras?

Al fin y al cabo, desde que los Aliados
se metieron la Gran Guerra
en el bolsillo,
también la reconstrucción era ahora un *business* internacional.
¿Acaso el padre de Irving, el tío Mayer,
no había fundado su banco
sobre los escombros de la Guerra de Secesión?
Las posguerras, ya se sabe,
brindan siempre jugosas oportunidades.

Tal vez sí.
Tal vez se podía intentar:
en el fondo somos una potencia mundial
y, si es así, ¿por qué no imaginar
un planeta entero en salsa americana?

Hacía falta un buen arranque, por supuesto.

El oráculo fue consultado al respecto
en un coloquio destinado a perdurar:
«¿Estás leyendo la prensa, querido Irving?».

«¡Oh sí, Philip! Cada día. Noticias muy interesantes».

«Dime, ¿qué se está cociendo en Europa?».

«Alemania no tiene dinero para pagar las reparaciones de guerra
y acabará en quiebra si no encuentra ayudas».

«¿Crees que allá en Europa hay familias como las nuestras?».
Dijo «nuestras» para no parecer despectivo:
tendría que haber dicho «como la tuya».

«Pienso que las tostadoras también tuestan en París
y las neveras también enfrían en Berlín.
En cuanto a las planchas: ¿opinas que los londinenses
no quieren sus camisas sin arrugas?».

«No es ésa la cuestión, Irving:
¿tendrán dinero para comprar esos cachivaches?».

«Si no lo tienen, lo pedirán prestado».

Aquel primo era un verdadero genio.
Habría sido un óptimo banquero.

Philip vio frente a él, hasta los confines del horizonte,
incontables montañas de tostadoras, frigoríficos y planchas.
PAGO A PLAZOS era en el fondo el nombre del futuro.

El sueño de siempre: poseer ya y pagar luego.
¿Cuándo? ¡Con calma! ¡Más adelante!
Con intereses, eso por descontado.
No había nadie en el mundo
que por *tener* algo no estuviera dispuesto a *dar* algo
y un caudaloso río de dinero
podía circular desde Nueva York hasta el Viejo Continente:
obtendrían el triple en beneficios.
Bastaba con arriesgar.
Todo era riesgo en el fondo.
Bastaba con arriesgar.

Bastaba con arriesgar.
Bastaba con arriesgar.

«Acabaréis todos en los juzgados —comentó Irving—.
Y entonces no me busquéis».

6
Peloponnesus

Harold y Allan,
retoños de un conejo huido a alta mar,
nunca han parecido dos huerfanitos.

Al contrario.
La sensación es
que han suplido la ausencia de papá y mamá
convirtiéndose ellos mismos
inmediatamente
y de un plumazo
en absolutas autoridades
paternas y maternas.
Es decir: hay quienes recalifican con los años a sus progenitores
y quienes los embarcan para Honolulu.
Diversidad de planteamientos, pero idéntico resultado.
Así que problema resuelto.
Cruz y raya.
¡Adelante!

Harold y Allan tienen más de veinte años
y están prestos para la batalla.

Con el paso del tiempo,
esa lengua tan lúcida y mordaz
se ha vuelto aún más viperina
y no hay vez en que accionen los labios
sin infligir heridas lacerantes.
A quien les pide limosna por la calle
pueden contestarle:

«No costeamos vicios a infelices y tuercebotas».
Si les afea que acudan
al templo de uvas a peras, el rabino puede oír esto:
«Pues usted no va mucho más al banco».

Observaciones breves,
pero tajantes y mortíferas.
Éste es su lema:
el mucho hablar disipa la energía.
Una flagrante negación del ahorro.

Harold y Allan
son la cara más agresiva y feroz de las altas finanzas,
ésa que no busca pactos o compromisos,
hija madura de los 120 mitzvots, entre ellos
aquél de «los sentimientos son extrabancarios».
Porque las culpas de los padres recaerán sobre los hijos
junto con (y esto parece seguro)
ciertas leccioncillas no bien aprendidas
por quienes los trajeron a este mundo.

Justo.
En efecto.
Los dos hermanos
han destilado finalmente
ese viscoso elixir de cinismo
que Sigmund diluía en el llanto.
Prodigios de la genética.

¡Y pensar que su abuelo Mayer
ostentó incluso la medalla de kish kish
cuando se suponía que la base del comercio
era una buena sonrisa y las afables gentilezas en el trato!
Hoy se practican otras costumbres.
El mercado es poder, el poder son labios crispados.

Y ambos son maestros de la crispación.

Cuando Charles Lindbergh aterrizó
tras su travesía en solitario del Atlántico,
Harold fue el primero en estrecharle la mano:
«Una empresa notable donde las haya: treinta y tres horas y media...».
A lo que Allan añadió seguidamente:

«Que ha costado cientos de miles de dólares,
no muy económico si vuela una sola persona».

Y Harold asintió.

Porque los dos se complementan.

Uno republicano
y el otro demócrata,
pero siempre en perfecta hermandad,
como si en aquella unión fraterna
hubiera no sólo un par de lehmans,
sino también un país entero
consciente de toda su fuerza.

Uno rubio,
el otro moreno.
Uno barbado,
el otro lampiño.
Uno estridente,
el otro barítono.
Harold y Allan,
en apariencia contrapuestos,
avanzan como dos carros de combate
aniquilando cualquier resistencia.

¿Qué culpa tienen, por otro lado,
si han nacido en una superpotencia
cuyos tentáculos se extienden por todo el orbe?
¿Eso no los faculta para una mínima arrogancia?
¿O vamos a fingir que todos somos iguales?
¡Venga ya!

He aquí los jalones más recientes
de su trayectoria existencial.
Así, de buenas a primeras,
se licenciaron con las notas más altas
aunque el último examen no fue en realidad tan extraordinario;
pero cuando vio aquellos ojos clavados en su indefensa persona
y oyó la frase «Lehman financia el *college* y por ende los sueldos»,
el profesor Torrel no dudó
en redondear las calificaciones hacia arriba.

Después de las graduaciones vinieron los casamientos,
también éstos concertados en tándem
para no romper la consonancia fraternal:
Harold eligió a Bibi.
Allan seleccionó a Tessa.
Harold cortejó a Bibi:
    «Te encuentro bastante guapa aunque no lo seas en exceso».
Allan cortejó a Tessa:
    «Contigo me aburro algo menos que con las otras».
Harold impresionó a Bibi:
    «Ojalá fueras rubia...».
Allan emocionó a Tessa:
    «Observándote bien no eres tan alta como creía».
Harold se comprometió con Bibi:
    «Me dicen que estoy obligado a darte una sortija».
Allan se ennovió con Tessa;
    «Esto es oro, chiquilla: fuera del dedo y guárdalo en una caja
    fuerte».
Harold propuso matrimonio a Bibi:
    «Te convengo como marido porque no hallarás nada mejor».
Allan se ofreció a Tessa:
    «Eres tú quien hace un buen negocio con esta boda, pero no me
    opongo».
Harold se adueñó por fin de Bibi:
    «A ver cómo te portas ahora que nos hemos casado».
Allan se apoderó por fin de Tessa:
    «Ahora llamas el nombre de Lehman. ¿Entiendes lo que eso
    significa?».

Así que problema resuelto.
Cruz y raya.
¡Adelante!

Ahora se trata de elucidar cuál será
el papel de semejantes hermanitos en el banco.
Precisemos el asunto:
¿dos sujetos de su calaña podían
pasar inadvertidos para el tío Arthur?

No, desde luego, pues resultaban perfectos
para resolver un problema sustancial:
si Arthur sienta cátedra con relación

a los arcanos del álgebra bancaria,
se le escapa, sin embargo, el modo
de dar curso práctico
a cálculos puramente especulativos:
Harold y Allan podrían oficiar de soldados dejando
la teoría de la guerra en manos de su simpático tío.

Y si ya estaba seguro en su fuero interno,
hoy Arthur ha hallado una prueba fehaciente.

Ya se ha dicho cómo a esas alturas ya no ve el planeta Tierra
poblado por seres humanos, sino por hordas famélicas
compuestas por unidades de 7,21:
y lo más irritante es que esas unidades
pecan a menudo de ingratitud.
Y eso es muy feo.
Hoy, por ejemplo.

Arthur viaja por la lejana Nebraska
en compañía de sus sobrinos Harold y Allan:
los negocios de la Lehman llegan hasta esos pagos,
donde financiamos a quienes taladran montañas
en los rincones más remotos
para extraer diez gotas de petróleo.
Hay que poner a medio mundo en marcha.

Y como también las matemáticas tienen depósito de combustible,
los tres Lehman andan en busca de nutricio sustento
tras muchas horas recorriendo la nada del quinto infierno.

Entonces el espejismo.

Al borde de la carretera brota
un figón providencial
que sirve comidas las 24 horas del día:
el restaurante griego
PELOPONNESUS,
regentado por inmigrantes
y abierto seis años atrás.

Detrás del mostrador
(queso y aceitunas),
el dueño,

Georgios Petropoulos,
con un delantal manchado de aceite
y un hijo de tres años en brazos,
intenta sintonizar la radio,
pero en balde:
entre alcaparras y sardinas
no encuentra frecuencia alguna.

Entre olivas y alcaparras
en el corazón de Nebraska
es éste un día infausto,
un jueves negro.
En parte porque los jueves,
misterios de la vida,
los clientes no entran.
En parte porque ese crío,
tres años recién cumplidos,
no para de llorar.
Llora
y berrea.
¿Todavía?
Llora
y berrea.
«*Αν κλάψεις πάλι, εγώ...*»,*
le grita su padre como si una amenaza pudiese detener el llanto.

Los tres Lehman se sientan en la barra.
Comerán queso y olivas: no hay otros manjares.

El niño berrea como un descosido
y el padre persigue la inalcanzable frecuencia:
Georgios Petropoulos
tiene
por rutina
oír el noticiario.
Lo escucha siempre
desde aquellos años
en que todas las mañanas
transmitían noticias
sobre el Ku Klux Klan,
que también allí en Kearney,

---

* Si no dejas de llorar, yo...

¡nada menos!,
incendiaba de noche
las tabernas de los griegos.

Y he ahí de pronto
la cabecera del noticiario:
«El banco Lehman Brothers
ha firmado su divorcio de Goldman Sachs».

Ante tamaña noticia arrecia la llorera del niño
y el cocinero impreca en su lengua
disparando un par de aceitunas contra el muro
como si fueran bélicos proyectiles.

Arthur escruta no sin recelo
a aquella pareja que suma 10 dólares con 81 centavos
(los menores abonan media cuota):
¿cómo se permiten ofender a una institución tan venerable?
«Disculpe, señor: ¿tiene usted algo contra la banca?».

«¿Cómo dice?».

«Me ha parecido que se agitaba un poco
cuando la radio mencionaba a Lehman Brothers».

«¡Pues claro que me he enfurecido! ¡Perros judíos!
Para montar este negocio tuve que pedir un préstamo
y desde hace seis años les pago una fortuna, pero se ha acabado,
ya no suelto ni un centavo. ¡Perros judíos! ¡Perros usureros!».

La fórmula matemática de la blasfemia
o la maledicencia conducía a Arthur hasta la ecuación
de una ira condigna y equivalente.

Mas por suerte allí están los sobrinos.
«¿Ese niño es hijo suyo, caballero?»,
pregunta Harold de improviso
sin dignarse a alzar la vista del plato.

«Sí, es mi Pete».

«Pues supongamos que su Pete, ya mayor, lo reemplaza al mando del
    local

—prosiguió el otro hermano evitando también que se cruzasen las
miradas—,
¿cree usted que haría Pete un buen negocio si diese de comer
a los clientes a cambio de nada, sin cobrarles lo consumido?».

El griego ni se inmuta.
Sólo hay un leve parpadeo,
más que nada por la sorpresa de que el crío
(cuyo futuro en la restauración afloraba dentro de aquel
razonamiento)
suspendiese de repente los escandalosos sollozos
para observar al muchacho con suma atención.

Harold prosigue:
«Porque lo cierto es que hoy hemos comido aquí
y, aunque la calidad del producto sea pésima,
las leyes del comercio nos obligan a pagar.
Y ya que estamos, ¿cuánto se debe para ser exactos?».

«Son 7 dólares con 21 por barba», dijo enseguida el griego.

Arthur está a punto de sublevarse,
pero Allan lo interrumpe a tiempo:
«Supongamos ahora, estimado señor,
que su hijo Pete se convierte un día en banquero.
Es más: digamos que trabaja nada menos que para Lehman
Brothers».

«¡Jamás!», aúlla el griego pese a que
el niño parece mostrarse conforme.

Harold lo ignora:
«Admitamos tan remoto caso y seamos honestos:
¿en qué consistiría su oficio de banquero
si no en cobrar un interés sobre el crédito concedido?
Ese interés es al banco lo que los 7 dólares y pico son a su cocina.
De modo que, muy señor mío,
si usted asegura que no piensa pagar nada
(y siendo nosotros mismos el banco Lehman, lamento la casualidad),
nos consideramos autorizados para largarnos de aquí
sin darle ni un maldito centavo. Usted verá».

El chiquillo parece emitir un sonido de anuencia.

El griego toma nota.

Los Lehman acoquinan 7,21 por cabeza
con la moderada seguridad de no haber perdido una deuda.

Se levantan.
Se limpian las bocas.

Y con envidiable aplomo bancario
dejan atrás el Peloponeso
para escalar el monte Olimpo.

7
A *flying acrobat*

Y pensar que antes
en Wall Street sólo
se alzaba el mentón para mirar al funámbulo.

A Solomon Paprinski, por cierto,
no le hace mucha gracia haber cedido
parcialmente el control del espacio aéreo.

A saber qué habría dicho si hubiera sabido
que él mismo era el origen de aquella inversión.

Justo.
Porque sucedió
que la entrada de Lehman Brothers
en el mercado de los aviones
fue un asunto muy vidrioso
nacido casi como un juego,
pero destinado a tener su peso específico
dentro y fuera del banco.

He aquí los hechos (en síntesis).

Bobbie Lehman, que prefería
mantenerse alejado de Wall Street,

se reunió un día con su padre
a escasa distancia de la bolsa
para valorar una serie de cuadros.

Aclaremos: ése era el pretexto
muñido por Philip Lehman para arrastrar
a su hijo hasta la guarida de las altas finanzas.

El objetivo planeado no era baladí:
presentar al futuro timonel del banco
a los grandes señorones de la bolsa
con la esperanza de que un amor a primera vista
cercenara de un tajo
cualquier incertidumbre o reticencia.

Atraído pues el hijo con el cebo
tentador de dos pintores flamencos,
Philip Lehman
se las prometía muy felices:
al menos una decena de insignes primates
aguardaban impacientes para sondear los humores y saberes
del próximo míster Lehman Brothers.

Bobbie se presentó con traje blanco y corbata blanca,
níveo e inmaculado,
y al verlo se hubiera dicho que era un marchante parisino
caído por error en un cubil de banqueros.

A difuminar el contraste
no ayudaba la presencia de Arthur,
rigurosamente uniformado con el hábito financiero:
terno oscuro (TO)
con chaqueta cruzada (CC),
corbatín negro (CN),
gafas redondas (2g) de matemático curtido
y un lápiz negro (LN) siempre a mano
para anotar las cotizaciones del día.

Arthur, por otro lado,
desconocía los motivos
por los que Bobbie era empujado a la bolsa:
pensó que tal vez se trataba de una banal excursión turística
y en ese espíritu agasajó a su sobrino
con anécdotas pintorescas y pinceladas costumbristas.

Arthur se sentía el rey del mambo,
feliz de mostrar su jurisdicción laboral
a un sobrino que pasaba por allí
e ignoraba las interioridades del sector.

Tomaron asiento en una gran estancia
con muebles lóbregamente tapizados.
Sólo una ventana narraba el mundo exterior
abierta justo a la altura
de Solomon Paprinski en equilibrio sobre su cable.

Philip y Arthur presidían la mesa
con Bobbie embutido entre ambos.

En los otros tres lados se sentaban
los diez ilustres inspectores listos para el examen.
Porque de eso se trataba.

Philip, de pie, se dirigió a los asistentes
en tono grave y ceremonioso:
«Caballeros, les presento a mi hijo, Robert,
que ahora contestará a todas sus preguntas».

Bobbie asintió añadiendo «con sumo gusto»
porque (pese al inquietante advenimiento de ese *Robert*)
no veía razón alguna para perder la sonrisa:
esperaba de un momento a otro
la aparición de las pinturas que iban a juzgar
y ni por un segundo sospechó que no estaba
frente a dueños de galerías, críticos y coleccionistas
tan doctos como él en los intríngulis del arte y de sus ferias.

Quien, por el contrario, vio enseguida la jugada
fue su tío Arthur,
que conocía a la perfección la identidad
de los diez escualos congregados en aquel cuarto.
Y lo asaltó un escalofrío de auténtico pavor (Px).

El primero de los diez
tomó la palabra sin muchas contemplaciones:
«Bien, míster Lehman, ¿cuál es,
según su criterio, la situación del mercado?».

Bobbie sonrió como un sagaz perito
a la espera de esa pregunta.
De hecho, sólo en el mes anterior
había asistido a unas treinta subastas
entre Burdeos, Londres y Fráncfort:
«Puede afirmarse, en mi opinión, que la actividad
es febril en nuestro ámbito: todo baila tras la guerra
y, por suerte para los americanos, la situación
de muchos europeos no es esplendorosa
por lo que estamos en condiciones de pujar con las mejores ofertas».

Sonó un murmullo de unánime aprobación
mientras Philip asentía con los dedos, el cuello y la barbilla
en una triple parranda de esfuerzos musculares.
Arthur, en cambio, tenía sudores fríos (SF).

El segundo comisario se expresó con dureza:
«¿Me equivoco o es esto una invitación a la compra en gran escala?
Ya que Europa está en crisis, ¿nosotros deberíamos entrar a saco?».

Bobbie volvió a sonreír:
«Con todo el respeto, eso es lo que pienso, en efecto.
Una ocasión como ésta no se presentará de nuevo.
Si queremos imponernos en este territorio
no podemos retroceder».

Desde el otro extremo de la mesa se elevó la tercera voz:
«¿Podría explicarnos con más detalle a qué se refiere?».

Bobbie no ocultó un ligero fastidio:
«Me parece bastante claro, si le soy sincero: hasta hace pocos años
padecíamos la supremacía de los franceses, los alemanes o los rusos,
y ello sin mencionar a los ingleses.
He vivido largos años en Europa
y puedo atestiguar por experiencia propia
que (aun contando con algunas satisfacciones personales)
no era raro que las mejores transacciones
se efectuaran en marcos, libras, francos o rublos».

Un rubísimo vikingo apostilló: «Sobre todo en marcos».

Bobbie continuó:
«Los europeos saben que la firma Lehman

está entre las primeras que ha invertido dólares en este ramo.
Éramos nosotros junto a pocos más, y me honro en haberlos
    superado».

El vikingo estaba electrizado:
«Concuerdo, lo apruebo y me adhiero sin vacilaciones:
podemos alterar el eje de todo el mercado
trayéndolo por fin a esta orilla del Atlántico».

Le llegó luego el turno a un canijo raquítico
ahogado en la inmensidad de su propia chaqueta:
«¿Podemos pues esperar
que Lehman extienda su radio de acción
con prontitud
no sólo a toda América,
sino también a la esfera internacional?».

Bobbie abrió los brazos exasperado: ¿estaba entre unos diletantes?
«Con todos mis respetos, ¿América? ¿En nuestro sector?
¡Por favor! América apenas cuenta, es una pequeñez.
Los verdaderos negocios se hacen lejos de aquí
y supongo que ustedes ya lo saben.
De acuerdo con mi padre, Philip Lehman,
me trasladé a Europa tras estudiar en Yale
y advertí desde el primer día
que el principal apuro era dónde comenzar».

Philip no dejó escapar la ocasión
y, riendo como un borracho, recalcó:
«Recuerdo que me escribía "manda dinero, papá"
y yo enseguida le suministraba los capitales».

Percibiendo el respaldo paterno,
Bobbie se enardeció:
«Me permito, sin embargo, señalar
que este nuevo papel de Estados Unidos
no puede limitarse a la hegemonía:
también tenemos deberes para que el gozo
sea accesible a todos los hombres de la Tierra».

Tras estas palabras, un anciano
de cejas tempestuosas aporreó

la negra mesa de madera con la empuñadura de su bastón:
«Detesto esas alharacas filantrópicas:
hablamos de dinero, ¡hablamos de negocios!».

Previendo una intervención arbitral de su padre,
Bobbie reaccionó de inmediato:
«¡No, caballero! Si así fuera compraríamos para revender
y venderíamos para luego quizá recomprar».

El viejo replicó al ritmo de sus bastonazos:
«¿Y no es justamente eso lo que hacemos?».

«No con el nombre de Lehman, señor mío:
querría pensar que no somos mercaderes,
sino ejecutores de una noble misión».

«¿Y cuál, dígame usted, vendría a ser esa misión...?»,
preguntó un deslumbrante chivo cargado con incontables anillos
    de oro.

Bobbie contestó sin dejarlo siquiera concluir:
«Pues mejorar el mundo porque nosotros,
al fin y al cabo, ¿en qué invertimos?
En la inventiva, en el genio del hombre,
en su infinita capacidad para crear».

Un joven elegantísimo con dientes de nácar
apuntó esta última frase en su libreta mientras le susurraba
al individuo que estaba junto a él: «Me gustan sus ideas».
Y el otro: «Al menos hay una visión».
Aquí Bobbie pecó de fatuidad:
surgió en él una fervorosa camaradería
que ni quiso ni pudo contener
unida a la memoria de sus gestas militares:
«Yo, caballeros, incluso he combatido por ese ideal,
he arriesgado mi vida
y mañana mismo volvería a hacerlo».

¡Un espadón de la bolsa!
¡Un banquero homérico!
El entusiasmo ya era irreprimible.

Quien seguía sin abrir el pico
era un escuálido individuo de mediana edad
que durante todo ese tiempo
no había dejado de acariciarse unos dedos
tan largos y delgados como espárragos.
Pero entendió que había llegado su hora:
«Si no es insolente la petición, me gustaría conocer
un ejemplo de este su afán (muy idiosincrásico, diría)
por invertir en términos humanitarios.
No observo alrededor de nosotros
ese pulular de buenas intenciones».

Bobbie lo miró como si se sintiera agraviado
durante un interminable silencio suspensivo.
Después articuló su comunicado:
«Ignoro sinceramente con quién tengo el honor de platicar».

La respuesta llegó sin demora:
«Me resulta raro ya que un Lehman debería saberlo bien.
En cualquier caso, soy Rockefeller».

«¡Ah, nada menos! —embistió un Bobbie iracundo—.
Si estoy en lo cierto, el mes pasado me soplaron ustedes
una triple adquisición en Inglaterra».
(Los Rockefeller, en efecto, les habían hincado el diente
a tres altares del Bajo Imperio Romano).

«La simple ley de la oferta y la demanda»,
respondió aquel Rockefeller
aludiendo a la compra de tres bancos suizos.

«¿Un Rockefeller me pregunta qué es el puro genio?
Yo, siento decirlo, lo veo allí donde pongo la vista.
Miren sin ir más lejos,
justo detrás de esa vidriera.
En principio sólo verán a un equilibrista,
pero enmarcado por el ventanal hay un verdadero cuadro:
esa humanidad que ya no se conforma con caminar sobre la tierra,
que les disputa a las aves el espacio celeste.
Eso es puro arte, míster Rockefeller,
mas si para usted es sólo materia venal,
me temo que entre nosotros hay pocas coincidencias.
Ahora me marcho, con su permiso, porque

dos flamencos me aguardan no sé bien dónde.
¿Verdad, papá? Debería irme».

Y sin agregar nada más alcanzó la salida
con tanta prisa que todos se preguntaron
quiénes serían aquellos financieros flamencos
venidos de Europa para negociar con él.

Antes de la pregunta,
sin embargo,
el viejo cejijunto
volvió a blandir su bastón contra Philip:
«¡Qué zorros sois los Lehman! ¡Nada nos habéis dicho!
¡Disputarles a los pájaros el espacio celeste!
¿Aviación civil?
¿Tu hijo quiere que la gente vuele por todo el planeta?
La idea es sensacional: puro arte, razón no le falta.
En vez de usar los aviones sólo para la guerra,
¡los emplearemos para movernos a placer!
Mi banco está dispuesto a secundar ese negocio».

«¡También nosotros!».
«¿Puedo unirme?».
«Ofrezco un tercio del capital».
«¡Un proyecto asombroso, Lehman!».
«Una jugada maestra, un éxito de manual».

Mientras resonaban estas vehemencias en la habitación,
Philip no lograba refrenar las lágrimas:
acababa de celebrarse el bautismo de un magnate,
dado lo cual (y por vanidad paterna)
emitió una oración que se transformó en un grito:
«¡Todos hablaréis con Robert, no conmigo!
Desde mañana trataréis directamente con él».

Eso es.
Fue aquí donde la dosis matemática de su tolerancia (DT)
se agotó definitivamente
para Arthur Lehman.

Todo podía esperarse de su sobrino,
cualquier cosa salvo verlo emerger
sin previo aviso

como un aspirante al trono.
¿Qué morralla de sentido tenía aquello?
¿No era un gandul y un botarate?
Vale que estaba graduado en Yale,
¿pero quién lo había visto ocuparse de finanzas ($B^Y \neq FIN$)?
¿En función de qué fórmula algebraica
pretendía el viejo Philip
encumbrarlo ahora dentro del banco?

Sí. Este torbellino de interrogaciones
estalló en Arthur como un volcán.

Y la rabia no siempre se aviene con la lógica ($R \neq L$),
así es la condición humana,
de modo
que éstos fueron sus alaridos:
«¡Sois unos linces! ¡Así me gusta! ¡Vamos allá! ¿Por qué no?
¿Queréis llenar el cielo de aeroplanos?
¡Se estrellarán contra los rascacielos!».

«Espero ansiosamente que tal cosa no suceda»,
respondió en el acto Louis Kaufman,
que estaba financiando el Empire State Building.

«¡Es matemáticamente seguro!»,
exclamó Arthur (o lo pensó,
no se ha establecido a ciencia cierta)
antes de dar el preceptivo portazo.

Lo cierto es
que fue así como Lehman Brothers
empezó a invertir en Pan American Airways.

Aparte de lo anterior,
también fue así como Bobbie Lehman,
sin comerlo ni beberlo,
pasó de chambelán a príncipe heredero.

8
Business in Soho

Philip está radiante
desde aquel día de pocos meses antes.

Piensa que una vez más
ha volteado la carta justa.

Poco le importa que su hijo Bobbie,
muy al contrario,
no diga esta boca es mía y a menudo se muerda los labios
hasta sangrar: el muchacho tiene la sensación
de jugar en una cancha ajena, de participar
en un juego extraño cuyas reglas
no consigue adivinar.

Y además, ¿por qué su tío Arthur
ya no le dirige la palabra
e incluso le ha retirado el saludo?
Gran misterio.

Bobbie asiste a todo esto
con resignada melancolía.

Nadie le habla con franqueza.
Nadie le dice qué le depara el futuro.

Hasta Harold y Allan,
reconocidos maestros de la crueldad,
con él se limitan a un
«¿te estás preparando, Bobbie?».

«¿Para qué?», pregunta él mordiéndose un labio.

«Para lo peor» es la respuesta (sazonada
con una de esas sonrisas compasivas
que las enfermeras les reservan a los moribundos).

En fin...
Es bien sabido que cada ser humano

recurre a expedientes muy personales
para explorar las honduras más bajas
de su propio mar interior.

Unos se retiran a la alta montaña,
otros meditan sobre las rocas de un acantilado
y hay quienes, como Bobbie Lehman,
se aventuran a caminar
solos
por los barrios populares.

No lo arredró que su tío Irving
se lo desaconsejara vivamente:
«Dos tercios de los delincuentes que condeno en el tribunal
vienen de esas barriadas
por las que quieres pasear.
Son escuelas de malhechores
y cualquier día de éstos, querido Bobbie,
te encontrarás con un lindo puñal clavado en el pecho.
Los jóvenes tenéis la manía del riesgo y así acabaréis
en el juzgado. Entonces no me busquéis».

«Yo en cambio me sumo a esa forma de turismo
—intervino de sopetón el muy demócrata Herbert—.
Sólo encarando de frente el sufrimiento
de las clases más desfavòrecidas
conseguiremos trazar un camino de redención.
¡Basta con fingir que no lo vemos!
¡La clases media está orgullosa de su ceguera!
Enhorabuena, sobrino: lo alabo y te animo a ello.
Es más: seguiré tu ejemplo».

Bobbie no tuvo el valor de aclararle
que en aquellas excursiones
no había el más mínimo vestigio de filantropía.

O mejor dicho: iba a hacerlo,
pero se anticipó Peter,
el hijo bachiller de Herbert,
ahora un mocetón larguirucho de casi dos metros:
«Te admiro y te estimo profundamente, Bobbie».

No conviene destruirle el modelo a un adolescente.

Así que punto en boca:
ya podían pensar que sus visitas al Soho
nacían de conmovedoras inquietudes sociales.

Nada de eso.

Desde que era jovencito,
una extraña calma
se posaba sobre el muy sensible Bobbie
cuando veía aquellas casas maltrechas,
angostas y ruidosas
asfixiadas como sardinas en las fragancias de su podredumbre.

Caminaba lentamente
sin perderse ni un detalle,
degustando el placer no de sentirse rico,
sino de comprobar
que había otras sendas posibles
lejos del dinero y la bolsa,
lejos de un apellido casi abrumador,
lejos, en fin, de todo aquello
que lo despojaba de su plenitud a los treinta años
para reducirlo a la desolación de Robert Lehman, hijo del insigne
    Philip.

Y si alguien se asomaba
a una ventana de aquellas colmenas,
él percibía un alivio
espléndido y desgarrador al reparar en que la sonrisa
no estaba excluida de los hocicos mugrientos.
A veces se le empañaban los ojos de alegría.

Lo cierto es
que los descensos de Bobbie a las bodegas del infierno
se hicieron cada vez más frecuentes...
hasta el día que hoy vamos a relatar.

La vida tiene guasa en ocasiones
y la sorpresa anida casi siempre
entre las grietas de la normalidad,
allí donde menos te la esperas.

Aquella noche
justamente,

Bobbie Lehman andaba con la cabeza gacha
bajo una soportable llovizna.

El cuello del abrigo alzado contra la cara,
el sombrero bien calado hasta los ojos.
Como si quisiera borrarse,
mas no para los demás, sino para sí mismo.

Dejaba ya a su espalda
la última cuadra del Soho
cuando unos chillidos desquiciados
llegaron a sus oídos.

Procedían de un pasadizo interior,
un nicho cavernoso entre altos muros de cemento
cerrado por ambos lados y cubierto
con planchas de hojalata y escaleras herrumbrosas.

La vida, como es sabido, nos pone en arduos dilemas.
Bobbie debía entonces escoger
entre seguir en dirección al chófer que lo aguardaba
o detenerse a la entrada del callejón.

Optó por lo segundo.
Y además se acercó
dos o tres pasos
a aquella madriguera urbana urgido
en parte por la curiosidad y en parte por el instinto cívico
dado que los gritos no daban indicios de cesar
y se confundían con un ruido de fondo
más parecido al llanto humano
que a cualquier voz animal.

Bobbie miró alrededor.
La calle estaba casi desierta.

Dudó un instante,
contuvo el brío de los héroes
y se impuso unos segundos de prudencia.

Sólo cuando nuevamente
distinguió un aullido («¡*megöllek!*»)*

---

* ¡Yo te mato!

se decidió a liberar los miembros inferiores
en nombre de un arrojo inédito.

Ya dentro de la nauseabunda ratonera,
Bobbie sólo notó en torno a él
el frenético correteo de los gatos,
pero luego divisó al fondo del angostillo
un letrero en húngaro
sobre un portón abierto.

«¡Megöllek!»,
gritaba una voz de hombre
desde el interior del local
y Bobbie pudo oír distintamente
el llanto sordo de un niño,
probable objeto de la ira paterna.

Segunda bifurcación. Consideró las dos vías:
correr en busca de un gendarme o meterse donde no lo llamaban
con todos los peligros que eso acarreaba.

También esta vez excluyó el sendero más cauto
y se precipitó a aquel taller.

Sobre un tablero de trabajo
yacían formones, cinceles y escoplos:
el húngaro fabricaba unas lámparas de mesa
que llenaban las estanterías hasta el techo.

En una esquina del cuarto,
un tipo muy corpulento con mandil color arena
se encarnizaba a guantazos y patadas
contra un ser fragilísimo,
más un renacuajo que un niño,
que acuclillado entre cajas
intentaba escudarse con los brazos.

Bobbie tomó todo el aliento que le cupo en los pulmones:
«Pare ya o tendré que llamar a la fuerza pública».

Al oír esto, la espalda de aquel bigardo artesano
giró como sobre un gozne
desvelando
el predominio absoluto de dos ojos redondos

bajo un matorral de pelo rojo:
«¿Y a usted qué se le ofrece? ¿Busca una lámpara?».

La reacción pilló a Bobbie desprevenido:
«Compraré una lámpara si deja en paz al niño».

«Esta noche no hay lámparas en venta
porque este bribón no ha niquelado los metales.
Le dije que lo hiciera y no lo ha hecho.
Ahora usted me pide una lámpara
y yo no puedo dársela. ¿No debería matarlo?».
Y atizó un puntapié que el chico esquivó dando un brinco.

«¿Y si yo le pagase la lámpara igualmente?».

Silenció absoluto.
De pronto se ponía en cuestión
la ley básica del artesanado:
«Yo no vendo lámparas inacabadas.
¿Adquiere usted productos hechos a medias?».

Bobbie probó con un tono menos áspero y más convincente:
«Le pagaré la lámpara si para de golpearlo».
Y mostró el monedero para confirmar su propósito.

La ranita lo observaba desde abajo.

«¿Cuánto pide por una lámpara inacabada?»,
inquirió Bobbie con el optimismo de los negociantes intrépidos.

«Las vendo terminadas por ocho dólares —dijo el húngaro
dándose ínfulas de contable
(aunque sólo fuera porque el otro olía a alto coturno)—,
pero se la dejo en 7 con 21 centavos, es un buen precio».
Hizo esta oferta tras simular un cálculo complejísimo.

Bobbie empezó a rebuscar las monedas. Mientras tanto:
«Por 7 dólares con 21 centavos me vende la lámpara
y la garantía de que el niño queda a salvo».

«¿A salvo? ¡Música celestial! ¿Y eso a qué viene?
Debe trabajar porque aquí dentro trabajamos todos
y he decidido que él se encargue de niquelar los metales».

Fue éste el tercer dilema de la jornada:
Bobbie podía liquidar la historia soltando 7 dólares y 21 centavos
o bien
proseguir por una vía incierta
(como Mallory e Irvine, que escalando el Everest
se extraviaron en una arista de hielo).

Tal vez fue el embrujo del peligro.
Tal vez el hecho de que aquel pispajo
allí empotrado, aquella ranita
obligada a lacar metales en el taller de su padre,
le resultaba en el fondo tan familiar
que ayudarla no tenía precio.

Por tanto:
«¿Cuántas lámparas vende usted a diario?».

«Bueno... eso depende. ¿Cómo se lo explicaría?
Si va mal, cinco; si va muy bien, el doble».

«O sea: una media de siete lámparas al día».

«Diga ocho, no seamos ni roñosos ni mezquinos».

«Eso suma unos sesenta dólares si no me equivoco».

«No se equivoca usted», dijo el húngaro sentándose
porque aquella peripecia se estaba poniendo interesante.
Le indicó a Bobbie que también tomara asiento,
pero éste no se movió:
«¿Cuántas personas trabajan aquí?».

«Mi mujer, mis cinco hermanas, el chiquillo y yo».

«Muy bien. Siendo entonces ocho,
es como si cada individuo produjese una de las lámparas
que usted vende cada día,
de modo que cada uno aporta ocho dólares cotidianos
a la actividad conjunta,
cuarenta y ocho a la semana y más o menos 200 al mes.
Son 2400 en un año. ¿Cuántos años tiene el crío?».

«¡Siete!», exclamó el renacuajo saltando de su refugio
como si lo hubiera picado una araña.
Se acercó a la mesa.

Bobbie se preparó para la apoteosis final
enjugándose un hilo de sudor en las sienes.
Paladeó el último silencio y después dijo:
«Con 30.000 dólares lo indemnizo
totalmente
por el trabajo del niño durante los próximos once años.
Usted lo dejará en paz
y él hará lo que le venga en gana.
El dinero, como es obvio, se lo daré a él, no a usted:
cada mes le entregará la cantidad estipulada
y será como si hubiese cumplido su deber a carta cabal.
Si usted lo zurra, él no pagará, téngalo por seguro.
¿Alguna objeción? ¿Le parece bien?
Es una propuesta en firme: la toma o la deja».

El húngaro miró fijamente a su hijo.

Luego se rascó una oreja.

«Pero los 7 dólares con 21 centavos de la primera lámpara...
ésos no se incluyen en los 30.000, ¿verdad?
Van aparte porque son anteriores al acuerdo».

Bobbie sonrió:
«Le daré 30.000 dólares al chiquillo y 7,21 a usted».

«Trato hecho, señor».

«Trato hecho».

Se dieron las manos.

Bobbie pagó lo acordado.

Y se fue por donde había venido alzándose otra vez el cuello del
    abrigo.

En cuanto al renacuajo,
ni siquiera le dio las gracias.

9
The fall

Solomon Paprinski
ya tiene setenta años
y lleva cincuenta
caminando sobre su cable
delante de todo Wall Street.
Jamás ha caído.

Philip Lehman
también anda por los setenta
y lleva cincuenta
al mando de Lehman Brothers
dentro de Wall Street.
Jamás ha caído.

Solomon Paprinski
se maneja por ahora
sin su hijo equilibrista
al igual que se ha apañado
sin su trago de coñac.

Philip Lehman
se maneja por ahora
sin su hijo economista
al igual que se ha arreglado
sin sus sorbos de whisky.

Entre Solomon Paprinski
y Philip Lehman,
no obstante,
hay una minúscula
y ligera
diferencia:
esa agenda
donde se escribe con letras de molde.

LEHMAN CORPORATION
es la última entrada.

Suena de maravilla.
Una creación de Philip Lehman.
Simple magia financiera.
Lehman Corporation,
que significa «fondo mutuo de inversión».
Invertir dinero sólo para obtener dinero.
No hay empresas que sufragar
ni industrias que promover
ni mercados que explorar:
poderoso caballero es don Dinero.
Adrenalina pura.
Porque está ese escalofrío constante,
la fiebre del riesgo,
eso que por las noches
ya no deja dormir a Philip Lehman.
No pega ojo
desde que
la choza de Sukot
ostenta en su pesadilla
un enorme letrero
donde dice HOLDING
y quienes pasan por debajo
no tienen semblantes humanos,
sino grandes signos + en el lugar del cráneo.
Será porque América
es ahora un caballo desbocado
en el hipódromo de Churchill Downs
y Philip Lehman,
con su pelo cano,
es el jinete
que cada noche firma un saldo
siempre positivo:
+
+
+
+
+
+
+

Los americanos han aprendido a invertir.
La clase media ya no esconde sus ahorros:
todo el mundo los encauza a fondos, títulos u obligaciones

y de ese modo recauda el doble.
Wow! Let's make money! ¡Vamos a forrarnos!

Sólo en el último mes,
Wall Street ha duplicado el número de acciones:
¡de 500.000 a 1.100.000!
¿Qué más puede pedirse?
Todo un país de opulencia.

Arthur se relame de gusto, no cabe en su pellejo:
observa por la calle
las atosigadas multitudes de los 7,21 dólares
(destinadas a convertirse incluso en 10s)
y nunca deja de oír un coro
sublime y atronador
que le canta
«¡GRACIAS, MÍSTER LEHMAN!».

¿Y qué es, por otro lado, la riqueza (R)
sino otra expresión matemática?
Arthur lo formula de este modo:
la riqueza se alcanza cuando crecen simultáneamente
la ambición (A), la productividad (Pr) y el riesgo (X)
multiplicados por un parámetro esencial y definitivo
conocido como CF (condiciones favorables):

$$R = CF \cdot f(A, Pr, X)$$

En este caso, las condiciones favorables serían
nada menos que las circunstancias políticas:
¿qué más puede pedir un banco
si cuenta con un gobierno tan comprensivo y generoso?
Ningún control de los grupos financieros,
impuestos sobre el capital reducidos al mínimo,
tipos de interés próximos a cero.
¡Menuda bicoca! ¿Acaso esto no es Jauja?

Pero cuidado con decírselo a Herbert, por supuesto. Ese demócrata
partidario de un liberalismo empedernido nunca está de acuerdo.
Y que Arthur sea su hermano no atenúa el conflicto:
«¡Aunque no me hago la ilusión de hallar sensibilidad
en un banquero de carne y hueso, si Philip y tú

tuvieseis un mínimo (insisto, un mínimo) de sentido ético,
admitiríais que la anarquía financiera clama venganza!».

«¿Por qué ponerle puertas al campo, Herbert?
El mercado existe desde siempre y requiere libertad».

«¡Libertad! ¿Te has preguntado por el precio de esa libertad?
Se os llena la boca con esa palabra,
¿pero cómo no adviertes que el exceso
de libertad conduce a la abolición de los derechos?
¿Es libre el ladrón para robar? No porque es delito.
¿Y el beodo para imprecar o blasfemar? No porque es incívico.
Y con todos los respetos, ¿si ves a una chica guapa,
te consideras libre para sobarle las caderas?».

«Confundes la libertad con el libertinaje y la prepotencia».

«Así es, en efecto: los financieros sois unos prepotentes».

«Sólo aplicamos criterios científicos».

«Los aplicáis sin bozales o cadenas.
Tres de cada cuatro ciudadanos viven en la pobreza.
¡El 5% de la población posee un tercio de toda la riqueza americana!».

«Y tú estás en ese porcentaje, Herbie. ¿De qué te quejas?».

«¡Me quejo de la injusticia!».

«¡Vaya por Dios! ¿Y qué otras cosas son injustas?
La enfermedad es injusta: tú la padeces, yo no.
¡Los huracanes son injustos, los terremotos son injustos!
¿Quieres intervenir para impedirlos? No puedes.
Las leyes del capital pertenecen a la sociedad humana.
No puedes modificarlas por mucho que te desagraden».

«Que un banquero hable de moral es pedirle peras al olmo.
Sólo te pongo en guardia si quieres comprenderlo:
estáis creando un sistema monstruoso
que ya no puede durar mucho tiempo.
Industrias por doquier, las fábricas se multiplican:
¿a quiénes venderán si la inmensa mayoría no tiene dinero?
Pretendéis que América será infinitamente próspera,

os gusta creer que el mundo avanza por el camino del bienestar...
Castillos en el aire. ¿Cuándo abriréis los ojos?
¿O sólo lo haréis cuando ya sea tarde?».

Philip Lehman, por su parte,
ha aprendido a sonreír
mientras escucha estas filípicas.

Con Herbert más vale no hablar:
sería un empeño vano, tanto más cuanto que los negocios
siguen viento en popa bajo un férreo control.

Philip analiza cada noche
la situación,
evalúa los problemas,
vigila los dedos del enano
y concluye
sin la menor duda
que lo más provechoso y eficiente
es cabalgar sobre la ola.
Perfecto:
cabalgar sobre las olas.

Y no sólo las olas: también las nubes.
Aunque sólo sea porque Lehman Brothers
invertía desde tiempo atrás en el transporte naval,
pero ahora,
recientemente,
se ha lanzado a la conquista de los cielos.
Siempre que oye el rugir de un avión,
Philip alza la vista complacido
y piensa muy ufano: «Ése es nuestro».

Una venturosa combinación de factores
que pule como nunca antes la brillante sonrisa de Philip.
Lehman posee bancos en todo el mundo,
de Norteamérica a Alemania,
de Inglaterra a Canadá,
y, bueno, en Rusia por ahora nos rechazan,
pero el señor León Trotski
ya ha señalado que «el oro también es oro en Moscú
y los comunistas no hemos abolido el dinero...».

Así pues no faltan motivos para sonreír.

Bien temprano
cada mañana,
como sucede hoy mismo,
Philip Lehman llega
a Wall Street con la sonrisa dibujada en el rostro.

Cada mañana,
con esa sonrisa en el rostro,
le compra el periódico
al chico italiano
que lo vocea en el cruce.

Con la misma sonrisa en el rostro
se toma un café
servido en el banco
mientras hojea el diario
fijándose en las cifras.
Luego se limpia los labios
con su pañuelo,
coge la cartera
y se encamina hacia la entrada.

Solomon Paprinski
ya está listo a esa hora:
todas las mañanas,
como sucede hoy mismo,
se encarama a su cable,
muy tenso,
bien derecho.
«¡Buenos días, míster Paprinski!».
«Buenos días, míster Leh...».

Es como si el tiempo
se hubiese estancado.

En ese preciso instante.

Stop.
Alto ahí.
¡Inmóvil!

Solomon Paprinski
cae por vez primera
después de cincuenta años.
Ha caído
a tierra.
Se ha venido
abajo.

El tobillo está roto:
inútil para siempre.

Es el jueves 24 de octubre
del año 1929.

10
Ruth

Teddy
es el primer agente de bolsa
que se quita de en medio.
A las 9:17 de la mañana se mete un tiro en la boca
tras cerrar la puerta del aseo.
Es el jueves 24 de octubre.
Año de 1929.

Teddy ha ahuecado el ala. Ha huido.
Ha ahuecado el ala
en cuanto ha visto
que en la sala de las contrataciones
todos de pronto
venden.
Venden
y venden.
«¿Pero qué demonios pasa hoy?».
Venden
y venden.
«¿Qué flota esta mañana en el aire?».
Venden

y venden.
¿Cómo es posible que hasta ayer
las acciones se pegaban a las manos con cola
y ahora
de improviso
todos se las despegan,
todos quieren desprenderse de ellas?
Quieren dinero contante y sonante,
no acciones,
no títulos o bonos:
dinero.
Punto redondo.
Dinero.
Punto redondo.
¿Dinero?

Teddy no estaba acostumbrado al dinero.
Por Wall Street no suele asomar las narices.
El dinero es tácito, se sobreentiende.
Desde hace ya años.
Que aumenten los valores,
que suban los precios:
eso le enseñaron.
Cuanto más cuesta, más fuerte;
cuanto más cuesta, más grande;
cuanto más cuesta, más fiesta.
Si todo va bien
no hay problema, de acuerdo.
¿Pero que pasa
si de repente a uno
le da por vender?
Teddy pagaba, cierto,
pero en acciones.
¿Mas qué pasa si uno ya no quiere acciones,
si quiere dinero explícito, billetes, sólo eso?
Si ya no se fía,
si quiere ver y tocar,
allí mismo,
frente a sus ojos,
ahora...
«¿Entonces qué hago?».
«¿Entonces qué hago?».

Teddy ha huido.
Se encerró en el baño.
Bala.
Gatillo.
¡Fuego!
Disparo.

Disparo.
Y raudos parten los caballos.
Agrupados al principio,
ninguno destaca por ahora.
Nelson con el número 1,
Davis con el 2,
Sánchez con el 3,
Tapioca con el 4,
Vancouver con el 5
y con el 6...
El caballo de Bobbie Lehman lleva el número 6.
Wilson, un purasangre:
12 trofeos,
12 carreras,
12 podios.
12 veces se ha sentado Bobbie en la grada,
traje blanco, corbata blanca,
níveo
con sus binoculares,
sereno, discreto, sobrio
(siempre comedido),
musitando entre dientes
«¡vamos Wilson, venga Wilson!»,
pero sólo entre dientes,
sin abrir la boca,
impasible en apariencia, sin una mueca,
ni siquiera cuando el número 6 toma la delantera
como suele
e imparable,
imparable,
imparable,
imparable
cruza la línea de meta.
Wilson vence.
Vence.

Vence.
Vence
una vez más,
la decimotercera.
Wilson ha ganado.
Bobbie Lehman ha vuelto a ganar.
También hoy, aquí, en Churchill Downs,
el mejor hipódromo, la gran carrera.
Bobbie sonríe,
nada más.
Sonríe.
¿Ha vencido? Sí.
¿Ha triunfado? Sí.
Pero no se agita
(siempre comedido).
Bobbie Lehman guarda silencio
y sonríe.
También cuando ve un sombrerito verde con vaporoso velo
y bajo el sombrero dos ojos
que observan su boca.
«¿Sabe que le sale un poco de sangre por el labio?».
«¿Perdón, señorita?».
«Digo que tiene una gota de sangre
ahí, en la comisura de la boca».
«¿Yo? ¿De verdad?».
«Usted, sí. Como si se hubiera mordido los labios».
«Yo no me muerdo los labios, señorita».
«¿Me permite que se la quite?».
«¿Quitármela, señorita?».
«Con mi pañuelo: si gotea le manchará el traje... ¿Puedo?».
«Si lo considera indispensable...».
«Lo considero urgente».
«Por favor, señorita... Proceda».
«Ya está».
«Es usted muy amable, señorita. Se lo agradezco y me siento en
    deuda».
«Tal vez sea amable, pero no señorita».
«¿Está casada? ¿Conozco a su marido?».
«Jack Rumsey, exmarido».
«Lo lamento».
«No lo haga por mí. ¡Viva el divorcio! Aún lo estoy celebrando».
«No se anda usted con rodeos».
«Realismo, puro realismo. Por cierto, ¿me invita a una copa?».

«Me aguardan en la entrega de premios».
«¿Ha ganado su caballo?».
«Eso parece».
«¡Caramba! ¿Así que usted es Robert Lehman?».
«Mientras no se demuestre lo contrario».
«Ahora entiendo que se muerda los labios».
«No me muerdo los labios».
«Claro que lo hace, y muy a menudo».
«Se equivoca de medio a medio».
«¿Y esa sangre en la boca?».
«Una casualidad».
«¿Apostamos?».
«Yo nunca apuesto».
«¡No me haga reír! ¿Lo acompaño a la ceremonia?».
«Me temo que eso no está permitido».
«¿Bromea? A los Lehman se les permite todo,
desde morderse los labios a lo que sea».
«Ya le he dicho que...».
«No se repita: es muy tedioso. ¡Ahora vayamos a esa entrega de
    premios!».
«¿Y si me preguntan...?».
«Si le preguntan quién soy diga "Ruth Lamar"».
«Ruth Lamar».
«¡Quieto ahí! ¿Ve cómo se muerde los labios?
¡He ganado la apuesta!».

Vernon
es el segundo agente de bolsa
que se quita de en medio.
A las 10:32 de la mañana se levanta la tapa de los sesos
sentado junto a su escritorio
en la segunda planta de Wall Street.

Desde que comenzó
ese jueves infernal,
cuando todo el mundo vendía a lo bestia y a lo loco,
Vernon no ha parado un instante.
Tampoco ha perdido el ánimo:
sus títulos aún aguantan,
se registra una caída, sí, pero es del 3%.
Soportable. Hay que mantener la calma para resistir,
decir que el desplome de los demás

es una oportunidad única para hacer grandes negocios.
Basta con dar confianza
y mantener la calma
La caída es ahora del 5%.
No es una pérdida importante
(«enciéndete otro cigarrillo, Vernon»).
Lee las cifras en el tablón:
Goldman Sachs pierde 30 millones
(«otro cigarrillo, Vernon»).
Ahora verifica sus acciones:
bajan un 15% en media hora.
De nuevo alza la vista al tablón:
Goldman Sachs pierde 40 millones
(«otro cigarrillo, Vernon»).
Vuelve a comprobar sus acciones:
un 25% menos.
«Así no me recupero,
así no me recupero».
Goldman Sachs pierde 50 millones
(«otro cigarrillo, Vernon»).
Un 27% menos.
Un 30% menos.
Un 34% menos.
«Así no me recupero,
así no me recupero».
Abre el cajón,
un 37% menos
(«otro cigarrillo, Vernon»).
Bala,
un 38% menos,
«así no me recupero».
Un 40% menos,
gatillo.
Un 44% menos,
¡fuego!
Un 47% menos,
balazo.
Un 4...

4...
3...
2...

1...
¡Aleluya!
Aplausos en toda la calle.
Se abren las puertas:
queda inaugurada
la primera muestra pictórica de la Colección Lehman.
Obras flamencas del XVII.
Bobbie está en su salsa, en su elemento,
es el amo del cotarro,
Bobbie el entendido,
Bobbie el experto.
Ese Bobbie que durante años peregrinó
a lo largo y ancho de Europa
en busca de lienzos o dibujos,
que ahora funda y bautiza museos o galerías
sentado a la mesa de las autoridades
siempre inmaculado
con su blanco traje y su corbata blanca,
ese Bobbie acaba de elogiar los poderes del claroscuro
«donde se celebra la cópula inmortal
entre el realismo y la etérea trascendencia de la luz».
Ovación unánime en la sala
y al final de la conferencia
larga fila de halagos a míster Lehman,
que presenta sus respetos,
estrecha las manos
o se las besa a las damas.
Ruth Lamar está detrás de él
fumando su Philip Morris (compañía
que también financia Lehman Brothers).
«Sabes que te tiemblan los dedos cuando hablas en público?».
«Déjame saludar a la gente.
Buenas tardes, señora Thornby».
«Pero es así: te tiemblan las manos, lo he observado,
lo hago a menudo».
«Pues no deberías».
«¿Lo prohíbes?».
«Me molesta que los demás te vean vigilarme, siempre al acecho».
«¡Como si no lo supieran...!».
«¡Baja esa voz! Para muchos sigues siendo una mujer casada».
«Divorciada».
«No lo saben. Buenas tardes, señor Guitty».
«¡Mira! ¿No ves cómo te tiembla la mano?».

«Porque no estoy tranquilo, eso es todo».

«Eso es todo».

«¡Tengo 37 años! No deben pensar que estoy tonteando con...».

«¿Con un pimpollo, con una hermosa divorciada?».

«¡Baja la voz!

Buenas tardes, señora Downs».

«Entonces cásate conmigo».

«¿Perdón?».

«¡Que nos casemos, carajo!

Ya lo he hecho una vez y sé que no la palmas».

«Buenas tardes, señora Meldley».

«Si nos casamos, ¿podré mirarte o tampoco?».

«¡Ah, profesor Rumoski!».

«Al fin y al cabo es sólo un canje de anillos, ni más ni menos».

«¡Estimadísimo señor Nichols!».

«La vida no cambia tanto cuando estás casado, te lo aseguro».

«¡Senador Spencer!».

«Pero ya te aviso: nos casamos en Canadá».

«¡General Holbert!».

«Y después nos largamos de aquí, aire fresco y tierra por medio:
¡como mínimo no me negarás un viajecito a Europa!».

«Eres una mujer un pelín exigente, ¿no crees?».

«Soy una mujer práctica, cariño.

¿Seguimos adelante, sí o no?».

Gregory es el tercer agente de bolsa
que se quita de en medio mediante un pistoletazo
la mañana
de ese jueves negro.
Peter es el cuarto.
Jimmy, el quinto
Dave, el sexto.
Fred, el séptimo.
Mitch, el octavo.

Bajaron del tranvía
como siempre,
entraron en la bolsa
como siempre,
abrieron los índices
como siempre
y en ellos

vislumbraron la hecatombe.
Como si el final del tranvía
(ése que toman a diario)
no fuese también el origen del trayecto,
como si la última parada surgiera
así de golpe:
«¡Todo el mundo abajo: fin del trayecto!».
¿Fin del trayecto?
Fin del trayecto.
Gregory, Peter, Jimmy, Dave, Fred y Mitch,
uno tras otro,
dijeron
«¡basta, fin del trayecto!»
cuando lo vieron
(«¡fin del trayecto!»),
cuando comprendieron
(«¡fin del trayecto!»)
que el sueño concluía allí, esa mañana.
Brusco despertar.
La súbita e inopinada realidad.
Se acabaron los números
(«¡fin del trayecto!»).
Se acabaron los títulos y los valores
(«¡fin del trayecto!»).
Se acabaron los tratos y las negociaciones
(«¡fin del trayecto!»).
Hoy América ha abierto los ojos.
Aunque ellos ya los han cerrado: seis pistoletazos.
Hoy América ha cesado de correr.
Resollando
se ha parado al borde del camino
y a quemarropa
se ha percatado,
¡maldición!,
de que esa carrera
a fin de cuentas
no valía la pena
(«¡fin del trayecto!»).
¿Y entonces?
Entonces a cobrar.
Vendo, quiero el reembolso.
Yo me apeo, mil gracias: ya es suficiente.
Dadme mi dinero.

¿Qué dinero?
No hay tal dinero.
Ese dinero es un espectro.
Ese dinero es sólo una cifra.
Ese dinero es aire.
Ahora no podéis pedir vuestro dinero
todos juntos,
así en masa.
Gregory, Peter, Jimmy, Dave, Fred y Mitch
se asoman a las ventanas
de los pisos altos:
una turba invade Wall Street
y el gentío sigue llegando, por allí...
(«¡fin del trayecto!»).
Más y más individuos, aún más,
«quieren su dinero»
(«¡fin del trayecto!»).
Más y más individuos, aún más,
«quieren su dinero».
Huyeron.
Gregory, Peter, Jimmy, Dave, Fred y Mitch
huyeron.
«Quieren su dinero»,
«quieren su dinero»,
«quieren su dinero».
Bala.
Gatillo.
¡Fuego, Gregory!
¡Fuego, Peter!
¡Fuego, Jimmy!
¡Fuego, Dave!
¡Fuego, Fred!
¡Fuego, Mitch!
Disparo.
Disparo.
Disparo.
Disparo.
Disparo.
Disparo.

¡Qué bonitas las bengalas, qué lindos
los estampidos de las tracas y los petardos

detonados por la calle
en homenaje al matrimonio!
Bobbie Lehman y Ruth, su esposa,
regresan hoy en automóvil
tras su viaje de bodas.
Los reciben fotógrafos y curiosos,
una multitud,
en el número 7 de la Calle 54 Oeste.

Una luna de miel maravillosa.

Europa, ultramar,
que para ir volando no hay problema
desde que la Lehman invierte en aeroplanos.

Ruth con vestido verde.
Bobbie con blanco traje y corbata blanca,
níveo e inmaculado.
Saludan con las manos
por las ventanillas de su Studebaker.
«Míralos, Bobbie: esta gente tiene tiempo que perder».
«Son los empleados del banco, Ruth».
«Entonces peor: os odian y vienen a recibirte».
«No creo que me odien».
«Ningún esclavo quiere a su amo».
«Yo no tengo cargo alguno en Lehman Brothers».
«Bien, me corrijo: eres el próximo negrero, el negrero inminente».
«¿Y el actual negrero sería mi padre?».
«¿No puedo decirlo?».
«Ya lo has hecho».
«Lo mío es realismo, Bobbie, realismo saludable».
«El mundo no es siempre tan horrendo como tú piensas».
«De hecho es bastante peor».
«Mira el cartel que lleva ese niño. Ahí dice
¡GRACIAS, MÍSTER LEHMAN!
Nadie muestra agradecimiento a los negreros».
«Me temo que te equivocas:
eso es el masoquismo de los parias, de los oprimidos:
detestan a tu padre y le dan las gracias».
«No creo haberte pedido una opinión sobre mi padre, Ruth».
«Parpadeas cada vez que alguien menciona su nombre,
un tic nervioso que debe significar algo».

«¡Eres una mujer terrible!».
«Soy de Illinois».

Hubert
es el noveno corredor de bolsa
que ese jueves negro
cava su propia fosa en Wall Street.
Bill es el décimo.
Peter, el undécimo.

Se precipitan
desde los pisos más altos del edificio
al término de la jornada,
cuando ya está claro que nada será como antes.
Hubert, Bill y Peter
manejan fondos de inversión,
los célebres *investment trusts*.
Eso equivale a decir
que Hubert, Bill y Peter obran milagros.
Ése es su oficio.
Ganancias asombrosas
prometidas a quien invierta:
me das tu dinero
y yo haré que fructifique.
De qué manera no importa,
más te vale ignorarlo.
Nos ocupamos nosotros,
nosotros estamos en el ajo.
Me das tu dinero
y el día del vencimiento
me dirás «muchas gracias» porque,
te lo juro, no creerás a tus propios ojos.
Así se hacen las grandes fortunas,
¡sí señor!,
así se acumulan los grandes capitales.
Hubert, Bill y Peter conocen el percal:
se invierte el dinero en 100 o 1000 títulos
como un río dividido en gotas.
Hubert, Bill y Peter siembran caudales en el campo del mercado
y luego cosechan,
cosechan,
cosechan

como antaño en las plantaciones de algodón:
quien siembra recoge,
quien siembra recoge,
¿pero
qué ocurre si toda la sementera
se quema
de improviso?
Hubert, Bill y Peter han puesto dinero
en los *investment trusts* de Lehman Brothers,
cierto,
pero ese dinero no era suyo.
¡Vaya! ¡Una pena!
¿Qué contamos cuando venza el plazo?
¿Qué contamos cuando venza el plazo?
Todo ha ardido,
las llamas no han dejado
piedra sobre piedra,
sólo cenizas,
cenizas...
¿Qué contamos cuando venza el plazo?
¿Qué contamos cuando venza el plazo?
Hubert sube corriendo hasta la azotea.
Bill llega al cuarto piso.
Peter abre una ventana...
¿Qué contamos cuando venza el plazo?
¿Qué contamos cuando venza el plazo?
Aquí ya no hay nada.
Hubert desde la cornisa.
Bill desde el pretil.
Peter desde el alféizar.
¡Cataplum!
Caída.
Caída.
Caída.

«¿Cuánta caída, Bobbie?».
«Te he dicho que no me lo preguntes».
«¿No tengo derecho a saberlo?».
«Ahora no».
«Soy tu mujer».
«El banco no es asunto tuyo, Ruth».
«Desde luego: con tu pan te lo comas».

«Te ruego que no te entrometas, la situación es muy delicada para mi
    padre».
«¡Para tu padre! Ten cuidado porque enseguida cargarás con el
    muerto».
«Espero que eso no ocurra».
«Ya verás: cuando todo se hunde como ahora, lo normal es dejar sitio a
    los hijos».
«Lo único cierto es que todo está en ruinas: te pido un poco de tacto».
«¿El mundo se desmorona y yo tengo que estar monísima,
    encantadora y calladita?».
«Lo sabrás todo a su debido tiempo».
«¿Cuándo será ese tiempo?».
«Cuando lo sepa todo el mundo».
«Me ofendes».
«Esto no es un juego».
«¿Pero por quién me has tomado?».
«¡Cálmate!».
«¡Aquí dentro valgo menos que un monigote!».
«Jamás he pensado eso».
«¡Pero ahora lo he comprendido!».
«Ruth...».
«¿Cuánto habéis perdido?».
«Mucho».
«¿Cuánto?».
«Millones».
«¿Cuántos?».
«¡No puedo!».
«Bien Bobbie, no hay más que hablar:
me parece que nos vamos a divorciar muy pronto».

11
Yitzchak

Faltan diez minutos
para la hora
de la cita.

Philip Lehman
ya estaba en su despacho

hora y media antes:
quería anotar la hoja de ruta
con letras de molde en su agenda.

Se sentó
frente a la pared de espejos
y se vio reflejado
junto a la lámpara de mármol
estilo húngaro;
así se vio:
la agenda abierta, pluma en mano,
y por vez primera
Philip Lehman
no sabía qué escribir
en aquella agenda.

Traga saliva.
Es incapaz de mirarse.

Quedan seis minutos
para la hora fijada.
Seis minutos para el comienzo de la reunión.

Lentamente se acaricia las sienes
mientras mira el espejo:
nunca se ha visto tan viejo.

«¿Por qué este silencio inaudito
reina hoy en la oficina?
¿Por qué se adhiere al rostro
este aire viscoso?
¿Por qué el reloj de pared
produce un estruendo infernal
nunca antes oído?».

Philip Lehman sabe por dentro (lo sabe bien)
que hoy ocurre como cuando el cielo se encapota:
sólo cabe esperar una tormenta.
Es inútil hacer como si nada.
Cuando el cielo se enfosca con traje de luto,
la tempestad no puede tardar.
Sin duda.

He ahí la cuestión.
No hay más.
Philip está convencido
de que la caída de Wall Street
no ha sido una tormenta,
sólo ha sido un cielo negro.
La borrasca, la de verdad, está por llegar.
¿Con qué valor se escribe esto
en la agenda de un banquero?
¿Con qué valor se escribe
que a veces las tempestades son tan fuertes
que de nada sirven los paraguas?
¿Con qué valor se escribe...
que en lugar de una tormenta
tal vez se acerca un tifón?

He ahí el problema.
No hay más.
Philip está convencido
de que pronto se desatará el huracán.

Quedan tres minutos
para la hora
de la cita.
Philip se masajea las sienes,
se mira en el espejo,
procura sonreír
porque en la reunión de todos los bancos
se ha convenido que el auténtico enemigo es el miedo.
Así que a sonreír.
A Goldman le toca sonreír.
A Lehman le toca sonreír.
A Merril Lynch le toca sonreír.
Todo lo que se pueda.
Sonrisas por doquier
Estados Unidos tiembla de miedo
y hay que frenar el miedo.
A sonreír todos.

¿Con qué valor se escribe en una agenda
que se acerca un huracán
pero tú debes sonreír?

Philip Lehman se masajea las sienes
y se contempla en el espejo.
A su espalda,
colgada de la pared,
la placa que dice:
GRACIAS, MÍSTER LEHMAN.
Llaman a la puerta.
Allá vamos,
«¡adelante!».

Bobbie entra, cierra la puerta
y se sienta delante de su padre.

Philip traga saliva.

Bobbie carraspea.

Philip cruza las piernas.

Bobbie mira al suelo.

Philip se afloja el nudo de la corbata.

Bobbie se retuerce una ceja.

«Te escucho, Robert».

«¿Perdón?».

«Habla. Y no me dores la píldora».

«¿Y sobre qué debería hablar exactamente?».

«Sobre el banco, sobre el crac, sobre nuestra posición».

«Con el debido respeto, ¿por qué no le preguntamos a Arthur?».

«Tu tío también será interpelado, pero en la segunda fase».

«¿Segunda fase?».

«Te escucho, Robert: ahora es tu turno».

El reloj de la pared: ensordecedor.
Bobbie respira hondo.
Philip cruza los dedos.

«La situación, por lo que se me alcanza, es la siguiente:
de nuestros asociados, doce se han declarado en quiebra.
Los fondos de inversión están a cero.
Nuestras pérdidas son ocho veces mayores de lo previsto.
El mercado de valores está bloqueado,
J. J. Riordan se pegó un tiro anoche
y el United States Bank ha anunciado la bancarrota.
Esto es lo que sé por el momento».

Philip se pone en pie.

Da dos pasos a la derecha y uno a la izquierda.

Bobbie saca un pañuelo.

Se seca la frente.

Dobla el pañuelo.

Lo vuelve a guardar.

Philip se sirve un vaso de agua.

El reloj de la pared: ensordecedor.

«Te escucho, Robert. ¿Tu pronóstico?».

«¿Pronóstico, papá?».

«Sí, pronóstico».

«No sabría decirte...».

«Inténtalo».

«El Estado (según Herbert, al menos)
culpará de la crisis a los bancos.
Bastantes se hundirán, no aguantarán el golpe,
en parte porque muchas fábricas ya han cerrado

y si cierran no devolverán los préstamos
y sin el dinero de los préstamos los bancos se van al garete».

«¿Es posible que Lehman Brothers se derrumbe?».

«Si te digo la verdad, no lo sé... Espero que no, toquemos madera».

El reloj de la pared: ensordecedor.

Philip se limpia las gafas.

Bobbie se muerde un labio.

«Sigue, por favor».
«¿Adónde quieres que vaya?».
«Sigue, por favor».
«Dice Herbert que a los primeros bancos
los dejarán despeñarse sin mover un dedo.
El Estado necesita demostrar que no nos ayuda».

«Si me permites un consejo, Robert...».

«¿Un consejo, papá?».

«Puedes ignorarlo si lo prefieres.
En mi opinión, nos conviene
que algunos bancos cierren.
Así conseguirán que parezca el colmo del desastre,
pero la debacle será al día siguiente un vago recuerdo.
Por ello no recomiendo ayudar a otros bancos en apuros.
Si alguien le pide un crédito a Lehman Brothers, dile que de ningún
        modo».

«¿Yo, papá?».

«El Estado hará otro tanto
y dirá que eran manzanas podridas.
Pero tras este primer momento,
en mi opinión,
el Estado necesitará bancos fuertes
que aguanten el tipo
porque sin bancos no hay recuperación.
Estoy por tanto seguro de que,

si Lehman Brothers sobrevive al primer mes,
no dejarán que nos hundamos y saldréis más fuertes».

El reloj de la pared: atronador.

Philip mira por la ventana.

Bobbie carraspea
como si le faltase aire.

Pero su padre prosigue.

«Los bancos dejarán de ser libres.
El Estado os querrá controlar,
pondrán reglas, normas, límites.
En pocos meses la economía se detendrá,
aumentará el número de desempleados;
el mismo sistema, Robert, va derecho a la parálisis.
Estás preparado para todo esto, ¿no?».

«¿Yo, papá? No creo».

«Pero todo pasará tarde o temprano.
La crisis durará tres, cuatro, quizá cinco años».

Philip mira por la ventana.

Bobbie se muerde una uña.

El reloj de la pared: estrepitoso.

Bobbie contempla a su padre, allí de pie.

Philip mira por la ventana.

Bobbie se desabotona la camisa.

«Querido Robert: tú tendrás que salvarnos».

El reloj de la pared: ensordecedor.

Bobbie mira a su padre
y le parece verlo empuñar el cuchillo

que va a clavarle
en el altar del sacrificio.

Echa un vistazo a través de los cristales,
pero no ve a un ángel salvador descendiendo en picado
para evitar *in extremis* el asesinato de un hijo.
El cielo es gris,
yermo y macizo.

Los ángeles deben de andar abriendo los caños
por allá arriba.

En efecto:
justo entonces
se pone a llover.

> Y el ángel dijo: «No extiendas tu mano sobre el muchacho [...] porque ya sé
> que temes a Dios por cuanto no me rehusaste a tu hijo, tu único hijo».
> Génesis 22:12

12
The Universal Flood

Llueve a cántaros
sobre el rótulo
HUNGARIAN LAMPS
que cubre
la fachada de ladrillo
en este rincón húngaro
de Manhattan
donde un renacuajo de diez años
con dos mejillas como dos melones
intenta vender a los transeúntes
los descartes del taller.
Y no se le da mal.
Se va agenciando
todo lo que tiran,

escribe encima un precio
y lo vende como si fuese nuevo,
siempre a escondidas de su padre.
Ahí está, el niño en la acera.
Hoy se ha tirado horas
debajo de su paraguas,
pero ni caso le han hecho.
A nadie le apetece comprar
cuando llueve a cántaros.

Y a cántaros llueve también
sobre el letrero de chapa
que dice PELOPONNESUS
en este rincón
ligeramente griego
de Nebraska.
Nunca antes
había llovido así.
Al menos no en los últimos diez años,
desde que Georgios Petropoulos
se volvió americano;
incluso se ha cambiado el nombre
para que el Ku Klux Klan
no queme su local.
George Peterson suena mejor.

Su hijo Pete
ya no llora.
Crece. Madura.
Hace sus deberes
sentado en la barra del restaurante.
Los cuadernos huelen un poco a fritanga,
pero a quién le importa
porque su padre
ha decidido enseñarle matemáticas
con las cuentas de la cocina.
Cuánto gasto.
Cuánto gano.
Materia prima.
Aceite, olivas, pan, especias.
Ingresos.
Mañana, tarde; comida, cena.

«Y bien, Pete, ¿cómo va la caja?».
«He echado las cuentas,
¡sí señor!,
y ayer ganamos 40 dólares,
35 si restamos la electricidad».
«¿Seguro, Pete?».
«¡Pues claro!
Y mi previsión para hoy es
que ganemos 10 dólares menos
porque siempre viene menos gente
cuando llueve a cántaros».

Llueve a cántaros, en efecto.
Una procesión de paraguas negros
desfila frente al tribunal
donde Irving Lehman imparte justicia cada mañana.
Hoy lo espera un juicio por homicidio:
un obrero se ha cargado a su patrón,
le ha metido un tiro delante de su despacho
tras el cierre definitivo de la fábrica.
Irving se abre camino entre el gentío
bajo su negro impermeable empapado.
«¡Juez Lehman! —le grita alguien—.
¿Otra sentencia contra el populacho hambriento?».

Irving no se detiene, está acostumbrado.
Camina
esquivando los charcos
hacia la entrada del edificio.

«¡Juez Lehman! —un periodista lo alcanza—.
¿Tendremos otro caso Freddy?».

Irving lo niega con la cabeza.
El caso Freddy: una pesadilla que duró meses.
Un desempleado le pidió un préstamo a un banco
y al ver denegada su solicitud se prendió fuego.
La familia de Freddy
demandó al banco
a sabiendas de que era un pleito inútil.
Pero algunos juicios atraen la atención pública.
Y allí fuera, en las calles,

por poco no estalla un motín
cuando Irving leyó su veredicto:
«En nombre del pueblo americano declaro que
la institución financiera queda absuelta de toda culpa
porque los hechos y testimonios no sostienen los cargos».

«¡Lehman tenías que ser!», le aullaron desde una ventana.
También entonces llovía a cántaros.

Bajo diluvios torrenciales,
los árboles pierden en ocasiones
todo el follaje:
la furia del agua arranca las hojas.

Eso mismo piensa Herbert Lehman
mientras,
en la sede del Partido,
contempla por la ventana
ese mar ceniciento que se ha volcado sobre las cabezas
y ahora se desploma a ultranza.

Pero el hombre que se sienta enfrente
sigue esperando una respuesta
y a Herbert no le gusta los retrasos (propios o ajenos).
«Soy un Lehman, es cierto,
mas no por ello defiendo necesariamente a los bancos;
al contrario, siempre me han despertado recelos y suspicacias.
Ahora bien, con todo el respeto:
¿no le parece que decretar el bloqueo de todas las finanzas
es una medida insólita y desorbitada?».

El hombre sentado a la mesa se limpia las gafas.
«Había pensado más bien en una pausa de tres días.
Detenemos el mecanismo, apagamos los motores,
luego los encendemos en frío
y vemos si siguen funcionando».

«No olvidemos que ningún gobierno antes
les ha cerrado el grifo a los bancos,
aunque sólo sea por tres días».

«De hecho, querido Herbert,
ningún gobierno antes

se había enfrentado a una crisis como ésta.
Me parece necesario detenerse,
tomar aliento,
y volver a empezar con reglas nuevas.
Una cosa está clara: nada volverá a ser como antes.
En el fondo, para eso está la política,
para ponerle un nombre
a cada escenario,
saber qué finaliza, qué sigue y qué empieza.
¿No crees?».

Herbert asiente y vuelve a sentarse:
«Cuente conmigo, míster Roosevelt».

También sobre el uno de William Street
arrecia el agua sin fin
formando regueros
en las ventanas de la tercera planta.

Tras los cristales
hay tres despachos (prácticamente idénticos)
en cuyas puertas se lee «Director».

El primero por la derecha lo ocupa Arthur Lehman.

El diluvio universal ha sido un duro golpe para él:
la líquida tempestad ha mojado los billetes
y el valor de los 7 dólares con 21 ha encogido a simple vista.

Ahora, circulando por Nueva York,
Arthur es incapaz de ver alegres muchedumbres de 7,21s,
sólo grises procesiones de 5,16s
cuya apatía no es casual.
Arthur ha procedido a sintetizar el valor tristeza (T)
mediante una compleja fórmula
donde depende de la suma entre
proyección futura ($P_{mañana}$)
y posibilidades presente (P_{ahora}),
todo ello condicionado por la variable R (riqueza jovial).

$$T = R \cdot (P_{mañana} + P_{ahora})$$

Así pues, Arthur ha descubierto
que, a fin de cuentas, los sentimientos no son tan extrabancarios:
hay una función aritmética subterránea
que relaciona
el entusiasmo (E) con el dinero invertido (I)
y la Gran Depresión es tanto prueba como efecto de ello.

¿Cuándo acabará este suplicio?
¿Cuándo dejaremos de toparnos con exclientes de semblante lúgubre,
seres ingratos con quien todo se lo ha dado?

Exacto.
La ingratitud.
Eso sí que no lo admite Arthur. Ni lo soporta.
Ver a antiguos propietarios de fondos Lehman
que ahora si se cruzan con él cambian de acera...
¿Acaso es aceptable? ¿Insultar a una madre?

Arthur Lehman
(bien se sabe)
nunca ha sido de temperamento fácil.
Pero tras muchos años de neurótico sopor,
habitual achaque del matemático,
un ímpetu irascible y amenazante
se ha apoderado de él con la gran crisis.

Nada nuevo, pensaba la familia.
No dejaba de ser el chiquillo endemoniado de siempre,
ése que en el templo se iba a la primera fila peluche en mano.
Y bien, ¿qué hay de extraño
si en el fondo, antes o después, todos
mostramos trazas de aquello que fuimos?

Sea.
Pero después del incidente de ayer
su hermano Irving lo reprendió con dureza,
en parte por la posición que ocupa en el tribunal.

Lo cierto es, en cualquier caso,
que Arthur no supo dominarse, perdió la olla y
(por así decirlo) se salió de madre.

De acuerdo, la situación de los bancos es delicada,
pero todo tiene un límite.

En resumen: míster Russell Wilkinson
(hijo de un tal Teddy Manosfinas con quien,
según parece, teníamos años atrás transacciones en el ramo textil)
había sido hasta el 1929 un cliente asiduo y leal,
titular de hasta tres fondos y cientos de acciones.

Un buen hombre, vaya,
si medimos la bondad de acuerdo con una escala financiera.
Por otra parte,
estaba condecorado como héroe de guerra
tras perder media pierna
en la célebre ofensiva de Argonne.
De ahí que llevase
engastada a la altura de la rodilla
una prótesis de madera
que luego cambió por otra de moderno plástico
cuando Lehman Brothers empezó
a financiar el polimetilmetacrilato.

Pues bien.
Bajo un diluvio sin precedentes
y viendo desde su auto al querido Russell
caminar renqueante y para colmo sin paraguas,
Arthur
pidió a su chófer que se acercara
y se ofreció a acompañarlo a su casa o adonde quisiera.
El resto es historia.
El otro no sólo no aceptó
sino que (pese a los muchos años de fidelidad bancaria)
escupió la frase «¡no pienso viajar con el causante de mi ruina!»,
tras lo cual
Arthur
no pudo refrenar sus instintos animales:
salió del vehículo a la húmeda intemperie
y agarró a Wilkinson por el cuello del abrigo
gritando como un loco:
«¡Habrase visto el zopenco, paticojo y patituerto, el héroe de pacotilla!
¡Conque ahora la culpa es del banco, eh!
¿Quién te proporcionó la nevera, la tostadora y la plancha?

¿Quién te dio los puestos de trabajo en la fábrica?
¿Quién te puso un coche en el jardín
y te suministró la gasolina para conducirlo?
¿Quién te instaló una radio en el salón? ¿Y la música?
¿Y el teléfono de pared? ¿El tabaco que fumas?
¿El café que tomas?
Incluso la medalla que llevas colgando del pecho, ¿a quién se la debes?
¡Yo financié tus batallitas! ¡Yo! ¡Yo!
¿Sabes qué? Que si los Lehman no hubiésemos soltado la lana,
tú te habrías quedado sin guerra.
Y aún diré más: esta pierna es mía,
¡la he pagado de mi bolsillo!».

Y bajo la cortina de agua,
rojo de ira,
agarró la prótesis
y la arrancó de cuajo
para luego ponérsela bajo el brazo
como si fuese una barra de pan francés.

Sólo la intervención de dos uniformados
lo devolvió a sus cabales
y evitó que el asunto fuese a mayores.

«Una escena patética para ti, para el banco y para la familia.
Acabaréis todos en el juzgado, ¡y ahí no me busquéis!»,
fue el consabido comentario de Irving,
ahora presidente del tribunal.

Éste era pues el clima.

Y el resto del trío directivo no lo hacía más ameno o menos
    tormentoso.

Porque el despacho contiguo al de Arthur
lo ocupaban ahora dos personas: Harold y Allan,
ambos ascendidos a directores.
Cada uno valía medio voto,
de modo que contaban como uno,
una unidad que, por lo demás, ya existía.

El paso a un puesto tan elevado
en tiempos tan dramáticos

tuvo en los dos jóvenes
un efecto inquietante,
incluso diríase que imprevisto.

Como prueba de que
cada individuo reacciona de forma diferente y personal
a los escenarios que la vida le presenta,
Harold y Allan
no se amilanaron ni una pizca
ante sus nuevas tareas;
más bien las afrontaron con la viveza
de quien intenta un cambio de humor.
¿Que América perdía el norte?
Bien, ellos la orientarían.
¿Que América se estaba quedando sin sonrisa?
Ya impondrían ellos su recuperación.

Difícil tesitura.
Porque resulta que ni el uno ni el otro
eran precisamente joviales o festivos.
Al contrario: solían distinguirse
por una actitud más bien cruenta y no muy amistosa.

Pero el espíritu de equipo pedía un cambio radical:
era el momento de reactivar
el engranaje de la esperanza
porque sólo gasta el esperanzado.
No se diga más, no queda otra:
hora de sonreír, nos guste o nos disguste.

Así pues, armados de paraguas,
los dos hermanos Lehman elaboraron un plan de ataque:
un bombardeo implacable
de torpedos cargados de optimismo.
A quién le importa si no era lo más adecuado:
alguien tenía que dar el primer paso;
en concreto, ellos dos.

Por otro lado,
con dinero se obtiene si no todo, casi todo.
¿Serían capaces de aprender a sonreír dos banqueros Lehman?

Convenía acudir a un experto.
A la postre eran hijos de un conejito

que se había convertido en cobra
gracias a una didáctica adecuada.
Adelante con ello.

«Muy señor mío, lo hemos mandado llamar
en calidad de experto dentro de su sector
—comenzó Harold en tono profesional
sentado tras el escritorio
junto a su hermano, que asentía—.
En estos días de gran abatimiento que atravesamos
precisamos saber cómo y dónde ha aprendido usted
exactamente
la técnica para ser tan simpático».

Buster Keaton no respondió enseguida;
puso los ojos en blanco
esperando que ese número (que los niños adoraban)
distendiese el clima de consultoría;
pero en vano:
los dos hermanos seguían gélidos.

No le quedó más
que intentar un breve compendio del arte cómica
cuyo fundamento, en su opinión,
consistía sin duda en una inclinación natural al humor,
que dotaba a algunos (así lo dijo)
con una suerte de talento innato,
congénito, intransferible,
milagroso.
«Comparable, amigos míos, a su olfato para los negocios...».
Esperaba que el halago mitigase el fiasco.
Pero de nada valió
porque el mensaje había llegado alto y claro.
Tocaba rendirse:
con esas caras de alguacil
no hay comedia que valga.

La cosa no mejoró al día siguiente
con el señor Chaplin.

Ante él se plantó Allan,
que procuró desmochar
el arma utilizada por su colega.

«En vista de que en varias ocasiones
usted ha defendido en público
que el arte cómica no es un don sino un oficio,
¿podría explicarnos cuál es el método
por no decir la escuela,
que permite provocar la risa de la gente?».

La frase cayó en saco roto.
Luego lo vieron adoptar una mirada lánguida
y meterse de lleno en el personaje de Charlot.
Y ni siquiera esa máscara
fue capaz de suavizar el concepto:
para suscitar la mínima sonrisa
hay que parecer una víctima, no un verdugo.
Míster Chaplin se sirvió de una perífrasis:
le faltó coraje para decir llanamente
que un banquero millonario
difícilmente
podría inspirar simpatía.
Menos aún tras el crac de 1929.

Tampoco dijo que los protagonistas de su próxima película
eran un obrero y una chiquilla
explotados por un sistema salvaje e inhumano.

La última esperanza eran Laurel & Hardy.
De hecho,
con ellos la cosa pintó bien desde el principio
por la sencilla razón
de que malinterpretaron el encargo
y creyeron que los habían llamado
para llevar un poco de jolgorio y alboroto
a un banco que caminaba por el borde del precipicio.

De modo que empezaron su exhibición en el acto
con unos numeritos de *slapstick*
llenos de cabriolas y volteretas.
Muy graciosos, por cierto.
Pero Harold y Allan ¿podían llegar a tanto?
¿Pasar de banqueros a payasos?
¿Ir por ahí con bolos en los bolsillos?
No sólo no sonrieron,
sino que se avinagraron más todavía.

La idea nació entonces parida por el ataque de cólera que asaltó a
    Harold:
«¡Al final tendremos que pagar para que se rían!».

En efecto...

¡Vaya par de diablillos!
Nada que no se supiera, claro.
Pero esta vez por partida doble.
Se lanzaron a financiar
por todo el continente,
desde El Paso a Seattle,
una miríada de variopintos concursos:
¡LA MEJOR SONRISA DE OHIO!
¡LA MAMÁ MÁS SONRIENTE DE ARIZONA!
¡EL MEJOR CHISTE DE MISURI!
¡EL COLEGA MÁS DIVERTIDO DE IDAHO!
¡EL NIÑO MÁS RISUEÑO DE MISURI!
¡EL ABUELO MÁS ALEGRE DE MISISIPI!
¡CAMPEÓN DE LA SIMPATÍA EN KENTUCKY!

En otras palabras:
si realmente era impensable que los dos Lehman riesen,
¿podía su empresa brindar sonrisas en su lugar?

Y en un momento como aquél,
con el índice de pobreza por las nubes,
por toda América aparecieron
concursantes ávidos de dinero
dispuestos a las gracias más espeluznantes
con tal de embolsarse el cheque del banco.

Quien no parece nada contento
es el tercer y último director.

Porque al fondo del pasillo,
en el despacho postrero,
otrora residencia de *golden Philip*,
se sienta ahora su hijo Bobbie.

Inmóvil. Sombrío.
Los ojos clavados en la ventana
y en la lluvia que cae sin cesar.

No hay tiempo que perder:
Imposible apartar de su mente
la maldita idea del arca.

Era Noé de seiscientos años cuando
el diluvio de las aguas vino sobre la tierra.
Génesis 7:6

13
Noach

Se dice pronto «un arca».
Un arca.
Que flote sobre las aguas.
Que no se hunda
con el recio batir del oleaje.

Un arca.

¿Por qué debería construir Noé un arca?
De acuerdo, hay que salvar a la humanidad.
De acuerdo, es preciso sobrevivir al diluvio.
¿Pero por qué precisamente en barco?
Bobbie Lehman odia los barcos,
prefiere de lejos los aviones.
Se le ocurre algo mucho mejor:
salvar la Lehman con una flota de aviones.
¡Al diablo los barcos! ¡Aviones!
Como los de su amigo Juan Terry Trippe;
ésos que recorren el cielo a lo largo y a lo ancho;
esos que Bobbie no necesita siquiera ver cuando los oye:
cierra los ojos y por el sonido
los reconoce.
Sonríe:
«Pan Am, de los nuestros».

Bobbie ama los aviones más que a nada en este mundo.
Los adora.

Porque el avión despega,
el avión se aleja,
el avión deja todo a su espalda,
sube y sube,
olvida los agobios terrestres
(«¡adiós, Bobbie!»),
sube y sube
alejándose milla tras milla
(«¡adiós, Bobbie!»),
sube y sube:
el avión se divorcia de la tierra.

Es eso, claro.
Se divorcia.

Porque Noé, el patriarca, tuvo que salvar a los hombres
(que no es una minucia),
pero al menos tenía familia.
Bobbie ni en sueños.
La casa de Bobbie es un campo de batalla.

A Ruth no le va ser la esposa del patriarca.
A Ruth le gustaría ser ella misma una matriarca;
y si eso no es posible,
pues al menos ayudar en la construcción del arca.
¿Subir a bordo una vez construida?
Ni hablar.
¿Quedarse en casa viendo llover?
Ni en broma.
No le cabe en la cabeza que a su marido le toque salvar el mundo
y vuelva por la noche a casa diciendo «el arca marcha bien».
«¡Claro que marcha! ¡Y mientras tanto yo aquí parada!
Te lo advierto, Bobbie, ¡me aburro!».
«Te lo explicaré todo a su debido tiempo».
«¿Cuándo?».
«Cuando lo sepan los demás».
«¿Por quién me tomas, Bobbie? Yo no soy como tu madre».
«¡Si ni siquiera llegaste a conocerla!».
«Como si la hubiese conocido: encerrada en casa, callada, invisible».
«Cálmate».
«Aquí dentro valgo menos que un monigote».
«Ruth...».

«¡Cuidado, Bobbie, mucho cuidado!
Pienso en el divorcio».

Qué duro es ser patriarca hoy en día.

No es tarea sencilla
salvar al mismo tiempo
la humanidad y el matrimonio.

Bobbie lo intenta, claro.

Pero ya hace meses
que los dedos de la mano
le tiemblan a cada rato
   («¿te das cuenta, Bobbie?»);
que se muerde los labios a cada rato:
   («¿otra vez, Bobbie?»);
que le suda la frente a cada rato
   («sécate la frente, Bobbie»);
que a cada rato la lengua se le pega al paladar
   («¿estás bien, Bobbie?»).
Y no se despega,
no se despega,
no se despega,
no se despega
si no es para preguntar:
«¿Qué pinto yo de patriarca?».

Qué más da.
Te ha tocado, Bobbie.
A ti y sólo a ti, Bobbie.
Así que adelante, Bobbie.
Con tesón, Bobbie.
Un día las aguas bajarán, Bobbie.
Y entonces lo verás, Bobbie: la humanidad entera gritará:
«¡Gracias, míster Lehman!».

Eso es.
Ni más ni menos.
No lo olvides.
La humanidad gritará:
«¡Gracias, míster Lehman!».

¿Pero a qué míster Lehman?

Ése es otro problema.
Porque Noé, el patriarca, tuvo que salvar a los hombres
(que no es una minucia),
pero al menos no tenía competencia.
Bobbie ni en sueños.

Bobbie tiene un par de tíos segundos.

Se llaman Herbert e Irving.

El primero acaba de ser elegido gobernador de Nueva York.
El segundo preside ahora el Tribunal Supremo de Nueva York.

Los dos muy queridos.
Los dos muy respetados.

Incluso Ruth le preguntó con sorpresa:
«¿No estás feliz, Bobbie?
¡Ahora los Lehman tenéis un banco,
un gobernador y la presidencia de un tribunal!».

Ya.
Todos se apellidan Lehman.
Tal vez Jorge V del Reino Unido también sea un Lehman.
Y, por qué no, también el papa Pío IX.

Mientras Noé Lehman construya su arca,
todos los poderosos del mundo
llevarán su apellido
sin distinciones.

De lo contrario, salvar el mundo sería de lo más sencillo.

Ya no hay día en que Bobbie
no se tope al menos con un primo en los grandes
titulares de las primeras planas:
¡ROOSEVELT Y YO SALVAREMOS AMÉRICA!
¡OS SACAREMOS DE LA TEMPESTAD!
¡CONFIAD EN NOSOTROS!
¡TRABAJAMOS POR VUESTRO FUTURO!

Es alentador leer tu nombre cada día
y a la vez decirte «no soy yo».

LEHMAN: EJEMPLO DE JUSTICIA
LEHMAN: LA ESPERANZA DE LA GENTE
LEHMAN: UNIDOS SALDREMOS DE LA CRISIS

Y toda América
lo entona ya
al unísono:
«¡Gracias, míster Lehman!».
«¡Gracias, míster Lehman!».
«¡Gracias, míster Lehman!».

No, Bobbie, no eres tú.
No te lo dicen a ti.
Vuelve a clavetear las tablas del arca.

Entretanto, en el planeta Tierra
llueve, llueve y llueve.
Diluvia
sin cesar.
Y por si Bobbie no lo viese por sí mismo,
siempre hay alguien ahí para recordárselo.

Porque el patriarca moderno
vive rodeado de quienes lo acechan para hostigarlo.
Así es: víboras domésticas,
enemigos internos.

Bobbie tiene tres:
Arthur, Harold y Allan.
Encerrona cotidiana.

Arthur lo deja caer como quien no quiere la cosa,
siempre en clave aritmética:
«Nos hundimos, ¿te enteras?
Según mis cálculos, nuestras posibilidades de salvación son del
    20%.
Si yo estuviese al mando subirían al 60,
pero ya que tu padre te quiere aquí a cualquier precio
y reserva para ti el puesto de *first manager*,
me gustaría saber

en aras de la exactitud
cuándo piensas aportar alguna idea.
Y más vale que sea potente, maldita sea... ¡Muy potente!
¿O piensas conformarte con sacarnos a subasta como si fuésemos un
     cuadro?».

Por lo general, frente a tanta y tan efusiva cordialidad
Bobbie reacciona serenamente
diciendo con voz queda: «Estoy en ello».

Esta frase desencadena la artillería de los dos hermanos:
Harold: «Han quebrado ya treinta y seis bancos, ¿lo sabes?».
Allan: «¿Vamos a ser el número treinta y siete, Bobbie?».
Harold: «¡Goldman Sachs ha perdido 120 millones de dólares,
     Bobbie!».
Allan: «Estás bien encaminado... ¡hacia el desastre!».
Harold: «¡Un americano de cada cinco está sin trabajo, Bobbie!».
Allan: «¿Eso quieres? ¿Llevarnos a la ruina?».
Harold: «Prometiste un arca, Bobbie. ¿Dónde está?».
Allan: «¿O es que ya se ha hundido?».
Harold: «El arca, Bobbie, ¿dónde está?».
Allan: «El arca, Bobbie, ¿dónde está?».
Arthur: «El arca, Bobbie, ¿dónde está?».
Harold: «El arca, Bobbie, ¿dónde está?».
Allan: «El arca, Bobbie, ¿dónde está?».
Arthur: «El arca, Bobbie, ¿dónde está?».

Noé, ¡ése sí que vivía a cuerpo de rey!

Cualquiera hace de divo bíblico
si sólo tienes que clavetear un arca,
juntar las piezas,
ensamblarlas bien,
cortar tablones de sol a sol,
martillear, pulir, cepillar
y por la noche,
con las manos llenas de callos
y la espalda hecha trizas,
volver a casa,
a la tranquilidad del hogar.

Bobbie no.

Sólo el hijo larguirucho de Herbert
le da una pizca de satisfacción.

El joven Peter es un auténtico portento deportivo:
corre, salta, juega al rugby y al béisbol,
no tiene rival al tenis y nada como un pez.
Hasta aquí todo perfecto.
Lo malo es que el bueno de Peter Lehman
ha retenido del deporte
una tendencia un poco obsesiva por las clasificaciones.
Es como si viese podios por doquier
tanto para premiar como para ser premiado.

Peter logra clasificar
(de golpe y porrazo)
los restaurantes del barrio.
Medallas de oro, plata y bronce.
Luego continúa con los demás establecimientos.

Peter gradúa la simpatía de sus familiares
(oro-plata-bronce);
la inteligencia de los perros
(oro-plata-bronce);
los agudos de los tenores en el Metropolitan
(oro-plata-bronce);
incluso la comodidad de las camas
(oro-plata-bronce)
o la integridad de los políticos (escalafón que su padre encabeza).

Total.
Lo que hace de Peter un solaz para Bobbie
es que el chico lo proclama vencedor a cada rato.
«Te estimo profundamente», le dice a menudo.
Y eso para Bobbie vale más que cualquier medalla de oro.

Hay que admitir que el chico es muy peculiar.
Se diría que hasta divertido.
Algo fundamental si te toca trabajar todo el día en un astillero.
Peter es de esos que te va pasando clavos.
Y si le cuentas tus pesadillas
es capaz de leer en ellas signos cruciales.

«Querido Peter, esta noche he soñado que era un mono

y estaba a punto de ahogarme,
pero me agarraba a una roca;
luego las gaviotas se liaban a picotazos conmigo
para derribarme».

«Demonios, Bobbie, ¡qué estampa!
Casi parece una película de terror. Imagínate: *El gran macaco*.
Sería un exitazo, ya lo creo».

¿Cómo no iba a quererlo?

Por lo demás, el camino de Bobbie es cuesta arriba.

A veces piensa que si volviera a casa
y dijese «¡he terminado el arca, está lista, soy vuestro salvador!»,
Ruth le respondería como de costumbre:
«Ah, ¿sí? Te lo advierto, Bobbie, me aburro mucho».
«Ruth, no he estado precisamente de juerga».
«¿Qué insinúas? ¿Que yo me he pasado el día jugando?».
«Hoy he llegado a un acuerdo con la Schenley Distillers».
«¿O sea?».
«Destilerías. Ahora que han derogado la Ley Seca...».
«¿Quieres salvar a América a cogorza limpia?».
«Ruth...».
«He oído un discurso de tu tío por la radio».
«¿Ah, sí?».
«Ideas claras, palabras medidas, conceptos poderosos».
«Me voy a la cama, Ruth. Estoy muy cansado».
«¿A dormir? Me siento tan sola, Bobbie...».
«Pues pon la radio y escucha a mi tío».
«Tu padre también cree que es un gran hombre».

Ya.
Otro hueso, otro atolladero.
¿Debemos recordar que Noé, el patriarca, no tenía padres?
Bobbie, en cambio, sí.

Y de oro fundido.

Un *golden father* siempre en guardia, atento a todo,
supervisando la construcción del arca,
contando los clavos
mientras dice:

«¡Así no, Robert! ¿Estás seguro, Robert? ¡He depositado mi confianza
   en ti, Robert!».
Y más aún:
«No esperes que apoye tu forma de trabajar.
¡Prudencia! Hace falta prudencia.
¿Ves esa placa donde dice
GRACIAS, MÍSTER LEHMAN?
¡Un día tendrás que ganártela!
Hay que pensar en el mañana, Robert.
El futuro llega. Está a las puertas
como dice tu tío Herbert.
¡Prudencia! Sólo pido eso: prudencia.
A propósito,
tu tío Arthur me ha hecho llegar una noticia
que espero sea incierta:
¿no pensarás usar el dinero del banco
para costear peliculillas sobre micos, verdad?».

«Querrás decir una superproducción».

«¿Vas a salvar Estados Unidos con un chimpancé?».

«Es un gorila, papá».

«Robert, ¡por favor!
Tú diriges un banco, no un circo.
Deja a los monos en paz».

«Será un éxito. ¡Ganaremos millones!».

«La gente lo está perdiendo todo:
la casa, los ahorros, el trabajo...
¿y tú andas montándote películas?».

«Si queremos acabar con la crisis
conviene que ésta caiga en el olvido, papá.
El cine distrae a la gente, la emociona, la divierte;
salen del cine y todo es distinto».

Lo que Bobbie no ha dicho
es que las películas no sólo distraen a la gente,
sino que también ayudan a los patriarcas.

Noé, por ejemplo, frecuenta las salas de cine.

De incógnito, claro;
y siempre en las últimas filas.

Incluso para ir a ver su última producción
tomó asiento en el fondo,
pero con la máxima ilusión.

Ya se sabe: todo patriarca llega exhausto al final del día,
a nadie se le ocurre pensar que eres de acero.

De hecho,
sentado en la última fila,
Bobbie alzó el cuello de su abrigo
y se dejó vencer por el sueño.

Se quedó dormido.

Ciertamente influido por la proyección en curso
vio una película distinta (y muy suya) en la pantalla del sueño.

14
King Kong

RKO Radio Pictures
y
David O. Selznick
presentan

una película de
Merian C. Cooper y Ernest B. Schoedsack

Fay Wray,
Robert Armstrong,
y Bruce Cabot
en

KING KONG

Primera secuencia:
en una pálida Nueva York de los años treinta
un presuntuoso,
colérico e
irascible
director de documentales
llamado Arthur Lehman
pasea su desconsuelo por los barrios populares
ávido de nuevos divos con que alimentar a un público hambriento
y así evitar la ruina.

Lo habla con sus agentes Harold y Allan,
que le echan las manos al pescuezo:
«Nos hundimos, ¿te enteras?
Según nuestros cálculos, las posibilidades de salvación son del 20%.
Si estuviésemos al mando subirían al 60,
pero ya que tu padre te quiere aquí a cualquier precio
y te reserva el puesto de director,
nos gustaría saber
en aras de la exactitud
cuándo piensas aportar alguna idea.
Y más vale que sea potente, maldita sea... ¡Muy potente!
¿O piensas conformarte con filmarnos en ropa interior como en un
    documental?».

«Estoy trabajando en ello», responde Arthur.
Sale a la calle desesperado en busca de una diosa;
y de golpe aquí la tenemos, ella, en la gran pantalla:
hermosa, rubia, un aire alemán.
«¿Cómo se llama, señorita?», balbucea el director.

Y ella: «Mi nombre es Bank, mi apellido Lehman».

«Miss Lehman, ¿alguna vez ha pensado en hacer cine?».

«Nunca, pero si me ofrecéis un trabajo, lo aceptaré.
Ayudadme, os lo ruego, esta crisis
acabará por llevarme a la ruina».

«Haré de usted una diva, miss Bank Lehman».

Música tensa, apremiante.
Un barco destartalado surca un mar embravecido.
A bordo, el director Arthur
busca una fórmula matemática para evitar el balanceo.
Miss Lehman repasa el guión de la película
mientras le pregunta a un marinero húngaro: «¿Cuál es nuestro
    rumbo?».

«Nos dirigimos a la Isla de la Calavera, miss Lehman,
que no aparece en mapa ninguno...
pero le contaré una leyenda
si me compra una lámpara de mesa...».
«¿Algo espantoso?», pregunta ella con el semblante aterrado
soltándole al húngaro 7 dólares con 21 centavos.

«¡Ya lo creo! Cuentan que aquellas montañas
son los dominios de un monstruo sin par».

Como si ello no bastase para impresionar a la chica,
toma la palabra
el capitán de la nave,
un anciano con la dentadura de oro:
«No podría estar más en contra de esta empresa.
Ese monstruo es más parecido a un dios que a un mortal.
Prudencia, señores, mucha prudencia».

«¡Pero así moriremos todos!», exclama la futura diva
recibiendo por respuesta
una risotada a sus espaldas.
Es Herby, el cocinero de a bordo:
«Cuénteselo a Arthur, ¡no hará ni caso!
Es un problema de fondo y de principios, miss Lehman:
ese tipo mataría a su madre con tal de hacer dinero.
Semejante ansia así por el cine no tiene nada de democrático».

«Acabaréis todos en los juzgados. Entonces no me busquéis»,
añade un grumete que monda patatas.

Música de intriga y suspense.
Plano picado del barco;
se aproxima a un arrecife
y echa el ancla.

La tripulación se reúne en la proa
alrededor del director, que calcula las distancias.
«¡Al fin! ¡Mi isla! Va a ser una gran película, ¡puedo sentirlo!».

Lejano ritmo de tambores.
Miss Bank, el director y otros miembros del equipo
caminan por la jungla;
entre sus pies reptan serpientes,
la atmósfera está plagado de insectos
y la vegetación es espesa.

La música se aproxima.
Arthur da la orden de agazaparse
tras una roca;
una caterva de indígenas en traje y corbata
celebra un extraño ritual
frente a una muralla altísima
y él quiere filmarlo:
«¡Silencio!, que nadie se mueva.
Pertenecen a la famosa tribu de los wallstritos,
gente sanguinaria y feroz,
célebre por los sacrificios humanos.
Saldrán en la película,
aunque me vaya la vida en ello».

Arthur comienza a rodar,
pero los aborígenes se percatan enseguida de su presencia.
«¡Huyamos! ¡Al barco! ¡Al barco!».

Secuencia de la huida frenética.

Ya es de noche.
A bordo del barco reina una calma engañosa.
Miss Bank Lehman toma el aire en cubierta.

Música siniestra.
La silueta de tres nativos se recorta sobre el casco
trepando desde una balsa.
Agarran a la chica de los brazos,
le tapan la boca,
la atan con una liana.
Ella forcejea, pero cae prisionera.

«¡Han raptado a miss Lehman!», se oye gritar,
pero ya es tarde.

Redoble de tambores.
Miss Lehman está atada a un tótem
delante de la gran muralla.
Los wallstritos bailan como demonios
marcando el compás con bastones
al son de la cantata «¡up, down, up, down!».

Los ojos aterrorizados de la chica en primer plano.

Un ruido estremecedor interrumpe la danza.
Se hace el silencio.
Después, un rugido.

El brujo Rockefeller da un atronador golpe al gong
y una figura colosal
aparece tras la muralla.
«¡King Bobbie, King Bobbie!», gritan los wallstritos
mientras Arthur y otros hombres armados
salen de la selva
disparando al formidable gorila,
que se abalanza sobre ellos.
«¡Prudencia, señores, mucha prudencia!», aúlla el dorado capitán.
«¡Esa bestia es un tirano!», grita el cocinero mientras dispara.
«¡A los tribunales! ¡A juicio!», logra exhalar el grumete antes de morir.

El caos es tremendo: garrotazos, tiros, golpes de gong, sangre a
    mansalva...
hasta que King Bobbie levanta con dulzura a miss Bank
y la aleja de aquella monumental trifulca.

«¡Suelta a mi Bank! —exclama Arthur—.
¡No tienes derecho a arrebatármela, bichejo inmundo!».

Pero su voz se desvanece en el viento.

Escena siguiente:
la guarida del gorila;
colgados de la pared vemos un Goya y un Canaletto.

A pesar de su abominable aspecto,

el mono no parece cruel.
Contempla a miss Lehman, que está sentada sobre una roca.
La blancura de sus carnes y esa melena tan rubia
despiertan su curiosidad. Tal vez lo inquieten.
Él y aquella muchacha parecen tan distantes...
Ella parece adivinar algo:
«¿Puedes entenderme? Yo me llamo Bank, tú Bobbie...».

Un ruido salvaje en segundo plano:
aparece un dinosaurio de cuerpo escamado,
dentadura sanguinolenta
y un «1929» tatuado entre los ojos.
Se arroja sobre miss Bank para devorarla,
pero King Bobbie lo agarra del cuello;
luchan encarnizadamente
hasta que el gorila le arranca la cabeza.
¡Miss Lehman está de nuevo a salvo!

Música romántica.
Bank da las gracias al peludo Bobbie
y lo acaricia tímidamente.
El gorila vierte una lágrima:
es la primera vez que se siente comprendido.

De repente explota una granada
y el gorila se yergue asustado.
«¡Te encontré! ¡Suelta a mi chica!»,
exclama Arthur desde lo alto de una palmera.

King Bobbie se lanza contra él,
mas cae a plomo en una trampa
con un grito desesperado.
Intenta liberarse,
pero los gases lo aturden
y las cadenas lo aprisionan. No puede escapar.

Secuencia posterior:
Nueva York, unos meses después.

King Bobbie es ahora una atracción de circo.
Lo exhiben encadenado
bajo la pancarta
AQUÉL QUE NO NOS DIO EL ARCA

y el público acude por miles
para deleite de Harold, el productor:
«Este simio será una mina mientras viva».
Y Alan, el hermano: «Incluso muerto: podremos vender su pellejo».

Los niños, en particular, están eufóricos.
Sobre todo un chiquillo húngaro
que vuelve al cine día tras día.
Al fin y al cabo tiene 30.000 dólares en el bolsillo.

Durante uno de los espectáculos habituales,
sin embargo,
los flases de la prensa
enfurecen al gorila,
que rompe las cadenas
y en medio de la desbandada
sale a la calle sembrando dolor y muerte.

«¡No destruyas mi ciudad!»,
le grita el cocinero del barco,
ahora gobernador del estado.

King Bobbie lo habría destrozado todo con sumo placer
si no la hubiese encontrado, a ella,
a miss Bank,
espléndida, tierna y dulcísima.
La encierra en la palma de su manaza
y empieza a trepar
hasta lo más alto del Empire State Building,
donde lo ataca
un escuadrón de las fuerzas aéreas.

Antes de precipitarse herido de muerte,
King Bobbie tiene tiempo para dos últimos gestos:
primero coloca mansamente a su querida Bank
sobre la cornisa;
luego, furioso,
agarra con fuerza
uno de los aviones que lo han herido.

El gorila contempla el biplano:
es un cazabombardero DH.4
en cuyo interior,

tras la ametralladora,
se revuelve una soldado de Illinois
que grita: «Si me matas, ¡juro que lo pagarás caro!».

A lo que King Bobbie responde sin titubear
partiendo en dos el avión como si fuese de papel.

Acto seguido se desploma ya exangüe y muere.

Créditos de cierre.

Un triunfo.

15
Melancholy song

Cuando está llena,
la bañera se vacía al instante
si quitas el tapón del desagüe.

Así ocurrió con el Diluvio Universal:
Hashem quitó el tapón en un momento dado
y el agua desapareció.

El patriarca Bobbie
(que conste en acta)
consiguió salvar el tinglado.

De acuerdo, puede que el arca no sea un transatlántico,
pero para ser una barcaza se ha mantenido a flote
y por lo menos no se ha inundado.

«No pienso ponerme a remar»,
fue el comentario de Harold;
a lo que Allan añadió: «Yo me niego a pescar».
Y luego Arthur:
«Hasta los tiburones se han apiadado de nosotros.
Yo en tu lugar, Robert, se lo agradecería de corazón».

Y fíjense que en aquel barcucho,
para amenizar el viaje de los pasajeros,
Bobbie
incluso había instalado
un par de televisores.
Tubos catódicos.
Flamantes.
Diseñados y fabricados por míster DuMont,
que un año antes había ensamblado
el primer modelo en el garaje de su propia casa.
Una radio que se ve.
Más bien un cine en cada hogar.
Y luego, quién sabe: deportes, música, noticiarios...

«Hijo mío, ¡prudencia, mucha prudencia!
Arthur me ha hecho llegar una noticia
que espero no sea cierta:
¿de verdad quieres invertir el dinero del banco
en financiar televisores?
Justo ahora que la gente no tiene ni para comer
¿vas a meterles a Mickey Mouse en la cocina?».

«Todo el mundo querrá uno».

«¿Estás seguro, Robert?
¿Quieres salvar a América con bailarinas?
Más vale que andes con pies de plomo;
he depositado mi confianza en ti, procura merecértela».

«Cada familia tendrá su televisor, papá:
Ruth y yo ya contamos con el nuestro».

Pues sí.
Por desdicha.
Gran error regalarle un televisor a Ruth
porque le ha tomado cariño al aparato
y no se despega de él en todo el día:
«¿Has visto, Bobbie? Sale Herbert en la televisión. ¡Está en
    Alemania!».
«Yo en su lugar no habría ido».
«¿Qué diablos dices?».
«Ese Hitler no me gusta nada».

«¡No está en Alemania por el retaco ese!».
«Ah, ¿no?».
«Herbert ha ido a llevar el saludo de América
a la Europa democrática».
«¿Ya no le basta con mandar en Nueva York
y ahora quiere ser gobernador de Berlín?».
«Creo que estás celoso».
«Estoy cansado, Ruth, me voy a la cama».
«¿Tan pronto?».
«Buenas noches, Ruth».
«Me siento como una viuda, Bobbie».
«Que te consuele mi tío desde la pantalla».

Luego, por suerte,
el agua empezó a bajar lentamente:
otra vez con los pies en el suelo seco.

Es extraño pisar tierra firme
cuando ya casi habías olvidado cómo era.
Una lástima que alrededor todo sea barro.

Al bajar de la chalupa,
Noé hizo balance de la situación:
había embarcado con su mujer,
pero bajó en completa soledad.
Y no porque ella se ahogara en alta mar.
Mientras las aguas anegaban el mundo,
nuestro patriarca
(¡Ay, señor!)
tuvo que divorciarse.

No en vano, a bordo del arca,
viajaba también un tío magistrado.
«Será una negociación larga, Bobbie:
pensión, subsidios, cláusulas...
Ruth pide mucho dinero.
Cuentan, además, que ha escrito un memorial de agravios:
te describe como un hombre arisco, cruel, gruñón e insensible.
Acabaréis en los tribunales y entonces no me busquéis».

Según la Torá,
al final Noé

se ganó cierta simpatía colectiva
por su capacidad para nadar y guardar la ropa.
Nadie escribió memoriales para censurarlo.

O sea: el divorcio.
Y cuando la nave estaba a punto de atracar
aparece un titular en *Fortune*:
DIVORCIO DE ORO
ENTRE RUTH LAMAR
Y EL SOBRINO DEL GOBERNADOR LEHMAN

¿Qué se le va a hacer?
Lo leerán en todo Estados Unidos.
Incluso los clientes de aquel restaurante griego,
los trabajadores del taller húngaro,
los ujieres del tribunal de Irving
y los presos por él condenados.

¿Será éste el motivo por el que Bobbie no halla sosiego?
Ya no soporta el constante ruido que lo envuelve.
Hay demasiado alboroto en Estados Unidos:
bandas de jazz tocando por las calles,
casi no puede uno pararse a pensar
sin que cuatro músicos
le llenen la cabeza de sol-re-mi-sol-la-fa-do.

¡Qué bonito era el silencio del mar,
qué magnífico el repiqueteo de la lluvia,
qué paz durante la Gran Depresión!
Ahora todo es música
y con tanta música el mundo se tambalea.

Tanto es así
que en cuanto Hashem vació la bañera
lo que emergió
ya no era el viejo planeta Tierra,
sino un orbe distinto.
Irreconocible.

Obreros que querían contratos.
Mujeres que pedían empleos.
Incluso cocineros griegos

o artesanos húngaros
que enviaban a sus hijos a estudiar economía.
A la universidad.

Arthur Lehman se halla al borde de la locura.
Él también odia las canciones (CC)
porque le impiden razonar (Rz):

Rz < CC

¿Cómo vas a aplicar fórmulas algebraicas
con Duke Ellington (DE) aporreando su piano en tu oído?
¿Cómo quieres calcular la vida del banco (VB)
si a Ella Fitzgerald (EF) no se le quiebra nunca la voz?
Tienen todas las de ganar:

(DE + EF) > VB

Los efectos sobre Arthur son brutales;
intenta concentrarse, pero en vano.

Sobre todo ahora
que al maldito Roosevelt (†)
se le ha metido entre ceja y ceja salvar a los obreros (OB).
No le importan los bancos
y las finanzas se la traen al fresco.
Sólo piensa en los trabajadores.

Su hermano Herbert lo tiene claro: está con él.
Y pese a la fuerza del vínculo fraternal,
no falta cierto resquemor.
Saltan chispas a diario.

Efectivamente:
en el fondo el problema
es que no ya no pueden escoger cuándo pelearse en paz
sin que la rolliza cantante de turno
se cuele entre los dos contendientes
y los emponzoñe con sus desamores:

«Herbert, os arriesgáis a
reventar todo el sistema,
¿te das cuenta? ¡Os estáis
pasando! ¡Los derechos
desorbitados no traerán
nada bueno!».

«Querido Arthur, con la
abolición de la esclavitud
se dijo exactamente lo
mismo».

«No confundamos: la esclavitud
era un abuso. ¿O vas a
comparar a unos negros
encadenados con obreros en
cadenas de montaje?».

«Hay cadenas de hierro
y cadenas invisibles,
mas no por ello menos
inhumanas».

«¿Y lo dices tú? Tú, que con diez
años querías embargarme
la cama. Tu amigo y tú
estáis convirtiendo a los
trabajadores en sultanes.
¡Es inaceptable! Hay
quien habla de vacaciones
pagadas, ¡es de locos! El
empleado no trabaja, ¿pero
yo sí le pago? Seréis la ruina
de la industria americana».

«La industria estadounidense
se funda en el trabajador, no
en quien lo explota. Garantizar
más derechos podrá significar
menos beneficios, pero de
forma más justa. Me parece
bien aunque a ti te horrorice,
eso no importa».

Caress me, my baby!
Break my heart, I accept it
from you.
All my fears are water vapor, maybe!
Remember, my dear, that I fell
in love with you
and every blade of grass seems
to be golden!

Tell me nothing could ever
separate us,
hug me, my dear,
and sing me a sad song
like la-la-la-la-la.
Break my heart, I accept
it from you.
Break my heart, I accept
it from you.
Break my heart, I accept
it from you.

I dedicate to you the whole book
of my tears,
and my window is a sea of
melancholy:
look at the moon as if it were
my eyes!
Because I could not live
without you:
please, hug me, my dear
and sing me a sad song
like la-la-la-la-la.
Break my heart, I accept it from you.
Break my heart, I accept it from you.
Break my heart, I accept it from you.

Repeat my name, dear treasure.
I will be for you like a warm coat:
never stop to whisper your love,
because, without feeling, I
could die
please, hug me, my dear
and sing me a sad song

«Limitar los despidos, prohibir
los bajos salarios, todo bajo
control, todo gravado. La
muerte de las empresas,
el fin del capital. ¿A esto
llamáis *New Deal*? Prefería
el viejo *deal*, ¡salía más
barato! Cuidado, Arthur:
estás destruyendo la Lehman».

«¿Qué pretendes?
¿Intimidarme? ¿Debería
sentirme culpable? Dime,
¿por qué? ¿Por prohibirles
a los de tu calaña echar a la
calle a un obrero enfermo?».

«¡Llevas el apellido Lehman!
Lehman, Lehman, Lehman,
Lehm...».

De golpe Arthur se detiene,
abre los ojos de par en par y con
un teatral gesto a lo Tito
Schipa se lleva las manos al
pecho.

Herbert conoce a su hermano,
sabe que lo suyo es regodearse
en la culpa: «Gracias por
recordármelo, a veces olvido
mi apellido. Me parece que a
tus sesenta años podrías dejar
los vociferios para ponerte a
razonar. ¿No crees, Arthur?
¿Arthur...? ¡Arthur!».

like la-la-la-la-la.
Break my heart, I accept it from you.
Break my heart, I accept it from you.
Break my heart, I accept it from you.

When I get sick, stay close to me.
Give me your hand, and I'll
keep close.
Never leave me alone, even in jest,
please, hug me, my dear
and sing me a sad song
like la-la-la-la-la.
Break my heart, I accept it from you.
Break my heart, I accept it from you.
Break my heart, I accept it from you.

I repeat your name, to never
forget it:
in that sweet sound I find out
who you are!
Tell me, please, you write my name
on the clouds,
so the sky makes me a pillow!
And now hug me, my dear
and sing me a sad song
like la-la-la-la-la.
Break my heart, I accept it from you.
Break my heart, I accept it from you.
Break my heart, I accept it from you.
Break my heart, I accept it from you.
Break my heart, I accept it from you.
Break my heart, I accept it from you.

Break my heart, I'll die happy
if my killer is you.

Oh yes.

16
Einstein or the genius

La idea de permanecer al mando del banco
con la sola compañía de Harold y Allan
pasó de forma fugaz por la mente de Bobbie Lehman
sin hacer escala en ningún aeropuerto:
tal como entró, salió
despidiéndose con la mano.

No porque menosprecie los lazos de sangre;
más bien se trata del riesgo concreto
de acabar él mismo ensangrentado.

Por lo tanto, y a modo de defensa,
Bobbie ha optado por una acción drástica.

Además, francamente,
¿acaso no están germinando por doquier
alzamientos y revoluciones?
Lehman Brothers puede sumarse a la lista.

Por lo tanto,
a pesar de que papá Philip se ha tirado tres días despotricando,
Bobbie lo tiene claro: estrategia doble.

En primer lugar dejemos entrar un poco de aire fresco.
Aire joven, limpio.
Así pues,
que Peter Lehman, el mocetón hijo de Herbert
se arrellane en el centro de control.
Ocupará el cargo de director
junto con Bobbie y ese par de energúmenos.

«¿Peter?... ¿Estás seguro, Bobbie?».

«Sí, Peter. ¿Qué problema hay?».

Vale, tiene poco más de veinte años
pero no hay duda

de que el chaval apunta maneras.
King Kong ha generado millones
y sin él no la habríamos hecho.

Además hay que dar ejemplo a las nuevas generaciones.
Si no lo hacemos nosotros, ¿quién lo hará?
¿Las estrellas del cine?
El señor Humphrey Bogart se ha quejado públicamente
de que sólo le dan papeles de gánster.
En pocos años se ha sentado más veces en la silla eléctrica
que en el sillón de su dentista.
Suma un total de 800 años de cárcel.

Nuestro Peter, en cambio, sí que será todo un ejemplo.
Deporte.
Cara limpia.
Valores y sentimientos edificantes.

Además, lo cierto es que
Bobbie no olvida
la ocasión en que le dijo «te admiro y te estimo profundamente».
No se añada más: Peter queda ascendido.

Y eso no es todo.
La estrategia va más allá.
Y es aquí donde surgen los problemas...

Abramos las puertas.

A partir de ahora tendremos una junta de socios.

«¿Quieres traer extraños al banco?».
«Sí, papá».
«¿Quieres darle poder a alguien ajeno a la familia Lehman?».
«Sí, papá».
«¿Incluso si no son judíos?».
«Sí, papá».
«No pienso respaldar semejante aberración».

Maravillosa pujanza la de los cuarenta años:
sonreírle a tu padre mientras te riñe
para dejarle claro que está perdiendo el tiempo.

Lo primero, volar a Japón.
Ahora que están a punto de hacerse con toda Asia,
tal vez convenga una reverencia frente a su majestad imperial.

Hoy en día el mundo es una canica.

Bien lo saben los nuevos socios.
Ellos, que van en avión por todo el planeta
representándose a sí mismos y a Lehman Brothers
porque los socios son
(ni más ni menos)
quienes ha puesto dinero
en el banco,
tanto dinero
que de hecho una parte es suya.
Un porcentaje.
Su trozo del pastel.
Paul Mazur, John Hertz, Monroe Gutman
y una docena más
(«sin sangre Lehman»),
accionistas,
hombres de negocios
(«sin sangre Lehman»)
incluidos,
invitados
porque un banco es un banco
y requiere capital.
¡Quién dijo familia!
¡Quién dijo apellido!
¡Quién dijo clausura!
¿Somos o no somos
un banco internacional?

Ahora nuestro espíritu es moderno, pragmático, realista,
sin concesiones,
no nos dejamos impresionar,
nos regimos por un único principio:
los porcentajes.

Incluso esas reformas de los demócratas
(protección del trabajador, vejez, enfermedad)

las hemos transformado
a nuestra manera
en una máquina de hacer millones.
¿Quieres proteger tu futuro?
FONDOS DE PENSIONES LEHMAN BROTHERS.
¿Quieres sonreír frente a las adversidades?
COMPAÑÍA DE SEGUROS LEHMAN BROTHERS.
Y más aún: pólizas sanitarias,
cobertura familiar...

La mitad de las carreteras americanas
han visto brotar enormes vallas publicitarias
donde la inscripción «Lehman Brothers»
destaca en lo alto como un ojo protector
sobre la foto de una madre y su hijo.
Ambos evidentemente felices.

La sonrisa lo es todo.
Harold y Allan ya se habían dado cuenta;
para ellos era una fijación.

Por esta razón ni el uno ni el otro
se permitieron llorar frente a Arthur públicamente.
«Si la Lehman Brothers apuesta por la sonrisa,
¿cómo te van a ver sollozando?
Sería una pésima estrategia publicitaria».

Exacto.
Estrategia publicitaria.

Los dos Lehman llevan la publicidad
en la sangre.

Incluso les han encargado
a sus respectivas consortes
batir meticulosamente
las tiendas más lujosas de la zona alta
alabando en voz alta
los planes de pensiones del banco.

¡Qué más da lo extraño que pueda resultar
en una joyería de Manhattan

oír a dos elegantísimas señoras conversar
sobre temas tan poco cautivadores!
«Querida, hace días que te veo de lo más tranquila...».

«Porque sé que si cualquier día me quedo incapacitada,
mi banco me pagará una subvención
y eso me alegra la vida».

«¡Qué maravilla! Apuesto a que se trata de Lehman Brothers».

«¡Por supuesto! Mi hermana se aseguró con los Goldman
y sólo obtuvo una plaza en una residencia. Yo quiero lo mejor».

«Voy corriendo a contárselo a mi marido».

«Dile que un buen futuro no tiene precio».

Como estreno en la era del márquetin
quizá fuese algo torpe, pero no catastrófico.
Artesanal, por decirlo así.

Los dos hermanos, en cualquier caso,
están mejorando a ojos vistas.
Tanto es así que
recostados en negras poltronas,
alrededor de una mesa de cristal,
los nuevos socios de la Lehman Brothers
no pierden palabra
cuando Harold y Allan
exponen el nuevo Talmud del banco.

Sólo falta Bobbie, que está camino de Inglaterra.

Empieza Allan en tono cordial:
«Amigos, me gustaría reflexionar hoy aquí
sobre el significado de la palabra *confianza*».

Harold escribe en la pizarra CONFIANZA.
Allan continúa:

«La confianza supone compartir algo, amigos.
Compartir algo tan importante

como la propia seguridad, la autodefensa.
Si yo confío en alguien
acepto que esa persona comparta mi guerra,
es decir, la lucha por mi bienestar.
La lucha por mi existencia.
Ese lugar donde cada uno de nosotros teme estar solo».

Harold escribe en la pizarra SOLEDAD.
Allan continúa:

«Cuando confío en alguien
lo considero mi aliado
y no dudo de ello un instante».

Harold escribe en la pizarra ALIANZA.
Allan continúa

«Pero sobre todo, señores míos,
cuando confío en alguien
ya no dudo de esa persona;
le pongo freno a un instinto natural en todos nosotros:
la desconfianza».

Harold escribe en la pizarra DESCONFIANZA.
Allan continúa:

«Porque el ser humano tiene la necesidad
(la honda necesidad)
de aliados en quienes creer ciegamente
a fin de no sentirse completamente solo».

Llegados a este punto Harold intercala unos signos entre las
      palabras:

SOLEDAD → ALIANZA → ~~DESCONFIANZA~~ → CONFIANZA

Allan prosigue:
«Si logramos transformar la confianza entre personas
en la confianza hacia una marca
tendremos algo más que nuevos clientes:
tendremos personas que no dudarán
. de nosotros ni un instante».

A los socios de Lehman Brothers
les gusta el discurso.

Y también le gusta al larguirucho Peter,
que se pone en pie para estrechar la mano de sus dos primos:
«Os estimo profundamente».

Mas tanta estima
no deja de ser sorprendente
porque en los últimos tiempos
Harold y Allan suelen largarse
dando un portazo en plena reunión.
Nunca están de acuerdo.
Se ponen en pie al unísono
como disparados de la silla por un resorte
y uno de los dos (por turno) sentencia:
«En ese caso, hasta luego. Feliz desastre, señores.
Nosotros nos vamos del banco. Levantamos el vuelo».
Y se marchan.

Pero no esta vez.

El himno a la confianza
ha gustado tanto en William Street
que la junta ha encomendado
a los dos hermanos un importante cometido:
hacer lo que sea para comprar la confianza de la gente.
Invirtamos en publicidad,
y cuanto antes, mejor.
Tanto es así que han fundado Standard & Poor's,
un edificio entero
repleto de empleados
listos para decirle al mundo
quién merece su confianza
y más aún, cuánta.
Standard & Poor's,
un termómetro
firme bajo el brazo de la economía
para decirle al mundo
si eres clase A,
si eres clase B,

si eres escoria
o eres *default*
(es decir, fétido vertedero del mercado).

No había tiempo que perder.

Así que Harold y Allan se pusieron
manos a la obra.

No más cónyuges rondando por las tiendas:
era el momento de fundar el ejército del mañana.

A sus generales, por extraño que parezca,
los sacaron de las provincias.

Aguerridos, armados hasta los dientes.
Magníficos.

Míster George Einstein y su mujer Jenny.

En apariencia un simpático matrimonio de Mineápolis.
En realidad, dos tanques acorazados.

La señora Einstein, una dama de mediana edad,
peinado impecable,
sonrisa reglamentaria
y una mirada (por decirlo así) muy cordial.

El señor Einstein, un caballero entrecano,
peinado de corte perfecto,
recta sonrisa de americano intachable
y una mirada (por decirlo así) muy cordial.

La señora Einstein, ama de casa.
El señor Einstein, empleado.

Por la mañana, un beso en la frente.
El coche aparcado frente al garaje.
«Hasta la noche, querido».
«Hasta la noche, querida».

Trabajo entre semana.
Barbacoa los domingos.

Todo transcurría de manera regular, absolutamente regular:
la ropa en la lavadora, la colada por tender,
las vacaciones planeadas, el seguro por cobrar,
árbol de Navidad, una lágrima de vez en cuando,
tortas de miel, pavo por Acción de Gracias...

Hasta que...
Hasta que el señor y la señora Einstein
se dieron cuenta.

Abrieron los ojos
y vieron que...

...las amigas de ella:
        las señoras Phelps, Bowles, Tippy y Adrian;
los colegas de él:
        los señores Pitty, Harrys y Perth,
todos ellos,
¡los copiaban!

No había cosa que dijeran en una cena
que al día siguiente no hiciesen los demás.

No había recomendación que dejasen caer
que los demás no secundaran en el acto con un «¡así es, y tanto!».

Con lo cual el matrimonio Einstein
empezó a formularse preguntas:
«¿Y si sacásemos partido de esto, querido?».

«Creo que es un don innato, Jenny. ¡Aprovechémoslo!».

Mineápolis estaba repleta de vendedores a domicilio
que te ofrecían cualquier cosa.

Sólo había que enseñarlos
a convencer.

Su primer alumno fue Billy Malone,
hijo de Claretta Malone, que tocaba en la iglesia.
Billy llamaba a los timbres de Mineápolis de sol a sol
vendiendo batidoras de mano.
La señora Einstein lo invitó a sentarse en la cocina
y dejó que le explicara el artilugio.
Dicho y hecho.
«¿Puedo intentarlo yo ahora?
Me gustaría intentar venderlo.
Si me va bien, le doy las ganancias».

Llamó a sus amigas, a todas las del barrio.
El salón abarrotado, ella en medio.
Y... Billy Malone tuvo que pedir
otras seis cajas de batidoras
para hacer frente a la demanda.

El segundo alumno fue Leo Bradson:
sus botes de pintura para coche (color amarillo canario)
se vendieron como rosquillas después de que el señor
      Einstein
los promocionara un domingo frente a la iglesia.

Después de celebrar el cliente número mil de la Einstein
      Promoters,
el matrimonio pasó felizmente a la historia
como pionero de la publicidad moderna.

Harold y Allan
quedaron fascinados de inmediato:
la mirada de aquella pareja era hipnótica.

Con dos palabras bien puestas
podían lograr que un rabino comprase una mezquita.

«Les hemos traído nuestro manual, señores Lehman»,
dijeron dejando sobre la mesa un folleto.

Esto es lo que decía su Talmud:

DECÁLOGO EINSTEIN DE LA PERSUASIÓN

NÚMERO UNO
Usa siempre palabras positivas:
no digas «esto te quita los males», sino «esto mejora tu salud».

NÚMERO DOS
Intenta parecerte a tu interlocutor:
imita su movimiento de manos y cabeza, su forma de hablar;
sé como tu cliente y te creerá.

NÚMERO TRES
Vendas lo que vendas, di que escasea:
tu interlocutor querrá ser único y se fiará de ti.

NÚMERO CUATRO
Haz que cada venta parezca un regalo:
tu interlocutor querrá mostrarte su gratitud y comprará.

NÚMERO CINCO
Aunque el trato no esté cerrado, sonríe como si lo estuviese:
tu interlocutor (nueve de cada diez veces) se dejará convencer.

NÚMERO SEIS
No hagas pausas, no vaciles, habla claro:
cualquier cosa que digas sonará más creíble.

NÚMERO SIETE
Vestimenta adecuada: elegantes y de aspecto agradable:
cualquier cosa que digas sonará más creíble.

NÚMERO OCHO
Mira a los ojos, nunca bajes la vista:
cualquier cosa que digas sonará más creíble.

NÚMERO NUEVE
Sé ingenioso, simpático y desenfadado:
cualquier cosa que digas sonará más creíble.

NÚMERO DIEZ
No des a entender que intentas convencer:
sólo así convencerás a todo el mundo.

«Medalla de oro»,
silabeó Peter Lehman boquiabierto.

En cuanto a Harold y Allan, se miraron estupefactos:
decididamente, aquel científico homónimo que salía en los periódicos
no era mucho más listo que ellos.

Fueron reclutados.
En el acto.
Listos para combatir en una guerra nuclear.

17
Golyat

Será por el exitazo de *King Kong*
del que todo el mundo habla aún.

Pero Bobbie no deja de imaginar
un gigantesco monstruo colgado
no ya de un rascacielos,
sino del pararrayos de One William Street,
a pocos metros de su cabeza.

A veces no puede vencer la curiosidad y se asoma para asegurarse.

Le parece oír extraños ruidos procedentes del techo.
Como un quejido de mujer.

Y si cierra los ojos
la escena es siempre la misma:
el monstruo gruñe en una lengua extraña
(entre japonés y alemán)
mientras la chica grita nítidamente:
«¡Sálvame! ¡Sólo tú puedes hacerlo!».
Entonces Bobbie se arma con una honda
y cinco piedras lisas,
apunta a la bestia desde abajo
y con todas sus fuerzas

tensa y suelta la correa,
pero la piedra cae allí, a menos de un paso.
Entonces recarga el arma
apunta desde abajo
tensa y suelta la correa,
pero la piedra se hace pedazos
otra vez
y otra.
Siempre.
Es inútil,
Bobbie tiembla
completamente sudado,
la lengua pegada al paladar,
grita y grita con pavor,
le grita a la chica que salte
ahora, ya mismo,
porque la fiera está loca.
Bobbie grita,
grita cada vez más fuerte:
«¡Salta, Ruth! ¡Salta, Ruth!».

Ruth.
Segunda mujer,
mismo nombre.
La boda tuvo lugar al poco tiempo.
Porque Hashem vio
que Adán necesitaba una compañera:
la creó de su costilla
y dijo que era cosa buena.

Ruth Owen.
Casada de antes.
Con tres hijas.
Una familia ejemplar.
La madre embajadora.
El padre en política.
«En mi familia somos demócratas, ¿sabes, Bobbie?
Y sentimos un gran aprecio por tu tío Herbert».
«¡Vaya, qué bien!».
«¿Me equivoco o a veces te tiembla el labio al hablar de él?».
«Por la emoción».
«A tu tío Herbert lo elegirán senador, estoy convencida».
«¿Y por qué no presidente?».

«Podría ser».
«Así lo espero. Me voy a dormir, Ruth».
«¿Estás celoso de tu tío?».
«Buenas noches, Ruth».
«Jamás podría estar con un hombre que no apreciase a Herbert».
«¿Perdón?».
«Pediría el divorcio sin pensarlo. Mira, justo lo están entrevistando».

En televisión se habla demasiado de política.
De haberlo sabido, Bobbie no habría invertido tanto dinero en ese
    invento.

Mejor harían emitiendo más ballet.
O deportes, qué duda cabe.
Hay mucho que aprender de los atletas.

Jessie Owens
ganó más medallas que un general.

Y en las últimas olimpiadas, las de Berlín,
tuvo el descaro de ganar a un alemán
delante del Führer.
En vez de entregarle el premio,
Adolf Hitler
dio media vuelta y se fue.

He aquí el peso de una medalla.

Será coincidencia,
pero también la aportación de Peter Lehman
a la futura gloria del banco
crece a cada día que pasa.

Y en el podio de Lehman Brothers
ya hay un sitio para el joven larguirucho.

No sólo el chico no se deja distraer
por sus propias olimpiadas del amor
donde rubias, morenas y pelirrojas
se dividen en categorías bien distintas
y «lo importante no es ganar, sino participar».

Aun llama más la atención
que Peter, esa pértiga,
tenga intuiciones dignas de un plusmarquista.
¿Será por una mayor ventilación cerebral
debido al medio metro de elevación respecto a la media?

De hecho, el atleta bate todos los récords
incluso en términos de astucia.

Buena prueba de ello la dio
cuando Bobbie, su principal promotor,
lo interrogó acerca de un tema crucial:
en un momento tan delicado como éste,
con Europa al borde de un nuevo cataclismo,
¿qué puede hacer un banco como Lehman
para animar a la gente a invertir?

El temor a una nueva guerra mundial
es como un herbicida sobre el prado de las finanzas:
el que tiene dinero, lo esconde;
el que no tiene, no hace nada por buscarlo.
O sea: el mundo contiene la respiración.
Y si tú les dices que arriesguen
te tachan de imprudente.

Además
el caos se ha adueñado de los americanos:
ya nadie entiende nada.
Y ahora que el rey de Inglaterra ha abdicado
para casarse con una estadounidense
no pasa un día sin que en Europa alguien
se mofe de nosotros.

Para un banco cuyo objetivo es controlar el mundo
no es el mejor de los escenarios
ver que el mundo está a punto de estallar.

«Necesitamos una tropa de héroes, Bobbie.
Pero no unos héroes cualesquiera
de esos que valen para cualquier momento...
Cuando todo el mundo moja la cama
hacen falta héroes con superpoderes».

Medalla de oro, Peter.
Un teorema perfecto.

Los superpoderes son nuestra única esperanza.

En estos tiempos, cuando ya nadie se fía,
nada mejor que lanzar una proclama:
los dioses han bajado del Olimpo
listos para combatir por el género humano.

Un mensaje alentador.
Un fármaco milagroso.

Claro que habrá que hacer algún ajuste.

Adiós al Olimpo. Inventémonos un planeta.
Qué se yo... ¿Krypton?

Lo del laurel en la cabeza y los rayos de Zeus: fuera.
Sólo son baratijas.

Justo ayer Bobbie leyó en el *New York Times*
un fragmento largo de una obra alemana
escrita por un filósofo, un tipo extravagante.
Qué importa el nombre ahora.
Hablaba de un superhombre
con poderes extraordinarios.
¿No es justo lo que andamos buscando?
Llamémoslo Superman.

Y mil gracias a Peter.

Estupendo. Adelante con ello:
Operación Tebeo.

Superman forever.
Superman for America.
Superman saves the world.

Sufragar al dibujante,
al inventor,
al editor:
hay que cubrir todo Estados Unidos con el nuevo monumento.

Y para traer la buena nueva a cada hogar,
¡nada mejor que la mochila de los niños!
Superman llegará a cada rincón:
será el nieto de las abuelas,
el hijo predilecto,
la fantasía de toda mujer,
un modelo para los chicos.

Inyección de confianza en formato cómic.
Optimismo sin fronteras.
Superman vela por nosotros
y nunca pega ojo.

¡Quién dijo Jessie Owens!
¡Quién dijo Clark Gable!
Vamos a coger lo mejor de cada uno
y amasaremos los ingredientes
hasta crear a nuestro propio Aquiles.
O mejor todavía: a nuestro rey David,
que combatió contra Goliat
y lo machacó a golpes de honda.

De nuevo, gracias a Peter.
¿Qué es Goliat sino un monstruo inmundo?
¿O mejor dicho el Enemigo por antonomasia, voraz y cruel?
Goliat es nazi, bolchevique y nipón.
Goliat marcha al paso de la oca con el puño cerrado.
Goliat tiene el bigotito de Adolf y los ojos de Hirohito.
Pero por más terrible que sea,
Superman ha nacido para vencerlo.

¿Con qué?
¿Con la honda bíblica?
No señor: una honda armada de criptonita
porque el rey David
no puede correr el riesgo
de perder el combate.
Un superhéroe es quien es
si no tiene rival sobre la faz de la Tierra.

No se diga más: Lehman Brothers
financia a un superhéroe de papel.

Superman es nuestra arma
para consolar a una América atemorizada.

Claro que
a veces un banquero se deja sugestionar con facilidad.

Es un defecto de fábrica en el engranaje humano,
pero en el banquero
se añade a una vieja sensación de omnipotencia.

Bobbie Lehman
(criado con diez estampas bíblicas
colgando sobre la cabeza)
digamos que se ha metido demasiado en el papel.

Antes con Noé.
Ahora con el rey David.
Una especie de psicosis patriarcal.

Así que Bobbie,
una vez hundida la chalupa,
se calza la armadura del rey David
y se arma con una especie de honda.
Es el momento de aprender a matar.
Se acabó el arca.
Sobre todo hoy,
sobre todo ahora,
cuando ha dejado de llover
y ha empezado a granizar.

Y no son pocas las diferencias
entre la lluvia y el granizo.
Porque la lluvia empapa,
pero el granizo golpea, hiere, aniquila,
cae del cielo como una ráfaga de pedradas
y en un santiamén
destruye Pearl Harbor.

Eso dicen las noticias en la radio.
Eso han oído en un restaurante griego
y en un taller húngaro.

Bobbie está fuera de sí
sintiendo sobre sus hombros
la misión de salvar el mundo:
ya no distingue entre el rey David y el heredero de Krypton:

FIN DEL EPISODIO

18
Technicolor

Peter Lehman, todo sea dicho,
ya era un romántico de niño.

Sus carencias en términos estéticos,
debidas a la extrema elevación de su corpulenta figura,
las paliaba, justo es reconocerlo, con su galantería.
En el fondo, era una compensación aceptable;
no sólo para él, también para la otra parte.

Ya durante sus primeros cortejos
en el patio de la escuela hebraica
había demostrado ser todo un experto a la hora de seducir
ganándose el podio en más de una competición.
Mostraba esos primeros indicios de un talento innato,
inconfundible,
a veces tan evidentes,
que el mismo niño es capaz de percibirlos
haciendo de ello su inmediata vocación.
De este modo, el amor por el fuego se traduce en «seré bombero»,
el amor por el mar en «llamadme almirante»,
y así con todo el abanico de oficios posibles.

Si Bobbie, a sus diez años,
no dudaba en decir «seré jinete» o «seré pintor»,
Peter
emitía su mejor sonrisa
cada vez que proclamaba «yo seré amante».

Y cuidado con decirle
que aquello no era realmente un oficio:
se envaraba como un profesional fiel a su arte
y no cedía más que para decir «entonces seré marido»
para deleite de los moralistas que pasaban.

Éstos últimos, por cierto,
hallaban en él todo un modelo:
contaba apenas once años
la primera vez que le dijo a su madre:

«Me gustaría presentaros a mis suegros».
Más allá de la risotada con que fue acogida la ocurrencia,
el problema era que no bromeaba en absoluto.
A pesar de la aparente precocidad
se había implicado en un proyecto nupcial
con una niña tres años menor que él
que respondía al nombre de Lisette Gutman,
al parecer muy solicitada por conspicuos pretendientes.
A pesar de ello, Peter
compitió como un auténtico atleta
haciéndose con el oro.
Así que ¡mazel tov!

Llegó a poner por escrito
en el cuaderno de ella
las cláusulas matrimoniales;
inclusive la garantía de una copiosa progenie
(con atención al color de los ojos y el pelo
en honor a la futura genética).

Vamos, que la cosa iba en serio.
Firmado y sellado.

Según parece, la joven Lisette
escondía tras sus trencitas
una sagacidad tremenda
propia de una emprendedora en ciernes:
supo cazar al vuelo en algún discurso de Gutman padre
quién sabe qué detalles sobre las dotes de sus hermanas
y no subestimó la faceta comercial inherente a todo matrimonio:
así que exigió a Peter una especie de fianza
cuya suma total nunca trascendió.

Luego, ya se sabe: el amor se agota.

Al cabo de un mes la unión se deshizo;
parece ser que de común acuerdo,
al menos según lo que Peter refirió en casa
a pesar de un leve equívoco terminológico: «Ahora soy viudo».
Deslices de principiante.

De ahí en adelante
la escalada fue asombrosa.

Igual que un chiquillo que pasase de saltar vallas
a competiciones profesionales de atletismo,
así Peter Lehman
se entregó a un sano entrenamiento
para instruir cabeza y músculos
en la carrera de obstáculos del bello sexo.

Deporte complejo donde los haya.
Porque exige una dedicación absoluta:
control de los ojos (la mirada es decisiva),
control de la boca (en varios aspectos),
control de las manos (inhibirlas ante todo),
control de los pies (¡cuánto pasean los enamorados!)
y sobre todo
un firme control cerebral
porque a veces una palabra es suficiente
para echar por tierra años de trabajo.

Se parece mucho a lo que ocurre en un decatlón:
el recorrido será duro, a menudo en pendiente;
el atleta vivirá no pocos momentos de flaqueza.

Pese a todo.

Por su parte, Peter,
no podía quejarse.
Hasta entonces el éxito era alentador;
sentía como si se hubiese adueñado
de aquella curiosa particularidad del romanticismo
que distingue a los hombres deportivos:
acertada mezcla
de prestancia física y valores nobles.

Con este enfoque, sí,
la vitrina de trofeos se iba llenando,
a pesar de que Peter nunca presumió de ello.
El código que regía sus afectos
se basaba sobre todo en la lealtad
y una honrada militancia en las filas de Cupido.

Un caso particular el suyo.

Porque semejante ir y venir de noviazgos
puede tomarse por pintoresco antes de los veinte;
tras lo cual genera inquietud:
en el gran estadio de los cortejos
raro era que Peter no mereciese el podio.
Sí, pero... ¿luego qué?
Luego la antorcha olímpica acababa por extinguirse enseguida
y solían ser ellas quienes jubilaban al figura,
si bien nunca con hastío,
siempre con una sonrisa,
siempre con cordialidad,
como si a uno como Peter fuese imposible desearle algún mal.

Ninguna le reprochó jamás falta de dulzura.
Es más,
justamente ocurría lo contrario:
alto y robusto como era en apariencia,
Peter
a la hora de la verdad era un blandengue
tan profundamente enamorado del espíritu femenino
que era incapaz de ofrecer resistencia alguna.
Cada deseo era un mandato.
Cada frase una ley escrita.
Cada pestañeo lo interpretaba como una orden
de inmediato cumplimiento.

En suma, parecía que el chico
cayera en su propia y extraña trampa:
competidor notable del torneo entre sexos,
en cuanto estrechaba la medalla en su puño
convertía al adversario en árbitro
y a partir de ahí
lo salvaba de cualquier rivalidad.

Ahora bien,
si Peter Lehman no hubiese tenido veinte años hoy, sino a finales del
    XIX,
las mujeres de media América habrían hecho lo imposible
para que les tocase el premio gordo.

Por desgracia para él, eran los años treinta del siglo xx.

Y puesto que la idea de hombre y mujer
cambia con el tiempo como una bandera al viento,
Peter tuvo que echar cuentas
con un dato bastante objetivo:
él no era precisamente el prototipo de hombre americano.

O mejor dicho, para ser exactos,
no era precisamente un macho de película.
Como suele ocurrir, se dio cuenta
de forma dramática: bruscamente.

Helena Rosenwald
era su prometida por aquel entonces.
Sin duda Peter había menospreciado
el entusiasmo con que recibía la muchacha
cada nueva película del viejo Oeste.
El episodio fue como sigue:
estaban en el salón familiar
una nevosa tarde de diciembre.
En la habitación contigua se oía un piano
tocado por la tía Adele con esmerado romanticismo.
¿Hay un mejor escenario para el idilio amoroso?
Peter se disponía a dar lo mejor de sí
con una intensa declamación en verso
cuando Helena lo miró perpleja.
«¿No irás a salirme ahora con una poesía?».
Tras lo cual,
percatándose de que efectivamente la intención era esa,
se irguió de un brinco como mordida por una tarántula.
Luego,
con los brazos de él rodeó su propia cintura
y le dio una orden irrevocable:
«Mejor haz esto, Peter: acércate para besarme,
pero justo antes de hacerlo échate atrás,
aléjame de un empujón y reúne a las vacas».

«No hay vacas en casa. Sólo está la tía Adele»,
fue la respuesta de Peter.
Lo cual causó el cese inmediato del noviazgo.

Entonces lo vio claro.

Aquella misma noche,
echado en la cama sin poder dormir,
Peter pensó con odio en el banco de la familia.
Era culpa de Lehman Brothers
(¿de quién si no?)
si en el cerebro de las mujeres americanas
el engranaje había quedado mal trabado.

Tendrían que haberse quedado en el gorila.
Ése sí que no daba problemas.

Porque todo lo que siguió
(dicho simple y llanamente)
trajo consecuencias sociales devastadoras:
a fuerza de meter en la gran pantalla
a tíos como John Wayne o Clark Gable
se exterminaba como con un pesticida
a toda una generación de futuros maridos.

Triste final para la ternura,
losa de mármol sobre el hombre dulce.
Las mujeres americanas,
desde Anchorage hasta Florida,
todas y cada una se pirraban
por el macho bronco, áspero, ceñudo, brutal.
¿El hombre susurra? Mejor el que silba.
¿El hombre besa? Mejor el que escupe.
¿El hombre entiende? Mejor el que se cabrea y no transige.
¿El hombre abraza?
No señor,
mil veces mejor si te agarra del brazo
hasta romperte el vestido.
Años y años de finos modales
barridos por un par de películas.

Era grave.
Gravísimo.

Como si de pronto hubiesen mandado quemar
la mismísima Constitución de los Estados Unidos
y alguien pregonara «¡nuevas reglas para todos!».
Como si fuese tan fácil.
Todo cambio necesita un tiempo.

Sí.
Sostenidas con dinero de Lehman Brothers,
la nueva comedia sentimental
se está cargando el ideal mismo de pareja.

De ahora en adelante
él será todo un machote,
y si arrea ganado, mejor todavía.

Ella estará aturdida.
Será emocionalmente inestable,
a caballo entre la risa y el llanto,
siempre con varios amores entre manos;
sin olvidar cierta predisposición al suicidio.

Peter sopesó la cuestión con detenimiento.
¿Acaso no le habían dicho siempre
que el objetivo común del banco era el bien de América?
Una entera generación sin hijos estaba en juego.

Por lo tanto,
pasando por alto
una seria reflexión sobre los principios cinematográficos del banco,
Peter Lehman
se dedicó entretanto a trazar un plan de emergencia
con la intención de dejar de acumular medallas en vano.

¿Querían cine?
Pues toma dos tazas.
En el fondo bastaba con hacer lo que ellos, por más que lo aborreciese.

Lo que su tío Sigmund había aprendido con 120 reglas,
Peter lo aprendió de las películas:
era cosa de ver y aprender,
ver e imitar,
a ser posible copiar incluso los gestos,
haciendo suyas las muecas, las medias sonrisas
y (¿por qué no?) también la forma de hablar.

Corrió entonces la voz por todo Nueva York
de que un extraño espectador vagaba por los cines:
armado de un cuaderno

transcribía las frases de los actores,
llegando incluso a recitarlas en voz alta prácticamente idénticas.

¿Era necesario caer tan bajo?
¡Qué gran invento la radio!
¡Qué pésima idea el cine!

En apenas un par de meses
Peter Lehman se convirtió
en un revoltijo de divos americanos.
Si te fijabas bien podías hasta diferenciarlos,
no faltaba uno.

Y fue bajo este nuevo prisma
que decidió enfrentarse a su llama final.

Un hueso duro de roer.

La mismísima Peggy Rosenbaum,
mujer cautivadora donde las haya,
devota acérrima del culto cinematográfico;
no en vano
era conocida en la sinagoga
como the double G
no porque su padre fuese el director de la General Gas,
sino por su deslumbrante parecido
(¡qué cosas!)
con Greta Garbo.

Peter se había encaprichado locamente de ella
y a juzgar por la coquetería de sus miradas
la diva también se había fijado en él.

Así pues, Peter se decidió a dar el fatídico paso.
En primer lugar se recostó contra la puerta del Templo,
esperó a que concluyera el rito,
bajó el ala del sombrero,
encendió un cigarrillo
y enarcó las cejas lo más que pudo.
Parecía el mismísimo Clark Gable en Alma de bailarina.

Al salir,
en medio del tropel de judíos reformistas,

ella
fue capaz de captar la alusión al vuelo;
presa del potente magnetismo
se lanzó hacia él con pasión fílmica.
Y no sólo.
Como por fortuna el cine ya era sonoro
de Greta Garbo pasó a ser Joan Crawford
apropiándose palabra por palabra de su frase
«¿tan hermosa me ve?».

«La belleza nunca es demasiada»,
respondió Peter rapiñando el guión de *La gran aventura de Silvia*.

Ella impostó una voz grave:
«No se engañé, soy una mala mujer».
(Copiando a Marlene Dietrich en *La Venus rubia*).

Él chasqueó los labios:
«Creo que está hecha para el amor, lo demás no debería importarle».
(Era *Nacida para pecar*).

Ella se pasó una mano por el pelo:
«El amor es una pérdida de tiempo en la que creo sólo los días pares».
(Como si fuese Lana Turner en *Pasión ardiente*).

Él apagó el cigarrillo en el suelo con el zapato:
«Pero no se puede vivir solo, querida; no vale la pena».
(Era *La mujer del año*, con Spencer Tracy, la película del día anterior).

Ella se cubrió los ojos y dijo con un hilo de voz:
«¿Ah, sí? ¿Tan poco se aprecia a sí mismo que incluso me ama?».
(Para las escenas de llanto siempre se servía de Bette Davis en *Cautivo del deseo*).

Él amagó una leve risa:
«Querida, me he hecho más daño solo que en compañía».
(Era *Caravana apache*, aunque fuera de contexto).

«Aun así, te estoy mostrando mi lado más amable...»,
se burló ella citando a Mae West en *No soy ningún ángel*
y poniéndole en bandeja la réplica:
«Si me mostraras tu lado más vil, tal vez te amase más todavía».

Todo iba por buen camino.
Para rematar el asunto
se midieron en un último fuego cruzado de amores cinematográficos.
«Querido amigo, la vida es tan breve... ¿por qué perder el tiempo
    conmigo?».
«Mujer, la muerte espera al otro lado del río si me dejas aquí».
«Disculpad mi llanto: la vida nunca me ha dado nada».
«Nosotros dos, querida, somos almas en pena».
«¿Cuántos corazones has roto antes de tomar el mío?».
«¿Las mujeres que he amado? Todas muertas en tus ojos al verte
    bailar».
«Si pienso en el dolor que soy capaz de causar en los hombres...».
«Muñeca, nadie ha muerto nunca por amor».
«Londres estaría tan vacía sin usted».
«Muñeca, eres un diamante demasiado lustroso».
«Pronunciar la palabra *amor* me afecta tanto...».
«Verte llorar me causa pavor».
«Tal vez no sea una mujer digna de semejante bondad».
«No sé si tu corazón es de piedra, pero el mío es de roca».
«No soportaría verte cabalgar con otra».
«¿Alguna vez te he mostrado la senda del atardecer?».
«Dime por qué me escogiste a mí».
«¡Cuánta rabia en estos ojos de chiquilla!».
«No tengo nada que ofrecerle: nací pobre».
«Hay más riqueza en su llanto que en todo Fort Knox».
«¿Me amas de verdad o sólo por mi herencia?».
«El camino de la vida quisiera recórrelo contigo».
«¡Perdón! ¡Perdón! ¡Perdón! ¡Oh, Dios, no te merezco!».
«Debería instruir a las mujeres en las reglas de su encanto».
«Abrázame, Jerry, como sólo tú sabes hacerlo».
«Soy un hombre que ha vivido mucho, no sé si sabré amar».
«Estúpida de mí... ¿Podrás llegar a amarme?».
«¿Qué es el amor sino una mano de póker?».
«Eres un hombre terrible, pero en el fondo te amo».

Hecho.
Fue entonces
cuando, siendo ya objetivamente tarde,
el idilio de la proyección fílmica
se vio interrumpido por el rabino Nathaniel Stern,
que llevaba un rato esperando a que los dos actores liberasen el portón.
«Se acabó la fiesta, señores, yo tengo que cerrar. Ya es de noche».

El poder del cine.
Por increíble que parezca,
el rabino Stern acababa de usar la misma frase
con que Fred Johnson cierra el salón en *Caza salvaje*.

Peter fue incapaz de contenerse
y pensando que el rabino también era un cinéfilo
respondió a la cita con otra alusión.
Fingió cargar su fusil, escupió contra el suelo y dijo:
«Está bien, viejo borrachuzo, cierra este antro de forajidos.
Si esta noche vuelven los pieles rojas da un silbido,
estaré durmiendo en el establo.
En cuanto a ti, pequeña, descansa:
tu perseguidor no verá un nuevo amanecer».
Los dejó ahí y se marchó,
no a caballo, sino en tranvía.

Ahora bien, aparte de la tremenda carta
(aunque preciosa en según qué puntos)
que el rabino Stern escribió a los Lehman,
aquella velada
tuvo como destacable resultado
la perpetua unión de dos almas gemelas.

En el nombre del amor, claro.
Y por lo tanto del cine.
Que no son tan diferentes.

Durante los tres años de su noviazgo
se los vio bailar en varias ocasiones
igual que Fred Astaire y Ginger Rogers.

O Peter
llevaba a Peggy a la montaña,
donde ella se sentaba a la orilla del río
peinándose la melena como Vivien Leigh
mientras él cortaba leña para la casa
(no es que hiciese falta, leña ya tenían,
pero aquellos hachazos eran típicos de Errol Flynn).

Total
que él le pidió matrimonio

y ella respondió como en *Quería un millonario*;
es decir: sí.

Bajo la jupá,
todos coincidieron en que Peggy Rosenbaum
era una especie de Greta Garbo con rasgos de Katherine Hepburn.
En cuanto a él, ¿tenía o no tenía un aire a William Holden?

Incluso las niñas que nacieron
eran sosias de Shirley Temple.

Y cuando Peter
por vez primera
vistió el uniforme de la aviación,
a Peggy le dio un vuelco el corazón:
igualito que en la gran pantalla,
abrazando fuerte a sus hijas,
ella habría visto despegar a Tyrone Power
saludándolo con la mano;
llena de emoción, es cierto,
pero también de orgullo
porque: «mi marido no, ¡él no es un desertor!
Y alguien lo necesita lejos de aquí, en Europa.
Vuela hasta allí, amor mío:
¡estamos todos tan orgullosos de ti!».

Otra película perfecta.

De las que se ruedan en Technicolor,
igual que *Lo que el viento se llevó*,
donde la Lehman había invertido millones
porque en color todo es otra cosa:
las historias que se ven
sí que parecen de verdad.

Tan de verdad que a veces uno se pregunta: «¿Será real?».

Lo piensa a menudo
Peggy Rosenbaum, viuda de Lehman:
su Tyrone Power murió como un héroe, en su aeroplano,
durante una acción militar.

Dejó muchas medallas, una al valor.
Dejó una mujer.
Dejó dos hijas.

Y un puesto en el banco.

19
Shivá

«Era una persona querida, lo echaré de menos».

A la vista, en un ataúd blanco,
rodeado de flores y guirnaldas,
míster Lehman. Por suerte,
conservaba en el rostro
un rastro lejano de ternura.

Muchos han venido a despedirlo.
Se adentran uno tras otro
en la penumbra funeraria
montada en la primera planta del banco.
«Tan joven... Es una pena».
«Al menos no sufrió».
«América pierde a un valiente».
«Fijaos en su cara, igualito que su padre».

Un niño, acompañado de su madre,
se acerca de puntillas
con los ojos llorosos.
Acaricia la mano del muerto
y susurra «gracias, míster Lehman».
Luego
deja un ramillete de margaritas
sobre el pecho inmóvil y callado.

El rabino pasa a primera hora
y le dedica hermosas palabras:
«Era un hombre de gran coherencia».

Todos asienten.
Alguien añade: «Y muy honesto».
Amplio consenso.
Otra persona: «Y muy tenaz».
Aprobación general.
Y otra: «De gran coraje».
Todos de acuerdo;
luego a coro: «Un tipo insólito».

Hasta el servicio está sin palabras,
encerrado en la cocina, alrededor de la mesa
con los ojos inflamados y un nudo en la garganta.

En cuanto a la familia, no falta nadie.
Momentos así unen a las personas.

«La muerte no acepta veredictos»,
murmura con la voz rota el tío magistrado,
que de veredictos sabe un rato.
Luego se ha acomodado en un diván
junto a su mujer, Sissi,
(tan ordinaria como siempre,
discretamente previsible)
cuya máxima aportación al duelo ha sido «estoy triste».

Su cuñado es más entusiasta:
«Ésta nuestra gran nación le debe mucho;
el pueblo americano está hoy más solo
y siento que hasta el último neoyorquino
debería dedicarle hoy un emotivo pensamiento.
Perdemos a un héroe de nuestros días».
Para poder estar presente ha pospuesto
la inauguración de dos calles.

Harold y Allan,
por su parte,
no se emocionan tanto:
sus ojos están más secos
que el desierto de Arizona.
Su única contribución,
en boca de Harold, ha sido: «Llevaba un gran apellido».
A lo que Allan agregó: «Trabajaba en un gran banco».
Fin de la transmisión.

En cuanto al viejo Philip,
lo que más le fastidia
es no haberlo previsto.
La muerte no respeta agenda alguna
y por esta razón parece realmente conmovido.
«Descansa en paz, mi querido Bobbie.
Éste no es el final que merecías».

Justo ahí.
Estas palabras de su padre
por normal general
despiertan a Bobbie.

Como si el sueño terminara en el mejor momento
y la realidad se abriese paso a codazos.

Hace como tres años
que Bobbie sueña con su propio funeral
casi cada noche.
En un par de ocasiones,
mientras se abrochaba la bata,
le dijo a su mujer
«buena muerte» en vez de buenas noches.
Comprensible, en realidad.

Y pensar que alrededor del mundo
hay quien descorcha la botella.

Por ejemplo, esta mañana
hay fiesta en el Peloponeso.
No es para menos:
de contar olivas y alcaparras
a graduarse con honores.
Hasta ahí ha llegado Pete Peterson.

No le ha contado a nadie que tiene sangre griega.
«Nací en Suecia, cerca de Estocolmo».
Porque el mundo gira y gira, claro,
y cualquier día el Báltico está donde el Egeo.

Sea como sea, ahora el sueco tiene su diploma en el bolsillo.
«Bravo, hijo mío».
Graduado por la Northwestern University, en Illinois.

Y la familia Peterson
no puede no celebrarlo
con olivas, anchoas y queso.

Al mismo tiempo,
a unas cuantas millas de distancia,
una familia húngara también está de fiesta,
entre cajas repletas de lámparas de mesa.
«¡*Gratulálunk!*»*
Porque su hijo varón,
gracias a los cursos nocturnos
también se ha ganado su trozo de papel.
Así es: el renacuajo lo ha conseguido.
De hecho, ahora es más parecido a un sapo
con ese barrigón y dos mofletes como dos melones.
Es hora de celebrarlo:
«¡*Gratulálunk!*».

No todo son penurias bajo el sol.

Quien no tiene nada que celebrar
es la familia Lehman.

Porque tal vez Bobbie viva su funeral a diario en sueños,
pero de vez en cuando alguien muere de verdad.

Fuera, en la calle,
una pancarta cuelga del muro.
Dice así: ¡GRACIAS, MÍSTER LEHMAN!

La han colocado esta mañana
al comienzo
de esta dura jornada
de lluvia
gris
igual que los rostros de quienes cruzan la puerta.

Familiares.
Sólo ellos.
Nadie más puede acceder.
Proceden de todos los rincones de América.

---

* ¡Felicidades!

Porque a estas alturas, en toda América,
puede encontrarse a un Lehman.

En la calle, el gentío.
Empleados del banco.
Mujeres, maridos.
Paraguas abiertos.
«Gracias, míster Lehman».

En casa, la familia reunida.
Toda la familia;
vista así es bastante numerosa.
Jóvenes, ancianos, niños.

El rito contempla que los parientes cercanos
estén sentados en sillas adosadas a la pared.
Deberían esperar,
saludar,
dar las gracias,
y así todo el día.
Pero no va a ser así:
el mundo ha evolucionado.

Ni siquiera han dejado
que les creciese la barba,
la célebre barba del luto
de shivá y sheloshim.
Una barba frondosa, igual que allá en Alemania
un siglo antes,
antes de la partida de los tres hermanos
que ahora están enmarcados;
y quién sabe si Rimpar
después de Hitler
seguirá en pie
o la habrán arrasado.

El rito contempla una semana de enclaustramiento.
¡Imposible!
Como si la economía se detuviese para esperar.
Medio mundo sigue patas arriba,
igual que todo Estados Unidos...
La Lehman Brothers ya
firma contratos por todo el mundo.

Porque la guerra ha sido un negocio redondo,
pero mucho más redondo será reconstruirlo todo.
¡GRACIAS, MÍSTER LEHMAN!,
reza la pancarta que cuelga de la ventana,
pero si todo marcha según lo esperado
la próxima vez
podrá leerse en diez idiomas
porque en el fondo América es un jardincito
y ahora con la Pan Am puedes volar a todo el mundo,
no hay sitio al que no pueda llegarse en avión.
Poderío de los aviones,
poderío de los inversores,
poderío de Lehman Brothers.

El rito contempla no preparar alimento
sino pedírselo a los vecinos, recibirlo y punto.
¡Imposible!
Ni que el servicio estuviese de vacaciones.

Aunque si algo bueno tienen
los ritos fúnebres
es lo de echar tierra al asunto:
el muerto al hoyo y el vivo al bollo
porque, como dice aquella gran película
financiada por los Lehman,
«mañana será otro día».
La película fue un taquillazo
así que para el banco
es como siempre un gran día.

El rito contempla desgarrar una prenda,
destrozarla nada más volver
del entierro
en el viejo cementerio.
¡Imposible!
Eso son cosas del folclore,
de rabinos quizá,
antiguallas de los judíos
recién llegados a Estados Unidos;
los que escaparon de una Europa
donde por ser judío te liquidaban en un campo de exterminio.

Saltan a la vista, los reconocerás enseguida a esos judíos,

incluso por la manera como se sientan en el templo.
Porque si eres americano, llevas América en la sangre
y si eres europeo se te ve en la cara.
Los húngaros, por ejemplo.
Gente que lleva el campo en la sangre,
que usa hachas,
que no come, devora.
De hecho suelen lucir un barrigón
y mejillas como melones;
luego se ponen de pie
y te salen con esos ritos raros de judíos europeos.
¡Los húngaros!

Ahora que los Lehman tienen sangre americana,
¿quién se acuerda de las liturgias europeas?
Judíos reformistas, se esfuerzan en aclarar.
Que es como decir «vamos a la nuestra».
Y a la nuestra no se desgarran prendas.

Pero el kadish sí.
Toda la familia
lo ha recitado
cada día,
de la noche
a la mañana,
desde el comienzo del luto.

La sede del banco, en One William Street,
hoy
a pesar de todo
permanece abierta.

Sí, porque da la casualidad
de que ahora en Lehman Brothers
las decisiones se toman el lunes durante el almuerzo,
momento en que Harold ha dejado bien claro el asunto:
«Cerrar por defunción supondría pérdidas de unos dos millones».
De inmediato Allan, para sofocar las críticas:
«Por supuesto, ello no quita que ha fallecido un Lehman
y en ningún caso la intención del banco es olvidarlo».

Tres minutos de silencio.
Para todo el personal.

Nada más y nada menos.
El mundo entero nos contempla.
América es una gran corporación
y Wall Street no descansa
porque la Tierra gira alrededor del Sol
y en los mercados nunca anochece.

En cuanto a Wall Street,
tres minutos de silencio cuestan una fortuna.
Eso sí, las banderas están a media asta.
Cualquiera podría fijarse.

Y por si alguien anda perdido:
Philip Lehman ha muerto.

20
Enemies within

Bobbie Lehman recuerda perfectamente aquel caballo.
Se llamaba Atlas, un auténtico purasangre.
Atlas había nacido para ganar.
Era el más fuerte,
el más rápido en la salida;
cuando comenzaba la carrera,
Atlas salía con el grupo,
prudente, observador, sin sobresaltos,
pero le bastaba media vuelta
para dejar atrás al resto,
para lanzarse
y meter la directa
repentinamente solo
a la cabeza: Atlas
solo...
Atlas volvía entonces la cabeza
(¡qué pavoroso estar solo!),
aminoraba el paso,
se afligía, se achicaba.

Hay una soledad
muy especial
en ser el primero.

Bobbie Lehman recuerda a aquel caballo.
Y le parece idéntico
a esa América actual
de la que su banco es un espejo.

Hemos ganado la guerra.

Goliat ha sido degollado.

De noche dormimos plácidamente.
Y sin embargo...

Y sin embargo no es fácil ser el primero. Ni grato.
El vértigo de la cima.
El miedo a caer.
Además...

Además es peor estar sobre el podio: más vale una leve derrota.
¡Cuánta paz entre los vencedores!
Es monótono. Siempre la misma victoria.

Así que, ¿por qué no hacernos daño?

A veces da la sensación de que el ser humano
reacciona frente a la calma como si ésta fuese una añagaza:
siente la necesidad de luchar,
siempre necesitar un enemigo
contra el que combatir.
Si no, ¿qué sentido tiene la vida?

¿Y ahora que Adolf Hitler sólo es un recuerdo?
¿Ahora que los japoneses están quietecitos?
¿Ahora que el mundo dormita en silencio?
¿Contra quién la tomamos?

Si a Superman le quitas un malvado aniquilable,
la historia no arranca.
Nos importa un rábano

si Superman prepara una barbacoa
o cómo lava su nuevo coche.
¿Será posible que en todo el planeta no haya
ni rastro de un dictador chiflado?
Por favor, que alguien responda.
Amenazadnos.
Odiadnos.
Provocadnos.

Si no, tenemos un problema.

El profeta Ezequiel
caminó por un valle lleno de huesos secos.
¡Qué aburrimiento!
Pero luego los esqueletos volvieron a la vida y se reanudó el baile.
¿Cuándo nos tocará a nosotros?

Bueno, siempre nos quedará Rusia.
Como enemigo no está mal,
se puede armar una buena entre dos superpotencias,
una de ésas que quitan el sueño.
Y luego están los chinos, pintoresco enemigo.
Por no hablar de los coreanos.
Pero, claro, Asia queda tan lejos...

Para devolverle de chispa a la vida
necesitamos un mal interior, un Satanás doméstico.
Una cobra entre las sábanas.

¡Eso sí que nos devolvería las emociones de antaño!

La idea se le ocurrió
a un senador de Wisconsin:
caza implacable al *enemigo interno*.
O sea:
alguien está jugando a dos bandas.
¡Averigua quién!
Parece un concurso de la tele.

«¡Estáis asfixiando América!
—gritó Herbert Lehman
desde su escaño de senador—.
Y mientras delatamos a los traidores

¿con qué otra nos saldrás, McCarthy?
Amordacemos a los perros,
apaguemos las luces,
guardemos silencio.
¡Toque de queda!
¡Prohibido reunirse!
¿Te das cuenta de que convertirás Estados Unidos
en un enorme tribunal improvisado
donde cada vecino
denunciará al otro si poda mal sus arbustos?
Quiera el Cielo que no sea así».

Pero así fue.
Quién sabe qué habría dicho su hermano Irving
si, en vez de irse a las alturas para debatir sobre jurisprudencia con
    Salomón,
hubiese visto aparecer jueces por doquier.
E incriminados, claro.
Con el alma en un hilo por el veredicto.

¡Oh! ¡Ahora sí!
¡Nada como el viejo, sano y fiable oscurantismo!

Harold y Allan se habituaron pronto
al clima creado por la caza de brujas.
Hacer de mastines no se les da mal.
Además el pelo canoso suscita un respeto natural.
Se sienten guardianes del bien común
que unos alevosos conspiradores quieren destruir.

En parte porque
les ha costado siglos aprender a sonreír,
y la sonrisa de América es para ellos lo más sagrado.

Ahí van los Lehman viendo comunistas por doquier,
incluso en su propio banco.
Sí, señor.
Infiltrados.

Merodean por las oficinas
con aire afable, pero están alerta.
Escuchan.
Preguntan.

El correo (cualquier correo) tiene que pasar por sus escritorios.
En el comedor hay que cuidar lo que se dice.
Se permite ir al servicio, pero sin demorarse.

Y, por encima de todo,
cuidado con las palabras:
hay palabras rojas ocultas en todas partes.

Así que de vez en cuando
convocan a alguien.
«Cierre la puerta, miss Reissner.
Siéntese, por favor.
Su responsable, miss Stratford,
nos ha mencionado un pequeño incidente».

«Qué vergüenza, míster Lehman,
me son**rojo** de sólo pensarlo.
Es por los cambios de presión.
No puedo dar**Le nin**guna explicación,
los ojos se me a**China**n,
y siento como si cayese de una
deci**Ma o** undécima planta.
Me sucede de repente, y a mis compañeros
les provo**Co rea**cciones muy extrañas.
Ayer mismo tuve que correr al servicio:
eché el cer**rojo** y vomité.
Será por el embarazo.
Ya lo ve, llevo un int**ruso** en la panza.
Pedí cita en el médico
y me ha recetado una pastilla
que me ayudará a sentirme mejor».

«Es usted una espléndida mecanógrafa.
El banco está muy satisfecho con su trabajo,
pero es nuestra obligación llegar al fondo del asunto.
¿No es cierto, Harold?».
Harold permanece impasible,
sentado en la penumbra tras una lámpara.
Su tarea es examinar la respuesta emotiva
mientras su hermano se ciñe al guión.
Allan prosigue:
«Miss Reissner, nos hemos percatado
de que en su máquina de escribir la cinta

roja suele agotarse antes que la negra.
¿Alguna explicación?».

«A mí no me guSta, Linda fue quien
me dijo que el negro era sólo para remesas.
Esta tal vez sea la única empresa
donde lo he visto hacer.
Lo dijo con cierto arrojo
tras un derroche coherente
de otras especificaciones.
Entiendo que cada oficina tiene su método.
Tal vez fue una coChinada,
pero me atuve a lo que dijo miss Stratford».

«¿Está cuestionando la autoridad de su supervisora?».

«¡En absoluto! No soy quien para darLe ningún consejo.
Sé que esta dolencia puede llevar
incluso a un camarero respondón
a acoChinarse en la cocina.
Es como digo: puedes piar,
y no por ello cazar pájaros.
CazaMos cuantas aves merecemos.
Una actitud abstrusa no ayuda.
Y le diré más: si atrapo pularda,
ceno pularda, no hay más.
Es cebarla, llegar el día, se decapita... ¡lista!
En esta empresa, como en todo,
Dios es buEn gel si te sientes sucio.
Y yo prefiero no hablar más de la cuenta.
Hay mucho charlatán.
Buen favor les haceMos cuidándonos
de esa gula grosera que los consume
y los aleja del camino correcto.
En fin, ¿puedo volver a mi puesto?».

Es entonces cuando Harold se levanta:
«Está usted despedida, miss Reissner.
Por conspiración».

«El miedo al otro
que todo lo inunda,
sobre todo el banco»,

piensa Harold leyendo el letrero:
y esos otros están tan dentro de casa
que incluso los llevamos en el nombre:
LEHMAN BROTHERS.

21
Yonáh

Bobbie Lehman
está radicalmente en contra.

No sólo porque ya tiene suficientes enemigos
para andar buscando nuevas incorporaciones
entre los pliegues de cualquier conversación.

El caso es que en esta atmósfera de amenaza
cada vez es más difícil respirar.

Bobbie se siente tan atrapado,
tan escondido...
No sólo él, toda América
ha acabado
sin luz,
sin aire,
sellada
en las oscuras entrañas de una ballena.

No es nada trivial
acabar en la tripa de un cetáceo.

Para empezar por el eco de la voz,
que rebota como en una cueva
y así todo el mundo se entera de todo.
Por otro lado está lo de las listas:
apretados como sardinas
nos vigilamos los unos a los otros,
con lo cual
dirigir un banco

se ha vuelto la cosa más sencilla.
Lo primordial
es evitar a toda costa acabar en la lista
y taparte la nariz cuando huele a pescado podrido.

«Ironías del destino —piensa Bobbie—.
Cuanto más crece,
más pequeña se hace América».
Y ahora sus habitantes se debaten en un pozo acuático
hombro con hombro
engullidos,
sepultados
entre aletas, espinas y escamas.

Ahí dentro, apretujado,
Bobbie Lehman (cuya pasión son los aviones)
siente que le falta el aire.
Incluso le han quitado el pasaporte
por supuestos tratos con el enemigo.
Bloqueo inmediato del comercio con una parte del mundo exterior.

Bobbie le ha rogado
a toda la familia
que la noticia no trascienda:
de filtrarse podría significar el fin del banco.

Un Lehman confabulado con el socialismo.

«¿Pero cómo? ¿Tú, Bobbie?», le preguntó Herbert boquiabierto.

Al menos
por esta vez puede decirse
que ni siquiera el tío senador sabe qué hacer.

Lo cierto es
(obviamente en cualquier caso)
que sus fans no lo abandonan.
Su cabello es más bien escaso,
pero Herbert está al nivel del mismísimo Elvis Presley.

No hay día en que el senador Lehman no hable por la televisión.
Aparece en las pantallas
que Bobbie Lehman ha puesto en cada hogar

y que su mujer no apaga ni un momento.
«Por si te interesa, Bobbie:
a tu tío en la tele siempre lo sacan muy guapo».
«Claro, Ruth. Podría ser corista o vedete».
«¿Estás sarcástico, Bobbie?».
«De ningún modo. A día de hoy, si quieres echar por tierra tu carrera
o conspiras con los comunistas
o críticas a Herbert Lehman».
«Te sangra el labio y te tiembla la mano».
«Padezco una herbertitis aguda».
«No pienso seguirte si vas por ahí, Bobbie, me niego.
¡Tu tío es el único político con visión de futuro!».
«Pues a mí me dice que está hecho un lío».
«Porque no habla de temas serios con cualquiera».
«Desde luego, eso lo deja para la televisión».
«Lo habla con nosotros, sus electores».
«Me voy a la cama, Ruth. Estoy cansado».
«Me siento tan infravalorada... Ya no sé ni quién soy».
«Sube el volumen de la tele».
«No juegues con fuego, Bobbie. Podría pedir el divorcio».

Por suerte mañana es sábado.

Porque en la balanza de los matrimonios americanos
la televisión ha cobrado un peso notable.
La paz conyugal se funda sobre todo
en la partición de la cama,
pero más aún del sofá;
y desde luego debe existir
un mínimo entendimiento
en los respectivos gustos televisivos.

Ahora bien: el caso es que,
quitando las entrevistas al gran senador Lehman,
Ruth defiende a capa y espada
nada más y nada menos
que el gran concurso del sábado noche.

¿Qué puede hacer un marido
que ya tiene un divorcio a sus espaldas?
Pues contemporizar y adaptarse al rito.

Bobbie
es así obligado cada semana
a tomar asiento frente al televisor
para disfrutar con Ruth
(y muchos millones de compatriotas)
de la adrenalina que reparte el *Game Show*:
¿gana o pierde?
Respuesta correcta.

Y nada de dormirse.

Una prueba más para el hombre:
resulta que el enemigo no es sólo interno, sino también doméstico.

¿Cómo no le va a faltar el aire?
Bobbie no puede más.
Han retirado de su oficina
alfombras y telas
en busca de alguna alergia.
La madera también: fuera.
Luego una desinfección.
Bobbie tiembla, se muerde el labio, no respira.
¿Cómo va a respirar
en la panza de una ballena
donde todo es premio gordo?

Basta.

Bobbie sabe en el fondo lo que hace falta.

Sabe que es el elegido.
Como siempre, en el fondo.

Ha sido Noé, luego David;
ahora será el profeta Jonás,
y cuando el cetáceo lo vomite en cualquier playa
(a él y a toda la nación),
por fin el cielo estará limpio y sereno.
Al diablo con este nefasto agujero
donde moriremos
antes o después
de hambre.

Adelante pues:
sólo hay que hallar un modo para que te vomiten
y puedas salir del pozo pelágico.

Bobbie lo intenta
con todas sus fuerzas.
Pero no es tan sencillo.
La voluntad es valiosa, pero no siempre suficiente.

Entretanto
es complicado
realizar el almuerzo de los lunes
en las tripas de una ballena.
Y más difícil todavía
conseguir que la junta de socios apruebe su táctica.

No importa.
Bobbie insiste.
Es una emergencia.
Esto es asfixiante.
Nos morimos.
Bobbie está harto de buscar alergias.
El estómago del bicho es cada vez más angosto;
si no sale ya, se volverá loco.
«Caballeros, estimados *partners*, la electrónica será nuestro billete de
      salida.
El señor Charles Thornton, alias Tex,
me ha presentado un plan revolucionario:
calculadoras, cerebros electrónicos, centralitas...
Apostemos por la electrónica
(América aún funciona a mano).
Gracias a la electrónica podremos crear un cortocircuito
¡y conseguir que el cetáceo nos escupa!».
«Nos gustaría saber cuánto costará y cuál será el rendimiento».
«¡Oh, piedad!
¡No habrá rendimiento alguno
si seguimos aquí encerrados!».
«Sin un cálculo de gastos e ingresos no nos arriesgaremos».
«¡Pues apostemos por el transporte!».
«¿Y qué entiende usted por transporte?».
«El señor John Hertz me ha presentado
un proyecto basado en alquilar vehículos.

Es decir: le damos un coche a quien no tiene suficiente para
    comprarlo.
O una furgoneta. O una moto.
Llenaremos la nación de gente en movimiento:
habrá tanto humo y ruido en las calles
que el bicho toserá, ¡y podremos salir!».

«No nos parece una táctica fiable».

«Me gustaría decir algo —interviene Harold
pasándose la mano por lo que antaño fue su pelo—.
En vez de buscar caminos extraños,
afirmo que sólo hay un instrumento eficaz contra el miedo,
esto es: volvernos invencibles.
O lo que es lo mismo: temidos.
Y por lo tanto, así estaremos tranquilos».

«¿Te importaría repetirlo, Harold?».

Pero Harold no piensa hacerlo.
Mira a su hermano, que se levanta
y dibuja en la pizarra un misil
con el símbolo nuclear encima.

Bobbie protesta:
«¿Habéis perdido el juicio? Así no lograremos que nos vomite.
Así volaremos todos por los aires,
¡nosotros y la ballena!».

Harold y Allan se desentienden de la polémica:
«Llegados a este punto, hasta luego. Feliz catástrofe, señores.
Nosotros nos vamos del banco. Nos marchamos».
Y se largan.

Bobbie sonríe a los socios.
Es la décima vez durante el último año
en que Harold y Allan se van con un portazo.

Claro está que cada cual tiene su forma de negociar.
Volverán.

De cualquier modo, ése no es el camino a seguir.

Puede que haya otro, mucho más sencillo.
En el fondo,
¿no dicen las Escrituras
que Jonás tuvo que entonar un salmo
para que la bestia lo expulsara?

Perfecto.
Después de construir el arca,
después de matar a Goliat,
¿qué será entonar un salmo?

Es fácil decirlo...
Los discursos no son lo suyo.

Nunca lo han sido.

No platica mucho
y cuando lo hace se muerde el labio.
Bobbie no tiene frases ingeniosas en la recámara,
no es de quienes imponen el silencio
cuando hablan.

Bobbie no está en el Senado.
No es más que un banquero con debilidad por el patriarcado.

Tal vez su tío sea el único a quien pedirle
unas clases de retórica.
A fin de cuentas es de los mejores.

La reacción de Herbert fue una sorpresa:
«¿Quieres que te ayude a hablar? ¿Hoy en día?
Ni siquiera yo sé qué decir ya, sobrino mío.
Detesto la política moderna, no la aguanto:
ya no valen las ideas, sólo importan las reacciones.
Todos a la defensiva, cada cual en su trinchera.
Creo que no tardaré en jubilarme, ¿sabes?
Me rindo».

Las vueltas que da la vida.

En vez de sentirse más fuerte,
ahora Bobbie también tartamudea.
Cuanto más quiere entonar el salmo

menos le obedece la lengua
(por no mencionar los labios).

De acuerdo: está escrito que Moisés al principio tartamudeaba.
¿Qué importa eso ahora?
A Bobbie no le atañe Moisés: Jonás es el personaje decisivo.

Si por lo menos el dichoso salmo
funcionase como en los concursos.
Sería increíble, ¡sí señor!
Responder a un par de preguntas
y ¡premio!
Expulsados del agujero.

Dicho y hecho.
Esta fue la última idea que rondaba por la cabeza de Bobbie
antes de abstraerse completamente
sentado frente al televisor
junto a Ruth, listos para el concurso del sábado noche.

Y como la naturaleza
siempre auxilia a quien lo necesita,
Bobbie
tenía su propia forma
de dormitar sin cerrar los ojos.

He aquí el particular *game show*
que vio proyectado en su pantalla:

22
Saturday Game Show

Títulos de apertura.

Hal March entra con aire triunfal en el plató
luciendo su pelo engominado:
¡BUENAS NOCHES, AMÉRICA, Y BUENA SUERTE!
EN PRIMER LUGAR DEMOS LA BIENVENIDA

A NUESTRA PRECIOSA AZAFATA:
¡LA SEÑORA RUTH LEHMAN!

Entran en plató ambas Ruths,
la primera y la segunda esposa de Bobbie Lehman.

EN ESTE TRIGÉSIMO SEGUNDO EPISODIO
TENEMOS CON NOSTROS A TRES CONCURSANTES.
EN LA PRIMERA CABINA EL SENADOR HERBERT LEHMAN.
¡RECIBÁMOSLO CON UN APLAUSO!

Vítores de fondo.

¡EN LA SEGUNDA CABINA JUEGAN JUNTOS
LOS SEÑORES HAROLD Y ALLAN LEHMAN
JEFES DEL ESTADO MAYOR DEL EJÉRCITO,
SECCIÓN ARMAMENTO NUCLEAR!

Aplausos de fondo.

¡Y POR ÚLTIMO, EN LA TERCERA CABINA,
COMPITE EL SEÑOR JONÁS LEHMAN,
CRÍTICO DE ARTE Y EXPERTO EN CABALLOS!

Tímida reacción del público;
no importa, estamos acostumbrados.

COMO SIEMPRE, QUERIDOS ESPECTADORES,
NUESTROS CONCURSANTES SE BATIRÁN
EN UNA FASE ELIMINATORIA.
SÓLO EL GANADOR TENDRÁ ACCESO A LA FASE FINAL,
DONDE JUGARÁ POR LLEVARSE EL BOTE.
ASÍ QUE... *LET'S GO, AMERICA!*
SI SON TAN AMABLES LOS CONCURSANTES DE PONERSE LOS
    AURICULARES
Y ENTRAR EN SUS RESPECTIVAS CABINAS.
EN ESTA OCASIÓN, TODAS LAS PREGUNTAS
SERÁN SOBRE LA FAMILIA LEHMAN.
¡QUE EMPIECE EL JUEGO!

Título de apertura de la primera ronda.

PRIMERA PREGUNTA PARA NUESTRO AMIGO HERBERT.
LA EMPRESA LEHMAN BROTHERS FUE FUNDADA
POR EL CÉLEBRE HENRY LEHMAN...
¿HACE MÁS DE UN SIGLO O HACE MENOS DE UN SIGLO?
¡TIEMPO!

1
2   Herbert se acerca al micrófono:
3   LA RESPUESTA ES «MENOS».

¡Gong!

¡NO ES CORRECTO! ¡MENUDA FORMA DE EMPEZAR!

Las dos azafatas dan un paso al frente con ímpetu:
EL CONCURSANTE NO HA DICHO «MENOS», SINO «AL MENOS».
LO HEMOS OÍDO PERFECTAMENTE.

Hal March consulta con el equipo.
¡HURRA! ¡RESPUESTA CORRECTA!
¡EL SENADOR SIGUE COMPITIENDO!

Fanfarria de trompetas.
Herbert triunfa. Las dos Ruths también.
Hal March carraspea antes de proseguir.
LA SEGUNDA PREGUNTA ES PARA HAROLD Y ALLAN:
¿DESDE QUE LOS TRES HERMANOS LEHMAN
PISARON POR PRIMERA VEZ LOS ESTADOS UNIDOS,
LA SUMA TOTAL DE TODOS SUS HIJOS Y NIETOS
TANTO VARONES COMO HEMBRAS,
ES MAYOR O MENOR DE SETENTA?
¡TIEMPO!

1
2   Harold y Allan se consultan.
3   luego Allan apunta algo
4   y Harold lo borra.
5   Parece que hay discrepancias entre ellos
6   hasta que al fin se ponen de acuerdo
7   y Harold habla por el micrófono:
8   LA CIFRA TOTAL ES NOVENTA Y DOS.

¡Gong!

¡RESPUESTA INCORRECTA!
¡LA CIFRA EXACTA ES NOVENTA Y SIETE!

Harold y Allan se ponen en pie:
EN ESE CASO, HASTA LUEGO. FELIZ CATÁSTROFE, SEÑORES.
NOSOTROS ABANDONAMOS ESTA EMISIÓN. NOS LARGAMOS.
Y salen de su cabina con un portazo.

A Hal March le tiembla hasta el último mechón de gomina:
ÉSE NO ES EL ESPÍRITU AMERICANO
¡UN EJEMPLO DEPLORABLE PARA NUESTRO PÚBLICO!
PERO VAYAMOS AHORA CON DON JONÁS.
SIGUIENTE PREGUNTA: DESDE QUE LOS LEHMAN
SE INSTALARON EN SUELO AMERICANO,
¿CUÁL HA SIDO EL MIEMBRO DE LA FAMILIA
FALLECIDO CON MÁS EDAD?
¡TIEMPO!

1
2   Jonás habría respondido de inmediato
3   si no hubiera tenido la lengua pegada al paladar:
4   FUE PHILIP LEHMAN, A LOS OCHENTA
                                        Y SEIS AÑOS.

5

Fanfarria de trompetas.

¡RESPUESTA CORRECTA! ¡PASA A LA FINAL!

Intervienen las dos azafatas (siempre puntillosas):
EL PUNTO ES PARA EL SENADOR.
ÉL LE HA SUGERIDO LA RESPUESTA.

Hal March frunce el ceño:
DEBERÍA HABERLO DICHO, DON JONÁS.
NO, NO, ¡NADA DE PROTESTAR!
EL REGLAMENTO PROHIBE LAS AYUDAS O SUGERENCIAS.
ME COMUNICAN
QUE DEBO FORMULARLE UNA PREGUNTA EXTRA.
¿EN LOS ÚLTIMOS CINCUENTA AÑOS,
EL CAPITAL DEL BANCO LEHMAN
HA ALCANZADO UN VALOR MAYOR O MENOR
QUE VEINTE VECES LA CANTIDAD INICIAL?
¡TIEMPO!

1	
2	Jonás vacila,
3	le suda la frente,
4	se muerde las uñas,
5	le tiemblan las manos,
6	se mordisquea el labio,
7	saca un pañuelo
8	y lo mancha de rojo.
9	DÉJEME PENSAR, POR FAVOR.
10	YO NO ME OCUPO DE LAS FINANZAS,
11	PERO DIRÍA
12	QUE EL CAPITAL SE HA MULTIPLICADO, SÍ.
13	POR OCHENTA Y CUATRO.
14	

Fanfarria de trompetas.

¡RESPUESTA CORRECTA!

Las azafatas se enojan.
EL PUNTO DEBE ADJUDICARSE AL SENADOR
PORQUE DON JONÁS ES UN ENEMIGO INTERNO.
TIENE TRATOS CON EL ENEMIGO,
POR ESO LE HAN QUITADO EL PASAPORTE.

El plató se alborota.
Un programa difícil para Hal March.
El senador quiere entrar al trapo:
abre la puerta de su cabina
con intención de hablar.
¡Ni que estuviésemos en el Congreso!
¡VUELVA A SU SITIO! SI DON JONÁS
QUEDA EXPULSADO,
USTED PASA DIRECTAMENTE A LA FINAL...

ME RINDO, SEÑOR MARCH.
TODO PARA MI SOBRINO, QUE HAGA LO QUE LE PLAZCA.
YO ME JUBILO, RENUNCIO A LA GRAN FINAL.
Dicho esto se quita el auricular y sale de plató.

Gong. Fanfarria de trompetas. Luego otra vez gong.
Las azafatas dejan sus puestos llorando:
ya nada tiene sentido para ellas.

El público
enarbola pancartas que rezan: «Gracias, senador Lehman».
Hal March se une al saludo.

Pero hay que cerrar el programa
porque media América lo está viendo.
Ciertamente, la emoción es mucha,
incluso la gomina comienza a opacarse.
DON JONÁS, A PESAR DE TODO
LO ESPERA LA GRAN FINAL.
TODO ESTÁ EN SUS MANOS.
RESPONDA CORRECTAMENTE
Y SALVARÁ A LOS ESTADOS UNIDOS.
COMO SIEMPRE, LA ÚLTIMA PREGUNTA
ES MÁS DIFÍCIL QUE EL RESTO.
LEHMAN BROTHERS EXISTE DESDE HACE MÁS DE CIEN
    AÑOS,
ALGUNOS DICEN QUE ES INMORTAL...
PERO YO LE PREGUNTO:
DENTRO DE UN SIGLO, ¿SEGUIRÁ EXISTIENDO O HABRÁ
    QUEBRADO
COMO TANTOS BANCOS, COMO TANTAS EMPRESAS?
TIEMPO. DISPONE DE SESENTA SEGUNDOS.

1	Es la prueba definitiva.
2	Pero todo el mundo sabe
3	que ningún héroe pasa a la historia fácilmente.
4	Jonás pondera la cuestión con frialdad,
5	o eso intenta.
6	Si responde que el banco de su familia
7	cumplirá su segundo siglo vivito y coleando con lozanía,
8	más de uno dirá: «Ya, un crédulo. ¡Qué más quisieras!».
9	Y viceversa:
10	si dice «no pondría la mano en el fuego»,
11	¿con qué cara se presentará al día siguiente en el banco?
12	
13	Menudo dilema, ya lo creo...
14	Un laberinto.
15	
16	¿Y bien?

17
18   La lengua pegada al paladar como con cola.
19   Las gotas de sudor que le perlan la frente
20   parecen talladas a cincel.
21
22   Siempre podría tirar la toalla
23   y marcharse
24   Si los otros dos lo han hecho,
25   ¿por qué no podría él?
26
27   Por una sencilla razón:
28   no somos todos iguales en este mundo.
29   Hay quien da portazos y le dicen: «¡Un carácter
                                                    fuerte!».
30   Otros abandonan la competición entre vítores
31   mientras el público llora.
32   Tú no, Bobbie,
33   tú eres más bien de los que
34   apenas renuncian
35   ya se oyen risitas de fondo
36   y después de las risitas, como en la escuela,
37   te cuelgan al cuello un cartel
38   con el sambenito de COBARDE.
39
40   ¿Entonces?
41   ¿Digo que Lehman será inmortal?
42   ¡Qué poco costaría! Cuestión de abrir la boca y soltarlo.
43   Pero la cuestión es: ¿lo creo de veras?
44   Otro siglo entero.
45   Hasta la mitad del nuevo milenio...
46   Claro que si se lo hubiesen preguntado a mi padre,
47   o incluso a mi abuelo Emanuel,
48   no habrían vacilado un instante.
49   ¿Por qué yo me tengo que tomar tanto tiempo?
50   Total, o sí o no;
51   podría incluso echarlo a suertes...
52   ¿Y si me equivoco?
53   ¿Entonces quién abrirá las fauces de la ballena?
54   Yo soy Jonás y como tal debo salir,
55   así está escrito.
56   No soy más que un instrumento del designio divino.
57   ¿Entonces a qué espero?

58   Bueno, voy a responder:
59   DENTRO DE UN SIGLO NO QUEDARÁ
                                    NI RASTRO.

¡Gong!

El público monta en cólera.
Las dos azafatas vuelven a entrar sólo para escupirle.
La gomina de Hal March se ha convertido en lava volcánica:
LA RESPUESTA NO ES SÓLO INCORRECTA,
SINO QUE ADEMÁS RESULTA OFENSIVA, SEÑOR
    CONCURSANTE.
¡AVERGÜÉNCESE ANTE AMÉRICA!

Hecho.
Fue justo entonces
cuando sin previo aviso
y a causa de la repulsión ocasionada
incluso a la ballena se le revolvieron las tripas.
Notó por dentro las arcadas
y vomitó de golpe:
Jonás y todo Estados Unidos
volaron a varias millas de distancia.

E quindi uscimmo a riveder le stelle.*

    Así el Señor dio instrucciones al pez y éste vomitó a Jonás hacia tierra firme.
                                            ·Jonás 2:11

23
Migdol Bavel

El rótulo de la fachada
es negro y blanco,
recto,
impecable:

---

* «Y entonces salimos a ver de nuevo las estrellas», último verso del *Infierno* en la *Divina comedia*. (*Nota de la editorial*).

Lehman Brothers.
Largo
e imponente
de lado a lado
sobre las ventanas
de esta nueva sede
a 3500 millas de Nueva York
en el corazón de París.

Bobbie está aquí, como buen anfitrión.

600 invitados.
Y sonríe. Bobbie sonríe.
No sólo porque recuerda
la época en que vivía atrapado
en el vientre de una ballena.
Bobbie sonríe porque estamos en Francia,
inauguramos sede en París: *voilà!*
A sus veinte años, Bobbie
merodeaba por galerías y casas de subastas
adquiriendo impresionistas y vírgenes
(«¡manda dinero, papá!»)
y ahora en cambio
con la nueva sede
tendría el dinero a tiro de piedra.

600 invitados.
Los mismos que el año pasado,
todos los asistentes a la exposición dedicada a Robert Lehman
aquí en París, en las Tullerías.
En aquella ocasión, Bobbie,
desde la mesa de las autoridades
(traje blanco, blanca corbata)
alabó la valentía de la vanguardia
«que nos enseña a librarnos de la tradición;
el gusano convertido en mariposa».
Ovación unánime en la sala
y al final de la conferencia
larga fila de halagos a míster Lehman,
que presenta sus respetos,
estrecha las manos de los caballeros
o se las besa a las damas.

Su mujer está detrás de él
fumando un Philip Morris,
(compañía que también financia Lehman Brothers).
«Bobbie, querido, ¿por qué no abres en la sede de Nueva York
un café francés?».
«Una idea excelente. Buenas tarde, madame Lefebvre».
«La sede de Nueva York parece tan vieja... Bobbie...».
«Pues nosotros la modernizaremos.
Buenas tarde, monsieur Guineau».
«Además del café, podríamos abrir un restaurante».
«Claro, para almuerzos de trabajo. ¡Estimado Rothschild!».
«Un restaurante y una librería».
«Ocúpate de todo, Lee, querida».

Lee Anz Lynn
es la nueva mujer de Bobbie.
Ruth pidió el divorcio un año antes.
 Fortune publicó:
DIVORCIO DE SEIS CIFRAS
PARA EL SOBRINO DEL SENADOR LEHMAN.

Pero esta vez Bobbie no se lo tomó mal.
Porque
una vez que has salido del vientre de una ballena
deja de importarte lo que diga la prensa.

Ahora Bobbie piensa en otras cosas:
le interesa el planeta, todo, sin excepciones,
le interesa correr,
igual que uno de sus caballos,
pero en un hipódromo que vaya del Ártico al Antártico.

Exacto:
he aquí el mundo, al completo,
bien ordenado en la nueva sede de París.
600 invitados.
Franceses
alemanes,
holandeses,
húngaros.

¿Húngaros?

Sí. Húngaros.
Vistos así, tan elegantes
bajo los candelabros,
los húngaros no tienen tanta pinta de paletos,
de ir por ahí con su barrigón y un hacha.
Claro que París le da otro aire a todo.
Y todo es más brillante bajo los candelabros.

Ayer mismo, por la noche,
Bobbie estaba en Arabia.

El año anterior, cuarenta y cinco millones de dólares
por el petróleo de los jeques.
Bobbie puede mirarlos a los ojos,
hablarles de arte y caballos árabes,
invitar a sus príncipes
a su barco de 144 pies
atracado en la bahía de Long Island.
Aquello sí es un arca.

Pasado mañana, en cambio,
Bobbie estará en Perú
donde se perforan otros pozos.

Y después de Perú, Sumatra.
Montado en su Boeing 707,
Bobbie rebota
como una bola
de un punto a otro
porque el mundo es tan pequeño
como una mesa de billar
y si hoy juega al golf con Eisenhower,
mañana tomará un coctel
con cualquier otro prócer en Singapur.

Llena los pulmones de aire.
En el imperio de Lehman Brothers
nunca se pone el sol.
La economía no es más que ir de aquí para allá. Nada más.
La economía es un sinfín de aeropuertos y hoteles;
no por nada ahora
Lehman Brothers
financia cadenas de lujo,

y sobre todo aviones y más aviones
para transportar de un soplo
ejércitos de hombres de negocios.
Incluso
al hijo de un restaurador griego
o de un artesano de lámparas húngaras.

Cambia el huso horario,
cambian las razas,
cambian las lenguas,
pero nosotros no cambiamos:
somos Lehman Brothers en Tokio,
somos Lehman Brothers en Londres,
somos Lehman Brothers en Australia,
somos Lehman Brothers incluso en Cuba.
Pues sí,
entre comunistas,
¿porque quién comercia con plátanos
y
con los plátanos
envía armas y municiones?

La idea se les ocurrió a Harold y Allan
delante de los socios
durante uno de los almuerzos del lunes.
Pegaron a la pared hojas donde se leía:
    CULTURA, FINANZAS, ARMAS, CONTROL, PRODUCTOS.
Y luego las organizaron en un diagrama simple:

                      ARMAS   ⎫
                                             ⎬
  FINANZAS   PRODUCTOS   CONTROL   ⎬
                                             ⎭
                      CULTURA

Alguien preguntó qué significaba aquello.
Y lo preguntó educadamente.

Pero Harold y Allan consideraron que estaba bien claro.
Así pues, como de costumbre, dieron un portazo.

«Volverán», les dijo Bobbie a los socios.

Pero esta vez se equivocaba.

Porque hay puertas que se cierran para siempre,
sobre todo si crees que nadie habla tu idioma.

El caso es que ahora
Bobbie Lehman
tiene el mundo, y el banco,
en la palma de la mano.

¿Será por esto que le tiembla la mano?

¿O será por el sueño
recurrente de Bobbie?

En cuanto se duerme
vuelta a empezar:
el uno de William Street,
el edificio del que una vez
se dejaba colgar Goliat.

Pero esta vez no hay rastro del monstruo.
Al contrario.
Una turba de especuladores
financieros
trajeados y con maletines
hace cola para entrar.

Árabes,
franceses,
japoneses,
brasileños y peruanos,
a todos les cuelga del cuello
un gran cartel
que dice:
¡GRACIAS, MÍSTER LEHMAN!
Pero esta vez sí, Bobbie,
esta vez es todo por ti.

Desde que Herbert se retiró
no ha quedado un solo Lehman
que pueda robarte protagonismo.

En su sueño
Bobbie sonríe,
sonríe y respira hondo
porque él está en lo alto,
en el ático,
la última planta
donde el cielo puede tocarse
y desde allí los invita a subir.

Cuando llegan arriba,
todos trajeados y con sus maletines,
Bobbie levanta un dedo
y señala al cielo.
Quiere decir que si ponen maletín sobre maletín
(llenos a rebosar de títulos y contratos)
conseguirán crear una torre
sobre las oficinas de One William Street,
una torre altísima,
enorme.
Y desde allí, desde lo alto,
Lehman Brothers
dominará la Tierra.

Entonces el ejército de chaquetas cruzadas
asiente satisfecho.
Todos se arrodillan,
uno tras otro,
y depositan sus maletines.
Construyen los cimientos,
luego suben
y suben
a la perfección.
Hasta que llegados al tercer piso de la torre
algo no funciona.
¿Qué sucede?
«¡Pon tu maletín aquí!».
«*Put the suitcase here!*»
«*Dove?*»
«*Über meine! S'il vous plaît.*»
«*¡Metti la valigia qui!*»
«*Sopra di me!*»
«ここに私のスーツケースを入れて»

«ここどこ»
«私のオーバー»
«Положи сумку сюда!»
«Сюда куда?»
«На мою!»
«把我的手提箱在这里»
«在这里呢»
«在我的»

Tremenda confusión.

Y cada noche.
cuando la torre de maletines cae,
Bobbie se despierta aterrorizado.

Se ha esforzado en buscar una solución:
hay que encontrar una nueva y única lengua
para las finanzas del mundo entero.

El primer intento
lo hizo con el teléfono.
Inversiones millonarias.
International Telephone & Telegraph Corporation.
Miles de millas de cable telefónico
recorriendo el planeta como ríos.
Después de llenar el mundo de televisores
es momento de llenarlo de teléfonos.
¡Comunicación, *people*!
Comunicación.
Ya verás como a base de llamadas
acabamos por hablar todos el mismo idioma.

Nada que hacer.

En el sueño de Bobbie Lehman
eso sí
la torre ya no está hecha de maletines
sino de teléfonos que suenan
y suenan
sin cesar;
y puesto que nadie
sabe decir «¡hacedlos parar!»,

los teléfonos suenan
y suenan
uniéndose a otra cantinela.
«*Répondre au téléphone!*»
«Выключите их*!*»
«Ответь на звонок*!*»
«*Odebrać telefon!*»
«彼らが停止してください»
«電話に出なさい»
«*Sagutin ang telepono!*»
«让他们停下来»
«接电话»

Y la torre termina por caer de nuevo.

Para Bobbie es otra noche sin dormir.

Eso explica el humor de perros
con que recibe
en One William Street
a los dos chicos:
Ken y Harlan.
Ken, de 31 años.
Harlan, 28 años.

Demasiado jóvenes
para los otros bancos.
Lo han intentado, han preguntado...
Nadie los ha creído.
Ahora prueban con Lehman Brothers.
Despacho de Bobbie en persona,
tercera planta:
«No tengo mucho tiempo,
pero sed breves y seré todo oídos».

«¿Hablas tú, Harlan?».
«Empieza tú, Ken».
«Empiezo yo. Voy.
Nosotros creemos en los ordenadores, míster Lehman.
Pero no en esos que se fabrican hoy día
que ocupan una habitación entera
y no funcionan sin una habitación fría como una nevera,

haciendo que quien lo maneja
enferme treinta veces al año.
Creemos en una nueva generación de ordenadores.
Y como creemos en ellos,
nos gustaría que ustedes los financiasen.
¿Voy bien, Harlan?».

«Genial, Ken. Háblale de los sistemas».

«Los sistemas, claro.
Creemos en máquinas
con sistemas más simples
que no necesiten a un experto detrás.
Y como creemos en ellos,
nos gustaría que ustedes los financiasen.
¿Estás conmigo, Harlan?».

«¡Perfecto, Ken!».

Bobbie empieza a sentir simpatía
por este par de duendecillos gafotas.
Aun así: «Lo lamento: Lehman Brothers no invierte en ciencia
    ficción».

Curioso cómo un duendecillo
puede ser un orco en pocos segundos:
«¿Ciencia ficción, míster Lehman? ¿Has oído, Harlan?».

«Perfectamente, Ken. ¡Qué pérdida de tiempo!
Tiene razón Kerouac: ¡muerte a los viejos!
¡Ciencia ficción!
Tal vez no lo hayas pillado, matusalén:
hemos creado un idioma universal,
el idioma de los ordenadores,
sistemas operativos, módulos de cálculo,
para todo el planeta Tierra.
¡Se llama *progreso*!
Y tú, con tus 200 años de edad,
lo llamas *ciencia ficción*».

Fue así como Matusalén
decidió financiar

con el dinero de Lehman Brothers
a Digital Equipment Corporation.

No porque Bobbie Lehman
quisiese sembrar de ordenadores los Estados Unidos
igual que había hecho con los televisores.
De ningún modo.
Aunque fue así cómo se lo explicó a los socios
durante el almuerzo del lunes
en el restaurante francés
que hay en la octava planta de One William Street.

No era del todo cierto.

La nueva era de los ordenadores
fue inaugurada
por Bobbie Lehman
para evitar que la Torre de Babel
siguiese cayendo.

> Por esto recibió el nombre de Babel, porque allí
> confundió el Señor la lengua de toda la Tierra.
> Génesis 11:9

24
I have a dream

Alrededor de la mesa de cristal
que ocupa toda la habitación,
en butacas negras
esperan sentados
al completo,
todos juntos,
uno al lado del otro,
bolígrafos en mano,
hojas en blanco,
gafas de lectura,

ceniceros,
cigarrillos, puros,
y vasos de licor.
Bobbie preside
el almuerzo del lunes.
Octava planta
en el número uno de William Street:
todos sentados,
trajes oscuros,
los socios de Lehman Brothers.

No se pierden detalle
cuando habla el director de márquetin,
un ser vaporoso de melena plastificada
con ojos que parecen de celofán y dientes de fibra de vidrio.
¡Pero qué carisma!
«Hoy me gustaría reflexionar con vosotros sobre el verbo comprar.
¿Qué significa exactamente?
Significa dar dinero a cambio de algo.
Ese algo tiene un valor y el valor es un precio.
El precio es el dinero que me das.
Ni más ni menos.
Perfecto.
Si quieres que la gente compre,
debes convencerla de lo contrario.
Debes decirle que no está comprando.
Debes decir: "Entre tú y yo no hay intercambio,
porque eres tú quien gana;
yo acepto de mala gana el precio,
pero lo acepto (¡qué remedio!)
aunque obviamente salgo perdiendo".
He aquí la novedad, señores.
En esta línea trabaja el márquetin:
proclamar que el comprador gana,
y el vendedor pierde.
Márquetin es
proclamar que al comprar ganas,
al comprar triunfas,
al comprar me derrotas.
Al comprar eres el número uno.
Márquetin, señores,
es difundir la idea
de que sólo el comprador gana la guerra

y puesto que vivimos en guerra
el comprador sobrevive».

Todos sentados,
trajes oscuros,
los socios de Lehman Brothers
no se pierden detalle:
escriben,
asienten,
sonríen.
A los socios de Lehman Brothers
sentados a la mesa de cristal
les gusta el discurso.

«Si conseguimos inculcarle
a todo el mundo
que comprar es ganar,
entonces comprar significará vivir.
Porque el ser humano, señores míos,
no vive para perder.
Su instinto es ganar.
Ganar es existir.
Si conseguimos inculcar
a todo el mundo
que comprar es existir,
estimados señores, habremos roto
la célebre y antigua barrera de la necesidad.
Nuestro objetivo
es un planeta Tierra
donde las cosas no se compren por necesidad,
sino por instinto.
O si lo preferís por identidad.
Sólo entonces los bancos,
y con ellos Lehman Brothers,
serán inmortales».

Extraordinario.
Bobbie sonríe desde la presidencia.
Y la sonrisa de Bobbie es todo un acontecimiento.

Porque cuando su abuelo Emanuel y sus hermanos
fundaron el banco
su mayor sueño era forjar un imperio del algodón;

y cuando su padre Philip
lo lanzó a Bolsa
soñaba con trenes y gasolina;
pero ahora,
ahora el plan es distinto.
Se trata de la vida eterna, caballeros,
de darle un sentido al mundo,
no sé si me explico.
«I have a dream,
yes,
I have a dream»,
y el sueño
es
nada más y nada menos
que la inmortalidad.

Mientras todo el mundo
en estos años sesenta
teme reventar a causa
de una nueva bomba nuclear,
los Lehman cogemos carrerilla
saltamos el foso
y voilà,
no sólo estamos por doquier,
sino que estaremos
de ahora en adelante
para siempre.

Lehman Brothers lo tiene claro:
«Voto a favor»
(unanimidad).
«Voto a favor»
(todos sentados).
«Voto a favor»
(trajes oscuros).
«Voto a favor»
(en torno a la mesa de cristal).

Adelante con el nuevo márquetin.
A partir de ahora
la consigna será:
actuar.
Actuar, sí.

Fingir
que cualquiera puede comprar lo que sea,
que el lujo está al alcance de todos,
que no hay pobres,
que nada tiene precio
y si lo tiene es asequible.
Actuar,
actuar.
Todo el mundo ha de saber
que cada venta es un regalo.
Ofertas,
gangas,
saldos,
rebajas.
Lo importante es vender,
lo importante es llenar las cajas,
lo importante es que la gente compre.
Y si Standard & Poor's
tiene su termómetro bajo nuestro brazo,
nosotros también tendremos uno
(vaya si lo tendremos):
los supermercados.
Superstores.
Megastores.
Anuncios publicitarios tan grandes como una casa.
Un caudal de dinero fluyendo día tras día
como el mar,
como ese océano
gigantesco
e infinito
hecho con banderas de Coca-Cola,
rojas,
rojas,
rojas como las de Rusia,
rojas como las de China,
rojas como la envidia,
de toda esa parte del planeta
que bajo la hoz
y el martillo
se fastidia
(¡vaya si lo hace!)
por no poder comprar.
«But I have a dream,

yes,
I have a dream»,
y es venderos incluso a vosotros:
vender,
vender,
vender
a todo el mundo.
Carritos a rebosar
entrega a domicilio
sin preferencias
ni prioridades,
blancos y negros,
se acabaron las distinciones:
somos todo iguales
porque todos llevamos billetero.
Vender,
vender,
vender.
Ni primeros ni últimos,
no más jerarquías,
hombres y mujeres,
se acabaron las distinciones:
somos todos iguales
porque todos tenemos una cuenta en el banco.
«But I have a dream,
yes,
I have a dream»,
y es que a partir de ahora
todas las monedas
sean iguales
bajo el sol
y
no sólo bajo el sol
porque la NASA nos ha pedido dinero
para enviar a un hombre a la Luna:
«But I have a dream,
yes,
I have a dream»,
y es hacer dinero incluso allá arriba.

Embriaguez del banquero.

¡Qué gran oficio ocuparse de asuntos inmortales!

Bobbie sonríe:
Lehman Brothers es eterno.
Después se muerde el labio.
Lehman Brothers es eterno.
Bobbie tiene el pelo blanco.
Lehman Brothers es eterno.
Pero
después de mí
¿con quién?

25
Egel haZahav

De acuerdo:
no hay día en que
nuestros hombres
no pierdan la vida en Vietnam
y cada tarde emiten
por televisión
imágenes de sus féretros.

De acuerdo:
John Fitzgerald Kennedy,
allí en Dallas,
ha muerto
así,
en público,
de golpe,
ante los ojos del mundo,
ante los ojos de América.

De acuerdo:
sólo dos semanas después,
el tío Herbert
también
falleció repentinamente
de un ataque al corazón.

La cierto es que
tanta muerte a su alrededor
ya no causa efecto alguno sobre Bobbie Lehman.

Al contrario: sonríe.
Cada vez más a menudo.

Porque al final Bobbie se ha convencido
(ahora lo sabe
con toda certeza)
de que es inmortal.

Los patriarcas murieron, sí,
pero con 500, 600 o 700 años
si no más,
que es casi
como ser inmortal;
ellos también,
como el banco.
Y es justo,
justísimo,
porque Hashem no puede dejar morir
a quien guía al pueblo elegido.

¿Será esta la razón
por la que los dedos de Bobbie
han dejado de temblar?
¿Por la que ya no se muerde el labio?
¿Por la que la lengua (¡milagro!)
se ha despegado del paladar?
Sonríe, Bobbie, sonríe.

Sonríe porque ahora tiene 72 años.
¿Qué son 72 comparado con 500, 600 o 700?

Estás hecho un chiquillo, Bobbie Lehman.
Un chavalín.
Y como cualquier chiquillo
puedes responder, ahora está de moda,
puedes hacerlo, quizá incluso debas hacerlo.
¿Revolución?
¡De cabeza!

Puedes dar la vuelta al mundo, Bobbie,
hacerlo saltar por los aires,
arrancarlo del sistema,
arrebatárselo
a este maldito ejército de viejos desequilibrados.
Morgan Stanley es un banco de vejestorios.
Goldman Sachs es un asilo a la intemperie.
Lehman Brothers no.
Lehman Brothers es una residencia de estudiantes
y el más joven
se llama Bobbie.

Además, ¿qué importa si los socios
durante el almuerzo del lunes
ponen mala cara?
¿El presidente es o no es quien manda?
Además, abrir las puertas a los jóvenes
no puede traer sino consecuencias benéficas.
Así pues
juventud,
juventud en la brega,
juventud reclutada,
juventud a más no poder.

Este chico
por ejemplo
que ahora entra en su despacho
con las mejillas como dos melones
tendrá poco más de treinta años.

¡Qué fácil entenderse entre personas de la misma edad!

Mirada recta. Demasiado, diría...
¡Qué insolente el amigo!
Un tipo duro.

De hecho, no parece una cara nueva.
¿Pero qué pinta Bobbie con un húngaro?
Criado en el Soho, además...
Tal vez...
Quién sabe, ha pasado tanto tiempo.

En cualquier caso.

Barrigón,
barba descuidada;
el tipo es un leñador en formato bancario.
Tiene pinta de maltratar los culos del mundo
a golpes de hacha.
«Efectivamente, el apellido es húngaro.
No somos como esa calaña
que decide cambiárselo.
Por otro lado los Lehman eran judíos alemanes, lo sé.
Si ustedes eran alemanes,
¿por qué no podría ser yo húngaro?
¿O los húngaros les caen gordos?
Si les molestan díganmelo
y me marcho.
Puede que en el banco tengan ustedes un montón de dinero
pero yo tengo un montón de ideas
que no compartiré si no me da la gana».
«No tiene usted pelos en la lengua, míster Glucksman».
«Dicen por ahí
que usted entiende de caballos.
Bien, entonces sabrá como yo
que un caballo fuerte da coces fuertes».
«¿Y este caballo que tengo delante
no estará buscando cuadra?».
«Una cuadra tal vez.
Una jaula, no, gracias».
«Yo lo busqué, míster Glucksman,
porque su fama lo precede.
Al parecer es usted el mejor trader de Estados Unidos».
«¿Acaso hay aquí un departamento para el trading?».
«Todavía no,
pero me encantaría abrirlo;
tal vez con usted a cargo».
«Me parece que no sabe usted de qué habla.
Las personas como yo
no rellenan informes,
no van a los banquetes
ni llevan gemelos».
«Adelante, explíquemelo usted,
¿qué hace un trader?».
«Trabajamos delante de un ordenador, míster Lehman
con un teléfono en cada oreja.
Compramos y vendemos acciones

al mismo tiempo
en diez bolsas de todo el mundo,
no sólo en Wall Street.
Compramos lo que nos conviene
y revendemos si nos da ganancias.
Movemos títulos y valores
a razón de cien al día.
A menudo
y de forma deliberada
conseguimos que un título de mierda,
un descarte,
parezca un título potente
y cuando dobla su valor
se lo colamos a algún ingenuo.
Usted dirige un banco respetable,
aquí todo brilla,
hay mucho dinero y muy buen gusto.
En cambio, nosotros
hacemos un trabajo sucio
donde sólo importan el dinero y la astucia.
El trading
puede hacerle ganar millones en un día,
pero olvídese de ponernos en la salita de estar:
nuestro sitio son los trasteros
y la educación no es nuestro fuerte».
«Me ha convencido, míster Glucksman.
¿Cuándo cree que podemos empezar?».
«Para montar un departamento de la nada
voy a necesitar un par de meses.
Yo elijo a los traders,
gente despierta.
Y repito:
no podemos estar aquí en cojines de terciopelo.
Denos otra sede y haremos de ella nuestro hogar».
«Ya está lista, si quiere,
a sólo cinco minutos,
en Water Street.
¿Quiere verla ya?».

La junta de socios
no era de la misma opinión.
No porque el chico húngaro no les gustase:

ni siquiera llegaron a conocerlo
porque la mañana en que debía presentarse
el leñador tenía un compromiso.

El caso es que la junta
(todos sentados en torno a la mesa de cristal)
hubiese preferido otra clase de perfil,
un currículo más refinado,
un nombre joven, claro,
pero que inspire
sobre todo
(eso es,
sobre todo)
cierta confianza...

Paul Mazur, socio sénior,
consejero de Bobbie
(incluso había conocido a su padre),
hubiese preferido por ejemplo
a aquel joven de Nebraska
llamado Peterson
(unos dicen que es sueco, otros que griego)
que se está abriendo camino
en las altas esferas:
refinado,
reservado,
buen porte
y todos lo llevan en palmitas...

«¿Cómo todos?», pregunta Bobbie con acritud.
«Los demás bancos, amigos y competidores».
«¿Te refieres a esa banda de fiambres, despojos y vejestorios?».

¡Bravo, Bobbie!
Morgan Stanley es un banco de vejestorios.
Goldman Sachs es un asilo a la intemperie.
Lehman Brothers no.
Lehman Brothers tendrá un departamento de trading
con sede en Water Street.
Imperio húngaro
sin terciopelos,
sin gemelos.

Un territorio donde se respire otro aire.
Cuando Paul Mazur,
socio sénior,
se presentó allí
con Bobbie,
poco faltó para que el viejo no cayese desmayado:
«¿A qué viene este pandemonio, Bobbie?».

Pero Bobbie no responde. ¡Qué va!
Bobbie sonríe.
Es más: se carcajea.

Coge del brazo a Mazur
y lo arrastra tras de sí
para una visita guiada al abismo:
salas que parecen hangares,
mesas de madera y plástico
largas como mostradores de tiendas
con lámparas y
pantallas de ordenador
unas al lado de otras
separadas sólo por un paquete de rosquillas,
los restos de algún take-away chino,
caóticas pizarras electrónicas,
bates de béisbol
y guantes de boxeo.
Jóvenes por doquier
en mangas de camisa
ríen y corren
gritando como locos
con la garganta y con los dedos.
Por el suelo,
todo esparcido,
montañas de papeles
amontonados como hojas de árbol,
latas de Coca-Cola
y ceniceros humeantes de tabaco.

Paul Mazur,
que ronda los 80 años,
se ha tirado todo el rato hablando.
Aterrado, no ha dejado de sermonear a Bobbie.

Y si no fuese porque ambos tienen el pelo blanco
diríase que son un abuelo
y un chiquillo travieso.

Mazur sigue erre que erre.
Bobbie sonríe y asiente.
En realidad, apenas entiende nada
porque en este loco maremágnum de cifras y letras
las jeremiadas de Paul son casi imposibles de oír.

687.£.56.856.845%.37573%4975.9348.6974.58G.658326.47532674
5.37568$97.6905.4895%7647.58637.463276%765.8766590599.7
5i7.587.465345.4 «Sea lo que sea esta zarabanda, no estoy dispuesto
a tolerarla». 65.56%.67.770083.2211.8039.21.9071$.87565434.t2
2.132.576.889775.643.4£32.544.456.746.584.3586.657.48.3975.8
432.65073«El árbol de la modernidad no siempre produce frutos
comestibles, Bobbie, y tú lo sabes bien». 653.7.7654.7643.8769.76
543$.6532.579.547964.76436.87%.78.90$.986.875.90.45%.T34.
SH78.lk2t.r47q3s2q96t5.y7fm8.3s4b.65$8.3720.9564.375.709.
iy43.6583.280.9567.«Siempre he tenido a la banca en alta estima,
pero las prácticas bancarias son incompatible s con lo que me
estás mostrando». 483.658.9.789.SH5$.7£.32.78956.43.5.871235
8.6$1.3892.5734.5684.73.658.3258.63.8.9563489.56894.3658.43
656.43956.895.6y8.34.6$58.93426.5.535235.45.39.35.5. «¿Puedes
darme una razón que explique este despropósito o tengo que in-
ventármela yo?». 543.2434.876.895.835355.3.78721.42.%7783.3.7
65.987087g3502.175.9032.75986.328.57032.9900.65.45%.7509
«Tu padre, Philip, y yo coincidíamos en algunos aspectos funda-
mentales». 832.65089386.3$29856.2308.95602.8635.08923.%5
96.98.764.66542.31.0.8965.86598$.425.79650s.d236r.26590.
4657.23547.65634.97290.57956.2395.70936.589.37209.563295.
703Q286.59.82315.3096.57.90.347908%6.7340.9.8756.7865.93
«Además, Lehman Brothers cuenta con un pasado y un prestigio
que salvaguardar». 465372.6578.44.9$040.675.4%38.2489053.287
6.4783.254$3.543245.5687.98.654.21.32235.465£6y.89.895.46.5.42.
55897.98.8753.%899.Sh%.76 «Recuerdo que en una ocasión leí
una carta de tu abuelo muy ilustrativa en este sentido». 34.55.87."
69.8.69.89.8.4$3.5.43.1.2.544786.98'.03.7.49.82.3.£70.4.83.
20957.906.N34.57.09.3.457093.476.jo 93.47.60.93475.73.4.9.05.
634 «Bobbie, ¿me estás escuchando?». 8654.89.35.67.8.43.5.78.3.245
32458.73.2.$69.587.054684.59658.73.24.3651.23.562.4763.4.56.4355
.76f85.49.657.32.6.45.6.3.72153.1247.65 «¿Quién está a cargo de este
tinglado? Porque ya puede tener una buena explicación para seme-

jante bacanal». 7845.67.8.9874.32.6.7.875.G53.&5%5648.56.78.47.6.9
5.88.8.00.5.43648.32.658.30.53.8.08569032849326546276fg.435621
987490213647823123.5987.43096.843568.6437.76%.876$s
315 «Como socio sénior creo merecer una explicación larga y exhaus-
tiva». 64832175863.4832.7095.76.19.83265.9832.418.95643 «Para
empezar: ¿cuánto dices que nos cuesta esta locura?». 868834411.
1753.331.1.122.68.94478.377.'3.146.8905.48.7'.06.87.'.08.540
.976.549.764.36.58.94362.5743.856.328.75.647836534659865164385
689455678 «Me pregunto de qué modo puede considerarse esto
compatible con un mínimo espíritu cívico». 756&.54335$.45.76$.%6.
76%.76$.77.34.653.5425.890587.5678.9054.76 5.873.572.35.78.32.65.
98126.3.58.94.36.8.43.6578.32.5.14.62.56.3.45.21.4.76231587436987
54097649868713461235987430968435686437426535218734632496
8094237568743254351256342ks3158569032849326546276fgmf «Si
ésta es tu forma de ver las cosas, ¡no cuentes conmigo, Bobbie!».
78.23.1,8643,65329.76556.4832175.8634.832.7095.7619.8325.64.
83.21.7.58634.832.70.9576.198.32.659.83241.895.64389hwv658943
.6.5.84.65486.8753.75.7753.87653l77642.6530.97.849 «Percibo una
frenética actividad telefónica, pero parece puro humo». 50.76.9824.36
57.3254.725.984632.05704.3967.09.5.48.79065.87.0'8.6549.67348.9
75.46214.35623483.658.9.789.SH5$.7£.32.78956.43.5.8712358.6$1.38
92.5734.5684.73.658.3258.63.8.9563489.56894.3658.43656.
43956.895.6y8.34.6$58.93426.5.535235.45.39.35.5. «Ésta es la
primera vez desde hace años en que me opongo totalmente a tu
forma de ver las cosas». 543.2434.876.895.835355.3.7872r.42.%
7783.3.765.987087g3502.175.9032.75986.328.57032.9900.65.45%.
7509 «Nos hacemos viejos, Bobbie. Y en ocasiones, la vejez nubla
la vista e infunde una fe desorbitada en lo nuevo, ¿me explico?».
832.65.8764,089386.3$29856.230.875.64$.8.8.95602.8635.08923.
%596.98.764.66542.31.0.8965.86598$.425.79650s.d236r.26590.
4657.23547.65634.97290.57956.2395.70 936.589.37209.563295
.703Q286.59.82315.3096.57.90.347908%6.7340.9.8756687.
£.56.856.845%.37573%4975.348.6974.58G.658326.475326745.37568
$97.6905.4895%7647.58637.463276%765.8766590599.75i7.587.465
345.4 «Por otro lado, como ancianos, no podemos depositar nuestra
confianza en modelos perversos para las nuevas generaciones. Ya
sabes a lo que me refiero». 65.56%.67.770083.22112.1432.221.8039
.21.9071$.87565434.t22.132576.889775.643.4£32.544.6568.7483.4
56.746.584.3586.657.48.3975.8432.65073 «El mundo es demasiado
diverso para tener un único mercado global. Correría el riesgo de ser
el sumun o el remate de la desigualdad». 65,6654.7689$.3.764.76
436.87%.78.90$.98.635846385.738657384.478365738.7834657632

8.95987549.46725466.875.90.45%.T34.SH78.lk2t.r47q3s2q96t5.
y7fm8.3s4b.65$8.3720.9564.375.709.iy43.6583.280.9567. «Igual
que en política, no debemos desestimar una posible desviación,
que en ningún caso debemos secundar». 483.658. 9.789.SH5$.7
£.32.78956.43.5.8712358.6$1.3892.5734.5684.73.658.3258.63.8.9
563 489.56894.36.87454.487445.58. «¿Qué diferencia hay entre
un manicomio y lo que están viendo mis ojos?». 465372.6578.44.
9$040.675.4%38.2489053.2876.4783.254$3.543245.5687.98.65
4.21.32235.465£6y.89.895.46.5.42.55897.98.8753.%899.Sh%.76
«Suponiendo que pueda generar beneficios, no todo lo que los genera
merece aprobación». 34.5.76580.5.87.6998'.03.7.49.82.3.£.8.69.89.
8.4$3.5.43.1.2.544786.70.4.83.20957.906.N34.57.09.3.457093.476.
j093.47.60.93475.73.4.9.05.634 «Hay una cierta agresividad en las
finanzas modernas que no estoy dispuesto a admitir». 8654.89.35.
67.8.43.5.78.3.24532458.73.2.$69.587.054684.59658.73.24.3651.23.
562.4763.4.56.4355.76f85.49.657.32.6.45.6.3.72153.1247.65 «¿Estos
señores tienen algún título o vienen de la calle?». 7845.67.8.9874.
3.7654.8643.3245.76490.$6.8642.6.7.875.G53.&5%5648.56.78.47
.6.95.88.8.00.5.43648.32.658.30.53.8.08569032849326546276fg
.435621987490213647823123.5987.43096.843568.6437.76%.876
$s315 «Y pensar que Wall Street ha sido parte de la gloriosa historia
de nuestra patria». 64832175863.4832.7095.76.19.83265.9832.418.9
5643 «Pareces sorprendentemente tranquilo». 868834411.1753.331.1.
122.68.94478.377.'3.146.8905.48.7'.06.87.'.08.540.976.549.764.36.
58.94362.5 743.856.328.75.64783653465986516438568945 5678 «Tú
mismo me enseñaste que no todo el arte contemporáneo es valioso».
756&.54335$763.790.64.45.76$.%6.76%.76$.77.34.653.5425.89058 7.
5678.9054.76.3.58.94.36.8.43.6.578.32.5.14.62.56.3.45.21.4.7623158
74.36987540.976498.687134.612355.873.572.35.78.32.65.981269.8
74309684356864374.2653521873463.249680.942375.687432.543.5
12.56342ks3158 569032849326546276f «Exprimir un limón es una
actividad limitada, querido Bobbie. Cuando ya no queda jugo acabas
por exprimir la monda». 78.23.15.6524.8764.6543l.4247.42218.6532-
6.483.2175.8634.832.7095.7619.8325.64.83.21.7.58634.832.70.9
576.198.32.659.83241.895.64389hwv658943.6.5.84.65486.875
3.750.97.849 «Sin lugar a dudas, el entusiasmo que se respira es
un reflejo del mundo en que vivimos». 50.76.9824.3657.3254.72
5.984632.05704.3967.09.5.48.79065.87.0'8.6549.67348.975.4
6214.35623483.658.9.789.SH5$.7£.32.78956.43.5.8712358.6$1.
3892.5734.5684.7687.£.56.856.845%.37573%4975.9348.6974.5
8G.658326.475326745.37568$97.6905.4895%7647.58637.463276%
765.8766590599.75i7.587.465345.4.76 «¿Me has traído aquí

para animarme o para escandalizarme? De verdad que no lo
sé». 764.654 2.65.56%.67.770083.22112.1432.221.8039.21.90
71$.87565434.t22.132.576.889775.643.4£32.544.6568.7483.4
56.746.584.3586.657.48.3975.8432.65073 «Recuerdo cuando
me decanté por los negocios porque me gustaba el silencio».
653.7.765432.579.547964.7.547393.75437474545.4743585.466484064-
4636436.87%.78.90$.986.875.90.45%.T34.SH78.lk2t.r47q3s2q96t5.
y7fm8.3s4b.65$8.3720.9564.375.709.iy43.6583.280.9567. «Veo en
esto un punto de no retorno». 483.658.9.789.SH5$.7£.32.78956.43
.5.8712358.6$1.3892.5734.5684.73.658.3258.63.8.9563489.56894.3
658.43656.43956.895.6y8.34.6$58.93426.5.535235.45.39.35.5. «Hay
mucho que explicar en una economía que se hace indescifrable,
como si fuese un secreto, Bobbie». 543.2434.876.895.835355.3.7872r.
42.%7783.3.765.9870.7543.98687g3502.175.9032.75986.328.5
7 032.9900.65.45%.7509 «Estos sujetos tienen tanto de nobleza
bancaria como yo de cantante de rock». 832.65089386.3$29856.2308
.95602.8635.08923.%596.98.764.66542.31.0.8965.86598.764.76$.
425.79650s.d236r.26590.4657.23547.65634.97290.57956.2395.7093
6.589.37209.563295.703Q286.59.82315.3096.57.90.347908%6.734
0.9.8756.7865.93 «¿Estás seguro al menos de que semejante orgía es
legal?». 5372.6578.44.9$040.675.4%38.2489053.2876.4783.254$3.5
43245.5687.98.654.21.32235.465£6y.89.895.46.5.42.55897.98.8753.
%899.Sh%.76 «Sigo creyendo con firmeza que incluso hoy en día es
necesario un mínimo respeto a las normas». 34.55.87.69.8.69.89.8.4
$3.5.43.1.2.544786.98'.03.7.49.82.3.£70.4.83.20957.906.N

Justo cuando estaba por llegar lo mejor,
Paul Mazur aprieta el brazo de Bobbie
y con un hilo de voz, dice:
«Exijo saber quién es ese hombre».

Porque de hecho
hay un hombre
allí arriba
de pie,
en un altillo.
Un leñador con dos mofletes como dos melones
que dirige la orquesta del infierno,
pero sin batuta,
más bien con un hacha.
A su espalda,
colgada de la pared,

una gigantesca foto
de una negra desnuda
bañada en oro
donde se lee:
LA DIOSA DE LA BOLSA.

Paul Mazur,
socio histórico,
se juró a sí mismo
no volver a pisar
Water Street,
Imperio de Hungría,
y el lunes durante el almuerzo
trasladar a sus colegas
todo su desprecio.

Pero el departamento trading
ha triplicado sus ingresos
al cabo de un mes;
o eso dice Bobbie
gráficos en mano
porque el leñador,
para variar,
no tenía tiempo.

Lo de triplicar los ingresos
ha caído en gracia a los socios.
Aunque allí dentro,
en Hungría,
veneran a otra diosa.

Paul Mazur
que rondaba los 80,
muere al cabo de poco tiempo.

Bobbie sonríe:
no es su problema.

Entonces Aarón hizo un ídolo para el pueblo, un becerro de oro.
Éxodo 32:4

26
Twist

Bobbie Lehman tiene 78 años.
Y baila el twist.

Y no es el único.
Todo el mundo baila el twist.
Bailan los rusos de Brézhnev,
y bailan los chinos mientras juegan al pimpón;
bailan los árabes vendiendo petróleo
y bailan en Europa cogidos de la mano.
Bailan en Japón, sin pausas, de corrido,
bailan en América,
donde
si no bailas
estás fuera de juego.

Bailan coches,
camiones,
motocicletas,
(porque a ver quién puede bailar sin ruedas en los pies);
bailan
casas,
fincas,
apartamentos,
villas,
(¡a cada cual un techo para bailar!);
bailan frigoríficos,
batidoras,
lavadoras,
(¡la corriente eléctrica da fuerzas para bailar!);
bailan
cines,
televisores,
antenas,
(¡que nadie baila sin ser visto!);
bailan
teléfonos,
fichas,
auriculares,

(¡también un tono de llamada puede bailarse!);
también bailan
las acciones,
los títulos
y los bonos
porque la Bolsa (ella sí) ¡nació para bailar!

Baila Lew Glucksman,
baila hacha en mano,
y ¡vaya si sabe bailar!
Bailan todos los traders
alojados en Water Street,
Imperio de Hungría,
donde los de One William Street
no se atreven a poner el pie;
al contrario, si pueden
cambian hasta de acera.
Porque un embrollo semejante,
¡no señor!,
esa bacanal
no es Lehman Brothers.
Una lástima que su banco
baile el twist
brincando sobre los ceros
que en Hungría se multiplican sin cesar.
Ahí va Lewis Glucksman bailando,
bailando el twist y la zarda
con sus rojas mejillas como melones,
baila con sus ordenadores
que nunca se apagan
porque están ocupados
en sacar ceros y ceros y más ceros,
que luego con esos ceros
ya bailamos nosotros.

Bobbie Lehman tiene 80 años.
Y baila el twist.

Se ha pasado la vida temblando.
¿Qué hay de malo
en que ahora
el patriarca
tenga unas ganas locas de bailar?

Sobre todo en tan buena compañía
porque a su lado bailan los números,
todos ellos, del 0 al 9,
combinados,
bien juntos
y revueltos,
igual que los cuadros de una exposición.
Los números,
esos números
que en Water Street manipulan como locos.
Bailan los teclados de los ordenadores,
bailan las calculadoras,
bailan las impresoras,
bailan los recién contratados,
chicos sorprendentes
que no bailan con hombres ni con mujeres,
pero con los números se marcan mazurcas y polcas.

Baila Dick Fuld,
el último en llegar;
baila Dick Fuld,
apenas 30 años;
baila Dick Fuld,
bailarín avezado;
baila Dick Fuld,
un as bailando con números;
baila Dick Fuld
pegado a su ordenador;
baila Dick Fuld
y lo hace con millones;
baila Dick Fuld,
hace piruetas en la bolsa;
baila Dick Fuld,
pero sólo en Water Street;
baila Dick Fuld
y lo hace con Lew Glucksman,
sólo con él
porque Dick odia a los bancos
y a sus integrantes.

Bobbie Lehman tiene 85 años.
Y baila el twist.

Consigue que baile
incluso quien ya está cansado,
como los viejos socios
de One William Street,
los mismos que decidieron
bailar un sirtaki
sobre la mesa de cristal
y para aprender
mandaron llamar
a Pete Peterson,
griego,
perdón,
sueco.

Baila Pete Peterson,
banquero con pedigrí,
baila con su mujer Sally.
Baila con un sueldo de 300.000 dólares,
baila con el banco Lehman Brothers,
que para él es el uno de One William Street
y nada más.
Él no baila ni con húngaros
ni con su séquito de locos;
no baila con Lew Glucksman
porque lo asusta su hacha.
No baila con Dick Fuld
porque parecería un oso en el sirtaki.
Peterson odia a Glucksman.
Glucksman odia a Peterson.
El banco odia a la bolsa.
La bolsa odia al banco.
Pero bailan de todos modos
aunque se odien;
lo importante es no parar.

Bobbie Lehman tiene 90 años.
Y baila el twist.

Sabe bien que detenerse
no está consentido;
que cuando bailas
hay que hacerlo

hasta la extenuación,
sin pausa,
sin aliento,
cada vez más y más.
Tal vez por ese motivo
(para bailar mejor)
Glucksman
ha soltado
entre su gente
pelotas de baloncesto
y entre los ordenadores
circula
un polvo blanco
que para el baile tiene mucho sentido.

Bobbie Lehman ha cumplido 93 años
y baila el twist;
mejor dicho: tiene 100 años,
o quizá 140.
Bobbie baila el twist,
baila como un condenado.
Tal vez tampoco él haya advertido
que
fue bailando el twist
como murió
el último Lehman.

> Y nunca más surgió en Israel un profeta como Moisés.
> Deuteronomio 34:10

27
Squash

La placa que hay en la puerta del despacho
dice presidente.

Tiempo atrás
estaba en la puerta de Bobbie Lehman,

pero la tiene otro
desde hace al menos diez años.

El sillón negro
sigue intacto:
es el de Emanuel Lehman.
El escritorio color caoba,
la estantería con premios
y en las paredes cuadros
de un pintor tan famoso como caro.
Sobre la mesa un pisapapeles con forma de globo terráqueo.
Al parecer había sido de Henry Lehman en Alabama.
Una bandeja con una jarra,
vasos impecables,
junto al teléfono
dos estilográficas.
Un ramo de flores frescas.
Suave aire acondicionado.

El diván es el mismo
que tenía Philip.
Ahora todo le pertenece
a él,
al nuevo jefe de Lehman Brothers.
Sin embargo,
no se respira un aire ni más griego ni más sueco.

El presidente, Pete Peterson,
está sentado en su puesto.
Los periódicos de la mañana.
La agenda con las reuniones
previstas para el día.
La más importante
eso sí
es la primera.

Cuando llaman a la puerta,
Peterson se levanta
y se ajusta la corbata.
«¡Adelante!».

Lew Glucksman
siempre gasta un humor de perros por la mañana.

Hoy más todavía
porque las oficinas del último piso
nunca le han gustado.
Es como dice
su pupilo Dick Fuld:
«Cuanto más arriba están, más por el suelo los pongo».

Glucksman cruza la habitación.
No necesita ajustarse la corbata
por la sencilla razón de que no lleva.
Y se sienta.

El griego y el húngaro,
cara a cara.
Uno tiene a sus espaldas olivas y alcaparras,
el otro lámparas de mesa.
Uno es el banquero perfecto.
El otro un trader de asalto.
Uno es el presidente de Lehman Brothers.
El otro maneja la mina de oro
que, como declaró a la prensa
su pupilo Dick Fuld,
«sin nosotros sólo sería humo, nada de carne».
Y Dick Fuld sabe mucho de carnes
porque cada mañana
junto a su ordenador
no pueden faltar cuatro paquetes
de beef-burgers.

El griego y el húngaro,
cara a cara.
El silencio se eterniza.
Peterson sonríe.
Cuando estaba en el gobierno de Richard Nixon
aprendió a sonreír incluso a sus enemigos;
es su don más preciado,
la sonrisa a discreción y motu propio.

Glucksman en cambio no.
Él no tiene poder alguno sobre su sonrisa
y de hecho está allí
sentado
como un rinoceronte

que señala con el cuerno
y gruñe con el morro
porque como dice
su pupilo Dick Fuld
«la economía se divide en corbatas y bestias
y como las corbatas no respiran
es mucho mejor ser bestia».

Peterson recuerda
(estaba en el gobierno de Nixon)
cuando los Estados Unidos
abrieron los mercados chinos
enviando a Pekín
un equipo de pimpón.
Ahora el objetivo es el mismo.
Buena idea, ¿no?
Pimpón
grecohúngaro.

Pelota en juego.

«Estimado Glucksman, ¿de qué querías hablarme?».
«¿Yo? De nada en particular».
«Pero aquí estás».
«Sabes por qué».
«Puedo adivinarlo».
«Nada de juegos».
«Como quieras».
«Habla claro».
«Empieza tú».
«Eres el presidente».
«Lo soy».
«En efecto».
«Prosigue».
«No deberías serlo».

Pelota fuera.
La respuesta de Hungría es excesiva.
Peterson sonríe;
se le da genial hacerlo.
Uno a cero para Grecia.
Vuelve a poner la pelota en juego.

«Estimado Glucksman,
¿qué intentas decirme?».
«¡Que esos tipos se acabaron!».
«¿A quiénes te refieres?».
«A los reyes de antaño».
«¿Yo, rey?».
«¡Eres el presidente!».
«¿Acaso quieres...?».
«¡Quiero el banco!».

Pelota fuera.
Hungría parece nerviosa.
Peterson sonríe;
se le da genial hacerlo.
Dos a cero para Grecia.
Vuelve a poner la pelota en juego.

«Estimado Glucksman, ¿no exageras un poco?».
«¡En absoluto!».
«Un banco es un banco».
«Pero nosotros lo empujamos hacia delante».
«¿Tú crees?».
«Tengo pruebas».
«Yo opino que...».
«¡Se acabó!».

Hungría tira al suelo la pala,
coge la pelota y la aplasta con el tacón.
Fin del partido.
El pimpón es un bailecito
y, como diría
el joven Dick Fuld,
«el squash, ése sí es un deporte de hombres».

Perfecto.
Ahora Glucksman domina el juego.
Y será el squash, en la última tanda,
donde gana quien golpea más duro.
Pelota en danza.

«Bien, Peterson. Quiero el banco».
«¿El banco entero en manos de tu gente?».
«Mejor que con tu escoria».

«¿No será mejor dividir los papeles?».
«¡No me basta con medio pastel!».
«Quieres lamer todo el plato».
«Mejor yo que un asqueroso banquero».
«¿Y si el plato no está de acuerdo?».

Hungría pierde el punto.
Ventaja para Grecia.
Peterson sonríe:
se le da genial hacerlo.
Vuelve a poner la pelota en juego.

«Aquí no eres precisamente querido, Glucksman».
«¿Por la junta? ¿A quién le importan esos viejales?».
«¿Y si los viejales venden sus acciones?».
«No lo harán. Y si lo hacen, pago».
«Si se van diez, te costará un dineral».
«El dinero no es problema. Un gasto más».
«En ese caso dejarás las cajas tiritando y tú te quedarás en pelotas».
«Quiero el banco. ¡Quiero tu puesto!».
«Apartarme te costará millones».
«Dime una cifra y mañana la tienes».

Punto a favor de Hungría.
Parece que Grecia
pone fin al juego.
Coge la pelota.

«Quiero una ristra de ceros y un porcentaje si quiebras».
«Menos cháchara. Habla claro».
«Si tuvieses que vender las acciones de Lehman Brothers,
si tuvieses que darlas con tal de equilibrar las cuentas,
yo sacaré un porcentaje
de cada venta».
«¡Qué estupidez!».
«¿Trato hecho?».
«¡Claro!».
«Lewis Glucksman,
¡eres el nuevo presidente!».

Allí donde falló el pimpón,
triunfó el squash.

Donde fallaron las lámparas de mesa,
triunfaron las olivas y las alcaparras.

Porque apenas un año
después de dicha reunión,
Lehman Brothers
(la célebre compañía)
se vendía
al mejor postor.

Lo compró
a muy buen precio
American Express.

Epílogo

Rodean la mesa
la mesa de cristal,
un vidrio tan largo como la propia estancia
sentados en las butacas negras.
Parece el almuerzo de los lunes
sólo que ahora es de noche,
más bien
de madrugada.
Pronto romperá el alba.

Reina el silencio.

Un grupo de hombres ancianos
espera la noticia.

Henry Lehman preside la reunión.
Es su lugar, desde siempre.

Mayer Bulbe
ocupa un asiento a su lado.

Emanuel es un brazo,
quiere actuar;
en días como ése
quedarse sentado no es una opción recomendable.

Su hijo Philip
tiene una agenda
ante sí.
Bolígrafo en mano
escribe frases con letras de imprenta;
la más reciente dice así:
NO LO VI VENIR.

Bobbie Lehman
está frente a su padre.

Su mano tiembla de nuevo
y vuelve a morderse el labio.
En la solapa de la blanca chaqueta
lleva colgado un broche con forma de caballo.

Herbert, el senador,
ajusta la hora en el reloj de pared.
Total, aquí
el tiempo
es un concepto extraño.
Pero él no se ha dado cuenta.

De hecho, su hijo Peter, vestido de militar,
lo mira con tristeza y menea la cabeza.

En un sofá, bajo la ventana,
está Sigmund vestido de verano.
Gafas de sol redondas.
Demasiada luz en las cubiertas de los barcos.

Su hermano Arthur tamborilea sobre la mesa con los dedos.
«¿Habrán tenido en cuenta que siempre
hay una forma de salvarse?
Mis cálculos no desvelan
una situación tan catastrófica».

«La decisión está tomada», responde Irving
anudándose bien la corbata.

En la habitación reina el silencio.

Un grupo de hombres ancianos
espera la noticia.

Dreidel enciende un puro.
Es el quinto consecutivo
porque nadie ha pegado ojo desde ayer.

Harold mira a su hermano:
«¿No dicen que por cada muerte hay un nacimiento?».
Allan sacude la cabeza:
«Quizá. Con los niños reímos, pero no con los muertos».

David se suena la nariz con tanto ímpetu
que casi se la arranca de la cara.
Nunca ha aprendido a medir su fuerza.
Luego dobla en el bolsillo el pañuelo de algodón,
toma aliento
y mira a su padre, Henry:
«¿Cómo se llama?
Nunca recuerdo el nombre».

Nadie responde.

«Pregunto: ¿quién fue
al final el último presidente?».

Philip hojea su agenda:
«Dick Fuld».

Mayer Bulbe hace una mueca
y se encoge de hombros:
es una papa hervida.

Emanuel,
que era y sigue siendo un brazo.
patea una silla
que cae en el centro.

Bobbie suspira.

Herbert Lehman
se rasca la cabeza:
«Quizá aún quede una esperanza».

«La decisión se ha tomado», replica Irving.

«Tal vez acuda otro banco a ayudarnos».
Sigmund sonríe: ha olvidado todos y cada uno
de los 120 mitzvots.

Bobbie suspira:
«En 1929 nosotros no ayudamos a ningún banco.
Lo hicimos adrede».

De nuevo reina el silencio.
Un cónclave de hombres ancianos
espera la noticia.

Suena el teléfono.

Los catorce se miran.

Henry se mueve,
descuelga el auricular
y habla: «Dígame».

Luego escucha.

Mira al resto.

Cuelga.

«Ha muerto hace un minuto».

Se ponen en pie
alrededor de la mesa.
Todos.

Durante los próximos días
se dejarán crecer la barba
como contemplan los ritos.
Shivá y sheloshim.
Acatarán la Ley
tal como manda
cada uno de los preceptos.

De la noche a la mañana
recitarán el kadish.

Tal y como hacían en Alemania,
allá en Rimpar, Baviera.

Glosario de términos hebreos y yidis

De acuerdo con los criterios de la Real Academia Española y las prácticas editoriales mayoritarias, entendemos que las transcripciones desde alfabetos no latinos son términos (casi siempre neologismos) plenamente incorporados al idioma que, por ello, no requieren ninguna marca tipográfica particular. En la edición de este libro hemos usado distintas fuentes de consulta para hallar las grafías mejor adaptadas a la fonética del castellano aunque éstas no necesariamente reflejen la pronunciación exacta de esas palabras en las lenguas (o dialectos) originales. Se exceptúan los títulos de los capítulos (todos ellos en hebreo, inglés o yidis), que conservan las formas del texto original y están marcados con letra cursiva.

ADAR— Mes del calendario judío correspondiente a febrero/marzo.

ASARÁ BETEVET— Literalmente «10 de tevet» (cuarto mes del calendario judío moderno). Fiesta en que se recuerda el inicio del asedio a Jerusalén por las tropas de Nabucodonosor II (588 a. C.).

AV— Mes del calendario judío correspondiente a julio/agosto.

AVRAHAM— El profeta Abraham.

(DER) BANKIR BRUDER— El hermano banquero.

BAR MITZVÁ— Literalmente «hijo del mandamiento». Término formado con bar («hijo») y mitzvá («precepto»). Con esta expresión se designa también la ceremonia que marca para un adolescente la entrada en la madurez social y religiosa. Desde ese día, el joven ya no depende de su padre, adquiere derechos, deberes o responsabilidades de adulto y es merecedor de castigo si comete una falta. El acto se lleva a cabo en la sinagoga durante el primer sábado tras el decimotercer cumpleaños del muchacho, que debe leer fragmentos de la Torá frente a la familia allí reunida.

BARUJ HASHEM— Literalmente «bendito sea el Nombre». Se emplea con el sentido de «gracias a Dios». Hashem es el sustituto reverencial del nombre divino representado por el impronunciable tetragrámaton (JHWH), que suele adaptarse como Yahveh o Jehová (en su forma más latinizada).

BAT MITZVÁ— Literalmente «hija del mandamiento». Ceremonia en que la joven que ya ha cumplido doce años adquiere la condición de «mujer» y, con ella, las consiguientes obligaciones de índole religiosa.

BEIN HAMETZARIM— Fiesta que conmemora las destrucciones de los dos grandes templos en Jerusalén (586/7 a. C. y 70 a. C.). El término significa «tres semanas entre ayunos» (entre el 17 de tamuz y el 9 de av).

BERIT MILÁ— Pacto o ceremonia de la circuncisión (véase milá).

(DER) BOYKHREDER— El ventrílocuo (yidis).

BULBE— Patata (yidis).

DANIYEL— El profeta Daniel.

DREIDEL— Trompo, peonza (yidis). Se le da este nombre a una especie de perinola empleada de forma casi litúrgica durante la fiesta de Janucá. Consta de cuatro caras donde figuran las iniciales hebreas de la frase nes gadol haya sham («el gran milagro sucedió allí»), sigla que también representa las cuatro reglas principales del juego de azar en que se usa el dreidel: la letra nun corresponde a la palabra yidis nisht («nada»); hei, a halb («mitad»); guímel, a gants («todo»); y shin, a shtel ain («pon» o «pones»).

DUKAN— Tarima o podio sobre el que oficia los ritos el rabino de la sinagoga. Se halla delante del arón, el armario o gabinete donde se guardan los textos sagrados, mueble asociado al Arca de la Alianza.

EGEL HAZAHAV— El becerro de oro, símbolo de la idolatría. Fue construido por Aarón, hermano mayor de Moisés, mientras éste se hallaba en el monte Sinaí.

ELUL— Mes del calendario judío correspondiente a agosto/septiembre.

FILACTERIA— Tefilín en hebreo. Cada uno de los dos estuches de cuero con pasajes de la Torá que los judíos ortodoxos se atan al brazo izquierdo y a la frente. Deben llevarse a diario durante las oraciones matutinas excepto en el sabbat, las fiestas litúrgicas y el día 9 de av.

GEFILTE FISH— Albóndiga o buñuelo de pescado (yidis).

GHEVER— Hombre (hebreo).

(A) GLAZ BIKER— Un vaso de agua.

GÓLEM— Materia o masa sin forma. En el folclore medieval y renacentista centroeuropeo, el vocablo designa a una figura de arcilla a quien el nombre de Dios infunde vida para servir y defender a los judíos del gueto.

GOLYAT— Goliat.

GUEMARÁ— En arameo, «conclusión» o «cumplimiento». Parte del Talmud que recoge los comentarios, glosas y debates sobre la Mishná realizados entre los siglos IV y VI de nuestra era. El nombre también se emplea para referirse al Talmud en su conjunto. Los sabios que vivían en Babilonia escribieron esas enseñanzas en arameo oriental o «talmúdico».

HAFTARÁ— Literalmente «separación», «partida» o «despedida» (la palabra seguramente deriva de la raíz patar, que significa «concluir»). Selección de textos proféticos o hagiográficos leída en la sinagoga tras la parashá (lectura de la Torá) durante los oficios de los sábados, los días de ayuno u otras festividades.

HALAJÁ— Conducta, comportamiento (literalmente «vía a seguir»). Sección normativa de los textos sagrados donde se consigna el material jurídico que regula la vida cotidiana. La Halajá (que se considera parte de la revelación recibida por Moisés en el Sinaí) aparece tanto en la Torá escrita (el Pentateuco) como (y sobre todo) en la doctrina oral luego codificada en el Talmud o en los midrash (comentarios legales).

HASELE— Conejito (yidis).

HASHEM— Literalmente «el nombre». Expresión devota con que se sustituyen las cuatro letras usadas para nombrar a la divinidad (JHWH). Se emplea tanto en la Biblia como en la tradición judía posterior.

IYAR— Mes del calendario judío correspondiente a abril/mayo.

JAMETZ— Levadura (hebreo).

JANUCÁ— Literalmente «dedicación» o «inauguración». Fiesta de las luces o las luminarias que conmemora la reconsagración del Segundo Templo tras la revuelta contra el Imperio Seléucida encabezada por Judas Macabeo. Los festejos comienzan al atardecer del 24 de kislev (diciembre normalmente) y duran ocho días, durante los cuales se van encendiendo luces en un candelabro de ocho brazos.

JESHVÁN— Mes del calendario judío correspondiente a octubre/noviembre.

JUPÁ— Dosel o baldaquino bajo el cual se celebra la ceremonia nupcial. Consiste en una tela colocada sobre cuatro barras sostenidas a su vez por cuatro hombres. Se entiende que los novios están ya unidos en matrimonio cuando salen de ese palio.

KADISH— Literalmente «santificado» o «santificación». Una de las más antiguas, trascendentes y solemnes oraciones judías; sólo puede recitarse en público con un minián (número mínimo) de diez hombres mayores de trece años, edad a partir de la cual los varones están obligados a observar los mandatos bíblicos. El tema central del rezo es la exaltación del nombre divino.

(DER) KARTYOZHNIK— El jugador de cartas (yidis).

KATAN— Niño (hebreo).

KETUBÁ— Contrato conyugal donde, entre otras cosas, se recogen las obligaciones económicas del marido en caso de divorcio. Solía registrarse en un pergamino ricamente decorado. Según la vieja normativa judía, sólo el esposo puede pedir la separación y, si ésta se produce, debe asignar a la mujer una notable suma de dinero. Durante la ceremonia, el marido firma públicamente ese certificado para luego entregárselo a la esposa. A continuación se recitan las bendiciones matrimoniales.

KIDUSHÍN— Serie de ritos que conforman la ceremonia nupcial; boda, casamiento.

KISLEV— Mes del calendario judío correspondiente a noviembre/diciembre.

KÓSHER— Se aplica a los alimentos sujetos a las reglas de la religión judía.

LAG BA'OMER— Trigésimo tercer día del Omer (periodo de siete semanas entre Pésaj y Shavuot), fecha en que se conmemora el fin de la plaga que asoló a los discípulos del rabino Akiva (siglo II); corresponde al 18 de Iyar. El luto y las prohibiciones propias de tal periodo se suspenden temporalmente ese día para celebrar una fiesta con excursiones campestres, música, juegos infantiles, etc.

LIBE— Amor (yidis).

LUFTMENSCH— Hombre del sueño, soñador (yidis).

MAMELE/MAME— Mamá, mami, mamita, mamaíta (yidis).

MAZEL TOV— Buena suerte, felicidades, congratulaciones, parabienes. Literalmente «buena estrella». Se emplea la expresión para mostrarle buenos deseos a alguien o para regocijarse por un suceso afortunado.

MEZUZÁ— Literalmente «jamba». Pergamino con los dos primeros versículos de la Shemá, plegaria central de la religión judía recogida en la Biblia. El receptáculo que lo contiene se coloca a dos tercios de altura (siempre al alcance de la mano) en la jamba derecha de la puerta con respecto a la persona que entra.

MIGDOL BAVEL— Torre de Babel (hebreo).

MILÁ— Circuncisión. Consagra en los varones el pacto establecido entre Dios y el pueblo de Israel desde los tiempos de Abraham. Circuncidar al niño en su octavo día (aunque éste caiga en sabbat, fiesta solemne o Yom Kippur) es una obligación (mitzvat) para la familia.

MISHNÁ— Del verbo hebreo shaná, «recitar la lección», «estudiar», «repasar». La Mishná es la primera parte del Talmud (la segunda es la Guemará) y en ella se codifican las normas de conducta transmitidas oralmente desde la época mosaica. La redacción final se remonta a finales del siglo II y consta de seis órdenes mayores divididas en un total de 63 tratados concernientes a las reglas del culto, los vínculos sociales, el matrimonio, el derecho civil o penal, etc.

MITZVAT— Cada uno de los mandamiento que Dios impone a su fieles (plural hebreo mitzvot). Esos preceptos se registran en la Torá y tienen como meta educar al hombre para que éste se conduzca de acuerdo con la voluntad divina. Son 613, 365 negativos y 248 positivos. También pueden clasificarse como horizontales (si atañen a las relaciones entre seres humanos) y verticales (cuando se aplican a las relaciones entre el hombre y Dios).

MOSHÉ— Moisés.

NER TAMID— Literalmente «luz eterna». Lámpara de aceite que en la sinagoga cuelga del techo frente al arón (véase dukan). Está siempre prendida para recordar el candelabro de siete brazos (la menorá) que ardía en el antiguo Templo de Jerusalén.

NISÁN— Mes del calendario judío correspondiente a marzo/abril.

NOACH— El patriarca Noé.

PÉSAJ— Pascua hebrea; literalmente «paso» o «pasaje». Festividad en que se recuerda el éxodo de los judíos desde Egipto a la Tierra Prometida y en particular el milagroso cruce del Mar Rojo. Es la principal celebración del año.

PURIM— Literalmente «suertes». Festividad que conmemora la fecha (14 de adar) en que el pueblo judío se liberó milagrosamente de la matanza urdida por Amán, ministro del rey persa Asuero (siglo V a. C.), tal como se describe y prescribe en la meguilá (comentario) al Libro de Ester. Esta fiesta, la más alegre del año judío, es en muchos aspectos parecida al Carnaval cristiano; las máscaras y disfraces son, por ejemplo, muy comunes.

RAB/REB— Formas abreviadas de rabí, literal y originalmente «ilustre», «excelencia» o «maestro». De ahí deriva rabino, sustantivo que designa al jefe religioso de una comunidad judía.

REB LASHON— Rabino Lengua, personaje de una leyenda judía.

RIBOYNE SHEL OYLEM— Amo del universo (yidis).

ROSH HASHANÁ— Año Nuevo judío. Se celebra el primer día de tishréi en Israel y los dos primeros en la diáspora. Es una fiesta religiosa de índole penitencial que se caracteriza por el toque del shofar, un cuerno ritual usado para inducir la meditación en los fieles.

SABBAT— Sábado (literalmente «cesar» o «suspender»). Día semanal de reposo que conmemora el descanso de Dios durante el séptimo día de la creación. Se distingue por la interrupción de toda actividad laboral y por los ritos del culto en la sinagoga.

SCHMALTZ— Término yidis derivado del alemán schmalz, «lardo», «sebo», «manteca». Entre los judíos de la Europa oriental, el schmaltz hecho con grasa de oca reemplazaba a la mantequilla como unto para las rebanadas de pan.

SCHMOK— Idiota, bobo, cretino, chalado (yidis). Literalmente «carajo, polla, pinga».

SCHNORRER— Mendigo, pordiosero, pedigüeño, zángano (alemán y yidis).

SHAMÁS— Sirviente, criado; sacristán de la sinagoga.

SHAVUOT— Literalmente «semanas». Fiesta en que se recuerda la entrega de las tablas de la ley al pueblo judío en el monte Sinaí. Cae siete semanas (o cincuenta días) después de la Pascua, razón por la cual es también conocida como Pentecostés. Antiguamente se celebraba la inminencia de las cosechas y la maduración de los primeros frutos. Cuentan que el cielo se abre durante un instante en esa fecha para dar cumplida satisfacción a quien exprese entonces un deseo.

SHELOSHIM— Periodo de treinta días posterior al sepelio (incluida la shivá) en que la persona de luto no puede casarse ni acudir a ágapes religiosos o festivos. Durante ese tiempo, los hombres se abstienen de cortarse el pelo, afeitarse o llevar ropa nueva. Como se considera que el fallecido puede aún beneficiarse de los mitzvats realizados para él, es costumbre acumular méritos destinados al difunto formando grupos que estudian la Torá en su nombre y su memoria.

SHEMÁ— Literalmente «escucha». Plegaria esencial del canon judío; se reza dos veces al día durante las oraciones de la mañana y la noche.

SHEVAT— Mes del calendario judío correspondiente a enero/febrero.

SHIVÁ— Literalmente «siete». Semana de duelo intenso tras la muerte de un familiar próximo. Durante esos días, los deudos reciben condolencias reunidos en una casa. Visitar a los dolientes para darles el pésame se considera un importante precepto de piedad y cortesía. Por tradición, los visitantes nunca saludan o inician conversaciones si no lo hacen las personas de luto, que, si así lo desean, pueden ignorar completamente a quienes allí acuden. Éstos suelen servir comida a los presentes para evitar que la familia se vea obligada a cocinar o a realizar otras actividades domésticas.

SHOFAR— Cuerno de carnero o macho cabrío. Su toque anuncia la futura llegada del Mesías y recuerda el interrumpido sacrificio de Isaac (a quien Abraham, su padre, iba a inmolar por orden divina hasta que intervino un ángel y la víctima fue sustituida por un cordero). Se emplea en ciertas festividades religiosas (Yom Kippur o Rosh Hashaná) y ahora también en ceremonias solemnes de la vida civil.

SHPAN DEM LOSHEK!— ¡Espolea el caballo! ¡Aguija el caballo! Alusión a una vieja tonada de la tradición yidis.

SHVARTS ZUP— Literalmente «caldo negro» (yidis).

SIVÁN— Mes del calendario judío correspondiente a mayo/junio.

SUKÁ— Cabaña, choza.

SUKOT— Literalmente «cabañas» (plural de suká en hebreo). Festividad que conmemora la larga marcha del pueblo judío por el desierto del Sinaí camino de Israel, la Tierra Prometida. Se celebra cinco días después de Yom Kippur con comidas y rezos bajo un cobertizo construido con ramas y guirnaldas.

SÜSSER— «Dulzura» en alemán y yidis.

TALMUD— Literalmente «enseñanza», «estudio» o «discusión». Principal texto normativo y exegético del judaísmo que recoge las llamadas leyes orales. Consta de dos grandes secciones (Mishná y Guemará) y contiene glosas o polémicas rabínicas que se remontan a los siglos iv, v y vi de nuestra era.

TAMUZ— Mes del calendario judío correspondiente a junio/julio.

TERBYALANT— Literalmente «turbulento».

TEVET— Mes del calendario judío correspondiente a diciembre/enero.

TISHRÉI o TISHRI— Mes del calendario judío correspondiente a septiembre/octubre.

TORÁ— Literalmente «instrucción», «credo» o «pauta». Se trata, a grandes rasgos, de la ley revelada por Dios a Moisés en la cumbre del Sinaí. Su parte escrita coincide con los cinco primeros libros de la Biblia (el Pentateuco del canon cristiano): Bereshit (Génesis), Shemot (Éxodo), Vayikrá (Levítico), Bemibdar (Números) y Devarim (Deuteronomio). La Torá oral es la doctrina tradicional de los maestros reunida en las distintas obras de la literatura rabínica y nunca concluida.

TSOM GHEDALIÁ— Literalmente «ayuno de Godolías». Fiesta en que se celebra el asesinato del gobernador Godolías a manos de un sicario judío.

TSU FIL RASH!— «¡Demasiado ruido!» en yidis.

TSVANTNSINGER— «Moneda de 20 céntimos» o «calderilla, dinero suelto».

TU BISHVAT— Festividad también conocida como Año Nuevo de los Árboles. Literalmente «decimoquinto día de shevat», fecha en que aparecen los primeros brotes de vegetación.

VEHAYÁ— Segunda parte del Shemá, rezo fundamental en los ritos judíos.

YELED— «Muchacho» o «niño» en hebreo.

YITZCHAK— Isaac.

YOM KIPPUR— Literalmente «día de la expiación». Jornada de ayuno y rezos contritos en que se exhibe arrepentimiento por los pecados y se espera el perdón de los mismos. Coincide con el 10 de tishréi (septiembre/octubre). Tan solemne ocasión permite que, por una vez, el sumo sacerdote pronuncie el nombre de Dios en el sanctasanctórum del templo. La liturgia actual incluye una enfática confesión de culpas y el toque del shofar en la sinagoga.

YONÁH— Jonás.

ZEKHARYA— El profeta Zacarías.

CPSIA information can be obtained
at www.ICGtesting.com
Printed in the USA
LVHW091145220223
739804LV00005B/18